abc LA COLLECTION

Réussite

Le BAC efficace et un bon dossier pour Parcoursup

W0376681

Term

Histoire-Géographie
Laëtitia Benbassat
Frédéric Fouletier
Adèle Gaillot
Pascal Jézéquel
Servane Marzin
Garance Ouazine
Évelyne Soumah
Alain Rajot
Cécile Vidil

Enseignement scientifique
Christian Camara
Claudine Gaston
Karine Marteau-Bazouni

Philosophie
Josiane Papazian
Denis Vanhoutte

Anglais
Clémence Arnette
Stéphane David

Espagnol
Antoinette de Jorna

Nathan

QR codes Nathan

À l'aide de votre smartphone, **flashez les QR codes** que vous voyez apparaître au fil des pages.

Ils vous donneront accès à des **ressources numériques*** (vidéos, articles, podcasts...) sélectionnées par les auteurs.

1 Flashez les QR codes

Vidéo

2 Accédez aux différentes ressources numériques

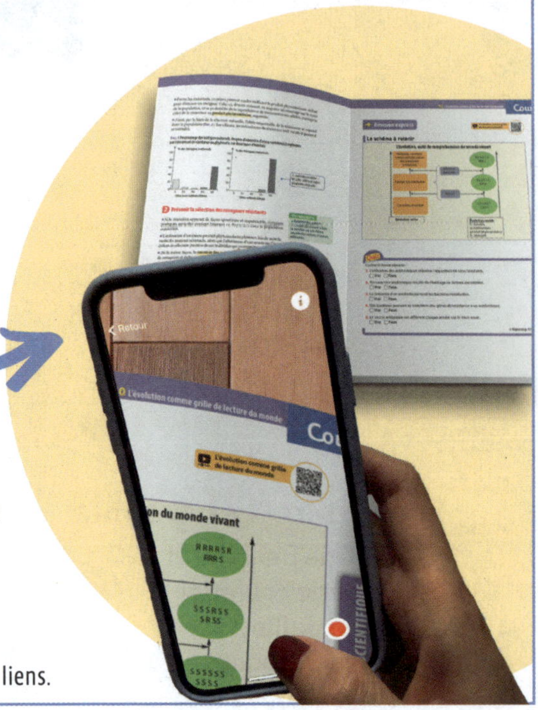

Pour accéder à ces ressources, vous pouvez également télécharger l'appli gratuite *Nathan Live* et flasher les pages sur lesquelles apparaissent les QR codes (bien flasher la page entière à chaque fois).

* Les éditions Nathan ne sont pas garantes de la pérennité des liens.

Direction éditoriale : Raphaëlle Mourey
Coordination éditoriale : Géraldine de Saint Palais, Marion Gautier, Julie Langlais, assistées par Camille Blin, Anaïs Achard et Vanessa Gaillard
Conception graphique intérieure : Élise Launay
Couverture : Hugues Vollant, Marc Henry
Cartes et schémas : Carl Voyer, Pascal Marseaud, Coredoc
Iconographie : Angèle Domenech
Compositeur : Fabienne Grain
Fabrication : Kévin Magar

ISBN : 978-2-09-501797-2
Dépôt légal : juillet 2023 - N° de projet : 10288331
Achevé d'imprimer en juin 2023 par Vincenzo Bona S.p.A. à Turin en Italie

Mode d'emploi

Un ouvrage pratique pour réviser toutes les matières et réussir l'examen !

Retrouvez en un seul ouvrage les enseignements communs au programme de Terminale.

Et pour chaque chapitre, trois rubriques pour progresser en toute sérénité :

HISTOIRE-GÉO

ENS. SCIENTIFIQUE

PHILOSOPHIE

ANGLAIS

ESPAGNOL

Cours

- Des **cours synthétiques** et **structurés** pour maîtriser tous les thèmes du programme.
- Des **encadrés en marge** donnent des informations complémentaires, du vocabulaire, des biographies, etc.

→ Révision express

- Une page **Révision Express** à la fin de chaque chapitre résume les principaux points à retenir.
- Un **Quiz** permet de se tester rapidement et de vérifier que le cours est bien compris.

▶▶▶ Cap sur le bac

- Des **exercices** pour vous entraîner au contrôle continu et à l'épreuve de Philosophie.
- Des **conseils méthodologiques** vous aident à comprendre les points difficiles et à réaliser les exercices ou les sujets.
- Les **corrigés** sont accompagnés de nombreux **conseils**, **remarques**, **astuces du prof** pour acquérir les bons réflexes pour le Bac.

Dans le Cahier Spécial Bac, des sujets complets vous permettent de vous préparer au contrôle continu et aux épreuves du Bac de philosophie.

Sommaire

PHILOSOPHIE

ANGLAIS

ESPAGNOL

CAHIER SPÉCIAL BAC

Le Bac

CONTRÔLE CONTINU

BULLETINS SCOLAIRES

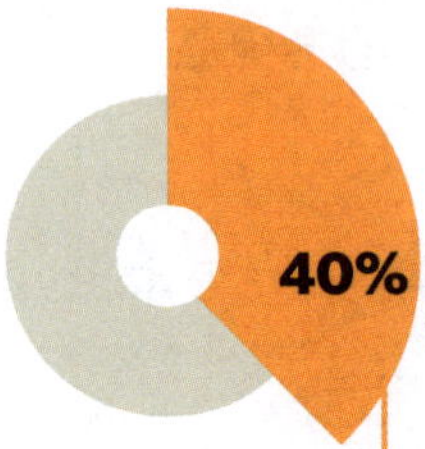

40% de la note finale

Notes des bulletins de 1re et de Tle

ÉPREUVES TERMINALES

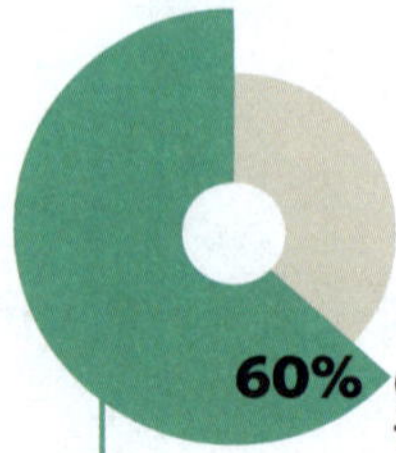

60% de la note finale

BAC

EN 1re

Juin
- Épreuve anticipée de Français écrit et oral

EN Tle

Mars
- Épreuve de spécialité 1
- Épreuve de spécialité 2

Juin
- Philosophie
- Grand Oral

* Toutes ces informations correspondent aux instructions officielles en cours et sont susceptibles d'évoluer.

3 spécialités en Première, 2 spécialités en Terminale

- À la fin de l'année de Première, les élèves **sélectionnent parmi les trois spécialités** choisies en début d'année **celle qu'ils ne poursuivront pas** en Terminale.
- Les deux spécialités conservées sont évaluées par une **épreuve finale** en fin de Terminale (60 % de la note finale). Ces épreuves se déroulent au mois de mars.
- Par ailleurs, toutes les notes des **bulletins scolaires** des années de Première et de Terminale comptent pour 40 % de la note finale.

L'épreuve finale pour la Philosophie

- **Trois sujets au choix** 20 PTS

– Deux sujets de dissertation
– Une explication de texte

4 h | Coeff. 8 | 3e trimestre

Le « Grand Oral »

- Cette épreuve, d'une durée de 20 minutes, se réalise devant un jury et porte sur les spécialités choisies par l'élève.
- Elle se déroule en trois parties : l'élève présente une question portant sur un (ou les deux) enseignement(s) de spécialité, puis le jury interroge l'élève sur ces enseignements, afin d'évaluer la capacité de l'élève à analyser et mobiliser des connaissances. S'ensuit enfin un échange à propos du projet d'orientation de l'élève.

Les grands moments de l'année de Terminale

CALENDRIER DU BAC | **CALENDRIER PARCOURSUP**

Novembre

Recherche des informations sur Parcoursup

Janvier

Inscription sur Parcoursup

Février

Mars

Calendrier du bac : Deux épreuves écrites de spécialité

Calendrier Parcoursup : Constitution du dossier complet, saisie et confirmation des vœux

Avril

Mai

Réponse aux propositions des établissements

Juin

Calendrier du bac : Épreuve écrite de Philosophie et Grand Oral

Juillet

Éventuellement, phase complémentaire

Septembre

Histoire-Géo

Histoire

Géographie

Histoire-géo

Chapitre 1 Fragilités des démocraties, totalitarismes et Seconde Guerre mondiale (1929-1945)

1 La crise de 1929 : la fin de la prospérité américaine des années 1920

De quoi s'agit-il ? **Le krach de Wall Street en octobre 1929 est le signal de départ d'une crise économique qui frappe toute la société américaine, mettant brutalement fin à une décennie de prospérité.**

1 Un krack qui met fin à une décennie d'expansion

- Jusqu'en 1929, les économies des démocraties libérales connaissent une forte expansion. La confiance en la **croissance économique** est presque aveugle : on pense faire disparaître la pauvreté. Entre 1927 et 1929, le cours des **actions** à la bourse de New York (NYSE) a presque doublé. On parle des « Roaring Twenties ».
- Le système financier états-unien comporte cependant de nombreuses failles. Avant même octobre 1929, la situation économique avait commencé à se dégrader, à cause d'une **surproduction** industrielle et d'une forte **spéculation** boursière. La population empruntait de manière excessive pour pouvoir investir en bourse, attirée par la perspective de profits faciles. Ce système s'écroule avec le **krach**.
- Le jeudi 24 octobre 1929, on assiste à un mouvement de panique et les cours boursiers chutent : 12 millions de titres sont vendus. On parle de « jeudi noir » (**Doc. 1**).

Vocabulaire

- **Action :** part du capital d'une entreprise qui donne droit à une part des bénéfices sous la forme de dividendes.
- **Spéculation :** opération financière visant à maximiser des profits sans produire d'activité, mais en jouant sur les fluctuations du marché.
- **Krach :** effondrement des cours de la bourse.

Doc. 1 Paul Claudel décrit la panique du « jeudi noir » à Wall Street

6 novembre 1929

Votre Excellence a sans doute remarqué que dans tous les **rapports** que depuis mon arrivée aux États-Unis je lui ai adressés sur l'état des affaires américaines je n'avais pas manqué, en contradiction avec l'optimisme à outrance qui prévalait dans certains milieux, de souligner que le tableau de la prospérité de ce pays comporterait des **points noirs**, dont le plus grave était la situation créée sur le marché de New York par le volume toujours croissant des emprunts aux agents de change et par conséquent à la spéculation.

Les **événements**, sans précédent dans l'histoire de Wall Street, qui viennent de se produire du 24 ou 30 octobre ont justifié ces appréhensions. [...] Brusquement, le 24 octobre, une demi-heure après l'ouverture de la Bourse, les cours faiblirent. Cette chute pour ainsi dire perpendiculaire, occasionnée par des ordres de vente donnés de tous les coins du pays par des spéculateurs effrayés et démoralisés, provoqua une panique sans précédent à Wall Street. [...] Personne assurément ne s'attendait à ce que cette panique revêtit un caractère plus grave encore les 28 et 29 octobre. [...]

Dans la seule journée du 28, plus de neuf millions d'actions furent vendues **à n'importe quel prix** par des spéculateurs dans l'impossibilité de résister au torrent, auxquels s'ajoutaient des groupes de puissants manipulateurs dont la situation craquait et d'opérateurs à la baisse qui tenaient à profiter d'une situation attendue par eux depuis longtemps.

Paul Claudel, *La Crise : correspondance diplomatique, Amérique, 1927-1932*, Métailié, 1993.

- Paul Claudel est ambassadeur de France à Washington depuis 1927. Il adresse ce courrier au ministre des Affaires étrangères, Aristide Briand.
- Il explique que la prospérité américaine des années 1920 comportait des handicaps qui vont être déterminants dans le déclenchement de la crise.
- Il évoque de manière explicite le krach de Wall Street.
- La panique boursière a contribué à accroître la chute du cours des actions.

2 L'économie américaine entraînée dans une crise sans précédent

• De nombreuses banques se trouvent en difficulté en raison de la diminution de leurs réserves de trésorerie. Après la perte de tous leurs actifs, certaines sont déclarées en faillite. Le krach touche alors toute la société américaine, bien au-delà des seuls investisseurs en bourse. Il devient une **crise économique**.

Vocabulaire

- **Crise économique :** ralentissement brutal de l'activité économique. Elle se traduit par une augmentation du chômage et des faillites d'entreprises ou de banques.

• Les industries ne trouvent plus d'investisseurs et la consommation ne cesse de décroître. L'agriculture, qui connaissait des difficultés depuis plusieurs années, s'effondre en même temps que le cours des produits agricoles.

• Les répercussions sociales de la crise sont très fortes. Toutes les catégories sociales sont concernées, des agriculteurs aux « cols bleus » (ouvriers) et jusqu'aux « cols blancs » (employés et cadres). Le chômage massif fait basculer des populations nombreuses dans la misère. On compte ainsi, en mars 1933, 12,8 millions de chômeurs, soit 24,9 % de la population active, sans système d'indemnisation.

2 De la crise américaine à la dépression mondiale

De quoi s'agit-il ? **La crise économique d'octobre 1929 se propage des États-Unis au monde entier, se transformant en dépression. Partout, le même processus est à l'œuvre, impactant en profondeur les sociétés et le commerce mondial.**

1 Les mécanismes de l'extension au monde

• L'extension géographique de la crise au reste du monde s'explique tout d'abord par la **dépendance économique et financière** de nombreux pays **par rapport aux États-Unis**. La crise étasunienne du crédit conduit les organismes financiers et les particuliers américains à interrompre les exportations de **capitaux** vers l'Europe, le Canada ou l'Amérique latine, puis à récupérer ceux qui étaient placés dans ces pays. La crise **s'étend dans le temps** : on parle de « **dépression** »

Vocabulaire

- **Capital :** somme nécessaire à la création et au fonctionnement d'une entreprise. Le capital est divisé en actions.
- **Dépression :** ralentissement important et durable de l'activité économique.

• La crise **atteint** ensuite **le Royaume-Uni**, qui souffre à son tour du retrait des capitaux américains.

• Les « **pays neufs** » comme le Canada, l'Australie ou l'Amérique latine sont gravement atteints par la baisse des prix des produits agricoles et des matières premières. La **France** est quant à elle touchée plus tardivement, en 1931.

2 Les manifestations de la crise dans le monde

• Partout, on observe le même **cycle** infernal : la **baisse de la consommation** entraîne **l'aggravation du chômage** (30 millions de chômeurs sont recensés dans le monde), qui favorise la **baisse du pouvoir d'achat** et une **diminution de la demande**. Le commerce mondial diminue de 25 % en volume et de 60 % en valeur.

• Certains responsables politiques en font un **argument politique** pour accéder au pouvoir, à l'image d'Adolf Hitler en Allemagne, qui promet le retour à la prospérité et au plein emploi.

• Le **continent sud-américain** est soumis depuis le xixe siècle à l'influence politique et économique des États-Unis. La crise le frappe de plein fouet, avec une contraction du commerce extérieur du continent, et entraîne un **recul des régimes démocratiques** au profit des dictatures, qui prétendent trouver des remèdes aux désordres économiques.

• Le nouveau président américain, **Franklin Delano Roosevelt**, élu en novembre 1932, propose un ensemble de mesures qu'il intitule « **New Deal** » (nouvelle donne) pour résorber la dépression (**Doc. 2**). L'État fédéral devient un acteur majeur dans le domaine économique et social.

Doc. 2 Discours d'investiture de Franklin Delano Roosevelt, le 4 mars 1933

« [...] En ce jour mes concitoyens américains attendent qu'à l'occasion de mon accession à la présidence, je m'adresse à eux avec la sincérité et la résolution qu'impose la situation présente de notre peuple. [...] C'est dans cet état d'esprit, de ma part et de la vôtre, que nous devons faire face à nos difficultés communes [...].

Les valeurs ont chuté à des niveaux fantastiques ; les taxes ont augmenté ; notre capacité à payer s'est effondrée ; partout les gouvernements font face à de sérieuses réductions de revenus ; les moyens d'échanges sont bloqués par le gel des courants commerciaux ; les feuilles mortes des entreprises industrielles jonchent partout le sol ; les fermiers ne trouvent plus de marchés pour leurs produits, et pour des milliers de familles l'épargne de plusieurs années s'est évaporée.

Plus important, une foule de citoyens sans emploi se trouve confrontée au sinistre problème de sa survie, et à peu près autant triment pour un salaire misérable. [...] Notre première tâche, la plus importante, est de remettre les gens au travail. Ce n'est pas un problème insoluble si nous nous y attelons avec sagesse et courage. Cela peut être accompli en partie par un **recrutement direct** du gouvernement, en traitant le problème comme nous traiterions l'**urgence** d'une guerre, mais en accomplissant dans le même temps, grâce à ces emplois, les **grands projets** dont nous avons besoin pour stimuler et réorganiser l'utilisation de nos immenses ressources naturelles. »

Roosevelt décrit de manière lucide la situation des États-Unis confrontés à la dépression.

Il évoque le drame du chômage.

Pour lui, le gouvernement doit agir en intervenant dans le domaine économique et social.

3 Des difficultés à juguler la dépression

De quoi s'agit-il ? Les États semblent démunis pour répondre à la dépression, appliquant des politiques inefficaces. Les démocraties libérales sont particulièrement fragilisées, au profit des régimes autoritaires et totalitaires qui remettent en cause la paix.

1 L'échec des politiques de déflation

• La plupart des gouvernements croient que la crise est passagère et qu'elle ne se transformera pas en dépression. Pour eux, il suffit d'attendre qu'un nouvel équilibre apparaisse, avec le **rétablissement spontané du marché**.

• Certains pensent également que la crise s'explique par un abus du crédit qu'il faut combattre par des **politiques de déflation** : un **équilibre strict du budget**, avec la suppression d'une partie des dépenses (avec gel ou baisse des traitements des fonctionnaires), permettrait de réduire la ponction de l'État sur le marché financier.

Vocabulaire

- **Déflation : politique de baisse générale des prix par une contraction des dépenses publiques.**

2 Les réponses à la crise

• En 1936, l'économiste **John Maynard Keynes** publie un ouvrage intitulé La Théorie générale de l'emploi, de l'intérêt et de la monnaie, dans lequel il explique qu'en favorisant la

consommation et les **investissements des entreprises**, on peut retrouver le **plein emploi**. Mais pour cela, il est nécessaire que l'**État** intervienne dans l'économie pour stimuler la demande. On parle de « **politique de relance** ».

- L'impuissance à résoudre la crise économique entraîne une **remise en cause des démocraties libérales**. On observe ainsi une montée de l'antiparlementarisme et de l'instabilité ministérielle. Les **régimes autoritaires et totalitaires** semblent renforcés par la crise en Europe : sur 28 États européens en 1938, on ne compte plus que 13 démocraties.

- L'augmentation des **dépenses militaires** stimule artificiellement l'économie dans les régimes autoritaires et totalitaires.

- La **France** est frappée par la dépression à partir de 1931. Arrivée au pouvoir au printemps 1936, la **coalition du Front populaire** est vite confrontée à un **mouvement de grèves** sans précédent (**Doc. 3**). Pour trouver une solution, le président du Conseil Léon Blum organise une **rencontre à l'hôtel Matignon** entre syndicats et patronat les **6 et 7 juin 1936**. Les accords qui en résultent se traduisent par des avancées sociales importantes, telles que le renforcement des droits syndicaux et l'augmentation des salaires.

Doc. 3 Les grèves de 1936 à la une de la presse

Le gouvernement du Front populaire, qui a remporté les élections législatives, est confronté à un mouvement massif de grèves en mai et juin 1936, témoignant de la forte attente de réformes sociales.

Miroir du monde n° 327, 6 juin 1936.

4 Origine et installation des différents régimes totalitaires

De quoi s'agit-il ? Les régimes totalitaires fasciste, nazi et soviétique sont issus des conséquences de la Première Guerre mondiale. Si Staline s'impose au sein du régime soviétique en place depuis 1917, Mussolini et Hitler accèdent « légalement » au pouvoir en 1922 et 1933.

1 Une origine commune

- Pour la philosophe **Hannah Arendt**, qui rédige en 1951 Les Origines du totalitarisme, les **régimes totalitaires** proposent une réponse aux bouleversements nés de l'industrialisation et ont donc des **racines intellectuelles communes**.

• Ces régimes sont également les **produits directs de la Première Guerre mondiale**, qui a profondément marqué le continent européen. La « **brutalisation** » des sociétés aurait par ailleurs banalisé l'usage de la violence, tout en renforçant l'empreinte de la guerre sur le continent.

2 En Italie, une conquête légale du pouvoir dans un contexte particulier

• Le **régime fasciste** naît des **frustrations** du nationalisme italien, accumulées **après 1918. Benito Mussolini** (1883-1945) fonde en 1919 les « **Faisceaux italiens de combat** » qui se transforment en novembre 1921 en « **Parti national fasciste** ».

• Les fascistes sont organisés sous un mode **paramilitaire** et mènent des **attaques punitives** contre les partis de gauche et les syndicats. Après avoir menacé de « marcher sur Rome », Mussolini est nommé **chef du gouvernement** le **29 octobre 1922**.

• Entre 1925 et 1926, les « **lois fascistissimes** » instaurent la **dictature** : les administrations sont épurées, les opposants arrêtés et la presse réglementée. Le Parti national fasciste devient parti unique.

3 En Russie, un régime issu de la révolution de 1917

• En Russie, le **régime soviétique** est directement **issu de la révolution bolchevique d'octobre 1917**. **Lénine**, qui dirige le parti, institue la « **dictature du prolétariat** » pour promouvoir une société égalitaire où l'État contrôle l'économie.

• La dictature s'appuie sur un **parti unique** (le Parti communiste) et une **police politique** (« Tchéka » et « Guépéou »).

• Quand Lénine meurt en 1924, c'est le secrétaire général du Parti, **Staline** (1878-1953), qui lui succède. Ce dernier **élimine** successivement **ses concurrents** au sein du parti entre 1924 et 1929.

4 En Allemagne, la montée en puissance du parti nazi et l'accession d'Hitler au pouvoir

Vocabulaire

■ **NSDAP** : acronyme désignant le « Parti national socialiste des travailleurs allemands », fondé en 1920.

• **Adolf Hitler** (1889-1945) rejoint le **NSDAP** en 1920 et en prend le contrôle l'année suivante. Après un **putsch raté en 1923**, Hitler est emprisonné et rédige Mein Kampf (1924-1925). Il veut « **purifier** » la « **race allemande** » et confier le pouvoir à un **chef incontesté** (le « Führer prinzip »).

• Renforcé par les effets de la crise économique, Hitler devient légalement **chancelier**, le **30 janvier 1933**. Le 23 mars 1933, il obtient les **pleins pouvoirs** : le 14 juillet 1933, le parti nazi devient le **parti unique**.

• À la mort du Président Hindenburg en août 1934, Hitler se fait proclamer « **Reichsführer** », cumulant les fonctions de chancelier et de président. Hitler a désormais tous les pouvoirs en mains (**Doc. 4**).

Doc. 4 Carte postale diffusée dans l'ensemble du nouveau Reich, 1938

La propagande nazie insiste sur le culte du chef avec le slogan « Un peuple, un État, un guide ».

5 Les objectifs des régimes totalitaires

De quoi s'agit-il ? **Si les régimes totalitaires ont de nombreux points communs, ils comportent également d'importantes différences dans les objectifs recherchés, orientés principalement sur l'État en Italie fasciste, sur la race en Allemagne nazie et sur la notion de classe en URSS stalinienne.**

1 Des objectifs communs...

- Le fascisme, le nazisme et le communisme stalinien semblent avoir des **points communs**.
- Ainsi, les régimes totalitaires fonctionnent de manière très **centralisée**. Pour atteindre ce but, un **contrôle étroit des fonctionnaires** est établi.
- Les trois régimes utilisent aussi la propagande pour mettre en avant le chef et son idéologie dans le **culte de la personnalité**. Pour cela, **différents supports** sont exploités et donc contrôlés : la presse en premier lieu, mais également la radio, l'art et le sport, qui sont mis au service des objectifs idéologiques.
- Enfin, ils éprouvent la nécessité de **surveiller la population** dans ses faits, ses gestes et ses pensées. Pour atteindre cet objectif, un effort d'**encadrement permanent** de tous les âges est entrepris : les jeunes comme les adultes sont enrôlés dans des groupes aux objectifs divers (sportifs, culturels, paramilitaires...), telle « L'œuvre nationale Balilla » en Italie.

Vocabulaire

- **Culte de la personnalité :** pratique politique des régimes autoritaires ou totalitaires, rendant hommage à la personne et à l'image du chef.

2 ... mais de nombreuses spécificités

- Le **fascisme italien** repose sur une idéologie dont le principe essentiel est la **supériorité de l'État**, qui est conçu comme autoritaire, avec des pouvoirs concentrés entre les mains du « **Duce** ».

- En **URSS**, Staline confirme l'instauration d'un **totalitarisme de classe**. Le régime soviétique s'appuie en effet sur l'idéologie marxiste, qui voit dans l'inégalité sociale la cause de tous les dysfonctionnements des sociétés. Il veut donc favoriser la **planification** et la **collectivisation** des terres pour faire émerger une société nouvelle sans classes sociales différenciées.

- En **Allemagne**, le **culte de la race** est central, car **l'antisémitisme** est une des matrices de l'idéologie nazie. Dès le 15 septembre 1935, les lois dites « **de Nuremberg** » excluent les Juifs de la société allemande. Ils sont ainsi privés du droit de vote et interdits d'exercice de certaines professions. Les 9 et 10 novembre 1938 se déroule le **pogrom** dit « **de la nuit de Cristal** ». (**Doc. 5**) : sous le prétexte d'un attentat visant un diplomate allemand en poste à Paris, des Juifs allemands sont arrêtés et leurs biens sont vandalisés à l'instigation des autorités nazies.

Vocabulaire

- **Planification** : organisation de l'économie soviétique par l'État, prévue pour un délai de cinq ans (quinquennal).
- **Collectivisation** : appropriation par l'État des moyens de production.

Doc. 5 Vitrines de magasins appartenant à des Juifs endommagées durant la nuit de Cristal

6 Les pratiques des régimes totalitaires, une menace pour les sociétés et la paix

De quoi s'agit-il ? Les régimes totalitaires développent une pratique fondée sur la confiscation et l'usage de la violence, qui est parfois différente de l'idéologie théorique.
Par leurs ambitions, ils menacent directement la paix.

1 L'usage systématique de la violence

- Toute opposition étant interdite, les régimes totalitaires pratiquent la **terreur de masse** grâce aux services policiers chargés de la **répression**, comme la **Gestapo** en Allemagne.

Vocabulaire

- **Gestapo** : police politique du régime nazi, créée en 1933.
- **Goulag** : système des camps de travail forcé en URSS.

• Des **lieux de détention** spécifiques sont créés, avec l'ouverture des **camps de concentration** en Allemagne dès 1933, de lieux de relégation dans les îles méditerranéennes en Italie et du **Goulag** en URSS. On estime qu'entre 1932 et 1940, le nombre de détenus en URSS passe de 300 000 à 2 millions.

• Entre 1936 et 1938, de **grands procès** sont organisés à Moscou dans le but d'éliminer les concurrents réels ou supposés de Staline (**Doc. 6**). Des dossiers d'accusations sont montés de toutes pièces par le **NKVD**, alors que les procès se déroulent en l'absence d'avocats, avec des aveux obtenus sous la torture et des menaces sur les familles. On parle de « **Grande Terreur** ».

• Pour autant, les **violences diffèrent** selon les régimes et il n'est pas pertinent de les comparer sur ce point, leur durée ayant beaucoup varié dans le temps.

Doc. 6 Les procès de Moscou (1936-1938)

Lors de ces procès, on force les accusés à reconnaître leur culpabilité en menaçant leurs familles et en les laissant croire qu'ils vont échapper à une condamnation.

Nikolaï Boukharine, un ancien compagnon de Lénine, est accusé à tort de crimes contre l'URSS. Dans une lettre dictée à sa femme avant son exécution en 1938, il dit : « Je suis accablé par l'impuissance face à la machine infernale qui produit des mensonges à la chaîne selon un plan concerté. Je n'ai jamais été un traître. Je n'ai jamais comploté contre Staline. »

2 Des États expansionnistes

• Même s'ils sont très différents, ces régimes ont en commun de vouloir **étendre leur territoire** pour accaparer des matières premières et renforcer leur puissance. En Allemagne, le régime met en avant la nécessité d'obtenir un « **espace vital** » (ou « Lebensraum ») destiné à assurer la survie et l'expansion de la « **race aryenne** ».

• Face à l'incapacité des démocraties à assurer la paix en Europe, Staline décide de s'allier avec l'Allemagne nazie en signant le « **pacte de non-agression** », le 23 août 1939.

• En **Espagne**, une **guerre civile** déchire le pays **entre 1936 et 1939**, opposant les républicains aux nationalistes. Les **régimes totalitaires**, particulièrement les régimes fasciste et nazi, **interviennent** dans le conflit, testant ainsi leur capacité militaire, alors que les démocraties prônent la non-intervention (**Doc. 7**).

Doc. 7 Léon Blum justifie la non-intervention dans la guerre civile espagnole

Après trois semaines d'oscillations, la politique française se fixa, le 8 août, dans le sens de la non-intervention. Mais qu'est-ce que cette expression signifie ? Personne n'a plus l'air de s'en souvenir. La non-intervention n'était pas comme semble l'imaginer, une décision unilatérale du gouvernement français, prise par lui seul et n'engageant que lui.

C'était une convention conclue entre un certain nombre d'États. [...] La France en a pris l'initiative : c'est exact. Mais pourquoi ? Parce que nous voulions empêcher l'Allemagne et l'Italie d'envoyer à Franco des armes et des hommes. Et pour l'interdire à l'Allemagne et à l'Italie, nous nous l'interdisions nous-mêmes.

Léon Blum, *Le Populaire,* 15 octobre 1936.

La France, comme ses partenaires, décide de ne pas intervenir dans la guerre civile espagnole qui oppose les républicains aux nationalistes de Franco, soutenus par les régimes nazi et fasciste.

7 Les succès des Japonais et de l'Axe (1937-1942)

De quoi s'agit-il ? **Déclenché en Asie à partir de 1937, le second conflit mondial s'étend à l'Europe en 1939. Les forces de l'Axe semblent avoir un avantage stratégique, mais la mondialisation du conflit à partir de 1941, change peu à peu la donne.**

1 Le conflit sino-japonais préfigure le second conflit mondial

• À partir de 1930, le **Japon** mène une **politique expansionniste** en Asie. Il quitte la SDN en mars 1933 et **attaque la Chine** en juillet 1937.

• La **prise de Nankin** en décembre se traduit par des **massacres** (100 000 personnes sont tuées, dont 40 000 civils) et le **viol** de 20 000 femmes. Cette violence inouïe contre des militaires et des civils est une des caractéristiques de la Seconde Guerre mondiale.

2 Les victoires allemandes et l'isolement britannique

• Le **1er septembre 1939**, les troupes allemandes **envahissent la Pologne**, utilisant la tactique que l'on désignera plus tard sous le nom de « **Blitzkrieg** ».

• Le **Royaume-Uni et la France** réagissent en **déclarant la guerre à l'Allemagne**, le **3 septembre**. Avec l'attaque soviétique, la Pologne est contrainte de capituler le 27 septembre, sans que les alliés franco-britanniques ne soient intervenus.

• Le 10 mai 1940, Hitler lance l'**offensive à l'ouest** contre le Luxembourg, la Belgique et les Pays-Bas. La **supériorité allemande** tactique et stratégique est écrasante. Le **gouvernement français** est contraint de demander l'**armistice**, signé le **22 juin 1940**.

• Le **Royaume-Uni est désormais seul** dans la lutte. Son nouveau Premier ministre **Winston Churchill** fait preuve de détermination et le pays fait face au bombardement des grandes villes britanniques par l'aviation allemande (la Luftwaffe).

Vocabulaire

- **Blitzkrieg** (ou « guerre éclair ») : stratégie théorisée après 1945 pour qualifier l'usage combiné de divisions blindées assistées et de l'aviation.
- **Armistice** : cessation des hostilités avant la paix.

3 L'entrée en guerre de l'URSS et des États-Unis

• La **Wehrmacht**, appuyée par des contingents de pays satellites, **attaque l'URSS le 22 juin 1941**. L'effet de surprise est total et l'armée rouge doit battre en retraite. Mais l'URSS mène une **contre-offensive à la fin de 1941**, transformant l'offensive en **guerre d'usure**.

• Progressivement, **les États-Unis mettent fin à leur neutralité** : en août 1941, Churchill et Roosevelt élaborent la « **Charte de l'Atlantique** » qui fixe les principes de l'après-guerre.

• Le **7 décembre 1941**, l'**attaque japonaise** surprise sur la base de **Pearl Harbor** entraîne l'entrée en guerre des États-Unis. Une « **Grande Alliance** » lie désormais les États-Unis, le Royaume-Uni et l'URSS, à laquelle de nombreux pays vont se joindre.

• **Le conflit devient mondial** (**Doc. 8**). En quelques mois, les Japonais conquièrent de nombreux territoires coloniaux en Asie. Au printemps 1942, ils sont aux portes de l'Inde et de l'Australie.

Doc. 8 Une mondialisation progressive du conflit (1937-1945)

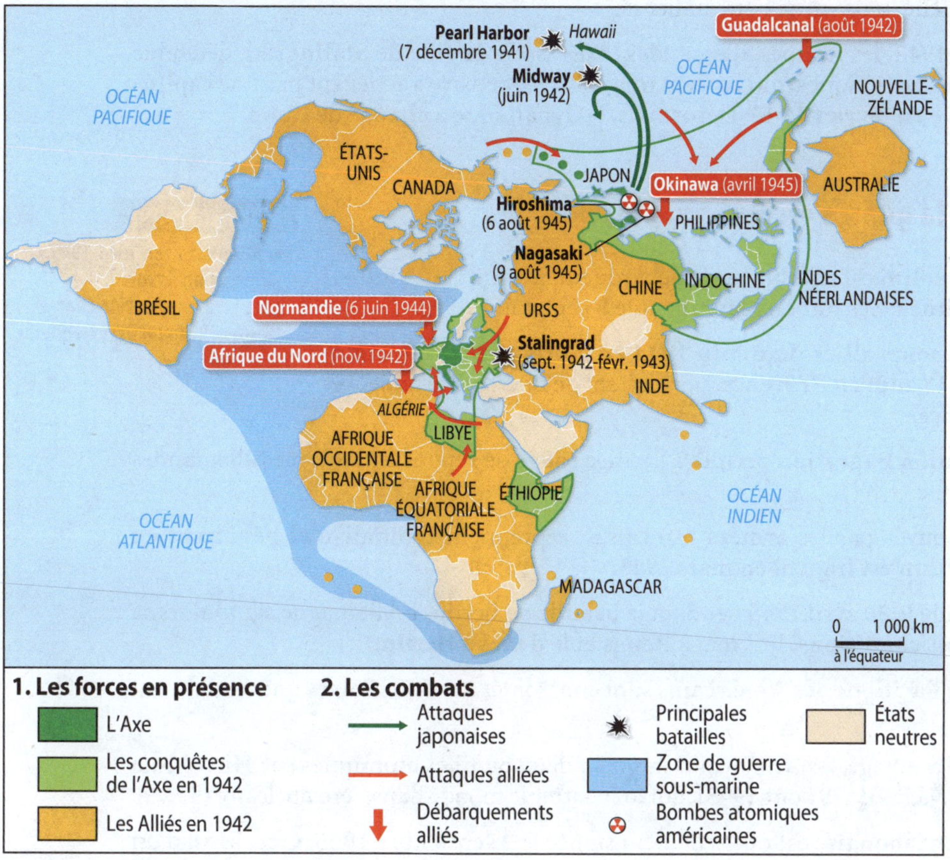

Le conflit oppose la Grande Alliance à l'Axe à l'échelle de la planète, mais les combats sont particulièrement centrés sur l'Europe et l'Asie orientale.

8 La victoire de la Grande Alliance (1942-1945)

De quoi s'agit-il ? **À partir de 1942, la Grande Alliance, qui regroupe les démocraties et l'URSS, entame la reconquête de l'Afrique du Nord, de l'Europe et enfin de l'Asie. Le conflit prend fin entre mai et septembre 1945. Il est alors temps de dresser son bilan humain : 50 millions de personnes seraient mortes, dont plus de 60 % de civils.**

1 Une guerre totale

- **À partir de 1942**, chaque camp mobilise ses ressources pour l'emporter. Chaque belligérant met au point sa « **guerre industrielle** » **et totale**, avec production d'armes et recrutement de main-d'œuvre. L'objectif est d'affaiblir l'ennemi par tous les moyens.
- En mai 1942, les **Américains** reprennent l'**offensive dans le Pacifique** et défont la flotte japonaise à **Midway (juillet 1942)**.
- En **Afrique du Nord**, les Anglo-Américains débarquent au Maroc et en Algérie.

Vocabulaire

Guerre totale : conflit où les États mobilisent toutes les ressources économiques et humaines de la société pour remporter la victoire.

• Entre mai et juillet **1943**, les Alliés contraignent les troupes de l'Axe à capituler en **Tunisie**, débarquent en **Sicile**, puis sur la botte italienne.

• En septembre 1942, les troupes allemandes investissent la ville de **Stalingrad**, défendue pied à pied par les Soviétiques, qui lancent une contre-offensive s'achevant par une **capitulation allemande en février 1943**. Désormais, la dynamique a changé de camp.

2 La fin de la guerre en Europe, puis en Asie

• En **Italie**, **Mussolini** est affaibli par le débarquement allié : le 25 juillet 1943, il est **destitué** et les Italiens capitulent le 8 septembre.

• Les **débarquements alliés du 6 juin 1944 en Normandie** (opération Overlord) et **du 15 août en Provence**, permettent de libérer une majeure partie de la France.

Vocabulaire

■ **Kamikaze** : en 1944-1945, pilote japonais volontaire pour écraser son avion chargé d'explosifs sur un navire ennemi.

• À l'est, l'**opération Bagration** permet à l'armée rouge de repousser les forces allemandes d'Europe orientale.

• Les **Alliés**, appuyés par les armées françaises, reprennent l'initiative et **pénètrent en Allemagne** : le Rhin est franchi en mars 1945.

• **Hitler se suicide** le 30 avril 1945 pendant la bataille de Berlin. L'Allemagne signe alors sa **capitulation sans conditions**, le 7 mai à Reims et le **8 mai à Berlin**.

• Sur le front du **Pacifique**, les Américains sont confrontés aux **kamikazes** qui ralentissent l'avance alliée.

• Pour prendre l'avantage, les Américains larguent deux **bombes atomiques sur Hiroshima (6 août 1945) et Nagasaki (9 août 1945)**, qui font entrer le monde dans l'ère nucléaire (**Doc. 9**).

• La **capitulation japonaise** est officiellement signée le **2 septembre 1945**. C'est la fin d'un conflit qui aurait fait **plus de 50 millions de morts**, avec des civils autant frappés que les militaires, voire plus dans certains pays.

Doc. 9 **Le bombardement atomique d'Hiroshima, 6 août 1945**

9 Violence et mise en œuvre d'un processus génocidaire

De quoi s'agit-il ? La Seconde Guerre mondiale est caractérisée par un déchaînement exceptionnel de violences, qui atteignent leur paroxysme avec le processus conduisant au génocide des Juifs et des Tsiganes.

1 Une guerre idéologique qui produit des violences de masse

- Constituées de régimes totalitaires et autoritaires, les puissances de l'**Axe asservissent les individus et les peuples** au nom de leur **idéologie**.
- Les **Alliés**, de leur côté constituent le **camp des démocraties**, qui combattent en faveur des **droits de l'homme** réaffirmés dans la « Charte de l'Atlantique ».
- Le conflit oppose des **puissances industrielles** qui organisent des **économies de guerre**. Les États pratiquent une **guerre technologique** qui se caractérise par un grand effort de recherche et d'innovations.
- L'aviation devient un outil essentiel de la guerre : des **bombardements stratégiques** effacent la distinction entre militaires et civils, avec pour objectif de démoraliser les populations et de désorganiser les économies de guerre.

2 Une guerre qui transgresse les normes de la civilisation

- Ce déchaînement de violences s'accroît avec la multiplication des **crimes de guerre** et des **violences de masse**.
- La **guerre d'anéantissement** à l'Est, qui oppose l'Allemagne nazie à l'URSS de Staline, dépasse la simple campagne militaire pour devenir une entreprise idéologique de destruction de l'adversaire (**Doc. 10**).

Vocabulaire

- **Guerre d'anéantissement :** conflit où chaque camp tente de conquérir des territoires en recherchant la destruction physique des forces adverses, enfreignant ainsi les lois de la guerre (convention de Genève de 1929).

Doc. 10 Directives du maréchal von Reichenau, le 10 octobre 1941

> Le but principal de la campagne contre le système judéo-bolchevique est la destruction complète de ses forces [...]. En conséquence, les troupes doivent assumer des tâches dépassant les obligations purement militaires. Dans la sphère orientale, le **soldat n'est pas un simple combattant selon les règles de la guerre, mais le tenant d'une idéologie raciale impitoyable** et le **vengeur de toutes les bestialités infligées à la nation allemande** [...]. Pour cette raison, les soldats doivent bien comprendre la nécessité de la sévère expiation requise des sous-hommes juifs.

La violence est organisée et assumée en URSS.

Lors de l'opération Barbarossa, les soldats sont amenés à dépasser les opérations militaires pour pratiquer des meurtres de masse à caractère racial qui s'inscrivent dans le cadre du génocide juif.

3 La mise en œuvre du processus génocidaire : de l'exclusion aux agressions légalisées

- Dans les zones occupées par les nazis et dans certains États satellites, les Juifs sont **dépouillés de leurs biens** et sont regroupés dans des **ghettos**. C'est le début d'un **processus génocidaire**.
- Les nazis imposent sur certains territoires le **port de l'étoile jaune** et tentent de recenser la population juive en vue de la **déporter**.

• Avec l'**opération Barbarossa**, plusieurs millions de Juifs tombent sous la domination nazie et un cap est franchi. Dans ce contexte, le régime hitlérien décide de mettre en œuvre la **destruction des Juifs d'Europe** que l'on qualifie aujourd'hui de « **Shoah** » : les **einsatzgruppen**, des détachements SS, s'emploient à exterminer méthodiquement par fusillade les Juifs des territoires conquis (2 millions de morts).

• Une dernière étape est amorcée avec la déportation et la « mise à mort », décidées et planifiées à partir de 1941. Lors de la **conférence de Wannsee** le 20 janvier 1942, dirigée par **Heydrich**, les responsables nazis organisent la **déportation** et l'**extermination**.

• Les six « **centres de mise à mort** » – Maidanek, Auschwitz et Treblinka, ainsi que trois centres qui ne comprennent pas de camp de travail (Chelmno, Belzec, Sobibor) – sont aménagés à échelle industrielle en véritables « usines » de mort.

• On désigne le génocide juif par les nazis par le nom de « **Shoah** », terme hébreu signifiant « **catastrophe** ». Aujourd'hui, les historiens estiment que le bilan de la Shoah s'établit entre 5 et 6 millions de morts.

Vocabulaire

- **Einsatzgruppen (« unités mobiles de tuerie»)** : groupes armés nazis chargés de rafler et d'exécuter les populations juives à l'arrière du front soviétique à partir de 1941.
- **Centres de mise à mort** : centres créés par les nazis pour mettre en œuvre l'extermination massive des Juifs d'Europe. La plupart des déportés y sont mis à mort immédiatement. Cette dénomination a été adoptée par l'historien Raul Hilberg : selon lui, elle retranscrit davantage la réalité de ce qu'étaient ces lieux.

• Entre 200 000 et 500 000 **Tsiganes** ont également été **exterminés**. Le génocide ne semblait viser que ceux qui étaient originaires du Reich. Dans les autres pays, ils ont été **internés** dans des conditions très difficiles.

10 La France dans la guerre (1940-1944)

De quoi s'agit-il ? La France, défaite et occupée, est écartelée entre deux visions de l'avenir : celle de Pétain et du gouvernement de Vichy assume la défaite et se lance dans la collaboration, alors que de Gaulle et les résistances souhaitent poursuivre le combat.

1 Le choc de la défaite

• Après l'**offensive allemande du 10 mai 1940**, 8 millions de Français fuient l'avancée allemande dans l'« **exode** » et l'armée française est battue en cinq semaines malgré de rudes combats.

• **La défaite est un choc** pour les Français. Le 16 juin, le gouvernement démissionne. **Pétain, appelé au pouvoir**, refuse de poursuivre les combats depuis l'outre-mer.

• Un **armistice** est signé le **22 juin 1940** à Rethondes. Ses conditions sont très dures : la France est partagée en **sept zones** (dont une non-occupée), alors que 1,8 million de prisonniers gagnent des **camps** (stalags) en Allemagne. Enfin, l'Alsace-Moselle est annexée de fait au Reich. La France est donc **vassalisée**.

• Dans un **discours du 17 juin 1940**, le **maréchal Pétain** annonce aux Français qu'il a décidé de solliciter un **armistice** auprès des Allemands (**Doc. 11**).

• Le **général de Gaulle** s'oppose à cette perspective et prononce, **depuis Londres**, un **appel le 18 juin**, invitant tous les Français qui souhaitent **poursuivre les combats** à le rejoindre (**Doc. 12**). Pour de Gaulle, la défaite n'est qu'une étape d'un conflit mondial où la France peut continuer le combat.

Doc. 11 Pétain souhaite arrêter la guerre

« Français ! À l'appel de Monsieur le président de la République, j'assume à partir d'aujourd'hui la direction du gouvernement de la France. Sûr de l'affection de **notre admirable armée**, qui lutte avec un héroïsme digne de ses longues traditions militaires contre un ennemi supérieur en nombre et en armes, sûr que par sa magnifique résistance elle a rempli son devoir vis-à-vis de nos alliés, sûr de l'appui des anciens combattants que j'ai eu la fierté de commander, sûr de la confiance du peuple tout entier, **je fais à la France le don de ma personne pour atténuer son malheur**. En ces heures douloureuses, je pense aux malheureux réfugiés [...]. Je leur exprime ma compassion et ma sollicitude. **C'est le cœur serré que je vous dis aujourd'hui qu'il faut cesser le combat**. Je me suis adressé cette nuit à l'adversaire pour lui demander s'il est prêt à rechercher avec nous, entre soldats, après la lutte et dans l'honneur, **les moyens de mettre un terme aux hostilités**. Que tous les Français se groupent autour du gouvernement que je préside pendant ces dures épreuves et fassent taire leur angoisse pour n'écouter que leur foi dans le destin de la patrie. »

Discours radiodiffusé du maréchal Pétain, le 17 juin 1940.

Pétain, lui-même militaire, acte de la défaite française mais souhaite réaffirmer à quel point l'armée française n'a pas démérité.

Il annonce que la fin des combats est pour lui la seule solution afin d'épargner le peuple français

Il envisage de traiter avec l'Allemagne nazie et ne perçoit pas l'aspect mondial de la guerre, ni la possibilité de poursuivre les combats depuis l'empire colonial.

Doc. 12 Le refus de la défaite afin de poursuivre la guerre

Affiche « À tous les Français », août 1940.

Cette affiche a été tirée à 10 000 exemplaires et placardée sur les murs en Angleterre, à partir du 3 août 1940. C'est une version différente de l'Appel du 18 juin, mais elle se diffuse largement parmi les Français réfugiés au Royaume-Uni.

2 Vichy : un régime antirépublicain, xénophobe et antisémite

Vocabulaire

- **Pleins pouvoirs :** concentration des pouvoirs législatif, exécutif et judiciaire entre les mains d'un seul personnage politique.

• Le **gouvernement s'installe à Vichy** et convoque le Parlement. Le 10 juillet 1940, une écrasante majorité de parlementaires (509 sur 589) vote les **pleins pouvoirs** au maréchal Pétain : c'est la fin de la forme républicaine du gouvernement. Dès le lendemain, Pétain, qui se nomme « chef de l'État français », met en place un **régime autoritaire, antisémite, xénophobe et charismatique** (basé sur le culte du chef).

• Le maréchal Pétain et son gouvernement, expliquent la défaite par les **erreurs commises par la République** et rendent responsables les **Juifs** et les **étrangers**, considérés comme **ennemis de la France**. Il propose une « révolution nationale » basée sur de **nouvelles valeurs**, opposées à celles de la République.

• La nouvelle devise de la France devient « **Travail, Famille, Patrie** » et le Parlement n'est plus réuni, alors que les partis et les syndicats sont interdits, la presse et la radio censurées.

11 La France entre collaboration et résistances

De quoi s'agit-il ? Dès juin 1940, Pétain estime que la guerre est perdue pour la France et engage le pays sur la voie de la collaboration. De Gaulle et les résistances s'opposent à cette vision et considèrent que, dans une guerre devenue mondiale, la France peut retrouver son indépendance et sa puissance.

1 Vichy, un régime qui collabore

Vocabulaire

- **Collaboration :** politique d'entente engagée entre l'Allemagne nazie et le gouvernement de Vichy.
- **État milicien :** à partir de 1944, le gouvernement de Vichy est entre les mains de ministres issus de la Milice, force de répression créée en 1943.

• Le régime de Vichy, **antisémite**, exclut les Juifs de la nation française en adoptant les « **statuts des Juifs** » en 1940 et 1941.

• Après la **rencontre à Montoire** entre Pétain et Hitler le 24 octobre 1940, Vichy engage la France dans la voie de la **collaboration** avec l'Allemagne nazie. Des policiers français participent aux arrestations de juifs, comme lors de la **rafle du Vel d'Hiv** en **juillet 1942**.

• En 1943, Vichy crée la **Milice**, qui se met au service de l'occupant. La même année, est instauré le **Service du travail obligatoire** (STO), destiné à appuyer l'effort de guerre allemand. À partir de fin 1944, Vichy se transforme en un **État milicien** et fasciste, alors que la France traverse une quasi-guerre civile.

2 L'essor des résistances et la Libération

• Dès l'été 1940, certains Français s'opposent individuellement à l'occupation allemande, par des **actes de sabotage** ou la **diffusion de tracts** (**Doc. 13**). Progressivement, la Résistance passe de l'individuel au collectif avec l'apparition des premiers réseaux et des **mouvements** qui s'organisent sur le territoire à partir de **journaux clandestins**, tels *Combat, Franc-Tireur, Libération Sud* et *Nord*.

• Combattant à la fois l'occupant et Vichy, les résistances sont divisées et minoritaires, alors que la répression porte de rudes coups. De premiers **maquis** apparaissent dans les zones de montagnes. **Jean Moulin** réussit à **unifier les résistances** dans le **CNR** autour de de Gaulle.

• Après les **débarquements de Normandie et de Provence** et grâce à l'**action des FFI**, la majeure partie du territoire est libérée. Le **25 août 1944**, après le soulèvement de Paris, **le général de Gaulle fait une entrée triomphale dans la capitale.** Il entend restaurer et refonder la République dans un sens social, tout en rétablissant l'ordre étatique.

Vocabulaire

- **Maquis :** regroupement dans des régions difficiles d'accès de combattants clandestins qui s'organisent pour mener des combats de « guérilla » contre l'occupant et le gouvernement de Vichy.
- **CNR :** Conseil national de la Résistance où sont rassemblés les mouvements de résistance, les partis politiques et les syndicats.
- **FFI :** Forces françaises de l'intérieur.

Doc. 13 Fédérer la Résistance autour des valeurs de la République

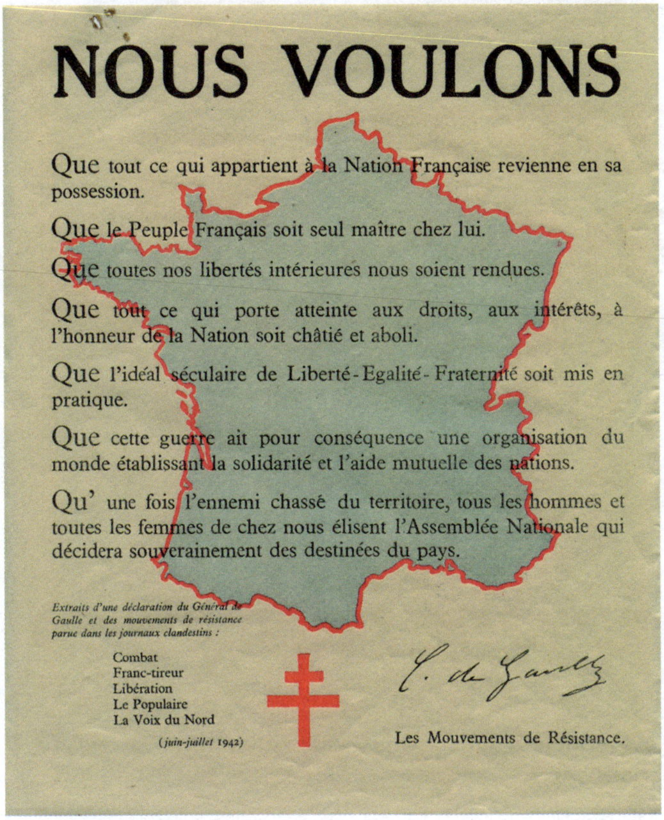

Les termes de cette affiche expriment clairement l'attachement des résistants de l'intérieur et de la France libre aux valeurs républicaines. Il montre la détermination à poursuivre le combat pour libérer la France.

Affiche reprenant des extraits d'une déclaration commune du général de Gaulle et des mouvements de Résistance, juin-juillet 1942.

Révision express

La Seconde Guerre mondiale en résumé

Le schéma à retenir

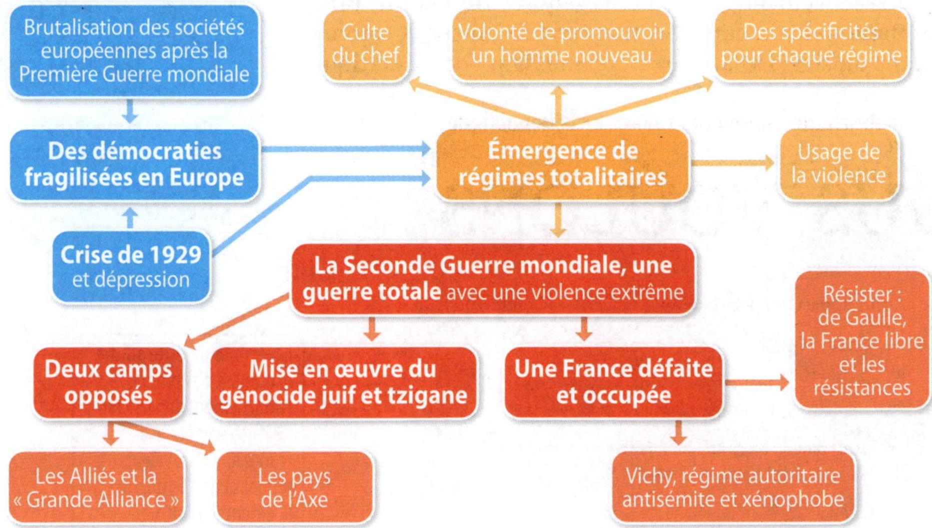

Quiz

Cochez la bonne réponse :

1. Comment la crise de 1929 s'explique-t-elle ?

a. ☐ **Par l'inflation.**
b. ☐ **Par la spéculation boursière et la surproduction.**
c. ☐ **Par la déflation.**

2. Hitler et Mussolini accèdent au pouvoir :

a. ☐ **par un coup d'État.**
b. ☐ **grâce à une révolution.**
c. ☐ **de manière légale, avec le soutien de certains groupes.**

3. À quelle date le génocide juif débute-t-il ?

a. ☐ **En 1941, avec l'invasion de l'URSS par l'Allemagne nazie.**
b. ☐ **En 1942, à la conférence de Wannsee.**
c. ☐ **En 1937, avec le début de la Seconde Guerre mondiale en Asie.**

4. Comment peut-on qualifier le régime de Vichy ?

a. ☐ **Militaire.**
b. ☐ **Autoritaire, xénophobe et antisémite.**
c. ☐ **Totalitaire appuyé sur un parti de masse.**

→ Réponses p. 470

EXERCICE GUIDÉ 1

Établir un plan et une problématique (question problématisée)

Énoncé

Rédigez la problématique et le plan en réponse au sujet de question problématisée suivant :

Comment les régimes totalitaires contrôlent-ils leur population ?

Méthode

1 Délimiter le sujet

- Au brouillon, vous devez tout d'abord identifier les termes clés et les éléments structurants (notions ou mots de liaison) pour les définir le cas échéant en introduction.
- N'oubliez pas de déterminer les limites chronologiques et/ou spatiales du sujet.

2 Analyser le sujet

- Pour faire émerger les idées, n'hésitez pas à poser les questions suivantes :
– où ? – quand ? – dans quel contexte ? – quoi ? – qui ?
- Au brouillon, listez des connaissances précises par mots clés et sélectionnez-les pour éviter le hors-sujet

3 Élaborer un plan détaillé et une problématique

- Formez rapidement votre plan. S'il est chronologique, vous pouvez réfléchir à des sous-parties thématiques et vice-versa.
- Une problématique correspond toujours à une idée prise dans le cours, elle n'est pas la simple reformulation du sujet, qui ne vous permettra ni d'argumenter ni de conclure efficacement.

L'astuce du prof
L'enchaînement des idées doit être cohérent, avec un enchaînement logique entre les parties et même les sous-parties. Il s'agit d'une véritable démonstration.

Corrigé

1. Le terme totalitaire doit être défini en introduction.
Les différents régimes totalitaires se sont développés dans des temporalités un peu différentes à préciser : le régime fasciste a duré de 1922 à 1943, le nazisme de 1933 à 1945 et le stalinisme de 1924 à 1953.

2. Voici une liste de mots clés qui ont été traités, pour construire le plan.
Fascisme, nazisme, stalinisme, culte de la personnalité, police politique, Gestapo, camps, NKVD, Dachau, propagande, Jeunesses Hitlériennes, procès de Moscou (1938).

3. La problématique est ici l'idée centrale du cours : ces régimes, malgré leurs différences idéologiques, ont utilisé les mêmes méthodes pour contrôler leur population.
Le plan doit être transversal, c'est-à-dire que vous ne devez pas traiter les régimes séparément : vous ne répondriez pas à votre problématique.
Ces régimes utilisent deux méthodes de contrôle : l'embrigadement obtenu grâce à la propagande et la terreur quand la méthode douce a échoué.

L'astuce du prof
Exceptionnellement, la problématique peut être formulée sous forme d'une phrase affirmative.

L'astuce du prof
Compte tenu du temps limité d'une heure, votre problématique comme votre plan doivent être simples.

- **I. Des régimes idéologiquement différents**
1. Fascisme et nazisme, deux régimes nationalistes
2. Le stalinisme, un régime communiste

• **II. Faire adhérer la population par l'embrigadement**
1. Le culte de la personnalité
2. Une propagande omniprésente
3. L'embrigadement de la jeunesse

• **III. La mise en place de la terreur**
1. Des polices politiques qui surveillent la population
2. Le système concentrationnaire en Allemagne et en URSS
3. les grands procès de Moscou (1937-1938)

L'astuce du prof
Utilisez le point de passage obligatoire sur la Grande Terreur en URSS pour construire une sous-partie entière.

EXERCICE GUIDÉ 2

Établir un plan et une problématique (analyse de documents)

Énoncé

Rédigez la problématique et le plan en réponse à l'analyse de document suivante.

Consigne : en analysant le document, vous montrerez en quoi il témoigne d'une adhésion de la France libre et du général de Gaulle aux principes de la République.

Doc. De Gaulle et la République

« Quant aux bases de l'édifice futur des institutions françaises, nous prétendons pouvoir les définir par conjonction des trois devises qui sont celles des Français libres. Nous disons : "Honneur et Patrie", entendant par-là que la nation ne pourra revivre que dans l'air de la victoire et subsister que dans le culte de sa propre grandeur. Nous disons : "Liberté, Égalité, Fraternité", parce que notre volonté est de demeurer fidèles aux principes démocratiques que nos ancêtres ont tirés du génie de notre race et qui sont l'enjeu de cette guerre pour la vie ou la mort. Nous disons "Libération" et nous disons cela dans la plus large acception du terme, car, si l'effort ne doit pas se terminer avant la défaite et le châtiment de l'ennemi, il est d'autre part nécessaire qu'il ait comme aboutissement, pour chacun des Français, une condition telle qu'il lui soit possible de vivre, de penser, de travailler, d'agir, dans la dignité et dans la sécurité. Voilà l'article 3 de notre politique ! »

Discours à l'Albert Hall, Londres, le 15 novembre 1941.

Méthode

1 Analyser la consigne et le(s) document(s)

● L'analyse de document(s) est accompagnée d'une consigne suggérant une problématique, mais nécessite que vous mobilisiez des connaissances et des repères venus du cours.

● Relevez dans le document les éléments qui vous permettent de répondre à la consigne et que vous allez faire apparaître dans votre argumentation.

2 Identifier le(s) document(s)

● Vous avez appris à présenter un document en identifiant :
– sa nature ; – son auteur ; – son contexte de publication ; – son intérêt.

● Lorsque vous avez plusieurs documents, il faut les mettre en relation et identifier ce qui les rapproche ou les oppose. Vous pouvez alors les présenter en même temps.

3 Élaborer un plan et choisir une problématique

● Vous avez appris en classe de 1re à bâtir des plans d'analyse de documents. Votre réflexion doit toujours partir du document. Il est la base de votre réflexion. Partir de votre cours vous conduirait à du hors-sujet ou des contre-sens.

Piège à éviter
L'analyse de document n'est pas une question problématisée : le document doit être mobilisé dans votre argumentation.

Corrigé

1. Ce sujet porte sur la République et ses valeurs, qui s'opposent clairement aux fondements du régime de Vichy, qui l'a abolie dès juillet 1940 (on parle d'État français et non plus de République).

> **L'astuce du prof**
> Le terme de « république » devra être défini en introduction.

2. Le document est un discours présentant un programme de rétablissement des institutions républicaines. On attend que vous insistiez sur l'auteur – de Gaulle – et le présentiez brièvement, en une ou deux phrases. Le document concilie des valeurs patriotes, sinon nationalistes, avec la défense de la République. Du fait que de Gaulle fut un militaire à tendance conservatrice, beaucoup se sont inquiétés de sa volonté de choisir un pouvoir plus personnel.

La date du 15 novembre 1941 est intéressante, car il s'agit des débuts de la Résistance à une époque où l'Axe semble l'emporter. Le Royaume-Uni n'est plus seul, puisque l'URSS est entrée dans la guerre à la suite de l'invasion nazie du 22 juin 1941 (opération Barbarossa).

3. La problématique est ici suggérée par la consigne : « sur quelles valeurs républicaines de Gaulle souhaite-t-il refonder la France ? »

De Gaulle définit dans cet extrait de discours trois principes pour la politique qu'il souhaite mener dans la France libre : « Honneur et Patrie », « Liberté, Égalité, Fraternité » et enfin « Libération ». La Libération ne s'entend pas uniquement comme la fin de l'occupation, mais comme une émancipation de l'être humain dans son travail, ses droits… Pour autant, toutes ces devises ne correspondent pas à la consigne et on peut identifier deux axes essentiels :

I. Ce discours réaffirme les principes républicains.

L'exploitation de la devise « Liberté-Egalité-Fraternité » permet à de Gaulle de se placer dans une logique républicaine explicite. La France libre souhaite rétablir ce régime à la Libération.

> **L'astuce du prof**
> Commencez chaque partie par une phrase d'introduction, puis par une référence au document : citation pour un texte ou description pour un document iconographique.

II. De Gaulle veut fonder une République sociale à la Libération.

De Gaulle vise à offrir aux Français « une condition telle qu'il lui soit possible de vivre, de penser, de travailler, d'agir dans la dignité et la sécurité ».

Chapitre 2 La multiplication des acteurs internationaux dans un monde bipolaire

1 Le bilan de la Seconde Guerre mondiale

De quoi s'agit-il ? Si la Seconde Guerre mondiale a pu être vécue comme une répétition ou une reprise de la Première, son bilan dépasse celui de 1918, aussi bien sur le plan humain, matériel que moral.

1 Un bilan humain et matériel de grande ampleur

Vocabulaire

- **Génocide :** extermination volontaire et organisée d'une population en fonction d'un critère d'identification (religion, « race », etc.).

• Le bilan de la Seconde Guerre mondiale surpasse celui de la Première. Sa dimension idéologique en a fait aussi une **guerre contre les civils**, parfois cibles directes des opérations et pas uniquement victimes collatérales : bombardements, déportations, massacres, génocides.

• Il y aurait eu **70 millions de morts**, plus de la moitié étant des civils (**Doc. 1**). L'URSS paie le plus lourd tribut (28 millions) mais, en proportion, c'est la Pologne, (19% de sa population). Le **génocide** juif fait quant à lui plus de 5 millions de morts.

• Le **bilan matériel** est effarant : des villes entières ont été rasées (1 700 villes soviétiques, près de 70 % des villes allemandes, Hiroshima et Nagasaki anéanties par les bombes atomiques). Les économies européennes sont ravagées.

Doc. 1 Les morts de la guerre

Pays	Nombre de morts (en millions)	Pourcentage de la population	Pays	Nombre de morts (en millions)	Pourcentage de la population
URSS	28	15 %	**Japon**	3,3	5 %
Chine	15	3 %	**Royaume-Uni** (dont empire)	0,3 (2,5)	0,8 % (0,5 %)
Allemagne	8,6	11 %	**France** (dont Indochine)	0,5 (1,5)	1,3 % (6 %)
Pologne	6,5	19 %	**États-Unis**	0,4	0,3 %

2 Le bilan moral : la rupture de civilisation

Vocabulaire

- **« Mission civilisatrice » :** devoir de répandre le progrès que s'assignaient les Occidentaux et qui se transforme en droit à coloniser et conquérir de nouveaux espaces (colonies en Afrique et Asie, conquête de l'Ouest aux États-Unis...).
- **Crime contre l'humanité :** toute action organisée déniant l'humanité d'un individu (génocide, esclavage...).

• Le bilan moral fait de la Seconde Guerre mondiale un **point de bascule dans l'histoire contemporaine**. Le continent européen, qui se targuait d'être le continent des Lumières, de la démocratie et du progrès, a été celui d'Auschwitz et des pires exactions. La « **mission civilisatrice** », qui avait justifié la colonisation, laisse place à une **crise morale**, doublée des angoisses de destruction que la bombe atomique a renforcées.

• Les vainqueurs veulent **juger les responsables** des pays vaincus, jetant les bases d'une justice internationale fondée sur le respect des droits de l'homme. Le **procès de Nuremberg** (**Doc. 2**) contre les principaux dirigeants nazis se déroule du 20 novembre 1945 au 1er octobre 1946 ; celui de Tokyo contre les dirigeants japonais du 3 mai 1946 au 12 novembre 1948. À chaque fois, une vingtaine de hauts dignitaires est présentée devant des juges de plusieurs pays vainqueurs. Ils sont accusés de crimes contre la paix (déclenchement de la guerre), de **crimes de guerre** et, nouveauté juridique, de **crimes contre l'humanité** pour juger les massacres de masse, en particulier les **génocides**. La peine de mort par pendaison est souvent prononcée.

Doc. 2 Le procès de Nuremberg

❶ Les accusés
❷ Les interprètes
❸ Les avocats
❹ Un procès filmé
❺ Les juges
❻ Les observateurs et les journalistes

2 Construire un nouvel ordre mondial

De quoi s'agit-il ? **Avant même la fin de la guerre, les Alliés bâtissent le nouvel ordre mondial qu'ils veulent fonder sur des principes démocratiques.**

1 Un nouvel ordre politique et diplomatique

Vocabulaire

- **Droit de veto :** pouvoir de bloquer une décision.

• La Société des Nations (SDN), créée en 1919, est remplacée par l'**Organisation des Nations unies (ONU)**, créée par la Charte de San Francisco du 26 juin 1945 et rassemblant les 51 États de l'alliance contre l'Allemagne et le Japon.

• L'ONU renouvelle les **mécanismes de coopération internationale** pour se rendre plus efficace (**Doc. 3**). Une **Assemblée générale** réunit tous les membres : chaque État y dispose d'une voix. Dans des cas de tensions, le **Conseil de sécurité** (quinze membres) peut être convoqué. Cinq États y disposent d'un siège permanent avec **droit de veto** : États-Unis, URSS, Royaume-Uni, Chine et France. Le Conseil de sécurité peut recommander et organiser l'usage de la force armée contre un État accusé de susciter un conflit. Un secrétaire général, élu par l'Assemblée, la préside et coordonne le travail de l'ONU.

Doc. 3 L'organisation de l'ONU

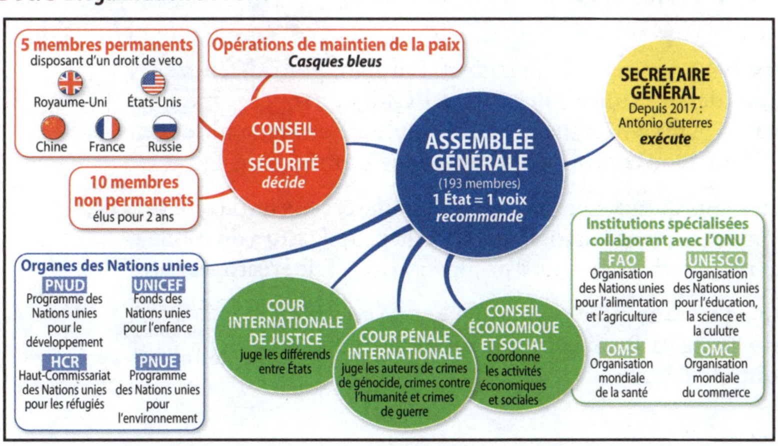

2 Un nouvel ordre économique et social ?

● Les vainqueurs sont convaincus de l'importance d'**agir dans les domaines économiques et sociaux pour préserver la paix**. Plusieurs agences, directement contrôlées par l'ONU ou en relation avec elle, sont mises en place (FAO, OMS, UNESCO, UNICEF...).

● La **conférence de Bretton Woods** en 1944 débouche sur la création d'organisations internationales : la **Banque mondiale**, pour relancer l'économie, et le **FMI** (Fonds monétaire international), pour stabiliser les monnaies autour du dollar, monnaie de référence.

● Les théories des économistes britanniques **J. M. Keynes et W. H. Beveridge** permettent la mise en place de l'**État-providence**, essentiellement en Europe occidentale. L'État s'implique dans l'économie et met en place une protection sociale.

● En France, ces idées se retrouvent dans le **programme du Conseil national de la Résistance** (15 mars 1944) qui, outre les opérations de libération de la France, prévoit sa reconstruction politique, économique et sociale par le retour à la République, en renforçant les traditionnels droits politiques par de nouveaux droits sociaux.

Vocabulaire

■ **État-providence :** se dit d'un État qui, outre ses fonctions « régaliennes » (justice, police, armée), assure la régulation de l'économie et la protection sociale des individus pour leur garantir un bien-être minimal.

3 Les tensions de l'après-guerre

De quoi s'agit-il ? **La paix souhaitée en 1945 se révèle très vite fragile, à la fois à cause de la rupture entre les deux principales superpuissances et de conflits localisés, en particulier au Proche-Orient.**

1 La rupture entre les deux Grands

● En 1945, les deux Grands et le Royaume-Uni avaient tenue des conférences, à **Yalta** puis **Potsdam**, pour préparer la réorganisation du monde après la guerre. Ils s'étaient notamment partagé des **zones d'influence** dans les territoires qu'is avaient libérés en Europe.

● Les tensions montent très tôt entre les deux principaux vainqueurs, **superpuissances** dominant alors les relations internationales. Chacun des deux « Grands » se présente comme le défenseur de la liberté et de la paix. L'URSS s'inquiète de la **supériorité que la bombe atomique donne aux États-Unis**.

● La **rupture** est consommée **dès 1947**. En mars, le président Truman, pour défendre les démocraties face au **totalitarisme** (dénonçant implicitement l'URSS), propose une aide financière mise en place en juin avec le **plan Marshall**. Staline réplique en septembre avec la **doctrine Jdanov**, qui appelle à faire bloc contre l'« **impérialisme** » américain.

● **L'Europe est coupée en deux** entre ceux qui acceptent l'aide américaine et ceux qui la refusent sur ordre de l'URSS. Les États-Unis se trouvent impuissants face à la **propagation du modèle communiste** que Staline réussit à imposer dans sa zone d'occupation à l'est de l'Europe.

● Par exemple, le **25 février 1948**, après une crise gouvernementale couplée à des tensions sociales et la crainte d'une guerre civile, le Parti communiste se retrouve seul au pouvoir en Tchécoslovaquie. C'est le « **coup de Prague** ».

Vocabulaire

■ **Superpuissance :** État dont la puissance et l'influence s'exercent sur le monde dans tous les domaines (politique, économique, culturel...).

■ **Impérialisme :** forme de domination politique, militaire, etc. imposée par un pays à d'autres espaces pour étendre son influence.

2 Des espaces encore sous tension

• La fin de la Seconde Guerre mondiale n'empêche pas la **poursuite de conflits localisés** (par exemple, guerres civiles entre communistes et non-communistes en Yougoslavie, Grèce, Chine) ou de **tensions frontalières**. Le sort de l'Allemagne, occupée par quatre vainqueurs qui entrent en guerre froide, n'est pas réglé.

• La question de la **décolonisation au Proche et Moyen-Orient** génère des tensions. La fin du mandat britannique sur la Palestine ouvre le **conflit israélo-arabe**. Les populations arabe et juive **sioniste** réclament chacune de leur côté l'indépendance. En novembre 1947, l'ONU propose un plan de partage refusé par les premiers, mais qui constitue la base sur laquelle s'appuient les Juifs pour proclamer le 14 mai 1948 l'indépendance de l'État d'Israël. La guerre éclate dès le lendemain entre ce nouvel État et une coalition de pays arabes. Israël remporte la victoire en 1949, étendant ainsi ses frontières (**Doc. 4**).

Vocabulaire

- **Décolonisation :** processus de retrait des colonisateurs des empires, donnant l'indépendance aux peuples colonisés.
- **Sionisme :** mouvement politique nationaliste juif né à la fin du XIXe siècle, préconisant le retour des Juifs sur la « Terre promise » (anciens royaumes hébreux antiques autour de Jérusalem), pour les protéger des persécutions.

Doc. 4 Partage de la Palestine et indépendance d'Israël (1947-1949)

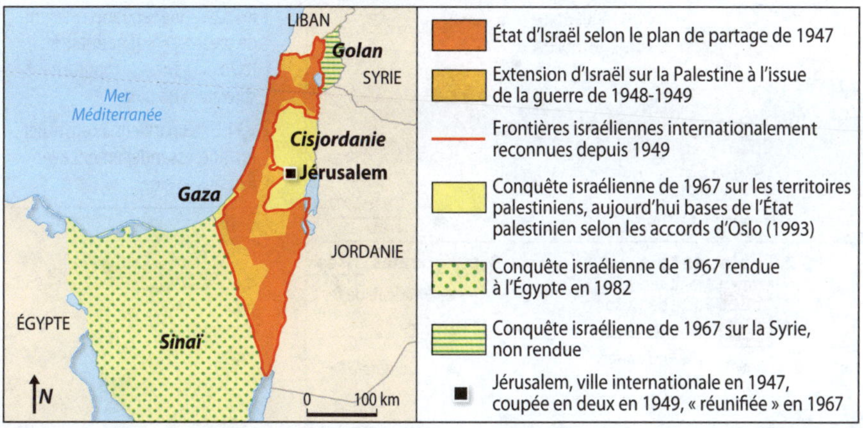

4 Un monde bipolaire

De quoi s'agit-il ? À partir de 1947, les deux Grands deviennent rivaux et se lancent dans la formation de blocs pour se préparer à une éventuelle guerre, mais aussi défendre leur modèle idéologique.

1 Un affrontement de puissances

• À partir de la rupture de 1947, chacun des deux Grands essaie de **rassembler des alliés** pour préparer un éventuel conflit, formant ainsi **deux blocs opposés**. Le monde, à l'image de l'Europe, se trouve divisé entre l'Est (bloc soviétique) et l'Ouest (bloc américain) (**Doc. 5**) : on parle de **bipolarisation**.

• **L'URSS parvient à sécuriser ses frontières** en contrôlant de nombreux pays voisins où se mettent en place des régimes de type soviétique, en Europe de l'est mais aussi en Asie (Corée du Nord, Mongolie, Chine après la victoire des communistes en 1949). Elle signe des traités de coopération économique et militaire avec ces alliés.

Vocabulaire

- **Monde bipolaire (ou bipolarisation) :** division du monde en deux pôles dominants, les États-Unis et l'URSS.

● Toutefois, **les États-Unis encerclent le bloc soviétique** en multipliant les alliances (on a alors parlé de « pactomanie » : Organisation des États américains en 1948, **OTAN** avec l'Europe occidentale en 1949, Pacte de Bagdad au Moyen-Orient en 1955... En réponse à l'OTAN, l'URSS crée une alliance militaire, le **Pacte de Varsovie** (1955).

Vocabulaire

■ **OTAN : Organisation du traité de l'Atlantique Nord, réunissant l'Amérique du Nord et une partie de l'Europe occidentale dans une alliance militaire.**

Doc. 5 Un monde bipolaire

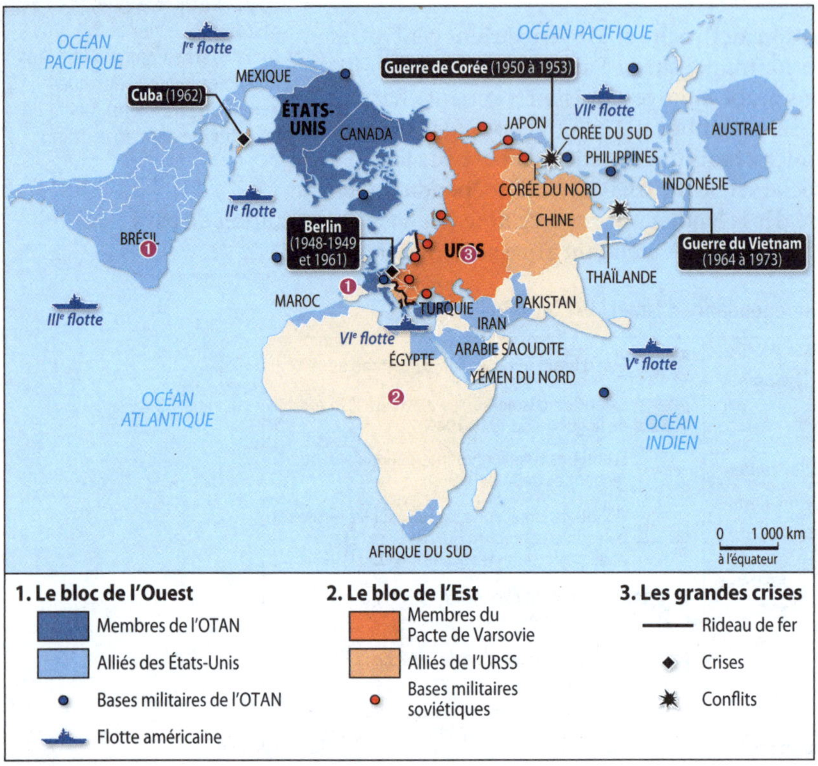

❶ Les États-Unis multiplient les alliances sur tous les continents et parviennent à encerclent le bloc soviétique.

❷ Après la décolonisation, les pays indépendants essaient de préserver leur neutralité (cf. p. 54), mais se rapprochent souvent d'un bloc.

❸ L'URSS parvient à constituer un bloc, essentiellement avec les pays voisins.

2 Un affrontement idéologique

● L'affrontement prend dès le départ une **dimension idéologique** (cf. p. 48). Il s'agit aussi d'une opposition de modèles politiques, économiques et sociaux. D'un côté, le bloc soviétique prône le **communisme, fondé sur l'égalité sociale** (au détriment des libertés individuelles). De l'autre, le bloc occidental s'appuie sur le **libéralisme**, qui se traduit par la démocratie sur le plan politique et le capitalisme sur le plan économique (ce qui ne va pas sans inégalités sociales).

● Les **critiques réciproques** que se font les deux superpuissances les obligent aussi à faire évoluer leurs modèles. En URSS, après la mort de Staline (1953), les prisonniers sont libérés du Goulag ; son successeur à la tête du Parti, Khrouchtchev, lance la **déstalinisation** (1956) et une libéralisation limitée du régime. Aux États-Unis, dans les années 1960, les présidents américains démocrates, John F. Kennedy puis Lyndon B. Johnson, s'attaquent à la question des inégalités, qui entache la démocratie, en particulier la **ségrégation** qui frappe les Noirs.

Vocabulaire

■ **Déstalinisation : politique de réforme du système soviétique, visant à l'assouplir et à en éliminer les éléments répressifs les plus durs.**

■ **Ségrégation : politique de séparation des Blancs et des Noirs en vigueur dans les États du Sud des États-Unis après l'abolition de l'esclavage à la fin du XIXe siècle.**

5 Un affrontement indirect qui se manifeste par des crises

De quoi s'agit-il ? Possédant tous deux l'arme nucléaire et se prétendant défenseurs de la paix et de la liberté, les deux Grands s'affrontent indirectement, à travers des crises localisées. Leur affrontement organise les relations internationales, dans un monde désormais bipolaire.

1 Deux rivaux s'affrontant pour dominer la planète

- La première période, la « **guerre froide** » (1947-1953) est marquée par plusieurs tensions qui font craindre une troisième guerre mondiale. Entre juin 1948 et mai 1949, Staline organise un **blocus terrestre de Berlin** que les États-Unis contournent par un **pont aérien**. Deux États allemands idéologiquement opposés sont finalement créés : **RFA** à l'ouest et **RDA** à l'est.
- Entre 1950 et 1953, la **guerre de Corée** qui oppose le Sud, soutenu par une intervention de l'ONU menée par les États-Unis, et le Nord communiste, aidé de « volontaires » chinois, fait 3 millions de victimes et aboutit à la division entre deux États ennemis.
- Avec la mort de Staline en 1953, une deuxième période apaise les relations internationales : c'est la « **coexistence pacifique** » (1956-1962). La rivalité se manifeste dans les **compétitions sportives** ou par la **conquête de l'espace**. Cependant, de nouvelles tensions voient le jour, en particulier avec la construction du **mur de Berlin** (août 1961), pour bloquer l'exode des Allemands de l'Est vers l'Ouest.

Vocabulaire

- **Guerre froide :** situation de forte tension internationale qui ne débouche pas sur un conflit militaire direct.
- **Blocus :** opération d'isolement d'un territoire pour le couper de ses échanges avec l'extérieur.
- **Pont aérien :** mise en place d'un ravitaillement par des avions.

2 Deux rivaux obligés de reprendre le dialogue

- La **crise de Cuba** (**Doc. 6**) marque une nouvelle rupture. L'île, sous domination américaine depuis son indépendance, rejoint le bloc de l'Est après une **révolution menée par Fidel Castro** en 1959. L'URSS y implante une base permettant de lancer des missiles nucléaires jusqu'à Washington. Les États-Unis répliquent en **octobre 1962** par un **blocus maritime de Cuba** et lancent un **ultimatum** à l'URSS, s'affirmant prêts à user de l'arme nucléaire. La peur d'un nouveau conflit mondial est à son maximum. Khrouchtchev préfère céder. Un téléphone rouge est installé pour faciliter la communication entre les deux Grands.
- Commence alors la « **détente** ». Face aux menaces de guerre nucléaire et surtout à un monde qui devient plus complexe (cf. p. 54), **États-Unis et URSS reprennent les discussions** pour maintenir ensemble la paix, mais aussi leur hégémonie sur la planète. Ils parviennent à des **accords** sur certains dossiers (accords SALT sur le désarmement, rapprochement des deux Allemagnes), mais cela n'empêche pas d'autres crises (comme la guerre du Vietnam).

Vocabulaire

- **Ultimatum :** discours à caractère menaçant posant des conditions à un interlocuteur.

Doc. 6 La crise de Cuba (octobre 1962)

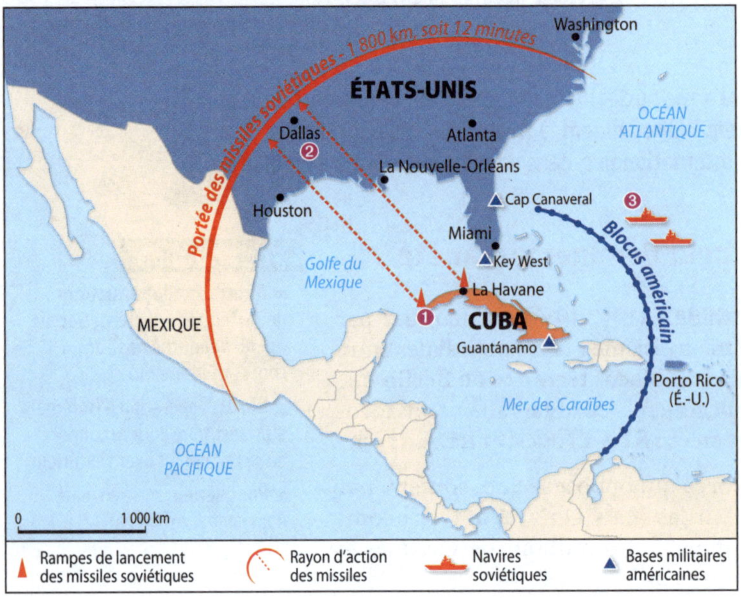

❶ L'île devient communiste avec Castro et une base soviétique doit y être construite.

❷ Les côtes américaines et de nombreuses grandes villes sont accessibles rapidement pour les missiles soviétiques.

❸ Des cargos soviétiques chargés des missiles doivent faire demi-tour après l'ultimatum du président américain Kennedy.

6 L'émergence de nouveaux pôles brisant la bipolarisation

De quoi s'agit-il ? L'organisation bipolaire du monde est nuancée, voire contestée, dès le milieu des années 1950.

1 La naissance du tiers monde

• L'affaiblissement de l'Europe permet aux **mouvements nationalistes** d'obtenir la **disparition des empires coloniaux**, d'abord en Asie puis, à partir du milieu des années 1950, en Afrique. Ces indépendances peuvent être négociées avec le colonisateur (exemple. des Indes britanniques en 1947, avec l'action pacifiste de Gandhi et Nehru). Quand celui-ci refuse, l'indépendance passe par une guerre (cas de l'Algérie française, 1954-1962).

• Les nouveaux pays indépendants, faibles politiquement et en retard de développement, s'organisent pour ne pas retomber sous une nouvelle dépendance, dans le cadre d'un monde bipolaire. Les **conférences de Bandung** (1955) (**Doc. 7**) et **de Belgrade** (1961) affirment la neutralité de ces nouveaux pays puis leur **non-alignement** et essaient de coopérer. Le **tiers monde** est né.

Vocabulaire

- **Non-alignement :** refus de choisir un des deux blocs de la guerre froide.
- **Tiers-monde :** ensemble des pays souvent anciennement colonisés, ayant des retards de développement et cherchant à faire entendre leur voix dans le monde bipolaire (l'expression est forgée par A. Sauvy à partir de « tiers état » et de l'idée d'un troisième bloc émergeant alors).

2 L'émergence de la Chine populaire

• Les **communistes menés par Mao** gagnent la guerre civile en Chine et proclament une **République populaire le 1er octobre 1949**, non reconnue par les autres États. D'abord dans l'orbite soviétique, la Chine essaie de construire et proposer au monde, notamment au tiers monde, un modèle communiste plus révolutionnaire, Mao refusant la déstalinisation à la fin des années 1950.

• Le modèle économique maoïste mis en place avec le « Grand Bond en avant » est un **échec économique dramatique**, avec environ 30 millions de Chinois morts de faim. Mais la Chine populaire réussit à étendre son **influence politique** : elle est **admise à l'ONU** en 1971, y compris au Conseil de sécurité, en remplacement de Taïwan.

Doc. 7 Discours d'ouverture de la conférence de Bandung par Sukarno (1955)

Mesdames et Messieurs, Chers Frères et Sœurs,

[…] Nos nations et nos pays ne sont plus des colonies. Nous sommes désormais libres, **souverains et indépendants**. Nous sommes redevenus maîtres dans nos propres murs. […] Vous ne vous êtes pas rassemblés dans un monde de paix, d'unité et de coopération. Des **gouffres béants** séparent les nations et groupes de nations. […] La peur ronge aujourd'hui la vie de l'homme et la rend plus âpre. La peur de l'avenir, la peur de la bombe à hydrogène, la peur des idéologies. […]

> Si la plupart des pays d'Asie ont obtenu à cette date leur indépendance, beaucoup sont encore colonisés, et encore plus en Afrique.

> Sukarno rappelle le contexte de guerre froide.

On nous dit souvent « Le colonialisme est mort ». […] Comment pouvons-nous dire qu'il est mort tant que de vastes régions d'Asie et d'Afrique ne sont pas libres ? […]

Que pouvons-nous faire ? Les peuples d'Asie et d'Afrique n'exercent qu'un pouvoir physique infime. Même leur force économique est dispersée et ne pèse pas lourd. Nous ne pouvons pas faire de politique de pouvoir. […]

> Le tiers monde, en retard économique et faible politiquement…

Que pouvons-nous faire ? Beaucoup de choses ! Nous pouvons faire entendre la voix de la raison dans les affaires mondiales. Nous pouvons mobiliser toutes les forces spirituelles, morales et politiques de l'Asie et de l'Afrique en faveur de la paix. Oui, nous le pouvons ! Nous, peuples d'Asie et d'Afrique, forts de 1,4 milliard d'hommes, soit bien plus de la moitié de la population mondiale, pouvons mobiliser ce que j'ai appelé la violence morale des nations en faveur de la paix. […] Bon nombre d'entre nous, nations soi-disant « sous-développées », sont confrontés à des problèmes économiques plus ou moins similaires, de sorte que chacun peut profiter de l'expérience et de l'assistance des autres.

> …veut faire entendre sa voix et peser dans les relations internationales en coopérant.

3 Les guerres d'Indochine et du Vietnam, symboles du nouvel ordre mondial

• L'**Indochine** obtient son **indépendance en 1954** à l'issue d'une guerre contre la France. Le pays est partagé en quatre : Laos, Cambodge, Nord-Vietnam communiste et Sud-Vietnam, sous protection américaine.

• Très vite, **le conflit éclate entre les deux Vietnam**, les États-Unis s'impliquant directement à partir de 1964 pour aider le Sud. Mais leur enlisement les pousse au retrait en 1973, et le Vietnam est réunifié en 1975 sous la direction du Parti communiste.

7 Un monde agité et en bouleversement

De quoi s'agit-il ? Outre l'émergence de nouveaux pôles, les relations internationales sont marquées par des conflits et des formes d'agitations sociale et politique qui rendent plus complexe l'ordre mondial dominé par les deux Grands.

1 Les conflits du Proche et du Moyen-Orient

• Cette région du monde, **riche en pétrole**, est un enjeu de la guerre froide. Elle n'est pas vraiment touchée par l'affrontement idéologique, le communisme y ayant peu d'influence. Si les États-Unis y ont des alliés

Vocabulaire

- **Panarabisme :** mouvement politique prônant l'union des peuples arabes dans un seul État.

puissants (Israël, Iran et Irak, avec le Pacte de Bagdad), l'URSS est également très présente, en soutenant l'Égypte, la Syrie et la lutte nationale des Palestiniens. La région est cependant plutôt secouée par la **décolonisation** et l'essor du **panarabisme**, mené par l'Egyptien Nasser.

• La région est instable, en grande partie à cause du **tracé des frontières issu du partage franco-britannique** après 1918. Le principal conflit reste le **conflit israélo-arabe** qui se réveille à plusieurs reprises : guerre d'octobre 1956, liée à la crise de Suez ; guerre des Six Jours (juin 1967), où Israël occupe de nombreux territoires (Golan, Cisjordanie, Sinaï) ; guerre du Kippour (octobre 1973), qui pousse Israël à envisager des négociations de paix.

2 1968, l'année des contestations

• Les deux blocs sont agités dans les années 1960 par des **contestations politiques et sociales**. La guerre du Vietnam, notamment, mobilise la **jeunesse occidentale, qui réclame plus de libertés individuelles** (**Doc. 8**). Le modèle américain est obligé de se réformer (égalité des droits entre les Noirs et les Blancs, obtenue par la lutte de **Martin Luther King** en particulier, assassiné en avril 1968).

• En France, les événements de **Mai 68** sont le signe d'une crise sociale et politique forte, le mouvement étudiant étant relayé par une grève générale. Le pouvoir politique semble impuissant. De Gaulle rétablit la situation en convoquant des élections législatives, qu'il gagne.

• Dans le bloc soviétique, l'URSS fait face à la fronde de la **Chine maoïste**. Mais elle doit aussi rétablir son autorité pour que le bloc ne se fissure pas plus : si l'**agitation en Pologne** en 1968 reste sous contrôle, la promesse d'une réforme mariant communisme et démocratie dans la Tchécoslovaquie du « **Printemps de Prague** » la pousse à l'intervention militaire le 21 août 1968.

Vocabulaire

■ **Printemps de Prague :** période de réformes et de reprise du débat politique libre à partir de janvier 1968 en Tchécoslovaquie, sous la direction du nouveau chef du Parti communiste, Alexander Dubček.

Doc. 8 Manifestation d'étudiants contre la guerre du Vietnam à Berlin-Ouest (1968)

❶ L'agitation sociale de l'année 1968 est majoritairement le fait de la jeunesse, qui représente souvent près d'un tiers de la population en cette période.

❷ Drapeau des rebelles communistes du Sud-Vietnam

❸ Les slogans portent sur l'arrêt de la guerre du Vietnam, mais aussi, en cette année 1968, à l'Ouest, sur une contestation du modèle capitaliste libéral.

❹ Portrait de Che Guevara, qui participa à la révolution à Cuba, souvent mis en avant par les étudiants comme modèle plus attractif que celui de l'URSS.

8 La reconstruction de la France sous la IVe République

De quoi s'agit-il ? À la sortie de la guerre, une nouvelle République, la IVe, est proclamée. Elle doit faire face à une œuvre de reconstruction de grande ampleur, sur les plans intérieur comme extérieur.

La reconstruction politique, économique et sociale

• Une **nouvelle constitution** est demandée par les Français fin 1945. L'Assemblée nationale nouvellement élue – y compris par les femmes, qui ont obtenu le droit de vote – est chargée de la rédiger. Elle est adoptée en octobre 1946, sans grand soutien populaire, obtenant à peine plus de 50 % dans un second référendum.

• Le débat politique a fait émerger des **conceptions différentes de la République**. Ainsi, le **général de Gaulle**, isolé, ne peut faire passer ses idées de pouvoir exécutif fort et **démissionne** du GPRF dès janvier 1946. Il réaffirme ses idées dans son discours de Bayeux (juin 1946). Mais c'est la vision parlementaire, portée par des députés comme **Pierre Mendès-France**, futur président du Conseil (1954-1955), qui l'emporte. Le pouvoir exécutif reste sous contrôle du pouvoir législatif, seul issu du suffrage universel.

• La IVe République applique le **programme du CNR**, notamment les principes de l'**État-providence**. Les droits sociaux sont reconnus dans la Constitution et se concrétisent dans le cadre de la Sécurité sociale.

2 De nouveaux cadres internationaux

• Si la France est considérée comme un des grands vainqueurs, elle semble nettement **affaiblie sur le plan international**. Elle doit notamment réorganiser ses liens avec ses **colonies**, où les revendications nationalistes se font entendre. Des conflits éclatent, en particulier en Indochine, où une guerre, commencée en 1946, ne débouche sur l'indépendance qu'en juillet 1954.

Vocabulaire
- **CECA** : Communauté européenne du charbon et de l'acier.
- **CED** : Communauté européenne de défense.
- **CEE** : Communauté économique européenne.

• La France s'engage dans la **construction européenne**. Les premières organisations auxquelles elle adhère en 1949 (Conseil de l'Europe, OTAN) sont sous influence américaine, dans la logique des blocs de la guerre froide. Puis, dans les années 1950, elle est à l'initative, proposant la création de la **CECA** (1951) – appuyée sur une coopération entre la France et la RFA, rejoints par l'Italie, la Belgique, les Pays-Bas et le Luxembourg (**Doc. 9**). L'échec du projet de **CED** pousse les Européens à approfondir la coopération économique, avec la création de la **CEE** par le traité de Rome (25 mars 1957).

Doc. 9 Les changements de cadres internationaux

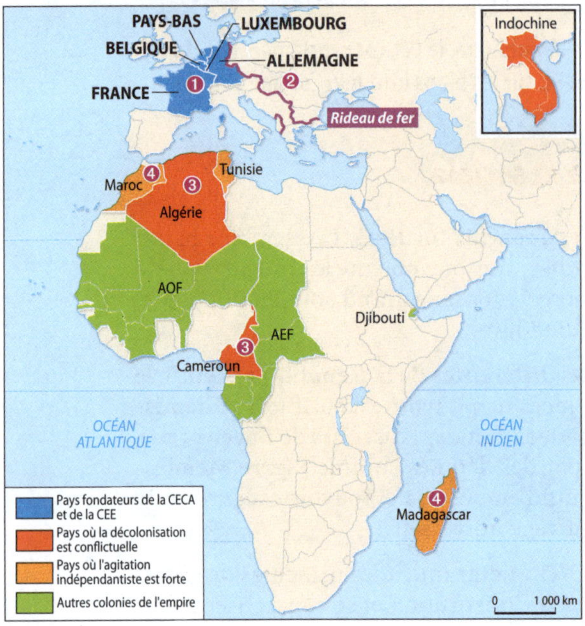

❶ D'autres pays les rejoignent, rassemblant ainsi vaincus et vainqueurs de 1945.

❷ Le 9 mai 1950, la France propose à la RFA de coopérer économiquement sur le charbon et l'acier, indispensables à la reconstruction.

❸ La revendication indépendantiste passe par une lutte armée.

❹ Les revendications d'indépendance, même plus pacifiques, n'en demeurent pas moins vives ailleurs.

9 La guerre d'Algérie et la naissance de la Ve République

De quoi s'agit-il ? **Crise coloniale majeure, la guerre d'Algérie précipite la fin de la IVe République et l'installation par de Gaulle de la Ve République.**

1 La guerre d'Algérie, une crise coloniale et politique

Vocabulaire

- **Pieds-noirs :** descendants des colons français et européens en Algérie.

• Une **guerre d'indépendance** éclate **en Algérie** en 1954. Après des décennies d'attente de réformes pour plus d'égalité, voire d'autonomie, une partie des Algériens s'engage dans la lutte armée derrière le **FLN** (Front de libération nationale), qui réclame l'indépendance et commet des attentats – les premiers à la **Toussaint 1954** (dite « Toussaint rouge »).

• Le gouvernement français réagit par la **répression.** Celle-ci est d'abord menée par la police, vite relayée par l'armée, qui réussit à sécuriser, y compris en usant de la torture, les zones peuplées par les **pieds-noirs**, hostiles à l'indépendance.

• Aujourd'hui encore, les **mémoires de la guerre** sont complexes. En Algérie, le FLN s'accroche au pouvoir en arguant de son rôle dans l'indépendance et empêche toute recherche historique le mettant en question. En France, les « **événements d'Algérie** » n'ont été reconnus officiellement comme une guerre qu'en 1999 ; les pieds-noirs qui ont quitté l'Algérie entretiennent une mémoire ambiguë.

2 Le passage à la Ve République (1958)

• La guerre déclenche une **crise politique**. Les majorités changeant régulièrement à l'Assemblée, les gouvernements se succèdent à un rythme rapide (un tous les six mois en moyenne), ce qui complique la résolution des conflits coloniaux.

• Cette crise facilite le **retour au pouvoir du général de Gaulle**. À l'occasion d'un nouveau changement de gouvernement, une émeute soutenue par l'armée éclate à Alger le 13 mai 1958. Elle souhaite le retour au pouvoir du général de Gaulle, encore perçu comme celui qui a sauvé la France.

• De Gaulle n'accepte qu'à condition de pouvoir **changer la constitution**. Il reçoit du président René Coty les **pleins pouvoirs** pour six mois et présente dès septembre son projet de nouvelle constitution, adopté largement par référendum (**Doc. 10**).

• Celle-ci crée un **régime présidentiel** : le pouvoir exécutif est désormais fort. D'un autre côté, le **scrutin majoritaire** permet de dégager des majorités plus claires et plus stables. De Gaulle est élu président au **suffrage indirect** en décembre 1958. Les institutions sont plus solides et le pouvoir politique renforcé.

Doc. 10 La Constitution de 1958

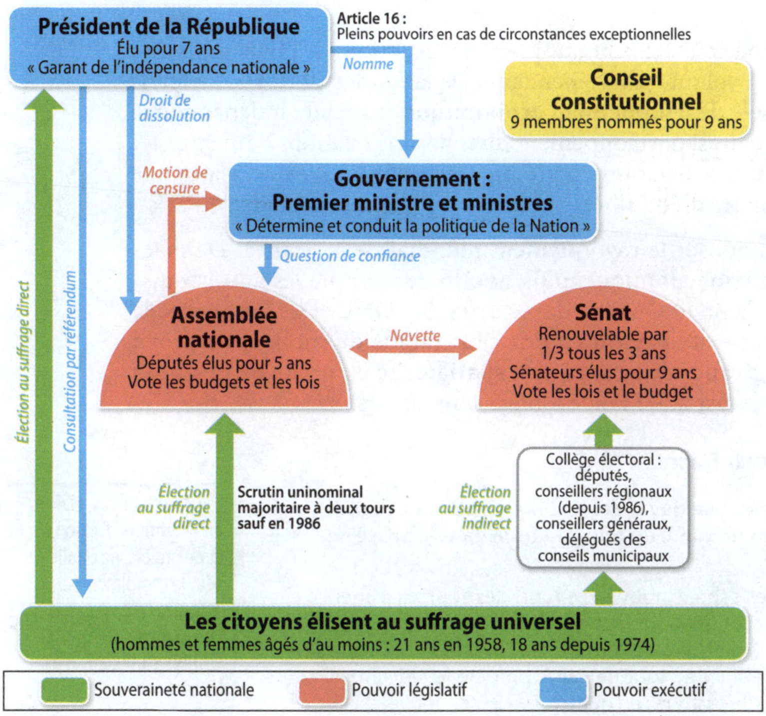

10 La France gaullienne, une puissance ?

De quoi s'agit-il ? Une fois au pouvoir, le général de Gaulle entend reconstruire la puissance de la France dans les nouveaux cadres internationaux de l'après-guerre.

1 Une volonté d'indépendance nationale

• De Gaulle achève la **décolonisation de l'empire** pour redorer l'image de la France. En 1960, il donne l'indépendance à l'essentiel des colonies africaines, avec qui des traités bilatéraux permettent de maintenir des liens économiques et militaires.

Vocabulaire

- **Couple franco-allemand :** expression désignant la coopération rapprochée entre les gouvernements français et allemand, moteur de la construction européenne.

- Il résout la **question algérienne** par des référendums et par des négociations secrètes avec le FLN, qui débouchent sur les **accords d'Évian** (18-19 mars 1962) donnant l'indépendance à l'Algérie (3 juillet).

- Il recentre la France sur le **projet européen**. Toutefois, s'il renforce le **couple franco-allemand**, il s'oppose aux votes à la majorité et à l'entrée du Royaume-Uni dans la CEE au nom de la défense des intérêts de la France, posant ainsi des **limites** à l'unification de l'Europe.

- De Gaulle veut en effet faire de nouveau entendre la **voix de la France sur la scène internationale**. Critiquant la logique des blocs, il noue des liens avec le bloc soviétique et prend ses distances avec le bloc américain (retrait partiel de l'OTAN, critique de l'intervention au Vietnam).

2 La modernisation du pays

- Après la période de reconstruction, la Ve République poursuit les actions de l'État, dans une logique de **modernisation** liée à la volonté d'indépendance de la France (**Doc. 11**). Le territoire est aménagé, soutenant ainsi le **développement économique et social** : indépendance énergétique par les centrales nucléaires, développement du tourisme (stations balnéaires et de ski), construction d'autoroutes, construction du premier réseau de LGV, valorisation de certaines métropoles – les métropoles d'équilibre – pour contrebalancer le poids de Paris.

- De **grands projets** doivent symboliser le rayonnement mondial de la France. Dans les années 1960, le pays se dote de l'arme atomique, puis **nucléaire**, comme les autres puissances possédant un siège permanent au Conseil de sécurité de l'ONU. Elle lance avec le **Concorde** la fabrication de ce qui reste l'**avion civil** le plus rapide du monde. Le projet **Ariane** lui permet de rejoindre les rangs de la **conquête spatiale**. Le plan Calcul, destiné à rattraper le retard en informatique, est aussi lancé – mais sans succès.

Doc. 11 De Gaulle et la modernisation de la France

Mon gouvernement [...] s'efforce aussi de devancer le développement économique et déploie pour l'équipement national un effort auquel dans le passé ne se compare aucun autre.

Cet effort, il le consacre à soutenir des espoirs nouveaux. Ainsi des sources d'énergie : gaz de Lacq [...] : hydrocarbures d'Algérie [...] : **centrales atomiques** de Marcoule et de Chinon qui commencent à produire de l'électricité. [...] Ainsi du **Centre d'études spatiales**, qui s'établit à Brétigny et, tout de suite, prépare le lancement de satellites français. Ainsi des **communications** : en quatre ans, 2 000 nouveaux kilomètres de chemins de fer sont électrifiés, le réseau d'autoroutes passe de 125 kilomètres à 300, la percée du mont Blanc est entamée [...]. Ainsi des aérodromes : construction de nouvelles pistes et aérogares à Orly et en province, aménagement moderne du trafic. Ainsi des logements : plus de 300 000 sont construits chaque année, la plupart avec le concours des fonds publics. Ainsi de la **recherche** scientifique, dont les crédits sont triplés [...]. Jamais non plus un Français parcourant la France n'a pu constater d'aussi grands et rapides changements. [...] Nos vieilles villes et nos anciens bourgs sont en proie aux chantiers qui travaillent à les rajeunir.

Charles de Gaulle, ***Mémoires d'espoir***, tome II, 1970.

La IVe République avait initié nombre d'actions et de projets, de Gaulle veut les amplifier.

Le réseau de transports se modernise dans tous les secteurs.

La France a compris l'importance de la recherche et l'innovation pour redevenir une puissance.

Après sa démission en 1969, de Gaulle, qui avait déjà écrit ses mémoires de guerre, rédige des mémoires pour justifier son action en tant que président.

→ Révision express

Rétrospective de la Guerre froide

Le schéma à retenir

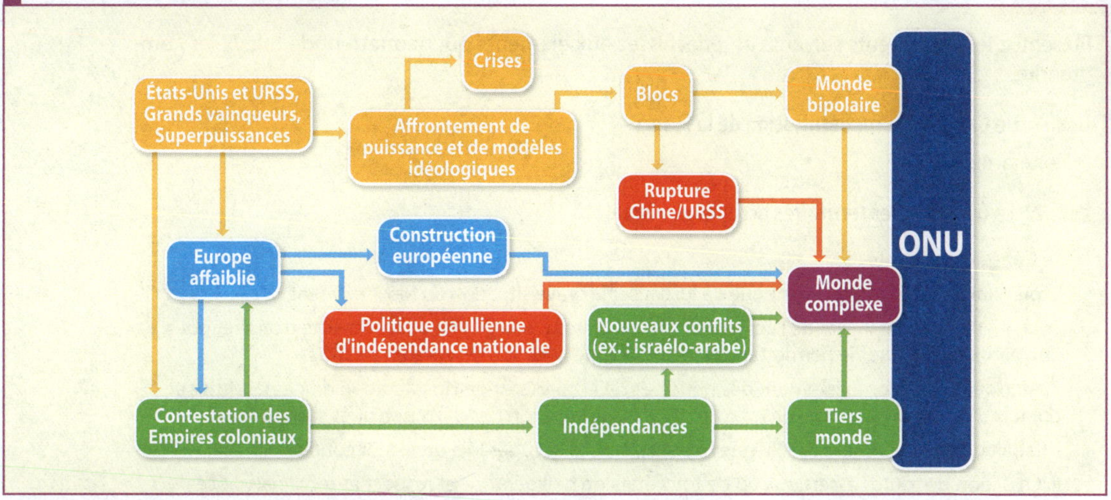

Quiz

Cochez la bonne réponse :

1. La Seconde Guerre mondiale fait :

a. ☐ **10 millions de victimes.** **b.** ☐ **40 millions de victimes.** **c.** ☐ **plus de 60 millions de victimes.**

2. L'ONU est créée à la conférence de :

a. ☐ **Bretton Woods.** **b.** ☐ **Paris.** **c.** ☐ **San Francisco.**

3. L'OTAN est une alliance :

a. ☐ **du bloc américain.** **b.** ☐ **du bloc soviétique.** **c.** ☐ **du tiers monde.**

4. La crise de Cuba a lieu entre :

a. ☐ **les Américains et les Soviétiques, en août 1961.**
b. ☐ **les Américains et les Soviétiques, en octobre 1962.**
c. ☐ **les Allemands, en octobre 1962.**

5. La Constitution de la Ve République est adoptée par :

a. ☐ **le président Charles de Gaulle.** **b.** ☐ **le peuple français.** **c.** ☐ **l'Assemblée nationale.**

6. La guerre d'Algérie oppose :

a. ☐ **les États-Unis et le FLN communiste.** **b.** ☐ **l'armée française et le FLN.**
c. ☐ **le gouvernement français et l'URSS.**

7. Dans sa politique d'indépendance nationale, de Gaulle rompt avec :

a. ☐ **l'OTAN.** **b.** ☐ **le Pacte de Varsovie.** **c.** ☐ **le Tiers monde.**

→ Réponses p. 470

EXERCICE GUIDÉ 1

Présenter un document et exploiter son identification

Énoncé

Présentez les documents suivants et réfléchissez aux éléments qui permettent de mieux les comprendre.

Doc. 1 De Gaulle et la modernisation de la France

→ Texte p. 42

Doc. 2 La question des territoires occupés par Israël

Le Conseil de sécurité,

Exprimant l'inquiétude que continue de lui causer la grave situation au Moyen-Orient,

Soulignant l'inadmissibilité de l'acquisition de territoires par la guerre et la nécessité d'œuvrer pour une paix juste et durable permettant à chaque État de la région de vivre en sécurité,

1. Affirme que l'accomplissement des principes de la charte exige l'instauration d'une paix juste et durable au Moyen-Orient qui devra comprendre l'application des deux principes suivants :

i. Retrait des forces armées israéliennes de(s) territoires occupés lors du récent conflit :

ii. Cessation de toutes assertions ou de tous états de belligérance et respect et reconnaissance de la souveraineté, de l'intégrité territoriale et de l'indépendance politique de chaque État de la région et de leur droit de vivre en paix à l'intérieur de frontières sûres et reconnues à l'abri de menaces ou d'actes de force.

Extrait de la résolution 242 du 22 novembre 1967.

Méthode

- Le travail de présentation d'un document en histoire est fondamental pour mieux comprendre son sens et sa portée. Il aide à mieux interpréter les informations qu'on vous demande de relever et d'analyser.

Les elements permettant d'identifier un document

- **L'auteur :** connaître son rôle historique, ses idées permettent de ne pas oublier que ses propos délivrent un message, une prise de position subjective que vous devez considérer avec du recul et non comme une vérité affirmée. Cela vous aidera à commenter le document pour éviter de simplement le paraphraser.
- **La date :** elle est essentielle et à mettre en relation avec les événements qui se déroulent alors, la période concernée (le « contexte ») : les positions de l'auteur peuvent aussi varier dans le temps, s'expliquer par le contexte. Cela vous sera utile pour comprendre certaines allusions, références, qui semblent évidentes pour l'auteur qui parle sur le moment, mais le sont moins pour nous à distance des événements.
- **La nature :** le type de document peut aussi jouer dans la compréhension du document : est-ce un discours public, un texte juridique, un témoignage, une correspondance d'ordre privé, etc. ? L'auteur ne s'exprimera pas de la même façon selon le type de document. Il peut être utile de vérifier la source du document (journal, ouvrage, etc.).
- **Le thème :** il s'agit de dégager l'idée générale du document, le « message » de l'auteur. Ce travail peut être fait par la simple analyse/résumé du document, mais parfois un titre peut être ajouté au document, qui guide votre analyse. Attention, ce titre peut chercher à vous intéresser, au-delà de l'idée générale de l'auteur, à un aspect plus particulier du document, et donc à orienter votre analyse.

Corrigé

Doc. 1

Il s'agit d'un extrait de l'ouvrage publié par le général de Gaulle en 1970, *Mémoires d'espoir.* Ce document n'a rien d'officiel : à cette date, de Gaulle n'est plus président : il rédige ses mémoires et donne donc un avis personnel sur son action : il cherche à justifier son travail passé à la tête de l'État.

L'astuce du prof
Ici, c'est la nature du document qui est le plus important, combiné avec la date (de Gaulle a démissionnée l'année précédente). Il faut chercher les intentions de l'auteur.

Doc. 2

Ce texte fonde les grands axes de la résolution du conflit entre Israël et ses voisins, toujours inachevée malgré l'engagement des grandes puissances dans les négociations diplomatiques.
En effet, il s'agit d'une résolution du Conseil de sécurité de l'ONU, qui inclut justement lesdites puissances, prenant alors position contre l'occupation territoriale issue de la victoire israélienne dans la guerre des Six Jours (5-10 juin 1967) – point 1i - mais donnant des garanties à Israël quant à son existence alors menacée par les voisins arabes – point 1ii.

L'astuce du prof
Outre la date (nous sommes six mois après la victoire et l'occupation), la nature et l'auteur du document sont ici essentiels : il s'agit d'une résolution émanant de l'ONU.

L'astuce du prof
Le texte a été écrit en français et en anglais. La version française parle de « retrait des territoires occupés », donc tous ; la version anglaise (« from occupied territories ») se traduit ainsi en français par : « de territoires occupés », sans préciser donc lesquels...

EXERCICE GUIDÉ 2

Structurer sa réponse à une question problématisée

Énoncé

Sujet : Les conséquences politiques des indépendances
Vous montrerez que les indépendances modifient les relations internationales, y compris en générant de nouveaux conflits, mais aussi qu'elles influent sur l'ancien pôle colonisateur qu'était l'Europe.

Doc. 2 La question des territoires occupés par Israël

Le Conseil de sécurité,

Exprimant l'inquiétude que continue de lui causer la grave situation au Moyen-Orient,

Soulignant l'inadmissibilité de l'acquisition de territoires par la guerre et la nécessité d'œuvrer pour une paix juste et durable permettant à chaque État de la région de vivre en sécurité,

1. Affirme que l'accomplissement des principes de la charte exige l'instauration d'une paix juste et durable au Moyen-Orient qui devra comprendre l'application des deux principes suivants :

i. Retrait des forces armées israéliennes de(s) territoires occupés lors du récent conflit ;

ii. Cessation de toutes assertions ou de tous états de belligérance et respect et reconnaissance de la souveraineté, de l'intégrité territoriale et de l'indépendance politique de chaque État de la région et de leur droit de vivre en paix à l'intérieur de frontières sûres et reconnues à l'abri de menaces ou d'actes de force.

Extrait de la résolution 242 du 22 novembre 1967.

Méthode

- Les intitulés des sujets de questions problématisées vous aident à structurer votre propos.

1 Analyser le sujet pour dégager la problématique

- Pour commencer, le sujet contient en soi la problématique. Il y a une différence importante entre une formulation neutre (par exemple : « La France du général de Gaulle (1958-1969) ») et cette formulation problématisée, qui d'emblée vous aide à donner du sens à vos connaissances (par exemple : « En quoi le général de Gaulle a-t-il transformé la France de 1958 à 1969 ? »).
- Il faudra bien garder cette question en tête pour que les connaissances soient utilisées comme des arguments (chaque exemple montrera une transformation, un changement) et non récitées d'une façon trop descriptive, en racontant simplement la période.

2 Analyser la consigne complémentaire pour construire le plan

- Une consigne complémentaire vous aide ensuite à construire votre plan, voire vous le suggère. Il ne faut pas hésiter à le suivre même si on valorisera évidemment une copie qui saurait proposer un autre plan - à condition que celui-ci reste pertinent et équilibré.
- Par exemple : « Vous examinerez le renouvellement des institutions, l'action diplomatique ainsi qu'économique et sociale impulsée par de Gaulle dans cette période ». Un plan en trois parties reprenant quelques grands thèmes du chapitre sur la France est clairement suggéré (passage à la Ve République, reconstruction d'un rôle sur la scène internationale, modernisation du pays). Il faudra à chaque fois montrer que la politique du général de Gaulle transforme le pays dans tous ces domaines.

Corrigé

Analyse du sujet et de sa consigne

Les termes du sujet vous obligent à bien déterminer les champs de votre étude. Si on parle des « indépendances », donc de l'accès à la souveraineté de pays, essentiellement d'Asie et d'Afrique, il s'agit non de décrire comment ils y ont accédé, mais ce qui se passe ensuite (« conséquences »). Ces conséquences doivent être examinées dans le domaine « politique ». Ce terme peut recouvrir plusieurs sens : le fonctionnement des États, mais aussi la géopolitique (la consigne parle de « relations internationales » et de « conflits »). L'époque des indépendances est, en termes de relations internationales, celle de la guerre froide : il faudra donc réfléchir à l'influence de ces indépendances sur l'ordre bipolaire. La consigne suggère trois sous-thèmes qui peuvent être autant de parties et facilitent la sélection des connaissances.

Recherche des informations

Il faudra trouver des exemples qui concernent les relations internationales et la remise en cause de l'ordre bipolaire (émergence du tiers monde), des exemples de conflits nouveaux, liés aux indépendances (par exemple, le conflit israélo-arabe qui suit le départ des Britanniques de Palestine, la guerre du Vietnam après l'indépendance de l'Indochine) et enfin expliquer que, pour l'Europe, la perte des empires a des conséquences sur certains pays (repli sur la construction européenne, crises politiques en France).

Rédaction de l'introduction

Le nouvel ordre mondial qui se construit après 1945, marqué par la guerre froide mais aussi l'affaiblissement des Européens, a permis un mouvement de décolonisation qui a conduit à l'indépendance de nombreux pays en Asie puis en Afrique dans les trois décennies qui suivent. Les conséquences politiques de ces indépendances ont pu toucher plusieurs domaines et échelles.

En effet, l'ordre bipolaire des relations internationales est contesté par l'arrivée de nouveaux pays dans le jeu diplomatique. Par ailleurs, toujours sur le plan géopolitique, ces indépendances peuvent être sources de nouvelles conflictualités. Enfin, les indépendances ont eu des conséquences sur la vie politique de leurs anciennes métropoles européennes.

Chapitre 3 Les remises en cause économiques, politiques et sociales des années 1970 à 1991

1 La modification des grands équilibres économiques

De quoi s'agit-il ? **Le premier choc pétrolier montre les limites du modèle productiviste des pays industriels et encourage le basculement vers la mondialisation.**

1 Les chocs pétroliers de 1973 et 1979

- **En 1973**, l'**OPEP double les prix** et **réduit sa production** de brut pour protester contre l'aide des pays occidentaux à Israël dans sa guerre contre ses voisins arabes.
- **En 1979**, un **second choc**, lié à la **révolution islamique en Iran**, amplifie le premier. L'**inflation** s'envole, la crise s'installe et s'étend au tiers monde dans les années 1980.

Vocabulaire

- **OPEP : Organisation des pays exportateurs de pétrole.**
- **Inflation :** hausse des prix.

2 Deux chocs qui amplifient la mondialisation

- Ces deux chocs surviennent dans un **contexte de fragilisation économique**. En 1971, Les États-Unis mettent fin à la **convertibilité or/dollar**, ce qui provoque un flottement du cours des monnaies et alimente la hausse des prix.
- Les **investisseurs spéculent** alors contre certaines monnaies, ce qui exerce une pression sur les gouvernements et oriente leur politique économique en faveur des **intérêts privés**. Ils **privatisent** et **dérégulent** : le contrôle de l'État sur les changes, le crédit, la monnaie et les prix est partout amoindri ou supprimé. Les activités financières prennent une ampleur inégalée.
- Les **entreprises** multiplient les **opérations de fusion-acquisition** et adoptent des stratégies de **délocalisation**, encouragées par les choix économiques de la Chine (**Doc. 1**). La **mondialisation libérale** se met en place, comme le montre l'effet planétaire du krach new-yorkais d'octobre 1987.

Vocabulaire

- **Convertibilité :** situation d'une monnaie dont le cours est fixé dans une autre unité de compte, comme l'or pour le dollar, jusqu'en 1971.
- **Privatisation :** cession de tout ou partie d'une entreprise publique à des investisseurs privés (actionnaires).
- **Dérégulation :** assouplissement ou disparition des règles encadrant l'activité des acteurs économiques.

Doc. 1 Discours de Deng Xiaoping

« Nous voici encore une fois à un tournant de l'histoire de la Chine. En 1978, nous avons lancé un vaste programme que nous appelons "les quatre modernisations" : modernisation de l'industrie chinoise, de l'agriculture, du secteur scientifique et technologique, et de la défense nationale. Pour nous autres Chinois, il s'agit là, en un sens bien réel, d'une nouvelle révolution : et c'est une révolution socialiste. Le but d'une révolution socialiste, au fond, consiste à libérer les forces productives d'un pays et à les développer. [...]

La Chine a maintenant adopté une politique d'ouverture sur le monde, dans un esprit de coopération internationale. [...]

Nous voudrions, à mesure que notre développement se poursuit, élargir le rôle de l'économie de marché. Au sein du système socialiste, une économie de marché et une économie fondée sur la planification de la production peuvent coexister et il est possible d'établir entre elles une coordination. »

Discours de Deng Xiaoping devant le Comité central du Parti communiste, 1979.

Deng Xiaoping, premier secrétaire du Parti communiste chinois, lance en 1978 l'ouverture de la Chine au monde.

Cela se traduit par l'adoption d'une économie ouverte aux investissements mondiaux.

3 Le chômage et la remise en cause de l'État providence

• La période 1970-1990 se caractérise par l'**enracinement d'un chômage structurel** : la baisse brutale de la rentabilité des entreprises conduit à des licenciements massifs dans le secteur industriel.

• Pour y répondre, les État adoptent d'abord des **solutions de relance**, mais l'internationalisation des capitaux contraint les politiques publiques, et les gouvernements occidentaux basculent vers une **politique d'austérité**, réduisant les impôts (**Doc. 2**) et donc le rôle social de l'État (vente de logements sociaux, baisse des aides sociales).

Doc. 2 Reagan présente son plan de réduction d'impôts en juillet 1981 (allocution télévisée)

Ronald Reagan, président des États-Unis, entend rompre avec les principes de l'État-providence largement hérités de Roosevelt, et adopte une politique qualifiée par la suite d'ultra-libérale. Il présente en juillet 1981 son plan de baisse d'impôts.

2 La modification des grands équilibres politiques

De quoi s'agit-il ? L'équilibre politique mondial est lui aussi renouvelé, avec un renforcement démocratique.

1 La révolution islamique d'Iran et ses conséquences

• En 1978, en Iran, des **manifestations** contre une monarchie autoritaire se succèdent (**Doc. 3**). Elles sont violemment **réprimées par l'armée**.

• En février 1979, une **coalition** mêlant **chiisme** politique et mouvements de gauche prend le contrôle de l'État. Mais en avril, l'**ayatollah Khomeini** proclame la **République islamique d'Iran**. Les institutions civiles sont placées sous le contrôle du guide suprême : l'Iran devient une **théocratie**.

Vocabulaire

- **Chiisme :** courant minoritaire de l'islam, qui s'est séparé de la communauté dès le VIIe siècle, et qui compte de nombreux fidèles en Iran et en Irak
- **Ayatollah :** titre élevé du clergé chiite, attribué aux spécialistes de la jurisprudence, de l'éthique ou de la philosophie dans l'islam.
- **Théocratie :** système politique dans lequel les pouvoirs fondamentaux sont entre les mains d'une structure religieuse, d'un clergé.

Doc. 3 Manifestation dans les rues de Téhéran, en 1978

Dans la rue, les partisans de l'ayatollah Khomeini brandissent son portrait, qui incarne l'islamisme politique en Iran.

2 Un élargissement démocratique en Europe ?

• Entre 1932 et 1968, le **Portugal** est dirigé par le **dictateur Salazar**, qui a instauré l'**Estado Novo**, régime nationaliste et ultra-catholique. Fragilisé par les guerres coloniales, son successeur Caetano peine à libéraliser le régime. En **avril 1974**, de jeunes officiers s'emparent du pouvoir en quelques heures, sans violence : la « **révolution des Œillets** » enclenche la **démocratisation** du Portugal.

Vocabulaire

- **Démocratisation :** processus d'installation ou de renforcement d'institutions démocratiques, garantissant la souveraineté populaire et les libertés fondamentales.

• En **Grèce**, c'est la **fin de la dictature des colonels**. Les étudiants et une partie du peuple se soulèvent en février puis en novembre 1973, à Athènes. En 1974, au bord de la guerre contre la Turquie pour le contrôle de Chypre, le régime fait appel au **démocrate Karamanlis** pour gouverner le pays. Il restaure le pluralisme, proclame l'**instauration de la république** et demande l'**adhésion** de la Grèce **à la CEE**.

• En **Espagne**, le **franquisme**, dictature instaurée par le général Franco en 1939, disparaît avec son décès en 1975. Le **roi Juan Carlos**, son successeur, fait rétablir les **libertés fondamentales**. Une nouvelle assemblée pluraliste rédige une **constitution démocratique**, adoptée par référendum en décembre 1978.

3 Une Europe élargie

• La CEE atteint **12 membres en 1986**, avec l'adhésion du Royaume-Uni, de l'Irlande, de la Grèce, du Portugal et de l'Espagne.

• En 1979, le Parlement européen est élu pour la première fois au **suffrage universel direct**, mais les règles communes restent définies par la Commission et les conseils des ministres des gouvernements.

• L'**Acte Unique européen**, signé en 1986, prévoit la **libre circulation** des personnes, services, marchandises et capitaux entre les pays membres, et l'instauration d'une monnaie commune.

3 L'effondrement du bloc soviétique et la difficile transition vers la démocratie

De quoi s'agit-il ? **Le changement touche enfin les pays communistes, où la population exprime son refus d'un régime qui la prive de ses libertés fondamentales.**

1 Les tentatives de réforme de l'URSS et l'effondrement des démocraties populaires

• En 1985, dans un contexte marqué par la **dénonciation de la dictature** et l'**escalade de la tension avec les États-Unis**, **Mikhaïl Gorbatchev** arrive à la tête de l'URSS, et tente de **moderniser** l'URSS avec la **glasnost** et la **perestroïka**. Il s'engage à ne pas réprimer les mouvements de contestation dans le bloc soviétique.

Vocabulaire

- **Glasnost :** en URSS, politique visant à rétablir la liberté d'expression et à laisser se développer une opinion publique libre.
- **Perestroïka :** en URSS, politique de réforme économique reposant sur la reconnaissance de l'initiative privée.

• En **1989**, d'énormes **manifestations** et des **grèves** appellent à plus de liberté et de démocratie dans les **démocraties populaires** (**Doc. 4**). En **Pologne**, le gouvernement reconnaît le **syndicat Solidarité**, accepte la fin de la censure et organise des **élections libres**. Le processus se répète en **Hongrie**, ouvrant les frontières entre l'Est et l'Ouest. Des milliers d'Allemands de l'Est en profitent pour gagner la RFA.

• Le **9 novembre 1989**, la RDA, sous la pression populaire, autorise la libre circulation entre Berlin-Est et Berlin-Ouest : le **mur disparaît**. La **Tchécoslovaquie** connaît à son tour une « **révolution de velours** ».

Vocabulaire

■ **Démocratie populaire :** pays d'Europe de l'Est faisant partie du bloc soviétique, où le pouvoir est entre les mains du parti communiste, parti unique.

Doc. 4 Les manifestations de l'automne 1989 à Leipzig (ex–RDA)

2 La disparition de l'URSS

• Encouragés par l'effondrement des démocraties populaires, les **peuples non-russes de l'URSS** proclament à leur tour leur **indépendance** à partir de 1990.

• Puis, à l'initiative du président de la République de Russie **Boris Elstine**, 11 des 15 États fédérés forment la **Communauté des États indépendants (CEI)**, ce qui **dissout l'URSS** et contraint Gorbatchev à abandonner son poste de chef de l'État soviétique en **décembre 1991**.

3 La contestation réprimée en Chine

• En **avril 1989**, la jeunesse chinoise, encouragée par M. Gorbatchev et les changements en Europe, décide d'occuper la **place Tiananmen**, à Pékin. Elle érige une statue de papier représentant la liberté, défi au régime chinois. De nombreux étudiants entament une grève de la faim, et la population semble vouloir les rejoindre.

• C'en est trop pour le pouvoir : dans la **nuit du 3 au 4 juin 1989, les chars entrent dans Pékin** et vident la place, massacrant des milliers de jeunes chinois (**Doc. 5**).

Doc. 5 Une analyse de la répression de la place Tiananmen (Pékin)

[Les dirigeants du Parti communiste chinois] voulaient bien jouer le jeu de la démocratie tant que leur autorité n'était pas diminuée, mais ils n'étaient pas prêts à subir les conséquences de la libéralisation de l'économie. Ils se sentent donc menacés par les étudiants qui réclament sur le plan politique ce qu'ils ont de plus en plus sur le plan économique. La répression à Beijing met fin à une très courte période dont la Chine pouvait être si fière. [...] Depuis dix ans, la Chine s'ouvre à l'étranger, affirme son indépendance et, mieux, est citée en exemple de développement économique. Ce dynamisme économique et culturel est inexistant sans la participation et l'enthousiasme des jeunes. Jaloux de son prestige et de sa primauté, le parti communiste vient de creuser un fossé entre lui et l'avenir de la Chine.

Article paru dans *La Presse* (Canada), le 5 juin 1989.

4 Un nouveau président face à la crise économique

De quoi s'agit-il ? **En 1974, Valéry Giscard d'Estaing est élu président de la République. Il incarne le changement, mais doit faire face à une crise économique et sociale majeure.**

1 Un changement politique

• **Valéry Giscard d'Estaing** est élu d'extrême justesse, face à François Mitterrand, le **19 mai 1974**. Il incarne une **droite non gaulliste**, jeune et moderne : sa campagne électorale est axée sur le **changement**. Pour lui, « la France doit devenir un immense chantier de réformes », dans une vision optimiste de l'avenir.

• Il s'inspire notamment de la « **nouvelle société** », politique portée par l'ancien premier ministre de Georges Pompidou, Jacques Chaban-Delmas, qui avait pour but de **répondre à la crise de mai 1968**. Dans cette perspective, il abaisse dès 1974 l'âge de la majorité à 18 ans.

2 Une présidence face à une crise économique durable

• La France, comme tous les pays industrialisés, entre dans la **crise du début des années 1970**, qui met définitivement fin aux Trente Glorieuses. L'**inflation** (cf. p. 75) est forte et le **chômage augmente** pour atteindre 7 % en 1981. La **compétitivité** de l'industrie française est **remise en cause** sur le marché mondial.

• Quelques **droits sociaux progressent** : le **Smic**, créé sous de Gaulle, est augmenté et la sécurité sociale est étendue à tous les résidents du territoire français, et non aux seuls travailleurs. Mais **Raymond Barre**, Premier ministre, apporte une **réponse** essentiellement **libérale**, avec la réduction des dépenses de l'État. Incapable d'enrayer la crise, le gouvernement doit affronter une **opposition politique très offensive**.

Vocabulaire

- **Smic (salaire minimum interprofessionnel de croissance) :** salaire minimum que doit recevoir un salarié.

3 Une nouvelle politique migratoire

• Dans le domaine de l'**immigration**, l'année 1974 marque le début des **politiques de reflux**. En effet, en juillet, le gouvernement déclare une « suspension provisoire » de l'immigration de travail, justifiée par un contexte économique difficile. Des **politiques d'incitation au retour** sont aussi mises en place pour limiter la présence des étrangers sur le territoire (**Doc. 6**).

• Le **Front national**, parti d'extrême droite, est fondé en 1972 par Jean-Marie Le Pen. Il n'hésite pas à instrumentaliser l'immigration à des fins électorales et la présente comme la cause des difficultés en France.

Vocabulaire

- **Immigration :** installation dans un pays d'une population d'origine étrangère.

Doc. 6 La nouvelle politique migratoire

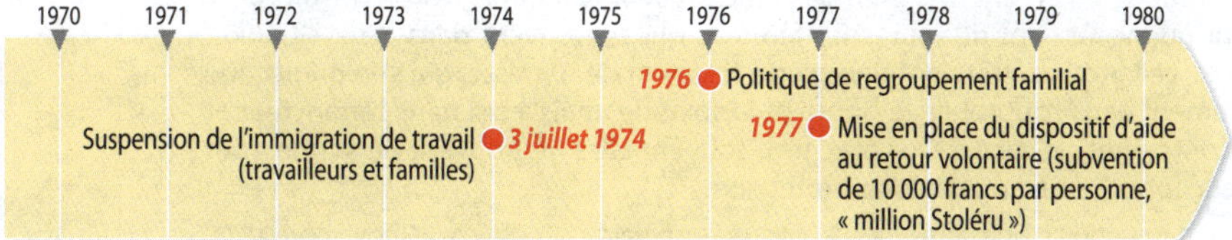

À partir de 1974, l'immigration est freinée en France. Des politiques d'« aide au retour » des immigrés sont mises en place dans le contexte de la crise économique. En 1977, Lionel Stoléru, secrétaire d'État chargé des travailleurs et des immigrés met en place une aide, versée aux immigrés acceptant de rentrer définitivement dans leur pays d'origine.

Manifestation à Paris contre les politiques de retour des immigrés, en 1979.

5 Les avancées libérales de la société

De quoi s'agit-il ? Sous la présidence de Valéry Giscard d'Estaing, la France connaît de nombreuses mutations sociales, qui sont accompagnées d'une série de réformes.

1 Des réformes majeures en faveur des femmes

• C'est le **domaine des mœurs** qui est le premier touché. Après la généralisation de la **contraception médicalisée** (loi Neuwirth, 1967), la **loi Veil** autorise en 1975 l'**interruption volontaire de grossesse (IVG)** (**Doc. 7**). Cette libération des femmes a favorisé la distinction entre la procréation et la sexualité.

• La **place des femmes dans le couple** évolue au rythme de leur **intégration au monde du travail**. En 1970, 60 % des femmes mariées étaient professionnellement inactives ; à la fin des années 1980 elles ne sont plus que 30 %.

• Ces évolutions aboutissent à une **reconnaissance progressive de l'égalité des droits**. En 1970, la **loi sur le partage de l'autorité parentale**, jusque-là réservée aux pères, consacre l'égalité des parents dans l'éducation de leurs enfants. En 1975, une loi simplifie la procédure de **divorce** en instaurant le **consentement mutuel**. En 1987, une loi instaure la **coparentalité**, c'est à dire l'égalité des parents dans l'exercice de l'autorité en cas de divorce.

Doc. 7 Pour ou contre la légalisation de l'avortement ?

Simone Veil, ministre de la Santé

Je voudrais tout d'abord vous faire partager une conviction de femme – je m'excuse de le faire devant cette Assemblée presque exclusivement composée d'hommes : aucune femme ne recourt de gaieté de cœur à l'avortement. [...] C'est toujours un drame et cela restera toujours un drame. C'est pourquoi, si le projet qui vous est présenté tient compte de la situation de fait existante, s'il admet la possibilité d'une interruption de grossesse, c'est pour la contrôler et, autant que possible, en dissuader la femme. Nous pensons ainsi répondre au désir conscient ou inconscient de toutes les femmes qui se trouvent dans cette situation d'angoisse. [...] Actuellement, celles qui se trouvent dans cette situation de détresse, qui s'en préoccupe ? La loi les rejette non seulement dans l'opprobre, la honte et la solitude, mais aussi dans l'anonymat et l'angoisse des poursuites. Contraintes de cacher leur état, trop souvent elles ne trouvent personne pour les écouter, les éclairer, et leur apporter un appui et une protection.

Retranscription d'une partie des débats parlementaires sur l'IVG, le 26 novembre 1974.

2 D'importantes mutations éducatives et culturelles

• La question de l'**égalité des chances** en matière d'éducation est une préoccupation du mandat. Les études secondaires longues vers le lycée restaient réservées aux élites, car d'autres types de collèges aux parcours différenciés subsistaient.

• En 1975, est créé le **collège unique**, qui unifie tous les parcours et favorise la **démocratisation scolaire** (**Doc. 8**). En 1985, l'objectif de « **80 % d'une classe d'âge au bac** » est proclamé. Le **baccalauréat professionnel** est créé. Désormais, tous les jeunes pourront en théorie décrocher un baccalauréat.

• À l'**université, la massification** est forte aussi depuis les années 1960, du fait de l'arrivée de la génération des baby-boomers.

• En matière culturelle, le gouvernement **supprime l'ORTF**. Plusieurs **chaînes publiques** de radio (Radio France) et de télévision (TF1, Antenne 2, France Région 3) sont créées et mises en concurrence.

Vocabulaire

- **Démocratisation scolaire :** égalité de réussite de tous les élèves.
- **Massification scolaire :** augmentation en chiffres bruts du nombre d'élèves qui dépasse l'enseignement primaire.
- **ORTF (Office de radiodiffusion-télévision française) :** établissement public créé en 1964 qui met sous tutelle de l'État la radio et la télévision publiques. C'est un symbole de la mainmise de l'État sur ces médias.

Doc. 8 **Une lente démocratisation scolaire**

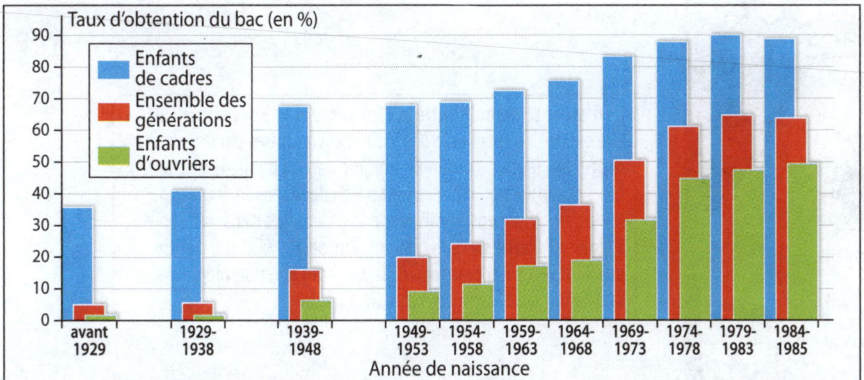

Lecture : parmi les jeunes nés de 1981 à 1985, 88 % de ceux dont le père est cadre sont bacheliers, contre 49 % des jeunes de père ouvrier. C'est nettement plus que dans les générations des années 1930, où 41 % des enfants de cadres obtenaient le baccalauréat, contre 2 % seulement des enfants d'ouvriers.

Source : MEN, 2017.

6 Illusions et désillusions politiques (1981-1988)

De quoi s'agit-il ? **Le 10 mai 1981, François Mitterrand remporte les élections face à Valéry Giscard d'Estaing avec 52,2 % des voix. C'est un tournant.**

1 Mitterrand, le tournant ?

• Avec le slogan « **la force tranquille** », **François Mitterrand** remporte les élections. C'est la première fois qu'un **socialiste** arrive au pouvoir sous la Vᵉ République. Certains crient au « péril rouge » – des communistes entrant au gouvernement.

• Au début de son mandat, la majorité se lance dans un **programme de réformes** : nationalisation des secteurs clés de l'économie, **abolition de la peine de mort** en 1981, hausse des prestations sociales, cinquième semaine de congés payés, mise en place d'un impôt sur la fortune…

- Les **résultats attendus n'arrivent pas**. La situation économique ne s'arrange pas et le chômage progresse. Le ministre de l'Économie Pierre Mauroy impose très vite une **politique de rigueur**, officielle en 1983. C'est un tournant libéral qui provoque la **désillusion** des électeurs de gauche.

2 L'immigration devient un enjeu politique

- L'**électorat du FN** poursuit sa progression : en 1983, il remporte la ville de Dreux.

- Dans ce contexte, de nombreux jeunes d'origine immigrée se mobilisent : en 1983, la **Marche pour l'égalité et contre le racisme** (**Doc. 9**) est une réaction des populations socialement défavorisées aux inégalités et aux expressions publiques du racisme. Plus de 100 000 personnes arrivent à Paris le 3 décembre. En 1984, est créée la **carte de séjour de dix ans** pour lutter contre la précarisation des séjours.

Doc. 9 Marche pour l'égalité et contre le racisme

La marche se déroule entre le 15 octobre et le 3 décembre 1983. Elle est née en réaction à des violences commises par la police contre des jeunes d'origine immigrée dans la banlieue de Lyon. Les 32 premiers marcheurs sont partis de Marseille derrière le slogan « Vivre ensemble avec nos différences dans une société solidaire ». Arrivés à Paris, ils sont plus de 100 000 et 8 d'entre eux sont reçus par François Mitterrand qui annonce alors la création de la carte de séjour de dix ans.

3 Transformations culturelles et nouveaux combats

- Les années 1980 sont bouleversées par la **métamorphose du paysage médiatique**. Radios et chaînes de télévision se multiplient et deviennent des circuits de diffusion d'une culture populaire. La musique occupe une grande part du paysage audiovisuel.

- La **jeunesse**, touchée par le chômage et inquiète de son avenir, **se mobilise**. En 1986, lycéens et étudiants protestent contre un projet de loi du ministre Alain Devaquet qui vise à sélectionner les étudiants à l'entrée des universités.

- En France, le nombre de cas de **sida progresse** depuis son apparition en 1983. Des **associations d'aide aux malades** cherchent à pousser le gouvernement à agir, notamment dans le sens de la prévention.

Vocabulaire

- **Sida (syndrome d'immunodéficience acquise) :** maladie d'origine virale qui se caractérise par une disparition du système de défenses immunitaires. Le VIH, virus de l'immunodéficience humaine, est le virus à l'origine de la maladie. Un séropositif est porteur du virus sans avoir déclaré la maladie.

➜ Révision express

La chute du mur de Berlin

Les points importants à retenir

MONDE

- **Les mutations de l'économie mondiale**
  - Un système monétaire international bouleversé
  - 1er choc pétrolier (1973), crise économique
  - Un capitalisme renouvelé : ouverture économique en Chine/politique néolibérale de Reagan aux États-Unis
- **La fin de la guerre froide**
  - Tensions militaires (crise des euromissiles, invasion de l'Afghanistan, révolution iranienne)
  - Réformes en URSS (glasnost et perestroïka)
  - Fin de la guerre froide : Tiananmen (1989), chute du mur de Berlin (1989), dissolution de l'URSS (1991)

FRANCE

- **Des réformes**
  - Majorité à 18 ans, loi Veil, abolition de la peine de mort…
- **Une démocratisation scolaire**
  - Collège unique, bac professionnel…
- **L'enjeu de l'immigration**
  - Fin de l'immigration de travail, Marche pour l'égalité (1983)
  - Montée du Front national
- **Des transformations culturelles et sociales**
  - Suppression de l'ORTF, radios libres, action des associations de lutte contre le Sida…

Quiz

Cochez la bonne réponse :

1. Le premier choc pétrolier frappe des économies occidentales en pleine dynamique.
☐ **Vrai** ☐ **Faux**

2. Les politiques économiques pour répondre à la crise amplifient la mondialisation.
☐ **Vrai** ☐ **Faux**

3. La démocratisation touche l'Europe du nord à partir des années 1970.
☐ **Vrai** ☐ **Faux**

4. M. Gorbatchev s'oppose aux réformes politiques et économiques voulues par les populations du bloc de l'est.
☐ **Vrai** ☐ **Faux**

5. 1974 marque le début d'une politique d'appel à l'immigration.
☐ **Vrai** ☐ **Faux**

6. La loi Veil légalise la contraception.
☐ **Vrai** ☐ **Faux**

7. La politique de discrimination positive vise à :
a. ☐ **favoriser la massification scolaire.**
b. ☐ **favoriser l'égalité des chances.**

→ Réponses p. 470

EXERCICE GUIDÉ 1

Faire un brouillon efficace pour répondre à une question problématisée

Énoncé

Sujet : En quoi les années 1970-1990 sont-elles le cadre de grands bouleversements économiques et politiques à l'échelle mondiale ?

Méthode

- La question problématisée vous demande de collecter, de classer, d'organiser et de présenter vos connaissances pour répondre à une question de manière argumentée. Pour cela, un **travail préparatoire au brouillon** est indispensable, même s'il doit être relativement rapide.

1 Comprendre le sujet

- Sur une première feuille, recopiez le sujet dans son intégralité, puis entourez et définissez les **termes importants** de l'énoncé : ce sont des notions clés du programme. Brossez le contexte, c'est-à-dire les circonstances qui font du sujet un enjeu fort, par quelques mots clés. Aidez-vous des **limites chronologiques** et spatiales du sujet.
- Ce travail préalable doit vous aider à comprendre l'enjeu de la question problématisée.

2 Collecter et classer les connaissances dans un plan

- Divisez une 2e feuille de brouillon en 4 cases, correspondant à 4 rubriques :
  – idées principales ;
  – acteurs/personnages ;
  – notions et vocabulaire ;
  – connaissances principales (événements, lieux, données chiffrées).
- Collectez dans votre mémoire et triez toutes les informations nécessaires à la rédaction d'une réponse. Plus les cases sont remplies, plus votre réponse sera riche et pertinente.
- À partir de vos connaissances et de ce travail de collecte, formez un plan en deux ou trois grandes parties et classez le contenu du brouillon en utilisant un code couleur.
- Vous disposez désormais d'un outil de travail vous permettant de rédiger votre réponse dans un ordre logique, en mobilisant toutes les formes de connaissances attendues.

L'astuce du prof
Écrivez uniquement au recto de votre feuille de brouillon : vous devez pouvoir lire la totalité de votre raisonnement d'un seul coup.
Utilisez des abréviations pour gagner du temps et ne rédigez pas de phrase complète.

Corrigé

1. Comprendre le sujet

En quoi les années 1970-1990 sont-elles le cadre de grands bouleversements économiques et politiques à l'échelle mondiale ?

Brouillon
1970-1990 : 20 ans. Crise pétrolière.
Démocratisa° = modifica° des grands équilibres
Échelle mondiale : monde entier, mondialisa°
Cadre = moment, période, contexte
Grands bouleversements = changements, transforma°, nouveautés

Économiques = économie, produc° marché, monnaie
Politiques = ex du pouvoir et des rapports socx. Gouvernement. Régime. Renversements. Révolu°. Démocratie
→ Enjeu = nature, variété, ampleur des chgts.
Monde entier = ex sur ts continents.

2. Collecter et classer les connaissances dans un plan

I. Les conséquences économiques des deux chocs pétroliers
II. Le mouvement de démocratisation et ses limites

Idées principales	Notions/vocabulaire
Crises pétrolières Stés occidentales en crise = chômage. Pre° spéculation c/ monnaies = gouvts cèdent aux marchés = privatisations, dérégulation, réduction aides sociales Fin État providence. Démocratisation europe du sud Fin dictatures Iran = dictature ≈ théocratie Chute du bloc communiste.. mvt parti des peuples = manifesta° Fin URSS. Crise en Chine/répre°	Choc pétrolier Infla° Dérégula° Libéralisme Délocalisat° État providence Dictature /démocratisation Révolu° Théocratie
Acteurs/personnages	**Événements, lieux, données chiffrées**
OPEP Khomeini Reagan Deng Xiaoping CEE Gorbatchev Eltsine	1973. Prix × 2 1979 Iran/révolution Krach 1987 Portugal 1974 Grèce 1974 Espagne 1975 CEE 12 en 1986 URSS 1991 Révolution de velours Tiananmen

EXERCICE GUIDÉ 2

Faire référence au(x) document(s) dans une analyse de document(s)

Énoncé

Sujet : En analysant le document, vous montrerez que Ronald Reagan entend résoudre la crise par une politique fondée sur le libéralisme économique.

Doc. 1 Le président Ronald Reagan présente son programme économique

« Il est temps de comprendre que nous sommes arrivés à un tournant. Nous sommes face à une calamité économique de proportions incroyables, et le vieux traitement habituel ne peut plus nous sauver. […] Nous devons accroître la productivité, et cela veut dire remettre les Américains au travail. […] Nous avons déjà décidé le non-remplacement des employés du gouvernement qui prennent leur retraite ou démissionnent. Nous avons ordonné une coupe dans les dépenses consacrées aux voyages du gouvernement, réduit le nombre de consultants travaillant pour le gouvernement, gelé l'achat d'équipements de bureaux, entre autres. […]

Le 18 février [1981], je présenterai un programme économique détaillé au Congrès […]. J'y proposerai des coupes dans les budgets de presque tous les ministères du gouvernement. […] Tout en faisant cela, nous devons avancer dans la direction d'une baisse générale des impôts. Je demanderai une réduction de 10 % de tous les impôts sur le revenu pour les trois prochaines années. Des propositions seront soumises visant à simplifier les formalités administratives des entreprises, et pour leur permettre aussi de disposer du capital pour créer des emplois.

[…] Nos coupes dans les dépenses ne se feront pas au détriment des vrais nécessiteux. Nous chercherons, cela dit, à éliminer les avantages sociaux accordés à ceux qui ne sont pas vraiment dans le besoin. […] Nous ne pouvons continuer plus longtemps le gaspillage qui se fait aux dépens de ceux qui travaillent et de nos enfants. »

Déclaration de Ronald Reagan à la télévision, le 5 février 1981.

Méthode

- L'analyse de document est un exercice écrit et structuré, de nature argumentative : vous énoncez des idées, sous forme de phrases affirmatives.
- Vos idées partent du/des document(s) que vous devez absolument citer dans votre devoir : il s'agit d'expliquer des « morceaux » du document grâce à vos connaissances.

1 Balayer le(s) document(s) pour reperer les informations a commenter

- Attention : la lecture du/des document(s) n'intervient que dans un second temps. Auparavant, vous aurez lu et étudié la consigne et, sans forcément avoir fixé précisément votre plan, vous aurez une idée de vos thèmes de réponse.
- Une première lecture vous permet de prendre connaissance du/des document(s).
- Une seconde lecture doit vous conduire à sélectionner les informations :

– qui relèvent de chacun de vos axes, des thèmes que vous avez identifiés rapidement par une décomposition de la consigne ;

– qui méritent d'être expliquées (les noms propres, dates, événements, notions sont au cœur de votre sélection).

- Utilisez un code couleur pour triez les informations.
- Ne surlignez pas des passages trop longs : une phrase entière, c'est déjà trop. Surlignez des mots ou groupes de mots.

Astuce de prof
Ne surlignez pas trop vite ! Si vous couvrez le(s) documents(s) de couleur à la première lecture, vous risquez de commettre des erreurs de compréhension qui vous gêneront dans la suite de votre travail.

2 Citer le(s) document(s) dans le devoir

- Le travail d'analyse, c'est-à-dire de mise en relation avec les connaissances, ne fait pas partie de cette mise au point méthodologique.
- Lors de l'écriture de votre devoir, le document doit apparaître de manière explicite et régulière.
- Vous pouvez citer des mots ou bien insérer des phrases courtes, des extraits avec une coupure entre crochets, voire des lignes.
- Si vous reprenez des mots du texte, ils doivent figurer entre guillemets.
- Vous pouvez placer ces extraits avant vos analyses, de manière à bien montrer que c'est le contenu du document qui vous a guidé, ou bien après, pour en signifier le lien avec le document.

Astuce de prof
Numérotez les lignes des textes pour pouvoir y faire référence plus rapidement.

Corrigé

Axes d'analyse

I. Une crise économique profonde
II. Une réponse fondée sur le libéralisme économique : une politique favorable aux entreprises privées…
III. … et une réduction drastique des dépenses publiques

Exemple de rédaction d'un paragraphe

La politique économique voulue par Ronald Reagan, appelée *Reaganomics*, est extrêmement favorable aux entreprises privées.
Il annonce **« simplifier les formalités administratives des entreprises »** : il considère que les démarches auxquelles elles sont astreintes sont trop fastidieuses, sans envisager les risques de fraude ou de malversation des entreprises. C'est une critique régulièrement adressée à l'État et un exemple concret de dérégulation, c'est-à-dire d'un assouplissement ou d'une disparition des règles encadrant l'activité des acteurs économiques.

L'astuce du prof
Mobilisez explicitement les définitions des grandes notions du chapitre pour montrer que vous les maîtrisez.

Il s'agit aussi d'augmenter les marges des acteurs privés en réduisant leurs impôts, présentés comme une charge alors qu'ils permettent de financer les actions sociales de l'État **(« réduction de 10 % de tous les impôts sur les revenus »)**. En outre, cette baisse concerne l'ensemble des revenus, sans distinction de niveau. Elle avantage donc les plus aisés.
Reagan entend enfin **« remettre les Américains au travail »** et **« accroître la productivité »**, c'est-à-dire augmenter le temps de travail et/ou baisser les salaires, ce qui s'inscrit dans une politique de lutte annoncée contre les syndicats et les droits sociaux, et met à mal l'État-providence, au moment où le chômage et l'inflation compliquent déjà la vie quotidienne des Étatsuniens.

Chapitre 4 Le monde, l'Europe et la France depuis les années 1990

1 Une nouvelle hiérarchie de puissances dans un monde multipolaire

De quoi s'agit-il ? La puissance se définit selon Raymond Aron par la « capacité de faire, de faire faire et de refuser de faire ». La fin de la guerre froide consacre les États-Unis comme seule puissance. Mais très rapidement, le monde devient multipolaire, et les puissances s'affrontent de nouveau.

1 Les États-Unis à la tête d'un nouvel ordre mondial (1991-2001)

- Avec la fin de la guerre froide, l'**espoir d'un nouvel ordre mondial pacifié**, attendu depuis 1945, renaît. Les États-Unis s'imposent et remobilisent leur **Destinée manifeste**, comme le montre le livre de Francis Fukuyama, *La Fin de l'histoire* (1992) : les **valeurs libérales américaines** vont pouvoir se répandre dans le monde et mettre fin à tous les conflits et tensions.
- La guerre du Golfe (1991) applique ce nouvel ordre mondial bâti sur le respect du **droit international** et le **multilatéralisme** : l'Irak est attaqué par les États-Unis sous l'égide de l'ONU, car il a envahi le Koweït.
- Les États-Unis sont qualifiés d'**hyperpuissance** : ils sont sans rivaux et assument la responsabilité de « **gendarmes du monde** ». Leur intervention est nécessaire pour mettre fin aux guerres en ex-Yougoslavie (accords de Dayton, 1995).
- Les **attentats du 11 septembre 2001**, les plus violents jamais organisés, avec près de 3 000 morts, soulignent cependant la vulnérabilité de la puissance états-unienne et sa remise en cause (**Doc. 1**).

Vocabulaire
- **Destinée manifeste :** croyance répandue aux États-Unis en la mission divine confiée au pays de répandre dans le monde son modèle libéral et ses valeurs.
- **Multilatéralisme :** système de relations internationales qui privilégie la négociation entre différents États en vue d'établir des règles communes.

Doc. 1 La rupture du 11 septembre pour les États-Unis

David Horsey, *The Seattle Post Intelligencer*, 8 septembre 2002.

2 De nouvelles puissances économiques

• Les années 2000 marquent également une **rupture économique**, avec de **nouvelles puissances** qui entament la domination occidentale. En 2018, l'Inde est devenue la 6e puissance mondiale, devant la France. D'abord limité aux **BRICS** (Brésil, Russie, Inde, Chine et Afrique du Sud), le cercle des nouvelles puissances s'est élargi et recomposé. On parle aujourd'hui de **puissances émergentes**.

• Les relations internationales sont désormais largement centrées autour de la **rivalité entre les États-Unis et la Chine**, 2e puissance depuis 2010. Son entrée à l'OMC en 2001 facilite son intégration à la mondialisation et sa croissance fulgurante. Aujourd'hui, elle mobilise tous les ressorts de la puissance pour s'imposer : à la fois son **hard power** (« puissance dure »), avec les investissements dans sa puissance militaire, mais aussi son **soft power** (« puissance douce »), par la construction des nouvelles routes de la soie et le développement des nouvelles technologies (BATX, Huawei✝), en concurrence avec les États-Unis.

Vocabulaire

■ **Puissance émergente :** pays qui connaît une croissance économique très rapide, qui le rapproche des pays développés, mais qui compte encore une très forte proportion de pauvres.

2 De nouvelles formes de conflits

De quoi s'agit-il ? **La guerre froide structurait les relations internationales et, malgré quelques conflits sanglants et retentissants, elle fut une période peu conflictuelle. Depuis, les conflits se sont aggravés.**

1 Le temps des guerres civiles

• Le monde se retrouve, à partir de 1991, largement déstabilisé par les **guerres civiles**. 28 000 kilomètres de **frontières** sont créés, particulièrement en Europe. L'ex-Yougoslavie (**Doc. 2**) disparaît, elle éclate en sept nouveaux États durant une décennie de guerres (1991-1999). Le **nationalisme** reste en Europe un facteur de déstabilisation, comme en Catalogne.

• En Afrique, on a parlé dans les années 1990 de « **décennie du chaos** », avec les guerres pour les ressources au Liberia, en Sierra Leone et surtout en RDC, où les estimations déplorent des millions de morts (c'est le conflit le plus sanglant depuis 1945).

Vocabulaire

■ **Nationalisme :** doctrine politique accordant la primauté à une nation sur les autres.

2 Les guerre asymétriques : l'exemple du Proche et du Moyen-Orient

• Le Proche et le Moyen-Orient constituent un **arc de crise**. Après le 11 septembre, les États-Unis engagent une **guerre contre le terrorisme** : ils envahissent l'Afghanistan (2001) puis, dans une logique de **guerre préventive**, l'Irak (2003). Ils affrontent des groupes pratiquant de nombreux attentats pour déstabiliser le pouvoir pro-américain. En Irak, ces attentats ont causé 25 000 morts. La guerre en Syrie depuis 2011 suit le même schéma.

• Ces guerres sont longues : elles opposent une armée régulière à des groupes armés, des guérillas difficiles à contrôler. On parle de **guerres asymétriques**.

Vocabulaire

■ **Guerre préventive :** guerre dont un pays prend l'initiative pour empêcher son supposé ennemi de lui infliger de graves dommages.

■ **Guerre asymétrique :** conflit opposant une armée régulière à des groupes armés.

3 Les civils, principales victimes des conflits

- Les guerres civiles sont de plus en plus meurtrières. Les groupes armés échappent au droit international. La liste des exactions est longue, en particulier le viol, systématiquement utilisé comme arme de guerre, car il déchire les communautés.
- Cette décennie voit la résurgence d'une violence de masse extrême disparue depuis la Seconde Guerre mondiale. En juillet 1995, à Srebrenica en ex-Yougoslavie l'**épuration ethnique** fait plus de 8 000 morts. En 1994, le conflit entre Hutus et Tutsis au Rwanda mène à un **génocide**. Les tueurs, armés le plus souvent de machettes, exécutent 800 000 Tutsis et Hutus modérés.

Vocabulaire

- **Épuration ethnique :** tentative de création de régions ethniquement homogènes par la déportation, les crimes de masse et les viols.
- **Génocide :** destruction organisée d'un groupe humain. Seuls trois génocides sont officiellement recensés par l'ONU (génocide des Arméniens, des Juifs et des Tutsis).

Doc. 2 La guerre en ex-Yougoslavie

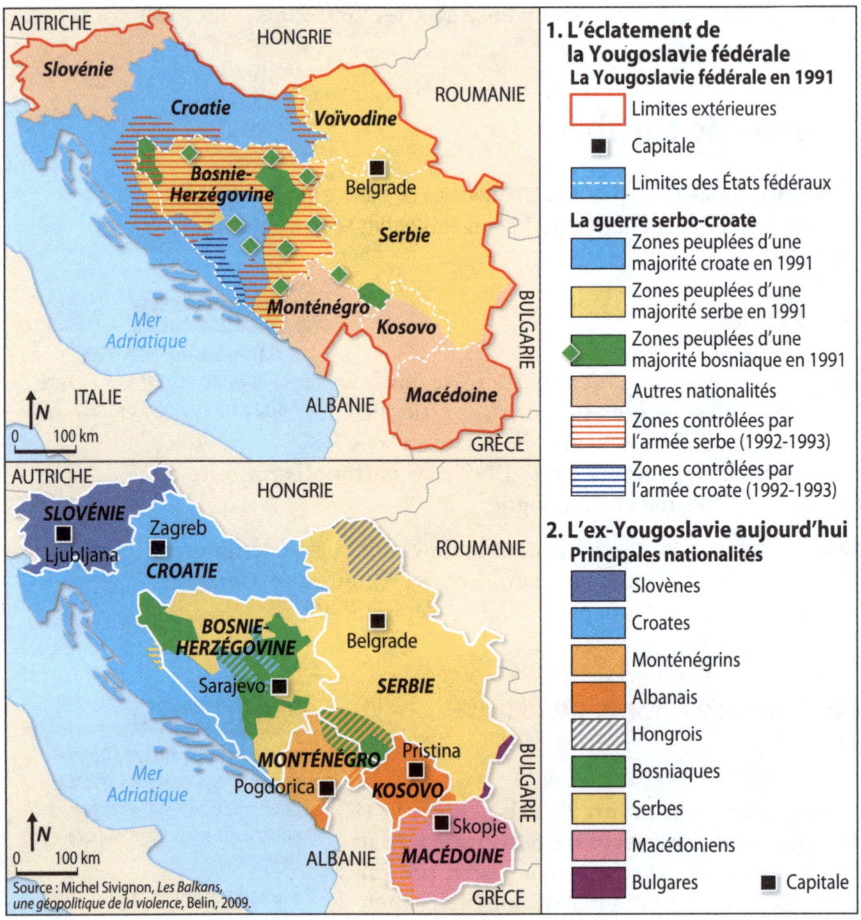

Source : Michel Sivignon, *Les Balkans, une géopolitique de la violence*, Belin, 2009.

3 La mise en place d'une gouvernance mondiale

De quoi s'agit-il ? Pour faire face aux défis contemporains globalisés, une gouvernance mondiale se dessine autour des institutions de l'ONU. Mais, alors que les besoins semblent considérables, les résistances sont fortes.

1 Les espoirs d'un monde plus juste

- En Afrique du Sud, sous la pression internationale, la libération de Nelson Mandela (1990) puis **la fin de l'apartheid** (1994) donnent l'espoir d'un monde plus juste (**Doc. 3**).
- L'ONU, libérée de l'affrontement entre les deux Grands, peut de nouveau agir et prendre des résolutions sans crainte d'un veto.

Vocabulaire

Apartheid : régime de ségrégation raciale très dur mis en place en Afrique du Sud de 1948 à 1994.

Doc. 3 Discours de Nelson Mandela (10 mai 1994)

Ce discours est prononcé devant nombre de Sud-Africains et de dignitaires internationaux, lors de son investiture en tant que premier président de la République noir.

Nous, le peuple d'Afrique du Sud, nous sentons profondément satisfaits que l'humanité nous ait repris en son sein, et **que le privilège rare d'être l'hôte des nations du monde sur notre propre terre nous ait été accordé, à nous qui étions hors-la-loi il n'y a pas si longtemps.**

Nous remercions tous nos distingués invités internationaux d'être venus prendre possession avec le peuple de notre pays de ce qui est, après tout, une victoire commune pour la justice, la paix, la dignité humaine. Nous sommes sûrs que vous continuerez à être à nos côtés lorsque nous aborderons les défis de la construction de la paix, de la prospérité, de la démocratie, et que nous nous attaquerons au sexisme et au racisme.

Nous apprécions infiniment le rôle qu'ont joué les masses de nos concitoyens et leurs dirigeants politiques, démocratiques, religieux, féminins, jeunes, économiques, traditionnels et autres pour parvenir à cette conclusion. Et parmi eux se trouve notamment mon second vice-président, l'honorable **Frederik Willem De Klerk.** […]

Le moment est venu de réduire les abîmes qui nous séparent.

Le temps de la construction approche.

Nous avons enfin accompli notre émancipation politique. Nous nous engageons à libérer tout notre peuple de l'état permanent d'esclavage à la pauvreté, à la privation, à la **souffrance, à la discrimination liée au sexe** ou à toute autre discrimination.

Nous avons réussi à franchir le dernier pas vers la liberté dans des conditions de paix relative. Nous nous engageons à construire une paix durable, juste et totale.

Mandela insiste sur le caractère criminel du régime d'apartheid qui violait la Déclaration universelle des droits de l'homme. C'est pourquoi l'Afrique du Sud était au ban de la communauté internationale, que le nouveau président remercie pour son action en faveur des droits humains.

Dernier président blanc du pays, il mène les négociations avec Nelson Mandela pour la fin de l'apartheid. Il reçoit lui aussi le prix Nobel en 1993.

Ce discours apparaît très moderne sur la question du sexisme. Les femmes, telle que sa femme Winnie Mandela, ont grandement participé à la lutte contre l'apartheid. Cependant, les violences faites aux femmes dans ce pays restent parmi les plus importantes au monde.

2 L'activisme de l'ONU

- L'ONU promeut le **multilatéralisme** et bâtit une **gouvernance mondiale**. Elle s'engage dans de nombreuses opérations de **maintien de la paix** à travers le monde. Pour punir les criminels de guerre, soixante États ratifient la création de la **CPI** (Cour pénale internationale de La Haye, créée en 2002) qui dispose d'une compétence universelle.
- L'ONU est également très active dans les domaines économiques et sociaux. Elle **lutte contre les inégalités** grâce aux **OMD** – qui ont permis

Vocabulaire

OMD : objectifs du millénaire pour le développement, adoptés en 2000 pour un développement durable.

l'augmentation très nette de la scolarisation primaire – et grâce à ses nombreuses agences (UNICEF, FAO, OMS) dont l'efficacité est saluée. Dans un monde plus instable, l'agence pour les réfugiés, le HCR, est très actif pour secourir quelques 25 millions de réfugiés en 2018.

- Pour **préserver le climat**, elle sonne la mobilisation avec l'organisation du Sommet de la Terre à Rio (1992), de **COP** tous les ans depuis 1995, et avec la signature du protocole de Kyoto pour la réduction des **GES** (1997).

Vocabulaire

- **COP : Conférence des parties, réunissant l'ensemble des parties membres de l'ONU (l'UE compte pour une seule partie) pour la défense de l'environnement.**
- **GES : gaz à effet de serre responsables du réchauffement climatique (CO_2, méthane).**

3 Une gouvernance mondiale à la peine

- Depuis 1991, les **missions de maintien de la paix** ont considérablement augmenté, signe de l'instabilité du monde. On en compte dix-huit, principalement en Afrique. La plus ancienne, au Proche-Orient, date de 1948. Les **casques bleus** sont souvent rejetés par les populations civiles du fait de leur incapacité à mettre fin aux violences qu'elles subissent.
- La gouvernance mondiale suscite beaucoup de **résistances**. Par exemple, les États-Unis n'ont pas intégré ou ont quitté nombre de dispositifs, les rendant moins efficaces : protocole de Kyoto, CPI, Conseil des droits de l'homme, accords de Paris (signés à l'issue de la COP21).

4 L'évolution du projet européen et les élargissements successifs

De quoi s'agit-il ? Les élargissements successifs depuis les années 1990 posent le problème de la cohésion d'un ensemble aussi vaste.

1 La fin de la guerre froide et l'effondrement du bloc communiste

- En 1991, la **CEE** doit se réinventer et est confrontée à de **nouveaux défis**, auxquels répond le **traité de Maastricht** en 1992. Négocié par les 12 pays alors membres, il donne naissance à une véritable union politique : l'Union européenne remplace la CEE.
- Ce traité favorise la **supranationalité** en instaurant une **citoyenneté européenne**. Il permet aussi la libre circulation des citoyens, avec les **accords de Schengen**, entrés en vigueur en 1995.
- L'adoption de ce traité s'est cependant faite dans la douleur, notamment en France où le « oui » au référendum obtient une très courte majorité. Dès 1992, pointait un certain **euroscepticisme**.

Vocabulaire

- **Communauté économique européenne (CEE) :** organisation internationale issue du traité de Rome (1957) signé par les six pays fondateurs de la construction européenne (Allemagne, Belgique, France, Italie, Luxembourg et Pays-Bas).
- **Supranationalité :** qui est au-dessus des nations et de leurs gouvernements.
- **Euroscepticisme :** attitude critique, voire opposée, au projet de construction européenne.

2 Les élargissements : de 12 à 28 membres

- En 1995, la construction européenne intègre des **pays du Nord** riches. À partir de 2004, les pays de l'Est, les **PECO**, sont progressivement intégrés. Cette dynamique se poursuit en 2007, avec l'entrée de la Bulgarie et de la Roumanie, puis de la Croatie en 2013 (**Doc. 4**).
- Ces **élargissements** ont été largement **critiqués** à cause de l'écart de richesse entre les entrants et les anciens membres.

Doc. 4 L'Union européenne en 2020

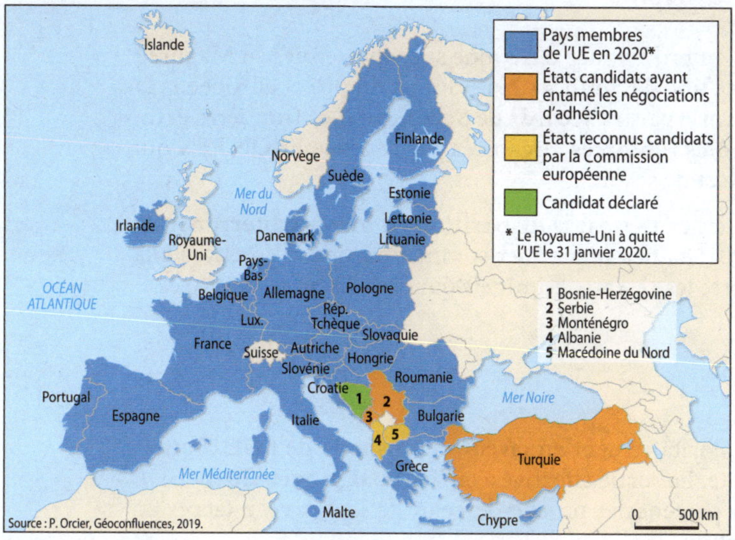

Les frontières de l'Union européenne se rapprochent de celles du continent européen. Malgré la sortie du Royaume-Uni, l'UE reste attractive, avec de nombreux États candidats à l'entrée. C'est le cas épineux de la Turquie, avec laquelle les négociations, entamées en 1987, sont aujourd'hui au point mort.

3 L'UE entre élargissement et approfondissement

- L'UE tente de concilier deux **dynamiques contradictoires** : l'**élargissement** et **l'approfondissement**.
- Les **traités d'Amsterdam** (1997) et **de Nice** (2001) renforcent les pouvoirs du Parlement européen, seule institution élue démocratiquement par les citoyens. Il est aussi prévu de donner une constitution à l'UE, mais les seuls référendums organisés, en France et au Danemark en 2005, rejettent ce projet.

Vocabulaire

- **Élargissement :** adhésion de nouveaux États.
- **Approfondissement :** renforcement des institutions.

5 Le projet européen : un processus inachevé

De quoi s'agit-il ? **Après la décennie faste des années 1990, le projet européen semble « en panne » et peine à convaincre les peuples qui font preuve d'un euroscepticisme de plus en plus fort.**

1 Vers une « Europe à la carte » ?

- Nombre d'États membres n'adoptent que les politiques européennes qui conviennent à leurs **intérêts nationaux**. La Grande-Bretagne s'était ainsi exclue volontairement de la zone euro pour conserver sa propre **monnaie**, la livre, et des accords Schengen pour conserver son propre **contrôle des frontières**.
- Les intérêts nationaux priment sur le projet européen et l'UE fait face à une **crise de légitimité**. On oppose généralement deux visions de l'Europe. D'un côté les **souverainistes** qui défendent l'Europe des nations, où l'autonomie politique des États est préservée ; de l'autre les **fédéralistes**, qui défendent l'Europe des régions, où le pouvoir supranational est renforcé.

2 L'UE face à la question migratoire

• L'arrivée importante de **migrants** en provenance d'Afrique subsaharienne, du Maghreb et du Proche-Orient remet en cause l'une des grandes réalisations du projet européen : la libre circulation des personnes, garantie par les **accords de Schengen**. Les frontières extérieures de l'UE font l'objet de **contrôles renforcés**, organisés par l'agence **FRONTEX** qui mène des opérations de surveillance et de secours.

• L'UE doit aussi faire face aux drames causés par la **disparition en mer Méditerranée de bateaux** chargés de migrants. En 2015, a lieu le premier sommet européen consacré à la question migratoire pour lutter contre les réseaux criminels qui organisent les passages.

3 Le Brexit, et après ?

• En 2016, le Royaume-Uni vote majoritairement en faveur de sa **sortie de l'UE** (**Doc. 5**). C'est le début d'une procédure inédite. La sortie effective a eu lieu le **31 janvier 2020**. L'UE envisage pour le Royaume-Uni un partenariat proche de celui de la Norvège (accès au marché unique et libertés de circulation).

• Beaucoup voient dans cet événement un **affaiblissement** international durable de l'UE et une perte de son pouvoir d'attraction, tandis que certains s'inquiètent d'un possible **effet domino**.

• Le Brexit est aussi un défi pour le **tunnel sous la Manche**. L'Eurotunnel, inauguré en 1994, relie le sud-est du Royaume-Uni et le nord de la France.

• Ce service permet chaque année la traversée de 1,7 million de camions et 2,7 millions de voitures, le tout en 35 minutes. Surtout, il assure **25 % des échanges** entre l'île et l'Europe continentale.

• Getlink, l'entreprise qui gère le tunnel, mise sur un **accord post-Brexit** équilibré, qui permettrait de maintenir les échanges commerciaux. Quant aux voyageurs, ils étaient déjà contrôlés à l'entrée du tunnel puisque le Royaume-Uni n'a jamais fait partie de l'espace Schengen.

Doc. 5 Les résultats du référendum sur le Brexit du 23 juin 2016

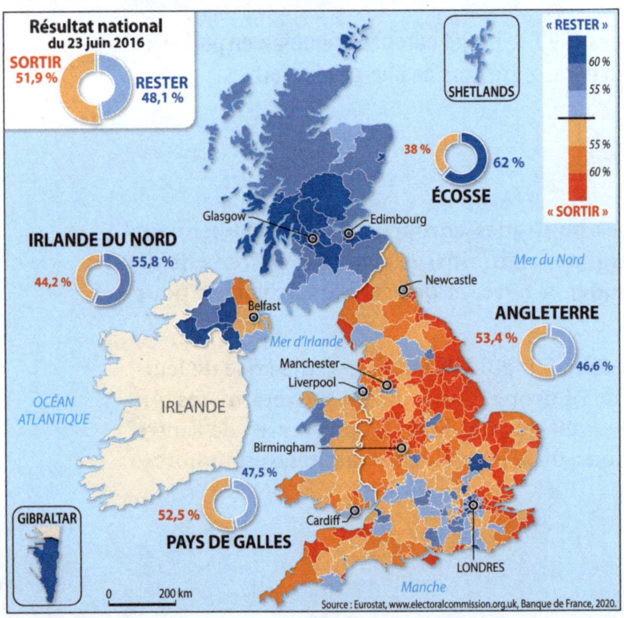

La carte des résultats du Brexit montre d'importantes disparités entre les différents espaces du Royaume-Uni.
Le camp du « Leave » a triomphé un peu partout dans les campagnes et dans les grandes villes du Nord, historiquement de gauche et ouvrières.
Le camp du « Remain », quant à lui, l'emporte clairement à Londres et dans le Sud conservateur et prospère, en Écosse et en Irlande du Nord.
Le Brexit est donc aussi le signe d'un Royaume-Uni profondément divisé.

6 L'instauration d'une monnaie unique : entre espoirs et tensions

De quoi s'agit-il ? À partir de 1992, le projet de l'euro a fait naître beaucoup d'espoirs. L'usage d'une monnaie commune concrétise l'appartenance à un espace économique commun. Toutefois, la gouvernance de cet outil est à l'origine de nombreuses tensions.

1 Pourquoi l'euro ?

- Afin d'assurer la croissance économique et des échanges commerciaux efficaces, la **stabilité monétaire** à l'échelle européenne apparaît comme indispensable. En 1979, se met en place le **Système monétaire européen** qui limite les variations des **taux de change** entre les monnaies européennes.
- Mais la stabilité entre les monnaies s'effondre dans les années 1990. Le **projet de l'euro** est alors lancé en 1992 par le traité de Maastricht, et la monnaie est officiellement créée en 1999. Le Royaume-Uni et le Danemark obtiennent des **options de retrait** pour ne pas participer à l'union monétaire.
- Le 1er janvier 2002, 304 millions d'Européens changent de monnaie (**Doc. 6**). L'euro devient la monnaie référente des 19 pays membres de la zone euro, ainsi que du Kosovo et du Monténégro. Elle est gérée par la **Banque centrale européenne** (BCE), elle-même composée des **banques centrales** des États membres.

Vocabulaire

- **Taux de change :** valeur d'une monnaie nationale par rapport à celle d'un autre pays. Par exemple, 1 euro vaut entre 0,8 et 1,4 dollar.
- **Banque centrale :** institution publique qui gère la monnaie d'un pays et contrôle la stabilité des prix.

Doc 6. Le timbre « Demain l'euro », émis en 2001

Le timbre « Demain l'Euro », émis en 2001, annonce l'événement de l'introduction de l'euro. Ce timbre est illustré par la face commune de la pièce de 1 € dessinée par le graveur belge Luc Luycx, qui présente la carte de l'Union européenne. Pour sa face nationale, la France a choisi d'inscrire dans un hexagone le symbole de l'arbre de vie et la mention « RF » (République française), et de reprendre sa devise : « Liberté, Égalité, Fraternité ».

2 Un bilan mitigé

- Certes, l'emploi d'une monnaie unique a encouragé les **échanges commerciaux** à l'intérieur de la zone euro, car les entreprises des pays membres peuvent conclure des contrats entre elles sans craindre des variations de change et des coûts supplémentaires. Les consommateurs, à l'intérieur de la zone euro, n'ont pas à **changer de devises** lorsqu'ils voyagent. L'euro est devenu la 2e monnaie mondiale, après le dollar américain.
- Mais le **fonctionnement** de la zone euro est encore **imparfait**. En 2008, l'effondrement de nombreuses économies lié à la crise économique mondiale et à celle des **dettes souveraines**, particulièrement de la Grèce, fait entrer l'UE dans une période d'intenses turbulences qui témoignent du **manque de solidarité** entre les pays membres. Personne ne semblait vouloir aider les Grecs et une sortie forcée de la zone euro (le « Grexit ») avait même été envisagée.
- Pour accroître la **coordination budgétaire**, il faudrait par exemple que les ministres des Finances nationaux consultent leurs pairs européens lors de la préparation de leur budget.

Vocabulaire

- **Devise :** monnaie étrangère par rapport à la monnaie d'un pays.
- **Dette souveraine :** engagement financier (emprunt) pris par un État ou une banque centrale.

7 Les institutions de la Vᵉ République

De quoi s'agit-il ? Depuis 1870, la France vit en république sous différentes constitutions. La Vᵉ République, instaurée en 1958, est un régime stable qui a connu depuis de nombreuses réformes institutionnelles.

1 La mise en place des institutions de la Vᵉ République (1958-1981)

• La Constitution de la Vᵉ République maintient un **régime parlementaire**, mais confie au **président** de la République un **pouvoir fort**. Avec la réforme constitutionnelle de 1962, il est désormais **élu au suffrage universel**, ce qui renforce sa légitimité.

• La **présidentialisation** du régime s'accentue : le président nomme désormais le Premier ministre, qui constitue son gouvernement au détriment du Parlement. L'**article 49-3**, régulièrement utilisé, permet de faire adopter une loi sans débat et sans vote.

Vocabulaire

■ **Présidentialisation :** renforcement du pouvoir du président de la République, qui devient le personnage clé de l'État.

2 Des institutions qui s'adaptent (1981-2019)

• En 1981, le socialiste **François Mitterrand**, principal opposant au gaullisme, est élu président. En 1986, il inaugure la première **cohabitation**, car l'Assemblée nouvellement élue est majoritairement à droite (**Doc. 7**).

• En 2000, est adopté le **quinquennat** pour renforcer le pouvoir exécutif menacé par les cohabitations.

• Entre 2007 et 2012, la pratique du pouvoir de **Nicolas Sarkozy** tend à renforcer la **présidentialisation** du régime. La révision constitutionnelle de 2008 autorise le chef de l'État à s'exprimer devant le Parlement réuni à Versailles, au détriment du gouvernement jusque-là seul détenteur de cette prérogative.

Vocabulaire

■ **Cohabitation :** coexistence d'un chef de l'État avec un chef de gouvernement (le Premier ministre) appartenant à une majorité parlementaire qui lui est politiquement opposée.

■ **Quinquennat :** exercice d'un mandat dont la durée est de cinq ans.

Doc. 7 Alternances et cohabitations sous la Ve République

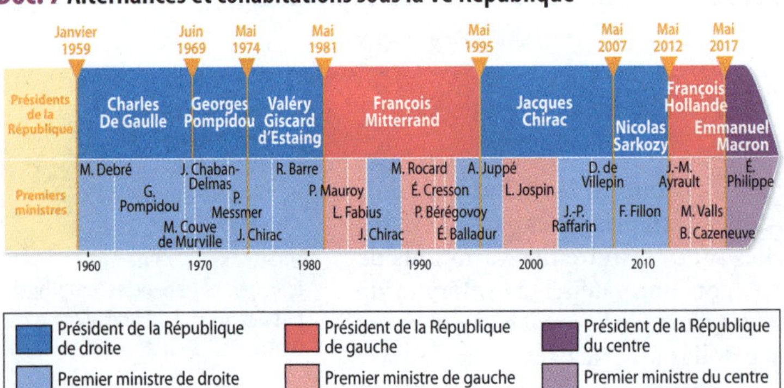

Pourquoi l'alternance de 1981 est si importante ?

3 Les progrès de la décentralisation

• La France est un pays historiquement très **centralisé**, où l'autorité centrale détient l'ensemble des pouvoirs. En 1982, le ministre **Gaston Defferre** entame un processus de **décentralisation** : il fait des régions des **collectivités territoriales** à part entière.

Vocabulaire

■ **Décentralisation :** transfert du pouvoir, et donc de compétences de l'État, vers les collectivités territoriales.

■ **Collectivité territoriale :** structure administrative, distincte de l'administration de l'État, qui a en charge les intérêts des habitants d'un territoire donné (communes, départements, régions, collectivités d'outre-mer).

• À partir de 1992, l'**intercommunalité** est encouragée pour faciliter le développement économique et l'aménagement du territoire.

• Entre 2003 et 2013, sont lancés l'« acte II » et l'« acte III » de la décentralisation, qui devient un principe inscrit dans la Constitution. En même temps que l'État délègue de nouvelles compétences aux collectivités territoriales, il leur accorde l'**autonomie financière** avec la récolte de certaines taxes. La réduction du nombre de régions de 22 à 13 en 2015 vise à donner plus de poids à ces collectivités territoriales.

Vocabulaire

- **Intercommunalité :** possibilité pour des communes d'exercer en commun certaines compétences lorsque les enjeux dépassent ceux d'une seule commune. Par exemple, la gestion de rivières, les transports urbains ou les équipements sportifs et culturels.

8 La République face aux évolutions de la société française

De quoi s'agit-il ? La Ve République a renforcé la laïcisation de la société et l'extension de l'égalité des citoyens face à la loi. Le régime montre ainsi sa capacité d'adaptation, même si ces mutations ne se sont pas opérées sans divisions ni contestations.

1 La République et la laïcité

• Les rapports entre la République et les religions sont commandés par le **principe de laïcité**. La loi de 1905 sur la séparation des Églises et de l'État marque ainsi l'apogée de l'**anticléricalisme** : cette loi pose le principe de l'indépendance totale de l'État vis-à-vis des religions.

• L'État doit faire face à de **nouveaux défis** pour assurer sa mission de **garant de la liberté des cultes**, tout en veillant au respect des principes de la laïcité (**Doc. 8**). La pratique religieuse est en forte diminution puisque seuls 8 % des catholiques et 17 % des musulmans français disent avoir une pratique régulière. L'islam forme aujourd'hui la 2e religion de France.

Vocabulaire

- **Laïcité :** organisation de la société fondée sur la séparation des Églises et de l'État, qui exclut les Églises de l'exercice de tout pouvoir politique ou administratif.
- **Anticléricalisme :** hostilité au clergé et à son ingérence dans la société.

• Différents débats portant sur les manifestations de la foi religieuse – notamment à l'école, avec les **repas confessionnels** ou le port de **signes ostentatoires** (montrés avec insistance) – aboutissent à la réaffirmation du principe de laïcité : la loi de 2004 interdit tout signe distinctif d'appartenance à toute religion dans les établissements publics.

Doc. 8 Les rapports entre république et laïcité

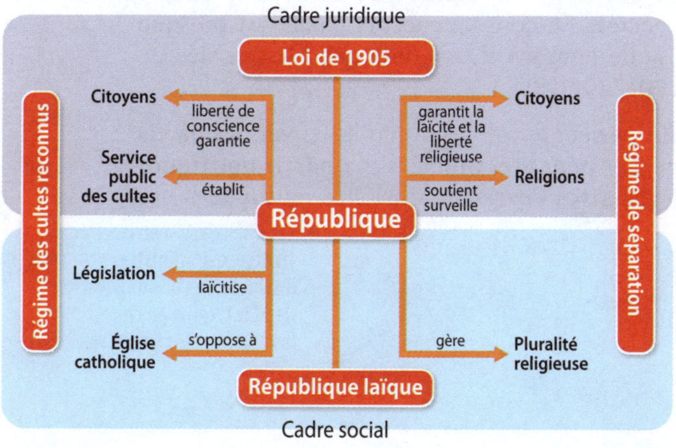

2 Les combats pour l'égalité

Vocabulaire

■ **Conseil constitutionnel :** organisme créé par la Constitution française de 1958 qui a pour but de contrôler la constitutionnalité des lois ainsi que la régularité des élections.

● Avec la révision constitutionnelle de 2008, ce sont aussi les citoyens qui gagnent des droits. Avec le **référendum d'initiative partagée** (RIP), 10 % des électeurs peuvent soutenir un projet de loi porté par un cinquième des parlementaires. La validité de ce projet doit néanmoins d'abord être vérifiée par le **Conseil constitutionnel**.

● La Constitution et le Code civil ont aussi évolué en faveur de nouveaux droits pour les couples de personnes de même sexe. En 1999, a lieu un pas décisif : sous le gouvernement Jospin, le Parlement adopte la loi mettant en place le **Pacte civil de solidarité** (PACS), ouvert aux couples hétérosexuels et homosexuels.

● Avec la loi sur le **mariage pour tous** de 2013, la France devient le 14e pays au monde à autoriser le mariage homosexuel. C'est la garde des Sceaux, ministre de la Justice sous François Hollande, Christiane Taubira, qui porte le projet de loi. Ce dernier, avant son adoption définitive, a fait l'objet de **débats** très vifs et de **manifestations** dans le cadre du mouvement de la « Manif pour Tous ». En 2014, les mariages de couples de même sexe ont représenté 4 % du total des unions.

9 La parité en politique

De quoi s'agit-il ? **La parité en politique, c'est-à-dire l'égal accès des femmes et des hommes aux mandats électoraux et fonctions électives, est un processus long, dont la réalisation a rencontré et rencontre encore de nombreux obstacles.**

1 Une lente évolution des lois de parité

● En **1944**, les femmes obtiennent le **droit de vote et d'éligibilité**. Mais ce n'est qu'en 1999 qu'est adoptée une **réforme constitutionnelle** qui favorise la parité.

● Pour corriger certaines faiblesses de la loi, une nouvelle loi est promulguée en 2007. Elle entend **féminiser les exécutifs locaux** en prévoyant l'application de la parité pour l'élection des adjoints au maire. Pour les **élections législatives**, la loi accentue le montant de la pénalité financière.

● Certains **modes de scrutin** défavorisent la parité. Dans les scrutins uninominaux majoritaires, la loi est moins contraignante que pour les **scrutins de liste**, où la **stricte alternance hommes-femmes** doit être respectée. En conséquence, la parité est presque atteinte dans les conseils régionaux (48,1 % de femmes élues) alors que l'Assemblée ne compte que 38,8 % de femmes députées en 2017 (**Doc. 9**).

● En 2020, le gouvernement d'Édouard Philippe veut durcir les sanctions envers les partis politiques ignorant la parité femme–homme. Les **pénalités** infligées aux **partis politiques** ne respectant pas la parité aux élections législatives devraient ainsi être multipliées par cinq.

Doc. 9 Part des femmes parmi les élus des principales assemblées politiques

En %	Avant les lois de parité	Après les lois de parité
Assemblée nationale	18,5 (2007)	26,9 (2012)
Sénat	22,1 (2011)	22,3 (2014)
Conseils régionaux - Présidence - Conseiller(ère)s	**7,7 (2010)** - 48 (2010)	**17,6 (2015)** - 47,8 (2015)
Conseils départementaux - Présidence - Conseiller(ère)s	**5 (2011)** - 13,8 (2011)	**9,9 (2015)** - 50 (2015)
Conseils municipaux - Maires - Conseiller(ère)s	**13,8 (2008)** - 35 (2008)	**16 (2014)** - 40,3 (2014)

Source : ministère de l'Intérieur, 2015.

Note : les dates indiquées entre parenthèses correspondent à la dernière élection, avant ou après les lois de parité.

2 Parité en politique et stéréotypes de genre

• Selon certains **stéréotypes**, les femmes seraient dépourvues des qualités requises pour exercer une fonction politique. Ces stéréotypes sont **intériorisés** par les femmes elles-mêmes, qui s'estiment peu compétentes pour mener un combat politique. En sociologie, on privilégie l'emploi du terme « **genre** » à celui de « sexe », afin de mettre l'accent sur les différences socioculturelles entre les hommes et les femmes.

• Les **partis politiques** tendent à se conformer aux stéréotypes de genre. Ils **contournent parfois les lois de parité** en plaçant les candidates femmes dans des circonscriptions perdues d'avance. Certains partis préfèrent même être sanctionnés financièrement. Les femmes qui réussissent à avoir un mandat électoral occupent souvent des postes politiques **moins « prestigieux »**. Elles sont ainsi sous-représentées au Sénat.

Vocabulaire

■ **Lois de parité :** lois instaurées afin de favoriser l'égale représentation politique des femmes et des hommes.

Doc. 10 Affiche de campagne d'Anne Hidalgo pour les élections municipales de 2020

En 2014 Anne Hidalgo devient la première femme de l'Histoire maire de Paris. Pourtant, la parité est encore loin : en 2019, les femmes ne représentent que 17 % des maires. En effet, l'impératif de parité ne s'applique pas au choix des têtes de listes aux élections municipales, qui restent donc en majorité des hommes.

Révision express

Comment le 11-Septembre a changé le monde ?

Les points importants à retenir

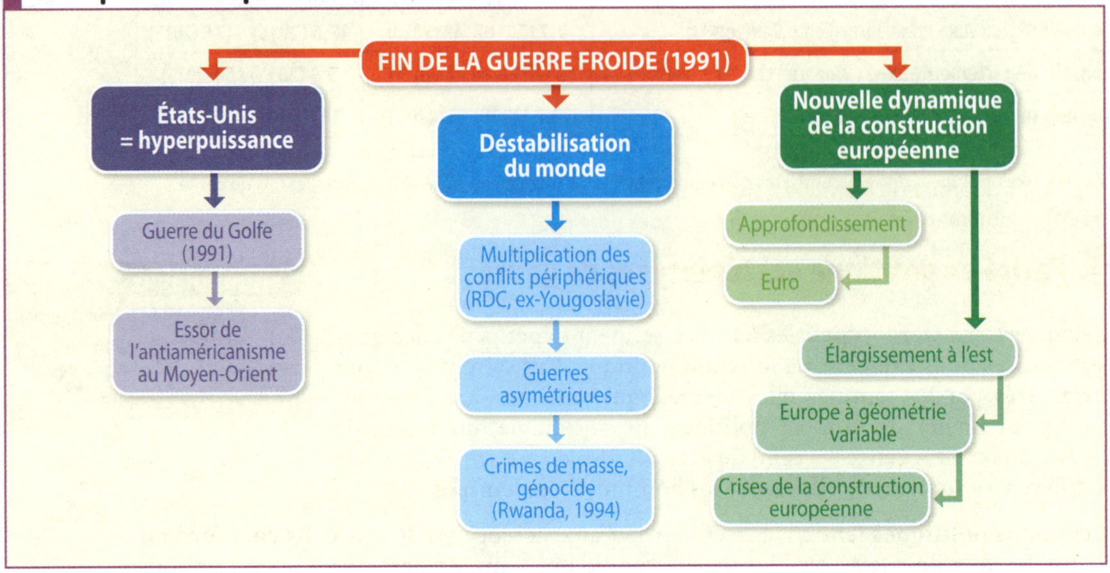

Quiz

Cochez la bonne réponse :

1. Qui dirige la guerre du Golfe (1991) ?

a. ☐ L'ONU. b. ☐ Les États-Unis. c. ☐ L'UE.

2. Qu'est-ce qu'une guerre asymétrique ?

a. ☐ **Une guerre entre un pays très grand et un pays très petit.**
b. ☐ **Une guerre entre un État et un groupe armé.**
c. ☐ **Une guerre entre deux pays aux armées très déséquilibrées.**

3. Quand le référendum sur le Brexit a-t-il été organisé ?

a. ☐ 2016. b. ☐ 2017. c. ☐ 2018. d. ☐ 2019.

4. Qu'est-ce que la parité en politique ?

a. ☐ **L'égale représentation politique des partis de gauche et de droite.**
b. ☐ **L'égale représentation politique des femmes et des hommes.**
c. ☐ **L'égale représentation politique des espaces urbains et ruraux.**

→ Réponses p. 470

EXERCICE GUIDÉ 1

Intégrer des exemples dans les réponses à la question problématisée

Énoncé

Sujet : De quelle façon la fin de la guerre froide a-t-elle déstabilisé le monde ? Vous veillerez à présenter des exemples pris dans différents continents.

Méthode

- Vous avez abordé en classe de Seconde la méthode basique exigée dans la réponse à une question problématisée. Pour obtenir la meilleure note possible, la copie doit entre autres développer des exemples précis pour illustrer un événement, un contexte historique ou un phénomène géographique.
- Les programmes tels qu'ils ont été conçus regorgent d'exemples : les « points de passage obligatoires » en histoire, les études de cas en géographie. On attend que vous mobilisiez les éléments précis fournis par ces focalisations dans vos copies.
- Votre copie doit impérativement comprendre au moins un exemple détaillé pour maximiser votre note.
- Présenter un exemple ne signifie pas le citer en une phrase. Il faut au minimum une demi-douzaine de lignes pour le traiter correctement. Vous pouvez même y consacrer une sous-partie entière, qui servira à appuyer votre argumentation.
- Lors de votre rapide réflexion au brouillon, progressez en respectant les étapes suivantes :

	Histoire	Géographie
Étape 1	Identifiez quel PPO reprendre.	Identifiez quelle étude de cas reprendre.
Étape 2	Sélectionnez les éléments précis à retenir : dates, personnages historiques, notions, vocabulaire attendus…	Sélectionnez les éléments précis à retenir : lieux, chiffres clé, acteurs, notions, vocabulaire et éventuellement schéma attendus.
Étape 3	Insérez le PPO dans le plan : il doit s'intégrer à votre argumentation.	Insérez l'étude de cas dans le plan pour qu'elle serve votre argumentation.

Corrigé

Étapes à suivre

Étape 1	PPO repris : le 11 septembre.
Étape 2	Éléments précis à retenir : les trois sites attaqués, les presque 3 000 morts, les acteurs (Oussama Ben Laden et Al Qaida). Les notions ou le vocabulaire à mobiliser : opération suicide, terrorisme, globalisation, théories du complot.
Étape 3	Ce PPO doit être intégré dans une partie qui évoquera l'hyperpuissance américaine et ses contestations.

La fin de la guerre froide est officialisée avec l'éclatement de l'URSS en 1991. Les États-Unis apparaissent comme la seule superpuissance, amenée alors à diriger le monde. Pourtant, loin d'apporter de la stabilité, la fin de la guerre froide a rendu le monde plus complexe et chaotique, au-delà de l'épisode tragique du 11 septembre. Comment le monde est-il devenu plus instable ?

L'astuce du prof
Vous pouvez insister sur le PPO mobilisé en le citant dans votre introduction.

Plan proposé

I. Une hyperpuissance américaine bientôt contestée (1991-2001)
1. La puissance des États-Unis et *La Fin de l'histoire* (Francis Fukuyama)
2. La *pax americana*
3. Les attentats du 11 septembre et la haine de l'Amérique

II. Un monde devenu plus complexe
1. La multiplication des conflits périphériques
2. Des pays émergents devenus puissances économiques majeures
3. Les difficultés de la gouvernance mondiale

EXERCICE GUIDÉ 2

Mettre en relation document(s) et connaissances

Énoncé

Les moindres marges de manœuvre, les manques ou les silences du texte de la loi sur la parité ont été exploités par la plupart des partis politiques pour préserver les positions détenues par des hommes. Les assemblées paritaires (ou presque) sont en effet aujourd'hui celles où la loi est strictement contraignante […] tandis que les autres restent des bastions[1] masculins […].

Ce sont bien les stratégies d'investiture ou de placement des candidats par les partis politiques qui construisent ce champ politique […] où la présence des femmes ne semble être tolérée que dans des assemblées mineures ou faiblement valorisées […]. Aux élections législatives de 2007, les petits partis politiques […] ont respecté la parité des candidatures (ne pouvant vraisemblablement se permettre d'amputer le montant de leur financement public) […].

Les usages de la loi ont traduit […] une fixation de la féminité autour de « qualités » stéréotypées (sens du concret, écoute, dévouement). […] Les femmes apparaissent toujours en « défaut de » (compétence, autorité) ou en « excès de » (nerfs, émotivité).

Elles peinent de fait à habiter de manière adéquate des rôles qui ont été définis et longtemps incarnés par des hommes.

Catherine Achin, « Au-delà de la parité », *Mouvements,* 2012.

1. Bastion : ici, domaine réservé.

Méthode

● Vous avez étudié en classe de Seconde la méthode basique pour analyser un ou plusieurs document(s). Pour obtenir la meilleure note possible, il vous faut suivre deux étapes indispensables.

1 Extraire les informations essentielles du document

● Il vous faudra extraire les informations, les ordonner puis les classer par thèmes.

● Utilisez des surligneurs de couleurs différentes pour visualiser les différents thèmes sur votre document.

HISTOIRE-GÉO

2 Mettre en relation le(s) document(s) avec les connaissances du cours

- Pour cela il est utile de répondre au brouillon à plusieurs questions : quel est le sens du document ? pourquoi me l'a-t-on donné à étudier ? dans quel contexte historique le replacer ?
- Il s'agit ensuite de croiser ces deux étapes et donc de comparer ce qu'indiquent le(s) document(s) avec vos connaissances. Cela vous permettra de faire la critique des documents, d'en montrer les limites et ce qu'ils ne disent pas. Pour faire cette synthèse, vous pouvez produire au brouillon un tableau qui vous donnera une vision d'ensemble.

	Thème 1	Thème 2	Thème 3
Document	• Informations du document + citations • Connaissances du cours liées	• Informations du document + citations • Connaissances du cours liées	• Informations du document + citations • Connaissances du cours liées

- Cette méthode vous permettra d'éviter deux erreurs fréquentes :
  – exposer vos connaissances (étape 2) sans tenir compte des informations du document (étape 1) ;
  – paraphraser le document (étape 1) sans apporter de précisions et les commentaires nécessaires à sa compréhension (étape 2).

Corrigé

Les moindres marges de manœuvre, les manques ou les silences du texte de la loi sur la parité ont été exploités par la plupart des partis politiques pour préserver les positions détenues par des hommes. Les assemblées paritaires (ou presque) sont en effet aujourd'hui celles où la loi est strictement contraignante […] tandis que les autres restent des bastions1 masculins […]. Ce sont bien les stratégies d'investiture ou de placement des candidats par les partis politiques qui construisent ce champ politique […] où la présence des femmes ne semble être tolérée que dans des assemblées mineures ou faiblement valorisées […]. Aux élections législatives de 2007, les petits partis politiques […] ont respecté la parité des candidatures (ne pouvant vraisemblablement se permettre d'amputer le montant de leur financement public) […]. Les usages de la loi ont traduit […] une fixation de la féminité autour de « qualités » stéréotypées (sens du concret, écoute, dévouement). […] Les femmes apparaissent toujours en « défaut de » (compétence, autorité) ou en « excès de » (nerfs, émotivité). Elles peinent de fait à habiter de manière adéquate des rôles qui ont été définis et longtemps incarnés par des hommes.

Catherine Achin, « Au-delà de la parité », *Mouvements*, 2012

L'astuce du prof

La parité est remise en cause par de véritables stratégies politiques qui visent à invisibiliser les femmes du champ politique.

Les femmes sont renvoyées à des stéréotypes de genre qui les assignent dans un rôle et les renvoient à leurs émotions, et donc à leur corps.

Intériorisant ces mêmes stéréotypes, les femmes ont donc tendance à s'autocensurer en politique.

Professeure de science politique à l'université Paris-Dauphine, l'auteure est une spécialiste des questions de genre en politique.

Chapitre 5 Mers et océans au cœur de la mondialisation

1 Mers et océans : de nombreuses ressources variées

De quoi s'agit-il ? Les mers et océans, qui couvrent 71 % de la surface de la planète, occupent une place prépondérante dans l'actuelle mondialisation.

1 Des ressources halieutiques importantes

Vocabulaire
- **Ressources halieutiques :** ressources aquatiques vivantes.

- En 2020, 178 millions de tonnes de **ressources halieutiques** ont été pêchées. L'**aquaculture** représente environ 49 % de ce chiffre et les productions aquacoles sont en nette augmentation depuis la fin des années 1980 (**Doc. 1**).

- Les principales variétés de poissons pêchées (85 %) sont les anchois du Pérou, le lieu d'Alaska, le thon, le maquereau, le hareng, le poisson sabre et la sardine européenne. Ces espèces sont principalement pêchées dans les **eaux tempérées ou froides**, qui ont été les premières à être exploitées massivement et industriellement, mais qui connaissent aujourd'hui des situations de **surpêche**.

Doc. 1 Production halieutique et aquacole[1] mondiale

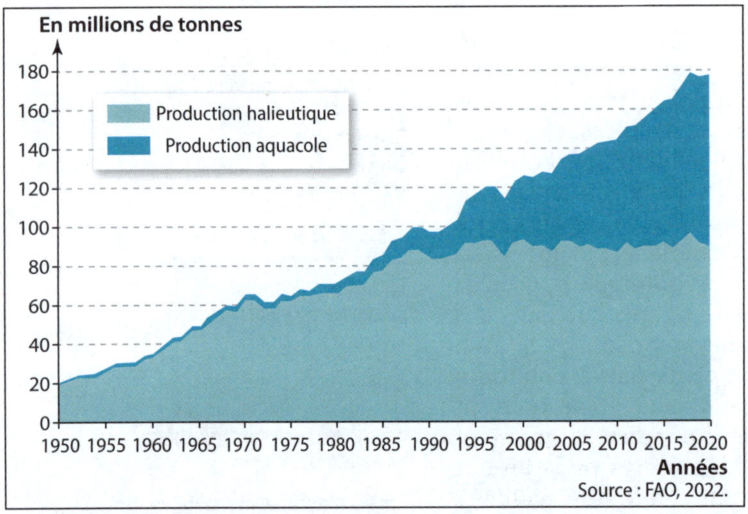

1. Aquacole : qui se rapporte à l'aquaculture.

2 Des ressources énergétiques et minières

Vocabulaire
- **Offshore :** terme anglais désignant une activité se déroulant en haute mer.

- Les ressources des océans ne sont pas qu'halieutiques : en effet, les **ressources biochimiques** destinées à l'utilisation dans l'industrie pharmaceutique ou cosmétique se développent de plus en plus, tout comme la prospection de **ressources énergétiques**.

- Qu'il s'agisse de prospection d'énergies dites « non renouvelables » (les hydrocarbures) ou « renouvelables », mers et océans sont les « nouveaux Eldorados » pour les compagnies pétrolières notamment. La part des **hydrocarbures offshore** progresse pour atteindre 30 % de la production mondiale.

HISTOIRE-GÉO

• On observe le développement d'installations **marémotrices**, **houlomotrices**, et **hydroliennes**, mais les volumes produits restent modestes. Les éoliennes en mer disposent d'un énorme potentiel.

Vocabulaire
- **Marémotrice :** qui utilise la force de la marée.
- **Houlomotrice :** qui utilise la force des vagues.
- **Hydrolienne :** qui utilise la force des courants sous-marins.

3 Des ressources paysagères

• Les mers et océans constituent depuis longtemps un important **potentiel touristique**, qu'il s'agisse de la baignade ou des activités sportives comme le surf, la planche à voile, le kite surf, etc.

• La **navigation de plaisance** se développe également, et les grandes courses emblématiques (tour du monde à la voile, route du Rhum, transat en double) participent à cet engouement pour la navigation.

• Mais c'est le monde de la **croisière** qui a le plus été bouleversé ces dernières années : en 2019, près de 30 millions de croisiéristes ont séjourné sur des navires devenus de plus en plus grands. La pandémie a fait chuter de 82 % le nombre de passagers mais en 2022, les chiffres d'avant COVID semblent atteints de nouveau et les navires s'adaptent aux demandes de la clientèle.

2 Un rôle fondamental dans la mondialisation

De quoi s'agit-il ? **La mondialisation économique se diffuse grâce à la maritimisation croissante des économies. Les échanges, les circulations d'hommes et de marchandises s'effectuent pour l'essentiel par bateaux.**

1 La circulation des hommes et les flux de biens

Vocabulaire
- **NTIC :** nouvelles technologies de l'information et de la communication.

• Les **migrants** constituent une part importante des circulations humaines sur les mers et océans (81 % des migrants viennent vers l'Europe).

• Le **commerce mondia**l est en pleine expansion et 90 % du volume des marchandises exportées le sont par voie maritime. Le transport par **conteneur** représente 52% de la valeur des marchandises transportées. Grâce à cette révolution du conteneur, les compagnies maritimes deviennent des acteurs principaux du commerce mondial. Le Français CMA-CGM est aujourd'hui le 3e armateur de porte-conteneurs du monde derrière MSC (Suisse), Maersk (Danemark) ; le Chinois COSCO vient en 4e position.

• À l'heure des **NTIC**, la mondialisation repose sur les **flux immatériels** de téléphonie et d'internet, qui utilisent l'océan pour transmettre les données, car les câbles posés au fond des océans et mers sont beaucoup plus fiables que les satellites.

2 Les routes maritimes

• Cette **maritimisation** crée des **routes maritimes**, véritables couloirs de passage empruntés par les navires. Les grandes routes relient les principales façades et les grands ports. Elles traversent l'Atlantique et le Pacifique et empruntent des **canaux** et des **détroits**.

• Il existe deux nouvelles voies maritimes : celle du nord-ouest et celle du nord-est, beaucoup plus courtes que les voies traditionnelles et plus longtemps praticables depuis quelques années, avec le **réchauffement climatique**.

Vocabulaire
- **Maritimisation :** processus d'augmentation des échanges par voie maritime. En France, ce terme désigne aussi le mouvement politico – économique correspondant à la prise de conscience de l'importance maritime du pays, l'incluant dans la dynamique de la mondialisation.

3 Des territoires maritimes inégalement intégrés à la mondialisation

• À l'échelle mondiale, les **façades maritimes** qui concentrent les ports, les usines et les activités, s'étirent sur plusieurs dizaines voire centaines de kilomètres sur le **littoral** : elles sont au cœur de la mondialisation et de la maritimisation de l'économie.

• On distingue généralement **trois grandes façades maritimes** : la façade atlantique des États Unis, la façade orientale de l'Asie pacifique et la Northern Range européenne.

• Tous les territoires littoraux, à quelques exceptions près, comme la côte Pacifique de l'Amérique du Sud ou le littoral pacifique russe, parviennent grâce à leurs activités en lien avec la mer à **s'intégrer à la mondialisation** (**Doc. 2**).

Doc. 2 Les transports maritimes dans le monde

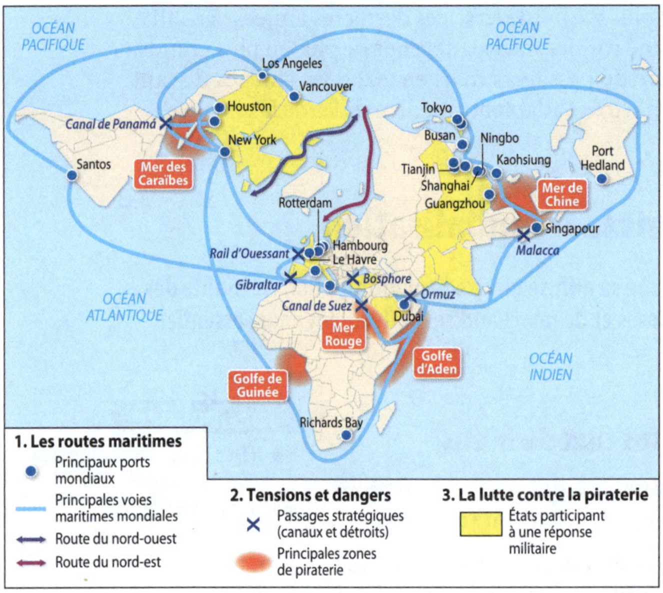

3 Le golfe Arabo-Persique, un espace au cœur des enjeux contemporains

De quoi s'agit-il ? Le golfe Arabo-Persique (ou golfe Persique) est en réalité une mer semi-fermée de l'océan Indien qui sépare l'Iran (ancienne Perse) de la péninsule arabique. Il est le lieu de très fortes tensions mondiales.

1 Le premier bassin d'hydrocarbures du monde

• Le golfe Arabo-Persique est bordé sur la rive nord par l'Iran (au nord-est) et sur la rive sud, par l'Irak, le Koweït, l'Arabie Saoudite, Bahreïn, le Qatar et Oman (exclave de Moussandam).

• Il est le **débouché des exportations d'hydrocarbures** des principaux producteurs mondiaux, avec plus de 20 millions de barils par jour en 2018 (l'Arabie Saoudite étant de loin le premier exportateur d'hydrocarbures de la région, suivie par l'Iran).

Vocabulaire

- **Exclave :** morceau de territoire dépendant de la souveraineté d'un État principal, dont il est séparé par une mer ou par plusieurs pays. C'est le contraire d'une enclave.
- **Baril :** unité de mesure utilisée pour comptabiliser les volumes de pétrole brut ou de ses dérivés. Un baril équivaut à 159 litres.

2 Une région sous haute tension

• Le golfe Arabo-Persique est la principale zone d'échanges des **ressources les plus convoitées** de la planète : les hydrocarbures.

• Autour du golfe, **deux puissances régionales** s'affrontent pour le leadership au Moyen-Orient : le royaume d'Arabie Saoudite **sunnite**, leader du monde arabe dans la région et allié des États Unis d'une part ; la République islamique d'Iran, qui défend la branche **chiite** de l'Islam, d'autre part.

Vocabulaire

- **Sunnisme :** courant majoritaire de l'islam s'appuyant sur le Coran et la tradition (la « Sunna »).
- **Chiisme :** courant minoritaire de l'islam, qui s'est séparé de la communauté dès le VIIe siècle, et qui compte de nombreux fidèles en Iran et en Irak.

3 Le golfe Arabo-Persique, une zone ultra sécurisée

• Le golfe Arabo-Persique communique avec la mer d'Arabie par le **détroit d'Ormuz**. Dans ce dernier, transitent chaque jour plus de 35 % du pétrole mondial et plus du quart du gaz naturel liquéfié mondial.

• Il est donc **ultra-sécurisé** pour garantir les approvisionnements, et les puissances occidentales y possèdent des **bases militaires** : la France dispose d'une base à Abou Dhabi, la Royal Navy (marine britannique) est installée à Oman et à Bahreïn, les États-Unis ont déployé leur Ve flotte (dont le quartier général est à Bahreïn) dans l'océan Indien.

• Le détroit d'Ormuz est l'unique porte d'entrée ou de sortie du golfe Arabo-Persique pour les **supertankers** qui empruntent trois routes maritimes principales : l'une vers l'Asie (la plus importante) et les deux autres vers l'Europe et l'Amérique du Nord (**Doc. 3**).

Doc. 3. Le golfe arabo-persique, un espace au coeur des enjeux contemporains

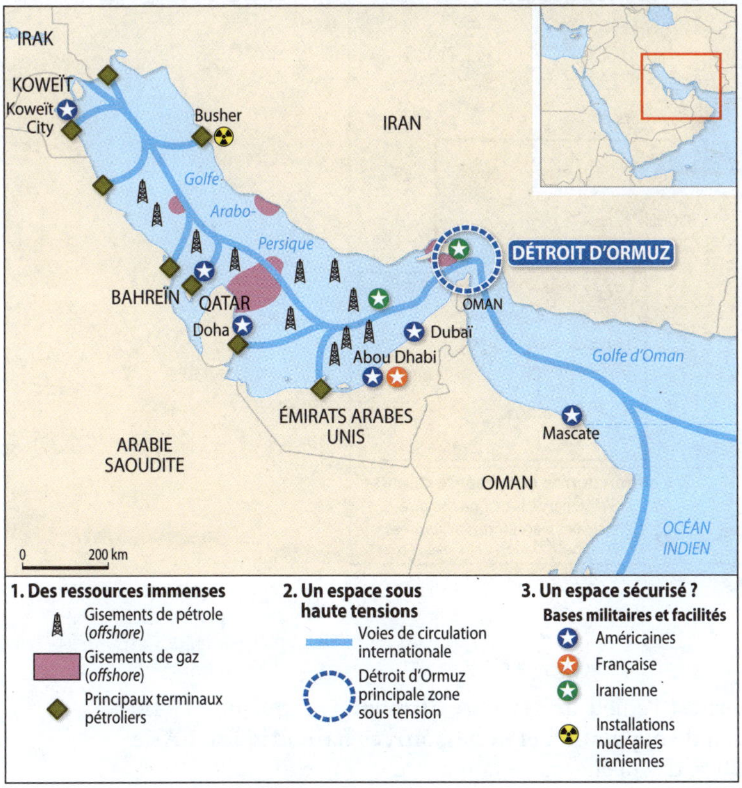

4 La mer de Chine méridionale : concurrences iales, enjeux économiques et de circulation

De quoi s'agit-il ? **La mer de Chine méridionale fait partie des mers les plus fréquentés du monde, car traversée par la route maritime asiatique. Elle est de ce fait l'objet de nombreuses convoitises et concurrences.**

1 Une concurrence territoriale forte

Vocabulaire

- **Archipel :** ensemble d'îles relativement proches les unes des autres.

• La mer de Chine méridionale couvre une surface de **3,5 millions de km2** (elle est plus grande que la Méditerranée). Elle s'étend sur près de 3 000 km, du détroit de Singapour au détroit de Taïwan, et est bordée par dix États (**Doc. 4**).

• Si de nombreuses délimitations ont déjà été tracées, il règne encore, dans une grande partie de la mer de Chine méridonale, un enchevêtrement de lignes de **revendications** au cœur desquelles figurent des **territoires insulaires** dont la souveraineté est disputée par plusieurs États riverains – notamment les **archipels** Paracels et Spratleys.

Doc. 4 Les tensions en mer de Chine méridionale

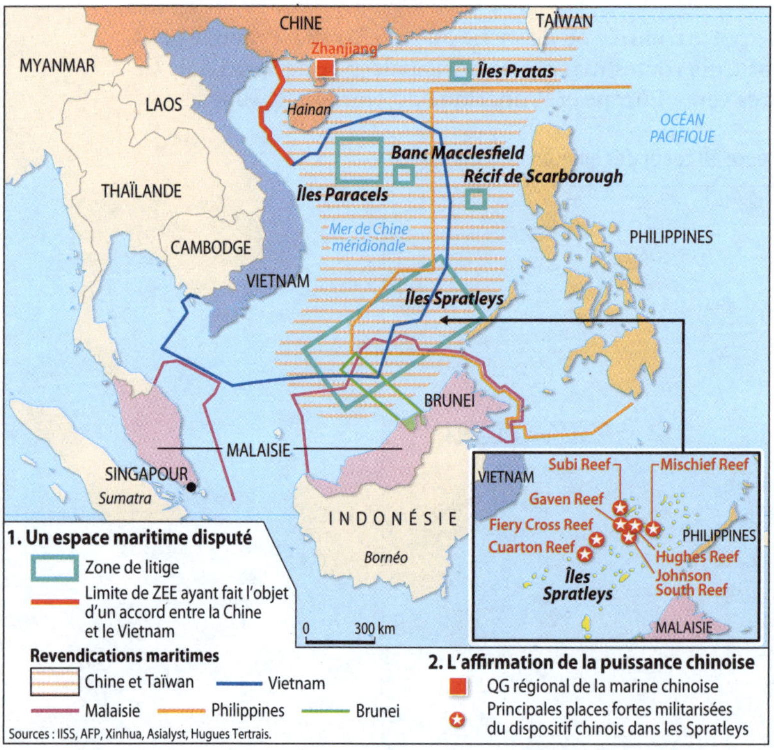

2 Des enjeux économiques

• Les enjeux sont divers : le premier est l'enjeu de **sécurité alimentaire**, puisque l'Asie Pacifique est le premier foyer mondial de population et de **ressources halieutiques.** L'Asie du Sud-Est et la Chine regroupent 70 % des pêcheurs de la planète.

• Le second enjeu est **économique**, la mer de Chine méridionale possèdant de nombreuses ressources en **hydrocarbures** offshore, notamment au large des îles Spratleys et des îles Paracels, qui suscitent des convoitises.

• Mais l'enjeu principal est la **circulation** : celle des hydrocarbures et celle du commerce mondial, puisque la principale route maritime du monde traverse cette mer de Chine méridionale, avec des navires qui empruntent le **détroit de Malacca** pour rejoindre l'océan Indien.

3 Entre tensions et apaisement

• Depuis le début des années 2000, la tenue de pourparlers relatifs à la mise en place d'un **régime de coopération maritime**, dans un contexte de coopération économique et d'approfondissement des relations entre la Chine et l'ASEAN (Association of South-East Asian Nations), témoigne incontestablement d'un apaisement.

• Toutefois, même si le risque de conflits dans la région s'est fortement réduit, les pays riverains conservent une **posture nationaliste** sur la question de la **souveraineté des îles**, qui est à tout moment susceptible de dégénérer.

5 Mers et océans à l'origine de rivalités de puissance

De quoi s'agit-il ? **Les espaces maritimes occupent une place croissante et les enjeux économiques qu'ils génèrent relancent la question de leur contrôle. De nouvelles puissances maritimes s'affirment.**

1 Le contrôle des mers : des rivalités de puissances

• La politique de **sécurisation** des mers concerne essentiellement les États-Unis, la Chine, la Russie et la France, grandes puissances militaires.

• La **marine américaine** est la seule aujourd'hui présente dans toutes les parties de l'océan mondial. Depuis le déclin de la flotte russe, elle est la seule grande flotte capable d'intervenir à tout moment partout dans le monde.

• La **marine chinoise**, qui assurait encore un rôle de puissance à l'échelle régionale en 2010 (l'essentiel de la flotte était stationné dans le Pacifique) est aujourd'hui la deuxième du monde, et les ambitions militaires chinoises sont à la mesure des ambitions économiques. En quatre ans, la Chine a construit l'équivalent de la marine française. Désormais, elle cherche à sécuriser ses approvisionnements : c'est la **stratégie du collier de perles**.

Vocabulaire

Stratégie du collier de perles : nom donné au programme initié par la Chine dans les années 2000 pour assurer ses approvisionnements en ressources énergétiques. L'expression « collier de perles » date de 2004. Elle avait été utilisée par les États-Unis avec une connotation péjorative, pour décrire la stratégie chinoise visant à construire ou à louer des infrastructures portuaires (militaires ou non). Ces « perles » sont échelonnées stratégiquement dans l'océan Indien (dans le golfe du Bengale notamment).

2 L'exemple de l'océan Indien : rivalités régionales et coopérations internationales

• L'océan Indien, troisième océan mondial, est devenu à la faveur de la mondialisation un **espace géostratégique central**. Les grandes routes maritimes qui relient l'Europe ou les États-Unis à l'Asie le traversent : il est avant tout un « **océan de transit** ».

• L'océan Indien est surnommé « le **boulevard du pétrole** » : en 2019, plus de 70 % des exportations d'hydrocarbures du Moyen Orient ont été effectuées vers l'Asie de l'Est et la Chine. Cette dernière importe 45 % de ses hydrocarbures de la région.

• L'**enjeu sécuritaire** est donc primordial et les grandes puissances disposent de **bases navales** aux points stratégiques (détroits de Malacca, d'Ormuz, de Bab-el-Mandeb et canal du Mozambique).

• L'océan Indien est le théâtre de **rivalités** entre les **États-Unis** et la **Chine**. Mais la montée en puissance de la marine chinoise vient aussi heurter les ambitions indiennes. L'**Inde** tente, par des initiatives de coopération régionale, de conquérir son océan et de contrer les velléités chinoises.

• Malgré la présence des flottes américaine, chinoise, indienne et française, l'océan Indien, parce qu'activement parcouru, connaît une recrudescence des **actes de piraterie** autour du golfe d'Aden et du détroit de Malacca (**Doc. 5**).

Doc. 5 Les enjeux géostratégiques dans l'océan Indien

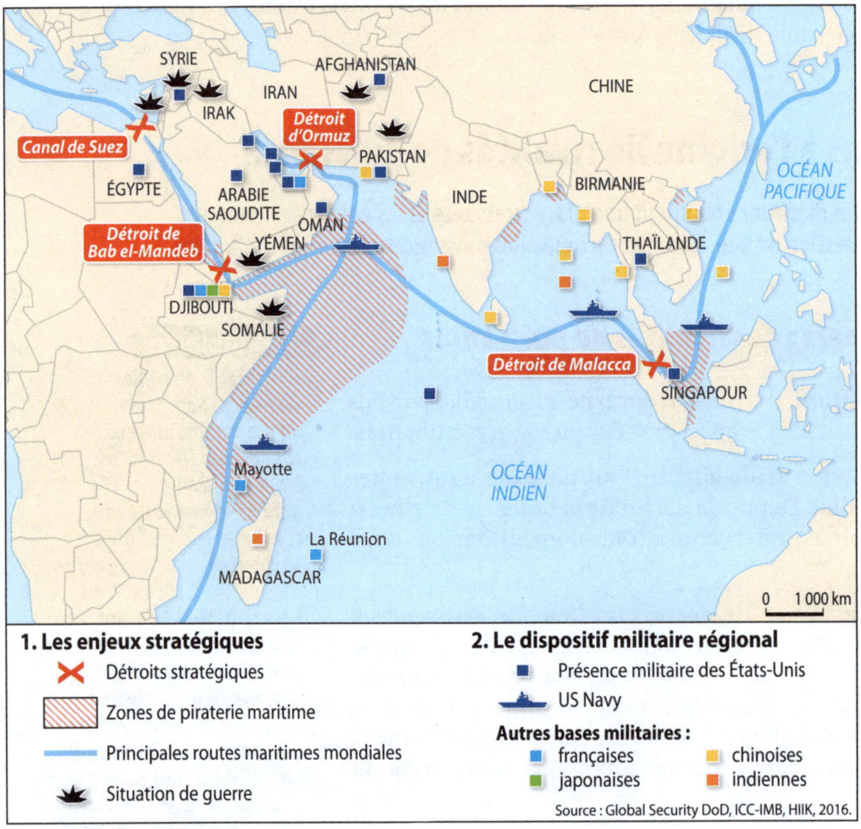

Source : Global Security DoD, ICC-IMB, HIIK, 2016.

6 Des tensions concentrées sur les axes clés

De quoi s'agit-il ? Certains espaces vitaux pour le commerce maritime connaissent des tensions géopolitiques très fortes. Il s'agit notamment des détroits et des canaux internationaux.

1 Détroits et canaux

• Les **détroits**, étroits bras de mer entre deux terres, sont des territoires géostratégiques majeurs. Ils sont des **lieux de passage** que les États riverains s'appliquent à contrôler, même si, depuis 1982 (Montego Bay), la **libre circulation** est assurée dans les détroits servant à la navigation internationale.

• Sur les routes de la **circumnavigation**, certains **isthmes** ont très tôt attiré l'attention, puisqu'ils permettent de raccourcir les distances. On y a donc construit des **canaux** : c'est le cas du **canal de Suez** (inauguré en 1869) permettant de relier la mer Rouge à la Méditerranée, et surtout de celui de Panama (inauguré en 1914), qui évite de contourner le continent américain pour joindre le Pacifique à l'Atlantique. Ces deux canaux ont récemment fait l'objet de travaux gigantesques pour permettre le passage de plus gros navires.

Vocabulaire

- **Détroit :** bras de mer séparant deux terres rapprochées et qui fait communiquer deux mers entre elles.

Vocabulaire

- **Circumnavigation :** voyage en bateau autour de la Terre.
- **Isthme :** étroite bande de terre entourée de mers.

2 Le fléau de la piraterie

• Les actes de piraterie se développent prioritairement dans des zones où la géographie rend les attaques propices, et surtout les zones dans lesquelles la **faiblesse des États** est telle que les forces militaires et policières se trouvent dans l'incapacité de faire régner la loi.

• Les **pirates** sévissent aujourd'hui essentiellement dans les régions d'Asie du Sud et d'Asie du Sud-Est (en particulier dans la mer de Chine méridionale), le long des côtes du golfe d'Aden, de la mer Rouge, mais aussi celles de la Somalie, dans le golfe de Guinée et dans la mer des Caraïbes.

• Pour lutter contre ce fléau, de nombreuses **actions** ont été menées à l'initiative de l'**ONU**, de l'**Union européenne** et de la **France** depuis 2008 (opération militaire Atalanta dans le golfe d'Aden).

• En Asie, quatorze différents États de la région du détroit de Malacca ont signé un **accord de coopération régionale** pour la lutte contre la piraterie et les vols à main armée (**ReCAAP**) dès 2006. Des pays européens, ainsi que l'Australie et les États-Unis, participent également à l'accord. Aujourd'hui, ce sont 21 États qui participent à la lutte contre la piraterie.

Vocabulaire

- **ReCAAP :** système de coopération régional mis en place en 2006 en Asie, afin de prévenir et de réprimer la piraterie et le vol à main armé contre les navires. Son centre d'information est à Singapour. Son but est de promouvoir une coopération étroite entre les partenaires (vingt pays actuellement).

3 Le détroit de Malacca : un point de passage majeur et stratégique

• Avec la maritimisation de l'économie, ce détroit reliant le Pacifique à l'océan Indien, long d'environ 800 km, est aujourd'hui le détroit le plus fréquenté du monde. Sa largeur varie entre 3 km dans sa partie la plus resserrée et 350 km. Il prolonge le court détroit de Singapour.

• Cependant, sa profondeur d'eau (23 m seulement) limite la capacité maximale des navires autorisés à y circuler. En effet, plus de **30 % du trafic mondial de marchandises** (plus de 90 % du trafic maritime chinois) se font par ce détroit. Il est donc une artère vitale pour l'économie de la région, en particulier de la Chine.

• Il est depuis toujours un des principaux lieux de **piraterie** dans le monde. Pour le Japon, et surtout pour la Chine, la **sécurité** du détroit est primordiale pour assurer les approvisionnements en pétrole ou les exportations commerciales (**Doc. 6**).

Doc. 6 Le détroit de Malacca : un point de passage stratégique

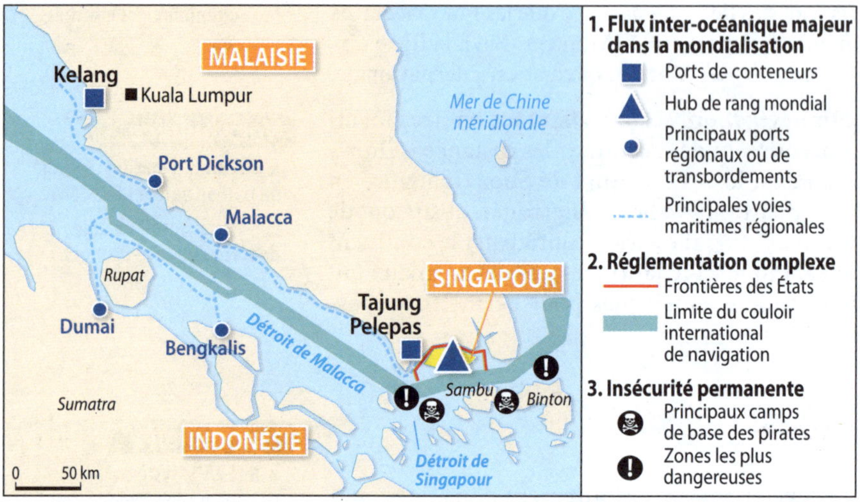

7 Une logique ambivalente

De quoi s'agit-il ? Les mers et océans sont l'objet de convoitises liées à leurs richesses, mais il existe aussi une volonté de les protéger.

1 La ZEE une logique d'appropriation juridique

• La Convention des Nations unies sur le droit de la mer (CNUDM), signée à **Montego Bay** (Jamaïque) en 1982, définit le zonage de **souveraineté**, car mers et océans deviennent un véritable enjeu de **territorialisation**.

• On distingue d'abord la mer territoriale, puis la **zone contiguë** et enfin, la **zone économique exclusive** (ZEE) (**Doc. 7**).

• Au-delà des zones précédentes s'étendent les **espaces maritimes** internationaux.Cette haute mer représente 64 % de la surface des océans. Le principe de la **liberté** y prévaut : liberté de navigation, de survol, de la pêche, de la recherche scientifique, de poser des câbles et des pipelines.

Vocabulaire

- **Territorialisation des mers :** appropriation juridique (droit de la mer), par laquelle on considère que la mer est un territoire à part entière.
- **ZEE :** zone économique exclusive. Zone de 200 milles marins (370 km) dont l'État riverain peut exploiter toutes les ressources naturelles, biologiques ou non biologiques, à des fins économiques.

• De 2018 à 2023, 5 cessions de la conférence intergouvernementale sur la biodiversité marine des zones ne relevant pas de la juridiction nationale (BBNJ en anglais) doivent se tenir et aboutir à légiférer pour protéger l'exploitation de la haute mer (les **zones situées au-delà de la ZEE**).

Doc. 7 Les droits souverains de l'État côtier

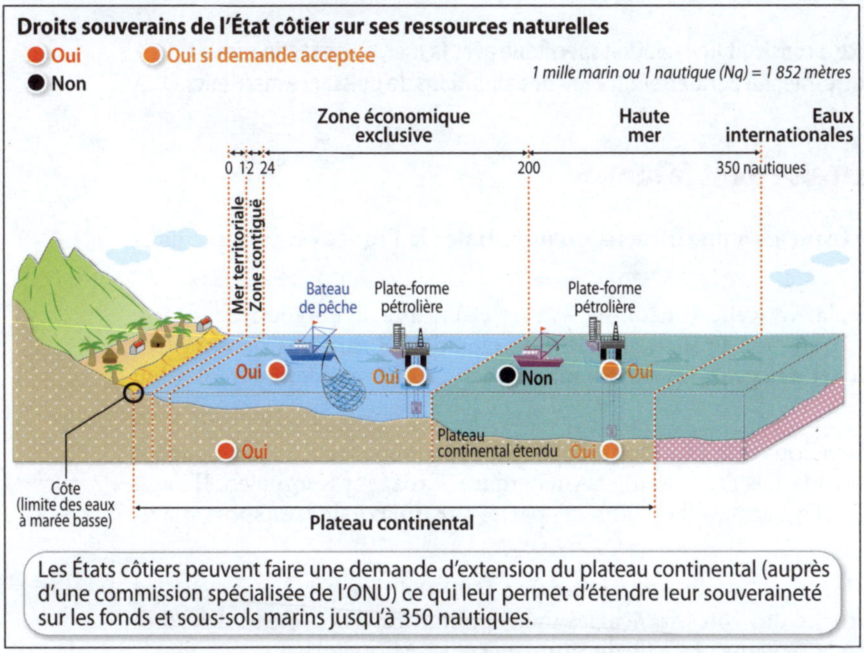

Source : d'après un article publié dans Le Monde, 11 août 2019.

2 Une volonté de valoriser, mais aussi de protéger les mers et océans

- Parce qu'ils sont source de vie et de ressources, mers et océans doivent être **protégés**. Ils sont aujourd'hui objets de toutes les attentions, car ils sont victimes de très nombreuses **pollutions**, comme celles liés aux déchets plastiques, qui ont des conséquences catastrophiques sur la faune et la flore.
- Les **marées noires** sont aussi une menace pour les mers, car les navires transportant des hydrocarbures sont de plus en plus nombreux. Malgré une législation plus rigoureuse, elles sont encore fréquentes, surtout dans les zones très traversées, comme les détroits.
- Les mers sont également victimes de **surpêche**. L'accumulation des pollutions (hydrocarbures, plastiques, produits chimiques) et la surpêche ont ainsi créé des **zones mortes**.
- Pour préserver la **ressource halieutique**, la FAO mise sur des solutions de durabilité et des quotas de pêche sur certaines espèces.
- À l'échelle internationale, il est cependant parfois difficile de préserver les mers et océans, ceux-ci fournissant les **ressources principales** pour la population de nombreux **pays pauvres**.

Vocabulaire

- **Zone morte :** partie de l'océan où la pollution entraîne un appauvrissement provisoire ou définitif en oxygène, provoquant la disparition des espèces animales et végétales.

8 La France et ses territoires maritimes

De quoi s'agit-il ? **La France a construit une relation spécifique avec la mer, entre fascination et crainte. Les possessions d'outre-mer lui permettent d'avoir des ambitions de puissance maritime.**

1 La présence française dans le monde

- Le **domaine maritime français** a une **dimension mondiale** : la France est présente dans les trois grands océans.

- Dans l'**océan Pacifique**, la Nouvelle-Calédonie, Wallis-et-Futuna, la Polynésie française et l'île de Clipperton assurent à la France une ZEE de plus de 6,8 millions de km². Ces zones marines sont à l'**écart des grandes routes maritimes**, ce qui rend leur exploitation plus compliquée.

- La ZEE de l'**océan Indien** couvre 2,7 millions de km², grâce à Mayotte, aux îles Éparses, à Tromelin, à La Réunion, aux îles Saint-Paul et Amsterdam, Crozet et Kerguelen. Il s'agit d'un espace mieux connu, d'autant qu'il est situé en partie **sur un axe de transport maritime important**.

- La ZEE de l'**océan Atlantique** est la **moins étendue** (600 000 km²) même si elle est **mieux connue** et plus proche des côtes françaises métropolitaines. Elle s'étend des côtes françaises, aux Antilles, à la Guyane et à l'île de Saint-Pierre-et-Miquelon.

2 Des territoires très différents

Vocabulaire

- **DROM : département et région d'outre mer.**
- **COM : collectivité d'outre mer.**
- **TAAF : Terres australes et antarctiques françaises.**

- Les territoires ultramarins ont des **statut différents**. Certains sont des **DROM** (départements et régions d'outre-mer) : il s'agit de la Martinique, de la Guadeloupe, de la Guyane, de La Réunion et de Mayotte. Les DROM disposent d'infrastructures en matière d'équipements publics (ports, aéroports internationaux, transports) et d'un arrière-pays relativement **bien relié à la métropole**. Il s'agit donc de **bases arrières** privilégiées pour explorer, exploiter et contrôler l'espace maritime afférent.

- À l'inverse, les **COM** (collectivités d'outre-mer) de Saint-Pierre-et-Miquelon, de Wallis-et-Futuna et de la Polynésie française ont une plus **grande autonomie** législative et ne disposent **pas d'infrastructures** permettant une bonne exploitation de la ZEE.

- D'autres territoires ont des statuts particuliers, comme les **TAAF** ou l'îlot de **Clipperton**. Ils sont quasiment vierges et n'accueillent que des **missions scientifiques**. La ZEE liée à la possession de ces territoires est très riche en potentialités, notamment halieutiques.

Doc. 8 Les territoires de la souveraineté française dans le monde

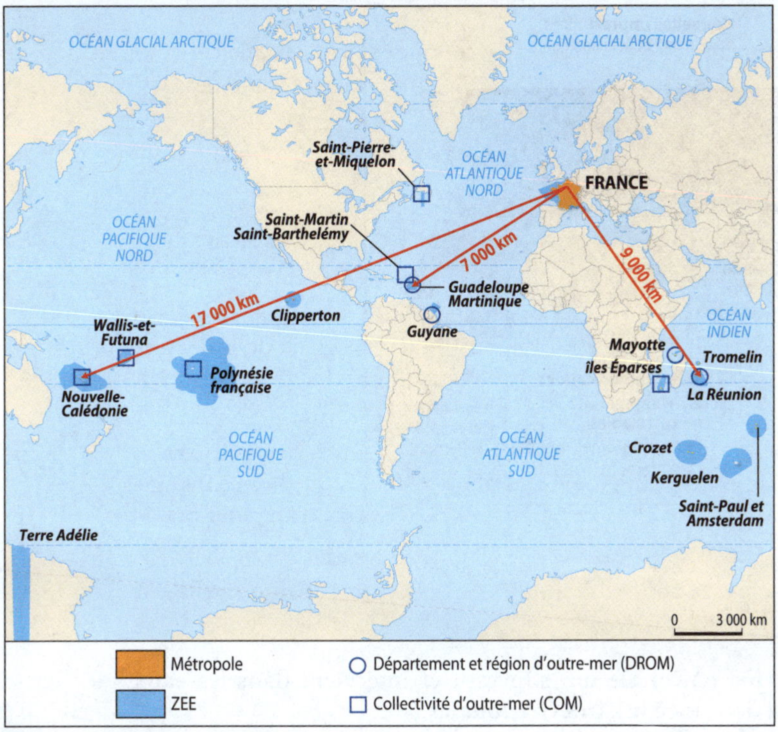

9 Les enjeux des mers et océans pour la France

De quoi s'agit-il ? Mers et océans présentent des enjeux économiques très forts, car l'économie bleue représente plus de 14 % du PIB français. La marine française permet au pays d'affirmer une projection de puissance.

1 Des enjeux économiques

- La **filière pêche** est un secteur important, tant au plan économique qu'en termes d'aménagement du territoire (**Doc. 9**).

- Les **autres ressources** de la ZEE française attirent beaucoup les sociétés pétrolières : des gisements importants d'**hydrocarbures** ont été découverts au large de Saint-Pierre-et-Miquelon, de la Guyane, de la Martinique et dans le canal du Mozambique.

- Avec la maritimisation de l'économie (qui stimule la construction navale) et la mondialisation, le **transport maritime** est crucial. La CMA-CGM se hisse au troisième rang mondial des compagnies maritimes.

- Les **ports français** sont cependant **en retrait** dans l'économie maritime mondiale, par rapport à leurs rivaux européens comme Anvers ou Rotterdam. Ils manquent de compétitivité. Les projets visent donc à valoriser les infrastructures portuaires pour garantir la puissance maritime de la France.

Doc. 9 L'économie bleue en France

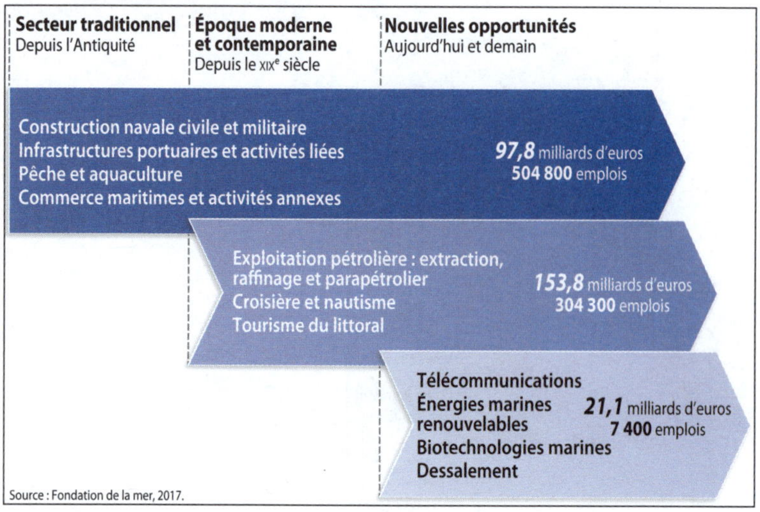

Source : Fondation de la mer, 2017.

2 Des enjeux géostratégiques

- La France dispose d'une **Marine nationale** qui s'investit et intervient dans les **eaux françaises**, mais aussi et surtout dans les **eaux internationales**.

- La Marine nationale française dispose en effet d'une **capacité d'action à l'échelle mondiale** : d'abord dans les zones de proximité avec la métropole Atlantique et Méditerranée ; puis dans les zones maritimes dont le commandement se trouve dans les territoires ultramarins (océan Pacifique, avec la Polynésie française ; océan Indien, avec Abou Dhabi aux Émirats arabes unis) ; Atlantique, avec les Antilles et la Guyane).

- Elle assure de nombreuses missions de **surveillance**, de **protection** et de **sécurité**. Elle lutte contre de nombreuses menaces : pirates au large des côtes somaliennes, narcotrafiquants dans les Caraïbes ou surveillance des zones de pêche.

- Enfin, la Marine nationale est responsable de la **lutte antipollution** à travers les plans « Polmar Mer ».

- Dans tous les cas, la **souveraineté** n'existe réellement que si la France est en mesure de contrôler et d'intervenir en permanence en tout point de sa ZEE, afin de **dissuader** les éventuelles revendications territoriales ou les pilleurs de ressources.

Doc. 10 L'opération Atalanta

Avant la réorientation de sa mission vers le Mozambique, le groupe Jeanne d'Arc a apporté son soutien direct à l'opération Atalanta, en 2019. La présence du groupe est venue renforcer, dans le cadre de cette opération, la stabilité de la zone du golfe d'Aden et de l'océan Indien, routes maritimes stratégiques.

10 Des enjeux environnementaux importants

De quoi s'agit-il ? Avec près de 18 000 km de longueur de côtes, la France dispose d'un riche domaine maritime qu'elle entend protéger et exploiter de manière durable.

1 Une position affirmée

Vocabulaire

▪ **Plateau continental élargi :** les États côtiers peuvent faire une demande d'extension de souveraineté sur les fonds marins et leurs sous-sols auprès de la Commission des limites du plateau continental (CLPC), qui dépend de l'ONU, sur une distance de 350 miles nautiques à partir des côtes.

- Le littoral français métropolitain s'étend sur plus de 5 853 km. Avec les possessions d'outre-mer, il s'élève à près de 18 000 km.
- La France a fait des **demandes d'élargissement de la ZEE** au « **plateau continental élargi** » dans l'océan Indien, à Saint-Pierre-et-Miquelon et en Polynésie française. Si toutes ses demandes étaient validées, le domaine maritime sous juridiction française pourrait augmenter d'au moins un million de km² ce qui le placerait au premier rang mondial, devant les États-Unis.
- La France doit donc **protéger cet environnement maritime**. En 1984, l'État crée l'**IFREMER**. Ses missions vont de la simple évaluation à la mise en valeur des ressources en vue d'une exploitation durable. L'IFREMER doit aussi favoriser le développement économique du monde maritime, tout en protégeant le milieu marin.

2 Un domaine maritime à protéger

Vocabulaire

▪ **Natura 2000 :** réseau créé par une directive européenne de 1992 avec pour objectif la préservation de la diversité biologique en Europe.

- La France a dans ses eaux **10 % des récifs coralliens** et **20 % des atolls** de la planète. Près de 10 % de la diversité mondiale des espèces marines est présente en outre-mer.
- Pour préserver cette biodiversité, Il existe une législation sur les **aires marines protégées**. Elles recouvrent les parcs naturels, les réserves naturelles et les sites **Natura 2000** (**Doc. 11**).
- Actuellement, 67 % des récifs d'outre-mer sont couverts par une aire marine protégée. En février 2022, 33 % des eaux françaises sont couvertes par au moins une aire marine protégée, dépassant l'objectif de 30 % des espaces maritimes et terrestres français en aires protégées. Cette politique est mise en place par l'Agence française pour la biodiversité (sous la tutelle du ministère de la Transition écologique et solidaire).
- La France a créé dès 1963 des **parc naturels nationaux** en partie marins (Port-Cros, puis la Guadeloupe ou le parc des Calanques) et des parcs naturels marins (mer d'Iroise, îles Glorieuses dans l'océan Indien). Le parc naturel de la mer de Corail, en Nouvelle-Calédonie (**Doc. 12**), est la plus vaste aire marine protégée dans le monde (elle couvre une superficie de 1,3 millions de km², soit 2,5 fois celle de la France métropolitaine).
- En 2022, la France compte 565 aires marines, dont 9 parcs marins en métropole et outre-mer.
- Il existe aussi une législation internationale, recouvrant notamment les **réserves de la biosphère** (UNESCO), les zones humides d'importance internationale et les aires spécialement protégées de l'Antarctique.

Doc. 11 Le réseau français des aires marines protégées

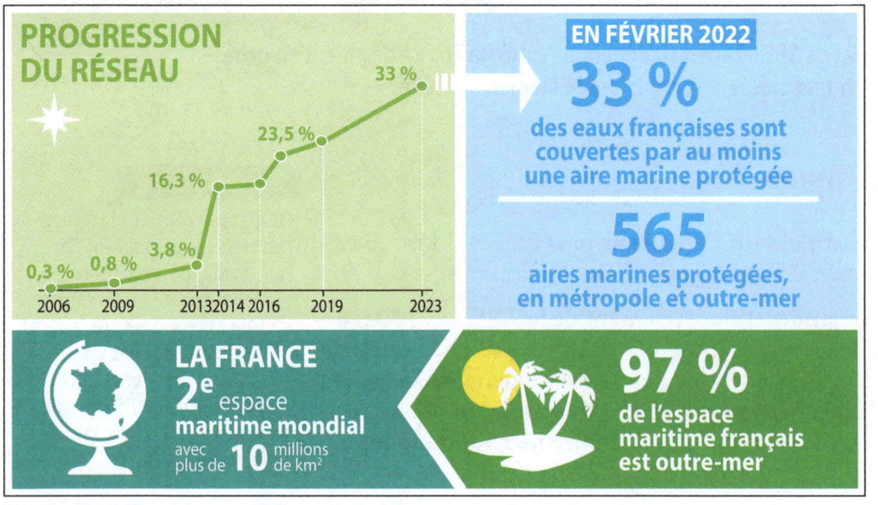

Source : Fondation de la mer, 2022.

Doc. 12 Le parc naturel de la mer de Corail, en Nouvelle-Calédonie

Révision express

Les espaces maritimes : approche géostratégique

Le schéma à retenir

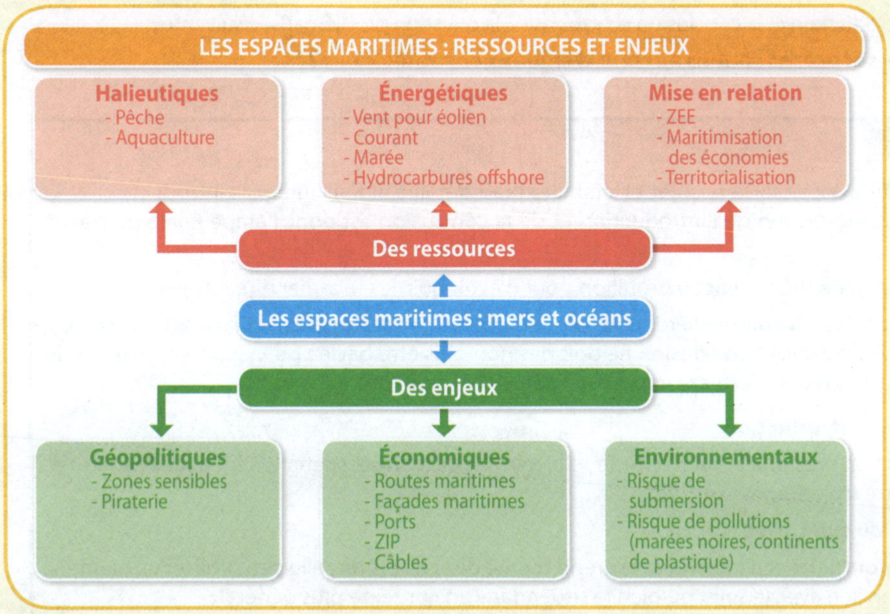

Quiz

Cochez la bonne réponse :

1. Les mers et océans couvrent plus de 71 % de la surface de la planète.
☐ **Vrai** ☐ **Faux**

2. L'énergie hydrolienne utilise la force des vents marins à proximité des côtes.
☐ **Vrai** ☐ **Faux**

3. La part du volume des marchandises transportées par voie maritime est de :
☐ **70 %** ☐ **80 %** ☐ **90 %**

4. « ZEE » signifie :
a. ☐ **zone élargie économique.**
b. ☐ **zone élargie exclusive.**
c. ☐ **zone économique exclusive.**

5. L'accumulation des pollutions et la surpêche contribuent à créer des zones dites « mortes ».
☐ **Vrai** ☐ **Faux**

6. Au-delà de la ZEE, dans les eaux internationales :
a. ☐ **la pêche est règlementée, mais pas la circulation.**
b. ☐ **l'exploitation des ressources et la pêche sont règlementées, mais la circulation est libre.**
c. ☐ **Tout est libre, la pêche, l'exploitation des ressources, la circulation.**

→ Réponses p. 470

EXERCICE GUIDÉ 1

Introduire et conclure une réponse à une question problématisée

Énoncé

Rédigez l'introduction et la conclusion en réponse à la question problématisée suivante :

En quoi mers et océans sont-ils au cœur d'enjeux géostratégiques ?

Méthode

Lorsque vous avez analysé le sujet et établi le plan détaillé, il faut rédiger l'introduction et la conclusion. La rédaction de l'introduction et de la conclusion est donc l'étape finale du travail au brouillon.

Il faut les rédiger entièrement au brouillon pour n'avoir qu'à les recopier directement.

L'introduction doit être particulièrement soignée, puisqu'elle est le premier « contact » du correcteur avec votre travail. La conclusion ne doit pas non plus être bâclée ou inachevée, puisqu'elle laissera au correcteur la dernière impression sur votre copie.

1 Rediger l'introduction

● L'introduction présente le sujet abordé ; elle permet de le situer spatialement et de l'expliquer. Elle comporte trois étapes.

● **L'analyse du sujet,** avec :

– l'accroche, qui permet d'introduire le grand thème de la question ; elle peut utiliser un élément d'actualité en lien avec le sujet ou bien le situer dans un contexte plus général ;

– la définition des termes du sujet ;

– le cadre spatial ;

– l'intérêt du sujet dans le cadre plus général de la question au programme de l'année.

● **La problématique**

Elle expose les enjeux du sujet. C'est une question dont les différents axes de réponse constituent les parties du plan de la question problématisée. L'annonce de la problématique est obligatoire.

● **L'annonce du plan**

Le correcteur doit ainsi vérifier que vos connaissances sont organisées et que vous avez balayé l'étendue des enjeux soulevés par le sujet.

2 Rediger la conclusion

Elle termine le devoir et doit montrer que le sujet a bien été compris et traité. Elle doit être rédigée en même temps que l'introduction. Elle comporte deux étapes.

● **La réponse à la question problématisée**

La conclusion doit brièvement répondre à la problématique en reprenant les principaux arguments développés dans le devoir. Elle doit montrer au correcteur que vous avez compris et traité le sujet.

● **L'ouverture**

Elle doit permettre de changer d'échelle ou d'aire géographique, en montrant que le sujet s'insère dans un cadre plus large.

Piège à éviter

Pour annoncer votre plan, vous pouvez utiliser :
- **une formule de type « dans une première partie, nous étudierons, ... » ;**
- **des connecteurs logiques, comme « tout d'abord », « ensuite », « enfin »...**

Corrigé

Introduction

Mers et océans occupent plus de 71 % de la surface du globe et sont les vecteurs essentiels de la mondialisation, du fait de l'intensification de trafic maritime. Ils sont de ce fait l'objet de confrontations et de convoitises liées à leur appropriation et à celle des ressources qu'ils possèdent. Ils sont au centre de la mondialisation, qui dépend d'eux. Ainsi donc, pourquoi mers et océans sont-ils stratégiques ?
Pour traiter la question, nous verrons d'abord que mers et océans sont stratégiques du fait des ressources et des richesses qu'ils contiennent. Puis nous montrerons que mers et océans sont au cœur de la mondialisation ; et enfin nous verrons qu'ils sont à l'origine de tensions importantes et de convoitises.

Conclusion

Les enjeux des mers et océans sont liés à la diversité et à l'abondance de leurs ressources, qui en font des espaces clés de la mondialisation. Cependant, ils génèrent des tensions et des convoitises entre les États, mais aussi la prise de conscience qu'il faut les préserver et les protéger.

EXERCICE GUIDÉ 2

S'approprier rapidement un texte destiné à produire un croquis

Énoncé

Présentez les documents suivants et réfléchissez aux éléments qui permettent de mieux les comprendre.

Doc. Le détroit de Malacca : un détroit sous tension

Depuis le XVIe siècle, le détroit de Malacca est une artère du commerce mondial. Il relie l'océan Indien (dans le golfe du Bengale) à l'océan Pacifique (dans la mer de Chine méridionale). Il prolonge le court détroit de Singapour et sépare la Malaisie de l'Indonésie.

Dans le cadre d'une maritimisation accrue des échanges mondiaux, les détroits sont des espaces stratégiques et celui de Malacca, situé à l'extrémité de la péninsule malaise, est le plus fréquenté du monde. Il assure à la cité-État de Singapour son rôle prépondérant dans les échanges mondiaux. Singapour est l'un des principaux ports à conteneurs du monde et s'affirme comme un hub majeur dans la région. La Malaisie a elle aussi de grandes ambitions portuaires ; elle a augmenté la capacité de son port de Tanjung Pelepas (face à Singapour), le rendant accessible aux plus grands porte-conteneurs.

Malacca est le principal axe de passage des échanges commerciaux chinois. De ce fait, il est l'objet de très nombreuses attaques de piraterie et la zone est sous tensions. Le détroit devient l'enjeu de rivalités géostratégiques dans la région. En effet, la configuration géographique et la pauvreté des populations favorisent le recours à la piraterie. Aujourd'hui, les pirates sont équipés de matériel moderne et s'attaquent aux navires essentiellement pour dérober les cargaisons et les revendre. Pour lutter contre ce fléau, les différents États de la région ont signé dès 2006 un accord de coopération régionale de la lutte contre la piraterie et les vols à main armée (ReCAAP), et des navires militaires patrouillent aux entrées du détroit, qui est le plus surveillé au monde.

De plus, la très forte fréquentation du détroit entraîne une saturation et génère des pollutions nombreuses (pollution de l'air liée aux navires, risques de marée noire†).

Méthode

- L'exercice consiste à passer d'un document en langage écrit à un document présenté sous forme de langage visuel, et précisément cartographique. Cela nécessite d'analyser le texte pour trouver les éléments clés qui constitueront les points essentiels de la légende.

1 Lire et analyser le texte

- Repérez la ou les notion(s) centrale(s).
- N'hésitez pas à lire le texte plusieurs fois avant de vous lancer.

2 Construire la légende

- Relevez les différents éléments et notions du texte, qu'il faut cartographier.
- Regroupez-les par thème (types d'activités, types d'espaces…) en hiérarchisant.
- Classez les différents groupes en respectant les articulations du texte.
- Associez un élément à cartographier à un type de figuré (ponctuel, de surface ou linéaire).

3 Localiser les elements de legende sur le fond de carte

- N'oubliez pas d'indiquer les directions, pays ou régions voisins...
- Veillez à bien utiliser toutes les données du texte.

4 Réaliser le croquis

Corrigé

1. Lire et analyser le texte

• L'élément central ici est le détroit, et plus précisément le détroit de Malacca .Le texte évoque ce point de passage stratégique pour la mondialisation et les nombreuses tensions du fait de son rôle central dans l'économie mondiale.

• Il s'agit donc de souligner dans le texte toutes les informations se rapportant au détroit de Malacca, ses tensions et montrant les enjeux liés à ce point stratégique : informations de localisation géographique, infrastructures permettant l'insertion dans la mondialisation, mais aussi les sources de tension et les dangers qui menacent le détroit.

Depuis le XVIe siècle, le détroit de Malacca est une artère du commerce mondial. Il relie l'océan Indien (dans le golfe du Bengale) à l'océan Pacifique (dans la mer de Chine méridionale). Il prolonge le court détroit de Singapour et sépare la Malaisie de l'Indonésie.

Dans le cadre d'une maritimisation accrue des échanges mondiaux, les détroits sont des espaces stratégiques et celui de Malacca, situé à l'extrémité de la péninsule malaise, est le plus fréquenté du monde. Il assure à la cité-État de Singapour son rôle prépondérant dans les échanges mondiaux. Singapour est l'un des principaux ports à conteneurs du monde et s'affirme comme un hub majeur dans la région. La Malaisie a elle aussi de grandes ambitions portuaires ; elle a augmenté la capacité de son port de Tanjung Pelepas (face à Singapour), le rendant accessible aux plus grands porte-conteneurs.

Malacca est le principal axe de passage des échanges commerciaux chinois. De ce fait, il est l'objet de très nombreuses attaques de piraterie et la zone est sous tensions. Le détroit devient l'enjeu de rivalités géostratégiques dans la région. En effet, la configuration géographique et la pauvreté des populations favorisent le recours à la piraterie. Aujourd'hui, les pirates sont équipés de matériel moderne et s'attaquent aux navires essentiellement pour dérober les cargaisons et les revendre. Pour lutter contre ce fléau, les différents États de la région ont signé dès 2006 un accord de coopération régionale de la lutte contre la piraterie et les vols à main armée (ReCAAP), et des navires militaires patrouillent aux entrées du détroit, qui est le plus surveillé au monde.

De plus, la très forte fréquentation du détroit entraîne une saturation et génère des pollutions nombreuses (pollution de l'air liée aux navires, risques de marée noire).

2. Construire la légende

Les éléments à cartographier correspondent aux deux thèmes du document :

- le rôle du détroit de Malacca comme passage stratégique au cœur de la mondialisation ;
- les tensions qui existent dans ce détroit.

3. Localiser les éléments de légende sur le fond de carte

L'astuce du prof
N'oubliez pas le titre.

4. Réaliser le croquis

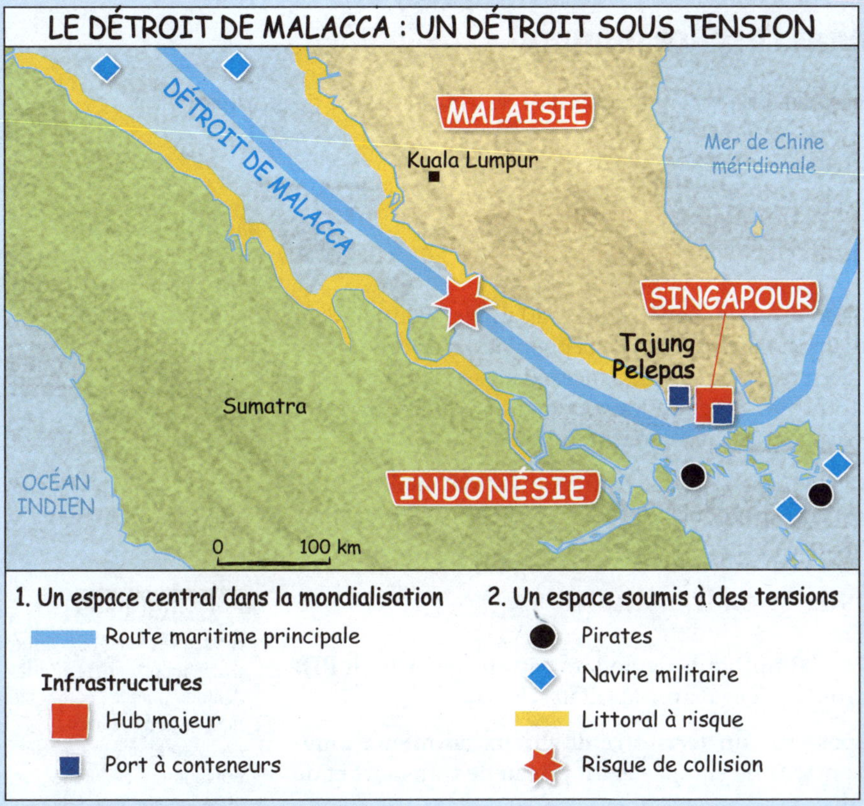

Chapitre 6 Dynamiques territoriales, coopérations et tensions dans la mondialisation

1 Les grandes puissances économiques, des territoires qui dominent l'espace mondial

De quoi s'agit-il ? La mondialisation conforte la domination des territoires les plus riches, qui organisent son fonctionnement.

1 Les grandes puissances économiques, des territoires pleinement intégrés à l'espace mondial

- Les **pays industrialisés** européens, américains et asiatiques commandent et organisent la mondialisation : avec 10 % de la population, ils produisent 60 % du **PIB** et 80 % des nouvelles connaissances. Leur territoire est doté d'**infrastructures** de transport et de communication variées. Ils exploitent leurs **ressources** et alimentent le **commerce mondial**.
- Toutefois, **cette domination s'érode**. Leur population vieillit, leurs territoires sont pollués et leur modèle est remis en cause par les pays émergents.

Vocabulaire

- **Pays industrialisé :** synonyme de pays développé. Pays dont l'économie repose sur les secteurs de l'industrie et des services, et qui bénéficie d'un large accès aux réseaux de transport et de communication.

2 La Chine, puissance en transition

- La Chine produit 15 000 milliards de dollars par an, soit **1/6 du PIB mondial**, et fait désormais jeu égal avec les États-Unis.
- Cette **puissance** repose sur un **territoire de mieux en mieux aménagé**, avec une façade maritime équipée et un **réseau** de transport et de communication étendu.
- La Chine a intensifié la **mise en valeur de ses ressources**, afin d'assurer les besoins de ses 1,4 milliard d'habitants et de jouer le rôle d'usine et de laboratoire du monde.
- Toutefois, **la production agricole ne répond plus aux besoins** des Chinois, dont la richesse demeure 4 à 5 fois inférieure à celle des pays industriels. L'exploitation des ressources et l'industrie ont endommagé l'environnement.

Vocabulaire

- **Puissance :** État qui dispose d'une importance territoriale, démographique et économique, mais aussi des moyens de s'assurer une influence économique, culturelle et diplomatique durable.
- **Réseau :** ensemble des liaisons reliant des lieux d'un territoire, de manière matérielle (réseau routier, ferroviaire) ou immatérielle (réseau internet).

3 Le cas particulier des pays producteurs d'hydrocarbures

- L'exploitation de **la ressource pétrolière et gazière** constitue une **rente** colossale aux effets variables (**Doc. 1**).
- Les **pétrodollars des pays du Golfe** sont investis dans l'immobilier, les médias, la location ou l'achat de terres agricoles, aux trois quarts en Europe et Amérique du nord et, de plus en plus, dans des **activités non délocalisables** (tourisme, transport aérien).

Vocabulaire

- **Économie de rente :** économie reposant sur l'exploitation d'une ressource naturelle, le plus souvent en quantité finie.

• D'**autres pays producteurs** comme l'Angola ou le Venezuela n'en tirent pas les mêmes bénéfices, en raison d'une grande **instabilité politique et sociale**. Leur rente est une « **malédiction** », qui nourrit la corruption.

Doc. 1 Carte de Dubaï

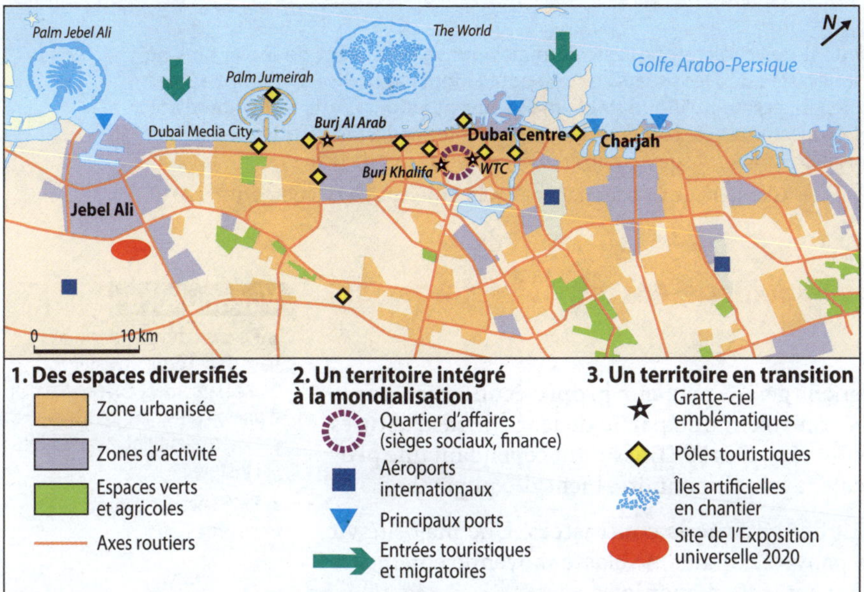

Source : D'après Philippe Cadène et Brigitte Dumortier, *Atlas des pays du Golfe*, PUPS, 2011.

2 Des pays émergents aux PMA, des dynamiques d'intégration contrastées

De quoi s'agit-il ? **Les pays émergents sortent d'une situation de dépendance, mais de beaucoup demeurent en position périphérique dans la mondialisation.**

1 Les pays émergents, de nouveaux territoires de la mondialisation

• Les **pays émergents** jouent un **rôle économique planétaire**. Le Mexique, le Brésil, l'Inde, l'Indonésie, la Turquie ou le Maroc relèvent de cette catégorie et dessinent un **monde multipolaire**.

Vocabulaire

▪ **Pays émergent :** pays dont l'économie, en forte croissance, se diversifie, mais où les inégalités socio-spatiales demeurent importantes.

• Ces pays ont développé les **secteurs de l'industrie et des services** en s'appuyant sur la **mondialisation** : spécialisation dans l'aéronautique de taille moyenne au Brésil, sous-traitance aéronautique au Maroc et informatique en Inde.

• Cependant, l'**agriculture** ou l'**exploitation de matières** premières jouent encore un rôle majeur dans la vie des habitants comme dans l'économie, ce qui entraîne une **forte pression environnementale**. Les inégalités sociales demeurent fortes et freinent la croissance (**Doc. 2**).

Doc. 2 Les caractéristiques des pays émergents

L'émergence caractérise le processus par lequel un État s'intègre à l'économie mondiale grâce à une croissance économique forte pendant plusieurs années. [...]

Parler d'émergence plutôt que de développement induit des différences majeures : l'émergence est plus économique que sociale, et elle peut ne pas se traduire par l'amélioration des conditions de vie des plus pauvres. [...]

Les États émergents présentent des caractéristiques communes qui se retrouvent de façon plus ou moins prononcée et avec des écarts selon les situations : une population nombreuse mais qui a achevé sa transition démographique, un régime politique stable mais souvent autoritaire, la formation d'une classe moyenne capable de consommer et d'occuper les emplois intermédiaires dans les services et l'administration, une urbanisation rapide, et souvent un creusement de l'écart de richesse.

Glossaire de Géoconfluences, « Émergence, pays émergents », 2019.

2 Les pays en développement, des territoires largement dominés

- Les **pays en développement** gèrent peu leur **propre économie** : par le biais de filiales, des **FTN** contrôlent une partie de leurs infrastructures et ressources, souvent **exportées**. Des **PME** assurent cependant une **production industrielle locale** (agro-alimentaire, biens d'équipement).
- La population y connaît des **situations contrastées**. Une majorité vit encore aux marges de la pauvreté, mais une classe moyenne émergente tire profit des ressources et activités disponibles.

Vocabulaire

- **Pays en développement :** pays dont l'économie dépend encore largement de l'exploitation d'une ou plusieurs matières premières, et dont la rentabilité est instable.
- **PME :** petites et moyennes entreprises .

3 Les pays les moins avancés, des territoires marginalisés

- Dans les **PMA**, la **pauvreté** est marquée et les **inégalités** encore très fortes (**Doc. 3**). Le **secteur informel**, très important, explique un **fort taux de chômage**. Ces pays connaissent également des **situations politiques tendues**, avec des gouvernements instables, à la faible légitimité démocratique.
- Enfin, le manque d'hôpitaux, écoles, universités, réseaux routier, autoroutier, électrique... maintient en partie ces territoires **à l'écart de la mondialisation**, faute d'outils de communication et de transport.

Vocabulaire

- **PMA :** pays cumulant les handicaps, ce qui empêche ou freine son développement.
- **Secteur informel :** ensemble des activités qui ne sont pas déclarées à l'administration fiscale et se traduisent par des statuts professionnels précaires.

Doc. 3 Kibera, bidonville de Nairobi (Kenya)

3 Une inégale intégration qui s'exprime à d'autres échelles

De quoi s'agit-il ? **À toutes les échelles, la mondialisation creuse les inégalités territoriales, favorisant les espaces de contact et les lieux de pouvoir.**

1 Un espace mondialisé dominé par des aires de puissance et des centres d'impulsion

• Les **États-Unis** disposent de FTN, d'une population formée à haut niveau de vie, d'une monnaie mondiale, d'une armée équipée et entraînée et d'un contrôle des mécanismes diplomatiques mondiaux.

L'**Europe occidentale** fait reposer sa puissance sur sa dynamique d'intégration. Elle forme le premier pôle commercial mondial et la première zone touristique mondiale.

• L'**Asie orientale**, portée par le modèle japonais, s'est insérée dans l'économie mondiale grâce à ses activités de production dans la chaîne de valeur industrielle, et s'oriente désormais vers l'innovation et la recherche.

• Dans les **aires de puissance**, des **centres d'impulsion** concentrent les activités de commandement et de production. Ces régions urbaines **maîtrisent les flux** financiers et le processus d'innovation et forment de véritables **mégalopoles** : la mégalopolis de Boston à Washington, la dorsale européenne de Londres à Milan, et la mégalopole asiatique, à la fois sur le littoral japonais et le littoral chinois.

Vocabulaire

- **Aire de puissance :** espace constitué d'États qui, en raison de leur importance, exercent une influence mondialisée.
- **Centre d'impulsion :** région urbaine qui concentre des fonctions de commandement de rang mondial, qu'elles soient économiques, politiques, culturelles ou diplomatiques.
- **Mégalopole :** région urbaine concentrant des dizaines de millions d'habitants et comprenant plusieurs métropoles reliées entre elles.

2 Régions marginalisés et zones grises de la mondialisation

• La **distance** et la **vitesse de déplacement** demeurent des facteurs importants d'intégration ou au contraire de marginalisation dans l'espace mondial. Dans tous les territoires, y compris au sein des mégalopoles, des **lieux mal reliés aux réseaux** sont relégués (**Doc. 4**).

• De même, les **régions de montagne ou éloignées des littoraux** présentent souvent les indicateurs sociaux et économiques les plus préoccupants à l'échelle nationale.

• Enfin, il existe des **zones grises** de la mondialisation. Fonctionnant en réseau, elles associent des quartiers, des espaces de guérilla ou de piraterie, **exploitant les nœuds des réseaux** de la mondialisation.

Vocabulaire

- **Zone grise :** territoire dont le fonctionnement politique et économique échappe au contrôle des acteurs légaux de la mondialisation.

Doc. 4 Les contrastes socio-spatiaux à Hô-Chi-Minh-Ville (Vietnam)

Au premier plan, un bidonville dans lequel vivent des populations pauvres, souvent migrantes.
À l'arrière-plan, des tours d'habitation récentes qui abritent les classes moyennes ou aisées, et traduisent la métropolisation d'Hô-Chi-Minh-Ville.

4 Russie, un pays dans la mondialisation

De quoi s'agit-il ? **La Russie, premier pays du monde par sa superficie, connaît d'importants contrastes régionaux. Elle tente de jouer le rôle de pont entre l'Asie et l'Europe de l'Ouest.**

1 Des régions russes inégalement intégrées dans la mondialisation

• La Russie présente de **grands contrastes régionaux**. La région capitale, **Moscou**, connaît une métropolisation avancée, avec la construction d'un vaste **CBD**, Moskva City, et le développement de **territoires d'innovation**, comme le cluster Skolkovo spécialisé dans les biotechnologies, mais aussi par la relégation des habitants plus modestes en périphérie. Avec ses deux **aéroports internationaux**, Moscou est également la principale porte d'entrée du territoire russe (**Doc. 5**).

• Si la région de **Saint-Pétersbourg**, traditionnellement associée au monde universitaire et administratif, s'insère désormais dans la mondialisation par le **tourisme** et la mise en valeur du patrimoine, les **autres régions russes** connaissent une **marginalisation** certaine, amplifiée par les effets de distance. Les **anciens bassins industriels** peinent à sortir des schémas productivistes et polluants, tandis que l'**Asie centrale**, à peine peuplée, assure essentiellement l'extraction de matières premières – 65 % du charbon et 20 % du pétrole raffiné en proviennent.

Doc. 5 La Russie, une inégale intégration dans la mondialisation

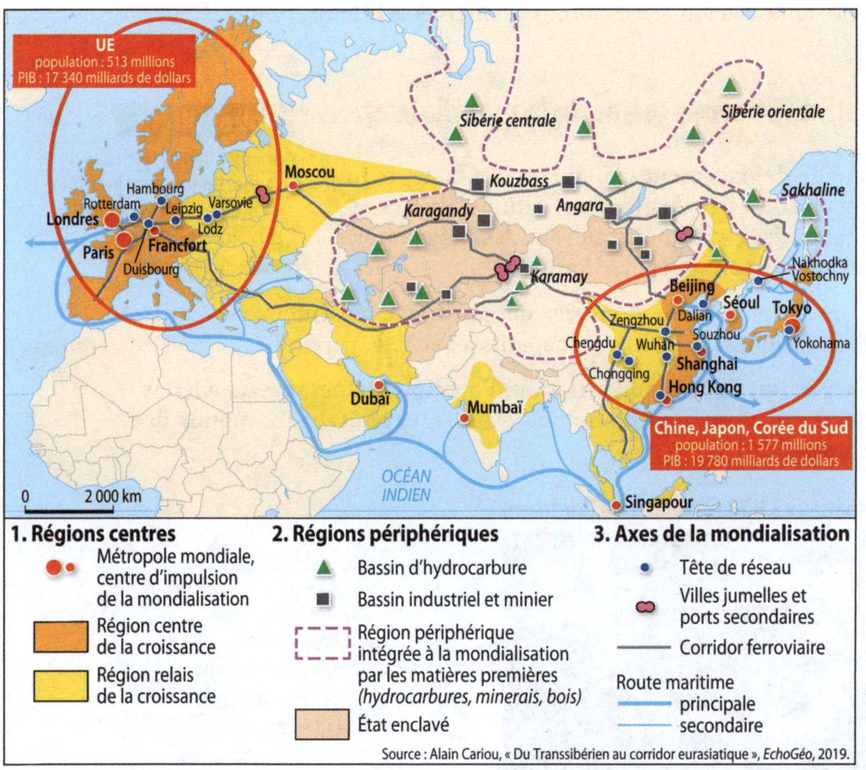

Source : Alain Cariou, « Du Transsibérien au corridor eurasiatique », *EchoGéo*, 2019.

2 Une puissance secondaire qui cherche à redéfinir sa place en Asie et dans le monde

• La disparition de l'URSS en 1991 a conduit la Russie à redéfinir sa place comme **puissance secondaire**. Avec un **droit de veto au Conseil de sécurité**, la Russie a renforcé son **rôle militaire** et reconstitué une **aire d'influence** entre Asie centrale et Moyen-Orient. Après avoir soutenu un mouvement de sécession dans le Donbass en 2014, elle a tenté d'envahir l'Ukraine en 2022 pour y restaurer son influence.

• **8e s PIB mondial en valeur**, mais **77e pour son PIB/habitant**, la Russie présente le profil d'un **pays rentier**. Elle utilise ses ressources en hydrocarbures pour financer la guerre qu'elle mène en Ukraine depuis février 2022.

• La Russie est à la fois partenaire et rivale de la Chine, à qui elle tente de ravir son rôle de pont continental entre l'Europe et l'Asie. Les deux pays demeurent cependant les pivots de l'Organisation de coopération de Shanghaï.

Vocabulaire

- **Droit de veto :** capacité d'un des cinq États membres permanent du Conseil de sécurité de l'ONU de s'opposer à une décision, et donc de la bloquer.
- **Soft power :** puissance douce. Capacité d'influence et de persuasion d'un État.
- **Organisation de coopération de Shanghai :** organisation intergouvernementale asiatique, regroupant des pays d'Asie du Centre et du Sud autour de la Chine et de la Russie, et ayant comme objectif de développer la sécurité collective, mais aussi des accords économiques.

5 Les États, entre concurrence et coopération

De quoi s'agit-il ? Les processus de régulation sont encore largement entre les mains des États, qui oscillent entre concurrence et coopération.

1 La mondialisation alimente la mise en concurrence des États

• Le processus de mondialisation repose largement sur les **États**, qui disposent du **contrôle législatif** et de la **capacité à investir** pour développer les infrastructures et la formation. De plus en plus d'États accordent des **avantages fiscaux**, juridiques et législatifs, afin d'attirer les acteurs économiques mondiaux.

• Ils peuvent ainsi définir des **zones franches** ou **zones économiques spéciales** (ZES) : il en existe environ 5 000, dont de nombreux pays en développement. Certains deviennent même des **paradis fiscaux** (**Doc. 6**).

• Ce mécanisme de moins-disant fiscal met en lumière la **mise en concurrence** des territoires induite par la mondialisation.

Vocabulaire

- **Paradis fiscal :** État, souvent de petite taille, qui adopte une législation et une fiscalité très favorables aux capitaux pour assurer son propre développement. Par la création de sociétés écran et le blocage d'informations, entreprises et particuliers peuvent y transférer artificiellement tout ou partie de leurs bénéfices, et ainsi réduire considérablement leurs impôts.

Doc. 6 Différentes définitions des paradis fiscaux

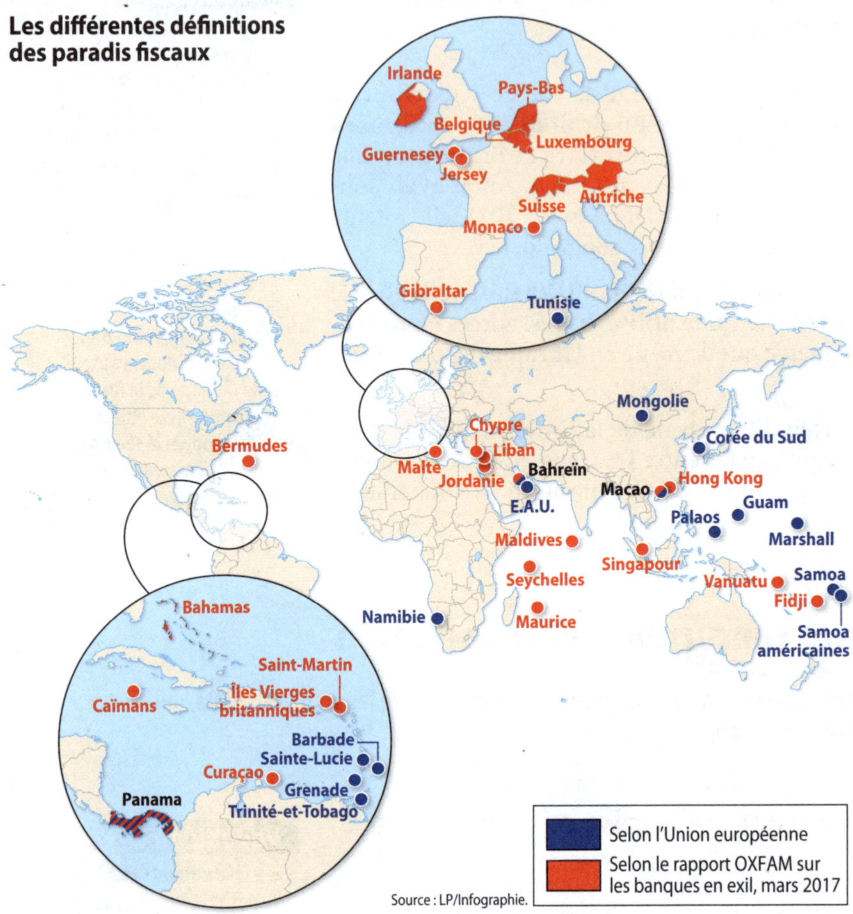

Source : LP/Infographie.

2 Les paradis fiscaux pénalisent les États les plus pauvres

- Ces avantages fiscaux entretiennent une **concurrence déloyale**. Ainsi, le FMI a publié en 2021 un rapport établissant que 15 pays miniers d'Afrique perdent chaque année entre 450 et 730 millions de dollars de recettes fiscales en raison des pratiques d'optimisation fiscale des FTN de l'industrie minière, majoritairement suisses, qui exploitent et commercialisent ces ressources.

- D'après certaines ONG, les **FTN du numérique et de la vente en ligne** dissimulent les deux tiers de leurs bénéfices dans les paradis fiscaux !

- La crise de 2008 a cependant obligé ces pays à infléchir leur politique. Les pays du G20 ont imposé l'**échange automatique d'information**, permettant une **traçabilité des fonds** : entre 2014 et 2022, les avoirs détenus dans les paradis fiscaux ont baissé de 22 %.

6 Coopérations et tension régionales

De quoi s'agit-il ? **Les organisations de coopération régionale peinent à réduire les déséquilibres territoriaux, sources de tensions.**

1 L'Union européenne face à la disparité et à la concurrence entre les territoires

- L'UE a mis en place une **politique de convergence**, pour **combler les disparités entre régions** marginalisées et régions riches. Entre 2021 et 2027, l'UE lui a alloué 392 milliards d'euros, soit environ 30 % de son budget total. Cette politique a permis de réduire les écarts entre les États, mais **n'a pas réduit les écarts entre les régions** (**Doc. 7**).
- L'UE a adopté en décembre 2022 le taux unique de 15 % sur les bénéfices des multinationales, déjà validé par 140 pays dans le monde. Cela devrait limiter la concurrence déloyale entre pays membres.

Doc. 7 PIB régionaux par habitants dans l'UE en 2020

En % (UE28 = 100)

Les plus élevés			Les plus faibles		
1	Southern (Irlande)	819	1	Severozapaden (Bulgarie)	107
2	Luxembourg	787	2	Severen tsentralen (Bulgarie)	111
3	Eastern (Irlande)	641	3	Yugoozotchen (Bulgarie)	116
4	Bruxelles capitale(Belgique)	613	4	Yuzhen centralen (Bulgarie)	119
5	Prague (Tchéquie)	604	5	Voreio Aigaio (Grèce)	122
6	Hambourg (Allemagne)	533	6	Pannonie croate (Croatie)	123
7	Ile de France (France)	527	7	Severoiztochen (Bulgarie)	124
8	Bavière (Allemagne)	525	8	Thraki (Grèce)	131
9	Région capitale (Danemark)	523	9	Ipeiros (Grèce)	135
10	Stockholm (Suède)	516	10	Nord est (Roumanie)	136

Source : Eurostat, 2020.

L'Irlande bénéficie de la présence de nombreux sièges sociaux de FTN qui y déclarent leurs bénéfices.

Les régions qui se trouvent au-dessus de la moyenne communautaire sont souvent des **régions capitales**, marquées d'un astérisque. Cela confirme la puissance des territoires métropolitains.

Les **régions les plus pauvres** produisent trois fois moins de richesse par habitant que la moyenne communautaire, et vingt fois moins que la région de Londres ! Elles correspondent aux régions rurales des anciennes démocraties populaires.

2 Des accords régionaux peu porteurs de développement

• Parmi les autres **organisations de coopération régionale**, on peut citer le **MERCOSUR** (Marché commun d'Amérique du Sud), qui rassemble depuis 1991 Brésil, Argentine, Uruguay et Paraguay. L'objectif initial était de réaliser une **union douanière** et de garantir la **libre circulation** des biens et des capitaux. Les échanges y plafonnent, car les États membres sont **moins complémentaires que concurrents**.

Vocabulaire

▪ **Organisation de coopération régionale :** alliance entre plusieurs États pour peser davantage dans l'espace mondial et bénéficier des effets de complémentarités locales et de solidarité entre les pays membres.

• De même, les **tentatives d'intégration des territoires caribéens** se sont multipliées, mais demeurent inachevées. La **fragilité** et la **similitude des économies** limitent les échanges intra-régionaux. La dette des États, la violence et les aléas climatiques constituent également des freins à l'insertion dans la mondialisation.

• L'**Accord États-Unis Mexique Canada** (en anglais, USMCA), ratifié le 1er juillet 2020, a remplacé l'Accord de libre-échange nord-américain (ALENA). Le libre-échange a favorisé les **délocalisations** vers le Mexique et ruiné les cultivateurs de maïs mexicain, mais aussi **accéléré les échanges** entre les trois pays, essentiellement au profit des États-Unis.

• L'**ASEAN** (Association des nations d'Asie du Sud-Est) rassemble dix pays qui entendent former un **marché unique**, combiner l'usage de leurs **infrastructures** (ports, aéroports, autoroutes), et harmoniser leurs **réglementations commerciales et douanières**. Mais c'est bien le modèle de développement impulsé par le Japon qui a lancé une intégration économique décisive que la Chine a repris à son compte, créant la **Banque asiatique d'investissement pour les infrastructures**, et lançant le projet des **routes de la soie**.

7 Les corridors de développement en Amérique latine : un outil d'intégration et de désenclavement

De quoi s'agit-il ? **L'Amérique latine compte sur des axes de transport structurants pour intégrer l'ensemble de ses régions à la mondialisation, mais les obstacles demeurent nombreux.**

1 Des corridors existants… et d'autres en projet

• Un **corridor** (ou couloir) est un **axe structurant**, qui concentre différentes **voies de transport et de communication** (chemin de fer, route, eau, air, oléoducs et gazoducs, câbles de communication) et **relie plusieurs pôles par des échanges** intenses. Lorsqu'il crée et développe des points d'appui intermédiaires, il **impulse le développement d'un territoire** : le rôle des corridors s'est accéléré avec la mondialisation.

Vocabulaire

▪ **Corridor (ou couloir) :** axe terrestre structurant reliant deux ou plusieurs pôles (métropoles, ports).

• Cette fonction de corridor joue un **rôle structurant dans la région de l'isthme américain**, qui entend devenir un **nœud du réseau mondial** des échanges. Le passage de l'Atlantique au Pacifique, pratiqué avant la colonisation, s'est intensifié au XVIe siècle. À **Panama**, le **canal**, contrôlé par les États-Unis de 1914 à 2000, doublé d'un axe ferroviaire et routier, a été **élargi** en 2016 pour laisser passer les porte-conteneurs géants. Il dépend cependant des ressources en eau actionnant les écluses, et est potentiellement menacé par l'ouverture des routes maritimes en Arctique (**Doc. 8**).

• Mais le **projet d'un canal interocéanique** au **Nicaragua** se heurte au refus de populations autochtones sur la côte caraïbe. Toutefois les ***corredores bioceanicos*** sont empêchés par la Cordillère des Andes. Le projet de canal interocéanique au Nicaragua se heurte au refus des populations autochtones d'abandonner leurs terres.

• Ces projets se raccordent à l'axe nord-sud qu'est la **transaméricaine**, voie routière imaginée dans les années 1960 pour relier nord et sud du continent. Des **axes spécialisés** relient également les bassins de production aux grands ports de la région. Ainsi le Minas Gerais, région caféière et minière du Brésil, est connecté au reste du monde grâce aux ports de Rio et Sao Paulo. La transaméricaine, voie routière imaginée dans les années 1960 pour relier nord et sud du continent, sert d'axe structurant.

Doc. 8 Les corridors interocéaniques en Amérique centrale

Source : Lucile Medina, « Les projets de corridors interocéaniques en Amérique centrale », *EchoGéo*, 2019.

2 Des effets contrastés

• Le canal a littéralement **coupé le territoire panaméen en deux**. Aux entrées atlantique et pacifique, Colón et Panama City servent respectivement d'immenses **zones franches** pour la production industrielle mondiale, et de capitale du **blanchiment** et de l'**évasion fiscale**.

Vocabulaire

■ **Économie extractive :** économie qui repose sur l'extraction d'une ressource du sous-sol.

• D'une manière générale, **seuls quelques ports bénéficient de cette stratégie** de transfert est-ouest, comme Valparaiso au Chili. Leur contrôle, souvent reversé au secteur privé, ne favorise pas un développement durable mais s'appuie sur des **économies extractives** prédatrices.

8 La France, septième puissance mondiale

De quoi s'agit-il ? La France a des ambitions mondiales et œuvre à rester une grande puissance. Elle dispose de nombreux atouts.

1 Une puissance économique intégrée à la mondialisation

• Avec plus de 2 700 milliards de dollars, le **PIB** français se classe **7e à l'échelle mondiale**. La France est ainsi membre du **G8** et du **G20**. Nombre de directeurs du **FMI** ont été français, signe de son **poids diplomatique** dans les grandes institutions internationales.

• La France s'appuie sur une **économie diversifiée**. Ses **grandes entreprises** sont présentes **dans le monde entier** et officient **dans tous les secteurs**. On trouve des entreprises de l'énergie (Total et Engie), des entreprises automobiles, telles que Renault et Michelin, de grandes banques (BNP, Société Générale) et l'industrie du luxe avec LVMH, l'entreprise numéro un mondial du secteur.

• Ouverte sur le monde, la France compte pour **3 % du commerce mondial**, elle est la **7e puissance exportatrice**. Elle est devenue en 2019, le pays européen **le plus attractif** pour les **IDE**. La France est par ailleurs le **premier pays touristique** au monde en nombre de visiteurs, ce qui explique sa vulnérabilité lors de l'épidémie de Covid-19 en 2020.

Vocabulaire

- **G8 :** groupe créé en 1975 rassemblant d'abord les sept, puis les huit premières puissances mondiales pour diriger l'économie mondiale.
- **G20 :** groupe de dix-neuf pays parmi les plus développés et les émergents plus l'UE, destiné à assurer une gouvernance de l'économie mondiale.
- **FMI (Fonds monétaire international) :** institution internationale fondée en 1945 pour garantir la stabilité du système monétaire international.
- **IDE (investissement direct à l'étranger) :** investissement réalisé par des entreprises à l'étranger.

2 Une puissance militaire majeure en Europe

• La France cultive le **hard power** que lui confère sa puissance militaire. Elle pratique la **dissuasion nucléaire** ; le budget militaire de la France est de plus de 37 milliards d'euros en 2020 (gendarmerie exclue) soit plus de 2 % de son PIB. Avec plus de 250 000 soldats, elle est la **5e puissance militaire** mondiale et la 1re armée européenne.

Vocabulaire

- **Hard power :** capacité à s'imposer par des moyens militaires et économiques.

• La France projette cette puissance militaire **hors de ses frontières**. Elle est présente dans de nombreuses **opérations extérieures** (OPEX) (**Doc. 9**) de son propre chef ou dans le cadre d'opérations de l'ONU ou de l'OTAN.

• Les **forces spéciales** sont également présentes plus discrètement dans les **guerres asymétriques** contre Daech en Irak et en Syrie. La marine française s'était également illustrée dans l'opération Atalante (voir p. 101) destinée à **sécuriser le trafic maritime** dans l'océan Indien contre la piraterie.

• Son immense **ZEE** (2e rang mondial) lui permet de disposer d'une marine capable d'intervenir dans toutes les mers et océans et d'avoir ainsi le titre enviable de **marine à capacité mondiale**.

Doc. 9 Les opérations militaires françaises à l'extérieur (OPEX)

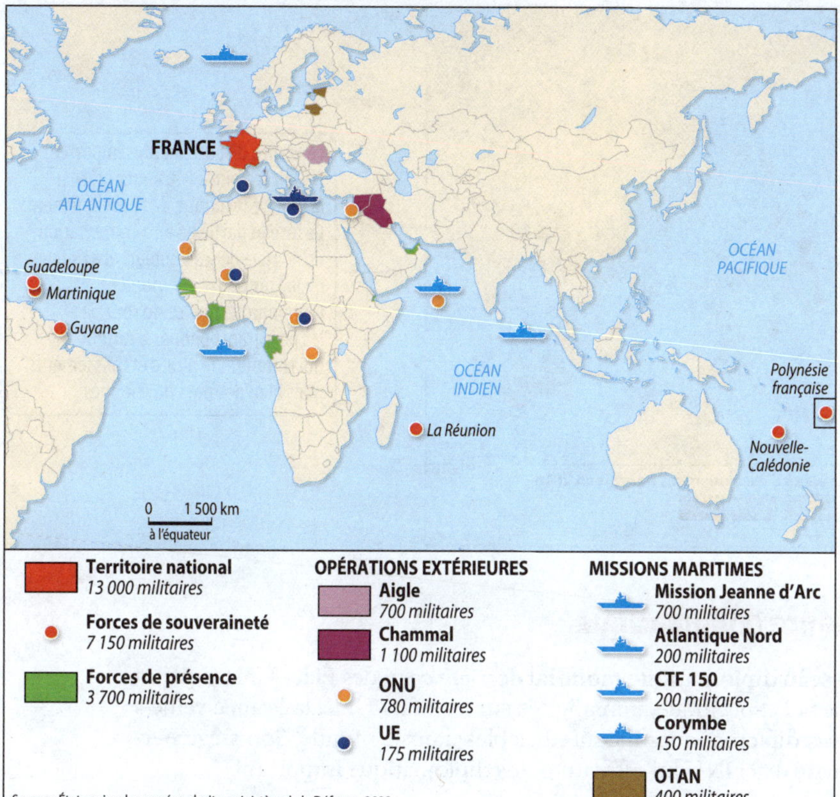

Source : État-major des armées, droits : ministère de la Défense, 2022.

9 Des facteurs de puissance diversifiés

De quoi s'agit-il ? **La France cultive son soft power pour diversifier et étendre son influence à des régions où elle n'était traditionnellement pas présente.**

1 Une puissance qui s'affirme par la force de son soft power

Vocabulaire
- **Locuteur :** personne qui parle une langue.
- **Francophonie :** communauté des peuples pratiquant la langue française.

• Le français est la **5e langue la plus parlée au monde** avec 300 millions de **locuteurs**. On les retrouve principalement en Europe, en Afrique centrale et de l'Ouest et en Amérique du Nord. La **francophonie** rassemble les locuteurs du français, mais désigne également une **institution internationale** destinée à promouvoir la culture et les valeurs de la France. Cette francophonie est vivace grâce au réseau des 834 **centres culturels français** à l'étranger – souvent appelées Alliances françaises – secondé par un réseau mondial d'**établissements scolaires** à l'étranger (**Doc. 10**). Le français est la 2e langue la plus utilisée dans les rencontres internationales.

• La France s'est dotée de **chaînes audiovisuelles** : TV5 Monde, France 24 et RFI permettent à la France de faire entendre sa voix et sa spécificité dans les relations internationales. Depuis peu, de **grandes institutions culturelles** participent au renforcement de l'influence de la France à l'échelle mondiale avec l'installation de sites dans des pays étrangers : le Louvre et la Sorbonne ont ouvert des sites à Abu Dhabi, émirat pétrolier du Golfe Persique.

Doc. 10 Le réseau des établissements scolaires français à l'étranger

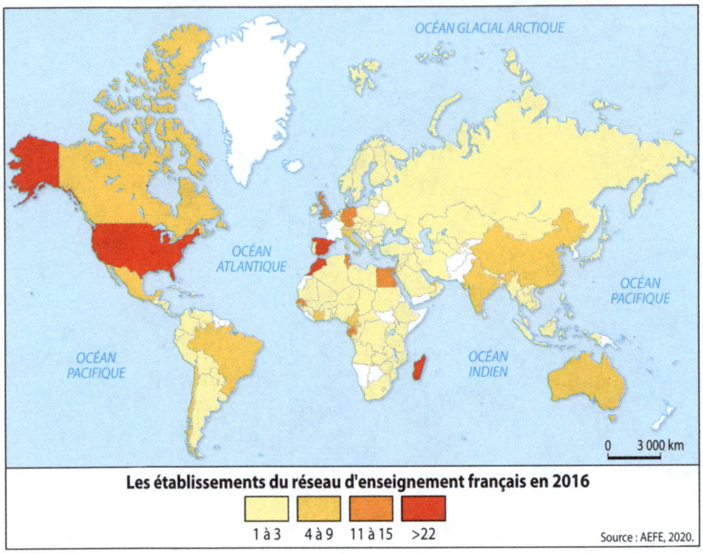

La France dispose du plus important réseau scolaire à l'étranger grâce à la qualité reconnue de l'enseignement. Ce réseau participe à l'augmentation du nombre de ses locuteurs et à l'influence de la France dans le monde.
On remarque que ce ne sont pas les pays francophones d'Afrique qui comptent le plus d'établissements, mais bien des pays développés.

2 Une grande puissance diplomatique

• La France dispose du **2e réseau diplomatique mondia**l derrière celui des États-Unis. Suivant la tradition gaullienne d'une voix spécifique, non alignée sur les États-Unis, la France veille à compter parmi les puissances diplomatiques incontournables dans le monde. Son **siège permanent au Conseil de sécurité** de l'ONU lui offre un poids diplomatique important.

• En 2003, la France a ainsi refusé (il n'y a pas eu de vote) l'intervention de l'ONU aux côtés des États-Unis dans la guerre d'Irak. Elle a accueilli et activement soutenu la **COP21** débouchant sur les Accords de Paris (2015).

• En Europe, la France est l'un des pays accueillant le plus d'**institutions internationales**. À Paris sont installés l'**UNESCO**, organisme de l'ONU chargé de la promotion de l'éducation, ainsi que l'**OCDE**, une organisation économique qui rassemble tous les pays développés de l'ancien bloc de l'Ouest. À Lyon, se trouve **Interpol**, un organisme international de coopération policière.

10 Une puissance en déclin ?

De quoi s'agit-il ? **Si la France affiche des ambitions mondiales élevées, elle est devenue en réalité une puissance moyenne, ce qui contribue sans doute à expliquer que le pays soit un des plus pessimistes au monde (86 % de la population).**

1 Une puissance économique qui peine à soutenir la concurrence

• Dans un contexte de mondialisation et d'émergence de nouvelles puissances, l'économie française rencontre des **difficultés**. Elle a retrouvé depuis peu une certaine attractivité avec une **hausse des IDE**. Mais elle a été touchée de plein fouet par une forte inflation en 2022, alimentée par la guerre en Ukraine et les tensions internationales.

Vocabulaire

- **Valeur ajoutée :** richesse produite lors du processus de production.
- **Balance commerciale :** différence entre la valeur des exportations et celle des importations.

• L'industrie française pâtit du **manque d'investissement** et cantonne sa production à des biens de moyenne gamme à faible **valeur ajoutée**, largement concurrencés par des **coûts de production bien plus faibles** à l'est de l'Europe ou même au Maghreb. Ainsi, l'industrie automobile nationale a supprimé beaucoup d'emplois en France. La **balance commerciale** est largement **déficitaire** (**Doc. 11**).

Doc. 11 Le déficit de la balance commerciale

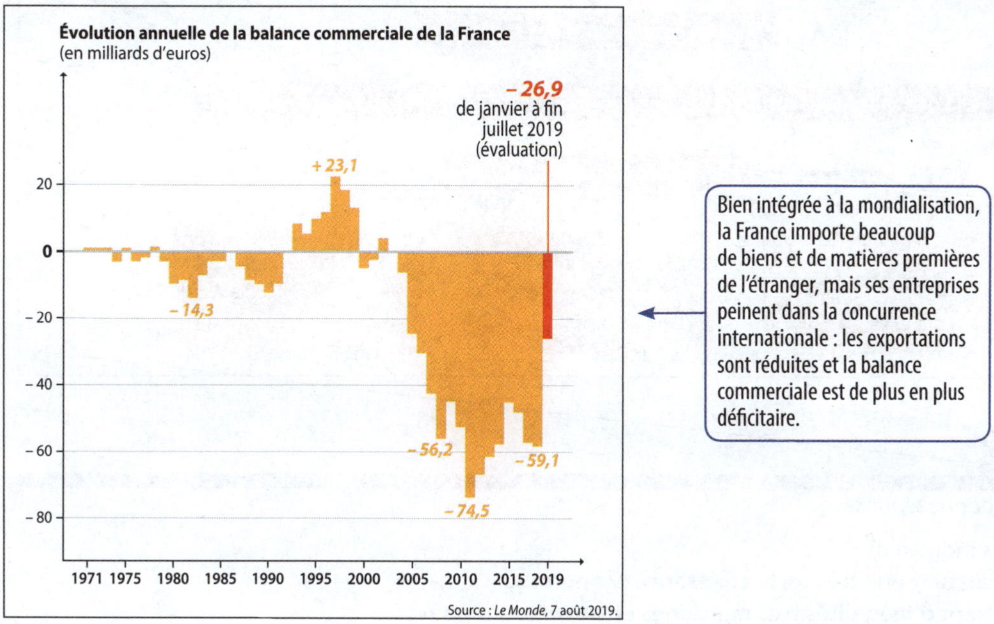

2 Une puissance politique qui peine à tenir son rang

• La voix de la France **compte de moins en moins à l'échelle internationale**. Son siège permanent à l'ONU lui est contesté : l'Allemagne le revendique pour l'UE. Dans les **crises internationales**, la guerre en Syrie ou l'accord sur le nucléaire iranien, **les tentatives françaises** pour peser **ont toutes échoué**. Les grandes puissances que sont les États-Unis, la Russie et la Chine imposent leurs intérêts géostratégiques. L'allié américain, dans une logique de plus en plus isolationniste, retire ses troupes d'Afrique et du Proche-Orient, y fragilisant la présence française.

• La guerre en Ukraine montre les difficultés de la France à faire valoir ses initiatives diplomatiques de médiation auprès de la Russie.

Révision express

Des territoires inégalement intégrés

Le schéma à retenir

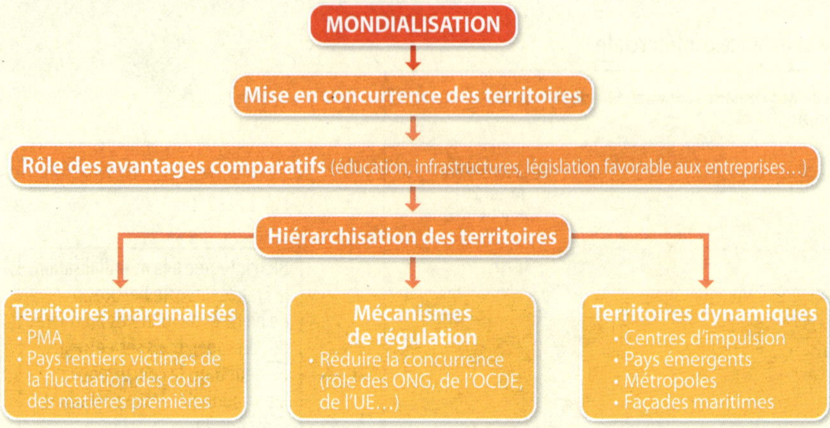

Quiz

Cochez la bonne réponse :

1. Les pays industriels :
a. ☐ **connaissent une très forte croissance économique.**
b. ☐ **souffrent d'inégalités très marquées entre riches et pauvres.**
c. ☐ **sont dotés d'infrastructures de transport et de communication performantes.**

2. Le PIB de la Chine :
a. ☐ **a dépassé celui des États-Unis.**
b. ☐ **dépassera sans doute celui des États-Unis dans les années 2020.**
c. ☐ **équivaut à celui des États-Unis.**

3. Les pays émergents :
a. ☐ **ont encore une majorité de leur population active employée dans l'agriculture.**
b. ☐ **développent des secteurs industriels dynamiques.**
c. ☐ **parviennent à réduire les écarts entre riches et pauvres.**

4. Les pays producteurs d'hydrocarbures :
a. ☐ **tirent toujours profit de leurs ressources énergétiques.**
b. ☐ **peuvent être fragilisés par l'instabilité des cours.**
c. ☐ **connaissent des situations économiques contrastées.**

5. Les PMA :
a. ☐ **souffrent de tensions politiques.**
b. ☐ **voient leurs indicateurs de santé s'améliorer.**
c. ☐ **se connectent de mieux en mieux aux réseaux mondiaux.**

6. La francophonie désigne :
a. ☐ **l'ensemble des pays où l'on pratique le français.**
b. ☐ **une institution rassemblant des pays francophones.**
c. ☐ **un festival connu dans le monde entier.**

→ Réponses p. 470

EXERCICE GUIDÉ 1

Faire un croquis à partir d'un texte : organiser la légende

Énoncé

Consigne : À partir du texte suivant, vous construirez, à l'aide du fond de carte fourni, un croquis correspondant au sujet suivant : « Une inégale intégration du territoire chinois à la mondialisation », accompagné d'une légende organisée.

Doc. La Chine, première économie mondiale

L'intégration de la Chine au système économique mondial a entraîné une **polarisation** du développement chinois.

Les lieux de la mondialisation comprennent **d'abord les trois grandes métropoles** (Shanghai, Pékin et Tianjin), et les **provinces** les plus précocement **lancées dans les réformes économiques** et l'ouverture, comme le Jiangsu, Zhejiang et le Guangdong.

Viennent ensuite **les régions en voie d'intégration** (provinces littorales, ainsi que des territoires **intérieurs profitant pleinement de l'axe fluvial** du Yangzi et de ses aménagements, comme le Chongqing et l'Hubei). Les provinces intermédiaires s'articulent aux foyers de développement que sont Pékin et Tianjin (Hebei, Mongolie intérieure) et le bassin du Yangzi (tel Anhui) ou constituent des **pôles de croissance secondaires** (Hainan, Shaanxi, Jilin). Elles sont toutefois pénalisées par la vieillesse de leurs structures productives et de leurs spécialisations économiques.

Quant **aux périphéries continentales et aux terres enclavées**, elles enregistrent un développement franchement insuffisant, car elles sont encore mal reliées au dynamisme côtier. Voies d'accès aux ressources naturelles d'Asie centrale, **le Xinjiang forme une sorte de front pionnier** sur la « nouvelle route de la soie » et connaît des taux de croissance supérieurs au reste de l'ouest chinois.

Frank Tétart, Grand Atlas 2018, Autrement.

Méthode

1 À quoi sert la légende ?

- Produire une carte ou un schéma à partir d'un texte d'appui repose sur l'identification et la sélection d'informations, qui sont ensuite transformées en figurés et placées sur un fond de carte.
- Ces informations sont également classées dans une légende, qui permet de comprendre le sens de la production graphique. En effet :

– elle donne le sens de chaque figuré, sa signification ;

– elle est divisée en deux ou trois parties qui correspondent aux deux ou trois grandes idées du texte d'appui, dont elle expose donc le raisonnement.

2 Retrouver les themes de la légende

- Si des axes d'analyse sont indiqués de manière explicite dans la consigne, n'hésitez pas à les reprendre tels quels, vous aurez peu de temps pour en chercher d'autres ou les reformuler.
- Si la consigne est trop générale, partez du texte. Il sera le plus souvent divisé en deux ou trois paragraphes : appuyez-vous sur ces découpages pour trouver les parties de votre légende.
- Mobilisez également vos connaissances pour vous remémorer les raisonnements de vos cours. Les textes d'appui ne traitent pas de sujets confidentiels, mais de thématiques largement traitées dans le programme : les grandes idées n'y seront pas différentes.

L'astuce du prof
Le travail de sélection des contenus du texte et de transposition des informations en figurés cartographiques ne fait pas partie de cette méthode.

3 Organiser la legende en faisant un plan

- L'ordre des parties reprendra l'ordre du raisonnement du texte ; c'est à la fois le plus facile et le plus logique.
- Chaque partie est dotée d'un titre explicatif, qui en résume le sens. Ne vous contentez pas de numéroter les étapes sans les présenter en quelques mots.
- À l'intérieur de chaque partie, l'ordre des figurés n'est pas imposé. Veillez cependant à les regrouper par nature, surtout si vous hiérarchisez une information par un dégradé de couleurs ou de tailles.

L'astuce du prof
Habituez-vous à faire des phrases-titres pour vous obliger à exprimer des idées, et non à seulement définir des catégories.

Corrigé

La consigne vous permet de repérer le thème et l'enjeu du sujet : l'inégale intégration du territoire chinois. Vous pouvez d'ores et déjà associer le sujet à quelques mots clés sur votre brouillon : échelles/interfaces, littoraux, métropoles, régions de montagne, régions enclavées.

Le plan du document est annoncé par le mot clé de la première phrase : « polarisation », c'est-à-dire focalisation, renforcement, convergence vers un lieu donné.

Le plan du texte confirme ce raisonnement avec trois paragraphes qui reprennent chacun un degré d'intégration à la mondialisation, des territoires les plus intégrés à ceux qui sont le plus en marge.

L'organisation de la légende est donc le suivant :

1. Le littoral et les grandes métropoles chinoises sont pleinement insérés à l'espace mondial.

2. Une partie du territoire chinois se raccroche à la mondialisation grâce à des connexions avec le littoral ou en tant que pôle économique secondaire.

3. Le reste de la Chine (régions enclavées ou éloignées du littoral) demeure en marge de la mondialisation.

À l'intérieur de chaque partie, il y aura deux à trois figurés maximum ; leur ordre n'est pas déterminant.

EXERCICE GUIDÉ 2

Analyser une carte en étude de document

Énoncé

Consigne : Cette carte témoigne-t-elle de la puissance de la France à l'échelle mondiale ?

Doc. Le français dans le monde

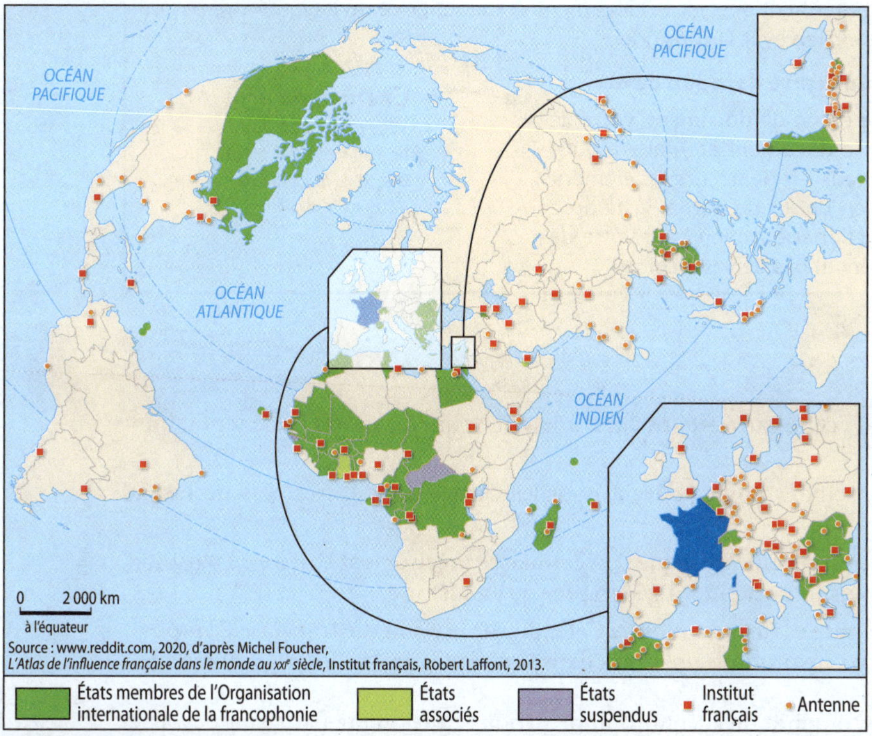

Source : www.reddit.com, 2020, d'après Michel Foucher, *L'Atlas de l'influence française dans le monde au XXIe siècle*, Institut français, Robert Laffont, 2013.

Méthode

La carte est un document central de la géographie, elle est donc présente dans nombre de sujets d'examen.

1 Presenter une carte

- Il s'agit de reprendre dans les grandes lignes la présentation de n'importe quel autre document :

– identifier la nature du document ;
– identifier son auteur ;
– identifier sa date ;
– identifier son idée générale, son intérêt.

- Cependant, certaines de ces étapes montrent peu d'intérêt : souvent, une carte ne comporte pas d'auteur, si bien que vous pouvez travailler sur sa source, sur la fiabilité des indicateurs fournis ; la date ne nécessite généralement pas non plus une étude approfondie, car le plus souvent la carte fournie est récente. Cependant, si la carte est un peu datée, vous pouvez le signaler pour insister sur des changements importants survenus depuis qui n'apparaissent pas sur le document.

2 Analyser une carte et porter un regard critique

● Vous devez montrer que vous maîtrisez correctement la lecture d'une carte, même un peu complexe. Vous devez donc avoir pris soin de bien lire la légende dans laquelle se trouvent les informations importantes. Vous devez nommer les phénomènes que vous observez sur la carte et les localiser.

L'astuce du prof
Vous pouvez préciser dans la présentation si la carte est orientée et n'évoque qu'un aspect du sujet.

● Une carte est un discours : le cartographe a une intention, il veut démontrer un phénomène. Il faut donc porter un regard critique sur ce document et identifier ce qu'il ne montre pas ou partiellement, toujours en lien avec la consigne.

3 Faire référence a une carte dans son devoir

● Comme pour chaque étude de document, votre devoir doit s'appuyer sur le document et y faire régulièrement référence. Le mieux est de décrire les éléments pertinents de la carte en début de partie, juste après votre phrase d'introduction, pour bien bâtir votre devoir à partir du document et pas de votre cours.

L'astuce du prof
Vous pouvez entourer les espaces de la carte que vous allez utiliser dans votre devoir.

Corrigé

1. Nature du document : cette carte est une carte analytique qui détaille la présence du français à travers le monde.

Auteur : il n'est pas spécifié, comme souvent pour les cartes, donc il n'est pas nécessaire d'évoquer cet aspect.

Date/contexte : la carte est récente sans que l'on connaisse précisément sa date de parution, mais cette étape est moins importante en géographie qu'en histoire.

Intérêt du document : cette carte nous montre l'étendue de la politique française de promotion de la langue avec des institutions présentes dans la majeure partie des pays du monde.

2. Bien analyser la carte donne beaucoup d'informations utiles pour bâtir son devoir et apporter des éléments de réponse précis.

J'observe sur la carte	Je relie à des éléments du cours
Des pays appartiennent à la francophonie – beaucoup de pays d'Afrique → – le Canada – des pays d'Europe de l'Est pourtant non francophones →	– Des raisons historiques (colonisation) – La francophonie est une institution politique destinée à porter la voix et les valeurs que la France souhaite répandre.
On trouve des Instituts français ou des annexes dans la majeure partie des pays du monde, mais particulièrement en Europe, en Afrique non francophone, aux États-Unis, au Moyen-Orient…	On y enseigne le français. C'est un moyen pour la France de renforcer non seulement l'influence de sa langue, mais aussi par ce biais de porter ses valeurs. > Cette carte nous montre un **élément central du *soft power* français.**

3. Cette carte véhicule l'idée que la langue française serait très répandue, du moins très présente, à l'échelle mondiale. C'est une carte orientée, destinée à valoriser l'influence de la France à l'échelle mondiale, comme l'indique le titre de l'ouvrage dans laquelle est se trouve.

Cependant, le français n'est que la 5e langue la plus parlée au monde, largement devancée par le chinois, l'anglais et l'espagnol qui sont les langues officielles de bon nombre de pays dans le monde. De surcroît, le français n'est pas courant dans les pays les plus puissants et influents au monde tels que la Chine, l'Inde, les États-Unis…

4. Voici les formulations que vous pourriez utiliser pour faire référence à la carte :

- La carte montre que de nombreux pays appartiennent à la francophonie : le Canada, nombre de pays d'Afrique de l'Ouest et centrale, d'Europe de l'Est et quelques pays d'Asie du Sud-Est.
- La carte montre qu'au-delà de la francophonie, on trouve également des pays qui accueillent un Institut français et une ou plusieurs annexes dans lesquels la langue et la culture françaises sont enseignées et mises en valeur. On peut citer les États-Unis, la Chine, l'Autorité palestinienne, le Maroc, l'Allemagne…

Chapitre 7 L'UE dans la mondialisation : des dynamiques complexes

1 Des politiques européennes entre compétitivité et cohésion des territoires

De quoi s'agit-il ? L'UE réunit des États aux caractéristiques variées et au niveau d'intégration élevé. Soumise à de multiples tensions, elle cherche à réduire les inégalités socio-économiques à toutes les échelles et à valoriser son territoire, face à une concurrence internationale renforcée.

1 La construction européenne, entre diversité et solidarité

• L'Union européenne (UE) est un ensemble économique et politique de 27 États membres. Il constitue l'ensemble le plus **intégré** au monde, mais reste disparate du fait des spécificités nationales.

• Né de la signature du traité de Rome en 1957, le projet européen repose sur le principe fondamental de **cohésion** entre les différents pays.

• Ce principe demeure un levier essentiel du processus d'intégration, mais ses modalités ont évolué au fil des **élargissements** successifs (**Doc. 1**).

• Les plus massifs (ceux de 2004 et de 2007) ont imposé la mise en œuvre de politiques en faveur des pays d'Europe centrale et orientale, qui concentraient alors 60 % des régions en retard de développement.

• Le rattrapage économique observé a contribué à la forte attractivité de l'UE à l'échelle continentale : 5 États sont aujourd'hui officiellement candidats à l'adhésion. Avec 20 % des richesses mondiales, l'UE est en effet la deuxième économie de la planète.

Vocabulaire

- **Intégration :** processus d'inscription d'un territoire dans un autre par la connexion des réseaux et le renforcement des relations.
- **Cohésion :** forme de solidarité entre les États membres ayant pour vocation de réduire les inégalités entre individus et territoires européens.
- **Élargissement :** adhésion de nouveaux États à l'UE.

2 De la cohésion à la compétitivité des territoires

• Les politiques régionales déployées en Europe ont progressivement évolué afin de s'adapter aux conséquences de la mondialisation.

• Initialement centrées sur la cohésion des territoires *via* l'aide aux régions en difficulté, elles visent davantage aujourd'hui à renforcer leur **compétitivité**. Ainsi, pour développer son rayonnement et accroître sa puissance dans le monde, l'UE soutient l'essor de la recherche, de la formation et de l'innovation à l'échelle de certains territoires en particulier.

• L'UE concentre notamment ses aides dans les régions les plus denses, les métropoles étant considérées comme des pôles stratégiques à l'échelle mondiale.

• La réorientation des politiques régionales européennes se heurte souvent aux logiques politiques, économiques et sociétales des États membres. L'articulation entre les deux niveaux de décision est un défi permanent.

Vocabulaire

- **Compétitivité :** ensemble des mesures qui renforcent l'attractivité d'un territoire et assurent sa réussite économique et le bien-être de sa population.

Doc. 1 Les étapes de la construction européenne

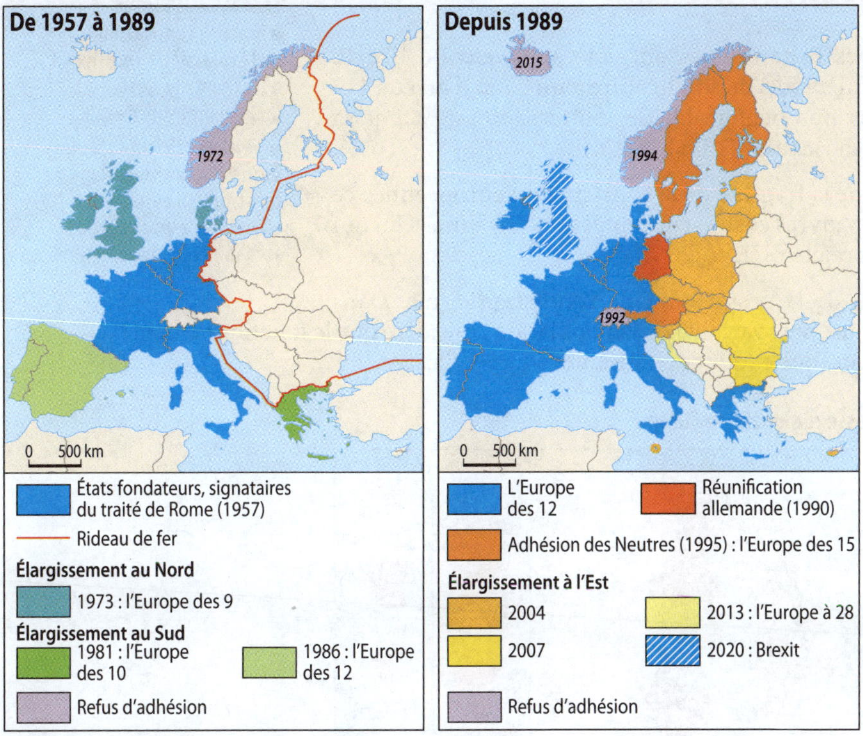

2 Les difficultés de l'UE

De quoi s'agit-il ? **L'UE est soumise à de multiples tensions internes et externes, qui pèsent sur son rayonnement international et ne lui permettent pas d'être reconnue comme une puissance mondiale à part entière.**

1 De nouvelles fractures territoriales

- Les inégalités socio-économiques entre les États membres de l'UE se sont atténuées, mais n'ont pas disparu. Elles ont même tendance à s'accroître à l'échelle régionale (**Doc. 2**).
- La construction européenne est en partie responsable de cette évolution. Le fonctionnement du **marché unique** favorise en effet les **économies d'échelle**. Il s'accompagne d'un mouvement de concentration des hommes et des activités dans les villes, le long des littoraux ou des axes majeurs de transport.
- Mais ailleurs, en particulier dans les régions industrielles en crise ou enclavées, les inégalités sociales s'accroissent et alimentent un sentiment de déclassement des habitants, qui s'exprime dans les urnes.

Vocabulaire

- **Marché unique :** union douanière entre les États membres de l'UE, qui repose sur la libre circulation des biens, des services, des capitaux et des personnes.
- **Économie d'échelle :** diminution des coûts de production par l'augmentation des quantités produites.

2 L'UE face à un déficit de confiance

- En juin 2016, 52 % des Britanniques ont voté en faveur du **Brexit**. Confrontée pour la première fois de son histoire à un coup d'arrêt, l'UE doit renoncer à une part non négligeable de son territoire (5 %), de sa population (13 %) et de sa richesse (15 %).
- Ce vote est révélateur de la fragilité de la construction européenne : ce sont les régions les plus pauvres et subventionnées du Royaume-Uni qui ont le plus massivement rejeté l'UE.
- Il témoigne également de la progression de l'**euroscepticisme**. Dans tous les États membres, une part variable de la population considère que le fonctionnement de l'UE est trop bureaucratique et que ses politiques sont inefficaces.

Vocabulaire

- **Brexit :** contraction de l'expression « British exit », qui désigne la sortie du Royaume-Uni de l'UE.
- **Euroscepticisme :** toute forme d'opposition à la construction européenne et de remise en cause de sa viabilité ou de son utilité.

Doc. 2 Les inégalités de richesse régionale en Europe

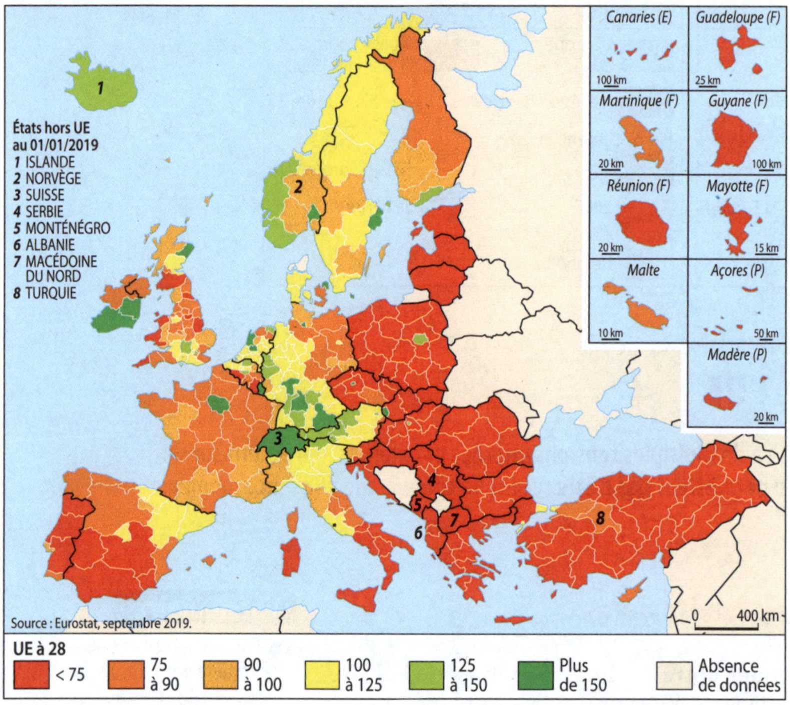

3 Un poids géopolitique modeste

- Le rayonnement diplomatique de l'Europe dans le monde est relativement faible. Depuis sa création, l'UE peine à faire entendre sa voix, en particulier face aux États-Unis et à la Russie.
- Son expertise est certes reconnue dans la gestion des crises humanitaires, mais son rôle dans la régulation des conflits armés (Irak, Syrie, Ukraine, etc.) reste modeste.
- La volonté affichée par Bruxelles de renforcer la politique étrangère et de sécurité commune doit composer avec la souveraineté des États membres et avec la stratégie d'institutions internationales telles que l'OTAN.

3 La PAC et ses effets territoriaux

De quoi s'agit-il ? La Politique Agricole Commune (PAC) représente le premier poste de dépense de l'UE. Ses objectifs et les critères de répartition des aides suscitent actuellement des interrogations majeures.

1 De nouveaux objectifs

• La PAC, initiée en 1962, a permis à l'UE d'atteindre l'autosuffisance alimentaire et d'élever le niveau de vie de ses agriculteurs.

• Les élargissements successifs et l'exacerbation de la concurrence mondiale ont recentré ses objectifs autour de trois priorités : garantir une production agroalimentaire viable, une gestion durable des ressources et un développement équitable des territoires ruraux.

• Ces axes ne sont pas toujours compatibles avec les impératifs de compétitivité internationale de l'UE ; ils progressent lentement.

2 Une différenciation spatiale accentuée

• Les surfaces agricoles occupent 38 % de la superficie de l'UE. Les espaces les plus performants sont intégrés à tous les marchés, du local au mondial (**Doc. 3**).

• Mais, dans le même temps, de 2003 à 2013, un tiers des fermes européennes a disparu dans un vaste mouvement de concentration des exploitations. 75 % des aides étant versés sous forme de primes à la surface, les plus vastes touchent plus d'argent que les petites, et les inégalités s'amplifient.

Doc. 3 L'Union européenne, une mosaïque agricole

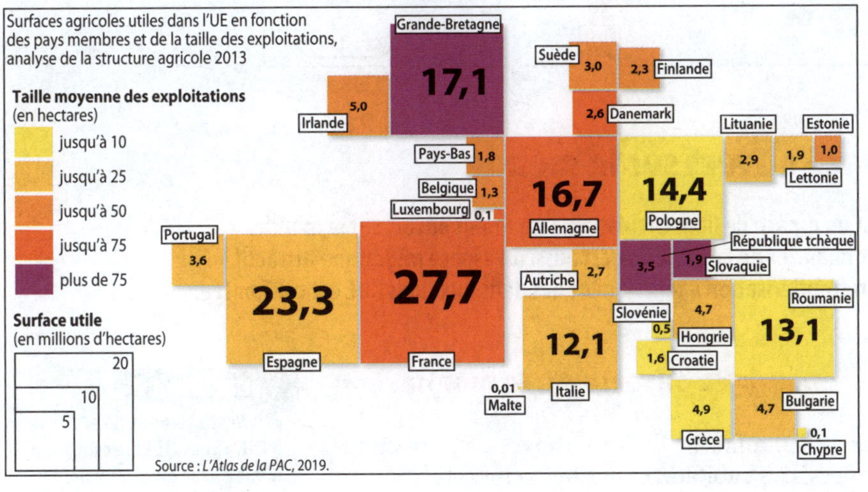

Source : *L'Atlas de la PAC*, 2019.

3 Des effets territoriaux nuancés par le jeu des États

● Actuellement, seul un quart des crédits de la PAC finance des programmes de développement rural, de soutien à l'agriculture biologique et de protection de la biodiversité.

● Les scandales phytosanitaires et la pression des mouvements altermondialistes n'ont pas fondamentalement remis en cause l'importance des crédits dédiés à l'**agriculture intensive**.

● Certains États membres choisissent donc unilatéralement de soutenir en priorité le volet social et environnemental de la PAC. L'Autriche y consacre 44 % des aides qu'elle reçoit, contre 17 % pour la France (**Doc. 4**).

Vocabulaire

■ **Agriculture intensive :** système de production agricole à forte productivité (mécanisation, engrais chimiques...) tourné vers le commerce et l'exportation.

Doc. 4 La PAC : une distribution inégale des aides

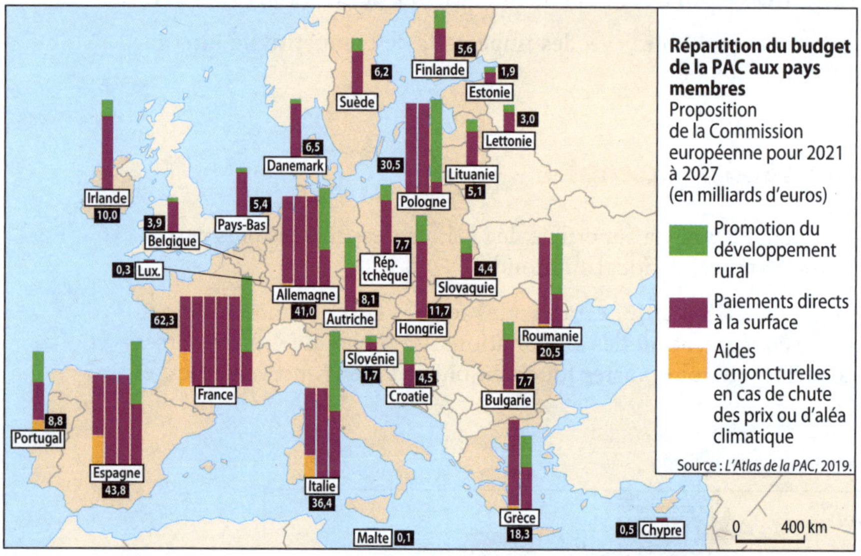

4 L'UE, un espace ouvert sur le monde

De quoi s'agit-il ? L'UE est un espace de libre circulation, largement ouvert sur le monde. Premier pôle commercial et financier de la planète, c'est aussi un espace migratoire attractif. Mais « barriérisation » et « refrontiérisation » témoignent des défis auxquels l'UE est confrontée.

1 Une puissance économique ouverte sur le monde

● Le traité de Maastricht (1992) a fait de l'UE un espace de libre circulation des biens, des services, des capitaux et des personnes. Il a permis une très forte croissance des échanges intracommunautaires et du commerce extérieur par la réduction des barrières douanières.

● L'UE s'est hissée au rang de première puissance commerciale du monde, devant la Chine et les États-Unis. Elle réalise à elle seule plus de 15 % du commerce international de biens.

Vocabulaire

■ **Investissement direct à l'étranger (IDE) :** acquisition d'une partie du capital d'une société étrangère qui contribue à accroître la compétitivité d'un territoire (innovation, recherche et développement).

• C'est également la première destination mondiale des **flux d'investissements directs à l'étranger** (IDE). Ils représentent un total d'environ 16 millions d'emplois.

• L'euro est la deuxième monnaie dans les réserves de change mondiales (21 %), derrière le dollar (**Doc. 5**). 60 pays et territoires situés en dehors de l'UE utilisent l'euro comme monnaie ou ont rattaché leur monnaie à l'euro.

Doc. 5 L'euro dans le monde

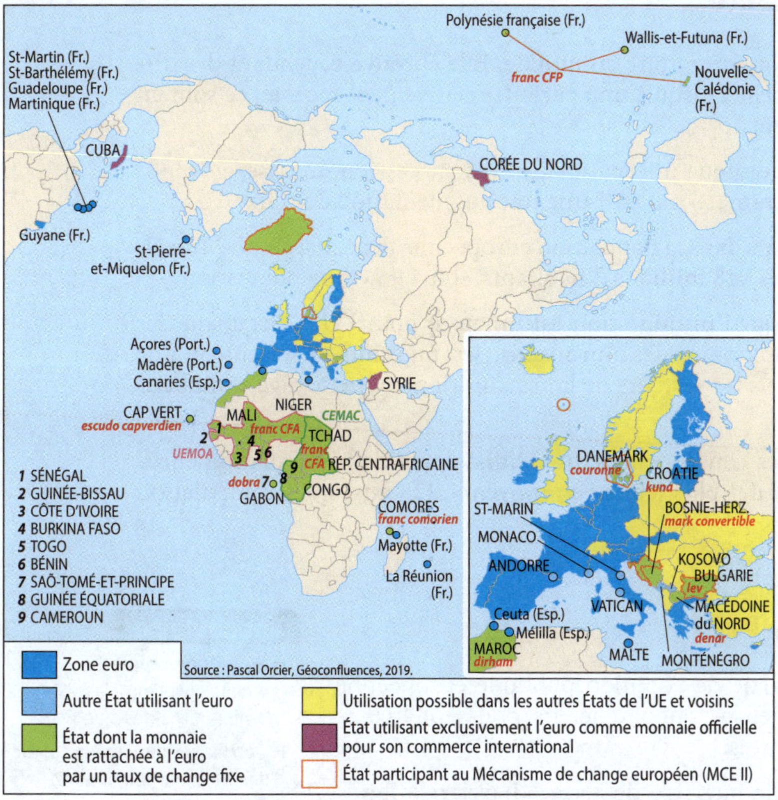

2 Un pôle touristique et universitaire de première importance

• L'UE est de longue date une destination privilégiée pour de multiples catégories de population, notamment les touristes et les étudiants.

• La moitié des flux touristiques internationaux s'effectue au sein de l'UE. Avec près de 750 millions de visiteurs internationaux et 3,2 milliards de nuitées en 2019, l'Europe est de loin la première destination touristique au monde. Ce secteur d'activité emploie plus de 12 millions d'actifs et représente 4% du PIB de l'UE.

• Les États européens offrent en effet de nombreuses **aménités** : ils disposent d'un patrimoine culturel et naturel très varié et bénéficient d'**infrastructures** de bon niveau.

• L'UE est aussi un foyer universitaire très attractif à l'échelle mondiale. En attirant 2,4 millions d'étudiants extra communautaires, l'Europe s'impose de loin comme la première destination d'études dans le monde devant l'Asie, l'Océanie et l'Amérique du Nord.

Vocabulaire

- **Aménités : éléments contribuant à l'agrément d'un lieu pour ceux qui y séjournent (climat, paysage, ambiance...).**
- **Infrastructures : ici, ensemble des équipements et des installations nécessaires aux pratiques touristiques.**

5 L'UE face à la « question migratoire »

De quoi s'agit-il ? **La prospérité de l'UE est un facteur d'attractivité pour de nombreux migrants. Avec la forte croissance du nombre de réfugiés et de demandeurs d'asile depuis 2015, leur arrivée sur le continent ne fait pas consensus.**

1 L'immigration, une chance…

• L'UE est la première destination migratoire au monde. Elle éprouve cependant des difficultés à se considérer comme telle : jusqu'à une période relativement récente, ce sont en effet les Européens qui émigraient.

• Depuis 2015, la situation économique internationale et la succession de crises géopolitiques majeures (Irak, Syrie, Ukraine...) ont entraîné une augmentation des flux.

• Mais le poids relatif des étrangers dans la population européenne reste marginal – 22 millions de non-Européens parmi les 448 millions d'habitants, soit 4,9 % de la population.

• Les économistes considèrent que l'immigration est un atout pour l'UE. Occupant des emplois faiblement attractifs aux yeux des Européens, les migrants représentent une main-d'œuvre indispensable dans les secteurs de la restauration, du nettoyage et du bâtiment en particulier.

• L'immigration atténue aussi les conséquences du vieillissement de la population européenne. Les immigrés sont en effet plus jeunes en moyenne (28 ans) que la population résidente (43 ans).

2 … ou un défi pour l'Europe ?

• Certains dirigeants et une partie de l'opinion publique européenne sont gagnés par le **populisme** et la xénophobie. Ils poussent l'UE à consolider ses frontières extérieures.

• L'agence Frontex est la cheville ouvrière de cette « **barriérisation** ». Chargée notamment de « filtrer » et d'identifier les migrants à leur arrivée en Europe, elle compte désormais 10 000 agents, contre 1 500 environ en 2016.

• Cette stratégie expose les migrants à des risques de plus en plus importants. Les modalités d'entrée en Europe sont souvent périlleuses (franchissement des frontières dans des camions frigorifiques, dans le train d'atterrissage des avions, etc.).

• On observe également un phénomène de « **refrontiérisation** » au sein même de l'UE entre les États qui sont membres de l'**espace Schengen** et ceux qui ne le sont pas. La notion de libre circulation est ainsi redevenue relative (**Doc. 6**).

• La Commission européenne s'efforce d'organiser les migrations légales à moyen terme. Elle développe des partenariats avec les pays d'origine et de transit des migrants. En échange de leur aide au contrôle des flux, elle finance des projets locaux de développement.

Vocabulaire

- **Populisme :** approche politique qui oppose les individus aux élites d'un État.
- **Barriérisation :** renforcement d'une frontière pour limiter son franchissement.
- **Refrontiérisation :** reconsolidation d'une frontière après une période d'atténuation de son caractère filtrant.
- **Espace Schengen :** territoire associant 26 États européens, au sein duquel un étranger en situation légale dispose d'une totale liberté de circulation.

Doc. 6 Les États européens et l'espace Schengen en 2020

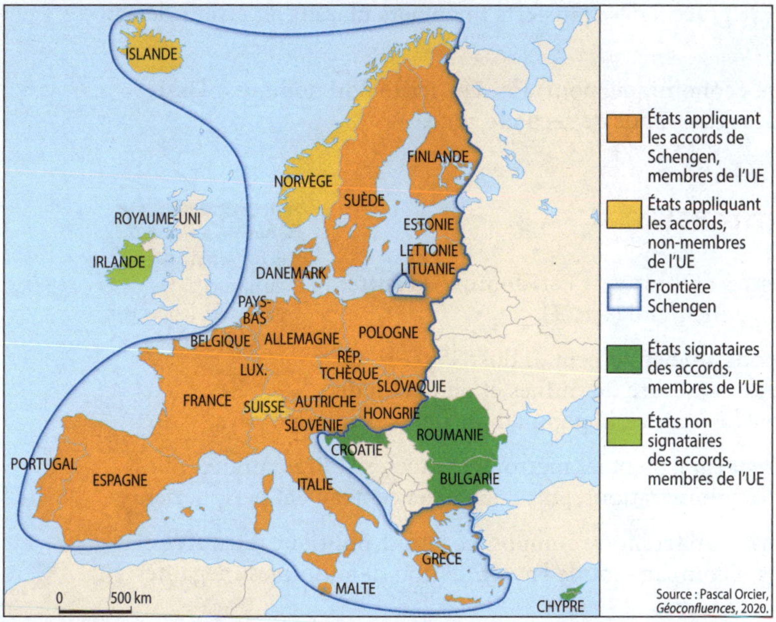

6 L'Allemagne : une puissance européenne aux territoires inégalement intégrés

De quoi s'agit-il ? L'Allemagne est le pays le plus peuplé et le plus prospère de l'UE. Certains de ses territoires sont néanmoins tenus à l'écart de la mondialisation.

1 La première puissance européenne

- L'Allemagne, quatrième puissance mondiale, est le pays le plus peuplé de l'UE (83 millions d'habitants).
- Elle dispose d'une main-d'œuvre hautement qualifiée. Ses atouts technologiques assurent la solide réputation du « made in Germany » et justifient le dynamisme du commerce extérieur.
- Depuis la réunification, l'Allemagne exerce une influence croissante au sein de l'UE. Elle a retrouvé sa souveraineté en 1995, l'armée étant autorisée à participer aux opérations de l'ONU et de l'OTAN.
- Le rayonnement culturel du pays s'affirme grâce au réseau du Goethe-Institut, qui compte 158 fondations dans 98 pays.

2 Des écarts Est-Ouest persistants

- Trente ans après la chute du mur de Berlin, de multiples disparités économiques, sociales et culturelles distinguent encore l'ex-RFA, à l'ouest, de l'ex-RDA, à l'est.

Vocabulaire

- **Ossis : habitants de l'ancienne Allemagne de l'Est, par opposition aux Wessis.**

• En 1990, le PIB des Allemands de l'Est représentait 43 % de celui des Allemands de l'Ouest. Il atteint aujourd'hui 75 % grâce à des transferts financiers massifs en faveur des Länder de l'ex-RDA.

• Mais la lenteur de ce rattrapage économique, pourtant réel, irrite bon nombre d'**Ossis** : certains se considèrent comme des Allemands de seconde zone.

3 D'autres inégalités territoriales

Vocabulaire

▪ **Gradient : décroissance du niveau de vie ou de développement avec la distance.**

• Si le **gradient** économique entre l'Ouest et l'Est domine, d'autres contrastes fragmentent le territoire allemand (**Doc. 7**).

• Ainsi, c'est au cœur des régions anciennement industrialisées du Nord, là où les conséquences de la fermeture des mines et du déclin de la sidérurgie n'ont pas été surmontées, que vit la population la plus pauvre du pays.

• Des disparités marquées opposent également les métropoles aux territoires ruraux. Elles se développent au sein même des agglomérations, entre quartiers centraux et périphéries.

• L'Allemagne apparaît donc comme un territoire composite : l'unité politique retrouvée et l'apparente vitalité économique s'accompagnent de l'accentuation de multiples inégalités socio-spatiales.

Doc. 7 Les inégalités socio-spatiales en Allemagne

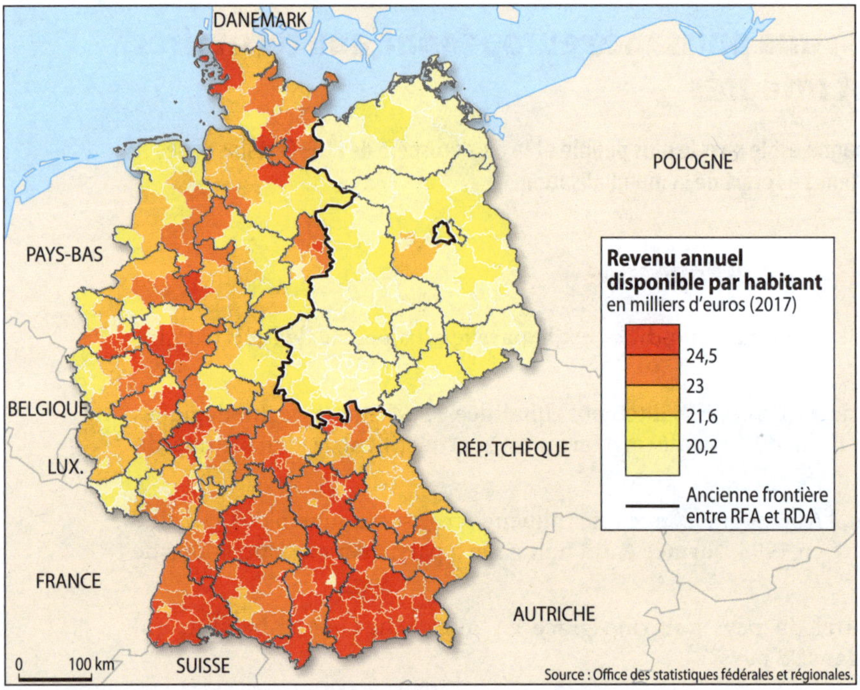

Source : Pierre Breteau, www.lemonde.fr (site Web), 6 novembre 2019.

7 La France et ses frontières : de nouvelles dynamiques

De quoi s'agit-il ? En favorisant l'intégration d'espaces autrefois séparés par une discontinuité majeure, la construction européenne a modifié le profil des espaces frontaliers français. Certains d'entre eux sont devenus de véritables laboratoires de la cohésion territoriale de l'UE.

1 La diversité des frontières de la France

• La France possède des frontières avec 35 États distincts, du fait de la situation géographique de la métropole sur le continent européen et de l'étendue des territoires ultramarins.

• Les frontières terrestres du pays s'étendent sur 4 176 kilomètres au total et sont désormais stabilisées, à quelques exceptions près. La **dyade** la plus longue est celle qui sépare la France du Brésil en Guyane (730 km).

• Les frontières sont toujours des héritages de l'histoire. Certaines d'entre elles sont parfois qualifiées de « naturelles », quand elles correspondent à une ligne de crête ou à un fleuve.

• Les espaces frontaliers ont majoritairement constitué, jusqu'au milieu du XXe siècle, des **périphéries** de l'espace national. Mais la création de la Communauté économique européenne (CEE, 1957) puis la mise en œuvre de l'espace unique européen (UE, 1992) les ont progressivement transformés en ressources.

Vocabulaire

- **Dyade :** segment de tracé frontalier séparant deux États.
- **Périphérie :** territoire dominé, dépendant ou en situation marginale.

2 De la « frontière-ligne » à la « frontière-zone »

• La volonté de faire émerger un territoire transnational cohérent grâce à des relations fortes de part et d'autre des frontières est au cœur du projet européen.

• À partir de 1995, la Convention Schengen a peu à peu « effacé » les frontières intérieures des États membres. Elle a fait des régions frontalières des interfaces qui rassemblent et unissent les Français à leurs voisins européens.

• Entre 2014 et 2020, **14 grands programmes de coopération transfrontalière** ont été déployés en France (**Doc. 8**), dont 9 en métropole. Leurs résultats varient en fonction du territoire et du domaine concernés (culture, emploi, sécurité, …).

• Actuellement, la politique de cohésion des territoires situés aux frontières du pays privilégie des objectifs plus précis concernant en particulier la transition écologique, l'amélioration des mobilités, le numérique et l'inclusion. Elle est principalement financée par le **FEDER**.

Vocabulaire

- **FEDER (Fonds européen de développement régional) :** part du budget de l'UE consacrée à la politique de cohésion territoriale.

Doc. 8 Les programmes de coopération aux frontières de la France

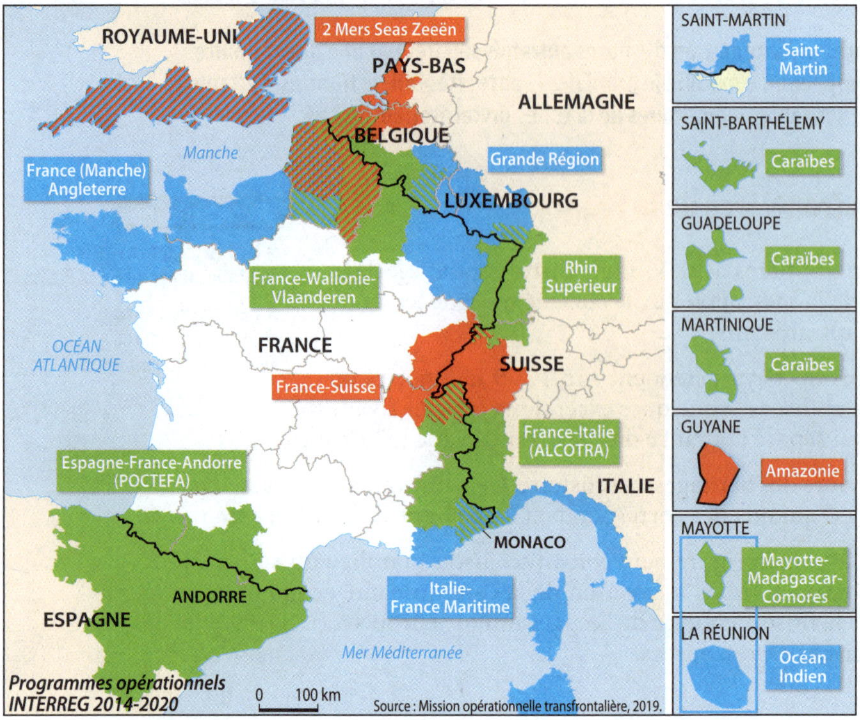

8 Les dynamiques différenciées des territoires transfrontaliers

De quoi s'agit-il ? L'intégration européenne a considérablement renforcé les échanges de part et d'autre des frontières françaises, sans pour autant faire de chaque région concernée un véritable territoire transfrontalier.

1 Des mobilités en forte croissance

- L'intégration européenne et la mondialisation multiplient les opportunités de travailler à l'étranger. 420 000 actifs vivant en France travaillent quotidiennement dans un autre pays (**Doc. 9**).
- L'existence d'un différentiel de part et d'autre de la frontière est à l'origine de cette **mobilité pendulaire** transnationale. Il peut s'agir d'un écart de niveau de vie ou de salaire, d'un contraste démographique (part relative des jeunes et des seniors) ou social (taux de chômage).
- L'emploi transfrontalier peut représenter jusqu'à 40 % de la population active dans certains bassins. Son poids dans l'économie locale, grâce aux salaires perçus de l'autre côté de la frontière, est donc déterminant.
- Mais il a aussi un coût pour la société française. Si ces actifs, formés en France, exercent leurs compétences à l'étranger, ils utilisent les services publics français, alors qu'ils sont nombreux à ne pas payer d'impôts en France.

Vocabulaire

- **Mobilité pendulaire (ou alternante) :** navettes quotidiennes des actifs entre leur domicile et leur lieu de travail.

Doc. 9 Les flux de travailleurs frontaliers aux frontières françaises

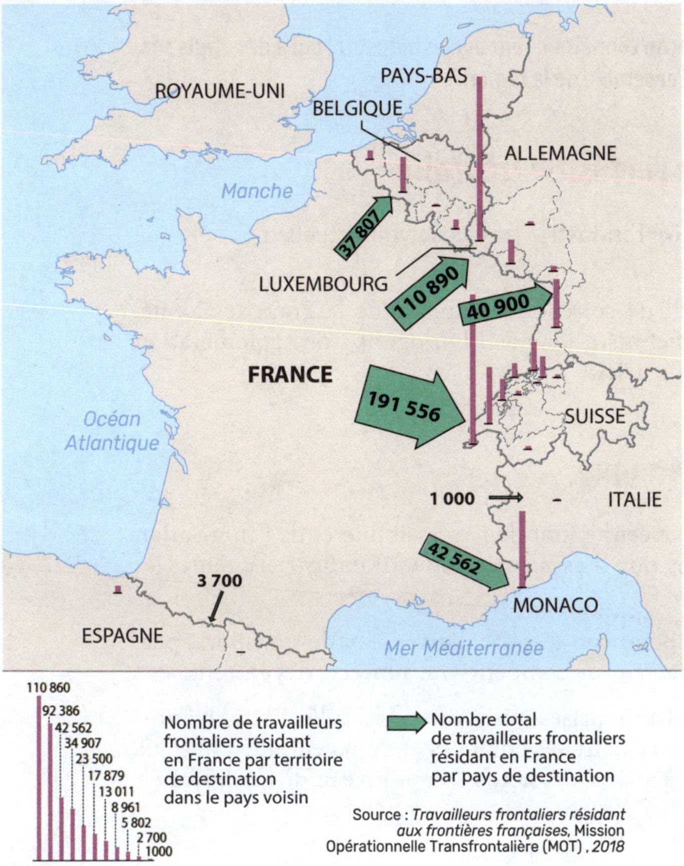

Source : *Travailleurs frontaliers résidant aux frontières françaises*, Mission Opérationnelle Transfrontalière (MOT), *2018*

2 Une intégration différenciée

- Dans certains cas, la coopération transfrontalière peut fragiliser les territoires dans lesquels elle s'inscrit.
- La région de Longwy se caractérise par un taux de chômage élevé, conséquence de multiples crises industrielles majeures. Le Luxembourg voisin emploie de nombreux actifs qualifiés, mais leur présence dans les communes françaises proches de la frontière fait monter le prix des terrains et s'oppose à une répartition homogène des logements sociaux.
- Pour les ouvriers ou les employés, les processus de marginalisation et de **ségrégation** sont de plus en plus nets.
- Ailleurs, la difficile harmonisation entre plusieurs systèmes politiques, juridiques ou linguistiques constitue parfois un frein puissant à la coopération transfrontalière.
- L'accumulation d'initiatives qui se concurrencent plus qu'elles ne se complètent et la superposition des niveaux de décision ne permettent donc pas de faire systématiquement de chaque territoire transfrontalier un espace intégré.

Vocabulaire

- **Ségrégation :** séparation subie de différents groupes sociaux dans un espace donné.

9 Besançon : cartographie d'une agglomération industrielle

De quoi s'agit-il ? **L'agglomération de Besançon connaît un renouveau industriel qui a des effets sur l'organisation et les dynamiques spatiales de l'ensemble de la région.**

1 Besançon et le renouveau de l'industrie française

- Après plusieurs décennies de fort déclin, l'industrie française voit actuellement plus de sites se créer que disparaître.
- Besançon est un exemple représentatif de ce rebond. Capitale de la Franche-Comté, première région industrielle du pays et fief historique de l'horlogerie, son agglomération s'affirme comme un pôle d'excellence industriel.

2 Une « nouvelle donne » économique

- La mondialisation et l'intégration européenne font de l'accessibilité et de l'innovation les deux principaux facteurs de recomposition du système productif industriel à toutes les échelles.
- Proche de la Suisse et de l'Allemagne, Besançon dispose d'un réseau de transports performant. Sa situation d'interface est un facteur de compétitivité apprécié des entreprises.
- L'agglomération compte de nombreuses entreprises innovantes. Les collectivités territoriales mettent à leur disposition des zones d'activités équipées et déploient une politique culturelle et environnementale destinée à attirer des actifs à haut niveau de qualification dans l'agglomération.

3 Un territoire urbain qui se transforme

- L'organisation et les dynamiques spatiales de l'agglomération de Besançon ont fortement évolué au cours de ces dernières années. Autour du cœur de ville classé au patrimoine mondial de l'Unesco, se sont développés plus de 1 300 hectares d'espaces d'activités (**Doc. 10**).
- L'aménagement de l'espace urbain tend depuis plusieurs années à renforcer le caractère de **technopole** de Besançon.
- Les parcs industriels associent en effet systématiquement des entreprises de haute technologie, des laboratoires de recherche et des établissements d'enseignement supérieur. En 2019, la ville a été classée au premier rang des villes les plus attractives de France pour concilier emploi et logement.

Vocabulaire

- **Technopole :** concentration en milieu urbain de fonctions industrielles innovantes capables d'entraîner le développement de toute une région.

Doc. 10 L'agglomération de Besançon, un pôle industriel majeur en Bourgogne-Franche-Comté

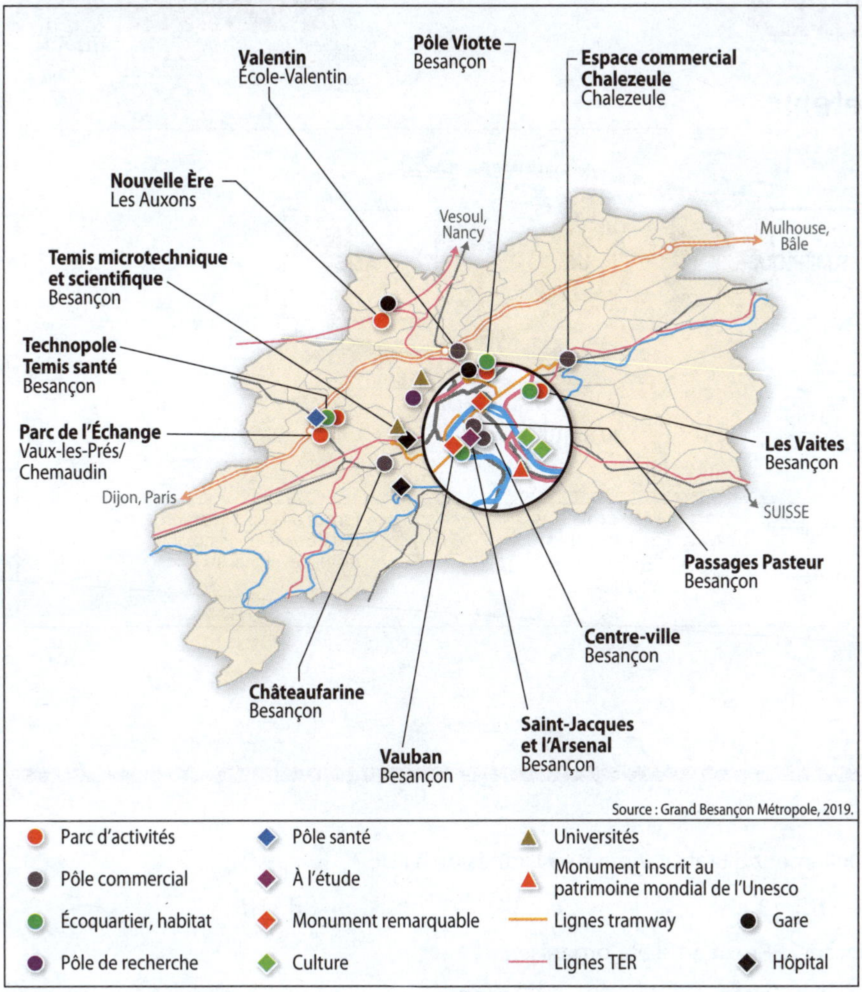

Source : Grand Besançon Métropole, 2019.

Révision express

Les conséquences du Brexit

Le schéma à retenir

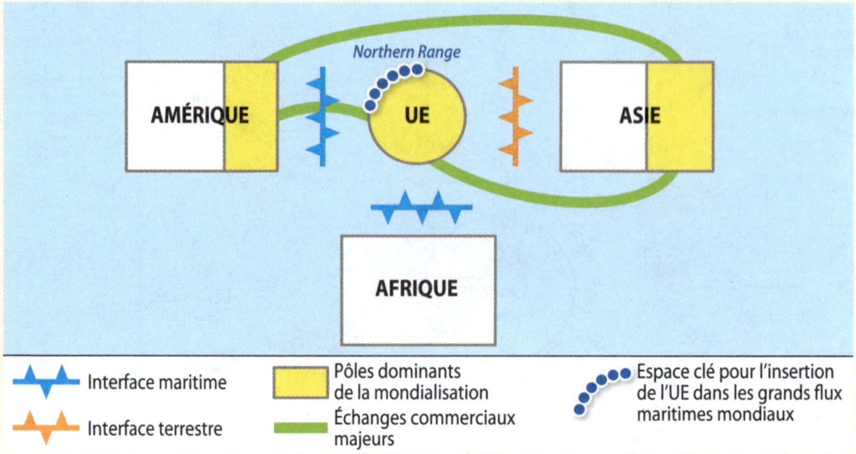

Quiz

Cochez la bonne réponse :

1. Combien y a-t-il actuellement d'États candidats à l'adhésion à l'UE ?

a. ☐ 2. b. ☐ 3. c. ☐ 4. d. ☐ 5.

2. Quand le référendum sur le Brexit a-t-il été organisé ?

a. ☐ 2015. b. ☐ 2016. c. ☐ 2017. d. ☐ 2018.

3. Laquelle de ces capitales européennes ne se situe pas dans l'UE ?

a. ☐ Nicosie. b. ☐ Sofia. c. ☐ Riga. d. ☐ Oslo.

4. Quel État appartient à l'espace Schengen sans être membre de l'UE ?

a. ☐ Roumanie. b. ☐ Moldavie. c. ☐ Suisse. d. ☐ Slovaquie.

5. Quelle est la principale destination des travailleurs transfrontaliers français ?

a. ☐ Belgique. b. ☐ Monaco. c. ☐ Suisse. d. ☐ Allemagne.

6. Quand la politique agricole commune a-t-elle été mise en œuvre pour la première fois ?

a. ☐ En 1957. b. ☐ En 1962. c. ☐ En 1990. d. ☐ En 1995.

→ Réponses p. 471

EXERCICE GUIDÉ 1

Mobiliser des concepts et notions géographiques pour répondre à une question problématisée

Énoncé

Les frontières de l'Union européenne, entre ouverture et fermeture.

Le processus d'intégration territoriale et la mondialisation ont profondément transformé le statut des frontières intérieures et extérieures de l'Union européenne.

Entre processus d'ouverture et de fermeture, vous expliquerez pourquoi et comment se manifestent ces modifications. Vous indiquerez ensuite leurs conséquences sur l'organisation et les dynamiques spatiales des territoires concernés.

Méthode

Piège à éviter
Pour la session d'évaluations communes de Terminale, le plan n'est plus fourni comme c'était le cas en Première.

1 Comprendre le sujet

- Identifiez les mots clés et les associer aux notions étudiées en cours.
- Identifiez les limites spatiales.

2 Mobiliser ses connaissances pour construire le plan

- Relevez au brouillon toutes les informations liées au sujet dont vous disposez sous la forme de mots clés : notions, concepts, lieux, acteurs, exemples, etc.
- Classez et hiérarchisez ces éléments en fonction des thèmes auxquels ils se rapportent.
- Organisez le plan en construisant des phrases d'introduction pour chaque partie reprenant les termes du sujet.

3 Cerner la problématique

- La problématique doit être spécifique au sujet.
- Elle doit permettre d'aborder toutes les parties du plan.

4 Rédiger l'introduction et la conclusion (au brouillon)

- Les éléments d'introduction doivent présenter et définir le sujet. Il s'agit de montrer qu'il est compris en explicitant son intérêt, éventuellement son libellé, ses limites spatiales.
- La conclusion doit permettre d'établir un bilan du développement en apportant une réponse à la problématique. Elle peut offrir une mise en perspective du sujet (un lien avec d'autres problématiques, un fait d'actualité, une référence bibliographique, etc.).

5 Rédiger le developpement (directement sur la copie)

- Réservez-vous le temps de relire l'ensemble de votre travail.

Corrigé

Comprendre le sujet

Le sujet porte sur les frontières de l'Union européenne. Issue du traité de Maastricht (1992), l'UE est un espace qui se caractérise par des frontières internes ouvertes (entre les 27 États membres) et des frontières externes (entre États membres et pays tiers). L'espace de libre circulation défini par la Convention de Schengen, entrée en vigueur en 1995, rassemble 26 États, dont 22 sont membres de l'UE.
Il convient d'être vigilant dans la définition des limites spatiales du sujet : l'UE ne se réduit pas à l'espace Schengen, et réciproquement.

Cerner la problématique

Le projet politique de l'Union européenne repose sur les principes d'ouverture des frontières et de libre circulation des hommes, des biens, des capitaux et des services. Si les frontières entre les États qui font partie de l'espace Schengen se sont effacées, d'autres frontières européennes restent fermées ou se ferment.
Dès lors, on peut dégager les deux axes autour desquels s'articule la problématique du sujet :
- Quelles sont les causes et les modalités des processus d'ouverture et de fermeture qui caractérisent les frontières de l'UE ?
- Quels sont leurs effets sur l'organisation des territoires concernés ?

Quels sont les effets de la recomposition des frontières européennes ?

Mobiliser ses connaissances pour construire le plan

- Parmi les notions et concepts du programme « incontournables » pour traiter le sujet, on relève en particulier les suivants : interface, cohésion territoriale, libre circulation, flux, intégration, territoire transfrontalier, etc.
- Compte-tenu de ce qui précède, le choix d'un plan qui opposerait une première partie aux frontières ouvertes et une autre aux frontières fermées ne semble pas le plus indiqué. Il risquerait d'entraîner un certain nombre de répétitions ou de confusions dans la mobilisation des notions et des concepts correspondants.
- Un plan en deux parties (1. Causes et modalités des processus d'ouverture et de fermeture des frontières – 2. Conséquences sur les territoires frontaliers ou transfrontaliers) est à privilégier.

Rédiger l'introduction et le développement

Introduction

L'Union européenne est l'association d'États la plus intégrée au monde. Le rôle des frontières au sein de l'espace Schengen particulièrement a donc été profondément redéfini. Quels sont les effets de la recomposition des frontières européennes ?

Développement

I. Causes et modalités des processus d'ouverture et de fermeture des frontières

Le traité de Maastricht (1992) a donné naissance au marché unique européen, espace qui se caractérise par la libre circulation des hommes, des biens, des capitaux et des services. Son fonctionnement suppose par principe une large ouverture des frontières entre les États membres. Sa mise en œuvre s'est accompagnée d'une très forte croissance des échanges et des mobilités intracommunautaires.

> **L'astuce du prof**
> Veillez à définir les notions géographiques que vous mobilisez.

La convention de Schengen, appliquée à partir de 1995, a aboli les contrôles entre les pays signataires. Au sein de cet espace (qui ne correspond pas exactement au territoire de l'UE), les individus peuvent traverser des frontières sans contrôle d'identité systématique. Cette liberté de circulation a considérablement fait augmenter les flux de travailleurs transfrontaliers. Le développement des migrations pendulaires – entre le domicile et le lieu de travail – est motivé par l'exploitation des écarts économiques (niveau de vie ou de salaire), démographiques (part relative des jeunes et des seniors) ou sociaux (taux de chômage) comme dans la Grande Région (plus de 11 millions d'habitants) par exemple, qui regroupe la Lorraine, le Luxembourg, une région belge et deux régions allemandes.
Cette liberté de circulation sans contrôle dans l'espace Schengen a pour contrepartie une harmonisation de la surveillance aux frontières extérieures. Dans un contexte géopolitique très perturbé, la Commission européenne les a considérablement renforcées avec l'agence Frontex destinée à limiter l'entrée de migrants clandestins. On parle d'une véritable « bar-

riérisation » de l'Europe. À l'échelle des frontières intérieures de l'UE, cette tendance se manifeste par un renforcement de frontières autrefois ouvertes. Le groupe de Visograd (Pologne, Hongrie, République Tchèque et Slovaquie) ferme ses frontières aux migrants.

II. Conséquences sur les territoires frontaliers ou transfrontaliers

L'intégration européenne a permis de dynamiser des régions frontalières autrefois marginalisées.

Des projets de développement communs ont progressivement vu le jour entre territoires situés de part et d'autre de la frontière. La construction d'équipements (hôpital franco-espagnol de Cerdagne) et d'infrastructures de transport (pont de l'Øresund entre le Danemark et la Suède), la multiplication de festivals, la création de parcs nationaux... sont autant d'illustrations de l'essor de véritables territoires transfrontaliers. La Commission européenne soutient cette dynamique au titre de sa politique de cohésion territoriale : elle encourage le développement de la coopération transfrontalière, notamment sur le plan financier, par le biais du FEDER (programmes Interreg).

Pour autant, toutes les frontières intérieures de l'UE ne peuvent être considérées comme des interfaces, des espaces mettant en contact deux espaces distincts. Dans certains cas, le différentiel économique et social de part et d'autre de la frontière est trop important pour permettre des relations équilibrées (entre la France et le Luxembourg, par exemple). Les pratiques politiques, administratives ou linguistiques restent parfois si éloignées les unes des autres qu'il est bien difficile de créer une réelle synergie entre les deux côtés de la frontière. Souvent, les initiatives s'accumulent sans pour autant qu'on puisse véritablement parler de « territoire transfrontalier » en l'absence de stratégie commune à long terme. Par ailleurs, entre les États membres de l'espace Schengen et les autres (Hongrie-Roumanie, Grèce-Bulgarie, Slovénie-Croatie...), les frontières s'étant renforcées, les relations transfrontalières sont très limitées.

Conclusion

L'intégration européenne s'est concrétisée par la libre circulation des hommes et des marchandises permises par les accords de Schengen. Cette recomposition des frontières a permis le développement de régions autrefois marginalisées mais pose aujourd'hui de nombreux défis dans un contexte politique de crispation sur les questions de souveraineté nationale.

EXERCICE GUIDÉ 2

Faire un croquis à partir d'un texte : choisir les figurés et réaliser le croquis

Énoncé

L'Union européenne au cœur des échanges mondiaux.

L'UE occupe une situation géographique privilégiée à l'échelle de la planète. En position de carrefour, elle correspond à la fois à une interface maritime (avec l'Afrique d'une part et avec l'Amérique d'autre part) et à une interface terrestre avec le continent asiatique.

L'UE entretient des échanges commerciaux particulièrement importants avec les autres pôles dominants de la mondialisation (Japon, Amérique du Nord tout particulièrement). Le littoral qui s'étend de la Manche à la mer du Nord (« Northern range ») constitue à cet égard un espace clé pour l'insertion de l'Europe dans les grands flux maritimes qui sillonnent le monde.

Méthode

1 Étape 1

● Prendre attentivement connaissance du texte et identifier les éléments à représenter sur le croquis :
– repères spatiaux ;
– notions et concepts géographiques.

2 Étape 2

● Associer à chacun de ces éléments un figuré adapté à la nature de l'élément à cartographier :
– un figuré ponctuel pour indiquer un lieu précis ;
– un figuré linéaire pour représenter un flux ou un axe ;
– un figuré de surface quand il s'agit de distinguer un territoire étendu (région, État, continent).

3 Étape 3

● Réaliser le croquis en commençant par la légende et en respectant les règles de la cartographie (écrire horizontalement, ne pas utiliser de surligneur, etc.). N'oubliez pas de donner un titre à votre production graphique.

Corrigé

Éléments à représenter

Repères spatiaux : nom des continents, Northern Range.
Notions et concepts géographiques : interface maritime, interface terrestre, échanges commerciaux, pôles dominants de la mondialisation, etc.

Croquis

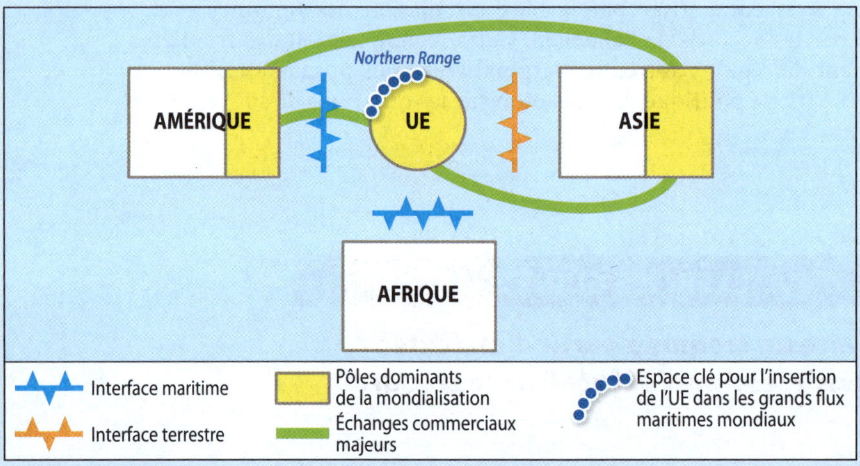

1 La France et ses régions, un territoire intégré à l'Europe et au monde

De quoi s'agit-il ? Le territoire français dispose de nombreux atouts notamment ses lignes de force, lui permettant d'être bien intégré dans la mondialisation et l'UE.

1 Une localisation géographique stratégique

• Le territoire français est en **position de carrefour**, entre l'Europe septentrionale, méridionale, orientale et occidentale. Il est situé à proximité de la **mégalopole européenne**, vaste ensemble urbain densément peuplé et centre économique (**Doc. 1**).

• Grâce à ses territoires ultra-marins, la France est présente partout dans le monde. Elle dispose ainsi de la 2e ZEE mondiale (Zone économique exclusive).

Doc. 1 Les lignes de force du territoire français

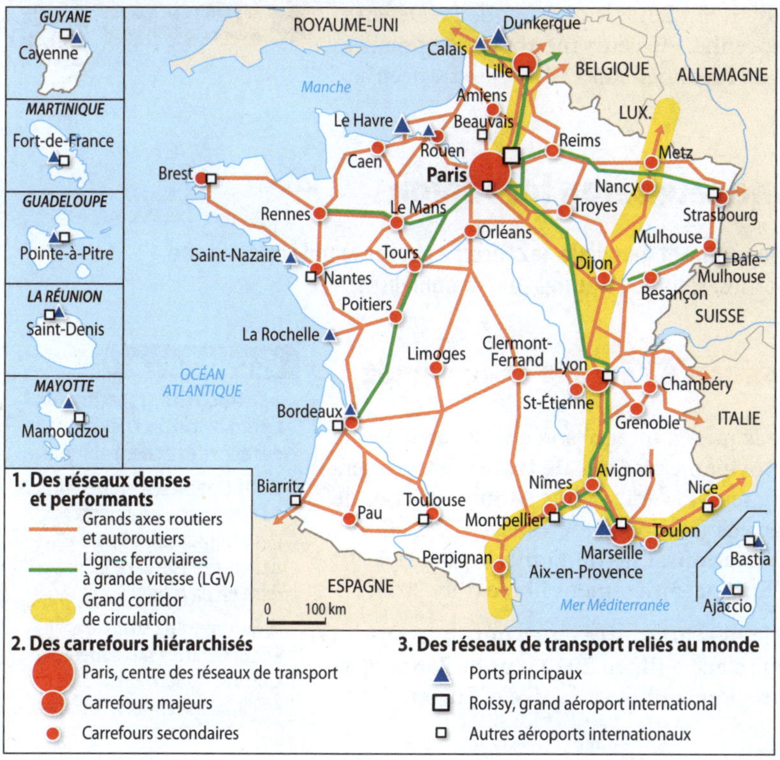

2 Des réseaux de transport structurant le territoire

• Les **autoroutes** et lignes **LGV** relient la France aux pays européens (Royaume-Uni avec l'Eurostar ; Belgique et Pays-Bas avec le Thalys).

• Chaque métropole dispose d'un **aéroport** avec des lignes nationales, européennes et mondiales. Le **hub** parisien (les aéroports de Roissy-Orly-Le Bourget) domine, avec plus de 105 millions de passagers en 2018.

• Les littoraux sont équipés de **ports** maritimes (Dunkerque, le Havre, Marseille) et de **ZIP**. Le Havre et Dunkerque profitent de la proximité de la deuxième façade maritime mondiale (la Northern Range, au nord de l'Europe). Ces deux ports peinant cependant à concurrencer les grands ports européens et mondiaux.

• Les ports ultra-marins (port de Jarry en Guadeloupe, par exemple) représentent également un potentiel important. Leur modernisation a pour objectif d'en faire des pôles importants du transport mondial.

Vocabulaire

- **Hub** : plate-forme qui concentre et redistribue les flux de passagers et de marchandises.
- **ZIP** : zone industrialo-portuaire, espace aménagé d'un port qui accueille des activités industrielles et portuaires.

3 Des métropoles insérées dans la mondialisation

• « Ville-mondiale », la **métropole parisienne** domine l'armature urbaine française. Premier bassin d'emploi européen, elle produit 4,6 % du PIB européen en 2018. C'est aussi la capitale mondiale des congrès et du tourisme (50,6 millions de touristes en 2019, dont 50 % d'étrangers).

• Depuis le Brexit (décision du Royaume-Uni de quitter l'UE), Paris est devenue la 2e place financière de l'UE. En 2019, le quartier de La Défense a accueilli l'Agence bancaire européenne. Plusieurs métropoles régionales (Strasbourg, Lille, Lyon) exercent un rayonnement à l'échelle européenne.

Les effets du Brexit à Paris

2 Une intégration inégale selon les régions

De quoi s'agit-il ? **L'intégration européenne et mondiale ne concerne pas l'ensemble du territoire français. Certains territoires sont favorisés, alors que d'autres sont marginalisés.**

1 Des territoires bien intégrés à l'Europe et au monde

• L'**Île-de-France** est le territoire le mieux intégré à l'échelle européenne et mondiale. Elle polarise les **principaux réseaux de transport** routiers (autoroute A86), ferroviaires (lignes TGV des gares Montparnasse, de Lyon, du Nord et de l'Est) et aériens (aéroports de Roissy-CDG, Orly). Dans le domaine des **télécommunications**, l'Île-de-France a pour objectif de devenir la première région d'Europe entièrement fibrée d'ici 2025.

• C'est aussi la région française la plus **attractive** en ce qui concerne les **IDE**. Malgré la crise sanitaire, elle a accueilli en 2020 plus de 336 projets internationaux, ce qui en fait la région la plus attractive d'Europe.

Vocabulaire

- **Attractivité** : capacité d'un territoire à attirer des capitaux, des activités et des habitants.
- **IDE (investissements directs à l'étranger)** : ensemble des capitaux placés par des entreprises étrangères dans un pays tiers.
- **Eurorégion** : structure administrative de coopération transfrontalière entre deux ou plusieurs territoires européens.

• Bien desservies par les réseaux de transport et dynamisées par leurs métropoles, les **régions du Sud et de l'Ouest** sont attractives. Les littoraux atlantique et méditerranéen accueillent de plus en plus de personnes et d'activités : c'est la **littoralisation**.

• Les régions frontalières appartiennent à des **eurorégions** et coopèrent pour la réalisation de projets transfrontaliers (plurilinguisme, infrastructures de transport, coopération entre universités…). Le Nord et l'Est de la France sont d'autant plus favorisés qu'ils sont situés à proximité de la mégalopole européenne.

2 Des territoires peu intégrés à l'Europe et au monde

Vocabulaire

■ **Marge :** territoire périphérique fragile, qui ne bénéficie pas du rayonnement d'un centre.

• Les territoires ultra-marins (Guadeloupe, Martinique, Guyane, La Réunion et Mayotte) sont éloignés de la métropole. Le plus souvent insulaires et difficiles d'accès, ils ne disposent pas toujours d'infrastructures de transport performantes. Par exemple, Mayotte n'a ni aéroport international, ni liaison directe avec la métropole.

• En France métropolitaine, les territoires situés dans la « diagonale des faibles densités » souffrent d'enclavement. Cela concerne certains espaces ruraux (les Ardennes) et des massifs montagneux (plateau des Causses dans le Massif central, Corse). Mal irrigués par les réseaux de transport, ils subissent l'« effet tunnel ». Ils sont aussi souvent situés dans les « zones blanches », mal desservies par le réseau de téléphonie mobile et internet (541 communes en 2018).

• Les régions de tradition industrielle (Grand Est, Hauts de France, Bourgogne-Franche-Comté) sont touchées par la **désindustrialisation** et doivent faire face à la fermeture d'usines et aux friches industrielles.

• Ces territoires peu intégrés sont qualifiés de **marge**.

3 Renforcer la compétitivité des territoires français

De quoi s'agit-il ? **La mondialisation et l'intégration européenne entrainent des recompositions territoriales que les politiques d'aménagement tentent d'accompagner, privilégiant métropoles et régions.**

1 Les métropoles, moteurs de l'intégration européenne et mondiale du territoire français

• Les **métropoles** françaises sont au cœur des **recompositions territoriales**, car elles sont privilégiées par la mondialisation. Concentrant les principaux **lieux de pouvoir** politique, économique et culturel, elles ne cessent de se développer en attirant activités et population : c'est la **métropolisation**.

• Le statut de métropole, créé en 2014, a été attribué à 22 villes françaises. Il s'agit d'accompagner le **développement** des métropoles et de renforcer leur **attractivité**, en leur accordant des **compétences élargies** (aménagement économique, social et culturel, politique de l'habitat...).

• Les **grands projets d'aménagement** ont aussi pour objectif de permettre aux métropoles françaises de soutenir la **concurrence** des autres métropoles mondiales. Ainsi, Paris multiplie les grands projets (« Grand Paris Express », « CDG Express ») pour rester compétitive à l'échelle mondiale.

• Mais ces projets sont critiqués car ils sont coûteux et risquent de renforcer les déséquilibres entre la capitale et le reste du territoire. Des associations citoyennes s'opposent également aux aménagements favorisant les nuisances et l'urbanisation excessive (Suspension du projet Europacity à Gonesse, en Île-de-France).

Vocabulaire

- **Métropole :** en géographie, désigne une agglomération qui concentre des fonctions de commandement et exerce une influence sur le territoire qui l'entoure. D'un point de vue administratif, une métropole est un EPCI (établissement public de coopération intercommunale).
- **Recomposition territoriale :** réorganisation des espaces de vie et de production en raison de différents processus (migrations, mondialisation ...).
- **Métropolisation :** processus désignant la concentration de population, d'activités industrielles et de services du tertiaire supérieur, ainsi que des pouvoirs de commandement dans les grandes villes.

2 Les régions françaises, un rôle renforcé à l'échelle européenne

• Dans le cadre de sa politique de **décentralisation** débutée dans les années 1980, l'État favorise les **régions** afin de les rendre plus compétitives face aux autres collectivités européennes (les Länder allemands, par exemple). En 2015, la loi NOTRe (nouvelle organisation territoriale de la République) réorganise l'attribution des collectivités territoriales et accorde aux régions la charge du développement économique et de l'aménagement des territoires.

• En 2016, 18 régions (13 métropolitaines et 5 outre-mer), aux poids économique et démographique renforcés, remplacent les 27 anciennes (**Doc. 2**).

• Les régions sont les **partenaires privilégiées de l'UE**, car elles gèrent depuis 2014 les **FESI** (fonds européens structurels d'investissement), permettant le cofinancement de projets d'aménagement.

• Les régions accueillent, depuis 2004, des **pôles de compétitivité** qui concentrent des entreprises, des centres de recherche et des universités autour d'un thème en lien avec l'innovation (Cosmetic Valley dans la région Centre-Val de Loire).

Vocabulaire

- **Décentralisation :** transfert de compétences de l'État aux collectivités territoriales (régions, départements, communes).
- **Région :** division administrative qui regroupe plusieurs départements. On parle également de région pour un territoire regroupant des caractéristiques communes (climat, relief, culture, langue...).

Doc. 2 Les nouvelles régions et métropoles françaises

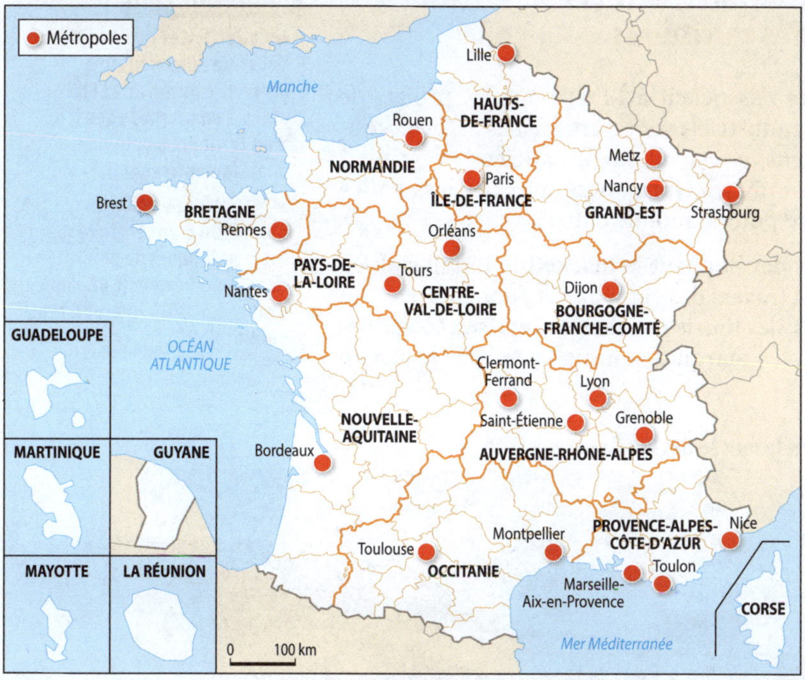

4 Réduire les inégalités territoriales

De quoi s'agit-il ? **Les politiques d'aménagement des territoires à l'initiative d'acteurs variés (État, collectivités territoriales, UE) tentent de corriger les inégalités territoriales.**

1 L'État intervient pour lutter contre les inégalités territoriales

- Pour dynamiser les campagnes les plus marginalisées, l'État met en place depuis 1995 des **zones de revitalisation rurale** (ZRR), afin de favoriser le développement local en attirant des entreprises, notamment grâce à des exonérations fiscales. Depuis 2005, les **pôles d'excellence rurale** (PER) complètent ce dispositif et permettent de financer des projets de développement économique situés sur un territoire rural (dans le Limousin, création d'un PER « télémédecine, gérontologie, ruralité »).

- L'État cherche à favoriser l'intégration régionale des **territoires ultra-marins**, notamment en participant au financement d'infrastructures de transport (pont de l'Oyapock entre la Guyane et le Brésil) et en créant un fonds de coopération régionale (FCR) destiné à financer les projets associant territoires ultra-marins et collectivités locales étrangères. En 2022, le FCR a financé 7 projets pour la Réunion sur les thèmes de l'environnement, de la sécurité, de la culture, associant les îles voisines de l'océan Indien.

- En 2017, l'État est à l'initiative du plan « Action cœur de ville », coordonné par l'ANCT (Agence nationale de la cohésion des territoires), dont l'objectif est de **redynamiser les centres-villes** de 222 villes moyennes, pour améliorer les conditions de vie des habitants (rénovation de l'habitat, développement des transports…).

2 Les collectivités territoriales, acteurs de l'aménagement des territoires

- Les **collectivités territoriales** s'associent à l'État pour les projets de **reconversion**. D'anciens sites industriels sont transformés en lieux touristiques (le musée Louvre-Lens, construit sur un ancien site minier) ou spécialisent leur activité, comme en Normandie, avec la Glass Vallée (production de flacons de verre pour le monde entier).
- Les collectivités territoriales développent le **marketing territorial**, en mettant en avant leurs atouts à travers des campagnes publicitaires, afin d'attirer de nouveaux habitants, des touristes et des entreprises. Certaines villes sont devenues de véritables marques comme Lyon avec le slogan « Only Lyon ». (**Doc. 3**)

Vocabulaire

- **Collectivités territoriales :** structure administrative différente de celle de l'État et qui a en charge la gestion d'un territoire (commune, département, région).
- **Marketing territorial :** promotion d'un territoire grâce à des techniques de publicité et de communication (campagnes d'affichage, sites internet, spots publicitaires).

Doc. 3 La statue « Only Lyon » devant le musée des Confluences à Lyon (2017)

Lyon est une des premières métropoles françaises à avoir opté pour le marketing territorial. En créant la marque « Only Lyon » dès 2007, elle affirme sa volonté d'accroitre sa visibilité à l'international et ainsi attirer des touristes et des investissements étrangers. Cette marque est complétée par un réseau d'ambassadeurs « Only Lyon » chargé de promouvoir l'image de la ville et par une stratégie digitale (site internet, compte Facebook).

3 L'Union européenne, un soutien pour les régions en difficultés

- La Guadeloupe, la Guyane, la Martinique, Mayotte, La Réunion et Saint-Martin sont considérés par l'Union Européenne comme des **territoires ultrapériphériques**.
- Elles reçoivent à ce titre des aides spécifiques (*via* les FESI, cf. p. 218), afin de compenser leur insularité et leur éloignement (participation de l'UE à l'agrandissement de l'aéroport Pôle Caraïbes à Pointe-à-Pitre en Guadeloupe).
- L'UE est à l'origine du programme « WIFI4EU », qui finance depuis 2016 les **équipements WiFi** dans les lieux publics des communes européennes.

5 L'exemple de la région Grand Est

De quoi s'agit-il ? La région Grand Est, née en 2016 de la fusion des régions Alsace, Champagne-Ardenne et Lorraine, dispose de nombreux atouts. Elle bénéficie de multiples aménagements visant à accroître son dynamisme.

1 Le Grand Est, une région française attractive

• Le Grand Est est en situation de **carrefour** entre la région parisienne, le couloir rhodanien et la mégalopole européenne. Les villes de Champagne-Ardennes, telles que Reims et Troyes, sont **polarisées par Paris**, alors que Strasbourg est tournée **vers l'Europe** (accueil des institutions européennes, comme le Parlement européen).

• Les **secteurs productifs** du Grand Est sont performants. C'est la 2e région **agricole** française grâce à des productions diversifiées (viticulture, céréaliculture, élevage laitier). Elle est bien intégrée aux industries agro-alimentaires. Principale région **industrielle** française, elle est cependant touchée par la désindustrialisation (fermetures d'usines, développement des friches industrielles).

2 L'État, un acteur impliqué dans l'aménagement du Grand Est

• Dans le cadre de sa politique d'aménagement des territoires, l'État a contribué pour moitié au **financement de la LGV Est** européenne entre Paris et Strasbourg, mise en service en 2016. Cette nouvelle ligne renforce le réseau national ferroviaire vers l'est et doit être poursuivie jusqu'à Budapest, en passant par l'Allemagne.

• Depuis 2018, 24 villes moyennes de la région Grand Est bénéficient du programme « **Action cœur de ville** » (**Doc. 5**) mis en place par l'État afin de redynamiser les centres-villes (réhabiliter l'habitat, favoriser le développement économique, améliorer l'accessibilité...).

3 Le rôle des collectivités territoriales et de l'UE

• La région et les communes participent aux différentes stratégies de **reconversion des sites industriels**. La commune d'Amnéville, ancienne cité industrielle en Moselle, est devenue, à l'initiative de son maire, le 2e site touristique de la région, grâce au thermalisme et à la construction d'un casino, d'un zoo et d'une piste de ski intérieure.

Vocabulaire

■ **Reconversion :** Changement d'activités d'un territoire afin de s'adapter aux nouvelles conditions économiques.

• En novembre 2019, la région Grand Est a adopté un **schéma régional d'aménagement, de développement durable et d'égalité des territoires** (SRADDET), qui fixe une stratégie pour l'aménagement et le développement durable de la région.

• Le Grand Est a développé une trentaine de **coopérations transfrontalières** par la création d'**eurorégions**. « La Grande Région » regroupe par exemple la Lorraine, la Rhénanie-Palatinat et la Sarre en Allemagne, la Wallonie en Belgique, et le Luxembourg. Elle multiplie les projets pour faciliter les flux transfrontaliers (construction d'un train-tram entre Sarreguemines et Sarrebruck) et concurrencer les métropoles européennes, comme Bruxelles ou Francfort.

Doc. 5 **24 centres-villes du Grand Est soutenus par le gouvernement.**

24 centres-villes du Grand Est vont bénéficier du dispositif « Action cœur de Ville » du ministère de la Cohésion des territoires. Ce mardi, le gouvernement a dévoilé la liste des 222 communes sélectionnées pour participer à ce grand programme d'investissement. Au total, il veut mobiliser 5 milliards d'euros sur cinq ans pour redynamiser les centres-villes. [...]

En Alsace, 5 communes vont participer à ce programme, 12 en Lorraine et 7 en Champagne-Ardenne. Ces villes vont dès maintenant préparer un projet de territoire, qui sera validé par la signature d'une convention. Elle visera à favoriser la coopération entre les mairies (et les inter-communalités), les services et les agents de l'État, et les partenaires nationaux publics et privés.

Ce plan prévoit d'agir sur cinq axes différents : réhabiliter les logements, favoriser le développement économique, améliorer l'accessibilité des centres, mettre en valeur les atouts de ces zones (notamment en termes de patrimoine) et travailler sur l'accès aux équipements et aux services publics.

Article publié sur france3-regions.francetvinfo.fr, le 27 mars 2018.

Les villes moyennes du Grand Est sont également touchées par ce phénomène de désertification.

La ville de Lunéville en Lorraine, est la première ville sélectionnée du Grand Est pour bénéficier d'une aide de 25 millions d'euros afin de financer la construction d'un cinéma, de parkings et rénover des logements.

Depuis une dizaine d'années, les villes moyennes françaises sont confrontées à une désertification de leur centre-ville (recul démographique, pauvreté élevée, fermeture des commerces).

Le plan national « Action cœur de ville » mis en place par l'État et coordonné par l'ANCT (Agence nationale de la cohésion des territoires), a pour objectif de redonner de l'attractivité et du dynamisme aux centres-villes en finançant des projets relatifs à l'habitat, aux transports et au commerce.

L'exemple d'Amnéville

Révision express

Le Louvre-Lens

Le schéma à retenir

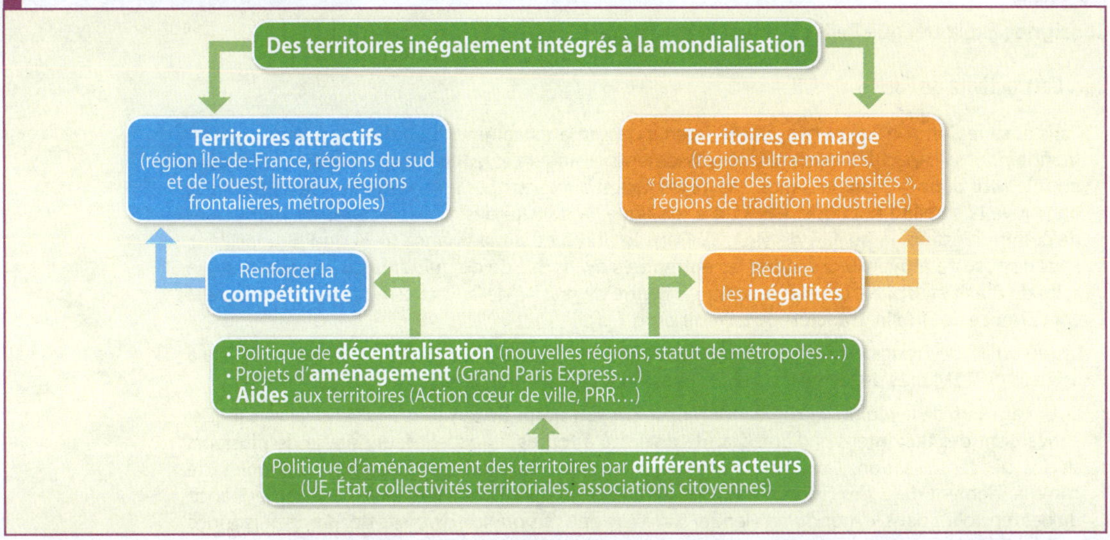

Quiz

Cochez la bonne réponse :

1. Le nombre de régions françaises est passé de 27 à 18 le 1er janvier 2016.
☐ **Vrai** ☐ **Faux**

2. En quelle année le statut de métropole a-t-il été créé ?
a. ☐ **2013**
b. ☐ **2014**
c. ☐ **2015**

3. Quelle région française attire le plus d'IDE ?
a. ☐ **Île-de-France**
b. ☐ **Grand-Est**
c. ☐ **Hauts de France**

4. La loi NOTRe signifie :
a. ☐ **Nouvelle orientation territoriale de la République.**
b. ☐ **Nouvelle organisation territoriale de la République.**
c. ☐ **Nouvelle orientation du territoire républicain.**

5. Comment les aides européennes reçues par les territoires ultra-marins se nomment-elles ?
a. ☐ **Fonds européens structurels et d'investissement (FESI).**
b. ☐ **Aides européennes de développement (AED).**
c. ☐ **Politique européenne commune (PEC).**

→ Réponses p. 471

EXERCICE GUIDÉ 1

Étudier un texte sans le paraphraser en géographie

Énoncé

Consigne : Expliquer que Paris et sa région sont attractives.

Doc. L'attractivité de Paris

Paris et sa région sont identifiées par différents classements comme l'une des premières régions-monde pour sa capacité à attirer les investissements étrangers et les centres de décisions et à jouer un rôle actif dans la mondialisation. Parmi les facteurs retenus par les investissements étrangers, on trouve la stabilité politique, la sécurité juridique, la densité des infrastructures de mobilité et de communication, la qualité de vie [...]. Dans le domaine de la finance (8 % du PIB francilien), Paris dispose de moyens pour attirer les entreprises ayant décidé de quitter la City de Londres à la suite du Brexit et aspire à devenir le nouveau centre de gravité de la finance européenne malgré la concurrence de Dublin, Francfort ou Luxembourg. [...]

La région Île-de-France est une des principales régions d'accueil touristique dans le monde. Elle a accueilli en 2014 près de 46 millions de visiteurs dont 42 % d'étrangers. [...]

Le dynamisme de la région Île-de-France repose sur son statut de territoire multimodal vers lequel convergent des flux intenses d'une grande diversité à toutes les échelles. L'héritage de plusieurs siècles de centralisation, l'expansion urbaine depuis le xixe siècle et l'insertion des pôles de commandement dans des réseaux mondialisés ont largement contribué à faire de l'Île-de-France un des territoires dans le monde vers lequel converge une très grande diversité de flux de personnes et de marchandises.

Éric Janin (dir.), *Les 18 régions françaises*, Ellipse, 2017.

Méthode

- En géographie, l'étude d'un ou de plusieurs documents est un exercice fréquent.
- S'il s'agit d'un texte, le risque pour un élève est de faire de la paraphrase, c'est-à-dire de recopier ou de reformuler avec ses propres mots des passages du(des) texte(s) sans les analyser.
- La paraphrase est souvent liée à une mauvaise connaissance des leçons ou une mauvaise compréhension du(des) textes(s).

1 Travailler sur le document

- Lire le(s) texte(s) et souligner les extraits qui sont en rapport avec la consigne.
- Utiliser des couleurs différentes selon les différents thèmes à traiter.

2 Organiser sa reponse au brouillon

- Pour éviter la paraphrase, il faut identifier les idées importantes du texte, les expliquer à l'aide de ses connaissances, définir les notions et mots de vocabulaire spécifiques à la géographie et compléter avec des exemples issus des leçons.
- Pour cela, construisez un tableau sur votre feuille de brouillon.

Plan	Idée importante du ou des document(s) avec citations	Connaissances, notions, vocabulaire et exemples
I		
II		
III		

- À l'intérieur du tableau, classez les informations qui répondent à la consigne.

3 Rediger la copie

- Chaque élément d'analyse du(des) document(s) doit comporter une référence au document.
- Utilisez des guillemets lorsque vous citez le texte. Privilégiez les citations courtes et pertinentes, précédées ou suivies d'une explication.
- Organisez votre réponse à l'aide de mots de liaison qui permettent de faire le lien entre le document et vos connaissances : en effet, par exemple, c'est ainsi, c'est-à-dire…

Corrigé

Dans cet extrait de l'ouvrage *Les 18 régions françaises*, l'auteur Éric Janin souligne l'attractivité de Paris et de sa région dans différents domaines, lui permettant ainsi une meilleure intégration à la mondialisation.

Dans le secteur économique, Paris et sa région sont l'une des « premières régions-monde pour [leur] capacité à attirer les investissements étrangers ».

Utilisation du document

En effet, Paris et sa région occupent le premier rang national et le 2e européen pour l'accueil des IDE (investissements directs à l'étranger).

Explications

En 2020, elle a accueilli plus de 336 projets internationaux. Paris a bénéficié également de la décision du Royaume-Uni de sortir de l'Union européenne (Brexit en 2016) et attire des entreprises et institutions telles que l'Agence bancaire européenne réinstallée à La Défense, premier quartier des affaires européen et atout essentiel du territoire francilien.

Exemples

Plan	Idée principale avec citations extraites du document	Connaissances, notions, vocabulaire et exemples
I. Attractivité économique	« 1re région-monde par sa capacité à attirer les investissements étrangers ». Attractivité financière : « devenir le nouveau centre de gravité de la finance européenne ». Paris favorisé par le Brexit : Entreprises et organisations européennes quittent Londres pour s'installer dans autres villes européennes notamment.	Paris et IDF = 1re région française pour les IDE. En 2020, accueil de 336 projets internationaux. La Défense = 1er quartier des affaires européen. Présence de grands sièges sociaux de firmes mondialisées (Total, Axa…). 2016 : référendum en faveur de la sortie du Royaume-Uni de l'UE. Agence bancaire européenne réinstallée à La Défense.
II. Attractivité touristique	Accueil de 46 millions de visiteurs en 2014 ; 1re destination touristique française.	Patrimoine culturel et artistique (musées parisiens, château de Versailles, Disneyland Paris…). « Image » de Paris et son art de vivre. Accueil d'étudiants étrangers.
III. Région intégrée à la mondialisation	Territoire vers « lequel converge une très grande diversité de flux de personnes et de marchandises ». Territoire multimodal.	Réseau dense de transport multiple (hub, multimodalité) qui convergent vers Paris (centralisation). Lignes LGV, autoroutes, 2 aéroports internationaux.

EXERCICE GUIDÉ 2

Améliorer la rédaction de la réponse à une question problématisée

Énoncé

Améliorez la rédaction du texte ci-dessous.

1. Corrigez les fautes d'orthographe.
2. Reformulez la première phrase en la simplifiant.
3. Reformulez la dernière phrase après avoir supprimé l'expression « Il y a ».
4. Pour finir, ajoutez au moins deux connecteurs logiques dans le paragraphe.

La région Nouvelle Aquitaine est structuré par un ensemble de villes moyennes dominées par Bordeaux qui est la seule agglomération de la région ayant le statut de métropole et qui concentre 20 % de la population régionale, regroupe des fonction de commandement (préfecture de région) et des activité dans le tertiaire supérieur (CHU, universités). Ses quatre pôles de compétitivité lui permette d'être performante dans les secteurs de l'innovation même si Bordeaux est surtout réputée pour son activité viticole qui lui confère un rayonnement mondial. Les autres agglomérations de la région ont une influence plus faible. Elles ont su développé leurs activités propres en se spécialisant. Il y a la création du parc de loisirs du Futuroscope sur le thème des nouvelles technologies à Poitiers qui est un succès et qui a été complété par un technopôle.

Méthode

- Dans une réponse à une question problématisée, vous devez montrer que vous avez des capacités d'analyse et des connaissances que vous savez organiser.
- Vous pouvez améliorer la rédaction de votre réponse en respectant quelques règles.

1 Avant de se lancer dans la redaction du devoir, reflechir au brouillon

- Un brouillon est indispensable pour structurer votre réflexion. Mais il doit être très rapide et concis.
- Notez les différents éléments de votre introduction (définition des termes du sujet, problématique) et les phrases-titres pour chacune de vos parties.
- Pour gagner du temps, ne rédigez pas des phrases, mais simplement les idées importantes sous forme de mots clés, en utilisant le vocabulaire et les notions des leçons.
- Chaque argument doit comporter une idée principale, une explication et un exemple. Utilisez trois couleurs différentes pour chaque élément, afin de ne rien oublier.

Utilisez des connecteurs logiques (cependant, en effet…), afin d'organiser votre réflexion.

2 Au moment de la redaction de la copie

- Soyez vigilant sur la structure de votre devoir, qui doit être visible d'un simple coup d'œil. Pour cela, sautez une ligne entre l'introduction, le développement et la conclusion. Entre les sous-parties, il faut revenir à la ligne avec un alinéa.
- Formulez chaque phrase dans votre tête avant de la rédiger, afin d'en vérifier le sens.
- Rédigez des phrases courtes, sans oublier la ponctuation. Évitez d'utiliser trop de subordonnées relatives. Une phrase de plus de deux lignes est trop longue !
- Adoptez un vocabulaire simple et utilisez les notions d'histoire et de géographie que vous maîtrisez.
- Variez votre vocabulaire en utilisant des synonymes, pour éviter les répétitions.
- Évitez les formules simplistes telles que « Il y a…. ».
- Rédigez l'ensemble du devoir au présent. N'employez jamais le futur en histoire.

3 Prendre le temps de se relire avant de rendre sa copie

- Pour corriger les fautes d'orthographe, de grammaire et les erreurs de conjugaison (bien vérifier que chaque verbe est bien conjugué avec son sujet).
- Pour vérifier que chaque phrase est bien compréhensible et pas trop longue.

Corrigé

La région Nouvelle Aquitaine est structurée par un ensemble de villes moyennes dominées par Bordeaux, seule agglomération de la région ayant le statut de métropole. Celle-ci concentre 20 % de la population régionale, regroupe des fonctions de commandement (préfecture de région) et des activités dans le tertiaire supérieur (CHU, université). Ses quatre pôles de compétitivité lui permettent également d'être performante dans les secteurs de l'innovation même si Bordeaux est surtout réputée pour son activité viticole qui lui confère un rayonnement mondial. Les autres agglomérations de la région ont une influence plus faible. Cependant, elles ont su développer leurs activités propres en se spécialisant. Ainsi, la création du parc de loisirs du Futuroscope sur le thème des nouvelles technologies à Poitiers est un succès et a été complété par un technopôle.

L'astuce du prof

N'oubliez pas d'accorder les participes passés au féminin ou au pluriel.

N'oubliez pas les « s » du pluriel.

Vérifiez que le verbe est toujours accordé avec son sujet.

Connecteur logique qui souligne l'opposition. Il en existe d'autres : mais, bien que, or…

Remplacez le « qui » de la subordonnée relative par une virgule. La phrase en devient plus courte et plus facile à lire. La longue phrase du début est remplacée par deux phrases plus courtes, devenant ainsi plus compréhensible.

La suppression de « Il y a » permet d'ôter la subordonnée relative, allégeant ainsi la phrase.

Connecteur logique qui permet de justifier et d'introduire un exemple. Il en existe d'autres : par exemple, en effet…

Enseignement scientifique

Partie 1 – Science, climat et société

Partie 2 – Le futur des énergies

Partie 3 – Une histoire du vivant

ENSEIGNEMENT SCIENTIFIQUE

Chapitre 1 L'atmosphère terrestre et la vie

1 Formation et évolution de l'atmosphère terrestre

De quoi s'agit-il ? **Après sa formation, l'atmosphère terrestre, de composition bien différente de celle d'aujourd'hui, a subi une succession de transformations.**

1 Atmosphère primitive de la Terre

- Il y a environ 4,6 milliards d'années (Ga), la Terre et les autres planètes telluriques se forment par **accrétion** de matériaux rocheux : la matière s'assemble par gravité.
- Une **atmosphère** primitive se crée, alimentée notamment par le **dégazage** du manteau de la Terre lors d'éruptions volcaniques. Elle est également enrichie pendant les 200 premiers millions d'années d'existence de la Terre, par les **météorites** qui s'écrasent en grand nombre.
- L'analyse de météorites de composition semblable à la Terre à ses origines (chondrites) ou encore de gaz volcaniques a permis de reconstituer la composition de cette atmosphère primitive : elle était dépourvue de dioxygène, mais riche en vapeur d'eau (80 à 90 %), en dioxyde de carbone (10 à 20 %), et pauvre en azote (1 à 3 %). Cette atmosphère primitive était donc très différente de l'atmosphère actuelle (N_2 : 78 % ; O_2 : 21 % ; CO_2 : 0,003 %).

Vocabulaire

- **Accrétion** : constitution et accroissement d'une planète par agglomération de matière.
Hydrosphère : ensemble des zones d'une planète où l'eau est présente.
- **Atmosphère** : enveloppe gazeuse entourant une planète.
- **Dégazage** : libération dans l'atmosphère d'éléments volatils du manteau terrestre.
- **Météorite** : objet solide d'origine extraterrestre qui traverse l'atmosphère d'une planète et atteint sa surface.

2 Mise en place d'une hydrosphère et évolution de l'atmosphère

- Depuis ses débuts, la Terre se refroidit. Par conséquent, la vapeur d'eau se condense (**Doc. 1**) et forme les premiers océans ou **hydrosphère**. Le CO_2 atmosphérique peut alors se dissoudre dans l'hydrosphère, puis se combiner au calcium pour former du **carbonate de calcium**, qui précipite.
- Progressivement, la composition de l'atmosphère terrestre se modifie et entre – 4,2 et – 2,2 Ga, elle s'appauvrit en CO_2. Par ailleurs, cette diminution du taux de CO_2 dans l'atmosphère, en réduisant l'effet de serre, abaisse encore la température. La présence d'eau à l'état liquide est d'autant plus favorisée, ce qui à son tour facilite la dissolution du CO_2.
- Ainsi, l'atmosphère terrestre s'appauvrit de plus en plus en dioxyde de carbone, et par conséquent s'enrichit, de façon relative, en diazote (**Doc. 2**).

Vocabulaire

- **Carbonate de calcium** : molécule (CaCO3) composée d'un ion carbonate (CO32–) et d'un ion calcium (Ca_2+).
- **Hydrosphère** : ensemble des zones d'une planète où l'eau est présente.

Doc. 1 Influence de la température (et de la pression) sur l'état de l'eau

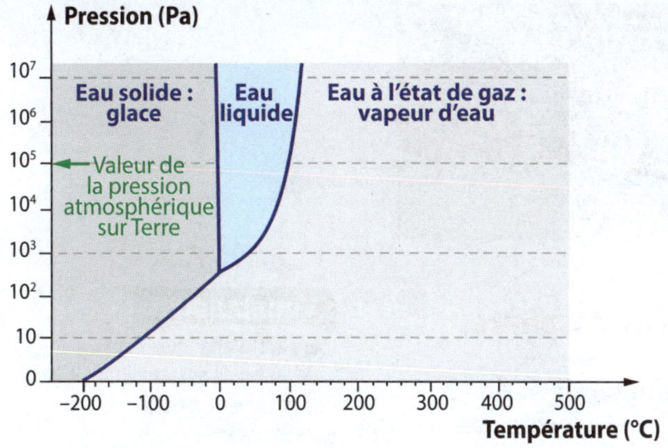

Doc. 2 Évolution des taux de CO_2 et H_2O au cours du temps

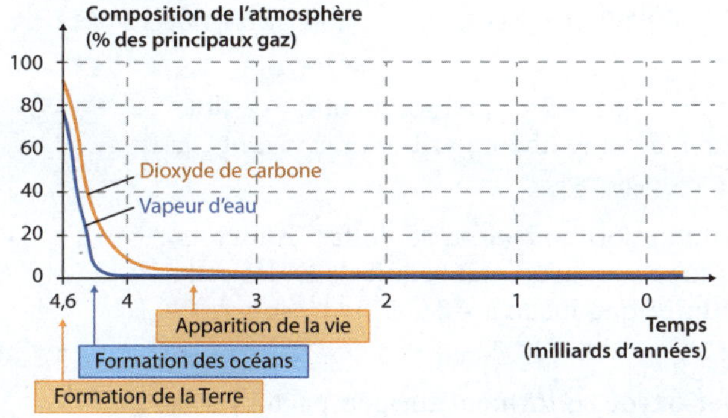

2 Apparition de la vie et enrichissement de l'atmosphère en dioxygène

De quoi s'agit-il ? Les premiers êtres vivants photosynthétiques libèrent du dioxygène dans leur milieu de vie. Le dioxygène est d'abord piégé dans les roches avant d'enrichir l'atmosphère.

1 Libération de dioxygène par les premiers êtres vivants

- Les plus vieux gisements renfermant des traces de vie, datés de – 4 Ga, indiquent la présence d'êtres vivants unicellulaires. Ils sont apparus dans une hydrosphère dépourvue de dioxygène.
- Des constructions calcaires, les **stromatolithes**, datées de – 3,5 Ga, témoignent de l'activité photosynthétique de bactéries, les **cyanobactéries**, procaryotes (sans véritable noyau) et unicellulaires (**Doc. 3**).
- Au cours de la photosynthèse, les cyanobactéries libèrent du dioxygène dans l'eau. En même temps, elles piègent du dioxyde de carbone, notamment sous forme de $CaCO_3$ à l'origine de ces stromatolithes.

Vocabulaire

- **Stromatolithe :** formation calcaire résultant de l'activité photosynthétique de cyanobactéries.
- **Cyanobactérie :** procaryote photosynthétique.

Doc. 3 Cyanobactérie fossilisée dans un silex de 3,5 Ga

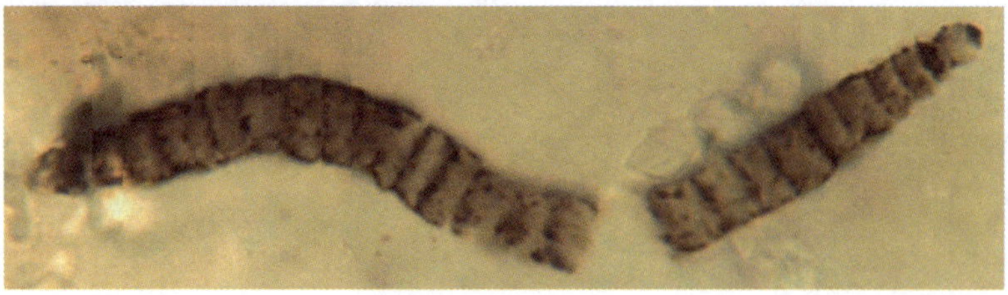

2 Modification de la composition de l'atmosphère

- Des gisements sédimentaires d'uranium (uraninite), datés de – 3,4 Ga, sont connus en Afrique du Sud. Or l'uraninite, qui se forme dans l'eau, se dissout spontanément en présence d'oxygène. La présence d'uraninite atteste donc de l'absence de dioxygène dans l'eau à cette époque. Le même raisonnement peut être tenu avec des dépôts de pyrite, FeS_2, soluble également en présence de dioxygène (**Doc. 4**).

> **Vocabulaire**
> - **Fer rubané** : gisement de fer oxydé qui témoigne d'une libération localisée de dioxygène.
> - **Sol oxydé** : sol dont les éléments chimiques comme le fer ont réagi avec l'oxygène.

- Des gisements de fer oxydé (**fer rubané**), datés de – 3,8 à – 2 Ga, témoignent d'une libération localisée de dioxygène dans l'océan. En effet, à peine libéré par les êtres vivants, le dioxygène est capté par le fer réduit (Fe^{2+}), qui s'oxyde alors (Fe^{3+}).
- L'importance de ces gisements suppose aussi un apport considérable de fer. Toutefois, le transport du fer, sous forme soluble, ne peut s'effectuer qu'à l'état réduit dans des eaux dépourvues de dioxygène. On peut donc en déduire que jusqu'à – 2 Ga, hydrosphère et atmosphère sont dépourvues de dioxygène.
- À partir de – 2,4 Ga, de vastes gisements de fer oxydé se forment un peu partout à la surface du globe (pic du fer), et vers – 2 Ga, les premiers **sols oxydés** apparaissent (**Doc. 4**).
- Une fois tout le fer oxydé, le dioxygène peut diffuser d'abord dans l'océan, puis dans l'atmosphère. Hydrosphère et atmosphère s'enrichissent alors conjointement en dioxygène.

Doc. 4 Évolution de la teneur en dioxygène de l'atmosphère terrestre

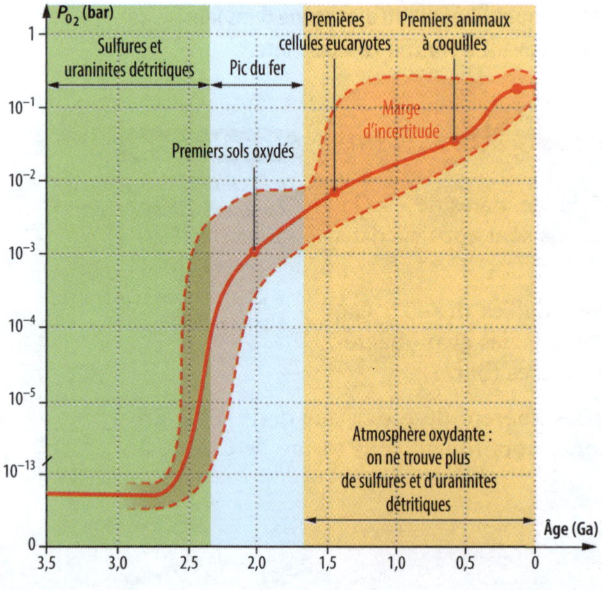

3 Un équilibre favorable au maintien de la vie

De quoi s'agit-il ? L'activité métabolique des premiers êtres vivants modifie l'atmosphère. Par la suite, les interactions entre biosphère et atmosphère ont permis le maintien d'un équilibre favorable à la vie.

1 Sources et puits de dioxygène

- C'est grâce à la photosynthèse des premiers êtres vivants que l'atmosphère s'enrichit en dioxygène et que la respiration devient possible.
- Les premières cellules **eucaryotes** apparaissent vers – 1,5 Ga, mais c'est vers – 500 Ma qu'on assiste à une considérable diversification de la vie dans les océans. À cette période (**Doc. 5**), l'atmosphère a atteint sa concentration actuelle en dioxygène O_2 (21 %), et le développement de la respiration s'accompagne d'une amélioration du rendement énergétique des êtres vivants.
- Ainsi, le dioxygène circule entre l'atmosphère et la biosphère: la photosynthèse produit du dioxygène, lui-même consommé par la respiration (y compris celle des végétaux chlorophylliens). Photosynthèse et respiration sont donc respectivement des **sources** et des **puits** de dioxygène.
- Depuis 500 Ma, la teneur en dioxygène de l'atmosphère est restée stable. Le prélèvement d'O_2 lié à la respiration est globalement équivalent au rejet d'O_2 par la photosynthèse.
- Comme la respiration, la **combustion** de matière organique consomme du dioxygène atmosphérique et constitue un puits de dioxygène.

Vocabulaire

- **Eucaryote (cellule)**: cellule présentant un noyau et des compartiments intra-cellulaires.
- **Source (d'O_2)**: qui libère de l'O_2.
- **Puits (d'O_2)**: qui consomme de l'O_2.
- **Combustion**: réaction au cours de laquelle un combustible est oxydé par un comburant (le dioxygène notamment) avec libération d'énergie.

Doc. 5 Évolution de la pression partielle d'oxygène dans l'atmosphère au cours du temps

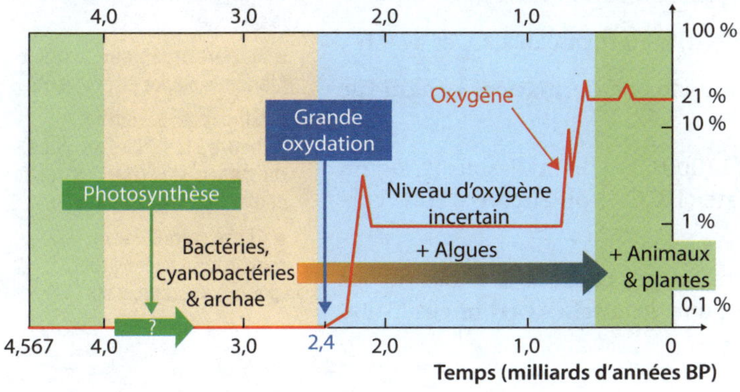

2 Formation de l'ozone

- Vers – 400 MA, l'oxygène atmosphérique commence à se combiner sous l'effet du rayonnement solaire pour former de l'**ozone** (O_3). L'énergie solaire permet de dissocier une partie des molécules de dioxygène et de libérer les atomes qui peuvent alors se combiner avec une molécule de dioxygène préexistante: $O + O_2 \rightarrow O_3$.
- L'ozone forme dans la **stratosphère** une couche permanente à environ 30 km d'altitude. Très instable, il se dégrade en O_2 assez rapidement selon la réaction: $2\ O_3 \rightarrow 3\ O_2$.

Vocabulaire

- **Ozone**: gaz dont les molécules se composent de 3 atomes d'oxygène (O_3).
- **Stratosphère**: seconde couche de l'atmosphère (entre 10 et 50 km environ) située entre la troposphère et la mésosphère.

• La couche d'ozone absorbe une partie du rayonnement ultraviolet solaire (**Doc. 6**), et protège les êtres vivants de ses effets mutagènes. Avec la formation de cette couche vers – 350 Ma, la vie en milieu continental devient alors possible pour les êtres vivants. Ils partent à la conquête du milieu aérien.

Doc. 6 Filtration des UV par la couche d'ozone

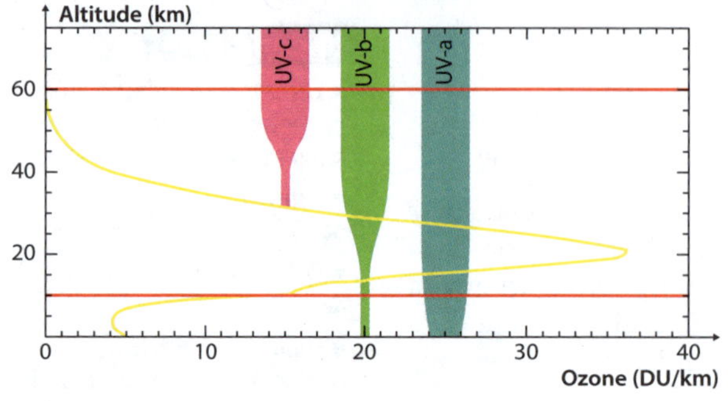

4 Cycle du carbone

De quoi s'agit-il ? Le carbone terrestre est contenu sous différentes formes dans des réservoirs naturels. Il est échangé d'un réservoir à l'autre, au cours de phénomènes chimiques ou biologiques.

1 Réservoirs naturels de carbone

• Plusieurs **réservoirs terrestres naturels** de carbone, d'importance inégale, stockent le carbone sous différentes formes (**Doc. 7**).

• L'atmosphère stocke du carbone (750 Gt) sous forme de CO_2 et de CH_4.

• Dans la biosphère, le carbone est sous forme de **matière organique** (2 000 Gt).

• Le carbone est stocké dans l'océan (39 000 Gt) à l'état dissous (CO_2) ou sous forme d'ions hydrogénocarbonate (HCO_3^-) ou encore d'ions carbonate peu solubles (CO_3^{2-}).

• Enfin, la **lithosphère** constitue une réserve de carbone avec des roches carbonatées (100 millions de Gt), ainsi que des **roches carbonées** (5 000 à 10 000 Gt).

Vocabulaire

- **Réservoir naturel :** compartiment virtuel de l'environnement stockant le carbone.
- **Matière organique :** matière fabriquée par les êtres vivants.
- **Lithosphère :** couche rocheuse à la surface du globe constituée de la croûte terrestre et d'une partie du manteau.
- **Roche carbonée :** roche constituée d'hydrocarbure (pétrole, charbon, gaz).

2 Échanges entre réservoirs

• Entre ces différents réservoirs s'effectuent des échanges qui peuvent être quantifiés (en Gt/an) (**Doc. 7**).

• Ainsi, le carbone circule entre l'atmosphère et la biosphère : la respiration et la fermentation (sources de CO_2) libèrent du dioxyde de carbone dans l'atmosphère, tandis que la photosynthèse (puits de CO_2) en capture.

$$6\,CO_2 + 6\,H_2O \quad C_6H_{12}O_6 + 6O_2$$

• En théorie, ces échanges sont équilibrés. Néanmoins, une partie de la matière organique enfouie échappe à la respiration (il n'y a donc pas de rejet de dioxyde de carbone dans ce cas).

Vocabulaire

- **Subduction :** plongement d'une portion de lithosphère sous une autre.

- Dans l'océan, le CO_2 dissous est en équilibre avec le HCO_3^- selon la réaction :

$$CO_2 + 2\,H_2O \quad H_3O^+ + HCO_3^-$$

- Une diminution de la température favorise la dissolution du CO_2. Ainsi, les eaux polaires captent le CO_2 atmosphérique, tandis que les eaux équatoriales en rejettent.
- Lors de la formation des roches carbonatées, le carbone passe de l'océan à la lithosphère selon la réaction :

$$2\,(HCO_3^-) + Ca^{2+} \rightarrow CO_2 + CaCO_3 + H_2O$$

- Enfin, du carbone est échangé entre la lithosphère et l'atmosphère : du CO_2 est piégé par la **subduction** et la collision des plaques dans le manteau. Il est rejeté dans l'atmosphère par les volcans. Ces phénomènes se produisent sur des millions d'années, ce qui explique la faible valeur du flux (< 0,1 Gt/an), bien que la quantité de carbone dans la lithosphère soit immense.

Doc. 7 Échanges de carbone entre les principaux réservoirs (en Gt)

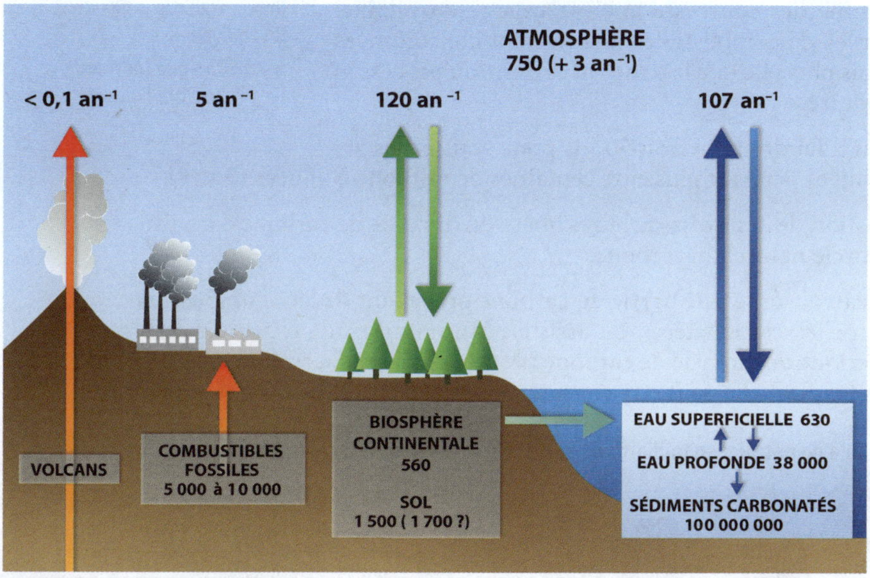

5 Combustibles fossiles

De quoi s'agit-il ? Le carbone de la matière organique est susceptible d'être enfoui et, sous certaines conditions, transformé en combustible fossile, comme le pétrole ou le charbon.

1 Formation des combustibles fossiles

- Les combustibles fossiles (pétrole, gaz et charbon) proviennent de la transformation de matière organique d'origine végétale qui, une fois enfouie en absence d'oxygène, échappe à la respiration. Elle n'est donc pas entièrement dégradée et échappe à la **minéralisation**.
- Au fur et à mesure que la matière est enfouie en profondeur, les molécules organiques subissent une élévation de pression et de température responsable de leurs transformations.

Vocabulaire

- **Minéralisation :** transformation en matière minérale (CO_2, H_2O...).
- **Subsidente :** dont le fond s'enfonce progressivement au cours du temps.

● Ce processus se déroule sur des millions d'années et se produit seulement dans des conditions particulières. Il nécessite une importante accumulation de matière organique dans une zone fortement **subsidente**. De tels évènements se sont produits avec une intensité élevée au cours de quelques épisodes de l'histoire de la Terre seulement, il y a plusieurs dizaines ou centaines de millions d'années.

● Les réserves de combustibles fossiles se répartissent de façon inégale :
- pétrole brut : 1 638 milliards de barils (23 %) ;
- gaz naturel : 192,3 billions de mètres cubes (18 %) ;
- charbon : 858,3 milliards de tonnes (56 %).

2 Utilisation des combustibles fossiles et conséquences

● Les réserves de combustibles fossiles sont utilisées beaucoup plus rapidement que le temps nécessaire à leur formation. Elles sont, pour cette raison, considérées comme des sources d'**énergie non renouvelable**. On estime que les réserves de combustibles fossiles sont consommées environ un million de fois plus vite que le temps nécessaire au processus géologique pour les produire.

● Ainsi, on considère qu'il faudrait environ 50 ans pour épuiser les réserves de pétrole accumulées pendant plusieurs centaines de millions d'années (**Doc. 8**).

● Par ailleurs, la combustion de ces hydrocarbures libère du dioxyde de carbone dans l'atmosphère et modifie le cycle naturel du carbone.

● En effet, bien que l'océan absorbe une partie du carbone provenant de leur combustion (stocké sous forme de roches carbonatées), on assiste néanmoins à une élévation de la concentration atmosphérique de dioxyde de carbone (**Doc. 9**). Celle-ci s'accroît avec l'utilisation des combustibles fossiles ; elle peut être considérée comme d'origine **anthropique**.

Vocabulaire

- **Énergie non renouvelable :** énergie dont la vitesse de consommation est plus importante que la vitesse de production.
- **Anthropique (origine) :** lié aux activités humaines.

Doc. 8 Consommation mondiale de pétrole (en milliards de barils/an) et réserves prouvées (en nombre d'années de production)

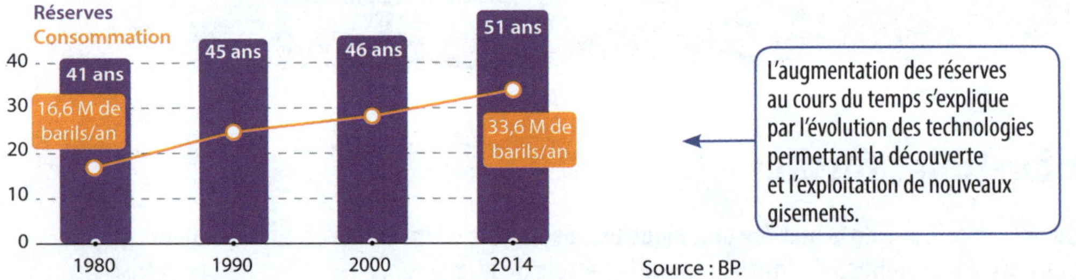

Source : BP.

Doc. 9 Évolution du taux de CO_2 atmosphérique depuis la période industrielle

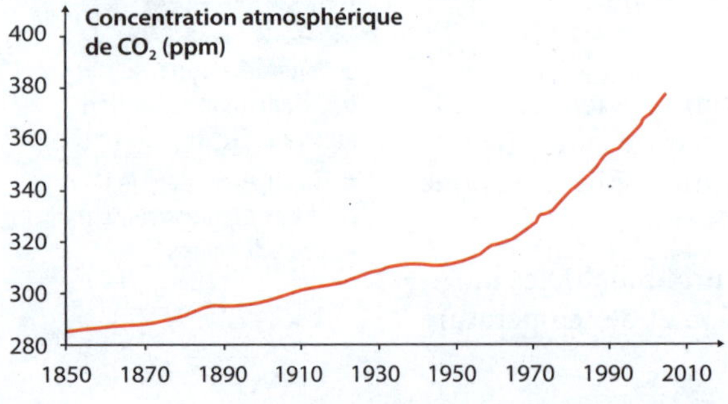

Révision express

L'atmosphère terrestre et la vie

Le schéma à retenir

Évolution de l'atmosphère

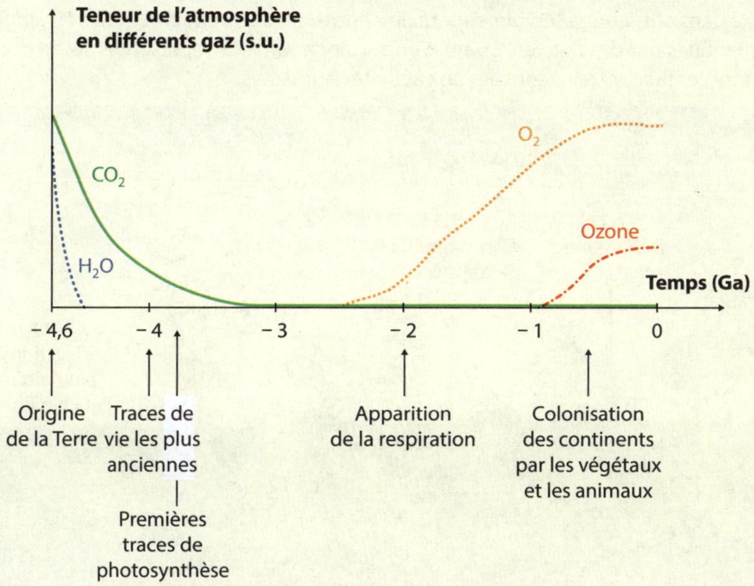

Quiz

Cochez la bonne réponse :

1. Une fois dissous, le dioxyde de carbone peut se combiner avec le calcium pour former du carbonate de calcium. ☐ Vrai ☐ Faux
2. La vie sur Terre a été rendue possible par la présence d'oxygène. ☐ Vrai ☐ Faux
3. L'ozone est un gaz qui favorise les effets nocifs du rayonnement solaire. ☐ Vrai ☐ Faux
4. L'atmosphère, au début de l'histoire de la Terre, était riche en oxygène et en dioxyde de carbone. ☐ Vrai ☐ Faux
5. L'évolution de l'atmosphère a été rendue possible par l'action des êtres vivants. ☐ Vrai ☐ Faux
6. La photosynthèse est un puits pour le dioxygène atmosphérique. ☐ Vrai ☐ Faux

→ Réponses p. 471

EXERCICE GUIDÉ

Identifier et analyser l'importance des échanges dans le cycle du carbone

Énoncé

Le carbone est stocké dans plusieurs réservoirs superficiels entre lesquels s'effectuent des échanges. Ces derniers sont quantifiés par des flux (en Gt/an) d'importance variable, représentés sur le document ci-dessous. Parmi ces flux, certains sont liés aux activités humaines.

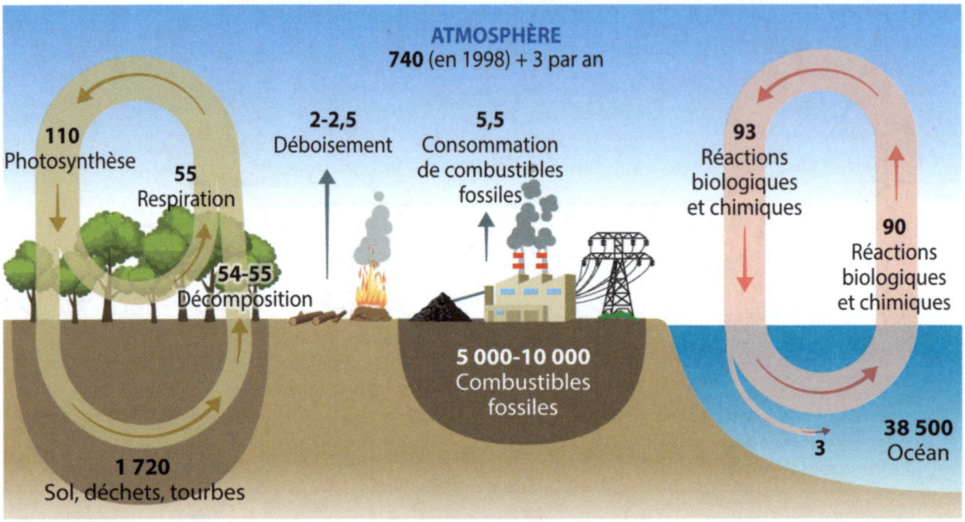

1. Identifier les flux naturels de carbone entre différents réservoirs et préciser leurs modalités.

2. Analyser l'importance relative de ces échanges et indiquer leurs conséquences sur la teneur en dioxyde de carbone atmosphérique.

3. Indiquer et expliquer la conséquence des activités humaines sur le cycle du carbone.

Méthode

1 Le carbone est échangé entre l'atmosphère, l'hydrosphère et la biosphère sous forme de CO_2. Il faut identifier quelles sont les réactions chimiques ou biologiques auxquelles participe le CO_2.

2 Il s'agit de montrer que les échanges naturels sont quasi équilibrés, c'est-à-dire qu'entre deux réservoirs, il entre autant de carbone qu'il en sort.

3 Il faut identifier l'origine du carbone émis par l'Homme dans l'atmosphère et montrer qu'il s'agit d'un échange à sens unique ayant pour conséquence un déséquilibre.

Corrigé

1. Dans l'atmosphère, le carbone est stocké sous forme de CO_2. Le carbone atmosphérique est prélevé par les êtres vivants au cours de la photosynthèse : il est alors stocké sous forme de matière organique dans la biosphère. La matière organique est elle-même dégradée au cours de la respiration et de la fermentation, avec rejet de CO_2 dans l'atmosphère.

Une partie du CO_2 atmosphérique se dissout dans l'océan et peut précipiter sous forme de carbonates. Par ailleurs, une part du CO_2 dissous peut retourner sous forme de gaz dans l'atmosphère.

2. L'estimation de ces flux naturels de carbone montre qu'il y a autant de carbone prélevé par la photosynthèse (110 Gt/an) que de carbone émis par la respiration (55 + 55 = 110 Gt/an). On remarque toutefois qu'une fraction du carbone organique peut échapper à la décomposition et être stocké dans le sol.
Entre l'atmosphère et l'océan, du fait des réactions biologiques (respiration et photosynthèse) et chimiques (dissolution du CO_2 ou dégazage), les échanges s'équilibrent pratiquement : 93 Gt sont prélevées dans l'atmosphère, et 90 Gt rejetées. Ainsi, les flux naturels étant équilibrés, la teneur en dioxyde de carbone atmosphérique devrait rester stable. On peut noter qu'une part du carbone soustrait à l'atmosphère par les océans (3 Gt) est stockée au fond des océans sous forme de carbonates.

3. Les activités humaines rejettent du CO_2 dans l'atmosphère, notamment du fait de l'utilisation des combustibles fossiles (5,5 Gt/an) et du déboisement (2 à 2,5 Gt/an). Ces rejets sont toutefois en partie compensés par le stockage de carbone sous forme de carbonates dans l'océan. Néanmoins, cette compensation n'est que partielle, car la masse de CO_2 atmosphérique s'élève (+ 3). Le cycle du carbone est donc déséquilibré du fait des activités humaines.

Chapitre 2 La complexité du système climatique

1 Climatologie et météorologie

De quoi s'agit-il ? **Le temps et le climat présentent une variabilité que la météorologie et la climatologie tentent de comprendre et de prévoir.**

1 Climatologie, science des climats

• Le climat est défini par un ensemble de grandeurs atmosphériques, enregistrées dans une région donnée (**Doc. 1**), pendant une période donnée. La température, la pression, l'hygrométrie, la pluviométrie, la nébulosité, la vitesse et la direction des vents constituent les **facteurs du climat**. Ces grandeurs peuvent être mesurées à partir d'instruments spécifiques.

• Le climat dépend de plusieurs facteurs naturels et d'interactions entre différentes enveloppes terrestres : océans, atmosphère, biosphère, lithosphère et **cryosphère**.

• Les climats sont susceptibles de varier au cours du temps en raison de modifications des facteurs naturels. Le déplacement des continents, dû à la mobilité des plaques tectoniques, entraîne des modifications climatiques. Les interactions entre enveloppes terrestres peuvent s'amplifier ou s'atténuer. Elles ont aussi des répercussions sur l'évolution du climat.

Vocabulaire

- **Facteurs du climat :** grandeurs physiques déterminant le climat.
- **Cryosphère :** partie de la surface de la Terre sur laquelle l'eau est présente à l'état solide (neige, glace).
- **Climatologie :** étude du climat et de l'état moyen de l'atmosphère, c'est-à-dire la succession des conditions météorologiques sur de longues périodes.

• La **climatologie** étudie les variations du climat local ou global, à moyen ou long terme (années, siècles, millénaires…).

Doc. 1 Carte des principales zones climatiques du monde

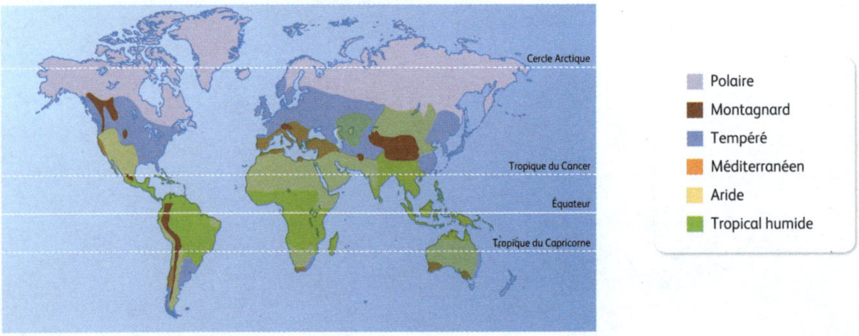

2 Météorologie, science de prévision à court terme

• La **météorologie**, fondée sur les lois de la physique des gaz, étudie les phénomènes atmosphériques. Elle tente d'expliquer les changements de pression et de température, la circulation atmosphérique (**Doc. 2**) et ses perturbations (cyclones, ouragans…), qui ont des conséquences sur les changements d'état de l'eau (voir p. 13) dans l'atmosphère.

Vocabulaire

- **Météorologie :** étude des phénomènes atmosphériques afin de comprendre leur formation et leur évolution.

• La météorologie est une science qui consiste à faire des prévisions à court terme (jours, semaines).

• Climatologie et météorologie sont en partie fondées sur la prévision. Pour cela, elles ont chacune développé des modèles prédictifs, qui s'appuient sur des probabilités.

Doc. 2 Carte météorologique des pressions atmosphériques

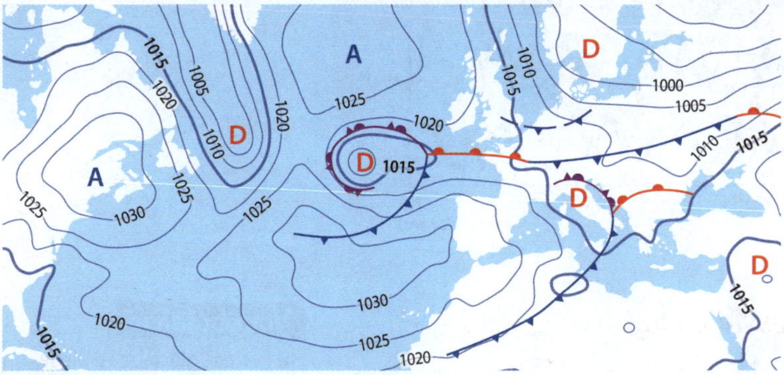

La pression atmosphérique est variable d'un endroit à l'autre, et d'un jour à l'autre.

2 Variations climatiques du passé

De quoi s'agit-il ? Au cours de l'histoire de la Terre, le climat a subi des variations que l'on peut reconstituer grâce à des indicateurs climatiques.

1 Indicateurs du climat

• La température est un indicateur majeur du climat. Elle peut être mesurée in situ ou depuis l'espace par des satellites. Les températures mesurées permettent de calculer une température moyenne à l'échelle d'une région ou de la Terre.

• Les températures du passé sont connues indirectement, en établissant une relation avec une autre grandeur comme la date des vendanges ou la vitesse de croissance des arbres, mesurable grâce à la taille de leurs **cernes**.

• Le prélèvement de **carottes glaciaires** (glace fossile), puis le dosage des **isotopes** de l'oxygène réalisé sur les molécules d'H_2O de la glace (voir méthode p. 44) ont permis de reconstituer les variations de la température sur plus de 800 000 ans.

• Par ailleurs, en analysant les bulles d'air emprisonnées dans la glace, il est possible de connaître les variations de la composition chimique de l'atmosphère au cours du temps (**Doc. 3**). On mesure ainsi des variations du taux de CO_2 atmosphérique, qui peuvent être corrélées aux variations de température.

• Enfin, l'analyse des pollens fossiles dans les sédiments permet de reconstituer la végétation (forêt tempérée, tropicale, steppe) et d'en déduire la température à une période donnée, compte tenu des exigences climatiques de chaque type de végétaux.

• Il existe encore d'autres indicateurs du climat actuel ou passé, comme le volume des océans ou l'étendue des glaces et des glaciers. La surface de ces derniers s'accroît lors d'un refroidissement, tandis qu'un réchauffement entraîne leur fonte et une élévation du niveau marin.

Vocabulaire

- **Cerne** : strie annuelle de croissance au niveau du tronc des arbres.
- **Carotte glaciaire** : échantillon de glace cylindrique extrait d'une calotte glaciaire.
- **Isotopes** : atomes partageant le même nombre de protons, mais un nombre de neutrons différent.

Doc. 3 **Variations de la teneur des gaz atmosphériques et de la température, établies à partir de l'analyse d'une carotte de glace en Antarctique**

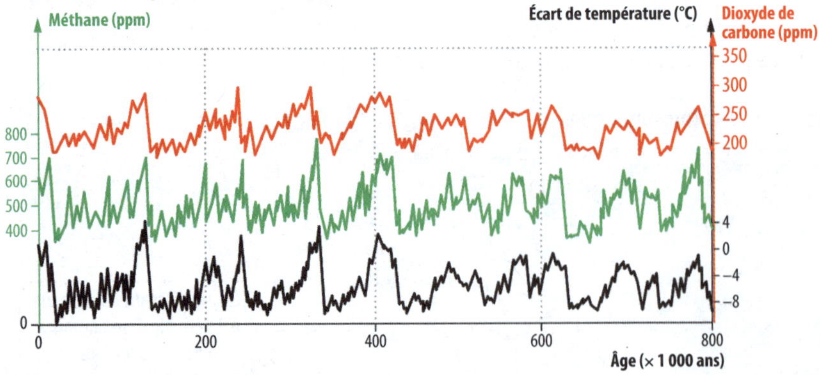

2 Succession de variations du climat

- L'utilisation des indicateurs du climat montre que l'histoire de la Terre est marquée par de nombreuses variations climatiques.
- Ces variations se sont produites sur des échelles de temps différentes, de quelques siècles à plusieurs dizaines de millions d'années, et sont d'autant mieux connues qu'elles sont récentes.
- Ainsi, depuis les derniers 2,6 millions d'années (Pléistocène), la Terre a subi une alternance de **périodes glaciaires** et **interglaciaires**, avec une étendue des glaciers polaires jusqu'au nord de l'Europe, puis leur recul aux pôles comme aujourd'hui.
- L'actuelle variation climatique s'inscrit donc dans un phénomène bien connu de l'histoire de la Terre.

Vocabulaire

- **Période glaciaire :** période marquée par une baisse de la température moyenne terrestre et une extension des glaciers.
- **Période interglaciaire :** période de réchauffement séparant deux périodes glaciaires.

3 Forçage radiatif

De quoi s'agit-il ? Le rejet de CO2 par les activités humaines a déséquilibré le bilan radiatif de la Terre, à l'origine du forçage radiatif.

1 Augmentation de la concentration atmosphérique en gaz à effet de serre

- Depuis un siècle et demi, on mesure un réchauffement climatique global d'environ + 1 °C. Cette élévation de température est expliquée par une augmentation de la concentration atmosphérique en **gaz à effet de serre** (GES), en particulier le CO_2.
- Si le **rayonnement incident** qui entre dans l'atmosphère couvre l'ensemble du spectre électromagnétique, il est néanmoins concentré dans les courtes longueurs d'onde (rayonnement visible).
- Mises à part l'absorption et la réflexion d'une partie du rayonnement par les aérosols et la vapeur d'eau, l'atmosphère se comporte pour l'essentiel comme une couche transparente.

Vocabulaire

- **Gaz à effet de serre :** gaz qui, en piégeant les infrarouges, participe à l'augmentation de la température atmosphérique.

- Le rayonnement incident est absorbé par la surface de la Terre (océans et continents) avant d'être réémis avec une longueur d'onde différente, sous forme de rayons **infrarouges** (IR).
- Or les GES (CO_2, CH_4, H_2O, N2O) absorbent la plus grande partie des infrarouges (IR). Ainsi piégés par l'atmosphère, les infrarouges ne sont pas réémis dans l'espace, mais participent au réchauffement de l'atmosphère. Ce phénomène est nommé « **effet de serre** », par analogie avec ce qui se passe dans une serre dans laquelle les parois jouent le rôle de l'atmosphère (**Doc. 4**).

Doc. 4 Bilan radiatif de la Terre

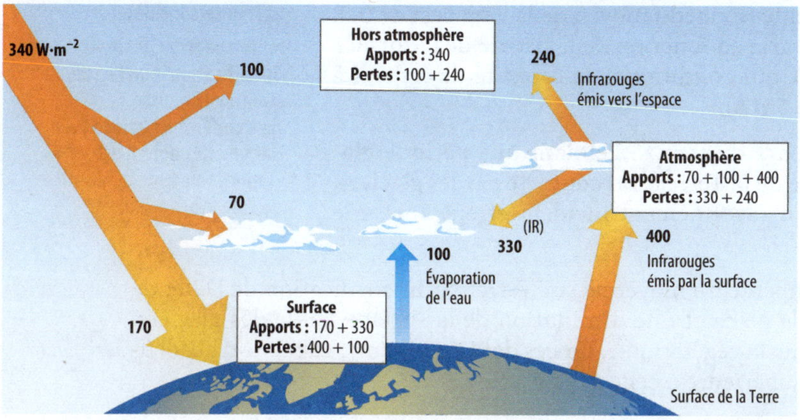

2 Augmentation du forçage radiatif

- Avant l'ère préindustrielle, la Terre était en **équilibre radiatif**, c'est-à-dire qu'elle absorbait autant de rayonnement (et donc d'énergie) qu'elle en renvoyait dans l'espace. Son **bilan radiatif** était nul.
- L'augmentation de la teneur atmosphérique des gaz anthropiques a modifié cet équilibre radiatif. On parle de **forçage radiatif** anthropique.
- Ce déséquilibre s'explique en raison de l'absorption par l'atmosphère de davantage de rayonnement thermique IR émis par la surface de la Terre. Il en résulte une augmentation de la puissance radiative reçue par le sol de la part de l'atmosphère. Cette puissance additionnelle entraîne une perturbation de l'équilibre radiatif.
- L'augmentation de l'énergie captée par l'atmosphère est transférée en grande partie à l'océan, dont la capacité de stockage énergétique est supérieure à celle de l'atmosphère.
- Il en résulte néanmoins une augmentation de la température moyenne à la surface de la Terre.

Vocabulaire

- **Équilibre radiatif** : situation d'égalité entre le rayonnement incident solaire et le rayonnement réémis par la Terre et dispersé dans l'espace.
- **Bilan radiatif** : différence entre l'énergie reçue par la Terre (rayonnement solaire incident) et l'énergie renvoyée (rayonnement solaire réfléchi + rayonnement terrestre infrarouge).
- **Forçage radiatif** : différence entre l'énergie radiative reçue et l'énergie radiative émise.

4 Phénomènes de rétroaction

De quoi s'agit-il ? **Si l'augmentation de la teneur en gaz anthropiques dans l'atmosphère est une cause majeure de réchauffement climatique, d'autres facteurs peuvent l'accentuer.**

1 Variations de l'albédo

● L'**albédo** est le rapport entre l'énergie solaire réfléchie par une surface et l'énergie solaire incidente. L'albédo moyen de la Terre est de 0,3. Néanmoins, sa valeur locale varie en fonction de la nature de la surface (glace, mer, lac, végétation…), qui conditionne la capacité de celle-ci à réfléchir le rayonnement (**Doc. 5 et 6**).

● L'albédo a aussi varié au cours du temps. Pendant une période glaciaire, une plus grande surface de la Terre est recouverte par les glaciers, ce qui favorise la réflexion du rayonnement incident et entraîne une augmentation de l'albédo.

Vocabulaire

- **Albédo :** rapport entre l'énergie lumineuse réfléchie et l'énergie incidente.
- **Rétroaction positive :** amplification d'un facteur (comme la hausse de température) provoquée par un effet dont il est responsable (une diminution de l'albédo).

● Une augmentation de la température moyenne sur Terre par intensification de l'effet de serre provoque une fonte de la glace et une diminution de la surface totale des glaciers, remplacés par la roche, le sol nu, la végétation… Or ces derniers ont une capacité d'absorption du rayonnement solaire supérieure à celle de la glace.

● Le recul des glaciers provoque ainsi une diminution de l'albédo, et donc une augmentation de la température terrestre qui, à son tour, accentue la fonte des glaciers.

● On parle de **rétroaction positive** lorsque la conséquence d'un phénomène agit en retour en amplifiant ce phénomène.

Doc. 5 Albédo pour différentes surfaces sur la Terre

Surface	Albédo (%)
Neige fraîche	75 à 95
Océan	5 à 15
Sable	25 à 45

Surface	Albédo (%)
Forêt tropicale	10
Forêt de conifères	5 à 15
Cultures	15 à 25

Doc. 6 Albédo de l'hémisphère nord de la Terre mesuré par satellite au cours de 2 mois de l'année

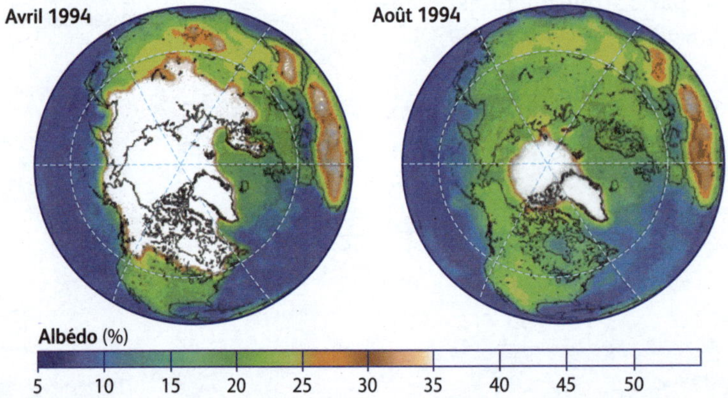

2 Autres facteurs de rétroaction

• D'autres exemples de rétroactions positives sont connus:
– lorsque la température augmente, la solubilité du dioxyde de carbone dans l'océan diminue. Il s'accumule alors dans l'atmosphère et participe à une nouvelle augmentation de la température;
– le dégel partiel du **permafrost** provoque une libération de gaz à effet de serre dans l'atmosphère;
– une élévation de température, en accentuant l'évaporation, entraîne aussi une augmentation de la teneur atmosphérique en vapeur d'eau. Or ce gaz étant le principal gaz à effet de serre, il augmente la température terrestre.

• Néanmoins, la formation de nuages due à l'accumulation de vapeur d'eau pourrait jouer un rôle d'écran en réfléchissant le rayonnement solaire. Une augmentation de l'effet de serre pourrait donc être corrigée en partie par l'action des nuages, ce serait alors une **rétroaction négative**.

Vocabulaire
- **Permafrost**: sol gelé des hautes latitudes.
- **Rétroaction négative**: atténuation d'un facteur provoquée par un effet dont il est responsable.

5 Climat et interactions entre enveloppes terrestres

De quoi s'agit-il ? **Le système climatique et son évolution dans le temps résultent de plusieurs facteurs naturels et d'interactions entre les océans, l'atmosphère, la biosphère, la lithosphère et la cryosphère.**

1 Régulation partielle par les océans

• Plusieurs incertitudes demeurent quant à l'évolution future du taux de dioxyde de carbone atmosphérique.

• Sur les 7 milliards de tonnes rejetées chaque année par les activités humaines, seuls 3 milliards environ se retrouvent dans l'atmosphère. L'océan en absorbe une partie, d'autant plus grande que le taux de dioxyde de carbone atmosphérique est élevé.

• L'océan constitue un puits de CO_2, mais sa capacité de réabsorption n'est pas aussi rapide que les rejets anthropiques.

• L'océan absorbe aussi une partie de l'énergie thermique atmosphérique provenant de l'augmentation de l'effet de serre. Cette accumulation d'énergie dans les océans rend le changement climatique irréversible à une échelle de temps de plusieurs siècles.

• L'élévation de la température de l'océan provoque la **dilatation** de l'eau et l'élévation du niveau marin (**Doc. 7**). La fonte des glaciers continentaux y contribue aussi. La fonte de la banquise en revanche n'a pas d'impact, puisqu'il s'agit d'une couche de glace flottant sur la surface océanique.

Vocabulaire
- **Dilatation**: augmentation du volume d'un corps sous l'influence d'une variation de température.

Doc. 7 Estimation des taux annuels d'élévation du niveau marin

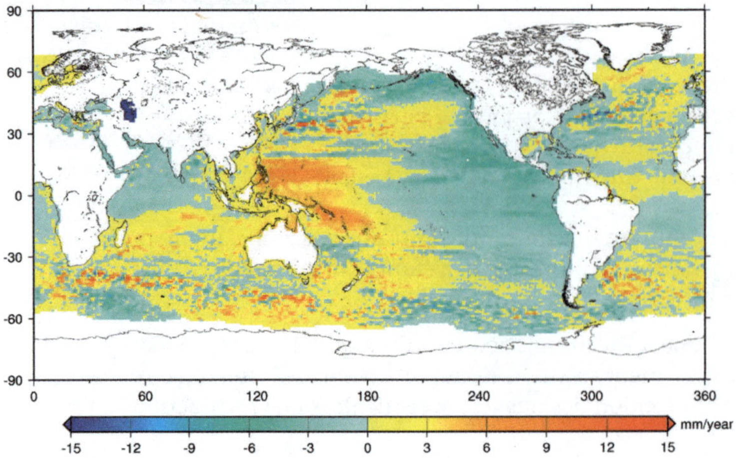

Les mesures du satellite Topex-Poséidon ont permis d'établir une carte des variations du niveau marin entre 1993 et 2009.
On a ainsi pu évaluer une hausse globale de 3,3 mm/an.

2 Autres facteurs de régulation

• La végétation, grâce à la photosynthèse, est un puits de dioxyde de carbone. Néanmoins, la matière organique des organismes est dégradée après leur mort sous l'effet de la respiration.

• Celle-ci rejette intégralement le CO_2 prélevé dans l'atmosphère par la photosynthèse. Les végétaux morts deviennent alors une source de CO_2.

• C'est seulement en étant enfoui rapidement et soustrait à la dégradation, comme c'est le cas dans certains fonds océaniques, que le carbone prélevé au cours de la photosynthèse n'est pas rejeté dans l'atmosphère.

• Enfin, d'autres facteurs influencent le climat, comme les **paramètres astronomiques** (excentricité de l'ellipse terrestre, inclinaison de l'axe de rotation), qui varient de façon cyclique, ou encore l'activité du Soleil (**Doc. 8**).

Vocabulaire

■ **Paramètres astronomiques :** caractéristiques d'une planète en rapport avec son mouvement ou sa position dans le système solaire.

Doc. 8 Variation de l'excentricité de l'orbite terrestre et de l'obliquité de la planète

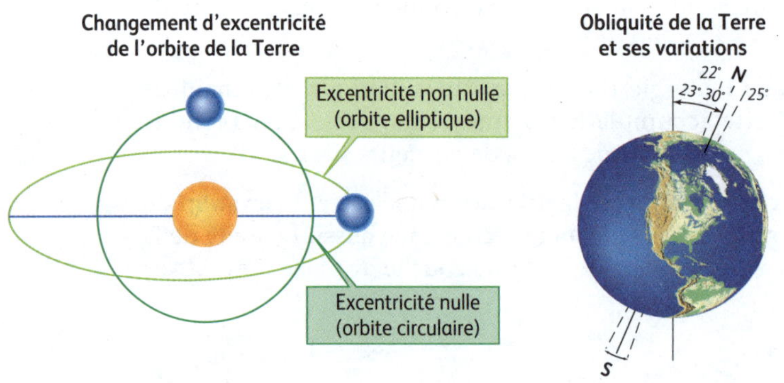

Révision express

La complexité du système climatique

Le schéma à retenir

Facteurs influant sur la température de la Terre

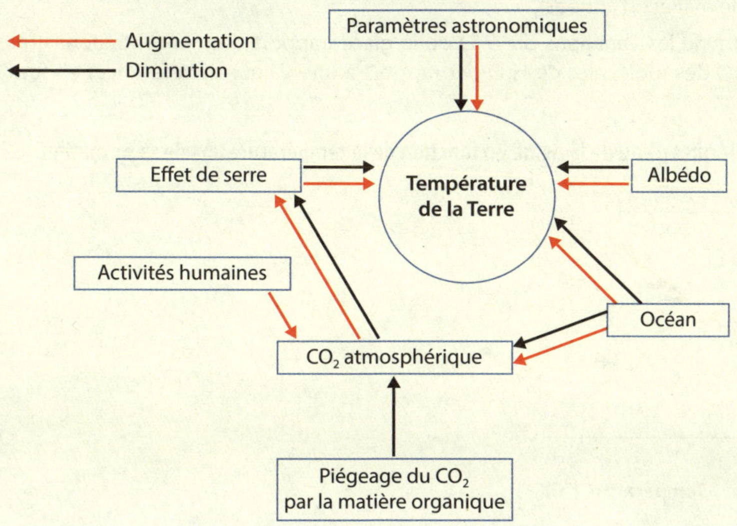

Quiz

Cochez la bonne réponse :

1. La vapeur d'eau est un gaz à effet de serre. ☐ Vrai ☐ Faux
2. Le niveau marin dépend du climat. ☐ Vrai ☐ Faux
3. La météorologie étudie les variations climatiques. ☐ Vrai ☐ Faux
4. L'effet de serre est dû aux activités humaines. ☐ Vrai ☐ Faux
5. La présence de nuages contribue à diminuer la température de l'atmosphère. ☐ Vrai ☐ Faux
6. La fonte de la banquise élève le niveau marin. ☐ Vrai ☐ Faux

→ Réponses p. 471

EXERCICE GUIDÉ 1

Reconstituer des variations climatiques

Énoncé

À partir de carottes de glace, il est possible de reconstituer les variations climatiques dans un passé récent (centaines de milliers d'années).

Pour cela, on détermine les variations du $\delta^{18}O$ de la glace (rapport des concentrations entre les isotopes 18O et 16O des molécules de H_2O par rapport à une valeur de référence) en fonction de la profondeur.

Doc. 1 $\delta^{18}O$ des molécules d'eau de la neige en fonction de la température lors de sa formation

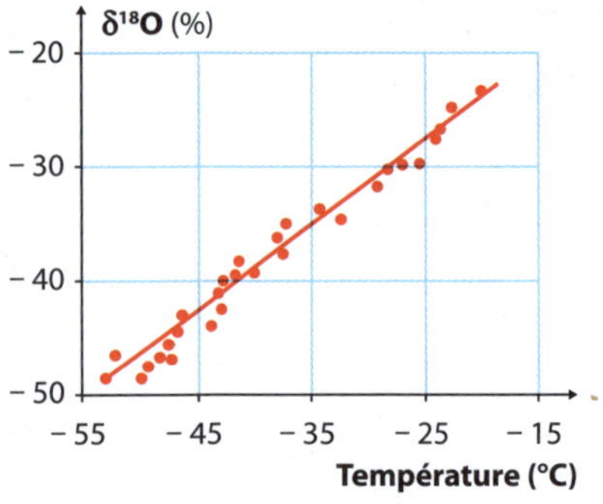

Doc. 2 Variations du $\delta^{18}O$ de la glace dans une carotte de glace en Antarctique (Vostok)

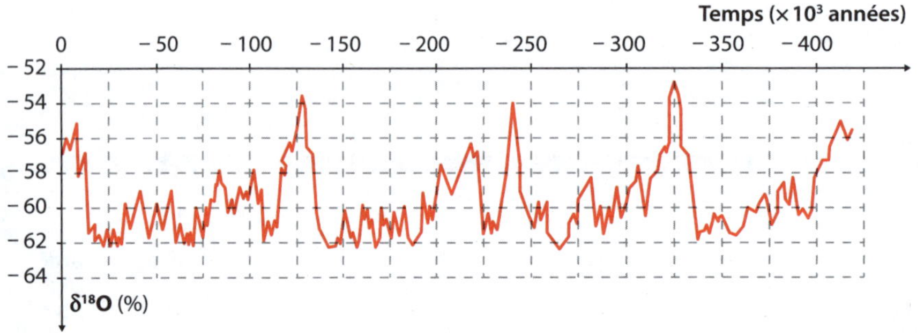

À partir des **documents 1** et **2**, reconstituer les variations climatiques au cours des derniers 400 000 ans.

Méthode

1 Le **document 1** permet d'établir une corrélation entre la température et le $\delta^{18}O$: il faut observer comment varie le $\delta^{18}O$ quand la température diminue (attention aux valeurs qui sont négatives et qui donc augmentent dans le sens des flèches des axes).

2 On utilise ensuite cette corrélation pour interpréter les résultats fournis par le **document 2**. L'échelle de temps fournie sur ce document est établie à partir de la profondeur de la glace. En effet, la glace s'étant accumulée au cours du temps, plus elle est profonde, plus elle est ancienne. En se basant sur une vitesse moyenne de dépôt de la glace, il est possible de la dater en fonction de sa profondeur.

3 Il s'agit de repérer ensuite des cycles de variations climatiques constitués par une période de refroidissement et une période de réchauffement, de mesurer leur durée et de les compter. Pour décrire ces variations, on commence toujours par le passé le plus lointain pour remonter jusqu'à l'actuel.

Corrigé

Le **document 1** montre qu'il existe une relation linéaire entre les concentrations des isotopes de l'oxygène ($\delta^{18}O$) et la température au Groenland au moment où la neige s'est déposée : quand la température augmente (de – 54 °C à – 20 °C), $\delta^{18}O$ augmente (de – 48 % à – 22 %). Le $\delta^{18}O$ de la glace constitue un thermomètre isotopique qui permet de reconstituer les variations de la température.

Attention
Sur le **Doc. 2**, le temps 0 correspond à l'actuel, plus on s'en éloigne le long de l'abscisse, plus la glace est ancienne.

D'environ – 400 000 ans à nos jours, on peut distinguer 5 cycles d'une durée d'environ 100 000 ans. Chacun alterne une période de réchauffement ($\delta^{18}O$ augmente) durant environ 20 000 ans, et une longue période de refroidissement ($\delta^{18}O$ diminue).

Période interglaciaire	Période glaciaire
	De – 430 000 à – 340 000 ans
De – 340 000 à – 320 000 ans	de – 320 000 à – 250 000 ans
De – 250 000 à – 230 000 ans	de – 230 000 à – 140 000 ans
De – 140 000 à – 130 000 ans	de – 130 000 à – 12 000 ans
De – 12 000 ans à aujourd'hui	

ENS. SCIENTIFIQUE

Chapitre 3 Le climat du futur

1 Modèles climatiques

De quoi s'agit-il ? **Pour évaluer l'importance du réchauffement climatique futur, des modèles climatiques sont élaborés à partir des connaissances sur le climat et des données recueillies sur le terrain.**

1 Construire des modèles climatiques

• La construction de modèles climatiques tient compte de processus physico-chimiques bien connus (circulations atmosphérique et océanique), qui peuvent être décrits par des équations basées sur les lois fondamentales de la physique, du mouvement des fluides et de la chimie.

• Elle intègre aussi des processus complexes que l'on ne sait décrire que de façon **empirique** (effets de la végétation, des animaux marins…), ce qui explique l'approximation des résultats.

• Les modèles les plus simples couplent deux compartiments, l'océan et l'atmosphère par exemple, et s'intéressent à leur **bilan énergétique**. Les plus complexes sont des modèles globaux du système Terre, qui tentent de représenter ses différentes composantes (atmosphère, océan, banquise, biosphère…), leurs interactions, ainsi que les **rétroactions** positives et négatives. Les événements particuliers doivent aussi être pris en compte.

• Ces modèles sont construits pour différentes hypothèses, plus ou moins pessimistes quant à l'évolution des rejets de gaz à effet de serre. Ils dessinent donc des fourchettes d'évolution du système climatique au XXIe siècle.

Vocabulaire

- **Empirique** : qui ne s'appuie que sur l'expérience ou l'observation, mais qui n'est pas démontré.
- **Bilan énergétique** : somme des entrées et des sorties d'énergie à l'intérieur d'un système.
- **Rétroaction** : action en retour, dans laquelle les conséquences agissent sur les causes.

2 Valider les modèles climatiques

• Pour être validés, les modèles climatiques sont appliqués à des situations passées ou actuelles, et les résultats confrontés à ceux réellement obtenus ou enregistrés dans les archives géologiques pour les **paléoclimats** (**Doc. 1**). On les ajuste ensuite afin d'améliorer leur fiabilité.

• L'**analyse multi-modèles**, dans laquelle les résultats issus de plusieurs modèles sont confrontés, permet les vérifications.

• La fiabilité des modèles dépend aussi du nombre de données recueillies, plus important aujourd'hui grâce à l'augmentation du nombre de satellites artificiels et de stations météorologiques au sol.

Vocabulaire

- **Paléoclimat** : climat du passé.
- **Analyse multi-modèles** : élaboration d'une prévision à partir de l'utilisation simultanée de plusieurs modèles.

Doc. 1 **Température annuelle moyenne observée (en rouge) et température calculée par les modèles (en noir)**

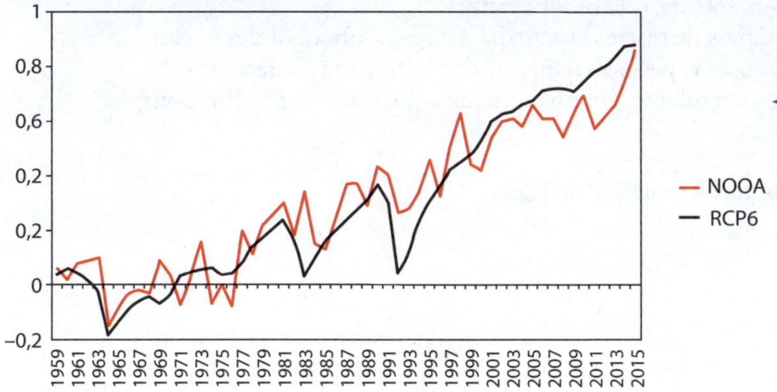

La National Oceanic and Atmospheric Administration (NOAA) est l'agence américaine responsable de l'étude de l'océan et de l'atmosphère.
RCP6 (Représentative Concentration Pathway – Profils représentatifs d'évolution de concentration) est un des modèles climatiques envisagés pour le futur.

ENS. SCIENTIFIQUE

2 Informations fournies par les modèles

De quoi s'agit-il ? **L'élévation de température du globe, prévue par des modèles aux résultats concordants, aura des conséquences variées, tant sur les milieux que sur les êtres vivants.**

1 Prévisions concordantes

• Il existe un consensus pour penser que l'élévation de température moyenne depuis le début de l'ère industrielle est liée aux activités humaines qui rejettent du dioxyde de carbone CO_2 (combustion d'hydrocarbures, déforestation, production de ciment) ou encore du méthane CH_4 (émis lors de fuites de gaz naturel, de fermentations dans les décharges, ainsi que par certaines activités agricoles).

• Les modèles s'accordent à prévoir, avec une forte **probabilité d'occurrence**, dans des fourchettes dépendant de la quantité émise de gaz à effet de serre, une augmentation de 1,5 à 7 °C de la température moyenne entre aujourd'hui et la fin du XXIe siècle (**Doc. 2**).

Vocabulaire
- **Probabilité d'occurrence :** probabilité que l'événement se réalise.

2 Conséquences attendues

• Les conséquences d'une élévation de la température sont prévisibles, notamment :
– une élévation du niveau moyen des océans, provoquée par la dilatation thermique de l'eau et la fonte des glaciers continentaux ;
– une réduction de la masse et de la surface des glaces océaniques arctiques et continentales ;
– des modifications des **régimes de pluie** et des **événements météorologiques extrêmes**. Par exemple, le réchauffement océanique en surface favorise l'évaporation, or c'est à partir de l'eau évaporée que se forment les cyclones. La fréquence et/ou l'intensité de certains types d'événements extrêmes a déjà augmenté ;
– une **acidification des océans** : l'excès de CO_2 atmosphérique est en partie dissous dans l'océan. Il forme alors de l'acide carbonique H_2CO_3 qui se dissocie en ions H+ (protons) et bicarbonates HCO_3–. L'excès de CO_2 atmosphérique comme océanique devrait favoriser

Vocabulaire
- **Régime de pluie :** type de pluie.
- **Événement météorologique extrême :** événement de grande intensité engendrant des dégâts.
- **Acidification des océans :** baisse du pH des océans (ce pH est néanmoins basique, mais ce qui est pris en compte est son évolution).

la photosynthèse, mais certaines espèces, par leur métabolisme, en tireront profit plus que d'autres, ce qui induira des changements dans la biodiversité ;
– un impact majeur sur les écosystèmes terrestres et marins. Le réchauffement des océans provoque une migration de nombreuses espèces marines, jusqu'à 400 km par décennie. Le taux de reproduction des espèces en est affecté. Un phénomène équivalent se produit pour les espèces continentales.

Doc. 2 Différents scénarios pris en compte par les modèles climatiques

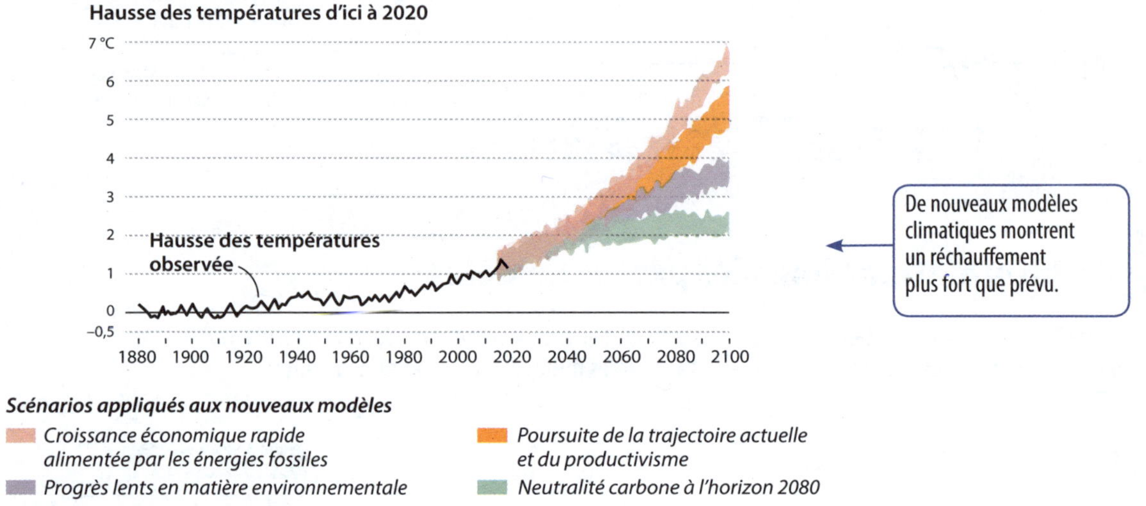

Source : CNRS, CEA, Météo-France

Révision express

Le climat du futur

Le schéma à retenir

Les conséquences d'un réchauffement climatique

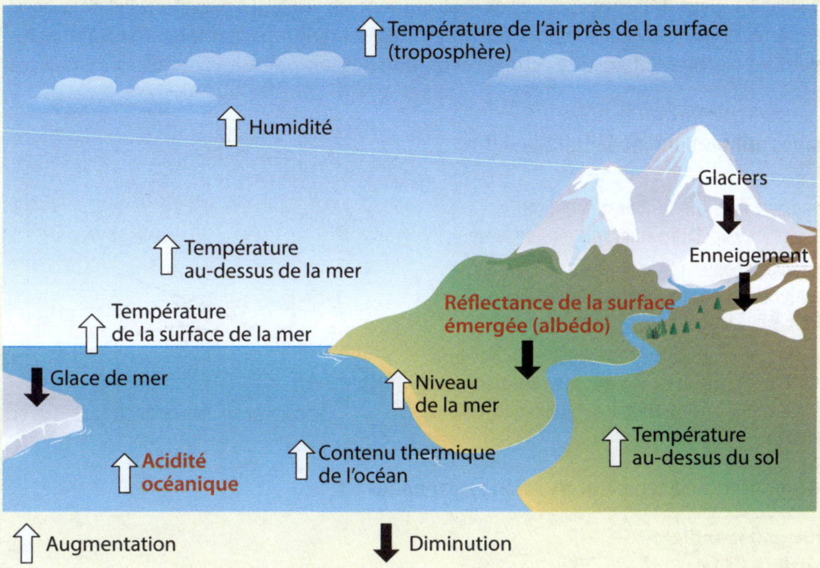

Quiz

Cochez la bonne réponse :

1. Les résultats des modèles climatiques sont ensuite validés par des observations spatiales.
☐ **Vrai** ☐ **Faux**

2. Les projections climatiques se limitent à quelques décennies.
☐ **Vrai** ☐ **Faux**

3. Les modèles climatiques prévoient une baisse de température à la fin du siècle en cas de baisse des émissions de GES.
☐ **Vrai** ☐ **Faux**

4. La fermentation dans les décharges libère du méthane.
☐ **Vrai** ☐ **Faux**

5. Plusieurs modèles climatiques prévoient une élévation du niveau marin de 100 m.
☐ **Vrai** ☐ **Faux**

→ Réponses p. 471

EXERCICE GUIDÉ

Analyser des modèles prédictifs

Énoncé

Pour construire des modèles prédictifs, le GIEC (Groupe d'experts intergouvernemental sur l'évolution du climat) s'est basé sur différents scénarios, notamment les SRES qui prévoient les émissions de gaz à effet de serre, en fonction d'objectifs économiques et environnementaux. Par différentes méthodes de calcul, les experts ont ensuite estimé l'évolution des températures correspondant à ces différents scénarios.

Doc. 1 Des scénarios utilisés pour modéliser l'évolution du climat

A2 Croissance très rapide s'appuyant surtout sur l'utilisation de combustibles fossiles. Population mondiale en croissance.

A1B Croissance très rapide s'appuyant sur des sources énergétiques équilibrées (combustibles fossiles, énergies nucléaire et renouvelables). Population mondiale en croissance.

B1 Croissance guidée par des objectifs de développement durable et fondée sur une réduction progressive de la part des énergies fossiles. Ralentissement de la croissance démographique jusqu'en 2050, puis stagnation.

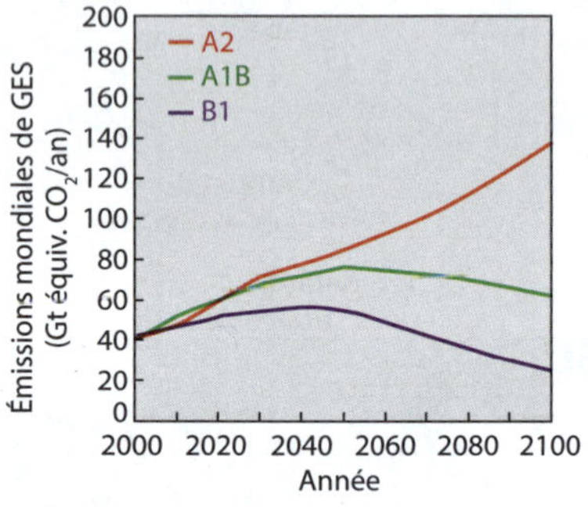

Doc. 2 Modèle d'évolution de la température selon ces scénarios

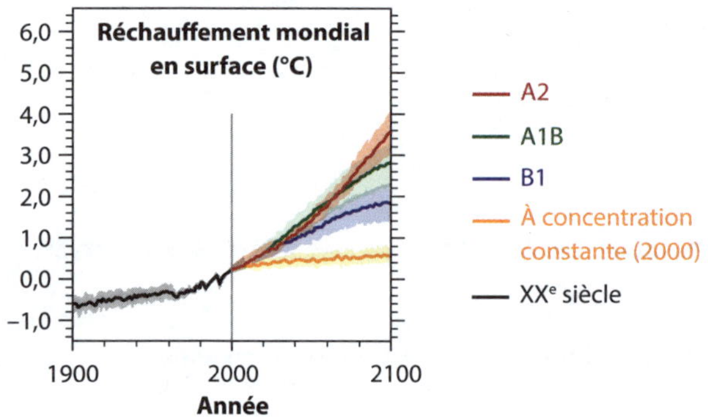

Analyser les prévisions du GIEC en fonction de ces différents scénarios.

Méthode

1 Il faut tout d'abord s'intéresser aux trois scénarios, et plus particulièrement à ce qui les distingue pour ensuite pouvoir interpréter les résultats. Il est nécessaire notamment de comparer le rythme d'évolution des émissions de CO_2 au rythme des émissions actuelles.

2 Enfin, il s'agit de mettre en relation les prévisions en termes d'équivalents CO_2 et de température.

Corrigé

Pour les scénarios A2 et A1B, les émissions de dioxyde de carbone vont se poursuivre à un rythme identique au rythme actuel jusqu'à 2050 au moins, ces émissions étant seulement ralenties dans le scénario A1B après cette période. Ce ralentissement s'explique par un recours à d'autres énergies que les combustibles fossiles.

Pour le scénario B1, on assiste à une diminution des émissions de CO_2 à partir de 2030, liée au remplacement des combustibles fossiles par des sources d'énergie qui ne produisent pas de CO_2. Malgré la diminution des émissions de CO_2, l'atmosphère continue néanmoins à s'enrichir en ce gaz pendant une certaine période. Cela s'explique par le fait que le CO_2 s'accumule dans l'atmosphère en quantité telle que l'excédent ne peut pas être immédiatement recyclé dans les autres réservoirs (par exemple l'océan).

Remarque
Dans une perspective de développement durable, l'arrêt de la déforestation et le reboisement ont un impact sur le taux de CO_2, les végétaux en croissance constituant des puits de carbone.

Tous ces scénarios prévoient une hausse de la température d'ici 2100: continuelle et de plus de 3,5 °C pour le A2, d'un peu moins de 3 °C pour le A1B, avec une stagnation vers 2080. Malgré la réduction des émissions de GES, une hausse de près de 2 °C est prévue en 2100 selon le B1. Toutefois, la température n'augmente que de façon limitée à partir de 2050. Ainsi, une réduction des émissions de GES, même si elle n'éviterait pas le réchauffement climatique, permettrait de le limiter.

Chapitre 4 Énergies, choix de développement et futur climatique

1 Énergies mondiales

De quoi s'agit-il ? Les ressources énergétiques mondiales sont variées. La consommation des énergies fossiles ou renouvelables est inégale à travers le monde, même si celle des ressources non renouvelables est largement majoritaire.

1 Diversité des ressources et énergies fossiles

• Nos besoins énergétiques sont de plus en plus importants, voire en croissance exponentielle dans certaines régions du monde. Les **énergies fossiles** représentent près de 80 % de notre consommation, alors que ces énergies se raréfient. Nous devons compter à l'avenir sur un ensemble de ressources énergétiques, autres que fossiles, relativement variées : nucléaire, solaire, **éolien**, **géothermique**, hydraulique, **biomasse**, énergies marines…

• Les énergies primaires sont disponibles sous deux formes :
– les énergies stockables, comme les combustibles fossiles (pétrole, gaz ou charbon) ou nucléaires (uranium) ;
– les flux d'énergie ou énergies non stockables : flux radiatif solaire, flux géothermique, puissance gravitationnelle à l'origine des marées, etc.

• Les énergies fossiles sont produites à partir de sources de matière organique. Leurs stocks étant limités, ce type d'énergie est épuisable. Les énergies fossiles (pétrole, gaz et charbon) sont aussi appelées **hydrocarbures** : leur combustion dégage du dioxyde de carbone, un des principaux **gaz à effet de serre** (GES).

• Les **énergies renouvelables**, par opposition aux énergies fossiles ou nucléaires, sont des sources énergétiques inépuisables.

Vocabulaire

- **Énergie fossile** : énergie issue de la combustion du charbon, du gaz ou du pétrole.
- **Éolien** : type d'énergie produite par l'action du vent.
- **Géothermie** : type d'énergie utilisant les phénomènes thermiques internes de la Terre.
- **Biomasse** : matière organique (végétale ou animale) pouvant produire de l'énergie.
- **Hydrocarbure** : molécule constituée de carbone et d'hydrogène.
- **Gaz à effet de serre** : gaz absorbant une partie des rayonnements solaires, contribuant à l'effet de serre.
- **Énergie renouvelable** : énergie dont le renouvellement est tel qu'elle peut être considérée comme inépuisable.

2 Consommation énergétique

• La consommation d'énergie dans le monde, très inégalement répartie en fonction des richesses des pays et des individus, a malgré tout doublé depuis le choc pétrolier de 1973, avec une consommation importante des pays émergents dont la principale source d'énergie reste actuellement le charbon. La Chine, en particulier, est devenue le premier consommateur mondial d'énergie.

• La consommation énergétique est directement liée au modèle industriel des différents pays consommateurs : les secteurs industriels, des transports et de l'habitat se partagent équitablement la majorité des parts de marché ; vient ensuite, et dans une moindre mesure, le secteur agricole.

• Les énergies fossiles ont une place très privilégiée (**Doc. 1**), même si l'Europe souhaite réduire sa consommation. Les énergies renouvelables, quant à elles, connaissent une croissance rapide, bien qu'encore en très faible part. Enfin, concernant la production et la consommation nucléaires, certains pays sont en réflexion sur les politiques à mener après la catastrophe de Fukushima au Japon en 2011.

Doc. 1 Consommation mondiale en 2012

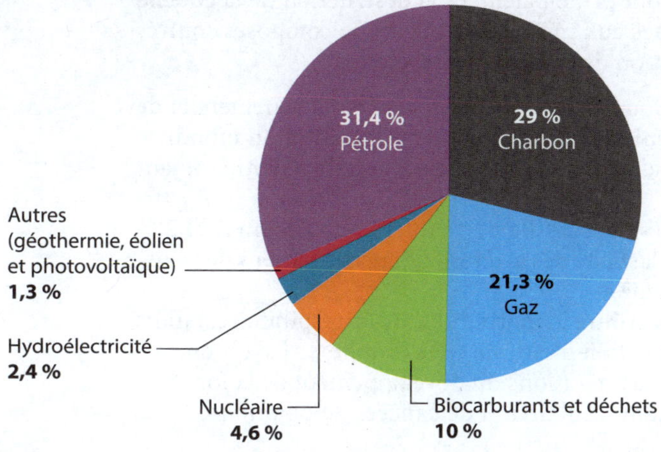

2 Combustion d'hydrocarbures et de biomasse

De quoi s'agit-il ? La combustion d'hydrocarbures fossiles et de biomasse produit des GES ou des particules qui affectent la qualité de l'air et la santé des êtres humains.

1 Combustions complètes et incomplètes

• Les hydrocarbures, issus des produits pétroliers et composés des éléments carbone et hydrogène, réagissent avec le dioxygène et produisent du dioxyde de carbone et de l'eau : il s'agit d'une combustion complète. Seul le carbone, ou charbon pur, brûle en ne produisant que du dioxyde de carbone.

Exemple :

L'équation de combustion du méthane est $CH_4 + 2O_2 \rightarrow CO2 + 2H_2O$.

• Dans le cas d'une combustion incomplète, il se forme d'autres produits que l'eau et le dioxyde de carbone, comme le monoxyde de carbone CO. Dans le cas de la combustion de réactifs fossiles ou issus de la biomasse, il se forme des aérosols, des composés azotés, de l'ozone O_3, des suies, des produits soufrés, etc.

Vocabulaire

- **Allergène :** substance déclenchant ou favorisant une allergie, une intolérance, des réactions du système immunitaire.
- **Particule fine :** particule de très petit diamètre.
- **Couche d'ozone :** couche de la stratosphère comprise entre 20 et 50 km d'altitude contenant une concentration de l'ozone O_3 permettant l'absorption des UV.

• On appelle pouvoir calorifique, la quantité d'énergie contenue dans une unité de masse ou de volume (fioul ou gaz naturel) de combustible. Le PCS (pouvoir calorifique supérieur) est calculé pour une eau produite à l'état vapeur, alors que le PCI (pouvoir calorifique inférieur) est calculé pour une eau redevenue à l'état liquide.

2 Conséquences sur l'environnement et la santé

• La pollution de l'air peut être d'origine naturelle (éruption volcanique, érosion produisant des poussières minérales, production d'**allergènes** par les plantes, etc.) ou d'origine humaine (transports avec surtout le trafic routier, industries, chauffages et bâtiments, agriculture, stockage et incinération des déchets, etc.).

• Les polluants primaires sont directement issus de l'activité humaine : **particules fines**, composés organiques volatils (COV), etc. Les polluants secondaires, comme l'ozone, sont le produit de transformation de polluants primaires.

• Les conséquences sur l'environnement sont principalement la destruction de la **couche d'ozone**, la production de pluies acides dues aux oxydes d'azote ou de composés soufrés qui dégradent les écosystèmes, l'augmentation de l'effet de serre, etc.

• Quant aux conséquences sur la santé, selon le site de l'Agence de l'environnement et de la maîtrise de l'énergie (Ademe), qui s'appuie sur un rapport de l'Organisation mondiale de la santé (Rapport OMS « Review of evidence on health aspects of air pollution », janvier 2013) :
– une exposition à long terme aux particules fines de diamètre inférieur à 2,5 µm (PM 2,5) « peut provoquer l'athérosclérose [perte d'élasticité des artères], des perturbations des naissances et des maladies respiratoires chez l'enfant » ;
– une exposition de court terme « suffit à accroître la morbidité cardio-respiratoire, tandis qu'une exposition chronique favorise l'apparition d'asthme chez l'adulte [...], de broncho-pneumopathies chroniques obstructives et d'altérations du développement de la fonction respiratoire chez l'enfant, de maladies cardiovasculaires et de cancers du poumon ».

Doc. 2 Effets de la pollution de l'air aux particules fines

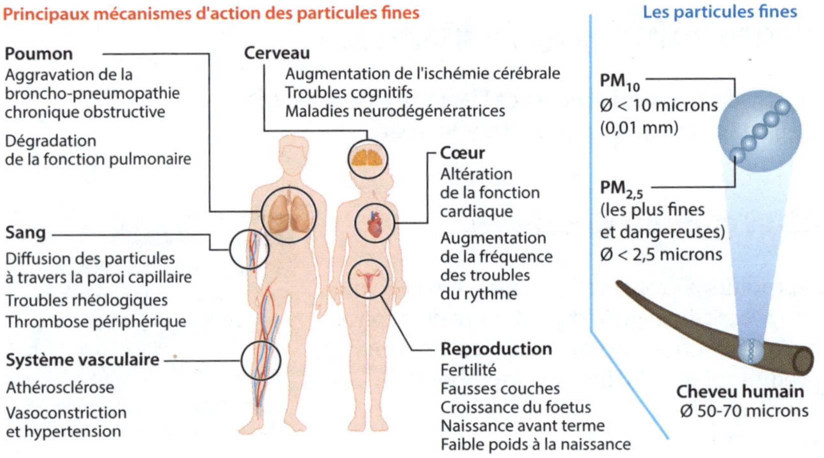

Sources : Santé Publique France, inVS

3 Empreinte carbone

De quoi s'agit-il ? **L'empreinte carbone mesure la masse de gaz à effet de serre (GES) produite lors de la consommation d'énergie et/ou de matières premières. Elle se mesure en tonnes équivalent CO_2.**

1 Bilan GES et empreinte carbone

• Un territoire, une organisation, etc. peut réaliser son bilan GES en s'appuyant sur la norme ISO-TR 14069.

• L'Ademe propose de classer les émissions de gaz à effet de serre (GES) en trois catégories :
– SCOPE 1 ou émissions directes de GES : ce sont les émissions des sources fixes de combustion, des sources mobiles à moteur thermique, celles issues de la biomasse par exemple ;

– SCOPE 2 ou émissions indirectes de GES : ce sont les émissions liées à la consommation d'électricité, de chaleur/froid ou de vapeur ;
– SCOPE 3 ou autres : ce sont les émissions indirectes liées au stockage des marchandises, aux transports, aux déchets, aux achats de biens et services, etc.

● Le quatrième rapport gouvernemental annuel, au titre de la loi dite « SAS » du 13 avril 2015 (Eva Sas), définit l'**empreinte carbone** comme un calcul des quantités de GES induites par la demande du pays (« consommation des ménages, administrations publiques, organismes à buts non lucratifs, investissement) que ces biens ou services soient produits sur le territoire national ou importés. »

Vocabulaire

■ **Empreinte carbone :** masse de gaz à effet de serre produite de manière directe ou indirecte d'une entité lors de sa consommation d'énergie et/ou de matières premières. Elle se mesure en tonnes de dioxyde de carbone équivalentes.

● L'empreinte carbone est ainsi constituée des émissions de GES directes et indirectes. La plupart du temps, les principaux GES, soit le dioxyde de carbone CO_2, le méthane CH_4 et le protoxyde d'azote N_2O, sont évalués.

● Pour simplifier, on définit l'empreinte carbone d'une activité ou d'une personne comme la masse de dioxyde de carbone CO_2 équivalente produite directement ou indirectement par sa consommation d'énergie et/ou de matières premières.

ENS. SCIENTIFIQUE

2 Empreinte carbone de la France

● En France (métropole et **DROM**), l'évolution de l'empreinte carbone a été en forte hausse entre 1995 et 2005, puis a eu tendance à se stabiliser pour diminuer de 2011 à 2014. Les projections pour les années postérieures montrent un retour à la hausse (**Doc. 3**).

● Globalement entre 1995 et 2017, l'empreinte carbone de la France a augmenté de près de 20 %, avec une baisse sensible des émissions intérieures, mais une très forte hausse des émissions associées aux importations (+ 99 %).

Vocabulaire

■ **DROM :** Départements et régions d'Outre-Mer.

■ **tCO_2e (« tonne équivalent dioxyde de carbone ») :** masse de dioxyde de carbone équivalente produite dans les mêmes conditions d'émission.

Doc. 3 Empreinte carbone - France métropolitaine, départements et régions d'Outre-Mer

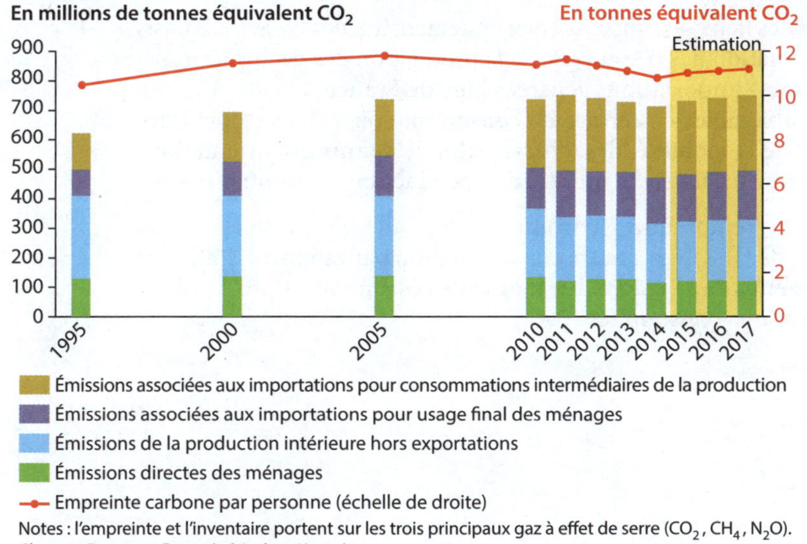

Notes : l'empreinte et l'inventaire portent sur les trois principaux gaz à effet de serre (CO_2, CH_4, N_2O).
Champ : France et Drom (périmètre Kyoto).

Sources : Citepa ; AIE ; FAO ; Douanes ; Eurostat ; Insee. Traitement : SDES, 2018.

• L'empreinte carbone estimée (e) par personne est de 11,2 **tCO_2e** en 2017. Elle est en hausse de 6 % depuis 1995 au regard de la croissance démographique entre ces deux dates. Cela permet de constater une variation à la hausse, mais faible malgré tout.

4 Transition écologique : les scénarios possibles

De quoi s'agit-il ? Afin de réduire les émissions de GES, des exercices prospectifs permettent, grâce à une vision à moyen et long termes, d'établir un état des lieux et des préconisations.

1 Exercices prospectifs

• Les exercices prospectifs visent à donner une vision à moyen ou long terme des changements sociétaux, économiques, environnementaux nécessaires à la réduction de notre empreinte énergétique, de notre empreinte carbone, de notre empreinte eau, de notre consommation de ressources, etc. Ces projections fournissent des modèles permettant de définir les aléas et d'orienter les décisions.

• Parmi les champs de réflexion, la réduction des gaz à effet de serre (GES) est un domaine important. Les scénarios de transition écologique font différentes hypothèses pour évaluer, voire diminuer, à terme, l'empreinte carbone de la planète. Ces scénarios évaluent aussi les changements prévisibles affectant les écosystèmes et les conditions de vie des êtres humains, principalement les plus fragiles.

2 Exemple : scénario de l'Ademe

• En 2014, dans le cadre de l'exercice de prospective énergétique « Vision 2030-2050 », l'Agence de l'environnement et de la maîtrise de l'énergie (Ademe) a travaillé sur un scénario fondé sur la consommation des ménages, appelée « empreinte environnementale allégée ».

• Ce scénario :
- établit non seulement un état des lieux des impacts environnementaux des GES, mais aussi de l'acidification, de la consommation des ressources, de la production des déchets, etc. ;
- prend en compte les impacts des importations générées hors de France ;
- analyse les changements souhaitables en termes de consommation dans les domaines de l'habitat, de l'alimentation, de la mobilité, des loisirs… afin de définir des orientations pour l'avenir. Le scénario propose un nouveau modèle de « production-consommation ».

• À l'horizon 2030, le scénario « empreinte environnementale allégée » permettrait de diminuer de 17 % les émissions de GES liées à notre consommation par rapport à 2007, soit environ 7 tCO_2e par personne et par an en 2030. La moitié de ces émissions proviendrait encore des importations de produits consommés (**Doc. 4**).

Doc. 4 Émissions de GES à l'horizon 2030 selon le scénario Ademe

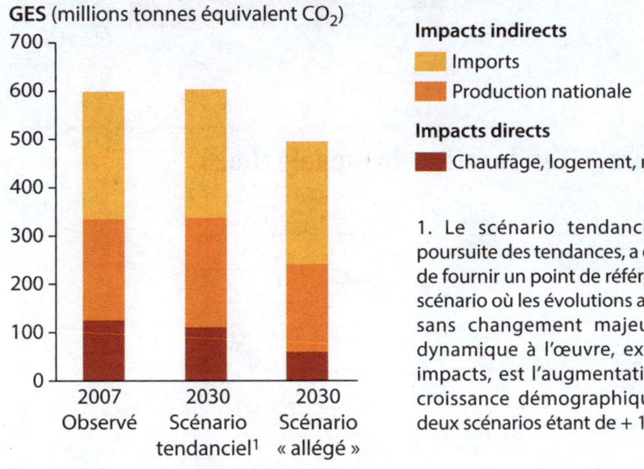

Source : Ademe

1. Le scénario tendanciel, construit sur une poursuite des tendances, a comme principal objectif de fournir un point de référence à 2030. Il s'agit d'un scénario où les évolutions actuelles se maintiennent sans changement majeur. Ainsi, la principale dynamique à l'œuvre, expliquant la hausse des impacts, est l'augmentation de la population, la croissance démographique considérée dans les deux scénarios étant de + 11 % d'ici à 2030.

3 Rapport spécial du GIEC

• En 2018, dans son rapport spécial sur le « Réchauffement climatique de 1,5 °C », commandé à la suite de la **COP21**, le Groupe d'experts intergouvernemental sur l'évolution du climat (GIEC) a analysé plus de 200 scénarios. Malgré des différences d'approches, ces scénarios arrivent à des propositions communes.

• Le rapport spécial du GIEC précise, concernant les émissions de GES : « Pour ne pas dépasser un réchauffement de 2 °C d'ici la fin du siècle, nous devons réduire de 25 % nos émissions d'ici 2030, et atteindre la **neutralité carbone** en 2070. Pour rester en dessous de + 1,5 °C, les émissions doivent être réduites de 50 % d'ici 2030, et être nulles à partir de 2050. »

• Le GIEC fait des propositions d'investissement à réaliser d'ici 2035, dont le coût est d'environ 2 400 milliards de dollars par an, soit 2,5 % du **PIB** mondial.

Vocabulaire

- **COP** : conférence internationale sur le climat s e déroulant chaque année et réunissant les pays signataires de la Convention cadre des Nations Unies sur le changement climatique (CCNUCC).
- **Neutralité carbone ou « zéro émissions nettes » (zen)** : état dans lequel toute émission de CO_2 est compensée par une absorption ou une élimination.
- **PIB (produit intérieur brut)** : indicateur de la production économique intérieure d'un pays.

Révision express

Énergie, choix de développement et futur climatique

Le schéma à retenir

Changement de température (°C) en fonction du modèle choisi

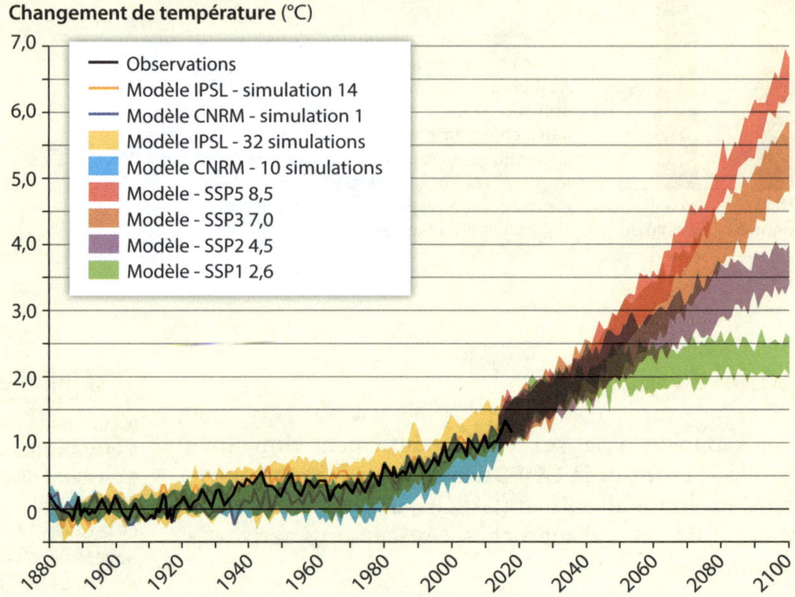

Quiz

Cochez la bonne réponse :

1. Le gaz naturel et le charbon sont des énergies fossiles.
☐ **Vrai** ☐ **Faux**

2. L'énergie solaire et l'énergie éolienne sont des énergies renouvelables.
☐ **Vrai** ☐ **Faux**

3. L'énergie nucléaire est une énergie primaire stockable.
☐ **Vrai** ☐ **Faux**

4. Les particules fines sont par définition d'un diamètre de 10 µm.
☐ **Vrai** ☐ **Faux**

5. L'empreinte carbone mesure la masse de carbone produite.
☐ **Vrai** ☐ **Faux**

6. La tCO_2e est une unité de masse.
☐ **Vrai** ☐ **Faux**

→ Réponses p. 471

EXERCICE GUIDÉ 1

Calculer la masse de dioxyde de carbone produite par unité d'énergie dégagée

Énoncé

Le butane C_4H_{10} est utilisé comme combustible domestique, généralement stocké dans des cuves externes en surface ou enterrées. Calculer la masse de dioxyde de carbone produite par combustion par mégajoule d'énergie dégagée.

Données :

- L'équation de combustion est : $2\ C_4H_{10}\ (g) + 13\ O_2\ (g) \rightarrow 8\ CO_2\ (g) + 10\ H_2O\ (g)$.
- Le pouvoir calorifique inférieur du butane est : PCI = 12,56 kWh/kg.
- Masses molaires atomiques (g·mol–1) : M(H) = 1,0 ; M(C) = 12,0 ; M(O) = 16,0.

Méthode

1 **Calculer les masses molaires du combustible et du dioxyde de carbone.**

2 **Déterminer la quantité de matière de combustible correspondant à une masse de 1 kg.**

3 **À partir des proportions de l'équation de combustion, déterminer la quantité de matière de dioxyde de carbone produite par kilogramme de combustible.**

4 **En déduire la masse de dioxyde de carbone correspondante.**

5 **Convertir en mégajoules (MJ) l'énergie exprimée en kilowattheures (kWh) pour le pouvoir calorifique inférieur.**

6 **En utilisant les réponses aux étapes 4. et 5., en déduire, par proportionnalité, la masse de dioxyde de carbone produite par mégajoule (MJ) d'énergie dégagée.**

Corrigé

1. Les masses molaires du butane et du dioxyde de carbone sont :

M(C4H10) = 4M(C) + 10M(H) = 4 × 12,0 + 10 × 1,0 = 58,0 $g{\cdot}mol^{-1}$

$M(CO_2) = M(C) + 2M(O) = 1 \times 12,0 + 2 \times 16,0 = 44,0\ g{\cdot}mol^{-1}$

2. La quantité de butane correspondante est $n(C_4H_{10}) = \dfrac{m(C_4H_{10})}{M(C_4H_{10})}$. Pour une masse de 1,0 kg = 1,0 × 103 g de butane, on a $n(C_4H_{10}) = \dfrac{1,0 \times 10^3}{58,0} = 17$ mol.

3. L'équation de combustion du méthane est :

$2\ C_4H_{10}\ (g) + 13\ O_2\ (g) \rightarrow 8\ CO_2\ (g) + 10\ H_2O\ (g)$

On en déduit que 2 mol de méthane produisent 8 mol de dioxyde de carbone. Par proportionnalité, à partir de ces coefficients stœchiométriques, on en déduit que la quantité de dioxyde de carbone est :

$n(CO_2) = \dfrac{8}{2} \times n(C_4H_{10}) = 4n(C_4H_{10})$

soit alors $n(CO_2) = 4 \times 17 = 68$ mol.

À retenir

On a égalité des rapports $\dfrac{\text{quantité de matière}}{\text{cœfficient stoechiométrique}}$:

$\dfrac{n(CO_2)}{\xi(CO_2)} = \dfrac{n(C_4H_{10})}{\xi(C_4H_{10})}$ avec ξ le cœfficient stœchiométrique.

4. La masse correspondante de dioxyde de carbone est :

$m(CO_2) = n(CO_2) \times M(CO_2)$

d'où $m(CO_2) = 68 \times 44{,}0 = 3{,}0 \times 103$ g ou 3,0 kg.

5. Le pouvoir calorifique inférieur du butane est PCI = 12,56 kWh/kg

PCI = $12{,}56 \times 3{,}6 \times 106 = 4{,}5 \times 107$ J/kg = 45 MJ/kg de butane.

6. Une masse de 1,0 kg de butane produit 3,0 kg de dioxyde de carbone avec une énergie dégagée de 45 MJ.

Par proportionnalité, on en conclut que la masse de dioxyde de carbone produite par mégajoule est de $\frac{3{,}0}{45} = 0{,}067$ kg/MJ ou encore de 67 g de dioxyde de carbone par MJ d'énergie dégagée.

Rappel
1 MJ = 10^6 J et 1 kWh
$= 1 \times 10^3 \times 3{,}6 \times 10^3$
$= 3{,}6 \times 10^6 = 3{,}6$ MJ

Réflexe à avoir
Dans le cas d'une proportionnalité, on peut utiliser un produit en croix pour calculer la masse par MJ d'énergie.

Chapitre 5

Deux siècles d'énergie électrique

1 Alternateur : de l'énergie mécanique à l'énergie électrique

De quoi s'agit-il ? **Les alternateurs électriques exploitent le phénomène d'induction électromagnétique et réalisent une conversion de l'énergie mécanique en énergie électrique.**

1 Phénomène d'induction

Vocabulaire

- **Courant alternatif** : courant de valeur moyenne nulle, mais variant dans le temps.

• Un courant électrique est un mouvement d'électrons libres dans un matériau souvent conducteur comme un métal.

• Lorsque l'on met en mouvement un aimant au voisinage d'un fil de cuivre ou plus particulièrement d'un enroulement de fil de cuivre, les électrons libres se mettent eux aussi en mouvement, créant ainsi un courant électrique et faisant apparaître une tension aux bornes de l'enroulement (**Doc. 1**).

• Le sens du courant électrique et de la tension dépend du pôle de l'aimant présenté à l'enroulement – ici le pôle nord – et du sens de déplacement de l'aimant.

• Dans le cas d'un mouvement de va-et-vient de l'aimant (mouvement d'approche et d'éloignement de l'aimant ou de présentation du pôle sud ou nord), le courant créé dans l'enroulement change de sens : on obtient donc un **courant alternatif**.

Doc. 1 **Création d'un courant par induction**

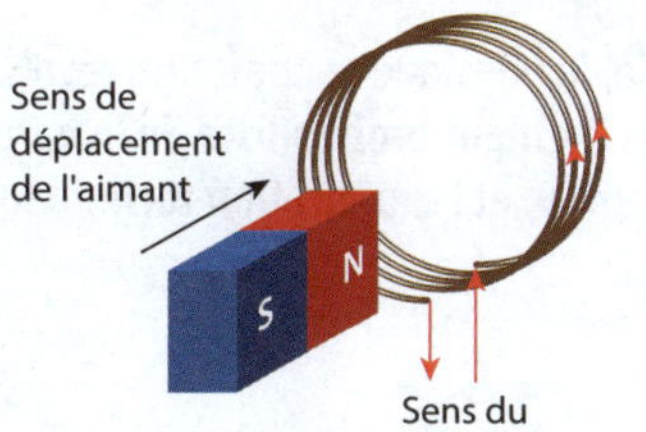

2 Fonctionnement d'un alternateur

Vocabulaire

- **Induction** : phénomène physique de production d'une tension aux bornes d'un conducteur dans un champ magnétique.
- **Rotor** : partie mobile d'un alternateur.
- **Stator** : partie fixe d'un alternateur.
- **Turbine** : dispositif utilisant l'énergie d'un fluide pour mettre un arbre/axe en rotation.

• Un alternateur est un convertisseur d'énergie mécanique en énergie électrique. C'est un générateur de courant alternatif produisant à ses bornes une tension alternative en exploitant le phénomène d'**induction**. Il est constitué d'une source de champ magnétique et d'enroulements fixes ou bobines (**Doc. 2**).

• Un alternateur produit du courant sur le même principe que le dispositif précédent : un aimant multipôles appelé **rotor** tourne dans un ensemble d'enroulements fixes appelé **stator**.

• L'aimant tourne grâce à une **turbine** reliée à l'axe de l'alternateur. Cette turbine peut être en mouvement si elle exploite l'énergie d'un fluide comme :
– l'eau provenant d'une chute d'eau, de l'océan (mouvement des marées), d'un cours d'eau (courant), etc. ;
– la vapeur d'eau sous pression produite dans des centrales thermiques, nucléaires, solaires, etc. ;
– le vent entraînant la rotation des éoliennes…

3 Rendement d'un alternateur

Vocabulaire
- **Rendement :** rapport énergétique traduisant l'« efficacité » d'une machine.

• Le **rendement** η d'un alternateur est le rapport entre l'énergie récupérée en faisant fonctionner l'alternateur sur l'énergie absorbée ou dépensée lors de son fonctionnement : $\eta = \dfrac{\text{énergie utile}}{\text{énergie absorbée}}$

• Le rendement peut être défini en puissance : $\eta = \dfrac{P_{\text{utile}}}{P_{\text{absorbée}}}$.

• Le rendement est un rapport de puissances ou d'énergies : c'est un nombre sans dimension, sans unité ou exprimé en pourcentage.

• Le rendement d'un alternateur est proche de 1 : les pertes thermiques sont souvent de l'ordre de 5 % à 10 %, soit un rendement de 90 % à 95 %.

Doc. 2 Schéma simplifié d'un alternateur

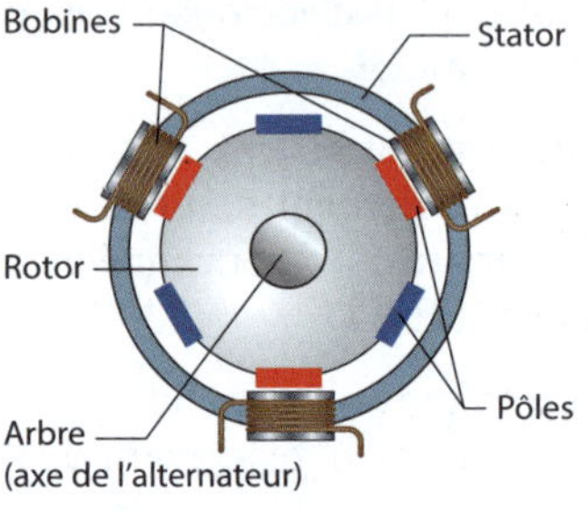

2 Cellule photovoltaïque : de l'énergie radiative à l'énergie électrique

De quoi s'agit-il ? Au début du xxe siècle, la physique connaît une révolution conceptuelle à travers la vision quantique qui introduit un comportement probabiliste de la nature. Les spectres de raies d'émission des atomes en sont une illustration, et l'exploitation technologique des matériaux semi-conducteurs une conséquence.

1 Spectre d'émission des atomes

Vocabulaire
- **Quantum :** la plus petite quantité possible d'énergie, de masse, etc.
- **Spectre d'émission/d'absorption :** diagramme de l'énergie émise/absorbée en fonction de la longueur d'onde.

• L'expérience de Franck et Hertz établit en 1914 que les niveaux d'énergie des atomes sont quantifiés. Cela signifie qu'ils correspondent à des valeurs discrètes caractéristiques de l'atome et que les échanges d'énergie ne se font que par quantités d'énergie parfaitement déterminées : on parle alors de **quanta** d'énergie échangée.

• Une lampe spectrale est constituée d'un gaz monoatomique pouvant effectuer des transitions atomiques grâce à l'énergie cédée par les électrons lors de la décharge électrique dans l'ampoule. Les transitions font passer l'atome d'un état d'énergie basse E1 vers un état d'énergie plus élevée E2. Cependant, l'atome ne reste pas dans l'état d'énergie E2. Il fait une nouvelle transition vers un état plus stable en émettant un ou plusieurs photons d'énergie fixée (**Doc. 3**).

• Plusieurs transitions étant possibles, le gaz peut finalement émettre plusieurs radiations de longueurs d'onde caractéristiques de l'atome constituant le gaz. On obtient alors un **spectre d'émission** de raies, chaque raie correspondant à une transition atomique d'un état de haute énergie vers un état d'énergie basse plus stable (**Doc. 4**).

Doc. 3 **Diagramme d'énergie du sodium**

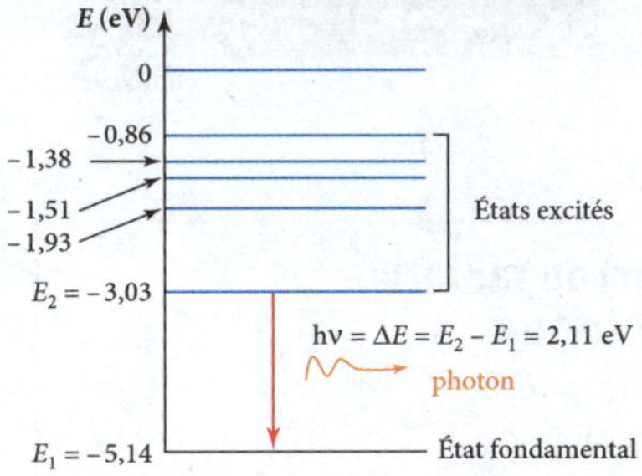

Doc. 4 **Spectre d'émission du sodium (doublet à 589,0 et 589,6 nm)**

2 Spectre solaire et matériau semi-conducteur

- Les cellules photovoltaïques sont constituées de **semi-conducteurs** dont le plus abondamment utilisé est le silicium cristallin. Le choix du semi-conducteur dépend de la corrélation entre son **spectre d'absorption** et le spectre d'émission solaire (**Doc. 5**).

- Le diagramme d'énergie d'un semi-conducteur est caractérisé par l'existence d'une bande interdite appelée « gap » séparant deux bandes de niveaux d'énergie accessibles que sont la **bande de conduction** et la **bande de valence**. Le photon absorbé par le semi-conducteur lui apporte l'énergie pour que les électrons passent dans la couche de conduction, créant un trou positif dans la couche de valence (**Doc. 6**).

- Or les semi-conducteurs sont « dopés » : on introduit dans leur structure cristalline un autre élément chimique comme l'antimoine ou le fluor. En général, l'un des dopants possède plus d'électrons que le silicium (côté N), tandis que l'autre dopant en possède moins (côté P) : il se crée ainsi une tension électrique entre les pôles de la jonction PN permettant de faire circuler les électrons et les trous dans des sens opposés, évitant leur recombinaison. Les semi-conducteurs absorbent donc l'énergie lumineuse pour la convertir en énergie électrique.

Doc. 5 **pectres d'émission solaire et d'absorption d'un semi-conducteur**

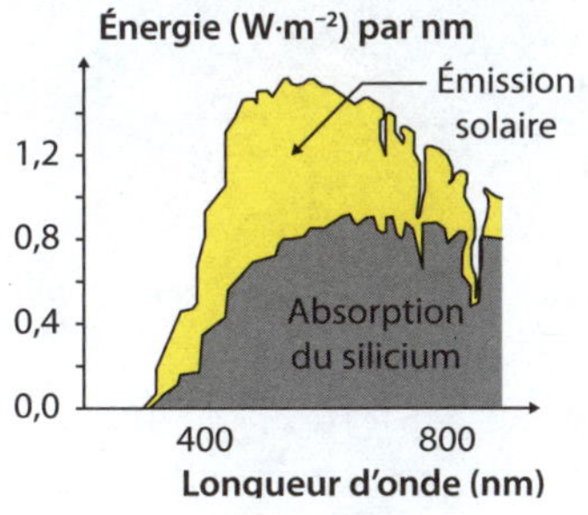

Doc. 6 **Diagramme d'énergie du silicium**

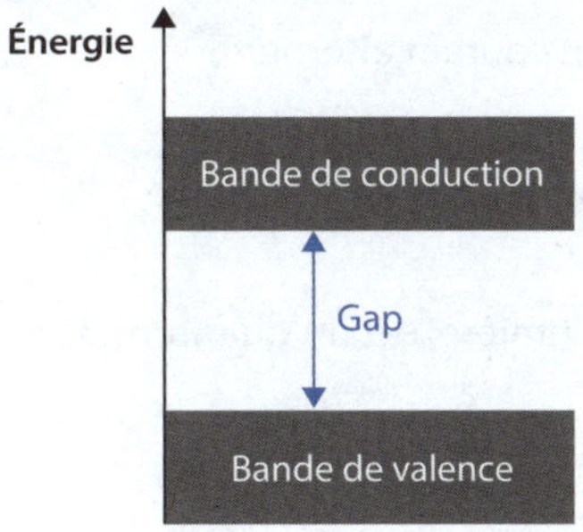

Révision express

Deux siècles d'énergie électrique

Le schéma à retenir

Conversion de l'énergie mécanique (alternateur) ou radiative (cellule photovoltaïque) en énergie électrique

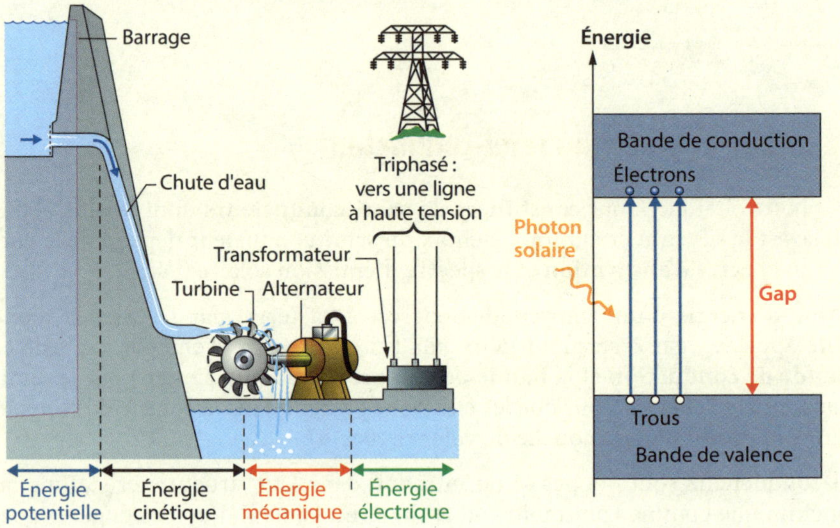

Quiz

Cochez la bonne réponse :

1. Un alternateur produit un courant alternatif.
☐ **Vrai** ☐ **Faux**

2. Le rendement d'un alternateur est de l'ordre de 1 %.
☐ **Vrai** ☐ **Faux**

3. Un photon, particule de lumière, est un quantum d'énergie.
☐ **Vrai** ☐ **Faux**

4. Un spectre de raies n'est pas un spectre continu.
☐ **Vrai** ☐ **Faux**

5. Un semi-conducteur a un diagramme énergétique qui ressemble fortement à celui du sodium.
☐ **Vrai** ☐ **Faux**

6. La bande de valence contient des électrons libres.
☐ **Vrai** ☐ **Faux**

→ Réponses p. 472

EXERCICE GUIDÉ 1

Déterminer la puissance perdue par un alternateur

Énoncé

L'alternateur d'un moteur diesel a un rendement de 92 %. Il fournit une tension électrique de 230 V pour une puissance de 14,5 kW.

Déterminer la puissance perdue par cet alternateur.

Méthode

1. Identifier la puissance électrique produite par l'alternateur comme la puissance utile.
2. À partir de la définition mathématique du rendement en puissance, exprimer la puissance absorbée en fonction du rendement et de la puissance utile.
3. En déduire l'expression de la puissance perdue par différence entre les deux puissances précédentes.
4. Effectuer l'application numérique.

Corrigé

1. La puissance utile est la puissance délivrée par l'alternateur, soit Putile = 14,5 kW.

2. Le rendement est défini comme le rapport entre la puissance utile et la puissance absorbée : $\eta = \frac{P_{utile}}{P_{absorbée}}$. On en déduit $P_{absorbée} = \frac{P_{utile}}{\eta}$.

À retenir
La puissance absorbée est la puissance mécanique : une partie est transformée en puissance électrique et l'autre, non transformée, est perdue. On a alors $P_{absorbée} = P_{utile} + P_{perdue}$.

3. La puissance perdue est la différence des deux puissances précédentes : $P_{perdue} = P_{absorbée} - P_{utile}$

Finalement, $P_{perdue} = P_{absorbée} - P_{utile} = \frac{P_{utile}}{\eta} - P_{utile}$, soit $P_{perdue} = P_{utile}\left(\frac{1}{\eta} - 1\right)$.

4. = 92 % = 0,92 et $P_{utile} = 14{,}5 \text{ kW} = 14{,}5 \times 10^3$ W.

$P_{perdue} = 14{,}5 \times 10^3 \left(\frac{1}{0{,}92} - 1\right) = 1{,}26 \times 10^3$ W, soit $P_{perdue} = 1{,}26$ kW.

Réflexe à avoir
Le rendement doit être converti en valeur décimale et ne pas être utilisé en pourcentage.

ENS. SCIENTIFIQUE

EXERCICE GUIDÉ 2

Déterminer la résistance maximisant la puissance

Énoncé

Soit la caractéristique courant-tension d'une cellule photovoltaïque, c'est-à-dire la courbe $I = f(U)$ avec I l'intensité du courant produit (en A) et U la tension aux bornes de la cellule (en V).

En déduire la résistance d'utilisation maximisant la puissance électrique.

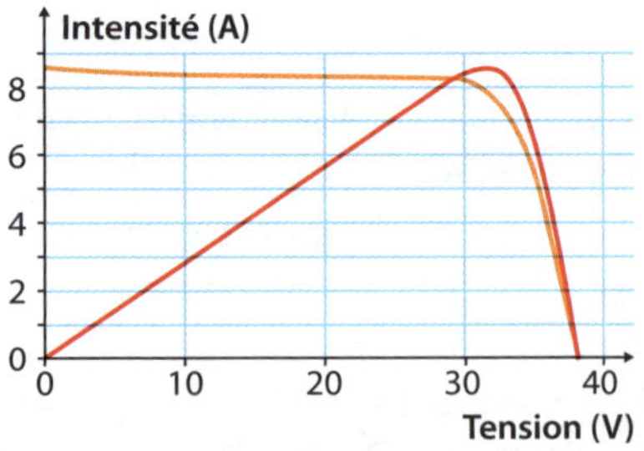

Méthode

1 Pour chaque couple *(U, I)* de la caractéristique, calculer la puissance $P = UI$ et construire la courbe *P(U)*.

2 Déterminer les coordonnées (UP_{max}, P_{max}) du point maximum de la courbe de la puissance *P* en fonction de la tension *U*.

3 En déduire, à partir de la caractéristique, l'intensité IP_{max} correspondant à l'abscisse UP_{max} précédent. La résistance *R* est alors $R = \frac{U_{Pmax}}{I_{Pmax}}$ (en Ω).

Corrigé

1. La courbe rouge correspond à celle de la puissance $P = UI$ en fonction de la tension U.

2. Par lecture directe sur cette deuxième courbe, on note que $UP_{max} = 32$ V.

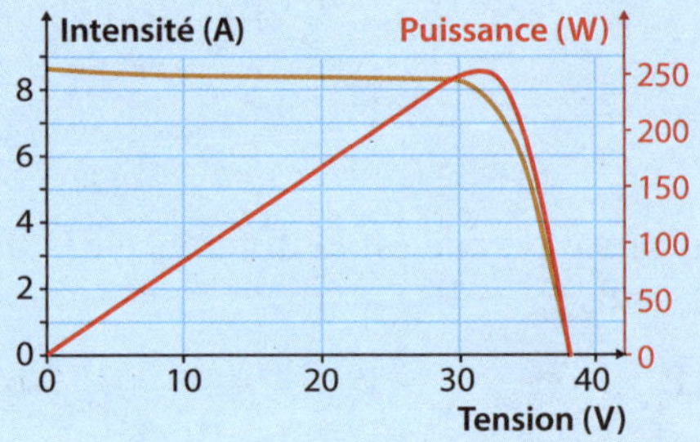

3. En reportant sur la caractéristique en bleu, on obtient $IP_{max} = 8$ A.

On en déduit la résistance recherchée : $R = \frac{U_{Pmax}}{I_{Pmax}} = \frac{32}{8} = 4\ \Omega$.

Rappel

La loi d'ohm indique que la tension aux bornes d'un dipôle est proportionnelle à l'intensité du courant qui le traverse : $U = RI$ avec R la résistance du dipôle.

Chapitre 6 Les atouts de l'électricité

1 Production de l'énergie électrique

De quoi s'agit-il ? **Une énergie peut être stockée ou convertie. L'énergie électrique peut être obtenue par conversion d'énergies primaires.**

ENS. SCIENTIFIQUE

1 Conversions d'énergies

- On appelle source primaire d'énergie, une source directement issue de la nature ou disponible dans l'environnement, avant d'être transformée. Les énergies secondaires sont issues de la transformation des énergies primaires.
- L'énergie électrique peut être produite par conversion de l'énergie mécanique, thermique, radiative, électrochimique, etc. (**Doc. 1**).
- Un **réservoir d'énergie** est un dispositif qui permet d'emmagasiner de l'énergie pour pouvoir la déstocker ultérieurement. Une pile ou un objet en mouvement sont des réservoirs d'énergie.
- Un **convertisseur d'énergie** est un dispositif qui permet de transformer une forme d'énergie en une autre. Un alternateur est un convertisseur d'énergie mécanique en énergie électrique, alors qu'une pile est un convertisseur d'énergie chimique en énergie électrique.
- Une **chaîne de transformations énergétiques** d'un dispositif est l'ensemble des réservoirs et des convertisseurs d'énergie de ce dispositif, les différentes formes d'énergie étant précisées. Les réservoirs sont souvent représentés par des rectangles, les convertisseurs par des disques (**Doc. 2**).

Vocabulaire

- **Réservoir d'énergie :** dispositif permettant de stocker de l'énergie.
- **Convertisseur d'énergie :** dispositif permettant de transformer une forme d'énergie en une autre.
- **Chaîne énergétique :** ensemble des réservoirs et convertisseurs d'énergie, les différentes formes d'énergie en jeu étant précisées.

Doc. 1 **Production d'électricité par conversion énergétique**

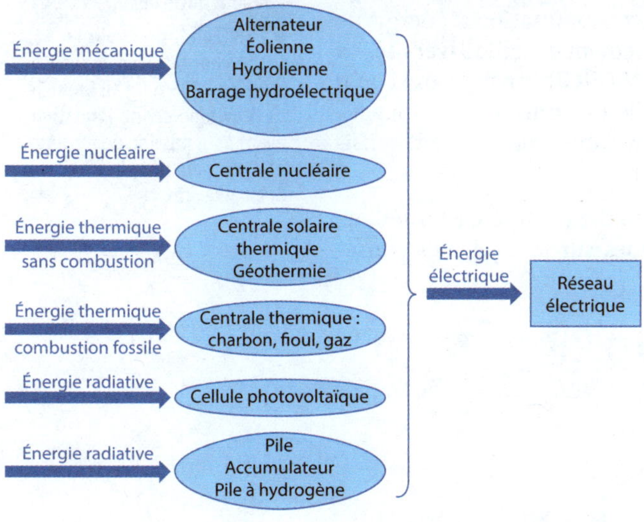

Doc. 2 **Éléments d'une chaîne énergétique**

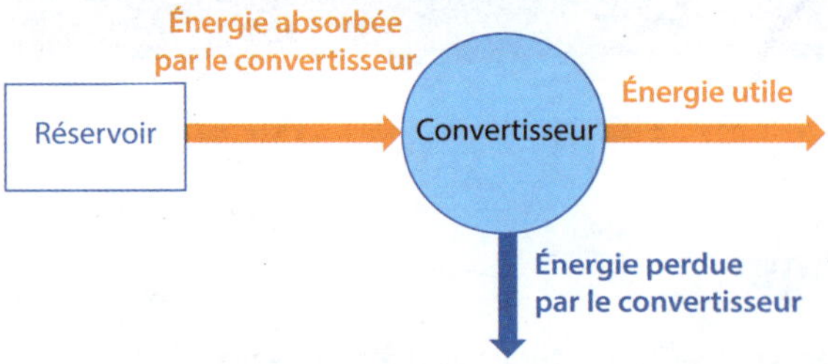

2 Rendement global d'un système de conversion d'énergie

- Le rendement ç d'un convertisseur est le rapport, sans dimension, de l'énergie récupérée à la sortie du convertisseur, ou énergie utile, sur l'énergie absorbée ou dépensée lors de son fonctionnement : $\eta = \frac{\text{énergie utile}}{\text{énergie absorbée}}$.
- Le rendement peut être défini en puissance : $= \frac{P_{\text{utile}}}{P_{\text{absorbée}}}$.
- Le rendement global correspond au produit des rendements des différents éléments de la chaîne énergétique.

2 Impact sur l'environnement et la biodiversité

De quoi s'agit-il ? Les méthodes de production d'énergie électrique sans combustion ne sont pas sans conséquences sur l'environnement et la biodiversité. Pour faire face à l'intermittence de production et de consommation, il faut donc convertir l'énergie électrique en une forme stockable.

1 Conséquences sur l'environnement et la biodiversité

- La loi de transition énergétique pour la croissance verte a fixé comme objectif à l'horizon 2030 de porter la part des énergies renouvelables à 40 % dans la production française d'électricité.
- Or de manière générale, la production et la consommation d'énergie ne sont jamais sans conséquences sur l'environnement et la **biodiversité**. La Fondation pour la recherche sur la biodiversité (**FRB**) constate ainsi qu'il « n'existe pas de filière d'énergie renouvelable qui n'ait aucun impact » sur la biodiversité, même si les énergies renouvelables sont souvent considérées comme « favorables à l'environnement ».
- La FRB fait état sur son site Web des effets de chaque filière énergétique renouvelable sur la base de plus de 500 études sur le sujet. Les conséquences listées sont, entre autres :
– la perte ou la modification des habitats ;
– les conflits sur l'utilisation ou l'appropriation de l'eau ;
– les invasions biologiques ;
– les phénomènes de pollution.

Vocabulaire

- **Biodiversité :** diversité du vivant ou de la vie sur la Terre. Il s'agit de l'ensemble des êtres vivants et de leurs relations entre eux.
- **FRB (Fondation pour la recherche sur la bio-diversité) :** créée en 2008 suite au Grenelle de l'environnement, fondation ayant pour mission de soutenir et d'agir pour la recherche sur la biodiversité.

● Les écosystèmes concernés peuvent aussi subir des pressions plus importantes qu'avant, en particulier lorsqu'il s'agit des productions énergétiques d'hydroélectricité. Ces installations transforment le paysage, entraînant une modification des circuits hydriques pouvant impacter la biodiversité et créer par exemple des phénomènes d'**eutrophisation**.

● Face aux conséquences négatives sur l'environnement et la biodiversité, la FRB constate que « d'une manière générale, les études d'impact ne permettent pas de prévoir la réalité des conséquences des installations d'énergies renouvelables sur la biodiversité, une fois les structures mises en place ». Il s'agit donc de travailler davantage pour réduire les incidences futures des filières énergétiques en collaborant étroitement avec la recherche dans une logique « Éviter Réduire Compenser » (**ERC**).

Vocabulaire

■ **Eutrophisation :** détérioration d'un écosystème aquatique due à la prolifération de certains végétaux par excès chronique de nutriments.

■ **ERC (Éviter Réduire Compenser) :** séquence d'un dispositif ayant pour objectif d'« éviter les atteintes à l'environnement, de réduire celles qui n'ont pu être suffisamment évitées et, si possible, de compenser les effets notables qui n'ont pu être ni évités, ni suffisamment réduits ».

2 Stockage de l'énergie

● Selon l'Ademe, le **stockage énergétique** « améliore l'efficacité énergétique et favorise l'insertion des énergies renouvelables variables. Elle apporte aussi sécurité et flexibilité aux réseaux ».

● Afin d'ajuster au mieux la continuité de la production d'énergie et d'assurer celle de la distribution, le stockage énergétique joue un rôle de premier plan. Bien que le stockage des ressources fossiles soit maîtrisé, celui de l'énergie électrique constitue un enjeu du xxie siècle. En effet, cette énergie ne se stocke pas ou peu. Il faut donc la stocker après conversion en une autre forme d'énergie stockable, les méthodes de stockage dépendant de l'énergie.

● Les exemples d'énergies stockables sont nombreux, en voici quelques-uns :

– énergie chimique (batteries plomb-acide, lithium-ion, nickel-métal hydrure, etc.). Avec un taux de stockage de 70 à 80 %, les batteries électrochimiques sont les moyens de stockage de l'énergie les plus répandus pour des petites quantités d'énergie électrique. Une batterie utilise l'énergie électrique pour provoquer des réactions chimiques (phase de charge ou stockage). Par la suite, en fonction de la demande de consommation électrique, les réactions chimiques inverses produisent de l'électricité (phase de décharge ou déstockage) ;

– énergie mécanique (énergie potentielle dans les barrages hydrauliques ou énergie cinétique dans les **volants d'inertie**) ;

– énergie électromagnétique (**super-capacité**). Ces dispositifs permettent de stocker directement l'énergie électrique.

Vocabulaire

■ **Stockage énergétique :** accumulation de l'énergie sous la même forme ou sous une forme différente après conversion, afin de l'utiliser ultérieurement en un lieu qui peut être différent du lieu de production.

■ **Volant d'inertie :** dispositif permettant de stocker de l'énergie électrique en la convertissant en énergie cinétique de rotation.

■ **Super-capacité :** condensateur ayant un temps de charge et de décharge très court et pouvant emmagasiner une très grande quantité d'énergie électrique à l'instar d'une batterie extrêmement rapide.

➜ Révision express

Les atouts de l'électricité

Le schéma à retenir

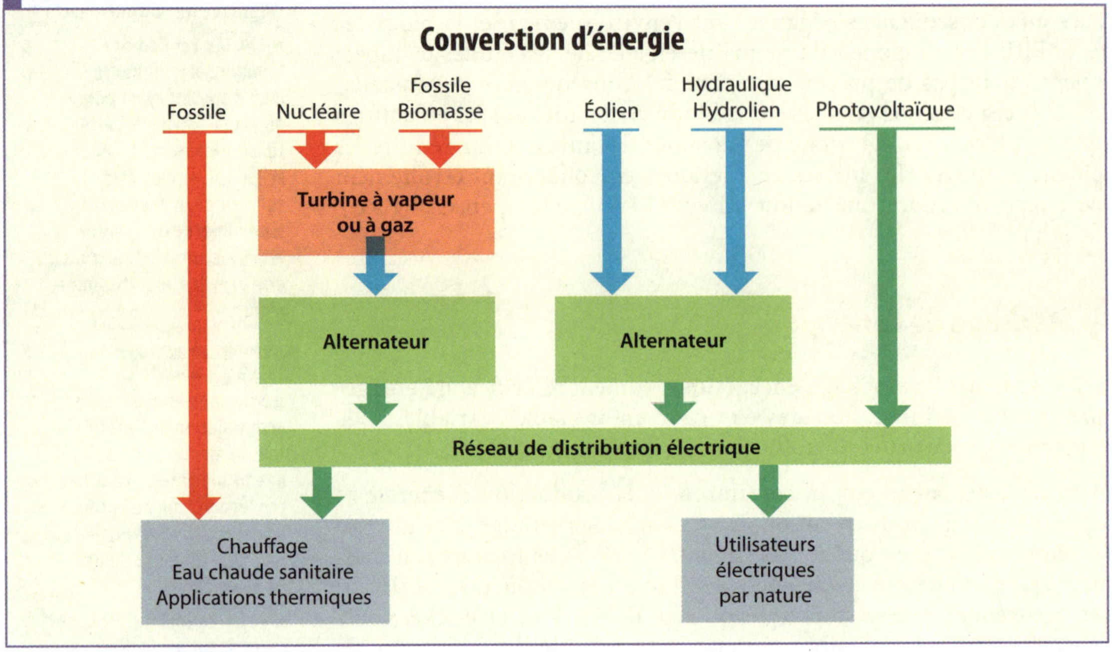

Quiz

Cochez la bonne réponse :

1. L'énergie cinétique est une forme d'énergie mécanique.
☐ **Vrai** ☐ **Faux**

2. Un convertisseur permet de stocker l'énergie.
☐ **Vrai** ☐ **Faux**

3. Le rendement peut être négatif.
☐ **Vrai** ☐ **Faux**

4. Un rendement global tient compte de l'ensemble de la chaîne énergétique.
☐ **Vrai** ☐ **Faux**

5. L'énergie électrique peut être produite à partir d'énergie radiative.
☐ **Vrai** ☐ **Faux**

6. Le stockage améliore l'efficacité énergétique.
☐ **Vrai** ☐ **Faux**

→ **Réponses p. 472**

EXERCICE GUIDÉ 1

Schématiser une chaîne énergétique

Énoncé

Un panneau de cellules photovoltaïques alimente un cumulus d'eau chaude. Schématiser la chaîne de transformations énergétiques.

Méthode

1 Identifier les énergies mises en jeu, les convertisseurs et les réservoirs.

2 Envisager les différentes pertes énergétiques possibles au niveau des différents convertisseurs et ajouter l'environnement aux réservoirs d'énergie déjà identifiés.

3 Schématiser les convertisseurs par des bulles, les réservoirs par des rectangles et les flux énergétiques par des flèches. Enchaîner les différents éléments, de la source primaire au récepteur.

Corrigé

1. Le Soleil fournit de l'énergie par rayonnement électromagnétique aux cellules photovoltaïques. Ces dernières convertissent l'énergie radiative absorbée en énergie électrique, qui est ensuite utilisée au niveau du cumulus. Une résistance chauffante transforme l'énergie électrique en énergie thermique, et chauffe l'eau qui va être distribuée. On a donc deux réservoirs que sont le Soleil et l'eau du cumulus, deux convertisseurs que sont les cellules photovoltaïques et la résistance du cumulus, et enfin trois formes d'énergies que sont les énergies radiative, électrique et thermique.

2. Au niveau de chaque convertisseur, il y a des pertes énergétiques, car le rendement n'est jamais égal à 100 %. L'environnement est alors un réservoir à considérer.

À retenir
Un schéma de chaîne énergétique permet de visualiser la conservation de l'énergie.

3. Le schéma de la chaîne de transformations énergétiques est :

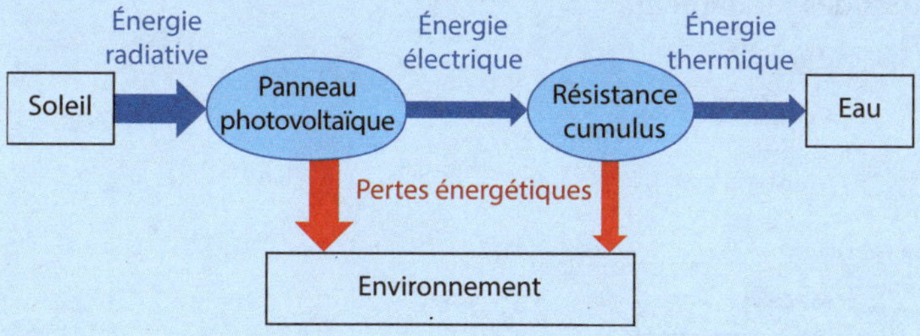

EXERCICE GUIDÉ 2

Déterminer le rendement global et les énergies en jeu

Énoncé

Un panneau de cellules photovoltaïques alimente un cumulus d'eau chaude. Le rendement du panneau est de 17 %, alors que celui de la résistance du cumulus est de 52 %. Déterminer le rendement de l'installation et les énergies en jeu par kWh d'énergie solaire.

Méthode

1 Schématiser la chaîne de transformations énergétiques de l'installation en utilisant la méthode de la page précédente.

2 En déduire les énergies en jeu à partir du rendement ηi de chaque convertisseur *i* ($W_{ui} = \eta_i W_{ai}$) et les pertes ($W_{pi} = W_{ai} - W_{ui}$) Compléter le schéma précédent.

3 Calculer le rendement η global comme le produit des rendements η*i* de chaque convertisseur *i* : $\eta = \prod_i \eta_i$.

Corrigé

1. La chaîne de transformations énergétiques est représentée ci-après.

2. L'énergie radiative est celle absorbée par le panneau ou convertisseur 1 : Wa1 = 1,0 kWh avec 2 chiffres significatifs.

On en déduit alors :

$W_{u1} = \eta 1 W_{a1} = 0{,}17 \times 1{,}0 = 0{,}17$ kWh et $W_{p1} = W_{a1} - W_{u1} = 1{,}0 - 0{,}17 = 0{,}83$ kWh.

De même, pour la résistance du cumulus ou convertisseur 2 : $W_{a2} = W_{u1} =$ 0,17 kWh.

On en déduit alors :

$W_{u2} = \eta 2 W_{a1} = 0{,}52 \times 0{,}17 = 0{,}04$ kWh et $W_{p2} = W_{a2} - W_{u2} = 0{,}17 - 0{,}4 = 0{,}13$ kWh.

3. Le rendement global est le produit des rendements :

$$\eta = \eta_1 \times \eta_2$$
$$= 0{,}17 \times 0{,}52$$
$$= 0{,}088 \text{ ou } 8{,}8\ \%.$$

Piège à éviter

Pour toute application numérique, le rendement doit être exprimé comme un nombre entre 0 et 1, et non un pourcentage.

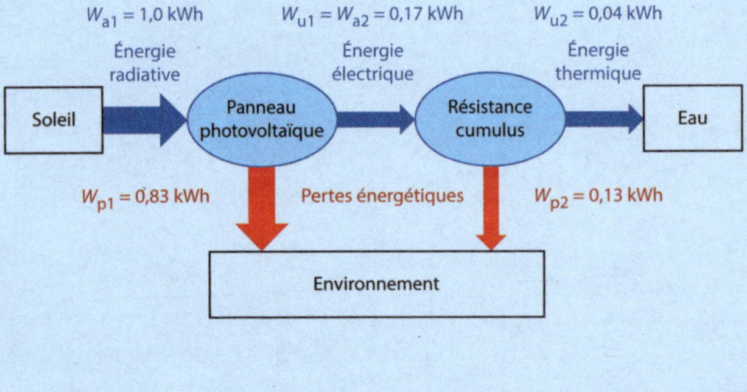

Chapitre 7

L'optimisation du transport de l'électricité

1 Réseau électrique et minimisation des pertes

De quoi s'agit-il ? En France, le réseau électrique est long de près de 1,3 million de kilomètres et parcouru par un courant alternatif. De la production d'électricité à sa consommation, il existe un vaste réseau de transport et de distribution de l'énergie. L'objectif est de minimiser les pertes par effet Joule.

1 De la production électrique à sa consommation

Vocabulaire

■ **THT (très haute tension) :** tension à 40 kV du réseau de grand transport en sortie de sites de production permettant de limiter les pertes.

● L'électricité consommée à la maison, au lycée, à la salle de sport, etc. provient de sites de production tels que les centrales nucléaires, thermiques, éoliennes, hydroélectriques… Ces sources d'énergie appartiennent à un secteur concurrentiel.

● Le transport de l'électricité des sites de production aux sites de consommation, ou cibles destinatrices, passe par un réseau électrique constitué de lignes aériennes, de câbles souterrains et de postes de transformation (**Doc. 1**).

● Le transport à travers le réseau électrique est en revanche une activité régulée, assurée par Réseau Transport Électricité (RTE), filiale d'Enedis.

● Deux niveaux de transport peuvent être distingués :
– Le réseau de grand transport ou d'interconnexion achemine sous très haute tension (THT) de 400 kV de grandes quantités d'énergie sur de longues distances avec un faible niveau de perte. Il permet de relier les régions et les pays entre eux, et d'alimenter les grandes zones urbaines.
– Le réseau de répartition régionale permet un transport de l'énergie à l'échelle régionale et locale grâce un ensemble de lignes à haute tension (HT) qui acheminent l'électricité aux industries lourdes et aux grands consommateurs électriques. Leur tension est de 225 kV, 90 kV ou 63 kV.

● Le réseau de répartition régionale fait le lien avec le réseau de distribution. Le relais de distribution est assuré par deux types de lignes : le réseau moyenne tension (MT), qui alimente les petites industries, les petites et moyennes entreprises (PME) et commerces avec une tension de réseau comprise entre 15 kV et 30 kV, et le réseau basse tension (BT), qui alimente les particuliers et les artisans avec une tension de réseau comprise entre 400 et 230 V. Enedis est chargée de la gestion et de l'aménagement de la quasi-totalité du réseau de distribution d'électricité en France dans une activité régulée.

● La fourniture d'électricité, activité concurrentielle avec tarifs réglementés, correspond à la vente de l'électricité aux consommateurs finaux. Ce secteur est ouvert à la concurrence depuis le 1er juillet 2007.

Doc. 1 Organisation du réseau électrique français, de la production à la consommation

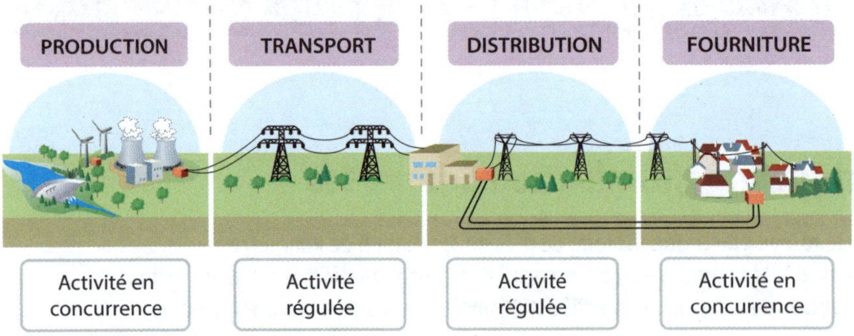

2 Pertes par effet Joule

- Lors du passage d'un courant d'intensité I dans un matériau conducteur lui opposant une résistance R, il se produit un effet thermique appelé **effet Joule**.
- L'énergie dissipée par effet Joule est : $W = RI^2 \times \Delta t$ avec R la résistance du matériau (en Ω), I l'intensité du courant traversant le matériau (en A) et Δt la durée du transport, de distribution ou de consommation (en s).
- La puissance Joule (en W) est alors : $P = UI = RI^2 = \dfrac{U^2}{R}$ avec U la tension (en V).
- Ainsi, au cours du transport de l'énergie électrique, une partie de cette énergie est dissipée dans l'environnement par effet Joule et ne parvient pas à la cible destinatrice ou consommateur.
- L'utilisation de la (très) haute tension (THT ou HT) dans les lignes électriques limite les pertes par effet Joule, à puissance transportée fixée.

Vocabulaire

- **Effet Joule :** pertes sous forme d'énergie thermique limitant le rendement d'une ligne électrique.

2 Modèle du réseau de transport électrique

De quoi s'agit-il ? **Le réseau de transport et de distribution électrique est modélisable par des graphes orientés. La minimisation des pertes par effet Joule dans la distribution d'électricité le long d'un réseau entre dans le cadre des problèmes mathématiques de transport et d'optimisation sous contraintes. Les graphes sont des modèles mathématiques utilisés pour traiter ces problèmes très difficiles à résoudre, car non linéaires.**

1 Modélisation du réseau électrique

- Une portion de réseau électrique peut être modélisée par un ensemble de **dipôles**.
- Une portion de réseau de transport contenant des lignes THT et HT peut être modélisée au plus simple par un ensemble de sources distributrices et un ensemble de cibles destinatrices reliées les unes aux autres par des lignes opposant une résistance R au courant d'intensité I qui les traverse.

Vocabulaire

- **Dipôle électrique :** élément d'un circuit électrique comportant deux pôles. Un générateur, un conducteur ohmique, une lampe, etc. sont des dipôles électriques.
- **Conducteur ohmique :** dipôle électrique dont la tension à ses bornes est proportionnelle à l'intensité du courant qui le traverse (loi d'Ohm). Sa caractéristique courant-tension est représentée par une fonction linéaire.

● Chaque ligne se comportant comme un **conducteur ohmique** de résistance R (en Ω), la puissance électrique (en W) s'écrit alors : $P = UI = RI^2$ avec U la tension à ses bornes (en V) et I l'intensité du courant qui traverse la ligne (en A).

● L'ensemble des sites et des lignes électriques du réseau électrique est modélisé par un graphe constitué d'arcs représentant des lignes électriques orientées dans le sens du courant. Chaque extrémité d'un arc est soit une source de production distributrice, soit un nœud intermédiaire, soit une cible destinatrice (**Doc. 2**).

2 Contraintes de réseau

Vocabulaire

■ **Loi des nœuds :** loi traduisant la conservation du débit de charge électrique au niveau d'une connexion de plusieurs conducteurs. La somme des intensités des courants entrants est égale à la somme des intensités des courants sortants.

● Le réseau électrique est soumis à un certain nombre de contraintes concernant les valeurs des intensités des courants traversant les lignes électriques de transport et de distribution. Ces contraintes sont liées aux lois de l'électricité ou aux puissances de production des sources ou de consommation des cibles.

● Trois types de contraintes peuvent être mis en évidence (**Doc. 2**) :
- l'intensité totale sortant d'une source est limitée par la puissance maximale distribuée : $P_S = UI_{S1}\ P_{S,\max}$;
- l'intensité totale entrant dans chaque nœud intermédiaire est égale à l'intensité totale qui en sort : $I_{S1} + I_{S2} = I_{C1} + I_{SC2}$ (**loi des nœuds**) ;
- l'intensité totale arrivant à chaque cible est imposée par la puissance qui y est utilisée : $IC = \frac{P_C}{U}$.

Doc. 2 Modélisation d'un réseau électrique : graphe orienté

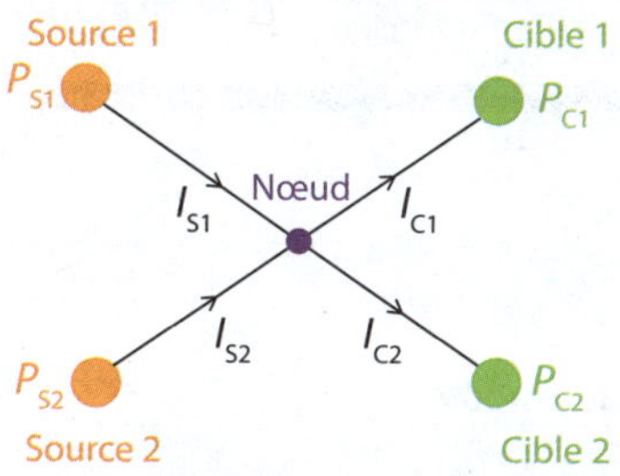

3 Limitation des pertes et fonction à minimiser

Vocabulaire

■ **Graphe orienté :** modèle comportant des points sources, cibles ou nœuds intermédiaires reliés entre eux par des arcs orientés dans le sens conventionnel du courant électrique. Il permet de visualiser simplement un problème complexe.

● Les pertes par effets Joule sont à minimiser le long des lignes THT et HT de transport électrique. Pour cela, il suffit d'exprimer mathématiquement les contraintes à partir de la représentation en graphe orienté et de définir la fonction à minimiser.

● La fonction $f(x)$ à minimiser a pour variable x. Cette dernière correspond en général à la puissance produite par une des sources.

● Dans le cas d'un **graphe orienté** avec deux sources, deux cibles et un seul nœud intermédiaire, on peut montrer que la fonction à minimiser est de la forme $f(x) = ax^2$ avec x la puissance produite par l'une des deux sources et $a > 0$ un coefficient dépendant de la résistance de l'arc orienté issu de cette source et de la puissance maximale qu'elle produit.

Révision express

L'optimisation du transport de l'électricité

Le schéma à retenir

Modélisation mathématique d'un réseau électrique

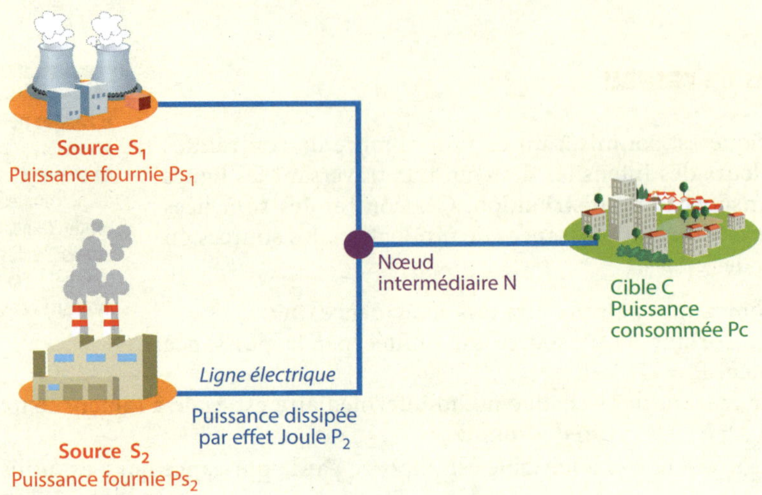

Quiz

Cochez la bonne réponse :

1. Les lignes THT appartiennent au réseau de répartition régionale.
☐ **Vrai** ☐ **Faux**

2. Lors du transport de l'énergie électrique, l'effet Joule est une perte thermique.
☐ **Vrai** ☐ **Faux**

3. L'utilisation de lignes THT et HT dans le réseau de transport limite les pertes.
☐ **Vrai** ☐ **Faux**

4. La loi des nœuds est une loi de conservation du débit de charge.
☐ **Vrai** ☐ **Faux**

5. Une cible terminale est un consommateur d'énergie électrique.
☐ **Vrai** ☐ **Faux**

6. La limitation des pertes dépend uniquement de la source de production.
☐ **Vrai** ☐ **Faux**

→ **Réponses p. 472**

EXERCICE GUIDÉ

Exprimer mathématiquement les contraintes et la fonction à minimiser

Énoncé

Un petit village de montagne (cible C_1) et un chalet isolé (cible C_2) sont alimentés par deux postes sources S_1 et S_2. Les lignes du réseau sont toutes considérées comme identiques de résistance *r*. La tension *U* est la même dans toute la portion de réseau électrique étudiée.

Exprimer les contraintes de ce réseau et en déduire la fonction *f(x)* à minimiser avec $x = PS_1$ la puissance délivrée par la source S_1.

Données : Puissances maximales fournies par les sources : $PS_{1,\,max} = 500$ kW et $PS_{2,\,max} = 300$ kW.
Puissance utilisée par le village $P_{C1} = 550$ kW et par le chalet $P_{C2} = 50$ kW.
Tension d'alimentation : $U = 230$ V.
Résistance de chaque ligne : $r = 2{,}0\ \Omega$.

Méthode

1 Réaliser le graphe orienté du réseau électrique en précisant les notations utilisées non données dans l'énoncé.

2 Exprimer les trois types de contraintes sur les intensités des courants du réseau.

3 Exprimer les pertes à minimiser, c'est-à-dire la puissance Joule de la ligne issue de S_1 en fonction de $x = PS_1$, puissance fournie par la source S_1. En déduire l'expression de *f(x)*.

4 À partir de la loi des nœuds, déterminer la relation entre les différentes puissances.

5 En déduire un encadrement de la variable x de la fonction à minimiser, en se basant sur les valeurs maximales des puissances $PS_{1,\,max}$ et $PS_{2,\,max}$ fournies par les sources.

6 Faire l'application numérique.

Corrigé

1. Le graphe orienté correspondant à la situation étudiée est représenté ci-contre.

2. Les contraintes sont :

– l'intensité totale sortant d'une source est limitée par la puissance maximale distribuée : $P_{S1} = UI_{S1}\ P_{S1,\,max}$ et $P_{S2} = UI_{S2}\ \mathrm{P}_{S2,\,max}$;

– l'intensité totale entrant en N, nœud intermédiaire, est égale à l'intensité totale qui en sort : $I_{S1} + I_{S2} = I_{C1} + I_{C2}$;

– l'intensité totale arrivant à chaque cible est imposée par la puissance utilisée par la cible : $I_{C1} = \frac{P_{C1}}{U}$ et $I_{C2} = \frac{P_{C2}}{U}$.

3. Les pertes Joule de la ligne issue de la source S_1 sont $P_{J1} = r\, I_{S1}^2 = r\frac{P_{S1}^2}{U^2}$.

Si l'on pose $x = P_{S1}$ alors $P_{J1} = r\frac{x^2}{U^2}$ est la fonction à minimiser.

Soit $f(x) = r\frac{x^2}{U^2}$.

4. La loi des nœuds s'écrit : $I_{S1} + I_{S2} = I_{C1} + I_{C2}$. En multipliant chaque membre de cette égalité par la tension U aux bornes de chaque arc orienté de graphe, on en déduit :

$UI_{S1} + UI_{S2} = UI_{C1} + UI_{C2}$.

Soit $P_{S1} + P_{S2} = x + P_{S2} = P_{C1} + P_{C2}$.
On en déduit ainsi que $x = P_{C1} + P_{C2} - P_{S2}$.

À retenir

Les pertes Joule sont des pertes d'origine thermique : une partie de la puissance fournie par une source est dissipée dans l'environnement et ne parvient pas à la cible.

5. Au niveau des puissances fournies par les sources S_1 et S_2, une des contraintes est que P_{S1} = x $P_{S1,\,max}$ et P_{S2} $P_{S2,\,max}$.
On en déduit alors que x PS1, max et x $P_{C1} + P_{C2} - PS_{2,\,max}$.
Soit finalement : $P_{C1} + P_{C2} - PS_{2,\,max}$ x $PS_{1,\,max}$.

6. $f(x) = 2{,}0\dfrac{x^2}{230^2} = 3{,}8 \times 10-5\ x^2$ (en W)

$(550 \times 10^3 + 50 \times 10^3 - 300 \times 10^3)$ W x 500×10^3 W, soit 300 kW x 500 kW.

Chapitre 8 Choix énergétiques et impacts sur les sociétés

1 Transition énergétique et diversification des ressources

De quoi s'agit-il ? **L'analyse du mix énergétique permet de comprendre et de faire évoluer la consommation énergétique et d'engager la transition énergétique.**

1 L'évolution en France

- Depuis les années 1980, la production d'électricité a évolué du fait de décisions politiques, et de contraintes économiques, techniques et environnementales. Elle a augmenté (de 250 à plus de 550 TWh), et les sources utilisées ont varié (**Doc. 1**).

- La part des énergies fossiles a diminué au cours de la décennie 1980-1990, puis est restée sensiblement constante en quantité, d'où une baisse de son importance relative. La part du nucléaire a augmenté (environ 75 % de la production d'électricité française), même si elle stagne – voire diminue – depuis une dizaine d'années.

- Parmi les énergies renouvelables, l'énergie électrique d'origine hydraulique garde la même importance en quantité, mais diminue en proportion depuis les années 1980. S'il ne reste plus beaucoup de cours d'eau à exploiter, l'énergie marémotrice peut encore être développée. Enfin, d'autres énergies renouvelables sont apparues à partir des années 2010, principalement l'éolien (le plus ancien) et le solaire, et progressent de façon modérée depuis une décennie. À l'horizon 2050, l'Ademe prévoit pour la France une production d'électricité issue à 100 % d'**énergies renouvelables**.

Vocabulaire

- **Mix énergétique :** répartition des différentes sources d'énergie consommées.
- **Transition énergétique :** modification des modes de production et de consommation de l'énergie.

Vocabulaire

- **Énergie renouvelable :** énergie dont le renouvellement est tel qu'elle peut être considérée comme inépuisable..

Doc. 1 Évolution des sources de production nette d'électricité en France

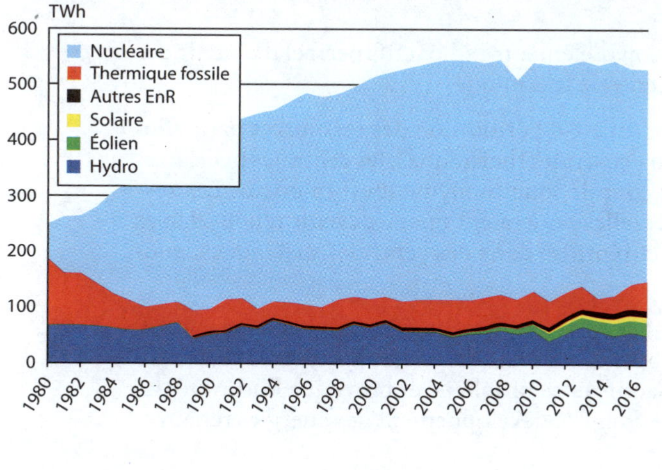

2 Le mix énergétique à l'échelle mondiale

Vocabulaire

■ **Mix électrique :** répartition des sources d'énergie destinées à la production d'électricité.

• La comparaison du **mix électrique** en France et dans le reste du monde montre des différences considérables dans les sources énergétiques utilisées (**Doc. 2**).

• Si le nucléaire domine en France, dans le reste du monde, c'est l'énergie thermique à flamme, produite essentiellement à partir de combustion d'hydrocarbures fossiles, avec en conséquence une production de gaz à effet de serre bien plus importante.

• Néanmoins, les problèmes posés par une source unique d'énergie largement majoritaire incitent à développer de nouvelles sources énergétiques.

Doc. 2 Sources de production d'électricité dans le monde (à gauche) et en France (à droite)

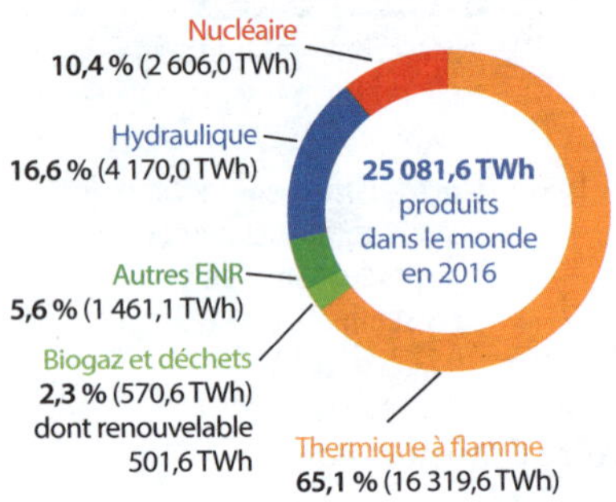

Source : International Energy Agency (IEA) © EDF

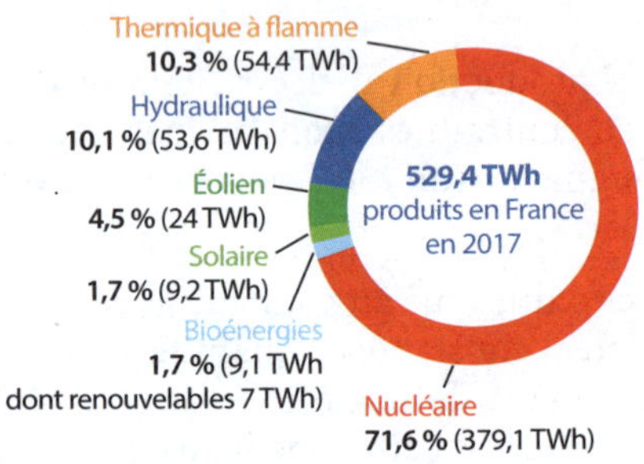

Source : RTE – Bilan électrique 2017 © EDF

2 Des choix en discussion

De quoi s'agit-il ? **Le réchauffement climatique dû à l'utilisation d'énergies fossiles a poussé à rechercher des formes d'énergie n'émettant pas ou peu de dioxyde de carbone.**

1 Énergie nucléaire : avantages et inconvénients

• La production d'énergie à partir de la fission d'éléments radioactifs permet d'obtenir des rendements bien supérieurs à ceux d'une centrale thermique.

• Aussi un recours à l'énergie nucléaire diminue-t-il l'utilisation des ressources naturelles (pétrole, gaz, charbon), et contrairement aux centrales thermiques, les centrales nucléaires ne rejettent pas de CO_2. Par ailleurs, leur coût de fonctionnement est inférieur. Les ressources en uranium sont quasi inépuisables, elles pourraient même devenir renouvelables si le processus de recyclage, déjà appliqué et réutilisé dans des centrales spécifiques, pouvait être amélioré.

• Pourtant, les opposants au nucléaire avancent des arguments. Pour éviter un accident, catastrophique, un système de contrôle élaboré et sans faille est nécessaire, et le risque zéro n'existe pas. Le stockage des déchets radioactifs pose problème et provoque l'hostilité des populations concernées. Enfin, le nucléaire freine le développement des énergies renouvelables, car il est moins coûteux.

2 Énergies renouvelables : avantages et inconvénients

• Les énergies renouvelables (éolien, solaire, hydraulique…) sont en théorie inépuisables, contrairement aux énergies fossiles. En revanche, leur disponibilité est intermittente, leur répartition à la surface du globe inégale et leur capacité de production inférieure (**Doc. 3**).

• Ainsi, le soleil disparaît une partie de la journée et de longs mois dans les régions de latitude élevée, et son intensité est faible une partie de l'année.

• La production des centrales hydrauliques fluctue d'une année à l'autre selon les précipitations.

• Les éoliennes fonctionnent environ 80 % du temps, mais avec une puissance très variable, située entre 0 et 100 %.

• En revanche, l'utilisation de ces énergies est très sûre et génère peu de déchets. Elles rejettent très peu de CO_2 de par leur fonctionnement, mais leur construction est coûteuse en matériaux (ciment, métaux divers…), ressources épuisables dont l'extraction et la fabrication génèrent une libération de CO_2.

• Leur coût de production reste plus élevé que celui du nucléaire, mais s'en rapproche (**Doc. 4**).

Doc. 3 Capacité de production par type d'énergie en France en 2017

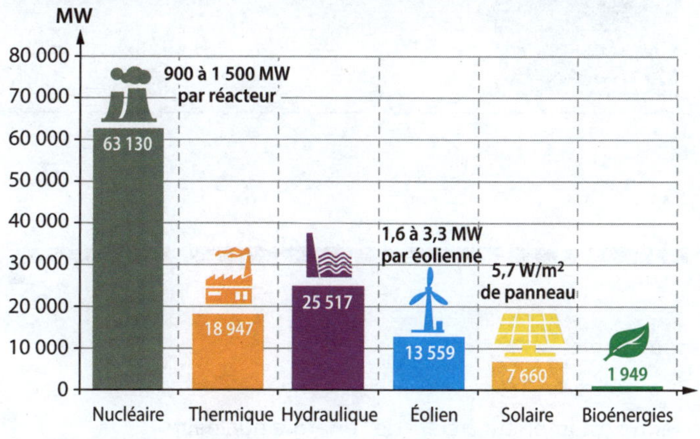

Doc. 4 Coûts de production par type d'énergie en France en 2017

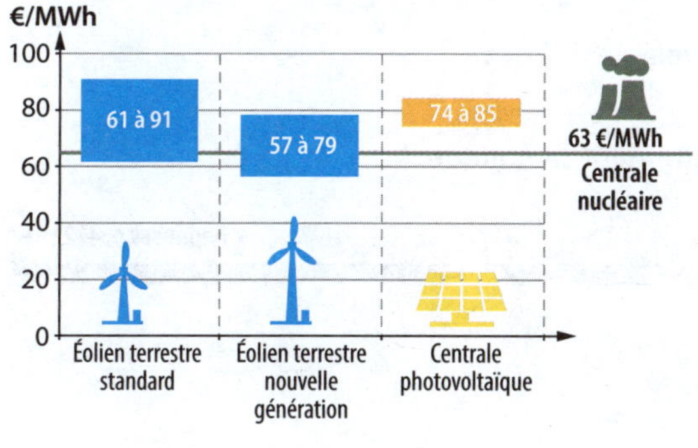

Révision express

Choix énergétiques et impacts sur les sociétés

Le schéma à retenir

Choix des énergies

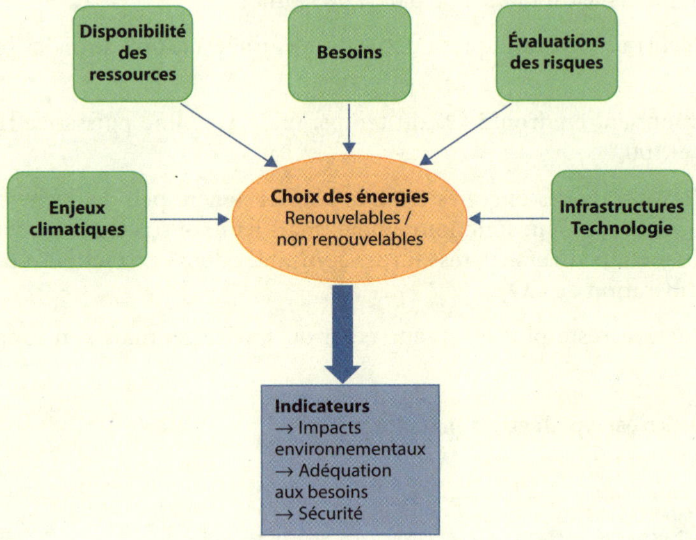

Quiz

Cochez la bonne réponse :

1. L'énergie nucléaire est une énergie renouvelable.
☐ Vrai ☐ Faux

2. Le coût de production de l'énergie éolienne est inférieur à celui de l'énergie nucléaire.
☐ Vrai ☐ Faux

3. En 2018, le mix électrique français comporte 50 % d'énergies renouvelables.
☐ Vrai ☐ Faux

4. Le gaz naturel fait partie des ressources non renouvelables.
☐ Vrai ☐ Faux

5. L'arrêt du nucléaire permettrait de limiter le réchauffement climatique.
☐ Vrai ☐ Faux

→ Réponses p. 472

EXERCICE GUIDÉ

Analyser des prévisions

Énoncé

Pour obéir aux enjeux de la transition énergétique, la France prévoit une réorganisation de son mix électrique d'ici 2030. Le document 1 indique les résultats d'une étude à ce sujet. Cette réorganisation doit tenir compte de différentes contraintes, parmi lesquelles des enjeux économiques. Le document 2 présente l'évolution prévisible des coûts de production des énergies renouvelables.

Doc. 1 Évolution prévue des capacités de différentes sources d'énergie

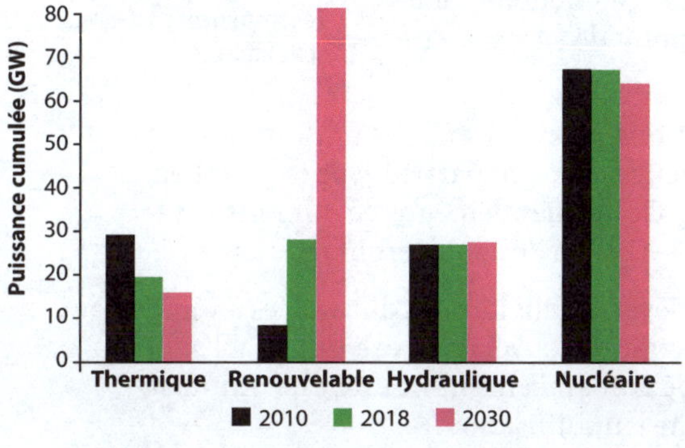

Doc. 2 Évolution prévisible des coûts actualisés de différentes énergies

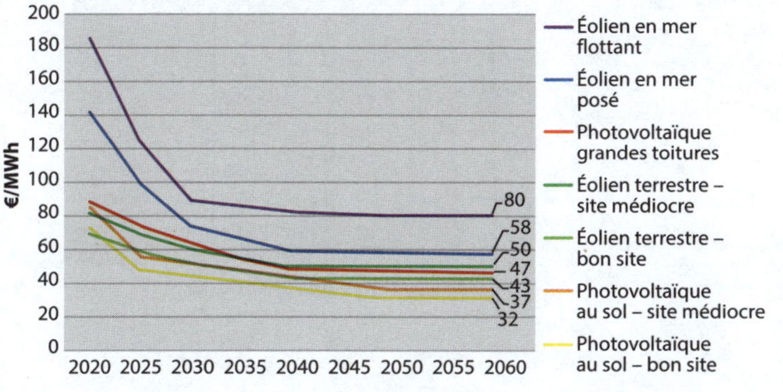

À l'aide des documents, décrire et expliquer l'évolution de la nature des ressources énergétiques utilisées en France selon ces prévisions.

Méthode

1 Le document 1, qui correspond à une étude fondée sur des prévisions, doit être examiné avec un esprit critique.

2 Le document 2 présente l'évolution prévisible des coûts des énergies renouvelables. Il permet aussi de comparer ces évolutions. Ces prévisions sont établies à partir de données actuelles (météorologiques) et d'hypothèses concernant le rythme de déploiement et les coûts des technologies. Ces hypothèses se fondent sur l'écart observé entre les prévisions établies pour 2015 et les résultats réels observés.

Corrigé

Selon les prévisions du **document 1**, on peut noter tout d'abord la quasi-stabilité de la part d'énergie hydraulique. La construction de barrages est coûteuse, pose des difficultés d'un point de vue environnemental en raison de l'impact sur la faune et la flore, et déclenche souvent des réactions d'hostilité de la part des populations concernées.

La diminution régulière, depuis 2010 et jusqu'en 2030, de l'utilisation des hydrocarbures fossiles s'explique par une volonté politique de développer des énergies de substitution, en raison de l'impact négatif de leur combustion sur l'effet de serre.

Remarque
Les ressources en hydrocarbures sont limitées.

Actuellement, la production d'électricité en France est dominée par le nucléaire. D'après le **document 1**, d'ici 2030, les énergies renouvelables devraient subir une progression très importante au point de supplanter le nucléaire.

Le **document 2** permet en partie d'expliquer ces évolutions. Il prévoit en effet une diminution – voire un effondrement – des coûts des énergies renouvelables, en particulier pour l'éolien, et dans une moindre mesure pour le photovoltaïque. Ce dernier demeure néanmoins meilleur marché que l'éolien, mais dans les années 2030, les écarts de coûts seront réduits.

Toutefois, les prévisions pour 2030 supposent un bouleversement lors des dix années à venir, ce qui représente une courte période. Ensuite, l'énergie renouvelable pose des problèmes d'implantations, notamment de nuisances, même si le domaine maritime est vaste. Enfin, la disponibilité fluctuante de ces sources d'énergie limite leur utilisation.

Chapitre 9 La biodiversité et son évolution

1 Évaluer la biodiversité

De quoi s'agit-il ? Pour connaître l'état de la biodiversité, il est nécessaire de disposer d'indices et de méthodes permettant de la mesurer.

1 Indices de la biodiversité

- On estime que le total des espèces vivantes est compris entre 15 et 100 millions, mais seule une petite partie (environ 1,4 million d'espèces) est connue.

- Plusieurs indices sont utilisés pour recenser la biodiversité d'un milieu:
– La « **richesse spécifique** » correspond au nombre d'espèces dans un milieu choisi. S'il est facile de décompter les espèces de grande taille, la méthode est néanmoins longue et coûteuse à mettre en place. Par ailleurs, les résultats sont biaisés du fait de la **distribution spatiale** irrégulière de nombreuses espèces.
– La « **diversité spécifique** » tient compte quant à elle de la richesse spécifique et de l'**abondance** relative des espèces. De multiples indices existent pour mesurer la diversité spécifique, chacun donnant plus ou moins d'importance à l'une ou l'autre de ses deux composantes.

Vocabulaire

- **Richesse spécifique :** nombre d'espèces présentes dans un milieu donné.
- **Distribution spatiale :** répartition dans l'espace.
- **Diversité spécifique :** nombre d'espèces différentes rencontrées dans un écosystème donné, compte tenu de leur effectif.
- **Abondance :** nombre d'individus d'une espèce.

2 Méthodes d'évaluation

- Plusieurs méthodes permettent d'estimer l'effectif d'une espèce dans un milieu à partir d'**échantillons**. La méthode de « capture-marquage-recapture » consiste dans un premier temps à capturer, marquer et relâcher une partie représentative de la **population**. Dans un second temps, une autre partie de la population est capturée, et le nombre d'individus déjà marqués est compté. On admet que le nombre d'individus marqués dans le second échantillon est proportionnel au nombre d'individus marqués dans la population totale. On peut alors estimer l'effectif de la population totale (**Doc. 1**).

- L'effectif total d'une population peut aussi s'estimer à partir d'échantillons. Le **niveau de confiance** de l'estimation est inférieur à 100 % en raison de la fluctuation des échantillons. L'estimation est d'autant plus précise, pour un niveau de confiance donné, que la taille de l'échantillon est grande. Les individus mobiles et discrets (les loups par exemple) ne sont pas observés directement, mais à l'aide d'échantillonnages réalisés à partir de leurs poils et de leurs crottes, dont on extrait l'ADN.

Vocabulaire

- **Échantillon :** fragment d'un ensemble prélevé pour évaluer cet ensemble.
- **Population :** ensemble d'individus de la même espèce vivant au même moment dans un endroit donné.
- **Niveau de confiance :** degré de certitude de la marge d'erreur.

Doc. 1 Exemple d'estimation d'une population via la méthode de marquage-recapture

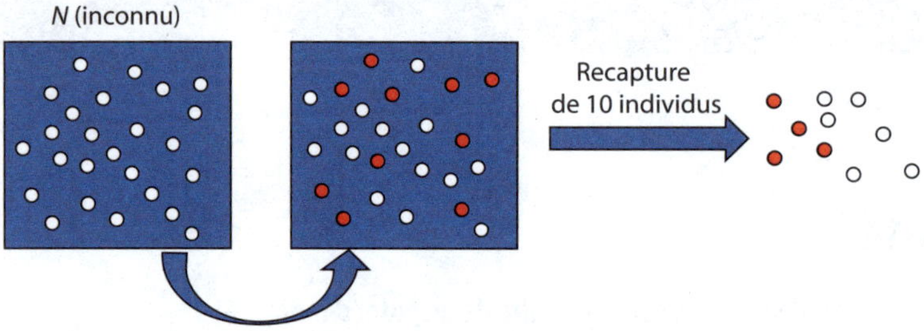

10 individus sont capturés dans un premier temps, puis marqués. Après les avoir relâchés, on capture 10 individus dans les mêmes conditions que précédemment. On compte dans cette nouvelle capture 4 individus marqués.

On applique la formule : $\frac{M}{N} = \frac{m}{n}$

avec M et n les effectifs de chaque capture, m le nombre d'individus marqués et recapturés et N l'effectif total de la population.

On peut alors écrire : $\frac{10}{N} = \frac{4}{10}$ d'où $N = 10 \times \frac{10}{4} = 25$.

La population est donc estimée à 25 individus.

2 Composition génétique des populations

De quoi s'agit-il ? Il est possible d'appliquer les lois de la génétique aux populations naturelles, afin de prévoir l'évolution des fréquences des génotypes et des allèles au cours des générations successives.

1 Modèle de Hardy-Weinberg

Vocabulaire

- **Allèles : différentes version d'un même gène.**
- **Génotype : équipement en allèles d'un individu pour un gène donné.**
- **Homozygote : individu chez qui les deux exemplaires d'un gène sont représentés par le même allèle.**
- **Hétérozygote : individu chez qui les deux exemplaires d'un gène sont représentés par deux allèles différents.**

• En 1908, Hardy et Weinberg établissent un modèle mathématique permettant de prévoir l'évolution génétique d'une population. Selon ce modèle, la fréquence des **allèles** d'un gène, sous certaines conditions, reste stable au cours des générations.

• Ce modèle permet de calculer les fréquences des **génotypes** à partir des fréquences des allèles. Les fréquences de ces génotypes restent également constantes.

• On considère deux allèles A1 et A2 d'un même gène, p est la fréquence de l'allèle A1 (avec p compris entre 0 et 1), q la fréquence de l'allèle A2 (avec q compris entre 0 et 1) et $p + q = 1$. On peut alors calculer la fréquence des génotypes à l'aide d'un échiquier de croisement (**Doc. 2**) : p^2 est la fréquence d'un génotype **homozygote** A1//A1 ; q^2 est la fréquence d'un génotype homozygote A2//A2 ; $2pq$ est la fréquence d'un génotype **hétérozygote** A1//A2.

• On peut alors en déduire la fréquence de chaque allèle à la génération suivante :

$f(A1) = p^2 + pq = p(p + q) = p$

$f(A2) = q^2 + pq = q(p + q) = q$

• Dans cette nouvelle génération, les fréquences des allèles sont inchangées. Puisqu'il existe trois génotypes possibles, on en déduit que $p^2 + q^2 + 2pq = 1$.

• Par ailleurs, la fréquence des génotypes reste stable de génération en génération (**Doc. 3**).

Doc. 2 Croisement de deux hétérozygotes

	A1 (p)	A2 (q)
A1 (p)	A1//A1 (p^2)	A1//A2 (pq)
A2 (q)	A1//A2 (pq)	A2//A2 (q^2)

Doc. 3 Stabilité génétique d'une population

Dans une population de 300 individus, les génotypes se répartissent de façon suivante : A1//A1 = 148 ; A1//A2 = 125 et A2//A2 = 28.

La fréquence de l'allèle A1 est : $\frac{2 \times 148 + 125}{600} = 0,7$.

Celle de l'allèle A2 est : $\frac{2 \times 28 + 125}{600} = 0,3$.

Selon le modèle de Hardy-Weinberg, les effectifs de chaque génotype à la génération suivante seront :

Allèles des parents	Fréquence des appariements	Fréquence des génotypes de descendance	Effectif du génotype chez les descendants
A1 × A1	0,7 × 0,7	0,49	0,49 × 300 = 147
A1 × A2	0,7 × 0,3	0,21	(0,21 + 0,21) × 300 = 126
A2 × A1	0,3 × 0,7	0,21	
A2 × A2	0,3 × 0,3	0,09	0,09 × 300 = 27

2 Conditions d'application du modèle de Hardy-Weinberg

- Les résultats du modèle ne sont vérifiés que pour les conditions suivantes :
- la population est de grande taille ;
- il n'y a pas de migration ;
- il s'agit d'espèces **diploïdes** avec reproduction sexuée ;
- les croisements sont aléatoires entre individus pour lesquels les gamètes sont produits en proportion égale et se rencontrent au hasard ;
- l'allèle étudié n'a pas subi de mutation ;
- les individus ne sont ni sélectionnés ni affectés par la dérive génétique.

Vocabulaire

- **Diploïde :** muni de chromosomes présents en double exemplaire.

3 Effet des forces évolutives

De quoi s'agit-il ? **Les fréquences alléliques et génotypiques des populations varient sous l'effet de forces évolutives entraînant la différenciation génétique des populations.**

1 Causes de variation

- Les fréquences alléliques observées sur les populations naturelles ne correspondent pas toujours aux résultats prévus par le modèle de Hardy-Weinberg. Les écarts constatés s'expliquent par l'effet de différentes forces évolutives.

- Ainsi, dans une population à petit effectif, la fréquence des allèles varie aléatoirement au cours du temps (**Doc. 4**). Un allèle peut même disparaître au cours d'une seule génération. En effet, lors de la reproduction sexuée, chaque nouvel individu hérite de façon aléatoire, pour un gène donné, d'un allèle maternel et d'un allèle paternel.

Vocabulaire

- **Dérive génétique :** modification aléatoire des fréquences alléliques, d'autant plus marquée que la population est de faible effectif.
- **Sélection naturelle :** variation des fréquences alléliques d'une population sous la pression de l'environnement.

ENS. SCIENTIFIQUE

• Néanmoins, tous les individus ne se reproduisent pas, et tous n'ont pas le même nombre de descendants. Cette modification aléatoire de la fréquence des allèles au cours du temps est appelée **dérive génétique**. Elle se produit de façon plus marquée lorsque l'effectif de la population est faible.

• Par ailleurs, dans un milieu donné, certains allèles procurent un avantage aux individus qui les portent. Ceux-ci ont alors plus de chances d'arriver à l'âge adulte, de se reproduire et de transmettre cet allèle à leur descendance. Ainsi, sous la pression du milieu, la fréquence de l'allèle considéré augmente de génération en génération : c'est la **sélection naturelle**.

• Enfin, des mutations aléatoires font apparaître de nouveaux allèles, modifiant ainsi les fréquences alléliques de génération en génération.

Doc. 4 Modélisation de l'évolution de la fréquence d'un allèle au cours du temps pour trois effectifs de population

2 Conséquence, l'évolution des espèces

• Ces différents phénomènes (mutations, dérive génétique et sélection) modifient la fréquence des allèles au cours des générations.

• Les populations se différencient alors génétiquement les unes des autres, et les échanges de gènes entre elles se raréfient progressivement.

• Les espèces apparaissent ainsi comme des ensembles hétérogènes de populations, en évolution permanente.

4 Influence des activités humaines

De quoi s'agit-il ? Les activités humaines ont des conséquences négatives sur la biodiversité. Aussi, pour en limiter l'impact, des programmes de protection sont mis en place.

1 Dégradation des milieux et diminution de la biodiversité

• La perte de la biodiversité constatée à l'échelle mondiale est due à plusieurs phénomènes, tous liés aux activités humaines :

– la dégradation des milieux (pollution, fragmentation de l'habitat, déforestation…) ;
– la **surexploitation** des espèces (chasse, pêche) ;
– l'introduction d'espèces exotiques (tortue de Floride, frelon asiatique…) (**Doc. 5**) ;
– les changements climatiques (rejet des gaz à effet de serre).

L'urbanisation et l'industrialisation entraînent souvent la **fragmentation des habitats**. Or les petites parcelles sont plus vulnérables aux influences externes, car leurs populations, plus réduites, sont génétiquement moins variées, phénomène amplifié par la dérive génétique (**Doc. 6**).

Vocabulaire

- **Surexploitation :** prélèvement d'une espèce empêchant le maintien des effectifs.
- **Fragmentation de l'habitat :** transformation d'un habitat unique en plusieurs habitats discontinus.

- L'édification de barrages, pour le stockage de l'eau ou la production d'énergie, empêche le brassage génétique lié à la reproduction, ainsi que la migration des espèces comme le saumon, et réduit les zones de reproduction.

- La fragmentation des forêts entraîne elle aussi un isolement croissant entre des populations vivant dans des parcelles séparées. Le degré de fragmentation des forêts est suivi par télédétection. D'une façon générale, les forêts sont très fragmentées en Europe et dans certaines parties de l'Asie du Sud-Est, alors qu'elles le sont moins sur d'autres continents.

Doc. 5 Distribution du frelon asiatique en France sur la période 2004-2012

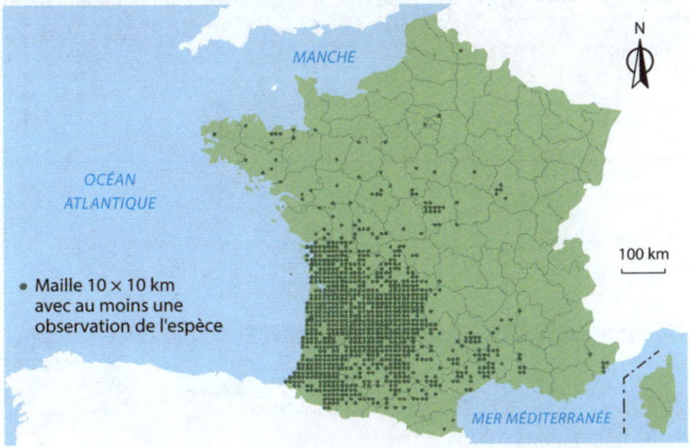

Le frelon asiatique a été observé pour la première fois en France en 2004 dans le Lot-et-Garonne. En 2012, il couvrait la moitié du territoire français et la totalité en 2019. Sa progression est d'environ 60 km par an.

Source : Q. Rome / UMR7205 (OSEB) MNHN / CNRS, données 2004-2012 extraites de l'INPN, juillet 2013.

Doc. 6 Fragmentation de l'habitat pour une espèce et ses conséquences

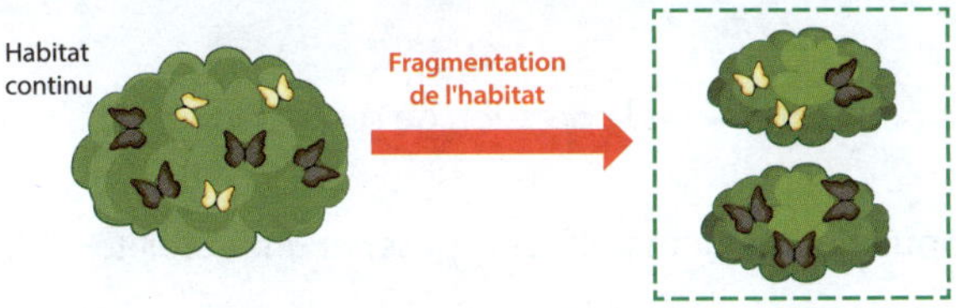

2 Programmes de protection de la biodiversité

- Pour protéger la biodiversité, des listes d'espèces menacées sont dressées par des organisations internationales (UICN et CITES). Elles sont classées selon le degré de menace (espèces « en danger », « menacées » ou « vulnérables »).

- Des programmes de protection sont développés, le commerce, la chasse, la pêche et toute autre forme d'exploitation de ces espèces est interdite, et leur milieu de vie est protégé.

- Mais un grand nombre d'espèces restant inconnues, c'est vers la protection des milieux que tendent les efforts de conservation.

Révision express

La biodiversité et son évolution

Le schéma à retenir

Dynamique de la biodiversité

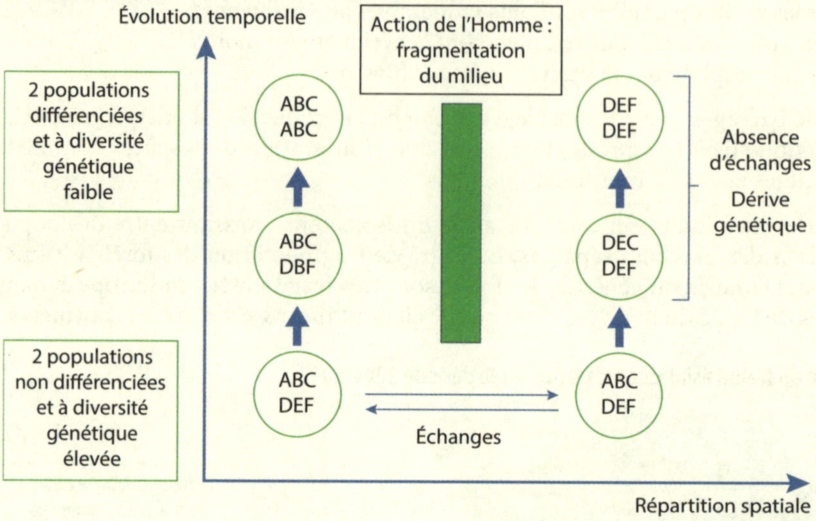

Quiz

Cochez la bonne réponse :

1. La diversité spécifique d'un milieu est un indice de biodiversité.
☐ **Vrai** ☐ **Faux**

2. Un effectif réduit garantit la stabilité génétique d'une population.
☐ **Vrai** ☐ **Faux**

3. La dérive génétique modifie génétiquement une population sous la pression de l'environnement.
☐ **Vrai** ☐ **Faux**

4. Le modèle de Hardy-Weinberg prédit qu'une population de grand effectif conserve une stabilité génétique sous certaines conditions.
☐ **Vrai** ☐ **Faux**

5. Une perte de leur diversité génétique rend les populations plus sensibles aux variations du milieu.
☐ **Vrai** ☐ **Faux**

→ **Réponses p. 472**

EXERCICE GUIDÉ 1

Exploiter une modélisation de risque d'extinction

Énoncé

La fragmentation des rivières a des conséquences sur la biodiversité, qui varient selon différents facteurs. Pour une analyse approfondie des effets de cette fragmentation, des chercheurs ont mené une étude portant sur plusieurs cas. La synthèse de leurs résultats leur a permis de construire le graphique suivant qui fournit une possible modélisation des risques.

Doc. Probabilité d'extinction d'espèces résidentes en fonction de la durée de l'isolement et de la superficie du bassin concerné (extrait de Fuller et al., 2015)

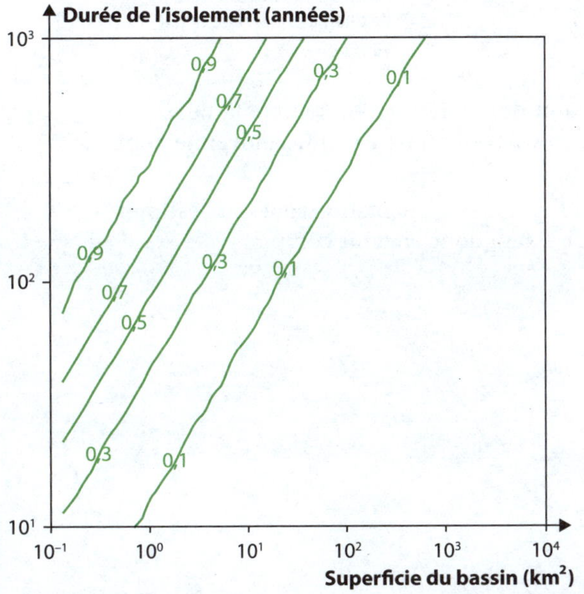

1. Dégager les différentes informations fournies par ce graphique.
2. Expliquer ces résultats.
3. Quelles conclusions peut-on en tirer pour assurer une meilleure gestion des risques ?

Méthode

1 **Ce graphique modélise la probabilité d'extinction en fonction de deux facteurs différents. Pour mettre en évidence l'influence de l'un de ces facteurs, il faut l'étudier en l'absence de variation de l'autre facteur.**

2 **Ainsi, on peut tracer une droite horizontale correspondant à une durée d'isolement quelconque, le long de laquelle on étudie la variation des probabilités d'extinction selon la surface du bassin.**

3 **De la même façon, on étudie les effets de la durée d'isolement selon une droite verticale, correspondant à une surface donnée.**

ENS. SCIENTIFIQUE

Corrigé

1. Le graphique montre que plus la surface résultant de la fragmentation est réduite, et plus la probabilité d'extinction augmente.

Par exemple, pour une durée d'isolement de 100 ans, la probabilité d'extinction passe de 0,1 pour une surface de l'ordre de 100 km^2, à 0,9 si la surface est comprise entre 0,1 et 10 km^2.

De la même façon, plus la durée d'isolement est grande, et plus le risque d'extinction augmente.

2. Ainsi, plus la population est réduite, plus les effets de la fragmentation devraient être graves. En effet, il s'ensuit une diminution de son effectif qui entraîne une réduction de sa diversité génétique. La population devient alors plus sensible aux risques environnementaux.

Quelle que soit la taille de la population, la diminution de l'effectif et la perte de diversité se produisent avec d'autant plus d'importance que la durée d'isolement est grande.

Remarque

Plus l'effectif d'une population est faible, et plus la mortalité de quelques individus le fait varier.

3. Une meilleure gestion de l'environnement doit donc prendre en compte la durée de l'isolement et la surface des zones fragmentées. Les populations de taille moyenne sont presque à l'abri du risque.

Enfin, les résultats d'une étude de risque menée juste après la fragmentation sont sous-estimés par rapport aux conséquences prévisibles de celle-ci. Il faut donc en tenir compte.

Chapitre 10

L'évolution comme grille de lecture du monde

1 Histoire évolutive des caractères anatomiques : exemple de l'œil

De quoi s'agit-il ? **L'anatomie d'un organe tel que l'œil est le résultat d'une longue évolution, caractérisée par plusieurs étapes.**

1 Diversité des yeux chez les êtres vivants

- L'œil est un organe sensoriel dont la fonction et la complexité sont variables. Ainsi, les premiers yeux, constitués de quelques **cellules photoréceptrices** enfouies sous le tégument, sont capables uniquement de distinguer le clair de l'obscur.

- Au cours de l'évolution, deux types d'yeux apparaissent : les yeux composés, comme ceux des insectes, et les yeux concaves, de type caméra, comme ceux des vertébrés. Les premiers yeux peuvent seulement localiser les rayons lumineux, mais progressivement, ils deviennent capables de distinguer les formes et les couleurs.

Vocabulaire

- **Cellule photoréceptrice :** cellule sensorielle sensible à la lumière.

2 Évolution de l'œil des vertébrés

- Les yeux des vertébrés présentent des formes de plus en plus complexes. Chez les myxines (vertébrés primitifs du groupe des **agnathes**), l'œil enfoui sous la peau translucide possède des photorécepteurs, mais pas de **cristallin** (**Doc. 1**). Chez les lamproies (agnathes), l'œil est enfoui chez la larve, mais avec un cristallin en développement. Chez l'adulte, il apparaît en surface de la peau. Délimité par l'**iris**, il est formé d'une véritable chambre avec un cristallin et une **rétine** (**Doc. 1**).

- Dans l'œil humain, on retrouve les mêmes éléments. Les étapes de sa formation chez l'embryon permettent de reconstituer celles de l'évolution : le passage de l'œil de la myxine à celui de la lamproie adulte (**Doc. 2**).

- Parallèlement, les fonctions de l'œil ont évolué. La myxine est aveugle, et son œil permet de capter les variations de lumière jour-nuit, synchronisant la sécrétion des hormones du sommeil et de la veille. Enfouie dans le sable, la larve de lamproie est aveugle. L'adulte, en revanche, est capable de voir et de capturer des proies.

- L'évolution de l'œil est donc le résultat de contraintes imposées par les formes ancestrales, de mutations, et d'une pression de sélection liée au mode de vie.

Vocabulaire

- **Agnathes :** groupe de vertébrés primitifs dépourvus de mâchoire.
- **Cristallin :** lentille assurant la convergence des rayons lumineux au fond de l'œil.
- **Iris :** membrane contractile de la face antérieure de l'œil permettant de régler la quantité de lumière entrant dans l'œil.
- **Rétine :** couche de cellules nerveuses permettant la réception, puis la conversion des informations lumineuses en message nerveux.

Doc. 1 **Évolution de l'œil chez les vertébrés primitifs**

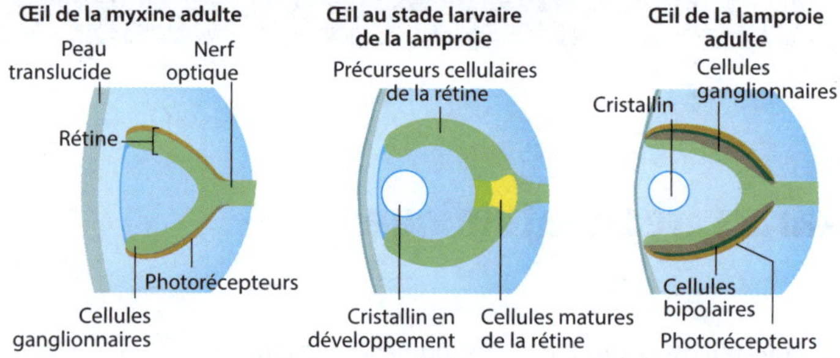

Doc. 2 **Formation de l'œil chez l'homme**

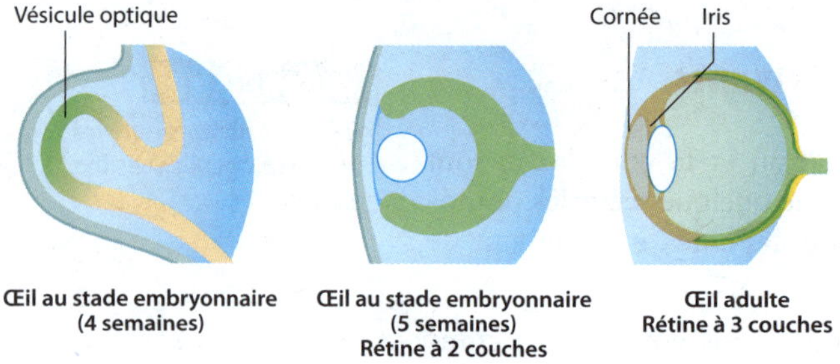

2 Évolution et pratiques médicales

De quoi s'agit-il ? **L'évolution rapide des organismes microbiens peut les rendre insensibles aux antibiotiques. Elle complique également la mise au point de vaccins.**

1 Des bactéries résistantes aux antibiotiques

• Certaines bactéries sont naturellement résistantes à un **antibiotique**. Leur résistance résulte de l'expression de gènes portés soit sur le chromosome bactérien, soit sur un petit fragment d'ADN circulaire, le **plasmide**. Différents mécanismes, comme la dégradation de l'antibiotique ou la modification de sa cible, l'empêchent d'agir.

Vocabulaire

- **Antibiotique** : substance qui détruit les bactéries ou bloque leur multiplication.
- **Plasmide** : fragment d'ADN circulaire présent chez les bactéries.

• La résistance s'acquiert à la suite de mutations survenues au hasard, avec une fréquence de 10^{-6} à 10^{-9}. La probabilité de résistance à deux antibiotiques est celle de l'apparition de deux mutations, c'est-à-dire de 10^{-12} à 10^{-18}.

• La résistance peut aussi résulter de la transmission d'un plasmide portant des gènes de résistance par une autre bactérie. Dans ce cas, plusieurs gènes de résistance peuvent être transmis en même temps.

2 Sélection de bactéries résistantes

• En présence d'un antibiotique, les bactéries résistantes alors avantagées se reproduisent en grand nombre, et leur effectif augmente. Ainsi, de génération en génération, la fréquence des bactéries résistantes augmente, au détriment de celles qui sont sensibles à l'antibiotique. Avec l'acquisition d'une résistance plasmidique, le phénomène est amplifié, puisque la résistance peut concerner plusieurs antibiotiques.

• Avec l'utilisation systématique des antibiotiques, les souches bactériennes résistantes deviennent ainsi plus nombreuses par **sélection naturelle**, d'où la nécessité de stratégies **prophylactiques** adaptées visant à réduire l'utilisation d'antibiotiques comme les risques d'infection (**Doc. 3**).

Vocabulaire

- **Sélection naturelle :** modification de la diversité génétique d'une population sous la pression de l'environnement.
- **Prophylactique :** qui préserve de tout ce qui pourrait être nuisible.

Doc. 3 Résultats de la mise en place d'une politique de bon usage des antibiotiques dans un hôpital

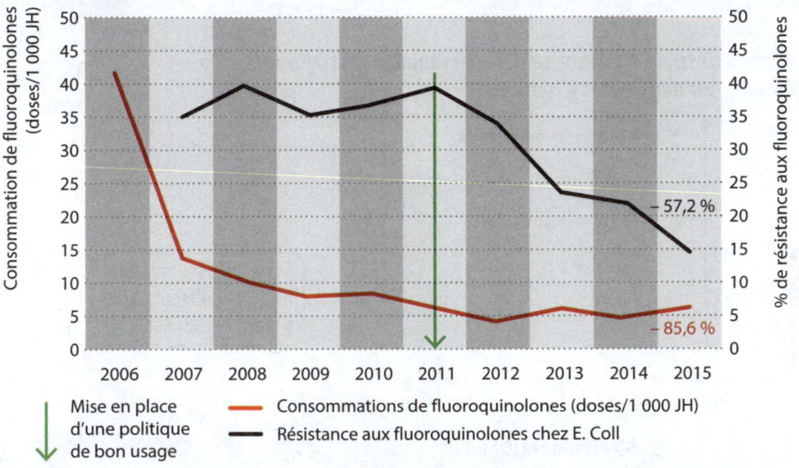

3 Des vaccins difficiles à mettre au point

• De la même façon, les fréquentes mutations des micro-organismes comme les virus (ou encore de protozoaires comme le plasmodium) compliquent la mise au point de vaccins spécifiques. Ainsi, chaque année, le virus de la grippe prend des formes différentes (**Doc. 4**), ce qui oblige à concevoir tous les ans un nouveau vaccin.

Doc. 4 Efficacité des anticorps et mutations virales

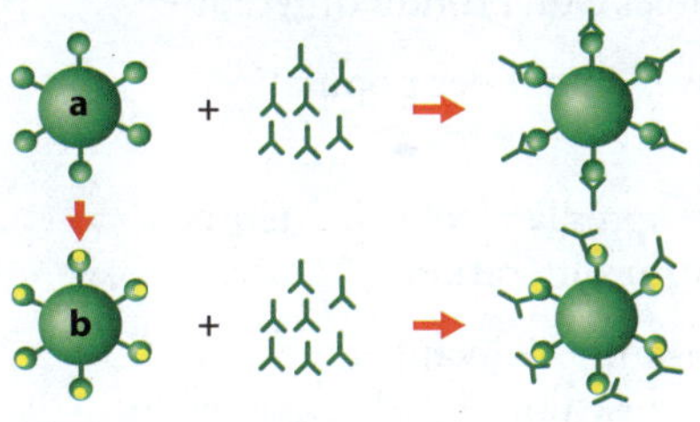

Les anticorps d'un individu vacciné neutralisent le virus a. Après mutation, le virus se modifie (virus b), et les anticorps deviennent moins performants.

3 Évolution et pratiques agricoles

De quoi s'agit-il ? **L'utilisation de produits phytosanitaires favorise le développement d'adventices ou de ravageurs des cultures qui y sont devenus résistants.**

1 Sélection d'individus résistants

• Les différentes espèces d'**adventices** ou de ravageurs des cultures (microbes, vers, insectes, mammifères…) présentent une variabilité génétique, elle-même entretenue par des mutations qui surviennent au hasard.

Vocabulaire

- **Adventice :** espèce végétale entrant en compétition avec la plante cultivée.
- **Produit phytosanitaire :** produit utilisé pour éliminer les adventices et les ravageurs.

• Parmi les mutations, certaines peuvent rendre inefficace le produit phytosanitaire utilisé pour éliminer un ravageur. Celui-ci, devenu résistant, va acquérir un avantage sur le reste de la population, et sa probabilité de se reproduire et de transmettre ses allèles, y compris celui de la résistance au **produit phytosanitaire**, augmente.

• Ainsi, par le biais de la sélection naturelle, l'allèle responsable de la résistance se répand dans la population (**Doc. 5**). Par ailleurs, les mécanismes de résistance sont variés et peuvent se cumuler.

Doc. 5 Pourcentage des biotypes maternels d'espèce d'adventice (Conyza canadensis) regroupés par classement de résistance au glyphosate, sur deux types d'habitats

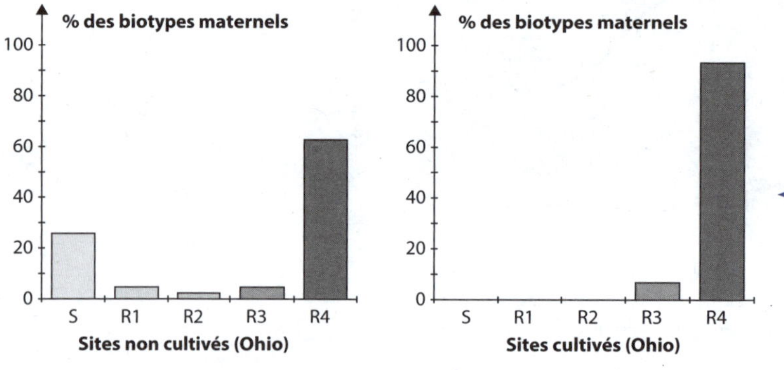

S : individus sensibles – R1 à R4 : différents types d'individus résistants.

2 Prévenir la sélection des ravageurs résistants

• Si la mutation apparaît de façon spontanée et imprévisible, certaines pratiques agricoles peuvent favoriser sa dispersion dans la population concernée.

• L'utilisation d'un même produit phytosanitaire plusieurs fois de suite favorise les mutants résistants, alors que l'alternance d'une année sur l'autre évitera la sélection positive de ces individus qui peuvent être sensibles à un produit différent.

• De la même façon, la **rotation des cultures** provoque le renouvellement des populations de ravageurs et évite ainsi leur sélection sur plusieurs années.

• L'utilisation de méthodes prophylactiques, comme le ramassage après la récolte des débris végétaux qui favorisent le développement des ravageurs, évite leur prolifération.

• Enfin, on peut également tester l'efficacité d'un produit phytosanitaire avant son épandage en champ (**Doc. 6**). Il est ainsi possible de repérer des formes résistantes et de changer de méthode de lutte.

Vocabulaire

■ **Rotation des cultures** : technique qui consiste à faire se succéder sur une même parcelle des cultures d'espèces différentes.

Doc. 6 Détection d'un phénomène de résistance

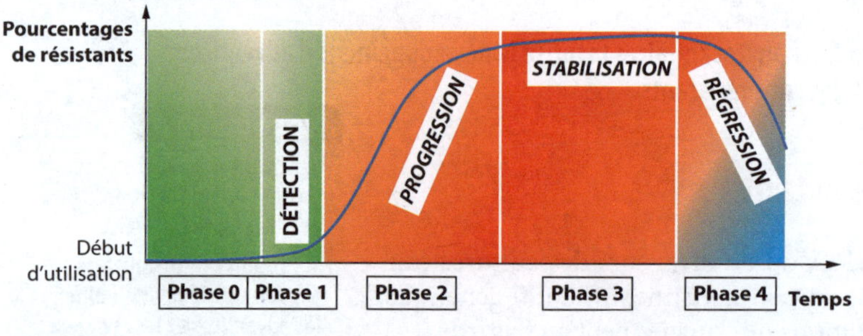

Le test, effectué à partir de prélèvements réalisés sur la culture, permet d'évaluer l'évolution (progression, stabilisation ou régression) de la résistance dans la population.

Révision express

L'évolution comme grille de lecture du monde

Le schéma à retenir

L'évolution, outil de compréhension du monde vivant

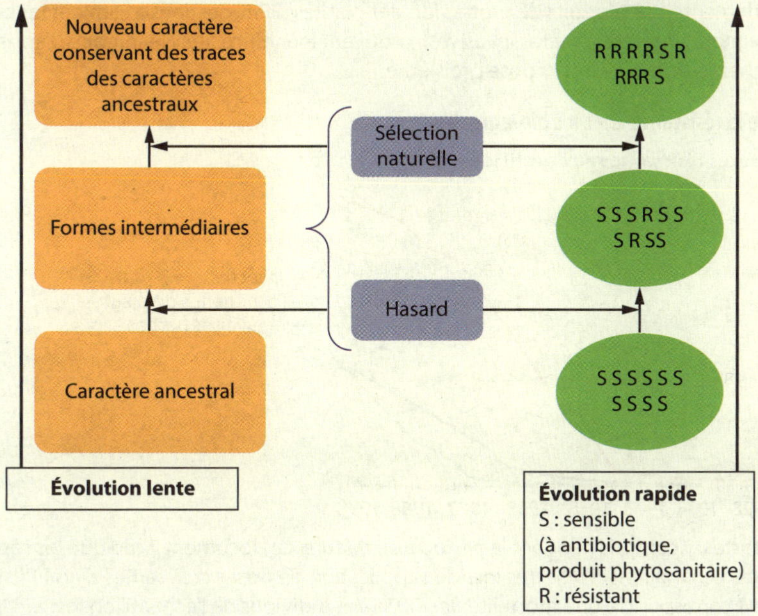

Quiz

Cochez la bonne réponse :

1. L'utilisation des antibiotiques entraîne l'apparition de virus résistants.
☐ **Vrai** ☐ **Faux**

2. Un caractère anatomique résulte de l'héritage de formes ancestrales.
☐ **Vrai** ☐ **Faux**

3. La présence d'un antibiotique rend les bactéries résistantes.
☐ **Vrai** ☐ **Faux**

4. Des bactéries peuvent se transférer des gènes de résistance à un antibiotique.
☐ **Vrai** ☐ **Faux**

5. Le vaccin antigrippe est différent chaque année, car le virus mute.
☐ **Vrai** ☐ **Faux**

→ Réponses p. 472

EXERCICE GUIDÉ

Interpréter des tests de résistance

Énoncé

Après la seconde guerre mondiale, la modernisation de l'agriculture permet une importante augmentation des rendements. Les produits de protection des plantes (PPP), destinés à éliminer les bio-agresseurs (champignons, insectes, plantes invasives), prouvent leur efficacité. Néanmoins, l'apparition de résistance chez les bio-agresseurs pose problème.

Doc. 1 Évolution de la résistance chez les bio-agresseurs

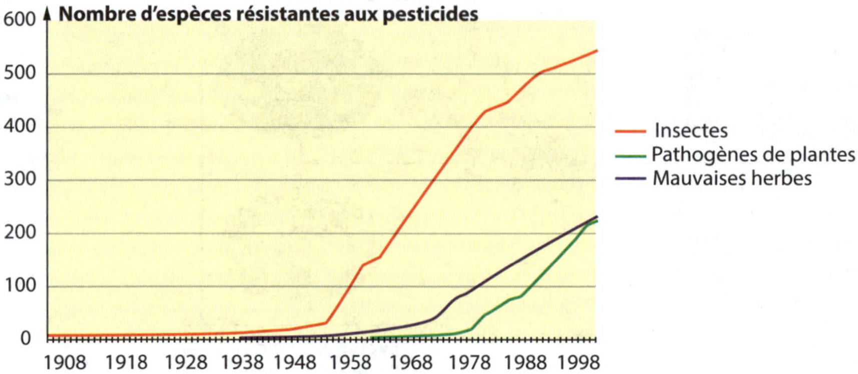

Aussi les PPP sont testés, y compris pendant la période de culture. Le document 2 indique les résultats obtenus sur trois échantillons d'insectes lors de l'application de doses croissantes d'un PPP. Un effet mesuré égal à 1 correspond à une mortalité de 100 % des individus de l'échantillon testé.

Doc. 2 Résultats de tests de résistance à un PPP sur différents échantillons

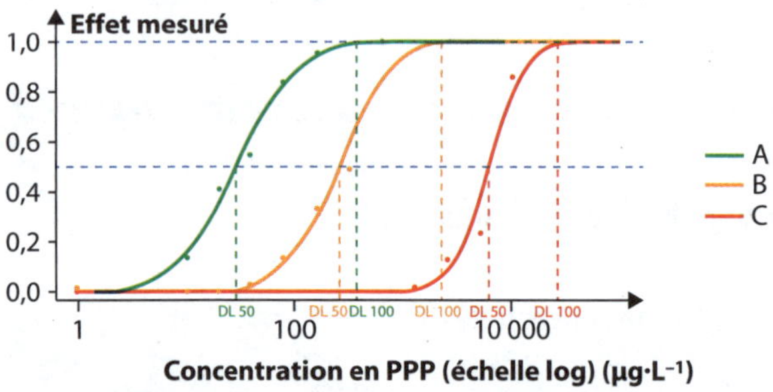

1. Comparer l'efficacité du PPP sur les trois échantillons du **document 2**.

2. Des tests réalisés sur une culture au cours du temps montrent la nécessité d'augmenter au fur et à mesure la dose de PPP. Expliquer ce phénomène.

3. Établir une relation avec l'évolution de la résistance des insectes observée depuis le début du XXᵉ siècle (**Doc. 1**).

Méthode

1 Le document 2 montre que selon les individus, une même dose de PPP peut avoir des effets différents. Pour mesurer l'efficacité du produit, on utilise la DL50, dose pour laquelle 50 % des individus de l'échantillon meurent.

2 Le document 1 montre que le phénomène de résistance s'est accentué au cours du temps. Il faut mettre ce constat en relation avec les changements des pratiques agricoles opérés lors de la révolution agricole.

Corrigé

1. Pour mesurer l'efficacité du produit, on utilise la DL50, dose pour laquelle 50 % des individus de l'échantillon meurent. La DL 50 du groupe A est bien inférieure à celle du groupe C. Le groupe C est donc constitué d'insectes plus résistants au produit que ceux du groupe A (sensibles au produit), tandis que ceux du groupe B ont une résistance intermédiaire.

2. La résistance apparaît par mutations. Un individu devenu résistant a alors plus de chances que les individus sensibles d'atteindre l'âge adulte, de se reproduire et de transmettre l'allèle de la résistance à ses descendants, eux-mêmes avantagés. Ainsi, la fréquence de cet allèle augmente au cours du temps dans la population. L'allèle muté a été sélectionné et s'est répandu dans la population.

Bien comprendre
Par le biais de la sélection naturelle, plus la fréquence de l'allèle muté augmente, plus celle du caractère « résistance » augmente.

3. La résistance aux insecticides augmente brusquement et de façon très importante au milieu du xxe siècle. À cette période, la France rurale modernise son agriculture et utilise massivement les PPP, ce qui favorise la sélection de formes résistantes et contraint à développer de nouveaux produits… qui à leur tour favorisent de nouvelles formes résistantes.

Chapitre 11 L'évolution humaine

1 Hommes et Singes, des relations de parenté

De quoi s'agit-il ? **L'Homme fait partie du groupe des primates et est plus particulièrement apparenté aux grands Singes.**

1 Place de l'Homme et des grands Singes parmi les primates

• L'Homme est un **primate**, caractérisé comme tous les représentants de ce groupe par la présence d'ongles, d'un **pouce opposable** à la main et d'yeux orientés vers l'avant permettant une vision binoculaire.

• L'**arbre phylogénétique** des primates (**Doc. 1**) est établi à partir de caractères résultant d'**innovations évolutives**. Toutes les espèces qui partagent un même caractère l'ont hérité d'un ancêtre commun. La parenté entre deux groupes est d'autant plus étroite qu'ils partagent un grand nombre d'innovations évolutives.

• Ainsi, l'Homme est plus étroitement apparenté aux grands Singes. Néanmoins, il s'en distingue par des caractères spécifiques, comme un volume crânien supérieur et des caractéristiques anatomiques liées à une **bipédie permanente** : plusieurs courbures de la colonne vertébrale, la forme du bassin et des fémurs convergents.

Doc. 1 **Arbre phylogénétique des primates**

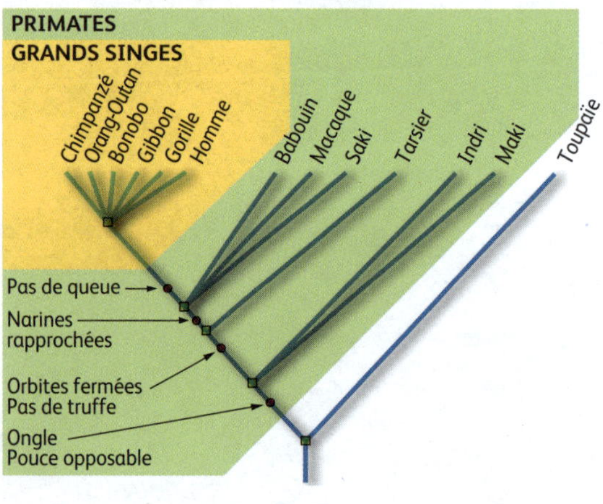

Vocabulaire

- **Grands Singes :** groupe comprenant les Gibbons, les Orangs-outans, les Gorilles et les Chimpanzés.
- **Primates :** groupe de mammifères comprenant les Lémuriens, les Singes et l'Homme.
- **Pouce opposable :** pouce pouvant se replier contre la paume de la main et permettant la préhension.
- **Arbre phylogénétique :** représentation des relations de parenté. Les différentes branches correspondent à des lignées, les nœuds à leurs ancêtres communs.
- **Innovation évolutive :** nouveauté anatomique, physiologique, comportementale permettant de distinguer un groupe de celui dont il est issu.
- **Bipédie permanente :** station verticale et locomotion exclusivement sur deux membres postérieurs.

2 Des caryotypes et des génotypes comparables

• Les caryotypes de l'Homme (23 paires de chromosomes) et ceux des grands Singes (24 paires) se ressemblent, et les bandes de coloration de leurs chromosomes (reflet de leur composition en nucléotides) sont très similaires (**Doc. 2**).

- Les génotypes de l'Homme et du Chimpanzé sont identiques à plus de 98 %, la séquence de certains gènes l'étant totalement. D'autres gènes au contraire présentent de nombreuses différences : ils sont responsables des spécificités humaines.
- Ainsi, l'Homme et les grands Singes, génétiquement les plus proches, possèdent un ancêtre commun exclusif qu'ils ne partagent pas avec les autres primates. Néanmoins, les différences totales entre le génome de l'Homme et celui du Chimpanzé, en tenant compte des insertions et surtout des duplications de fragments d'ADN, sont de 6 à 7 %.

Doc. 2 Comparaison des chromosomes 2 de l'Homme et 2p et 2q des grands Singes

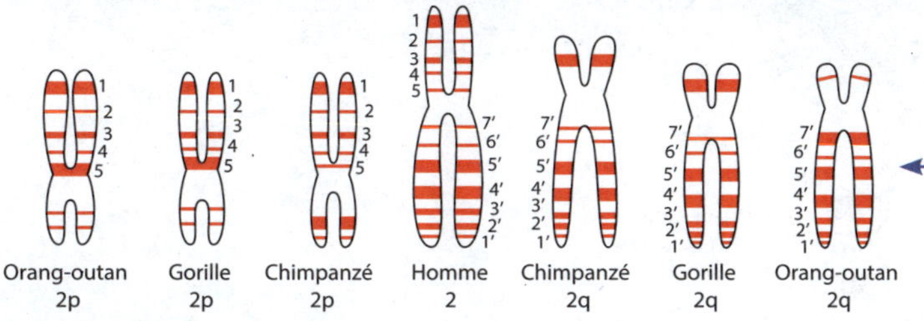

La comparaison montre que le chromosome 2 de l'Homme semble résulter de la fusion des chromosomes 2p et 2q des grands Singes. Cela expliquerait la paire de chromosomes en moins dans le caryotype de l'Homme par rapport à celui des grands Singes.

2 émergence de la lignée humaine

De quoi s'agit-il ? La lignée humaine se sépare de celle des grands Singes grâce à des acquisitions comme la bipédie et l'augmentation du volume cérébral.

1 Débuts de la lignée humaine

- L'ancêtre du groupe formé par les Hommes et les grands Singes présente des caractères communs aux deux groupes actuels : **bipédie partielle**, utilisation d'outils et vie en communauté. Il y a plus de 6 millions d'années, la lignée humaine diverge de celle des grands Singes.
- Les Australopithèques sont parmi les premiers représentants de la lignée humaine. Ils vivent en Afrique orientale et du Sud entre 4,5 et 1 MA. Avec un **trou occipital** centré, des fémurs convergents et un bassin large permettant l'insertion de muscles puissants des cuisses, ils présentent tous les signes d'une posture droite et d'une locomotion bipède (**Doc. 3**). Ils conservent en revanche un faible volume crânien (**Doc. 4**).
- Le genre Homo apparaît à partir de – 2,5 MA, avec Homo habilis dont le **volume céphalique** est supérieur à celui des grands Singes (700 cm^3). Associés à ses restes, des **galets aménagés** témoignent de l'utilisation d'outils.
- Homo ergaster, apparu vers –1,9 MA, présente une taille et une capacité crânienne (1 200 cm^3) en augmentation. Il façonne des **bifaces** et est le premier à quitter l'Afrique pour l'Asie et l'Europe.

Vocabulaire

- **Lignée humaine** : ensemble de toutes les espèces apparues depuis l'ancêtre commun à l'Homme et au Chimpanzé jusqu'à l'Homme actuel.
- **Bipédie partielle** : locomotion alternativement sur deux ou quatre membres.
- **Trou occipital** : orifice par lequel la moelle épinière se relie à l'encéphale.
- **Volume céphalique** : capacité crânienne.
- **Galet aménagé** : fragment de roche sommairement taillé.
- **Biface** : fragment de roche taillé sur deux faces.

2 Une évolution buissonnante

- Au cours de l'évolution de la lignée humaine, les Australopithèques acquièrent la bipédie, tandis que pour le genre Homo, le volume crânien augmente, en lien avec l'habileté (fabrication d'outils). Ces différents caractères évoluent indépendamment les uns des autres.

Vocabulaire

- **Évolution buissonnante** : contraire d'une évolution linéaire. Coexistence de plusieurs groupes à des degrés d'évolution différents.

● Ainsi, à une même période coexistent différentes espèces d'Australopithèques et/ou du genre Homo, chacune associant des caractères primitifs et évolués.

● De plus, parmi les espèces de la lignée humaine, certaines ont pu donner naissance à plusieurs autres ou encore s'éteindre sans descendant. On parle d'**évolution buissonnante**.

Doc. 3 Bassin et fémur chez trois espèces

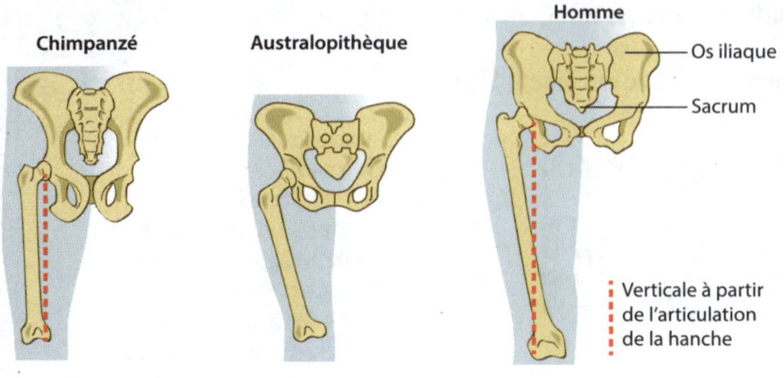

Doc. 4 Crâne (vu de dessous) de trois espèces

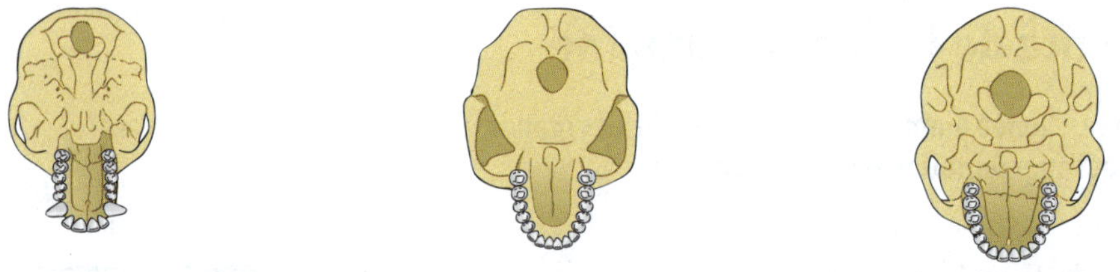

Chimpanzé	Australopithèque	Homo sapiens
Espèce actuelle Capacité crânienne moyenne : 400 cm^3	Espèce fossile appartenant à la lignée humaine Capacité crânienne moyenne : 450 cm^3	Espèce actuelle Capacité crânienne moyenne : 1 400 cm^3

3 Évolution récente du genre Homo

De quoi s'agit-il ? Les espèces récentes du genre Homo ont coexisté et se sont hybridées. On peut mettre en évidence aujourd'hui dans leurs fossiles ces échanges de gènes.

D 1 Évolution confirmée

● L'évolution se poursuit après la dispersion d'Homo ergaster hors d'Afrique. Si la bipédie est acquise, le volume cérébral de 750 à 1 050 cm^3 est encore bien inférieur à celui des Homo sapiens, notre espèce. Par ailleurs, la face est archaïque par l'absence de nez et par une mâchoire très **prognathe**.

Vocabulaire

- **Prognathe :** qui présente une mâchoire proéminente.
- **Bourrelet sus-orbitaire :** saillie osseuse située au-dessus de l'orbite.

● Homo erectus, qui succède à Homo ergaster, possède un crâne et un squelette encore robuste, mais sa face est déjà moins prognathe. L'évolution qui se poursuit jusqu'à Homo sapiens aboutit à un volume crânien supérieur à 1400 cm^3, une face réduite, un prognathisme faible à nul, un **bourrelet sus-orbitaire** réduit et la formation d'un menton (**Doc. 5**).

● Les premiers Homo sapiens apparaissent vers 200 000 ans. Les différentes populations humaines actuelles descendraient d'une population originelle ayant quitté l'Afrique il y a 110 000 à 120 000 ans.

Doc. 5 Évolution du crâne et de la face dans la lignée humaine

	Australopithecus (– 4,5 à –1 Ma)	*Homo erectus* (–1,6 Ma à – 300 000 ans)	*Homo neanderthalensis* (– 250 000 ans à – 30 000 ans)	*Homo sapiens* (– 200 000 ans…)
Volume et forme du crâne	450 à 530 cm^3 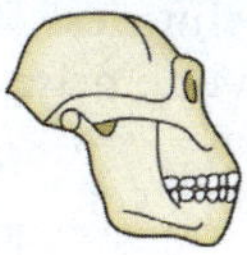	800 à 1 200 cm^3 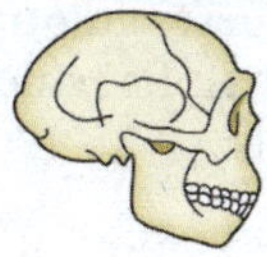	1 600 cm^3 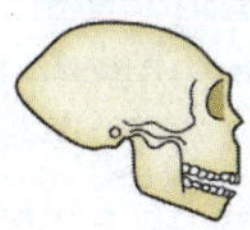	1 300 à 1 500 cm^3 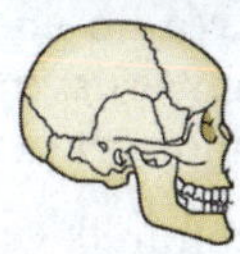

2 Coexistence de plusieurs espèces du genre *Homo*

- Plusieurs espèces du genre Homo ont coexisté. Ainsi, l'Homme de Néandertal, présent en Asie et en Europe, coexiste avec H. sapiens avant de disparaître vers 30 000 ans, remplacé par ce dernier. Plus petit que l'Homme moderne, il s'en distingue par un volume crânien supérieur (1 600 cm^3).
- L'Homme de Denisova, trouvé en Sibérie, est une autre espèce du genre Homo. Génétiquement distinct de Néandertal et de l'Homme moderne, il partage un ancêtre commun avec eux, comme l'a montré l'analyse de leur génome (**Doc. 6**). L'analyse d'un fragment osseux daté de 90 000 ans, trouvé dans la grotte de Denisova et attribué à une adolescente, a montré que celle-ci était l'hybride d'une mère néandertalienne et d'un père dénisovien. De même, des hybridations ont eu lieu avec certains Homo sapiens, tout comme entre sapiens et néandertaliens.
- La coexistence et l'hybridation, même rare, entre les espèces récentes, sont une nouvelle illustration du caractère buissonnant de l'évolution de la lignée humaine.

Doc. 6 Arbre phylogénétique d'*Homo* récents

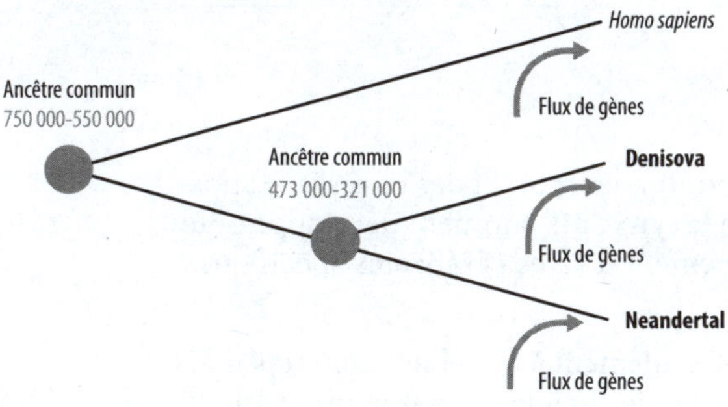

4 Une évolution culturelle

De quoi s'agit-il ? **L'évolution humaine, plus que celle de toute autre espèce, repose aussi sur la transmission des savoirs, grandement favorisée par le développement du langage.**

1 Transmission des savoirs

- Les Chimpanzés utilisent des objets, brindille ou pierre par exemple, pour récolter leur nourriture. La façon d'utiliser ces objets donne lieu à un apprentissage des jeunes par les adultes, raison pour laquelle certains parlent de « culture » à son sujet.

● Si la fabrication d'outils est discutée chez les Australopithèques, on assiste au cours de l'évolution du genre Homo à un développement important de l'industrie : simple galet dans lequel on enlève un éclat (galet aménagé), outils taillés dans la pierre sur les deux faces (biface), racloirs, perçoirs chez les Homo erectus qui par ailleurs domestiquent le feu, puis objets plus sophistiqués (pointes, lames, harpons) en bois, os, corne… chez les Homo sapiens et dans une moindre mesure Néandertal (**Doc. 7**).

● Homo sapiens réalise aussi des productions artistiques, sculptures et peintures. Des rites funéraires apparaissent dès l'Homme de Néandertal. Ils témoignent d'une prise de conscience de la mort, et peut-être de certaines croyances.

● Ces pratiques culturelles nécessitent un apprentissage, possible grâce à la transmission. Parallèlement à ces acquisitions, le volume du cerveau s'accroît, et chez Homo sapiens, atteint plus de 1 400 cm^3. Cette évolution a permis l'invention des techniques, de l'art et l'acquisition d'une pensée conceptuelle.

Doc. 7 Outils et culture dans la lignée humaine

	Australopithecus (–4,5 à –1 Ma)	*Homo erectus* (–1,6 Ma à – 300 000 ans)	*Homo neanderthalensis* (– 250 000 ans à – 30 000 ans)	*Homo sapiens* (– 200 000 ans…)
Outils produits	Inconnus	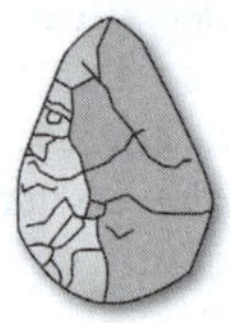		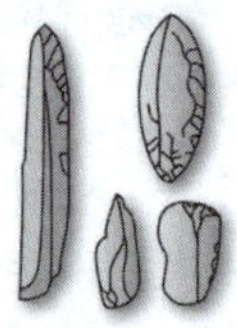
Extension	Afrique	Afrique, Eurasie	Europe, Asie	Planète entière
Culture	Inconnue	Maîtrise du feu	Rites funéraires, langage	Rites funéraires, langage, art

2 Acquisition du langage

● Le langage articulé, combinaison de sons pour produire des mots et des phrases, n'apparaît pas avant Homo erectus. En effet, il nécessite un **larynx** suffisamment développé pour servir de caisse de résonance, ainsi que le développement d'**aires cérébrales** spécifiques, absentes chez le Chimpanzé (**Doc. 8**).

● Le langage avec ses mots, qui ne correspondent pas seulement à des objets concrets mais aussi à des idées ou des sentiments, est un facteur de vie sociale. Il donne un avantage sélectif et a été sélectionné dans les populations où il est apparu.

Doc. 8 Aires cérébrales du langage

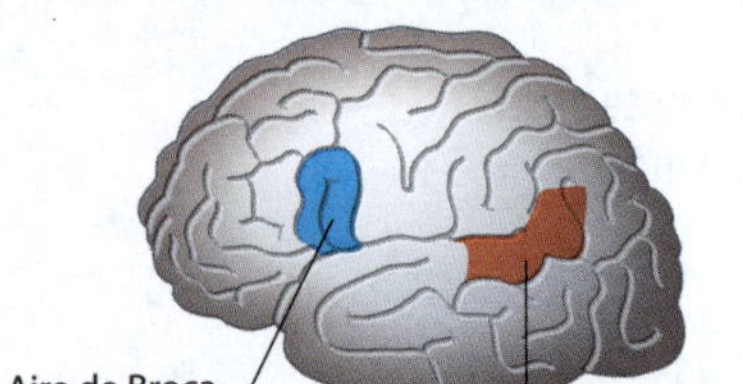

L'aire de Broca contrôle la production de mots, l'aire de Wernicke assure la compréhension de ceux-ci. Les deux aires communiquent par un réseau de neurones.

Révision express

L'évolution humaine

Le schéma à retenir

Arbre de parenté et innovations acquises au cours de l'évolution humaine

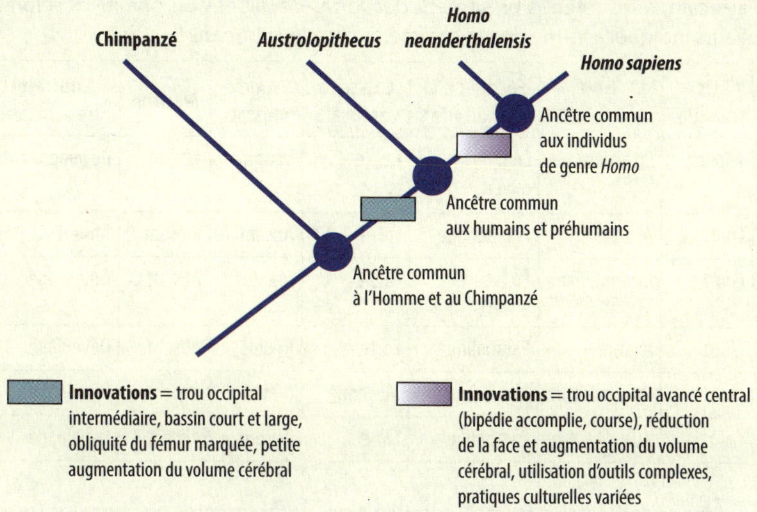

Quiz

Cochez la bonne réponse :

1. L'Homme et le Chimpanzé partagent un ancêtre commun.
☐ Vrai ☐ Faux

2. La lignée humaine comprend uniquement le genre Homo.
☐ Vrai ☐ Faux

3. L'Homme et le Chimpanzé partagent une part de bipédie.
☐ Vrai ☐ Faux

4. Des Australopithèques ont coexisté avec des représentants du genre Homo.
☐ Vrai ☐ Faux

5. Les représentants de la lignée humaine se caractérisent par un volume crânien supérieur à celui de l'Australopithèque.
☐ Vrai ☐ Faux

→ Réponses p. 473

EXERCICE GUIDÉ

Construire un arbre phylogénétique

Énoncé

Le tableau de caractères suivant a été établi à partir de l'étude de différents fossiles appartenant à la lignée humaine. Les caractères retenus présentent des formes évoluées ou primitives selon les espèces. On a par ailleurs indiqué la forme de ces caractères chez le chimpanzé.

	Os iliaque	Trou occipital	Forme de la mandibule*	Capacité cérébrale	Progna-thisme	Menton	Bourrelet sus-orbitaire
Chimpanzé	Allongé	En arrière	En U ou V ouvert	Faible	Marqué	Absent	Développé
H. sapiens	Court	Avancé	Parabolique	Forte	Absent	Présent	Absent
A. afarensis	Court	Intermédiaire	En U ou V ouvert	Faible	Marqué	Absent	Développé
H. ergaster	Court	Avancé	Parabolique	Forte	Réduit	Absent	Développé
H. habilis	Court	Intermédiaire	Parabolique	Moyenne	Réduit	Absent	Développé
H. neanderthalensis	Court	Avancé	Parabolique	Forte	Absent	Absent	Développé

*Mâchoire inférieure.

1. Surligner en bleu dans ce tableau les formes primitives des caractères, et en jaune les formes évoluées.

2. Construire alors l'arbre phylogénétique de ces différentes espèces en y faisant figurer les innovations évolutives.

Méthode

1 Le chimpanzé n'appartient pas à la lignée humaine: il constitue l'« extra-groupe » dans lequel tous les caractères sont à l'état primitif. Chez H. sapiens, on considère que tous les caractères sont à l'état évolué. Entre les deux, certains caractères sont à l'état intermédiaire.

2 On part du principe que toutes les espèces qui partagent un même caractère évolué l'ont hérité d'un ancêtre commun. De plus, la parenté est d'autant plus étroite que le nombre d'innovations évolutives partagées entre deux groupes est grand.
Pour construire l'arbre, on regroupe les espèces en fonction du nombre de caractères évolués partagés, en commençant par celles qui en partagent le plus: elles correspondent aux rameaux (lignées) les plus hauts de l'arbre. Ceux-ci sont issus d'un ancêtre commun chez lequel tous ces caractères évolués sont apparus.

3 Le rameau inférieur correspond à une espèce chez laquelle le nombre de caractères évolués est inférieur.

4 Progressivement, on ajoute des rameaux en descendant sur l'arbre, jusqu'au niveau de l'ancêtre commun à la lignée humaine et à celle des grands Singes.

Corrigé

	Os iliaque	Trou occipital	Forme de la mandibule*	Capacité cérébrale	Progna-thisme	Menton	Bourrelet sus-orbitaire
Chimpanzé	Allongé	En arrière	En U ou V ouvert	Faible	Marqué	Absent	Développé
H. sapiens	Court	Avancé	Parabolique	Forte	Absent	Présent	Absent
A. afarensis	Court	Intermédiaire	En U ou V ouvert	Faible	Marqué	Absent	Développé
H. ergaster	Court	Avancé	Parabolique	Forte	Réduit	Absent	Développé
H. habilis	Court	Intermédiaire	Parabolique	Moyenne	Réduit	Absent	Développé
H. neanderthalensis	Court	Avancé	Parabolique	Forte	Absent	Absent	Développé

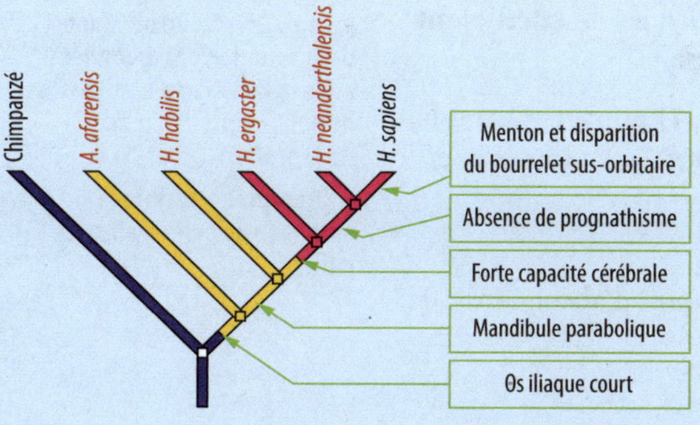

ENS. SCIENTIFIQUE

ENSEIGNEMENT SCIENTIFIQUE

Chapitre 12 Les modèles démographiques

1 Modèle linéaire

De quoi s'agit-il ? **Dans le cadre de l'étude de l'évolution des populations, il est important de prédire leur effectif futur. Pour cela, les scientifiques utilisent des modèles mathématiques dont le plus simple est le modèle linéaire.**

1 Équation d'une droite

- Soit une droite ($\mathcal{D}$) d'équation $y = p \times x + m$ où p est le **coefficient directeur** de la droite ($\mathcal{D}$) et m l'**ordonnée à l'origine**.
- Si l'on connaît deux points distincts A et B (**Doc. 1**) appartenant à la droite ($\mathcal{D}$), de coordonnées respectives $A(x_A, y_A)$ et $B(x_B, y_B)$, alors le coefficient directeur de ($\mathcal{D}$) est égal à : $p = \dfrac{y_B - y_A}{x_B - x_A}$
- L'ordonnée à l'origine m se lit sur la droite ($\mathcal{D}$) au point d'abscisse $x = 0$.

Doc. 1 Droite ($\mathcal{D}$) d'équation y = px + m

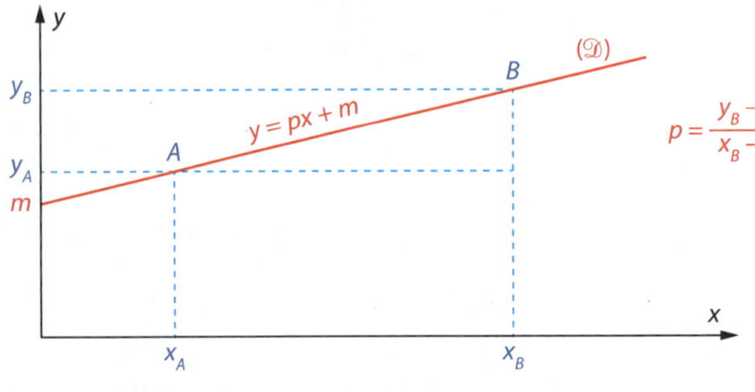

Vocabulaire

- **Coefficient directeur :** pente d'une droite ou rapport de la variation des ordonnées et de la variation des abscisses de deux points distincts de la droite.
- **Ordonnée à l'origine :** ordonnée du point d'abscisse nulle.

2 Suite arithmétique

- Une **grandeur discrète** u est une fonction qui va de $\mathbb{N}$ dans $\mathbb{R}$. L'ensemble des termes $u(n)$ est une **suite numérique** u de terme général $u(n)$ ou u_n, indexé sur n, entier naturel.
- En démographie, les valeurs $u(n)$ de la population en fonction des années n sont une suite finie : le nombre d'habitants est indexé sur les années de mesure.
- Il existe de nombreux modèles mathématiques permettant d'étudier la croissance d'une population. Dans le cas d'un modèle linéaire discret, les points $(n, u(n))$ sont situés sur une droite.

Vocabulaire

- **Grandeur discrète :** par opposition à grandeur continue, grandeur qui ne prend qu'un ensemble de valeurs distinctes.
- **Suite numérique :** ensemble fini ou infini de nombres généralement liés aux suivants et aux précédents par une même relation mathématique.

• Une grandeur discrète u varie de manière linéaire en fonction d'un palier entier n si sa **variation absolue** $u(n + 1) - u(n)$ est constante et indépendante de n. On note r cette valeur et on a : $u(n + 1) - u(n) = r$.

• La suite $u(n)$ est appelée **suite arithmétique** de **raison** r.

Vocabulaire

■ **Variation absolue :** différence entre deux nombres. Dans le cas d'une suite, il s'agit de la différence entre deux termes de la suite $u(n + 1) - u(n)$.

■ **Suite arithmétique :** suite pour laquelle la variation absolue est constante, soit $u(n + 1) - u(n) = r$.

■ **Raison :** dans une suite, valeur permettant de passer d'un terme de la suite à un autre. Dans le cas d'une suite arithmétique, r est la valeur constante de la variation absolue.

3 Modèle démographique linéaire

• Soit $u(n)$ la population au palier de temps n. Dans le cas d'une évolution démographique linéaire, la variation absolue s'écrit : $u(n + 1) - u(n) = r$.

• Au rang ou au palier $n = 1$, on a : $u(1) = u(0) + r$. De même, au rang $n = 2$: $u(2) = u(1) + r = u(0) + 2 \times r$ et pour $n = 3$, $u(3) = u(0) + 3 \times r$.

• De proche en proche, on peut montrer que quel que soit n : $u(n) = u(0) + n \times r$ ou encore $u(n) = n \times r + u(0)$.

• On retrouve une équation de droite de type $y = p \times x + m$ avec p le coefficient directeur correspondant à la raison r de la suite arithmétique et m l'ordonnée à l'origine correspondant au premier terme $u(0)$.

• Ainsi, dans la réalité, pour une population dont la variation absolue est presque constante d'un palier à l'autre, on peut ajuster l'ensemble des valeurs de mesure, ou nuage de points qui la représente, par une droite.

ENS. SCIENTIFIQUE

2 Modèle exponentiel

De quoi s'agit-il ? Le modèle linéaire est inadapté pour représenter l'évolution d'une grandeur dont la variation absolue change fortement d'un palier à l'autre. Le modèle de Malthus est un modèle exponentiel donnant de bonnes prévisions de l'évolution des effectifs d'une population sur un temps court.

1 Suite géométrique

• Une grandeur discrète u varie de manière exponentielle en fonction du palier entier n si sa variation absolue est proportionnelle à sa valeur courante. Cela se traduit mathématiquement par la relation : $u(n + 1) - u(n) = ku(n)$.

• Dans ce cas, sa **variation relative**, aussi appelée taux de variation, est constante : . Soit k cette constante.

• Au rang ou au palier $n = 1$, on a : $u(1) - u(0) = ku(0)$, soit $u(1) = (k + 1)u(0)$. De même, au rang $n = 2$: $u(2) = (k + 1)u(1) = (k + 1)2u(0)$ et à $n = 3$, $u(3) = (k +1)3u(0)$.

• De proche en proche, on peut montrer que, quel que soit n : $u(n) = (k + 1)n\, u(0)$.

• La suite $u(n)$ est une **suite géométrique** de raison $q = k + 1$.

• De manière générale, pour n et m quelconques entiers naturels, la suite $u(n)$ est géométrique de raison q si $u(n) = u(m) \times qn + m$. Dans le cas particulier où $m = 0$, on a $u(n) = u(0) \times qn$.

Vocabulaire

■ **Variation relative :** rapport de la différence entre une valeur finale et une valeur initiale $xf - xi$ et de la valeur initiale xi : . En multipliant ce taux de variation par 100, on l'obtient en pourcentage.

■ **Suite géométrique :** ensemble de valeurs tel que chaque terme est obtenu à partir du précédent par multiplication par un nombre constant appelé raison.

2 Modèle de croissance continue ou modèle exponentiel

• En démographie, si les valeurs $u(n)$ de la population en fonction des années n sont telles que le taux de variation est presque constant d'un palier à l'autre, le nombre d'habitants $u(n)$ est une suite géométrique.

• Dans ce cas, lorsque le phénomène de croissance est continu, on peut le modéliser par une fonction exponentielle. Ainsi, dans la réalité, pour une population dont le taux de variation est presque constant d'un palier à l'autre, on peut ajuster le nuage de points par un modèle exponentiel (**Doc. 2**).

Doc. 2 Modèle exponentiel : population de Lagos (1950-2015) et projection (2020-2035)

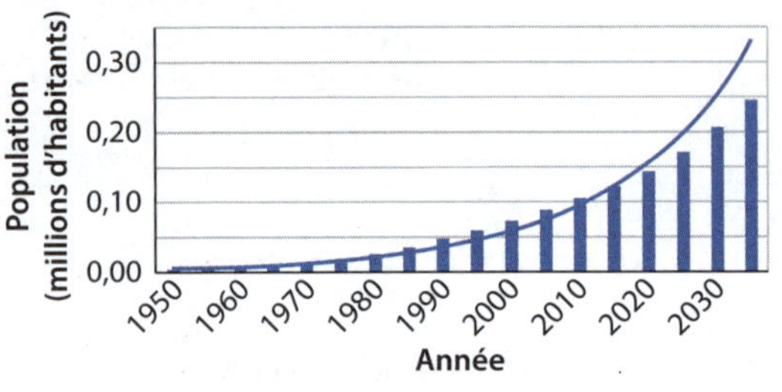

3 Modèle de Malthus

• Le modèle démographique de Malthus est le premier modèle historiquement proposé par l'économiste britannique Thomas Malthus en 1798. Il pose l'hypothèse que la variation de la population est proportionnelle à son effectif N. N est alors défini par Malthus comme la différence entre le nombre de naissances et le nombre de décès pour une population donnée.

• Le modèle de Malthus est un modèle exponentiel d'évolution. Il prévoit que l'effectif de la population décroît vers 0 si le taux de mortalité est supérieur au taux de natalité et croît vers l'infini si le taux de natalité est supérieur au taux de mortalité.

• Si les prédictions du modèle de Malthus peuvent se révéler correctes sur un temps court, elles sont irréalistes sur un temps long, notamment en raison de l'insuffisance des ressources disponibles.

4 Limites et autres modèles démographiques

• En réponse à Malthus, le mathématicien belge Pierre François Verhulst propose un modèle non exponentiel pour lequel le taux de natalité est une fonction affine décroissante et le taux de mortalité une fonction affine croissante de l'effectif d'une population. Il postule ainsi que plus une population augmente, plus son taux de mortalité augmente alors que son taux de natalité diminue.

• Des modèles plus élaborés et non exponentiels prévoient que la population mondiale atteindra environ 10 milliards d'humains en 2050.

Révision express

Les modèles démographiques

Le schéma à retenir

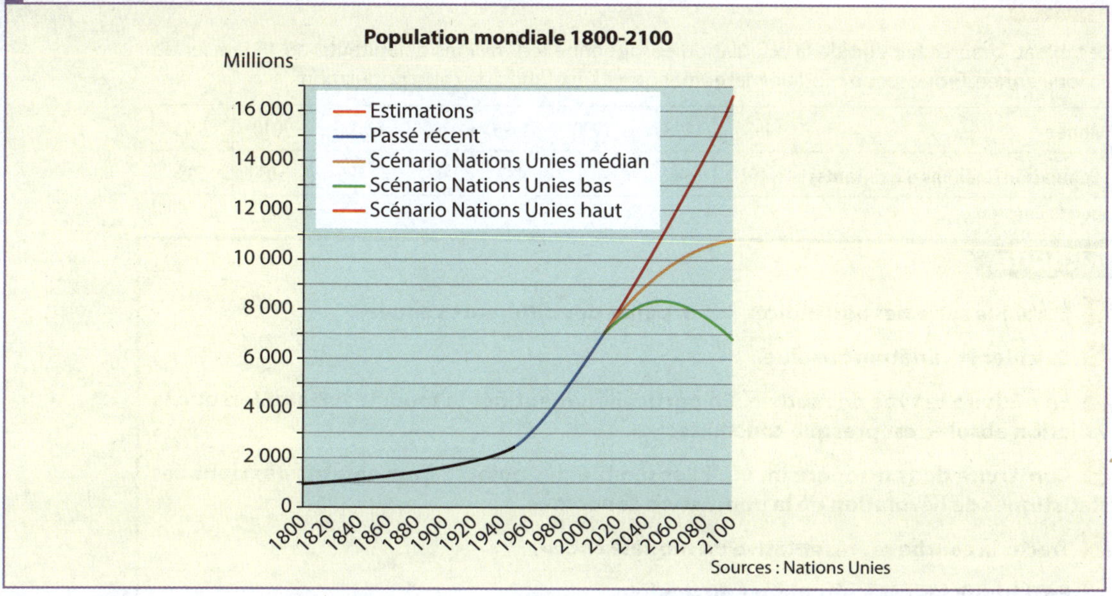

Quiz

Cochez la bonne réponse :

1. Le coefficient directeur d'une droite ($\mathscr{D}$) correspond à la valeur de la pente de ($\mathscr{D}$).
☐ **Vrai** ☐ **Faux**

2. Soit une suite arithmétique $u(n)$ de raison r. Le terme $u(n+1)$ s'obtient à partir de $u(n)$: $u(n+1) = r \times u(n)$.
☐ **Vrai** ☐ **Faux**

3. La variation relative s'obtient en divisant la variation absolue par l'effectif de départ.
☐ **Vrai** ☐ **Faux**

4. L'effectif d'une population dont la variation absolue est constante peut être représenté par une droite.
☐ **Vrai** ☐ **Faux**

5. Dans une certaine mesure, le modèle linéaire est adapté pour décrire l'évolution d'une population dont la variation absolue varie fortement.
☐ **Vrai** ☐ **Faux**

6. Contrairement au modèle de Malthus, le modèle de Verhulst est linéaire.
☐ **Vrai** ☐ **Faux**

→ Réponses p. 473

EXERCICE GUIDÉ

Proposer un modèle linéaire

Énoncé

Le tableau ci-après fait état de la population européenne (en millions d'habitants) au 1er janvier de chaque année. Proposer un modèle mathématique à l'évolution de cette population.

Année	1980	1985	1990	1995	2000	2005	2010	2015
Population (millions d'habitants)	462	468	475	482	487	495	503	509

Source : Eurostat.

Méthode

1 **Établir la suite des u(n) indicée sur n, palier des différentes années.**

2 **Calculer la variation absolue.**

3 **En déduire le type de modèle. En particulier, identifier le modèle linéaire lorsque la variation absolue est presque constante.**

4 **Construire dans le repère (n, u(n)) l'ensemble des points représentatifs des données statistiques de l'évolution de la population concernée.**

5 **Tracer la courbe représentative du modèle choisi.**

6 **En déduire les caractéristiques du modèle.**

Corrigé

1. Les données statistiques peuvent être considérées comme les termes d'une suite $u(n)$ exprimés en millions d'habitants :

Année	1980	1985	1990	1995	2000	2005	2010	2015
n	0	1	2	3	4	5	6	7
u(n)	462	468	475	482	487	495	503	509

On note n le palier correspondant à une date d'évaluation de la population européenne.

2. La variation absolue s'obtient par différence entre deux termes consécutifs de la suite : $u(n + 1) - u(n)$. On peut compléter le tableau des données.

Année	1980	1985	1990	1995	2000	2005	2010	2015
n	0	1	2	3	4	5	6	7
u(n)	462	468	475	482	487	495	503	509
Variation absolue		6	7	7	5	8	8	6

La première variation absolue est obtenue par différence entre $u(1)$ et $u(0)$:

$$u(1) - u(0) = 468 - 462 = 4$$

La première valeur correspond au second palier : une différence nécessite l'existence d'au moins deux termes de la suite.

3. La variation absolue est quasiment constante : entre 5 et 8. Le modèle choisi semble être un modèle linéaire.

À retenir
La variation relative, de l'ordre de 1 à 2 %, est très faible : le modèle linéaire est cohérent avec l'évolution de la population.

4. L'ensemble des termes de la suite ou points représentatifs de l'évolution de la population européenne peut être représenté par le graphe suivant :

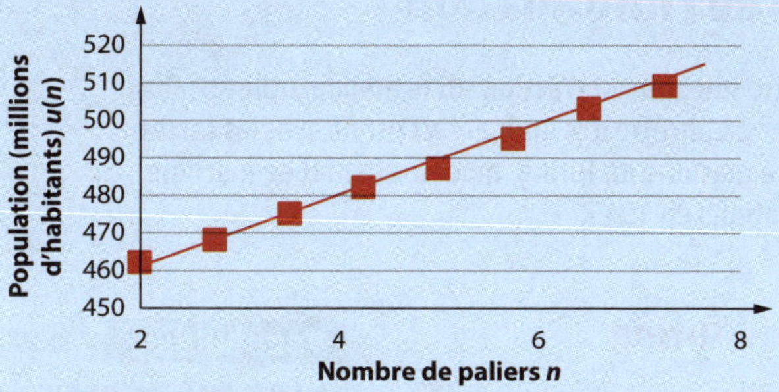

5. La population, dont la variation absolue est presque constante d'un palier à l'autre, est telle que l'on peut ajuster le nuage de points qui la représente par une droite.

6. L'équation de la droite est $u(n) = u(0) + r \times n$ avec $u(0) = 462$ et $r = 6{,}7$ (en millions d'habitants).

Chapitre 13 L'intelligence artificielle

1 Ordinateurs et traitement de l'information

De quoi s'agit-il ? L'être humain n'a cessé d'accroître son pouvoir d'action sur le monde, utilisant son intelligence pour construire des outils et des machines. L'ancêtre des ordinateurs est né avec les cartes perforées assemblées en ruban dès le XVIIIe siècle. La machine de Turing, modèle abstrait de machine universelle, est matérialisée avec les premiers ordinateurs en 1945.

1 Des cartes perforées au concept de Turing

• Le xviiie siècle voit l'apparition de **cartes perforées**, morceaux de papier rigide dans lesquels sont perforés un ensemble de trous. L'information, originellement destinée à la programmation d'un métier à tisser lyonnais, est représentée par l'absence ou la présence de trous sur la carte. Les cartes sont reliées entre elles comme un programme et constituent ainsi un ruban.

• Jusqu'au début du xxe siècle, les machines traitant l'information sont limitées à une ou quelques tâches prédéterminées comme :
- tisser grâce à un ruban ou des cartes perforées;
- trier un jeu de cartes perforées;
- séparer des cartes selon un critère;
- sommer des valeurs indiquées sur ces cartes, etc.

• En 1936, Alan M. Turing a été le premier à proposer le concept de machine universelle. Initialement, il ne s'agissait pas, malgré son nom, d'une machine, mais bien d'un concept, d'un modèle abstrait de fonctionnement ou de procédure mécanique. En effet, la **machine de Turing** est la représentation d'une personne virtuelle qui exécute, étape par étape, des instructions conditionnées.

• Cette machine universelle a été matérialisée dix ans plus tard avec les premiers ordinateurs numériques comme l'ENIAC.

Vocabulaire

- **Carte perforée :** morceau de papier rigide constitué de perforations ; ancêtre du programme informatique.
- **Machine de Turing :** concept de machine virtuelle dans laquelle des instructions conditionnées sont exécutées.

2 Un ordinateur : un processeur et une mémoire vive

• Un ordinateur est constitué a minima d'un **processeur** et d'une mémoire vive. **La mémoire vive ou RAM (Random Access Memory)** permet de stocker des informations temporaires de l'ordinateur venant du processeur. La transmission des données entre les différents composants de l'ordinateur se fait par l'intermédiaire de **bus** (**Doc. 1**).

• Le processeur est le « cerveau » de l'ordinateur. Aussi appelé CPU, il traite les données et exécute les instructions :
- les données comme les fichiers sons, textes et images sont préalablement numérisées avant traitement;
- les programmes sont également des données : ils peuvent être stockés, transportés et traités;

Vocabulaire

- **Processeur ou CPU :** « cerveau » d'un ordinateur, indispensable à son fonctionnement, qui traite les données et exécute les instructions.
- **Mémoire vive ou RAM :** mémoire temporaire d'un ordinateur.
- **Bus informatique :** dispositif de transmission des données informatiques entre deux composants d'un système.

– un programme, écrit dans un langage de programmation tel que scratch, python, C, etc., peut être traduit en instructions spécifiques à chaque type de processeur.

• Dans notre vie de tous les jours, les ordinateurs sont de plus en plus présents : ordinateur portable, thermostat d'ambiance, smartphone, box internet, ordinateur de bord d'une voiture, etc.

Doc. 1 Schéma de principe d'un ordinateur

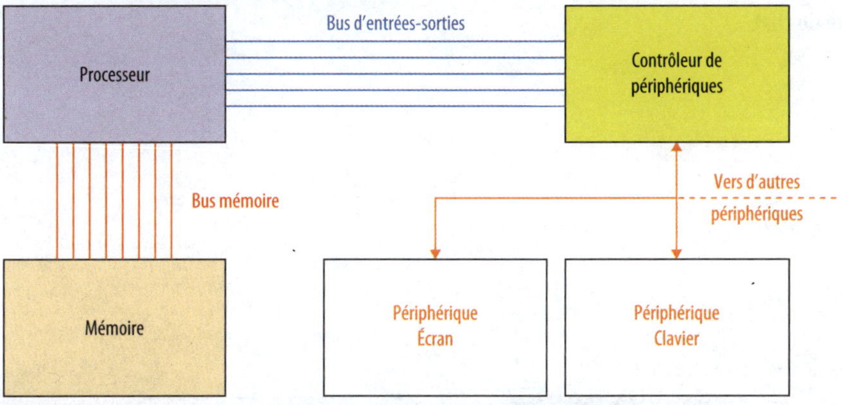

2 Langages de programmation et code

De quoi s'agit-il ? Les données comme les images, les textes et les sons sont encodées avant d'être transportées et stockées par un ordinateur. Les programmes traitant ces données ou les données elles-mêmes peuvent comporter un certain nombre d'erreurs, appelées bogues ou bugs, pouvant compromettre l'exécution du programme et/ou avoir des conséquences informatiques graves.

1 Numérisation des données et encodage

• Les textes, sons et images sont numérisés sous forme de programmes. Ces derniers peuvent alors être considérés comme un ensemble de données pouvant être stocké, transporté et traité par des ordinateurs.

• Les données sont encodées sous la forme d'un ensemble de 0 (bit de poids faible) et de 1 (bit de poids fort). Un **bit** est ainsi la quantité minimale d'information ; il correspond au plus petit élément d'information stockable, transportable et traitable par un ordinateur.

• Une image est encodée après un découpage en **pixels** (PICture Element). Chaque pixel est alors associé à un nombre qui dépend du type d'encodage :
– 0 ou 1 pour un encodage en noir et blanc (**Doc. 2**) ;
– un entier entre 0 et 255 pour un niveau de gris, qui est ensuite traduit en un **mot binaire** écrit en 0 et 1 (**Doc. 3**) ;
– un triplet (R, V, B) de nombres entiers entre 0 et 255 pour un encodage en couleurs.

• Un texte est considéré comme un ensemble de caractères de l'encodage traduit en nombre, puis en mot binaire. On possède classiquement plusieurs standards dont Unicode ou ASCII (American Standard Code for Information Interchange, Code américain normalisé pour l'échange d'information).

Vocabulaire

- **Bit** : élément binaire minimal d'information.
- **Pixel** : noté px, élément minimal d'information d'une image.
- **Mot binaire** : ensemble de 0 et de 1 à la suite codant pour une information.
- **Fichier exécutable** : fichier contenant un programme et identifié par la machine.

• Exemple : En ASCII, 128 caractères sont encodés par un mot binaire. La lettre A majuscule latine est par exemple encodée par 1000001 et la lettre a minuscule latine par 1100001.

• Un son est lui, échantillonné, puis quantifié avant d'être encodé.

• Certains fichiers informatiques sont des ensembles de données, mais d'autres sont des ensembles d'instructions appelés encore **fichiers exécutables**. Ces programmes peuvent utiliser d'autres fichiers de données ou d'autres exécutables.

Doc. 2 Codage binaire d'une tête de chat

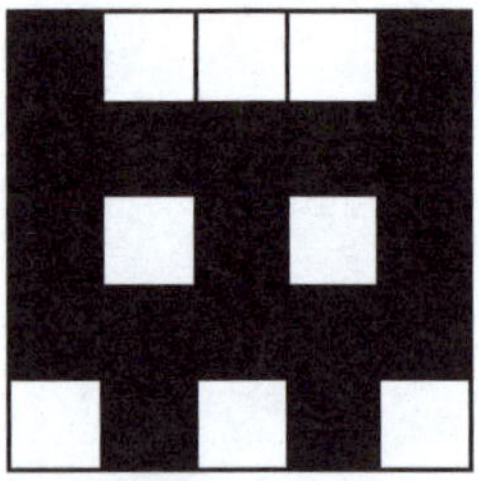

1000111111101011111101010

Doc. 3 Codage en niveaux de gris d'une image de fleur

48	49	46	42	44
110	79	54	47	48
190	192	190	153	99
150	166	189	203	183
131	140	145	161	165

La valeur 0 correspond au noir, et la valeur 255 correspond au blanc. Les valeurs intermédiaires correspondent à des niveaux de gris allant du noir au blanc. Le stockage en machine est ensuite effectué en codant les éléments du tableau sous forme binaire, c'est-à-dire à l'aide d'une suite de 0 et de 1.

2 Lignes de code et bugs

• Un programme peut comporter jusqu'à plusieurs centaines de millions de lignes de code, ce qui rend très probable la présence d'erreurs appelées bogues (ou bugs). Ces erreurs peuvent conduire un programme à avoir un comportement inattendu et entraîner des conséquences graves.

Vocabulaire

▪ **Bug : erreur dans un programme.**

3 Apprentissage machine

De quoi s'agit-il ? Aujourd'hui, l'intelligence artificielle (IA) permet l'accomplissement de tâches et la résolution de problèmes jusqu'ici réservés aux humains. Un champ de l'intelligence artificielle ayant permis des applications spectaculaires est celui de l'apprentissage machine.

1 Intelligence artificielle (IA)

• L'expression « **intelligence artificielle** » (IA) recouvre un ensemble de théories et de techniques qui traite de problèmes dont la résolution fait appel à l'intelligence humaine.

Vocabulaire

▪ **Intelligence artificielle (IA) : système capable d'acquérir des capacités d'analyse et de décision à partir de situations qu'il rencontre.**

• À l'heure actuelle, l'intelligence artificielle est présente dans tous les domaines d'activité : santé, transports, industrie, commerce, finance, etc.

• Au niveau informatique, il s'agit de doter une machine d'**algorithmes** lui permettant d'acquérir des capacités d'analyse et de décision en s'adaptant intelligemment aux différentes situations qu'elle rencontre. Pour développer cette intelligence, la machine doit apprendre !

Vocabulaire

■ **Algorithme** : ensemble d'opérations permettant de résoudre un problème, correspondant à un programme dans un langage choisi.

• Les exemples d'utilisation de l'intelligence artificielle dans la vie quotidienne sont nombreux :
– analyse de données orales ou écrites afin de répondre à des requêtes ou des besoins d'utilisateur : sur une plateforme Web ou par téléphone, en se basant sur la reconnaissance de texte, de la parole, des expressions du visage, un agent conversationnel ou chatbot peut entretenir une conversation en langage naturel pour gérer des relations clients ;
– prise de décision à partir d'un raisonnement type et d'une collecte d'informations : les médecins peuvent se faire assister pour proposer des traitements personnalisés de certains cancers à partir de la collecte de données multiples et complexes de leur patient ;
– détection en temps réel : les machines sont capables d'effectuer une reconnaissance des visages en temps réel ou de détecter des problèmes techniques permettant d'arrêter une production ;
– imitation et mimétisme de certains gestes : le geste humain pour vacciner des individus peut être reproduit à la perfection via une main robotisée.

2 Apprentissage automatique

• L'apprentissage machine *(machine learning)*, encore nommé apprentissage automatique, utilise des programmes capables de s'entraîner à partir de données.

• À partir du repérage de tendances (corrélations, similarités) sur de très grands volumes de données *(big data)*, en adaptant ses analyses et ses comportements et en fonction de l'expérience accumulée, l'apprentissage automatique permet de :
– créer ses propres connaissances ;
– faire des prédictions ;
– prendre des décisions sur d'autres données.

• Ces prédictions sont utilisées dans les domaines de la consommation d'énergie, de l'évolution du comportement d'une machine ou d'un bâtiment. Les règles prédictives qui en sont tirées ne sont que le résultat de ce qui a déjà eu lieu ; ce ne sont pas des lois générales. La qualité et la représentativité des données d'entraînement sont essentielles pour la qualité des résultats. Les biais dans les données peuvent se retrouver amplifiés dans les résultats (**Doc. 4**).

Doc. 4 **Apprentissage automatique**

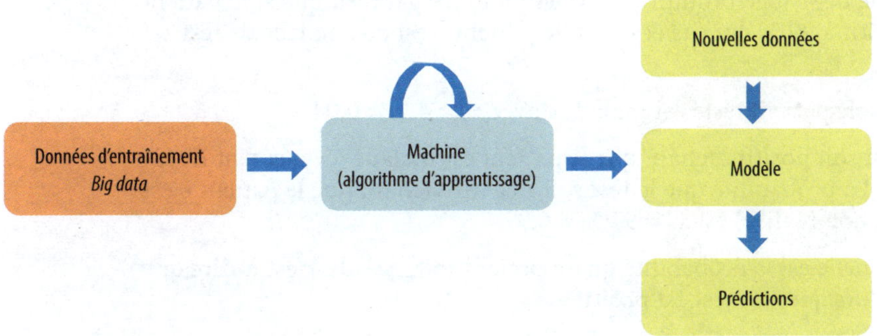

3 Test de Turing

• Le test de Turing a pour objectif de différencier une machine IA d'un humain. Il consiste à faire dialoguer A et B (IA ou humain) avec un humain C, ce dernier devant détecter qui, de A ou B, est l'IA. Le test est positif si C n'arrive pas à déterminer lequel est la machine.

4 Inférence bayésienne

De quoi s'agit-il ? L'inférence bayésienne est une méthode de calcul de probabilités de causes à partir des probabilités de leurs effets.

1 Inférence bayésienne et diagnostic

• L'inférence bayésienne est utilisée en apprentissage automatique pour modéliser des relations au sein de systèmes complexes, notamment en vue de prononcer un diagnostic (médical, industriel, détection de spam, etc.). Cela permet de détecter une anomalie à partir d'un test imparfait.

• À partir d'un jeu de données, cette méthode permet de produire un tableau de contingence afin de calculer des fréquences de **faux positifs**, faux négatifs, vrais positifs, **vrais négatifs**.

Exemple : les jeux de données peuvent être issus d'un diagnostic médical fondé sur un test et on peut ainsi en déduire le nombre de personnes malades suivant leur résultat à un test médical.

• Si le jeu de données est de taille suffisamment grande (*big data*), la probabilité d'un événement est égale à sa fréquence.

Vocabulaire

- **Faux positif :** se dit d'un individu ayant un test positif, mais pour lequel l'événement n'est pas vérifié (n'est pas malade).
- **Vrai négatif :** se dit d'un individu ayant un test négatif et pour lequel l'événement n'est pas vérifié (n'est pas malade).

2 Formalisation mathématique

• On considère une population dont un événement « E » touche x_E % de cette population. On effectue alors un test sur l'ensemble des individus et le résultat est tel que :
- si l'événement E est réalisé, alors le test est positif pour x_+ % des cas ;
- si l'événement E n'est pas réalisé, alors le test est négatif pour x_- % des cas.

• La question que l'on peut se poser est : sachant que son test est positif, quelle est la probabilité de l'événement E ?

• Prenons un exemple. Soit la population française en phase épidémique avec un taux de malades de 4 %. Le test de dépistage produit par un laboratoire garantit que si le patient est malade, le test est positif à 99 % des cas et que si le patient n'est pas malade, le test est négatif à 97 % des cas.

• L'événement E est alors « le patient testé est malade » avec $x_E = 4\ \% = 0{,}04$.

• La probabilité que le test soit positif sachant que le patient est malade (événement E réalisé) est $x_+ = 99\ \% = 0{,}99$. La probabilité que le test soit négatif sachant que le patient n'est pas malade (événement E non réalisé) est $x_- = 97\ \% = 0{,}97$.

• La question posée est : quelle est la probabilité qu'un patient soit malade, c'est-à-dire que l'événement E soit vrai, alors que son test est positif ?

• Afin de répondre à la question, on utilise le formalisme mathématique probabiliste suivant :
– E un événement réalisé ; $\overline{E}$ un événement non réalisé ; $\overline{T}$ un test positif ; T un test négatif ;
– $P(E)$ la probabilité que l'événement soit réalisé ;
– $P(T|E)$ la probabilité de T sachant E, soit la probabilité d'avoir un test positif sachant que l'événement E est réalisé, par exemple.
La réponse à la question posée revient alors à calculer $P(E|T)$.

• Dans le cas de l'épidémie ci-avant, on peut traduire l'énoncé par :
$P(E) = x_E = 0{,}04$; $P(T|E) = x_+ = 0{,}99$ et $P(\overline{T}|\overline{E}) = x_- = 0{,}97$.

3 Lois de probabilité et résolution du problème

• Les lois de probabilité nécessaires à la résolution du problème sont :
– le théorème de Bayes ou formule de probabilité des causes : $P(A|B) = \dfrac{P(B|A) \times P(A)}{P(B)}$
– le théorème de la probabilité totale : $P(A) = P(A|B) \times P(B) + P(A|\overline{B}) \times P(\overline{B})$.
La somme des probabilités est de 100 % : $P(A) + P(\overline{A}) = 1$ et $P(A|B) + P(\overline{A}|B) = 1$.

On montre ainsi que : $P(E|T) = \dfrac{P(T|E) \times P(E)}{P(T)} = \dfrac{P(T|E) \times P(E)}{P(T|E) \times P(E) + P(T|\overline{E}) \times P(\overline{E})}$

avec $P(\overline{E}) = 1 - P(E)$ et $P(T|\overline{E}) = 1 - P(\overline{T}|\overline{E})$ soit :

$$P(E|T) = \frac{P(T|E) \times P(E)}{P(T|E) \times P(E) + (1 - P(\overline{T}|\overline{E})) \times (1 - P(E))} = \frac{1}{1 + \dfrac{(1 - P(\overline{T}|\overline{E})) \times (1 - P(E))}{P(T|E) \times P(E)}}$$

Dans le cas pratique qui nous intéresse ici, on a : $P(E|T) = 0{,}58$.
La probabilité d'être malade sans qu'un patient ait un test positif est de 58 %.

Révision express

L'intelligence artificielle

Le schéma à retenir

Les cinq composantes de l'intelligence artificielle

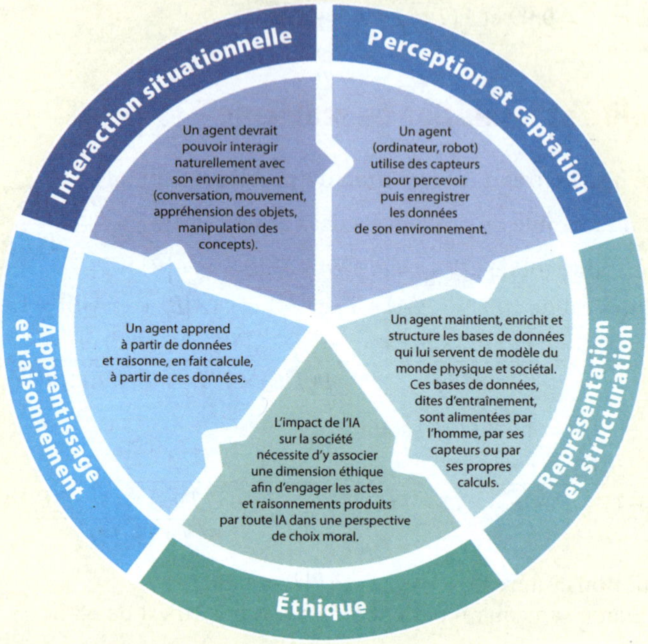

Quiz

Cochez la bonne réponse :

1. Les cartes perforées sont les premiers supports de stockage de l'information.
☐ Vrai ☐ Faux

2. L'ordinateur numérique date de 1946.
☐ Vrai ☐ Faux

3. La RAM est le « cerveau » de l'ordinateur.
☐ Vrai ☐ Faux

4. Un patient faux positif a un test négatif mais est malade.
☐ Vrai ☐ Faux

5. Un bit est un groupe de 2 valeurs.
☐ Vrai ☐ Faux

6. Un bus informatique transmet les données
☐ Vrai ☐ Faux

→ Réponses p. 473

EXERCICE GUIDÉ 1

Calculer le nombre de personnes malades suivant leur résultat à un test

Énoncé

Une maladie touche 0,2 % de la population. Les tests cliniques sur un échantillon représentatif de 10000 personnes se révèlent être positifs dans 96 % des cas si l'on est malade et négatifs dans 90 % des cas si l'on n'est pas malade.

Le test de dépistage étant positif, quelle est la probabilité d'être vraiment malade ?

Méthode

1 Calculer le nombre total de personnes malades en multipliant la fréquence de la maladie dans la population et l'effectif de l'échantillon test.

2 En déduire par différence le nombre total de personnes non malades.

3 À partir du nombre de personnes malades, calculer le nombre de personnes malades ayant un test positif (vrais positifs).

4 En déduire par différence au nombre total de personnes malades, le nombre de personnes malades ayant un test négatif (faux négatifs).

5 Faire de même avec la population de personnes non malades (faux positifs et vrais négatifs).

6 Récapituler les résultats dans un tableau, appelé tableau de contingence, et établir un arbre probabiliste.

7 Additionner les effectifs des vrais et les faux positifs pour avoir le nombre de personnes ayant un test positif.

8 En déduire la probabilité demandée en divisant le nombre de vrais positifs par le nombre précédent.

Corrigé

1. La maladie touche 0,2 % de la population. Donc sur un effectif de 10000 personnes testées, 0,002 × 10 000 = 20 personnes sont malades.

Rappel
$0{,}2\,\% = \frac{0{,}2}{100} = 0{,}002.$

2. Cela signifie donc que : 10 000 – 20 = 9 980 personnes ne sont pas malades.

3. Les tests sont positifs pour 96 % des malades. Cela correspond donc à un effectif de vrais positifs de 0,96 × 20 = 19 personnes.

4. La différence permet de déterminer le nombre de faux négatifs, soit 20 – 19 = 1.

Réflexe à avoir
Bien faire attention au nombre de chiffres significatifs des résultats obtenus.

5. Par le même raisonnement, on obtient :

– le nombre de vrais négatifs : 9 980 × 0,90 = 8 982 personnes ;
– le nombre de faux positifs : 9 980 – 8 982 = 998 personnes.

6. On rassemble les résultats obtenus dans un tableau de contingence :

Nombre de personnes sur 10 000	Test positif	Test négatif	Total
Malades	19	1	20
Non malades	998	8 982	9 980
Total	1 017	8 983	10 000

Réflexe à avoir
Vérifier que : nombre total des malades + non malades = tests positifs + tests négatifs = 10 000.

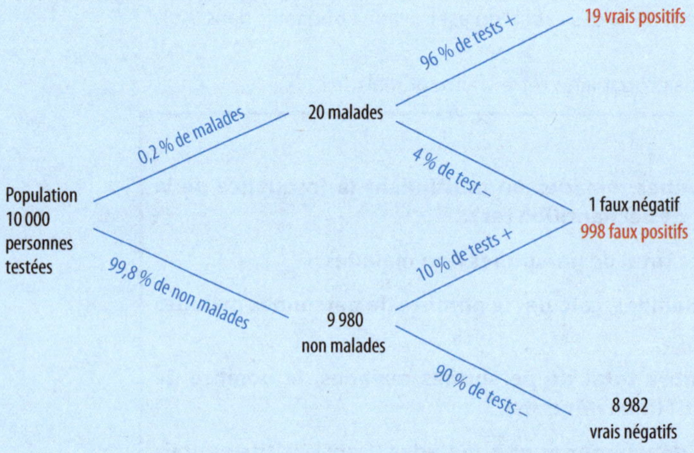

7. Le nombre de personnes ayant un test positif est 19 (malades) + 998 (non malades), soit 1 017 personnes.

8. Le nombre de vrais positifs est de 19. On en déduit que la probabilité d'être malade en ayant un test positif est de $\frac{19}{1\,017} = 0{,}019$ ou 1,9 %.

Philosophie

Philosophie

Chapitre introductif Perspectives

• Le programme de l'enseignement de la philosophie en terminale est principalement défini par une liste de **notions** (l'art, la science, le bonheur...), accompagnée d'une longue liste d'**auteurs**.

Bien comprendre

Il ne s'agit pas d'étudier les auteurs au programme pour eux-mêmes, mais de s'appuyer sur leurs idées et leurs œuvres pour penser mieux et aller plus loin qu'on ne pourrait le faire seul.

• Les textes officiels indiquent que ces notions peuvent être envisagées selon trois **perspectives**, qui précisent et limitent le programme ainsi que les sujets d'examen :
– **l'existence humaine et la culture ;**
– **la morale et la politique ;**
– **la connaissance.**

Bien comprendre

Ces perspectives ont été choisies parce qu'elles suggèrent des questions récurrentes et importantes dans l'histoire de la philosophie, « des problèmes constamment présents dans la tradition philosophique, qu'un enseignement initial de la philosophie ne saurait ignorer » selon les textes officiels.

• Par exemple, on peut aborder la notion de l'art selon chacune de ces perspectives :
– on peut envisager cette notion sous l'angle de l'**existence humaine** et de la **culture** et se poser la question suivante : « Peut-on vivre sans art ? » ;
– on peut envisager cette notion sous l'angle de la **morale** et de la **politique** et se poser la question suivante : « La société peut-elle se passer de l'art ? » ;
– on peut envisager cette notion sous l'angle de la **connaissance** et se poser la question suivante : « L'art est-il un moyen d'accéder à la vérité ? ».

• Le nombre de questions qu'on peut concevoir en croisant notions et perspectives étant infini, aucun cours ne peut toutes les poser. Vous devez donc acquérir des **connaissances** et des **méthodes** grâce auxquelles vous pourrez élaborer une **réflexion personnelle** sur le sujet que vous aurez à traiter.

• Les **textes classiques** présentés aux pages suivantes vous aideront à vous faire une idée plus précise de ce qui se cache derrière les intitulés de ces trois perspectives.

1 L'existence humaine et la culture

A. De quoi s'agit-il ?

• L'homme est conscient de lui-même. Il se pose ainsi des questions sur son origine, sur sa nature ou sur le sens de sa vie. L'homme est aussi un être de culture, c'est-à-dire que son existence n'est pas essentiellement déterminée par la nature et l'instinct, mais par ce qu'il crée et transmet de génération en génération : l'art, la science, les techniques, la religion, les langues, les institutions politiques...

• Les philosophes se sont régulièrement interrogés sur l'existence humaine, sa spécificité et son sens.

B. Les incontournables

a. Socrate : une vie sans examen ne mérite pas d'être vécue

Accusé de corrompre la jeunesse par ses discours, Socrate explique à ses juges qu'il ne peut pas renoncer à philosopher. À ses yeux, une vie sans examen, c'est-à-dire sans philosophie, ne mérite pas d'être vécue. Aristote affirmera dans une perspective voisine que l'homme étant un animal doué de raison désire naturellement savoir et qu'il ne peut s'accomplir pleinement et trouver le bonheur que dans la vie contemplative (une vie vouée à la connaissance).

Mais peut-être y aura-t-il quelqu'un pour dire : « Tu ne pourrais donc pas, Socrate, une fois que tu nous auras débarrassés de ta présence, vivre en te tenant tranquille, sans discourir ? » Ma réponse serait encore plus difficile à faire admettre à certains d'entre vous. Vous ne me croirez pas et vous penserez que je pratique l'ironie si, en effet, je vous réponds que ce serait désobéir au dieu[1] et que, pour cette raison, il m'est impossible de me tenir tranquille. Et si j'ajoute que, pour un homme, le bien le plus grand c'est de s'entretenir tous les jours de la vertu et de tout ce dont vous m'entendez discuter, lorsque je soumets les autres et moi-même à cet examen, et que je vais jusqu'à dire qu'une vie à laquelle cet examen ferait défaut ne mériterait pas d'être vécue, je vous convaincrai encore moins. Or, citoyens, il en va bien comme je vous le dis, mais il n'est pas facile de vous le faire admettre.

Platon, *Apologie de Socrate,* IVe siècle av. J.-C.

1. Apollon, dieu de la raison et des arts.

b. Aristote : l'homme est un animal raisonnable et politique

*Pour Aristote, l'homme est un animal raisonnable, c'est-à-dire doué de la faculté de parler et de raisonner (*logos *en grec). Cette faculté de distinguer le vrai du faux et surtout le bien du mal, le juste de l'injuste, fait de lui un animal politique (*zôon politikon*) : l'homme est fait pour vivre dans la Cité (*polis *en grec) et accomplit sa nature en vivant dans une société régie par des lois. Il y a de ce point de vue une différence fondamentale entre l'existence humaine et celle des animaux (même celle des animaux sociaux) qui possèdent la voix (*phonê*), mais non la parole ou la raison (*logos*). L'homme n'est donc pas un animal comme les autres. Ce questionnement sur ce qui fait notre humanité est au cœur de la philosophie grecque. Qu'est-ce que l'homme ? Quelle est notre nature, comment l'accomplir et vivre d'une vie pleinement humaine ?*

La Cité[1] fait partie des choses naturelles, et l'homme est par nature un animal politique ; et celui qui est hors Cité, naturellement bien sûr et non par le hasard des circonstances, est soit un être dégradé soit un être surhumain, et il est comme celui qui est injurié en ces termes par Homère[2] : « sans lignage, sans loi, sans foyer ». C'est pourquoi il est évident que l'homme est un animal politique plus que n'importe quelle abeille et n'importe quel animal grégaire[3]. Car, comme nous le disons, la Nature ne fait rien en vain : or, seul parmi les animaux l'homme a un langage[4]. Certes, la voix est le signe exprimant ce qui est douloureux ou agréable, aussi la rencontre-t-on chez les animaux ; leur nature, en effet, est parvenue jusqu'au point d'éprouver la sensation du douloureux et de l'agréable et de pouvoir se les signifier mutuellement. Mais le langage existe en vue de concevoir et d'exprimer ce qui est avantageux et ce qui est nuisible, et, par suite, aussi le juste et l'injuste. Il n'y a en effet qu'une chose qui soit propre aux hommes par rapport aux autres animaux : le fait que seuls ils aient la perception du bien, du mal, du juste, de l'injuste et des autres notions de ce genre. Or, avoir de telles notions en commun, c'est ce qui engendre famille et Cité.

Aristote, *Les Politiques,* IVe siècle av. J.-C.

1. Cité : traduit le grec *polis* (« cité », « État »), qui a donné le mot « politique ».
2. Homère : poète grec du VIIIe siècle av. J.-C., auteur présumé de l'*Iliade* et l'*Odyssée*.
3. Grégaire : qui vit en groupe.
4. Langage : traduit le grec *logos*, qui signifie aussi « raison ».

c. Rousseau : l'homme est un animal perfectible

Dans ce passage du Discours sur l'origine et les fondements de l'inégalité parmi les hommes, *Rousseau s'interroge sur les spécificités de l'être humain par rapport à l'animal. Le philosophe souligne que la vie d'un animal est régie par des instincts immuables, alors que l'homme apprend et se perfectionne au cours de sa vie et de l'histoire. Chaque génération d'homme hérite par l'éducation des acquis des générations antérieures. On peut dire en ce sens que l'homme est un être de culture.*

Mais quand les difficultés qui environnent toutes ces questions[1] laisseraient quelque lieu de disputer sur cette différence de l'homme et de l'animal, il y a une autre qualité très spécifique qui les distingue et sur laquelle il ne peut y avoir de contestation : c'est la faculté de se perfectionner ; faculté qui, à l'aide des circonstances, développe toutes les autres et réside parmi nous tant dans l'espèce que dans l'individu, au lieu qu'un animal est au bout de quelques mois ce qu'il sera toute sa vie, et son espèce au bout de mille ans ce qu'elle était la première année de ces mille ans.

Pourquoi l'homme seul est-il sujet à devenir imbécile ? N'est-ce point qu'il retourne ainsi dans son état primitif et que, tandis que la bête, qui n'a rien acquis et qui n'a rien non plus à perdre, reste toujours avec son instinct, l'homme, reperdant par la vieillesse ou d'autres accidents tout ce que sa perfectibilité lui avait fait acquérir, retombe ainsi plus bas que la bête même ? Il serait triste pour nous d'être forcés de convenir que cette faculté distinctive, et presque illimitée, est la source de tous les malheurs de l'homme ; que c'est elle qui le tire, à force de temps, de cette condition originaire dans laquelle il coulerait des jours tranquilles et innocents ; que c'est elle qui, faisant éclore avec les siècles ses lumières et ses erreurs, ses vices et ses vertus, le rend à la longue le tyran de lui-même et de la nature.

Jean-Jacques Rousseau, *Discours sur l'origine et les fondements de l'inégalité parmi les hommes*, 1755.

1. Toutes ces questions : Rousseau vient d'expliquer que les animaux communiquent grâce à des langues naturelles (innées), mais que l'homme s'en distingue par la faculté d'inventer des langues.

2 La morale et la politique

A. De quoi s'agit-il ?

- Les questions morales et politiques sont constamment présentes dans la tradition philosophique : qu'est-ce qui est bien ou mal, juste ou injuste ? Comment vivre ? Et comment vivre ensemble ?

B. Les incontournables

a. Platon : la justice est le fondement de la Cité

Selon Platon, les hommes ne pourraient pas unir leurs forces et vivre en société s'ils n'avaient aucune conscience morale ni aucun sens de la justice. Morale et politique sont donc intimement liées dans l'esprit du philosophe.

Quand l'homme fut en possession de son lot divin[1], [...] il eut bientôt fait, grâce à la science qu'il avait, d'articuler sa voix et de former les noms des choses, d'inventer les maisons [...] et de tirer les aliments du sol. Avec ces ressources, les hommes, à l'origine, vivaient isolés et les villes n'existaient pas [...] ; les arts mécaniques[2] suffisaient à les faire vivre, mais ils étaient d'un secours insuffisant dans la guerre contre les bêtes car ils ne connaissaient pas encore la science politique[3] dont l'art militaire fait partie. En conséquence ils cherchaient à se rassembler et à se mettre en sûreté en fondant des villes ; mais quand ils s'étaient rassemblés, il se faisaient du mal les uns aux autres parce que la science politique leur manquait [...].

Alors Zeus, craignant que notre race ne fût anéantie, envoya Hermès porter aux hommes la pudeur[4] et la justice, pour servir de règles aux cités et unir les hommes par les liens de l'amitié. Hermès alors demanda à Zeus de quelle manière il devait donner aux hommes la justice et la pudeur :

« Dois-je les partager comme on a partagé les arts ? Or, les arts ont été partagés de manière qu'un seul homme, expert en l'art médical, suffit pour un grand nombre de profanes, et les autres artisans de même. Dois-je répartir ainsi la justice et la pudeur parmi les hommes, ou les partager entre tous ?

– Entre tous, répondit Zeus. Que tous y aient part, car les villes ne sauraient exister si ces vertus étaient, comme les arts, le partage exclusif de quelques-uns. Établis en outre en mon nom cette loi : que tout homme incapable de pudeur et de justice sera exterminé comme un fléau de la société. »

Platon, *Protagoras*, IVe siècle av. J.-C.

1. Il s'agit d'une suite au mythe de Prométhée imaginée par Protagoras, un célèbre sophiste que Platon fait dialoguer avec Socrate.
2. Arts mécaniques : les techniques comme la menuiserie ou l'agriculture.
3. Science politique : l'art de vivre ensemble.
4. Pudeur : aîdos en grec, qu'on peut aussi traduire par « sentiment de honte », « sens de l'honneur » ou « respect ».

b. Kant : une action morale est une action accomplie par devoir

La morale kantienne est un monument de la philosophie. Dans ce passage des Fondements de la métaphysique des mœurs, *Kant explique ce qu'est à ses yeux une action authentiquement morale ou vertueuse : agir moralement, ce n'est pas seulement agir conformément au devoir, c'est agir par devoir. Kant estime que le bonheur est une chimère. L'homme n'est pas fait pour le bonheur, sa destination est plus haute. La nature ne se préoccupe pas du bonheur de l'homme, elle veut qu'il s'en rende digne en menant une vie vertueuse.*

Par exemple, il est sans doute conforme au devoir qu'un marchand ne surfasse pas sa marchandise[1] aux acheteurs inexpérimentés ; et, quand il fait un grand commerce, le marchand sage ne surfait jamais, mais il a un prix fixe pour tout le monde, en sorte qu'un enfant peut acheter chez lui tout aussi bien qu'un autre. On est donc loyalement servi, mais cela ne suffit pas pour croire que le marchand agit ainsi par devoir et d'après des principes de probité[2] ; son intérêt l'exigeait car il ne peut être ici question d'inclination immédiate[3], et l'on ne peut supposer en lui une sorte d'amour pour tous ses chalands[4] qui l'empêcherait de traiter l'un plus favorablement que l'autre. Voilà donc une action qui n'a été faite ni par devoir, ni par inclination immédiate, mais seulement par intérêt personnel.

Au contraire, si c'est un devoir de conserver sa vie, c'est aussi une chose à laquelle chacun est porté par une inclination immédiate. Or, c'est précisément ce qui fait que ce soin, souvent si plein d'anxiété, que la plupart des hommes prennent de leur vie n'a aucune valeur intrinsèque, et que leur maxime[5] à ce sujet n'a aucun caractère moral. Ils conservent leur vie conformément au devoir sans doute, mais non pas par devoir. Mais que des malheurs et un chagrin sans espoir ôtent à un homme toute espèce de goût pour la vie ; si ce malheureux, fort de caractère, plutôt irrité de son sort qu'abattu ou découragé, conserve la vie sans l'aimer, et tout en souhaitant la mort, et ainsi ne la conserve ni par inclination ni par crainte mais par devoir, alors sa maxime aura un caractère moral.

Emmanuel Kant, *Fondements de la métaphysique des mœurs,* 1785.

1. Surfaire la marchandise : vendre trop cher la marchandise.
2. Probité : honnêteté.
3. Inclination immédiate : désir spontané, par opposition au calcul d'intérêt.
4. Chalands : clients.
5. Maxime : principe en fonction duquel une action est décidée.

c. Sartre : l'homme est libre et responsable de ce qu'il choisit d'être

Dans son célèbre essai L'existentialisme est un humanisme, *Sartre explique que l'homme, contrairement aux choses, n'a pas de nature. Cela signifie que tout être humain est libre et responsable de ce qu'il choisit d'être. Un homme est ce qu'il se fait.*

Lorsqu'on considère un objet fabriqué, comme par exemple un livre ou un coupe-papier, cet objet a été fabriqué par un artisan qui s'est inspiré d'un concept ; il s'est référé au concept de coupe-papier [...] Nous dirons donc que, pour le coupe-papier, l'essence – c'est-à-dire l'ensemble des recettes et des qualités qui permettent de le produire et de le définir – précède l'existence ; et ainsi la présence, en face de moi, de tel coupe-papier ou de tel livre est déterminée. Nous avons donc là une vision technique du monde, dans laquelle on peut dire que la production précède l'existence.

Lorsque nous concevons un Dieu créateur, ce Dieu est assimilé la plupart du temps à un artisan supérieur [...] Ainsi, le concept d'homme, dans l'esprit de Dieu, est assimilable au concept de coupe-papier dans l'esprit de l'industriel ; et Dieu produit l'homme suivant des techniques et une conception, exactement comme l'artisan fabrique un coupe-papier suivant une définition et une technique. Ainsi l'homme individuel réalise un certain concept qui est dans l'entendement divin. Au xviiie siècle, dans l'athéisme des philosophes, la notion de Dieu est supprimée, mais non pas pour autant l'idée que l'essence précède l'existence. Cette idée, nous la retrouvons un peu partout : nous la retrouvons chez Diderot, chez Voltaire, et même chez Kant. L'homme est possesseur d'une nature humaine ; cette nature humaine, qui est le concept humain, se retrouve chez tous les hommes, ce qui signifie que chaque homme est un exemple particulier d'un concept universel, l'homme [...] Ainsi, là encore, l'essence d'homme précède cette existence historique que nous rencontrons dans la nature.

L'existentialisme athée, que je représente, est plus cohérent. Il déclare que si Dieu n'existe pas, il y a au moins un être chez qui l'existence précède l'essence, un être qui existe avant de pouvoir être défini par aucun concept et que cet être c'est l'homme ou, comme dit Heidegger, la réalité humaine. Qu'est-ce que signifie ici que l'existence précède l'essence ? Cela signifie que l'homme existe d'abord, se rencontre, surgit dans le monde, et qu'il se définit après. L'homme, tel que le conçoit l'existentialiste, s'il n'est pas définissable, c'est qu'il n'est d'abord rien. Il ne sera qu'ensuite, et il sera tel qu'il se sera fait. Ainsi, il n'y a pas de nature humaine, puisqu'il n'y a pas de Dieu pour la concevoir. L'homme est non seulement tel qu'il se conçoit, mais tel qu'il se veut, et comme il se conçoit après l'existence, comme il se veut après cet élan vers l'existence, l'homme n'est rien d'autre que ce qu'il se fait.

[...] Ainsi je suis responsable pour moi-même et pour tous, et je crée une certaine image de l'homme que je choisis ; en me choisissant, je choisis l'homme.

Jean-Paul Sartre, *L'existentialisme est un humanisme* (1946), Gallimard, 1996.

3 La connaissance

A. De quoi s'agit-il ?

- Les questions relatives à la connaissance ont toujours occupé une place importante dans la philosophie. « Que sais-je ? » demande Montaigne, « Que puis-je savoir ? » s'interroge Kant.

- Tout le monde connaît cette célèbre formule attribuée à Socrate : « Je ne sais qu'une chose, c'est que je ne sais rien. » On peut en effet se demander s'il est possible d'atteindre une quelconque vérité. Et si oui, de quelle manière ?

B. Les incontournables

a. Socrate : la sagesse consiste à reconnaître son ignorance

Selon Socrate, les hommes prétendent communément savoir ce qu'ils ignorent et prennent leurs opinions pour des connaissances véritables. La véritable sagesse appartient au contraire à celui qui reconnaît qu'il ne sait rien.

Pour témoigner[1] de ma sagesse, je produirai le dieu de Delphes[2], qui vous dira si j'en ai une et ce qu'elle est. Vous connaissez sans doute Khairéphon. [...] Or, un jour qu'il était allé à Delphes, il osa poser à l'oracle la question que voici – je vous en prie encore une fois, juges, n'allez pas vous récrier –, il demanda, dis-je, s'il y avait au monde un homme plus sage que moi. Or la pythie[3] lui répondit qu'il n'y en avait aucun. [...]

Lorsque j'eus appris cette réponse de l'oracle, je me suis mis à réfléchir en moi-même. « Que veut dire le dieu et quel sens recèlent ses paroles ? Car moi, je n'ai conscience d'être sage en quoi que ce soit, petite ou grande chose. Que veut-il donc dire, quand il affirme que je suis le plus sage ? Car il ne ment certainement pas ; cela ne lui est pas permis. » [...] Je me rendis chez un de ceux qui passent pour être des sages, pensant que je ne pouvais, mieux que là, contrôler l'oracle et lui déclarer : « Cet homme-ci est plus sage que moi, et toi, tu m'as proclamé le plus sage. » J'examinai donc cet homme à fond [...] Il me parut en effet, en causant avec lui, que cet homme semblait sage à beaucoup d'autres et surtout à lui-même, mais qu'il ne l'était point. J'essayai alors de lui montrer qu'il n'avait pas la sagesse qu'il croyait avoir. [...] Tout en m'en allant, je me disais en moi-même : « Je suis plus sage que cet homme-là. Il se peut qu'aucun de nous deux ne sache rien de beau ni de bon ; mais lui croit savoir quelque chose, alors qu'il ne sait rien, tandis que moi, si je n'ai aucun savoir, je ne crois pas non plus savoir. Il me semble donc que je suis un peu plus sage que lui par le fait même que ce que je ne sais pas, je ne pense pas non plus le savoir. »

Platon, *Apologie de Socrate,* IVe siècle av. J.-C.

1. La scène se déroule au tribunal d'Athènes où Socrate, accusé d'impiété et de corrompre la jeunesse, s'efforce de justifier la manière dont il a mené sa vie.
2. Apollon, dieu de la raison et des arts.
3. Pythie : servante d'Apollon qui rendait ses oracles par son intermédiaire

b. Descartes : il faut douter de tout pour établir la vérité

Considérant que le doute permet d'écarter tout ce qui est incertain (opinions, préjugés, idées toutes faites et souvent mal faites…), Descartes entreprend de douter de tout pour mettre en lumière une vérité indiscutable.

Que toute notre connaissance commence avec l'expérience, cela ne soulève aucun doute. En effet, par quoi notre pouvoir de connaître pourrait-il être éveillé et mis en action, si ce n'est par des objets qui frappent nos sens […]

Mais si toute notre connaissance débute avec l'expérience, cela ne prouve pas qu'elle dérive toute de l'expérience, car il se pourrait bien que même notre connaissance par expérience fût un composé de ce que nous recevons des impressions sensibles et de ce que notre propre pouvoir de connaître (simplement excité par des impressions sensibles) produit de lui-même […]

C'est donc au moins une question qui exige encore un examen plus approfondi et que l'on ne saurait résoudre du premier coup d'œil que celle de savoir s'il y a une connaissance de ce genre, indépendante de l'expérience et même de toutes les impressions des sens. De telles connaissances sont appelées a priori et on les distingue des empiriques qui ont leur source a posteriori, à savoir dans l'expérience.

Emmanuel Kant, *Critique de la raison pure* (2e édition), 1787

c. Kant : d'où viennent nos connaissances ?

Dans ce passage de la Critique de la raison pure, *Kant s'interroge sur l'origine de nos connaissances. Il s'oppose aux empiristes qui estiment que toutes nos connaissances dérivent de l'expérience. Pour le philosophe, l'expérience ne nous apprendrait rien si elle n'était pas éclairée par des connaissances a priori.*

Il y a déjà quelques temps que je me suis aperçu que, dès mes premières années, j'avais reçu quantité de fausses opinions pour véritables, et que ce que j'ai depuis fondé sur des principes si mal assurés ne pouvait être que fort douteux et incertain ; de façon qu'il me fallait entreprendre sérieusement une fois en ma vie de me défaire de toutes les opinions que j'avais reçues jusques alors en ma créance et commencer tout de nouveau dès les fondements si je voulais établir quelque chose de ferme et de constant dans les sciences […]

Maintenant donc que mon esprit est libre de tous soins et que je me suis procuré un repos assuré dans une paisible solitude, je m'appliquerai sérieusement et avec liberté à détruire généralement toutes mes anciennes opinions.

René Descartes, *Méditations métaphysiques,* 1641

PHILOSOPHIE

Chapitre 1 L'art

1 L'art, signe humain par excellence

De quoi s'agit-il ? Pas d'histoire de l'humanité sans histoire de l'art. Longtemps, l'art a désigné une technique, un savoir-faire, celui de l'artisan en vue de produire des objets. Pensez à l'École des Arts et Métiers. Mais depuis la Renaissance, l'art relève de l'artiste, d'une création unique, non utilitaire.

Mots-clés
- esthétique
- apprentissage
- utilitaire
- génie

Mots-repères
ressemblance/analogie

1 Quelle est la nature de l'œuvre d'art ?

- L'activité artistique est l'une des premières manifestations de la culture humaine. Le mot art désigne, traditionnellement, **toute technique qui résulte d'un apprentissage et permet de produire un résultat**. L'art du tailleur de pierre, du menuisier, de l'architecte ou du poète renvoie à la maîtrise talentueuse d'un métier qui se donne à voir dans une production : une maison, une table, un poème.
- Mais, chez les Grecs et les Romains, toute activité manuelle était dépréciée et réservée la plupart du temps aux esclaves. De là vient la distinction entre les « arts mécaniques» qui visent l'utile, et les « arts libéraux», arts des hommes libres, comme l'étude de la philosophie, de la logique, de la musique.
- Depuis le XVIIIe siècle, l'art relève de **l'esthétique**, science qui traite du beau et du sentiment que le beau fait naître en nous, et désigne ce qu'on nommait à la Renaissance les « beaux-arts». Dès lors, l'art apparaît comme un domaine particulier de l'activité humaine. Les œuvres d'art, uniques, se démarquent des productions artisanales et industrielles dont la finalité reste utilitaire.

2 Pourquoi l'activité artistique nous importe-t-elle ?

- La création artistique montre que l'homme est capable de **se détacher de l'utilitaire pour créer « autre chose»** et cela dès l'origine de l'humanité. On trouve des témoignages artistiques dans les grottes préhistoriques, et la façon dont les outils les plus anciens étaient taillés atteste d'un souci esthétique évident.
- Les œuvres d'art laissées par les civilisations sont ainsi des **traces** qui nous permettent de mieux appréhender les cultures de l'intérieur. Quelles étaient les préoccupations spirituelles de ces hommes ? Quelle était leur vision du monde ? **Pourquoi l'art concerne-t-il la philosophie ?** L'art n'est pas une simple trace de l'histoire humaine, il est aussi la manifestation d'aspirations métaphysiques.

3 Le besoin d'art

- L'homme, en tant que vivant, existe immédiatement, comme les choses de la nature. Mais il est cet être conscient, capable de se donner une représentation de lui-même. L'œuvre d'art **extériorise** ce qu'il est. **L'art apparaît comme l'expression d'un besoin essentiellement humain,** universellement partagé. Le paléontologue Leroi-Gourhan décèle les traces des premières conduites artistiques de l'homme dans des collections de *curios* (cailloux curieux) et de fossiles découverts dans des habitats du Moustérien (50 000 ans avant notre ère). C'est le premier signe de la « quête du fantastique naturel» qui pousse à créer des formes bizarres.

- Grâce à ses productions artistiques, au sens étymologique, l'homme va transformer son environnement : le travail sur la matière va modifier la réalité extérieure. Il laisse de cette façon sa marque, **son empreinte**, sur cette matière étrangère. C'est pourquoi les œuvres d'art sont le signe donné par certains hommes à d'autres hommes, à travers le temps et l'espace, **signe que le superflu est nécessaire.**

4 Qu'est-ce qu'un artiste ?

- Il faut éviter les lieux communs sur l'artiste inspiré créant spontanément un chef-d'œuvre. Les grands artistes sont de grands travailleurs. Ils apprennent pendant de longues années les techniques de leur art. Leur génie est ce « **supplément d'âme**» comme l'appelle Bergson. Pour Kant, le génie doit posséder originalité, exemplarité, incapacité à « indiquer scientifiquement comment il réalise son œuvre ».

- Le génie n'est donc ni un imitateur, ni un maniériste. Inspiré par d'autres génies, il va développer **son propre génie créateur** avec acharnement, souvent au prix d'une certaine marginalité ou d'une indifférence. S'il faut se méfier du mythe de l'artiste maudit, il existe bien une défiance du public devant cette « inquiétante étrangeté», comme le dit Freud, des œuvres nouvelles. Ce sont ces œuvres « inquiétantes » qui laisseront une empreinte, une trace esthétique, spirituelle et culturelle de leur époque.

2 Qu'est-ce que l'art ?

De quoi s'agit-il ? Il y a de l'artifice dans l'art, et de l'art dans l'artifice (artificiel s'oppose à naturel). L'étymologie nous le rappelle. La racine indo-européenne ar exprime l'idée d'arrangement, et les sens du mot art ont évolué avec le temps : habileté, ruse, technique, méthode, talent, etc. En latin, talent se dit artificium, qui a donné le mot français artifice.

Comprendre la théorie selon Platon

Mots-clés
- imitation
- transfiguration
- catharsis
- dialectique
- érotique
- langage
- esprit

Mots-repères
ressemblance/analogie
transcendant/immanent

1 L'art est une imitation de la nature

- Les philosophes antiques **se méfient** de l'art. En effet, la perception d'une œuvre d'art provoque une émotion, une réaction affective, et cette émotion nous détourne de la réalité, c'est-à-dire de la vérité. Dans *La République* (Livre X), Platon n'hésite pas à chasser les poètes de la cité idéale parce qu'ils séduisent même les sages et font prendre l'apparence pour la réalité.

- **L'art travestit doublement le vrai**. Il imite non la réalité/vérité des Idées, mais l'apparence de notre monde sensible, qui n'est lui-même qu'une image du monde intelligible. Imiter la nature, c'est donc faire une copie de copie ! L'artiste, pour Platon, est un faussaire.

- Un seul art échappe à ce jugement négatif : **la dialectique**, art de s'élever de définition en définition jusqu'au Vrai, jusqu'au Bien, synonymes chez Platon. Dans *Le Banquet*, Platon montre comment l'individu passe de l'amour d'un beau corps à l'amour de la belle forme en soi, puis à l'amour de la vertu et de la science pour atteindre l'Idée de Beau, de Bien, de Vrai. Ces trois valeurs forment **l'esthétique platonicienne**. L'art véritable, la dialectique, doit

PHILOSOPHIE

être **moral** et permettre de se détacher du monde obscur et fallacieux de la caverne – le nôtre –, pour accéder au monde lumineux du Beau/Bien/Vrai. La dialectique est en ce sens **érotique** puisqu'elle part de l'amour sensible, *Eros*, pour atteindre l'amour intelligible.

2 La *mimèsis* a pour objet la vie humaine

- Aristote accorde à l'art un statut différent. Certes, l'art est une imitation (*mimèsis*) de la nature, mais cette imitation appartient à la nature même de l'homme. Elle n'est pas dépréciée comme chez Platon. Elle est innée : dès l'enfance, « imiter est une tendance naturelle aux hommes», écrit Aristote (*Poétique*, Livre IV). Ce goût d'imiter permet d'apprendre et de progresser.

- Aristote pense que **l'art prépare à la connaissance**, en suscitant curiosité et étonnement. Si Platon condamne l'art au nom de la Vérité et de la morale, Aristote défend l'art comme « **purification**» (*katharsis* – terme repris par la psychanalyse) : la tragédie, par exemple, par la crainte et la pitié qu'elle provoque chez le spectateur, effectue la « purification» des passions. L'art aurait des vertus apaisantes.

3 L'art est une prise de conscience

- Pour Hegel, l'imitation est une tâche superflue et présomptueuse : pourquoi refaire ce qui existe déjà dans la nature ? L'imitation n'apporte que la satisfaction d'éprouver son habileté technique. Seule la **création** réalise la nature humaine, et le beau est une forme de la manifestation de l'Esprit. L'art est l'Idée rendue sensible. Hegel distingue trois grandes périodes qui sont autant de moments du **développement de l'Esprit :** l'art symbolique (civilisation égyptienne), l'art classique (civilisation grecque), l'art romantique (civilisation chrétienne).

- Tout art exprime l'Esprit, il est toujours un **langage**. Comme la religion et la philosophie, l'art nous élève vers l'absolu. L'œuvre d'art manifeste la **liberté** de l'homme face à la nature. Imiter la nature n'est pas faire preuve de liberté.

4 L'art est une transfiguration du réel

- L'art est ainsi lié à l'artifice. L'artifice est à la fois l'art de tromper et l'habileté, l'ingéniosité. Aujourd'hui, dans l'art, l'artifice implique davantage le **non-naturel** que la tromperie. Mais il y a toujours une part d'illusion dans l'art : la perspective, les peintures en trompe-l'œil, en sont des exemples.

- **L'art n'a donc pas pour fin de reproduire fidèlement la nature.** Baudelaire affirme même que la nature est mauvaise conseillère : tout ce qui est beau résulte de l'artifice. D'ailleurs, si l'art était imitation de la nature, comment pourrions-nous être émus par la musique ou par une peinture non figurative ? Toute chose peut être **transfigurée par l'art**. Telle est la paire de vieux souliers de paysan peints par Van Gogh. Elle devient belle en tant qu'objet esthétique et nous procure une intense émotion. Les souliers de Van Gogh sont tous les souliers. Ils sont « vivants». L'homme qui les a portés est rendu présent, car **« l'art ne reproduit pas le visible, il rend visible»,** écrit le peintre Paul Klee.

3 À quoi sert l'art ?

De quoi s'agit-il ? L'art a-t-il une fonction ? L'artiste est d'abord quelqu'un qui travaille et qui porte un intérêt aux œuvres de ses prédécesseurs. Mais c'est surtout quelqu'un qui secoue nos habitudes et nous interroge sur notre monde.

Mots-clés
- esthétisation
- pulsion
- sublimation
- production de masse

Mots-repères
transcendant/immanent
universel/général/particulier/singulier

1 L'art, c'est la vie

• Nietzsche pense que l'art est **l'esthétisation de la vie**. Ce n'est pas la création d'une œuvre d'art unique qui importe, c'est de faire de sa vie tout entière une œuvre d'art. L'art, c'est la vie elle-même. Il nous apprend à tolérer, à communiquer, à dire un « oui» tonitruant à la vie, quelle qu'elle soit, et à écarter les forces réactives du ressentiment.

• Freud affirme la même idée. L'art est **sublimation**, c'est-à-dire **esthétisation des pulsions.** Créer permet de se débarrasser du refoulé. L'art emprunte sa force aux pulsions fondamentales pour les dériver vers un but de substitution socialement valorisé. Mais Freud dit aussi que, si on peut expliquer par l'analyse psychanalytique les conditions d'apparition d'une œuvre, on ne peut rien dire quant au « don» artistique qui échappe à toute interprétation.

2 L'art, « délicatesse de goût» et consolation

• L'art a une fonction sociale et philosophique indéniable. Il serait même une **cure de bonheur** pour certains philosophes. Si la « délicatesse de passion », c'est-à-dire l'extrême sensibilité aux passions, peut nous faire souffrir, dit Hume, la « délicatesse de goût », c'est-à-dire l'extrême sensibilité aux beautés, peut nous guérir. En effet, « rien n'améliore le caractère que l'étude des beautés ». **L'art rend heureux** et cultive l'amitié.

• Dans une vision pessimiste du monde comme celle de Schopenhauer, l'art est une **consolation provisoire**. Vivre, c'est souffrir : l'art est un moyen de se délivrer provisoirement de cette souffrance. Il change la douleur en représentation, c'est-à-dire en œuvre d'art. L'art est un remède. Toutefois, il ne délivre de la souffrance de la vie que pour un court laps de temps.

3 L'art est communication

• Comme le dit Bergson, l'art **démasque** la réalité cachée par le langage, par les conventions sociales, par les cadres rigides de l'éducation. Il est **sympathie**, c'est-à-dire partage. « Voir avec des yeux de peintre, c'est voir mieux que le commun des mortels. » C'est ce qu'écrivait Van Gogh à son frère Théo : « Tu verras, ces toiles te diront ce que je ne peux pas exprimer par la parole ».

• L'art est une **quête** de l'autre. L'autre, ce peut être Dieu, comme une confrontation de créateur à créateur. L'autre, ce peut être soi, ce même qui nous échappe mais aussi nous émancipe et permet le dépassement de soi. L'art inquiète, trouble quelque chose de notre être.

• L'art peut aussi être **insurrectionnel**. Pour les surréalistes, et avant eux Rimbaud, il faut « se faire voyant », sonder les rêves, l'inconscient, multiplier les expériences. L'art ne doit subir aucune contrainte.

4 Le rôle de l'artiste

- L'artiste nous propose de **désapprendre** notre perception habituelle des choses. C'est pourquoi il y a une méfiance de la société devant des **productions non rentables**. Certes, l'art est l'objet d'un marché mais l'œuvre d'art, dans son essence, n'est pas une marchandise. Son prix ne se calcule ni au temps passé pour la réaliser ni aux matériaux utilisés. Toutes les œuvres contemporaines interrogent l'homme sur sa façon d'être au monde. Marcel Duchamp parle de « beauté d'indifférence » et fit scandale en 1917 à New York en exposant un urinoir signé R. Mutt qu'il intitule *Fontaine*. Il invente les objets d'art manufacturés ou *ready-made*. La question n'est plus : « Qu'est-ce que l'art ? », mais : **« Quand y a-t-il art ? »**

- On comprend pourquoi l'artiste est tenu à distance par les pouvoirs politiques, en particulier les pouvoirs totalitaires. **Aucun art n'est socialement « innocent ».** L'artiste contemporain nous rend visible notre monde : celui de la consommation, de l'éphémère, de la vitesse, du vide. Il montre que notre vie n'est plus liée au sacré, mais à la **production de masse**. « Nous avons délaissé la valeur du culte au profit de la valeur d'exposition », écrit Walter Benjamin en 1936. La naissance des musées au XIXe siècle a été la mort de la manifestation des dieux dans l'art.

4 Art et sentiment esthétique

Comprendre la pensée de Kant

De quoi s'agit-il ? **Qui dit art, esthétique, ne peut contourner la notion du Beau. Mais qu'est-ce que le Beau ? L'esthétique est la réflexion philosophique sur l'art. Néan-moins, on peut s'interroger sur l'expérience esthétique et se demander si elle ne requiert pas certaines conditions sociales et culturelles, et si ce plaisir n'est pas le fruit d'un apprentissage et d'une accoutumance que seul un certain type d'éducation favorise.**

Mots-clés
- agréable
- beau
- intuition
- jugement de goût
- progrès
- évolution

Mots-repères

transcendant/immanent

universel/général/particulier/singulier

1 L'agréable n'est pas le Beau

- Au XVIIIe siècle, Kant jette les bases de l'esthétique moderne. L'âme humaine possède trois facultés essentielles : connaître, expérimenter et ressentir du plaisir et de la peine. Cette dernière faculté lie les deux autres. **L'esthétique, théorie de la sensibilité,** appartient à cette faculté de liaison. Kant distingue ensuite le Beau et l'agréable : l'agréable est toujours lié à un intérêt, à un désir, alors que **le Beau est toujours désintéressé**, c'est-à-dire sans autre finalité qu'une libre contemplation. L'œuvre n'est au service de rien d'autre qu'elle-même. Affranchi des obligations de la morale aussi bien que des inclinations, le Beau n'est contraint par rien.

- « À chacun son goût » est un principe valable pour tout ce qui est agréable : il m'est agréable de croquer une pomme, de boire un verre de jus d'orange, et je peux concevoir que d'autres n'apprécient ni les pommes ni le jus d'orange. Il n'en va pas de même pour le Beau. La beauté requiert d'être universellement reconnue : **« Le Beau est ce qui plaît universellement sans concept »**, affirme Kant. Certes, dire qu'une œuvre est belle, c'est énoncer un jugement subjectif, mais qui affirme en même temps que cette beauté peut être conçue par autrui.

2 Universalité du jugement de goût

- Que signifie « sans concept » ? Cela signifie que le jugement de goût, toujours singulier et subjectif, n'aboutit pas à une connaissance, à une universalité logique. Existe-t-il alors un critère universel du Beau ? Non, mais **je suppose qu'autrui possède les mêmes facultés que moi**, sinon comment pourrions-nous communiquer ? Le jugement de goût ne se fonde donc pas sur des concepts logiques mais sur **l'intuition,** sur l'harmonie de l'imagination et de l'entendement, c'est-à-dire sur les facultés sensibles et intellectuelles que tout homme possède partout dans le monde, facultés identiques en chacun. Le Beau concilie le jugement particulier et le goût universel.
- Attention cependant : le Beau n'est pas du côté de l'objet mais **du côté de l'état affectif du sujet :** le Beau est ce qui plaît et ce plaisir est en nous, et non dans l'objet considéré.

3 Le Beau échappe-t-il au temps ?

- L'art est lié au temps. Il existe une histoire de l'art (celle d'Élie Faure par exemple). Depuis la Préhistoire, l'art accompagne l'homme et témoigne des civilisations passées. Mais la notion d'histoire implique celle d'évolution : peut-on parler de progrès dans l'art ?
- Certes, il existe des progrès techniques : la photographie, le cinéma utilisent de nouveaux procédés numériques et le matériel se perfectionne sans cesse. Mais on ne peut pas parler de progrès en art comme on le fait en science : la biologie a progressé depuis Lamarck, mais Picasso a-t-il progressé par rapport à Rembrandt ? L'art du passé n'est jamais dépassé.
- En fait, l'art véritable **échappe au temps**. C'est pourquoi nous sommes encore « ravis » – c'est-à-dire emportés et enthousiasmés – par l'art grec, roman ou primitif. La foule se presse aux expositions de Botticelli, de Vermeer ou d'Andy Warhol. Il est d'ailleurs intéressant de noter que l'on pénètre plus facilement dans l'art d'une autre époque que dans celui de la sienne. L'art reconnu, officialisé, ne dérange plus. Décalé par rapport à son siècle, l'artiste est souvent socialement valorisé un peu plus tard. Songez au scandale que déclenchèrent le *Déjeuner sur l'herbe* de Manet, le jazz, les premiers films de Buñuel.
- L'art exige de nous que nous soyons **disponibles.** Disponibles pour cette aventure de communion avec l'œuvre qui s'expose, nous montre autre chose du monde et de nous-mêmes. Il faut oser sortir de soi-même et y revenir transformé : l'art, « un pas hors de l'humain», écrit le poète Paul Celan. Avec la philosophie, l'art est la seule expérience désintéressée que nous puissions avoir : **elle signe notre humanité**.

PHILOSOPHIE

Révision express

Les points importants à retenir

L'art est le signe humain par excellence

Trace humaine, signe laissé aux autres hommes, à travers le temps et l'espace. Pas de civilisation sans art : l'homme ne se contente pas de vivre naturellement. Il a besoin de se représenter le monde et de s'extérioriser.
Signe non utilitaire : puissance de la création. Il est subversif, car il nous invite à réfléchir sur notre condition humaine, et nous incite à agir.
L'art est aujourd'hui désacralisé.

L'art est-il une imitation de la nature ?

- **Platon :** l'art = imitation du monde sensible, et de ce fait illusion car se fonde sur le paraître. Le seul art véritable est la dialectique.
- **Aristote :** l'art = imitation des mouvements producteurs de la nature = adéquation avec la nature. Il prépare à la connaissance.
- **Hegel :** l'art = médiocrité si imitation de la nature. Sa fin est ailleurs. Il est une prise de conscience et doit transfigurer le réel. C'est pourquoi il existe une esthétique de la laideur.

Quelles sont les fonctions de l'art ?

- **Une esthétisation :** – de la vie pour **Nietzsche** ;
  – des pulsions = sublimation, pour **Freud**.
- **Un remède :** – à la vie douloureuse, une consolation provisoire pour **Schopenhauer** ;
  – aux passions pour être heureux pour **Hume**.
- **La recherche de la Vérité :** – l'art est l'expression voilée de l'Esprit, pour **Hegel** ;
  – d'une vérité existentielle (qui donne sens à l'existence).

Qu'est-ce que le Beau ?

- Une esthétique du goût
  Kant : le Beau, c'est un objet de satisfaction désintéressée + ce qui plaît univer-sellement sans concept + une finalité sans fin.
- Une Idée
  Platon : le Beau, c'est le reflet déformé et affaibli du monde des Idées. Il peut être dangereux, c'est un art illusionniste.
  Hegel : le Beau, c'est la révélation confuse du vrai, une étape vers la réalité.

Quiz

Cochez la bonne réponse :

1. Il existe un critère universel du Beau. ☐ Vrai ☐ Faux
2. L'art est l'expression de la liberté. ☐ Vrai ☐ Faux
3. L'art est supérieur à la vérité pour Hegel. ☐ Vrai ☐ Faux
4. L'art est l'esthétisation de la vie pour Nietzsche. ☐ Vrai ☐ Faux
5. L'art est désintéressé. ☐ Vrai ☐ Faux
6. L'art est imitation pour Platon. ☐ Vrai ☐ Faux

→ Réponses p. 473

EXERCICE GUIDÉ

Analyser le sujet

Énoncé

Sujet : L'art nous éloigne-t-il du réel ?

Méthode

- Avant de chercher à répondre à la question posée, interrogez-vous sur son sens et sur celui des termes qui la composent. Ne cherchez pas forcément la définition de chaque terme, comme s'il n'y en avait toujours qu'une. Donner dès le départ une définition catégorique et définitive des termes reviendrait à paralyser la réflexion.
- Chaque mot a son importance. Notez toutes les idées qui vous viennent à l'esprit.

Corrigé

Analyse des termes

Qu'est-ce qu'on appelle « art » ? La définition-même du terme fait problème et constitue une dimension importante du sujet. L'art a été défini comme la production de la beauté par l'homme. Mais l'art moderne vise plutôt le sens. Si l'art consiste, comme le dit Platon, à imiter les apparences, on comprend qu'il puisse nous éloigner du réel.

Le mot art est utilisé ici au singulier, mais peut-on parler de l'art en général : ce qui est vrai pour la peinture par exemple, vaut-il aussi pour la musique ?

Le terme « réel » n'est pas moins problématique. Il s'oppose à apparence, à imaginaire, fictif, illusion… Qu'est-ce qui est vraiment réel est une question philosophique « classique ». Le réel correspond-il à ce que l'on perçoit ? Pour Platon, paradoxalement, les Idées sont la vraie réalité.

Le verbe « éloigner » doit aussi retenir votre attention. Si je m'éloigne du sujet dans une dissertation, je le perds de vue et ce que j'écris cesse d'être pertinent. Mais s'éloigner, c'est aussi prendre de la distance, du recul pour faire disparaître les détails et percevoir l'essentiel et donc… ce qui est vraiment réel pour Platon : l'Idée ou l'essence !

Chapitre 2 Le devoir

1 Le devoir est une obligation morale

De quoi s'agit-il ? **Étymologiquement, le devoir est une obligation morale intérieure. Kant est par excellence le philosophe qui a mené le plus loin l'analyse de la notion de devoir. Il a libéré la réflexion éthique de toutes les autorités (notamment religieuses) et références extérieures à la raison humaine. « La raison pure est pratique par elle seule et donne à l'homme une loi universelle que nous nommons la loi morale. »**

Mots-clés
- universalité
- obligation morale

Mots-repères
obligation/contrainte
origine/fondement
universel/général/particulier/singulier

1 Le devoir se fonde-t-il sur une transcendance ?

- « À l'origine était le Verbe », et le Verbe a commandé. Le devoir est un commandement divin. Les dix commandements de la Bible sont les premiers devoirs de l'humanité. C'est la voix de Dieu en nous. Platon voit dans le devoir la prise de conscience du Bien. **Si le devoir se fonde sur une transcendance, il reste extérieur à l'homme.**

- **L'homme est-il un être de devoir** comme il est un animal social ? Kant postule que tout être humain est virtuellement un être de devoir et qu'il s'agit de comprendre comment actualiser cette virtualité. Le devoir est une manière d'agir qui n'est pas la manière d'agir de la nature soumise au déterminisme.

2 La connaissance intime du devoir

- **Le remords** de ne pas avoir accompli son devoir est sans doute le signe de cette présence en nous de la conscience du bien et du mal. Caïn peut bien s'enfuir au bout du monde après avoir tué son frère Abel, il est obsédé en permanence par son souvenir, « et l'œil dans la tombe regardait Caïn » (*La Conscience*, dans *La Légende des siècles*, Victor Hugo).

- Rousseau considère le devoir comme un instinct et l'identifie à la conscience : « Il est au fond des âmes un principe inné de justice et de vertu… C'est à ce principe que je donne le nom de conscience ! instinct divin, immortelle et céleste voix ». La **mauvaise conscience**, plus fréquente que le remords, nous reproche certaines actions, certaines paroles. Nous saurions donc au fond de nous ce qu'est le devoir, la bonne intention.

3 Le devoir comme impératif catégorique

- « Je dois toujours me conduire de telle sorte que je puisse aussi vouloir que ma maxime devienne une loi universelle », écrit Kant. L'impératif catégorique est le pilier de la morale kantienne. En d'autres termes, il faut toujours **agir de la façon dont on souhaite que les autres agissent**. On ne peut, par exemple, faire une fausse promesse pour se tirer d'embarras, car si cette attitude était érigée en norme, elle se détruirait elle-même : plus personne ne croirait aux promesses. Seul le respect des promesses peut donc être érigé en loi universelle.

- Kant cherche à fonder la morale sur une **décision** qui relève à la fois de la volonté libre du sujet et qui s'impose à tous. La maxime morale se présente sous la forme d'un **impératif**, librement consenti, et non par un commandement comme le font les lois. Elle se veut universelle en ce sens qu'elle est applicable en tout temps et tout lieu et n'est pas liée à des mœurs ou coutumes particulières. L'impératif catégorique s'impose comme un précepte simple et sans équivoque à tous les hommes doués de raison et de bonne volonté. La règle morale n'a d'autre justification qu'elle-même : **« il faut parce qu'il faut »**. Pour Kant, c'est le devoir lui-même qui est le bien. Le devoir ne repose que sur lui-même. Dans tous les cas, l'idée de devoir suppose la liberté de celui qui fait son devoir.

4 Le devoir, une exigence morale

- Les lois de la nature sont soumises au déterminisme, et sont inviolables. Les lois humaines sont issues de la raison et ont ceci de particulier : l'homme peut les violer. On ne peut pas contraindre physiquement un homme à faire son devoir.

- **L'universalité du devoir repose sur la rationalité de la loi morale :** mon action doit pouvoir être érigée en principe d'action valable pour tous les hommes. Le voleur, par exemple, est en contradiction avec lui-même, car il ne peut vouloir que les autres agissent envers lui comme il agit envers certaines personnes. Il agit selon son intérêt immédiat mais non selon sa nature d'être rationnel.

- L'action immorale, en fait, est d'abord un manque de respect envers soi, et par conséquent envers l'humanité. Agir moralement, ce n'est pas agir en vue d'une fin (obtenir de l'argent, des honneurs, se faire aimer ou admirer, etc.), mais agir parce qu'il faut faire son **devoir par pur devoir**. Tel est l'impératif catégorique.

2 Que dois-je faire ?

De quoi s'agit-il ? **C'est la question centrale du devoir. L'analyse kantienne est incontournable. Pas de devoir sans liberté ni sans volonté autonome de se déterminer par soi-même.**

Mots-clés
- impératif catégorique
- personne
- sujet moral et sujet de droits

Mots-repères

obligation/contrainte
origine/fondement

1 Faire son devoir par devoir

- Le bien est obéissance à une loi morale universelle dans laquelle chaque personne se reconnaît et que chacun doit mettre en pratique. Rien n'est vraiment bon en ce monde qu'une **bonne volonté**, une intention absolument pure, c'est-à-dire une intention de faire le bien, non pas parce qu'on a envie de faire le bien envers certaines personnes, non pas par inclination sensible, mais par devoir.

- Il s'agit donc de commandement que l'homme se donne à lui-même. Un commandement est un **impératif**, du latin imperare, ordonner, commander. Kant distingue l'impératif catégorique et l'impératif hypothétique. **L'impératif hypothétique** ou conditionnel ordonne **sous condition**. Il est subordonné aux règles de l'habilité ou aux conseils de prudence : « Travaille, si tu veux réussir », par exemple. L'action est un moyen en vue d'un résultat.

2 Les trois maximes de l'impératif catégorique

- **L'impératif catégorique** est le seul qui soit **moral** car il ordonne **sans condition**. Il n'y aurait qu'un seul impératif catégorique : « Agis uniquement de telle sorte que la maxime de ton action puisse devenir en même temps une loi universelle », écrit Kant dans *Les Fondements de la métaphysique des mœurs*. Ce **principe d'universalité** revient à considérer l'être raisonnable comme une fin en soi.

La première maxime insiste sur le **fondement du devoir** qu'est l'universalité, sans laquelle il ne peut y avoir de devoir comme obéissance à une loi. En effet, toute particularité détruirait la loi en lui faisant perdre son essence d'être « pour tous ».

La deuxième maxime dit ceci : « Agis de telle sorte que tu traites l'humanité dans ta personne aussi bien que dans celle d'autrui toujours en même temps comme une fin et jamais comme un simple moyen ». **La personne justifie** l'impératif catégorique. La morale revient à respecter la raison qui a pour conséquence le respect de la personne humaine.

La troisième maxime conclut : « Considère l'ensemble des êtres raisonnables comme formant un Empire des Fins dans lequel chacun est à la fois législateur et sujet, et comporte-toi en membre de l'Empire des Fins ». Il faut toujours traiter la personne humaine comme une fin, jamais comme un moyen. Kant distingue l'**autonomie** (obéir à la loi qu'on s'est prescrite et valable pour tous), de l'**hétéronomie** (obéir à une loi extérieure), déterminée par une loi de l'intérêt, de la sensibilité, de la prudence, bref de la nature et non de la raison.

- L'impératif catégorique commande donc à l'individu de respecter la personne en elle-même et en chaque être humain. La conscience morale concerne le bien et le mal, **ce qui doit être ou ce qui ne doit pas être**. La première loi du devoir est celle de l'inviolabilité de la personne humaine. Le premier souci de l'homme est l'autre face à lui, la personne. Si je ne me soucie que de moi, je n'accomplis pas d'acte entièrement moral. C'est à partir du moment où je considère autrui que mon acte devient moral. Un seul individu suffit pour déterminer la valeur de mon acte. **Une seule personne contient en elle l'humanité tout entière**.

3 Qu'est-ce qu'une personne ?

- La personnalité est ce qui compose l'individu : elle est singulière, sociale, historique ; alors que la personne est universelle, c'est le sujet moral. Mais la personne n'est pas ce que je vois d'autrui, ni ce qu'autrui voit de moi. Ce que je vois est un personnage. Il y a **décalage** entre l'image que je donne de moi et ce que je ressens être moi au plus intime de moi. D'ailleurs, personne vient du latin *persona*, masque de théâtre, et plus particulièrement masque de la tragédie.

- C'est avec le christianisme que se développe l'idée de la **personne comme sujet moral responsable**. Kant en fait l'axe de sa réflexion, et Sartre reprendra son analyse. La notion de personne est donc le fruit d'une élaboration historique. La personne est aujourd'hui une conscience individuelle dotée de liberté, qui doit être respectée. La caractéristique essentielle de la personne c'est donc le devoir moral, ce **« Tu dois, tu peux »** kantien qu'elle s'adresse à elle-même, par lequel elle manifeste sa liberté d'obéir à une loi morale qu'elle fonde par sa raison. **Avec Kant, l'homme devient une personne, sujet moral et sujet de droits**.

3 Critiques de la conception kantienne

De quoi s'agit-il ? Peut-on fonder rationnellement l'exigence morale du devoir ? La raison peut-elle fonder seule une exigence morale ?

Mots-clés
- vertu
- impératifs sociaux
- transcendance

Mots-repères
obligation/contrainte
universel/général/particulier/singulier

1 L'idée d'obligation est absente de la morale grecque

• « Jamais les Anciens n'ont conçu l'idéal moral sous la forme d'une loi ou d'un commandement, écrit Victor Brochard. Il n'y a, ni en grec, ni en latin de mot pour l'exprimer. Il n'y a point, dans la morale grecque, un "impératif", mais seulement un "optatif". Cette morale donne des conseils, non des ordres », continue Brochard. Car il s'agit d'être heureux dans la vie présente et non dans une autre vie hypothétique.

• Les Anciens vivent **ici et maintenant**. Il n'y a pas opposition entre morale et bonheur. L'opposition apparaît avec l'idée du péché originel. « La nature humaine est pervertie depuis le péché originel et l'homme juste doit souffrir en ce monde pour mériter dans l'autre le bonheur des justes. Par la souffrance il rachète le péché et il mérite le bonheur dans l'au-delà », écrit Kant : il faut donc faire son devoir par devoir et espérer.

2 La raison peut être impuissante

• Aristippe de Cyrène, disciple de Socrate et fondateur de l'école cyrénaïque, affirmait que « si les lois disparaissaient, notre vie n'en serait pas changée ». Cela signifie qu'il faut, avec ou sans lois, savoir se maîtriser, et que ce ne sont pas les lois extérieures qui nous apprennent à le faire. Selon Aristippe, **la raison est impuissante** à établir une quelconque vérité scientifique ou morale. Toutes les lois sont des conventions. Seule l'existence de nos impressions et affections est sûre. La seule règle de vie rationnelle consiste à suivre notre nature animale, qui spontanément cherche le plaisir et fuit la douleur. C'est pourquoi Aristippe est indifférent à la disparition des lois.

• Ainsi, désirer vivre selon la raison peut conduire à des positions existentielles différentes :
- Kant aboutit à une conception de la raison comme fondatrice de la cité, de la liberté et du devoir moral envers la personne ;
- Aristippe estime que la raison est impuissante à construire le lien social. D'ailleurs, la personne comme fin en soi n'est pas une problématique grecque.

3 La morale de Kant conduit à une transcendance

• Kant veut fonder le devoir sur la seule volonté bonne et la rationalité de la loi morale à laquelle chacun s'oblige à obéir puisqu'elle émane justement de ce qu'il y a de plus universel en l'homme. Mais finalement, pour donner un sens à la morale, Kant postule l'existence de Dieu et l'immortalité de l'âme. La morale conduit à la religion. Kant en revient à une transcendance alors qu'il voulait s'en détacher.

• Nietzsche compare l'homme rationnel kantien, qui porte le devoir comme un fardeau, au chameau qui porte de lourdes charges, et en matière de morale un chameau qui aime à se charger du poids de ses devoirs.

4 Existe-t-il une exigence morale ?

• Il n'existerait donc pas d'impératif. Ce serait faire abstraction de la relativité des mœurs, de la position sociale que l'on occupe, de ses aspirations, etc. La conscience morale ne serait-elle alors qu'une expression de la conscience collective et faire son devoir serait-il obéir aux **impératifs sociaux ?**

• Ni la conscience morale moraliste de Kant, ni la société ne doivent juguler notre vouloir-vivre. Bref, n'oublions pas le foisonnement de la vie, dit Nietzsche. **La vertu doit être individuelle**. Nietzsche désacralise la morale. La méthode généalogique consiste à montrer que les conduites morales sont l'expression d'une succession d'attitudes face à la vie. Les doctrines morales se réduisent historiquement à deux types : la morale des esclaves et la morale des maîtres.

Découvrir l'œuvre de Nietzsche (1)

• Il faut alors risquer un **double pari** du devoir :
– le pari de la **voix universelle de la conscience**, voix d'Antigone face à Créon ;
– le pari de **l'origine rationnelle** du devoir, pari que l'homme est capable de surmonter son égoïsme, ses intérêts particuliers, ses passions, pour privilégier la dignité de la personne. Une morale du devoir fondée sur l'amour est peut-être une façon de s'élever au-dessus de la violence individuelle et sociale et de passer du « je » au « tu » puis au « nous ». Saint Augustin disait : « Aime et fais ce que tu veux », à quoi répondait le positiviste Auguste Comte : « L'amour pour principe, et Vivre pour autrui ».

Découvrir l'œuvre de Nietzsche (2)

Révision express

Les points importants à retenir

Le devoir est une obligation morale

Contrairement au droit qui est une obligation juridique extérieure, soumis aux fluctuations sociales, le devoir est une obligation morale intérieure qui s'impose à la conscience individuelle.
D'où vient le devoir ? Pourquoi s'oblige-t-on à agir par devoir ?

- **Origine divine du devoir :** les commandements divins.
- **Origine naturelle du devoir :** « instinct divin » chez Rousseau.
- **Origine rationnelle du devoir :** l'impératif catégorique de Kant.
- **Origine sociale du devoir :** impératifs sociaux.

Que dois-je faire ?

Mon devoir par pur devoir : formalisme et rigorisme kantien. La valeur d'un acte ne dépend pas du contenu mais de la forme, du respect de la loi morale universelle.
Respect et dignité de la personne : en respectant la loi morale, l'être moral respecte en lui le pouvoir législatif de sa raison, ce qui est l'autonomie.
Les trois formules kantiennes du devoir :

- Agis toujours de telle sorte que tu puisses vouloir que la maxime de ton action soit érigée en règle universelle.
- Traite l'humanité en toi-même et en autrui toujours comme une fin, jamais comme un moyen.
- Agis en te considérant comme sujet souverain d'un royaume des fins (autonomie).

Critiques de l'analyse kantienne

- **La question philosophique de l'autonomie**

D'un point de vue kantien, le sujet autonome (libre) doit se comporter d'une manière absolument désintéressée, faisant son devoir par devoir. Il agit d'après ce qui est juste en soi, c'est-à-dire ce qui est juste pour une communauté d'êtres rationnels. Kant lie les notions de rationalité, d'autonomie et de moralité. Contester l'un de ces trois éléments entraîne la disparition des autres.
Nietzsche dans La Généalogie de la morale (1887) : la morale des maîtres s'épanouit dans les sociétés aristocratiques où une élite s'est arrogée le pouvoir. Les membres de la noblesse se considèrent comme supérieurs aux autres et fondent leur éthique sur les valeurs d'honneur, de grandeur, d'orgueil. La distinction Bien/Mal correspond à l'opposition entre grand et noble/vil et méprisable. La morale des esclaves cherche à protéger les faibles des plus forts. Ses vertus sont la compassion, l'humilité, la générosité, l'assistance aux démunis. Le christianisme prône une morale des faibles.

- **Le devoir reflète la société :** poids de la classe dominante (Marx).
- L'**amour** peut-il fonder universellement l'exigence morale ?

Quiz

Cochez la bonne réponse :

1. Le devoir reflète la société pour :
☐ **a. Kant** ☐ **b. Descartes** ☐ **c. Marx**

2. La morale est toujours celle des puissants pour :
☐ **a. Kant** ☐ **b. Nietzsche** ☐ **c. Aristote**

→ Réponses p. 473

PHILOSOPHIE

EXERCICE GUIDÉ

Différents types de formulation

Énoncé

Sujet 1 : Faut-il toujours dire la vérité ?

Sujet 2 : Peut-on être sûr de bien agir ?

Méthode

La formulation du sujet vous donne de précieuses indications sur la manière de le traiter.

- **Qu'est-ce que ?** Recherche de définition
- **Doit-on** ? A-t-on l'obligation morale de faire quelque chose ? Attention : doit-on est parfois utilisé au sens de « peut-on ».
- **Peut-on ?** Deux sens : est-il possible ? ou a-t-on le droit ?
- **Pourquoi ?** Pour quelle(s) raisons ou dans quel but ? Parfois « à quoi bon ? »
- **Faut-il ?** Est-il nécessaire ? A-t-on raison de ? Est-ce un devoir ?
- **Existe-t-il ?** Invite à réfléchir sur un concept et sur l'existence effective de la chose qui y correspond.
- **Les sujets du bac ont toujours la forme d'une question directe.**
- **Quand on peut répondre à cette question par oui ou non,** le plan dialectique « thèse/antithèse/synthèse » est approprié. Exemple : « Suis-je libre quand j'obéis à la loi ? »
- **Quand on ne peut pas répondre à la question par oui ou non,** le plan dialectique est souvent inapproprié. Exemple : « Qu'est-ce que penser par soi-même ? ». Dans ce cas, il est possible de décomposer le sujet de manière à faire apparaître deux ou trois questions qui constitueront les grands axes du développement.

Corrigé

Sujet 1 : Faut-il toujours dire la vérité ?

Est-ce un devoir, une obligation morale de dire la vérité et de la dire toujours, quelles que soient les circonstances ou les conséquences qui en résultent ?

Sujet 2 : Peut-on être sûr de bien agir ?

Est-il possible d'être sûr de bien agir ? Comment en être sûr ? Existe-t-il des principes moraux évidents et indiscutables ? Peut-on prévoir toutes les conséquences de nos choix ?

Chapitre 3

La justice

1 La thèse conventionnaliste

De quoi s'agit-il ? **Le sentiment d'injustice est parfois tellement fort qu'on ne saurait douter de sa légitimité au moment où on l'éprouve. Mais ce sentiment peut être subjectif. Qu'est-ce qui est vraiment bien ou mal, juste ou injuste ? L'esclavage n'avait rien de choquant pour un Grec ou un Romain, les cannibales mangent de la chair humaine… Faut-il en conclure que le juste et l'injuste ne sont que des conventions ?**

Mots-clés
- justice
- loi-coutume
- convention
- relativisme

Mots-repères
absolu/relatif
universel/général/particulier/singulier

1 Le relativisme moral : rien n'est juste ou injuste

• On peut douter que les notions de bien et de mal, de justice et d'injustice signifient quelque chose **dans l'absolu**. Comment ignorer en effet que les mœurs et **les lois sont relatives aux temps et aux lieux** ? Les exemples ne manquent pas. Dans la Rome antique, le père avait (sous certaines conditions) droit de vie et de mort sur ses enfants, sa femme et ses esclaves. Les cannibales mangent de la chair humaine. Les aztèques sacrifiaient des êtres humains à leurs dieux. On peut résoudre le problème en qualifiant les autres peuples de barbares, mais comme on le sait depuis **Montaigne** : « chacun appelle barbarie ce qui n'est pas de son usage. »

• Ce constat que les lois, les mœurs et les coutumes dépendent des époques et des lieux fonde le **relativisme moral : il n'y a pas de vérité morale**, rien ne peut être bien ou mal, juste ou injuste dans l'absolu. La doctrine sceptique de **Pyrrhon**, telle que le témoignage de **Diogène Laërce** nous la laisse entrevoir (voir chap. 12 : La vérité), préfigure ce relativisme éthique : « Rien n'est honnête ou honteux, juste ni injuste, […] **en toutes choses les hommes se gouvernent d'après la loi et la coutume** ».

• Le juste et l'injuste peuvent donc apparaître comme de simples **conventions** qui ne tirent leur force que de l'habitude et de la **coutume**. Mais pourquoi telle coutume s'est-elle établie plutôt qu'une autre ?

2 Quelle est l'origine de la justice ?

• On peut supposer que ce qu'on appelle juste n'est rien d'autre en réalité que l'intérêt du plus fort. C'est la thèse de Thrasymaque (un sophiste mis en scène dans un dialogue de Platon) : « Le juste est **l'avantage du plus fort** ». Pour mieux se faire obéir, le gouvernement déclare juste ce qui sert ses intérêts ou les intérêts de ceux qui le soutiennent. Rousseau affirme que : « le plus fort n'est jamais assez fort pour être toujours le maître, s'il ne transforme sa force en droit et l'obéissance en devoir ». Le plus fort cache ses intérêts derrière le masque de la justice.

• Mais la justice ne sert-elle pas au contraire l'intérêt des plus faibles ? C'est la thèse de Calliclès un autre sophiste mis en scène par Platon : « Ce sont les faibles, la masse des gens, qui établissent les lois […] en fonction d'eux-mêmes et de leur intérêt personnel », affirme-t-il. Ainsi les faibles prônent-ils l'égalité parce qu'elle les avantage : les forts intériorisent au cours de leur éducation les valeurs égalitaristes imposées par la masse et sont transformés en esclaves. Aux yeux de Calliclès, il existe cependant une vraie justice : la loi de la nature, la loi du plus fort.

• On peut enfin supposer qu'on appelle justes les normes qui permettent de vivre en société. C'est la thèse exposée par Glaucon, un personnage de la République de Platon : à l'origine, les hommes vivant sans lois sont perpétuellement en conflit et se font du tort réciproquement. Mais parce qu'ils sont des êtres rationnels, les hommes finissent par convenir entre eux de ne plus se faire de tort et adoptent pour cela des règles qu'on appelle « justes ».

• De ce point de vue, les règles qui régissent la vie en société n'ont pas une valeur absolue. Le meurtre par exemple, n'est pas injuste en soi, mais seulement parce qu'il est incompatible avec la vie en société. « Si la culture a établi le commandement de ne pas tuer le voisin que l'on hait, qui nous fait obstacle et dont on convoite les biens, cela fut manifestement dans l'intérêt de la vie en commun des hommes qui, autrement, serait impraticable », écrit **Freud.**

2 La thèse naturaliste (1)

De quoi s'agit-il ? Ce qui est juste ou injuste ne l'est-il vraiment que par convention ? On peut estimer au contraire que certains principes, certaines règles ou exigences morales, comme celle du respect de la personne humaine, ont une valeur absolue (voir chap. 2 : Le devoir). Il existerait ainsi un droit naturel, une « vraie justice » que les hommes n'inventent pas mais qu'ils découvrent.

Mots-clés
- droit naturel
- droit positif
- raison
- droits de l'homme

Mots-repères
essentiel/accidentel
légal/légitime

1 Le droit naturel et le droit positif

• Le **droit positif**, c'est le droit tout court, au sens qu'a ce mot dans la langue courante : l'ensemble des lois en vigueur dans un État ou dans une société. **Le droit positif est variable et relatif.**

Comprendre le droit naturel

• Mais les lois sont censées être justes, c'est-à-dire que nous croyons qu'elles sont (plus ou moins) conformes à des **principes de justice éternels**. Ces principes constituent (s'ils existent) ce que les philosophes appellent le **droit naturel** (naturel parce qu'il n'est pas conventionnel, c'est-à-dire institué par l'homme). « Il y a une loi vraie, droite raison, conforme à la nature, diffuse en tous, constante, éternelle [...] ; elle n'est pas autre à Rome ou à Athènes ; elle n'est pas autre aujourd'hui que demain ; mais **loi une, et éternelle, et immuable, elle sera pour toutes nations et de tout temps », écrit Cicéron**. Antigone, une tragédie de Sophocle illustre l'opposition entre le droit naturel et le droit positif : Antigone accomplit les rites funéraires pour son frère Polynice alors que le roi Créon, leur oncle, l'avait interdit. Elle déclare agir au nom d'une **loi naturelle**, supérieure aux décrets de son oncle. Antigone est devenue le symbole de la révolte et de la liberté, de la rébellion contre les décrets d'un pouvoir injuste et arbitraire.

2 Strauss : le droit naturel est nécessaire

• **Leo Strauss** défend l'hypothèse du droit naturel contre ceux qui prétendent en faire une idée périmée, dépassée.
- *Premier argument :* nier le droit naturel revient à dire que le droit n'est déterminé que par les législateurs et les tribunaux. Or **il est parfaitement sensé et légitime de parler de lois injustes.** Et comment déclarer la loi injuste sinon au nom de principes de justice supérieurs aux lois ?
- *Deuxième argument :* ces principes ne se réduisent pas à un idéal de justice lui-même variable et relatif. Si les mœurs des cannibales n'étaient pas moins bonnes que les nôtres, nous n'aurions aucune raison valable de nous opposer à une lente évolution de nos

mœurs vers le cannibalisme. Autrement dit, le relativisme n'est pas tenable : **on ne peut pas tout tolérer, tout accepter.**
- *Troisième argument :* le simple fait que nous puissions nous demander ce que vaut notre conception de la justice, montre qu'**il y a en l'homme quelque chose qui n'est pas totalement conditionné par la société** (la raison).
- *Quatrième argument :* **les conflits sociaux sont insolubles** si on ne peut pas décider de ce qui est juste.

3 La raison détermine ce qui est juste

• On peut estimer que **la raison permet aux hommes de distinguer le bien du mal et la justice de l'injustice** (voir chap. 10 : La raison). La raison peut en effet se définir comme la faculté propre à l'homme de distinguer le vrai du faux, le bien du mal, le juste de l'injuste. « Je vois, par exemple, que deux fois deux font quatre, et qu'il faut préférer son ami à son chien », écrit **Malebranche. La justice est présentée ici comme une évidence rationnelle.**

• Mais comprendre ce qui est vraiment juste semble requérir du temps, de l'expérience et de la réflexion. De ce point de vue, il y aurait un **progrès de la conscience morale de l'humanité**, comme il y a un progrès des sciences ou des techniques. On peut voir la Déclaration universelle des droits de l'homme comme l'aboutissement de ce progrès, ou du moins comme une tentative pour donner une formulation aux exigences idéales de justice du droit naturel. Elle définit les **droits que tout homme possède par nature, du seul fait qu'il est homme**, sans distinctions culturelles ou ethniques.

3 La thèse naturaliste (2)

Mots-clés
- personne
- égalité
- équité
- droits de l'Homme

Mots-repères
en fait/en droit
genre/espèce/individu

4 Kant : le respect de la personne humaine est l'exigence fondamentale de la morale

« Agis de telle sorte que tu traites l'humanité, aussi bien dans ta personne que dans la personne de tout autre, toujours en même temps comme une fin et jamais simplement comme un moyen », écrit **Kant**. De ce point de vue, **le mal et l'injustice consistent à traiter une personne comme une chose**, à l'utiliser sans égards pour sa dignité d'être humain : esclavage, exploitation, viol, harcèlement, maltraitance… Il n'est pas si difficile de définir ce qui est juste et encore moins ce qui est injuste.

5 Rawls : qu'est-ce qu'une société juste ?

Une société juste serait fondée sur des principes choisis par ses futurs membres, dans l'ignorance de la position qu'ils y occuperont, estime **John Rawls**. C'est ce qu'il appelle le « **voile d'ignorance** ». Une telle société accorderait à ses membres le **maximum de liberté compatible avec l'égalité effective des chances.** « La justice est la première vertu des institutions sociales comme la vérité est celle des systèmes de pensée », écrit Rawls. A ses yeux la justice requiert essentiellement un droit égal pour tous et le plus étendu possible à la liberté. Elle n'exclut pas l'existence d'inégalités sociales et économiques, à conditions que ces dernières soient avantageuses pour la société dans son ensemble et qu'elles s'accompagnent d'une réelle égalité des chances.

6 Justice et égalité

• Comme le montrent la thèse de Rawls, la Déclaration universelle des droits de l'homme ou encore le symbole de la balance, **l'idée de justice entretient un lien évident avec l'idée d'égalité**. Faut-il en conclure que toutes les inégalités sont injustes ? Par exemple, on ne regarde pas comme une injustice le fait que les majeurs et les mineurs ne soient pas égaux en droit. Le fait que les mineurs n'aient pas le droit de voter ou qu'ils ne soient pas punis avec la même sévérité en cas de délit ne nous choque pas. C'est que **la justice ne consiste pas à donner la même chose à tous, mais à donner à chacun ce qui lui revient** (en fonction de ce qu'il est, de ce qu'il fait, de ses mérites, de ses besoins…), comme le veut le célèbre principe du droit romain : « Rendre à chacun son dû ».

• Dans une perspective voisine, **Aristote** affirme que la **justice distributive** (celle qui concerne la répartition des biens, des récompenses ou des honneurs, et non la justice pénale) est fondée sur une **égalité proportionnelle**. Par exemple, la Cité doit distribuer les charges (fonctions officielles) et les honneurs en proportion des mérites de chacun. Ainsi la justice consiste-t-elle à **traiter inégalement des individus inégaux**.

• L'idée est valable si on suppose que **les hommes, étant essentiellement égaux, jouissent des mêmes droits fondamentaux**. Mais Aristote, en accord avec sa conception de la justice, estime que certains hommes de nature inférieure (les barbares) peuvent légitimement être réduits en esclavage.

Révision express

Les points importants à retenir

- Constater que les coutumes et les lois changent selon les époques et les lieux incline au **relativisme** : les termes de bien et de mal, de justice et d'injustice ne signifient rien dans l'absolu.
- De ce point de vue, les lois seraient seulement des conventions. Mais ces **conventions** sont-elles **nécessaires à la vie en commun (Glaucon, Freud)** ? Établies à l'**avantage des plus forts (Thrasymaque)** ? Ou bien à l'**avantage des plus faibles (Calliclès)** ?
- **Leo Strauss** souligne les limites du relativisme : on ne peut pas tout accepter, tout tolérer. **Ce qui est juste ou injuste ne l'est pas seulement au regard des lois**, qui peuvent elles-mêmes être jugées au nom du droit naturel.
- On peut estimer que le **progrès de la conscience morale de l'humanité** a permis de comprendre que la justice requiert fondamentalement l'**équité** qui, considérant tous les hommes comme égaux, leur accorde les **mêmes droits fondamentaux.**
- La *Déclaration universelle des droits de l'Homme* souligne que l'équité consiste à traiter de la même façon des êtres qui, au-delà de leurs différences accidentelles, doivent être considérer comme **essentiellement semblables.**

Quiz

Cochez la bonne réponse :

1. Le relativisme moral soutient que rien n'est juste ou injuste en soi.
☐ **Vrai** ☐ **Faux**

2. Platon défend l'idée selon laquelle le juste et l'injuste ne sont que des conventions.
☐ **Vrai** ☐ **Faux**

3. Léo Strauss estime que déclarer une loi injuste est insensé puisque c'est la loi qui détermine ce qui est juste ou nous.
☐ **Vrai** ☐ **Faux**

4. Aristote justifie l'esclavage.
☐ **Vrai** ☐ **Faux**

5. La déclaration universelle des droits de l'Homme proclame que toute justice est conventionnelle et relative.
☐ **Vrai** ☐ **Faux**

→ **Réponses p. 474**

EXERCICE GUIDÉ

Dégager la problématique

Énoncé

Sujet 1 : Suis-je libre quand j'obéis à la loi ?

Sujet 2 : Comment juger une œuvre d'art ?

Sujet 3 : Pour être heureux, faut-il être sage ?

Méthode

- L'analyse des termes du sujet permet de cerner le problème dont il est question. Celui-ci est souvent un problème « classique », c'est-à-dire fréquemment posé par les philosophes (et examiné en cours).
- La problématique prend souvent la forme d'une alternative (ou bien... ou bien), mais elle peut également se présenter comme un ensemble de questions.
- Il ne faut pas reproduire purement et simplement la question telle que le sujet la pose, ni la reformuler de manière approximative au moyen de synonymes. Il s'agit d'expliquer, de développer ou de préciser le problème dont il est question.
- Soignez la formulation de la problématique, elle est comme le cœur de votre dissertation. Elle annonce votre plan de manière implicite.
- Une explication de texte doit également dégager le problème dont il est question.

Corrigé

Sujet 1 : Suis-je libre quand j'obéis à la loi ?

La question : « suis-je libre quand j'obéis à la loi ? » peut devenir par exemple : la loi est-elle un obstacle à ma liberté ou est-elle, au contraire, la condition de cette liberté ? On voit que la problématique a la forme d'une alternative. Les deux hypothèses qu'elle oppose seront examinée successivement dans le développement (thèse et antithèse).

Sujet 2 : Comment juger une œuvre d'art ?

Sur quels critères peut-on juger une œuvre d'art ? Le travail et la technicité qu'elle manifeste ? Sa beauté ? Sa capacité à dévoiler ou à révéler le réel ? Le jugement qu'on peut porter sur une œuvre n'est-il pas toujours relatif et subjectif ?

Sujet 3 : Pour être heureux, faut-il être sage ?

Peut-on espérer s'assurer un bonheur stable en suivant les conseils de sagesse des philosophes ? Le bonheur se laisse-t-il vraiment prendre dans les filets de la raison ? N'est-il pas au contraire un phénomène insaisissable, aléatoire et incontrôlable ?

Chapitre 4

La nature

1 Vivre en accord avec la nature

De quoi s'agit-il ? Les Anciens conçoivent la nature comme un ensemble organisé au sein duquel l'homme, comme toute chose, a un rôle assigné. C'est particulièrement clair dans la philosophie stoïcienne, qui nous encourage à chercher le bonheur dans une vie conforme à la nature. De ce point de vue, l'homme appartiendrait à la nature et devrait se soumettre à son ordre.

Mots-clés

- nature
- Cosmos
- ordre
- harmonie
- finalité

Mots-repères

contingent/nécessaire
genre/espèce/individu
principe/cause/fin

1 Le stoïcisme : « Vivre en accord avec la nature »

• Les stoïciens nous conseillent de vivre conformément à la nature. Le mot « nature » désigne ici le monde, l'Univers ou plus exactement le **Cosmos**, c'est-à-dire l'ensemble de tout ce qui existe. Il s'agit d'un **ensemble ordonné, harmonieux, rationnel et divin où toute chose a une place et un rôle**, une raison d'être.

• De ce point de vue, la morale consiste à **vivre en accord avec la nature** ou, comme l'affirme Épictète, à **bien jouer le rôle qui nous a été assigné**. Ce rôle est inscrit dans notre nature d'être humain comme dans notre nature individuelle. **La sagesse requiert donc la connaissance et le respect de la nature et de notre propre nature.**

• C'est le sens de deux devises qui figuraient au fronton du temple de Delphes : « **Connais-toi toi-même** » et « **Rien de trop** ». La première invite l'homme à comprendre sa nature et son rôle ; la seconde le met en garde contre la tentation d'outrepasser sa fonction. Les Grecs nomment *hubris* l'orgueil et la démesure qui poussent les hommes à se prendre pour des dieux en menaçant ainsi l'ordre naturel des choses.

• Par exemple, nous sommes par nature des êtres mortels et non des dieux, de sorte que nous devons accepter la mort comme un événement nécessaire (inéluctable) et inscrit dans le cours naturel des choses. « C'est une malédiction pour les épis de ne pas être moissonnés, et ce serait une malédiction pour les hommes de ne pas mourir », soutient Épictète.

• Vivre en accord avec la nature, c'est donc **accepter le cours naturel et nécessaire des choses**, accepter ce que nous ne pouvons pas changer : le **destin**.

2 Aristote : « La nature ne fait rien en vain »

• **Aristote estime que tout ce qui est naturel a une fin, un but ou une raison d'être** : « La nature ne fait rien en vain », écrit-il. Dans cette citation, le mot « nature » ne désigne pas une chose ou l'ensemble des choses (l'Univers), mais plutôt le **principe** ou la **cause** qui produit les choses naturelles ainsi que l'**ordre**, l'**harmonie** et la **finalité** que l'on observe en elles (par exemple, dans le corps humain) ou entre elles (par exemple, entre les abeilles et les fleurs).

• De ce point de vue, **rien n'existe par hasard** : tout a un but ou une fin, tout s'explique et tout est justifié. C'est ce qui nous émerveille dans les œuvres de la nature : « Ce n'est pas le hasard qui règne dans les œuvres de la nature, mais au plus haut degré, la finalité ».

• **Comprendre la raison d'être des choses**, répondre à la question « Pourquoi ? », est essentiel tant à la connaissance qu'à la vie et à l'action. Vivre heureux et s'accomplir en tant qu'homme suppose en effet que l'on comprenne la fonction propre de l'homme, ce pour quoi il est fait, ce à quoi la nature ou sa nature le destinent.

• Aristote estime ainsi que l'homme, étant par nature un **animal raisonnable** (doué de raison) est fait pour connaître et doit chercher son bonheur dans cette voie. C'est ce qu'on appelle **l'idéal de la vie contemplative**. Mais en dotant l'homme de raison, la nature a aussi fait de lui un **animal politique** ou social : nous sommes faits pour vivre en société, nous ne pouvons trouver le bonheur et nous accomplir qu'en vivant parmi nos semblables au sein de la Cité (*polis*) : « Celui qui est hors cité, naturellement bien sûr et non par le hasard des circonstances, est soit un être dégradé soit un être surhumain », écrit Aristote.

Comprendre la pensée d'Aristote

• Pour les Anciens, l'homme appartient à une nature divine et rationnelle au sein de laquelle il doit accepter la place et la fonction qui lui sont assignées. Mais l'homme peut-il vivre sans modifier l'ordre naturel des choses ? N'est-il pas au contraire voué par sa nature à transformer la nature ?

2 L'homme maître et possesseur de la nature

De quoi s'agit-il ? Le progrès des sciences et des techniques peut nous donner le sentiment de dominer la nature. De ce point de vue, la nature appartient à l'homme qui peut la modeler selon ses désirs.

Mots-clés
- Prométhée
- progrès
- science
- technique
- maîtrise

Mots-repères
impossible/possible
théorie/pratique

1 Le mythe de Prométhée : l'homme est un être à part dans la nature

• Selon un épisode de la mythologie grecque, deux Titans, Prométhée et Épiméthée, ont été chargés de répartir parmi les animaux les atouts grâce auxquels chacun pourrait survivre sans supplanter les autres. Mais Épiméthée (dont le nom signifie « l'imprévoyant »), qui a voulu faire le travail seul, a oublié l'homme et il ne lui reste plus aucun avantage à offrir. C'est la raison pour laquelle l'homme, qui naît nu et sans défense, est le plus démuni de tous les animaux. Son frère, Prométhée (« le prévoyant ») se décide alors à voler « la maîtrise des arts [techniques] d'Héphaïstos et d'Athéna, en même temps que le feu [...] et à en faire cadeau à l'homme », raconte Platon. Les sciences et les techniques sont donc d'abord quelque chose de divin dont la maîtrise élève l'homme au-dessus des animaux. De ce point de vue, **l'homme n'est pas un animal comme les autres : il est un être à part dans la nature, un être voué par sa nature à transformer la nature** grâce au pouvoir que lui confèrent la science et la technique. Il en va de sa survie même : parce qu'il n'est pas équipé pour survivre dans un environnement naturel, l'homme n'a pas d'autre choix que de transformer son environnement pour l'adapter à ses besoins.

• Dans cette perspective, la **raison** qui distingue l'homme de l'animal, désigne d'abord l'intelligence qui permet à l'homme d'inventer des **techniques**, des **outils** ou des **artefacts** grâce auxquels il peut survivre, puis vivre de plus en plus confortablement, dans un monde toujours plus artificiel, c'est-à-dire éloigné d'une nature hostile à laquelle il n'est nullement adapté.

2 Descartes : l'homme maître et possesseur de la nature

• Au XVIIe siècle, Descartes, anticipant les progrès prodigieux dont la science et la technique lui semblent capables, imagine que nous deviendrons un jour « comme maîtres et possesseurs de la nature ». La formule témoigne d'une profonde transformation de la manière dont l'homme se représente son rapport à la nature. Alors que les Anciens se percevaient comme appartenant à une nature immuable et harmonieuse à laquelle ils devaient ajuster leur conduite, les modernes se posent en maîtres et possesseurs d'une nature qu'ils peuvent transformer à volonté.

• Préfigurant les thèses du transhumanisme, Descartes imagine que le progrès scientifique et technique nous épargnera les souffrances de la maladie et de la vieillesse et même qu'il rendra les hommes « plus sages et plus habiles », c'est-à-dire augmentera leurs capacités intellectuelles et physiques. Repoussant les limites de la condition humaine, l'homme, maître et possesseur de sa propre nature, accoucherait ainsi d'une humanité nouvelle, transformée ou transcendée par la science.

Comprendre la pensée de Descartes

3 L'homme maître de sa propre nature

De quoi s'agit-il ? **Alors que les Anciens estiment que l'homme a une nature qu'il doit comprendre et accepter, les modernes considèrent plutôt que l'homme se définit lui-même et qu'il est ainsi maître de sa propre nature.**

Mots-clés
- essence
- existence
- existentialisme
- liberté

Mots-repères
Universel/général/particulier/singulier

1 Bataille : l'homme dit non à la nature et à sa propre nature

• Georges Bataille définit l'homme comme l'animal qui refuse le donné naturel, qui le transforme par le travail et par l'éducation : « L'homme est l'animal qui n'accepte pas simplement le donné naturel, qui le nie », écrit-il. En effet, contrairement aux autres animaux, l'homme ne vit pas dans un environnement naturel mais dans un monde très largement artificiel qu'il a profondément transformé pour l'adapter à ses besoins. **L'homme n'accepte donc pas le monde tel qu'il est**, mais il ne s'accepte pas davantage lui-même puisqu'il se transforme par l'éducation. Il refuse par exemple de donner libre cours à la satisfaction de ses besoins animaux.

• Dans une perspective voisine, Freud souligne que la vie en société exige de l'homme qu'il réprime ses pulsions ou instincts violents. En ce sens, **c'est en contrariant sa nature et son animalité que l'homme devient un être civilisé**.

2 Sartre : « L'homme n'est rien d'autre que ce qu'il se fait »

• Aux antipodes du stoïcisme qui soutient que l'homme doit se conformer au rôle que lui assigne sa nature, **Sartre affirme que l'homme, n'ayant pas de nature, est entièrement libre et entièrement responsable de ce qu'il choisit d'être**.

• C'est l'idée maîtresse de l'existentialisme sartrien : « L'existence précède l'essence ». Cela signifie qu'il n'existe aucune essence, aucune définition universelle de l'homme censée déterminer nos existences. Un homme n'est pas comparable à un objet fabriqué par un artisan ou créé par Dieu : l'objet existe d'abord dans l'esprit de son créateur, il est d'abord un concept, une idée ou une essence, il est conçu avant d'être réalisé. **L'homme, au contraire, se définit lui-même par ses actes ou par ses choix. Son existence n'est pas tracée d'avance en fonction d'une quelconque nature.**

- C'est le sens de la fameuse formule de Simone de Beauvoir : « On ne naît pas femme, on le devient ». La femme n'est pas par nature inférieure et esclave de l'homme, elle n'est pas faite pour avoir des enfants, entretenir la maison ou faire la cuisine, elle n'est pas « condamnée » à être femme et à se cantonner dans le rôle qui lui serait assigné par sa prétendue nature. Elle est libre.

- Mais si la nature ne nous assigne *a priori* aucun rôle, pouvons-nous pour autant nous en libérer entièrement ? L'homme ne reste-t-il pas à l'évidence un élément de la nature, inscrit dans une réalité physique et biologique dont il ne peut modifier les lois ? « L'homme n'est pas un empire dans un empire », remarque Spinoza. Cela signifie que **l'homme n'est pas détaché de la nature à laquelle il appartient, mais reste déterminé par ses lois.**

4 L'homme appartient à la nature autant qu'elle lui appartient (1)

Mots-clés
- but
- fin
- commander
- obéir

Mots-repères
principe/cause/fin
contingent/nécessaire

1 Épicure : il n'y a pas de fins dans la nature

- Les Anciens perçoivent généralement l'Univers comme un système bien organisé au sein duquel tout a un rôle ou une fin. Cependant, les épicuriens s'opposent dès l'Antiquité à l'idée d'une finalité naturelle. Ainsi, Lucrèce, un auteur latin disciple d'Épicure, soutient qu'**aucune intention n'est à l'œuvre dans la nature**.

- Contre ce qu'il considère comme une fausse évidence, Lucrèce affirme par exemple que **nos organes n'ont pas été créés en vue de nos besoins** : nos yeux n'ont pas été créés pour que nous puissions voir, pas plus que nos jambes pour marcher, etc. Expliquer l'existence de nos organes par leur fonction, c'est commettre une erreur de raisonnement, c'est mettre, contre toute logique, la cause après l'effet. Nous avons des jambes et donc nous marchons, nous avons des yeux, donc nous voyons. Mais ce n'est pas parce que nous avons besoin de voir ou de marcher que nous avons des yeux et des jambes.

- **Les épicuriens ne perçoivent donc pas l'Univers comme un système bien organisé où tout aurait un but ou une fin, mais comme le fruit du hasard et de la nécessité.** Cela signifie que l'Univers pourrait être différent et que rien dans la nature n'est « fait exprès », comme on dit familièrement. L'homme n'a pas à se soumettre sagement aux fins de la nature.

- Par exemple, **les épicuriens ne croient pas en un destin qu'il faudrait comprendre et accepter pour trouver le bonheur** : « Le sage se moque du destin ». Par conséquent, l'avenir nous appartient : il est ce que nous en ferons (dans les limites du possible) et non ce qu'une nature prétendument douée d'intentions aurait « décidé » d'en faire.

- Cependant, il est sage de **contenir nos désirs dans leurs limites naturelles**. Nous avons en effet de vrais besoins, des désirs naturels et nécessaires (manger, boire ou dormir, par exemple), mais nous sommes aussi habités par des désirs non naturels et non nécessaires qui nous condamnent à l'insatisfaction, comme les désirs de gloire, de richesse ou d'immortalité. **Bien que nous n'ayons pas à nous soumettre aux prétendues fins de la nature, nous restons soumis à ses lois** (par exemple, on ne peut pas survivre sans manger, boire ou dormir, ni être heureux sans renoncer à nos désirs insatiables).

• Épicure affirme donc lui aussi que **l'homme doit vivre en accord avec la nature**, mais pas au sens où les stoïciens l'entendent : il ne s'agit pas d'accepter le cours naturel des choses, le destin, mais de trouver la sérénité au sein de la nature en comprenant ses lois.

2 Bacon : « On ne commande à la nature qu'en lui obéissant »

• De ce point de vue, **l'homme est donc maître de son destin et non pas soumis au cours naturel des choses**. Mais il n'est pas tout puissant. Si la nature n'a pas de desseins, si elle ne nous assigne aucun rôle auquel nous devrions sagement nous conformer, elle a tout de même des lois que nous n'avons nullement le pouvoir de changer. En ce sens, on peut dire que nous appartenons à la nature autant qu'elle nous appartient. Comme tout ce qui existe, l'homme reste soumis aux lois de la nature. Il ne fait pas exception. « On ne commande à la nature qu'en lui obéissant », remarque ainsi Bacon. En effet, **la science découvre les lois de la nature et la technique les utilise, mais il est impossible de les changer**.

• Par exemple, comprendre la poussée d'Archimède permet d'établir la flottabilité d'un corps et de concevoir des bateaux, mais on ne peut évidemment pas en changer le principe : tout corps plongé dans un fluide (de l'eau, par exemple) subit une poussée verticale dirigée de bas en haut égale au poids du volume de fluide déplacé.

• Une image permet d'illustrer le rapport de l'homme à la nature tel que Bacon se le représente : un marin peut utiliser le vent pour aller où il veut (**il commande à la nature**), mais il ne peut pas changer la direction du vent (**il obéit à la nature**).

5 L'homme appartient à la nature autant qu'elle lui appartient (2)

Mots-clés
- écologie
- environnement
- éthique
- fin en soi

Mots-repères
absolu/relatif

3 L'écologie modérée : respecter la nature pour respecter l'homme

• Alors que l'écologie radicale (*deep ecology*) estime que **la nature a une valeur intrinsèque** (une valeur en elle-même) et prétend lui accorder des droits comme à une personne, l'écologie modérée (*shallow ecology*) estime que **la nature n'est que l'environnement de l'homme** et que c'est à ce titre qu'elle doit être respectée. De ce point de vue, **protéger la nature, c'est d'abord protéger l'homme** en préservant les conditions qui rendent la vie possible sur Terre.

• Le vocabulaire a ici son importance : **parler de « protection de l'environnement », c'est admettre implicitement que la nature appartient à l'homme**, qui est libre de la transformer tant qu'il ne se met pas en danger. À l'inverse, **parler de la nature et de ses droits, c'est en faire une personne juridique** ou un sujet de droit (comme le souhaitait par exemple Michel Serres).

En savoir plus sur *Le Contrat naturel* de Michel Serres

4 Hans Jonas : la nature appartient aussi aux générations futures

Dans *Le Principe responsabilité*, Hans Jonas introduit l'idée selon laquelle les générations présentes sont responsables vis-à-vis des générations futures. De ce point de vue, **la Terre n'appartient pas tant aux hommes du présent qu'à ceux du futur**. Ainsi avons-nous le devoir de préserver les conditions qui rendront la vie possible sur Terre pour nos descendants.

Dans une formule inspirée par l'impératif catégorique de Kant (voir chap. 2 : Le devoir), Jonas exprime ainsi une nouvelle **obligation morale essentielle** : « Agis de façon que les effets de ton action soient compatibles avec la permanence d'une vie authentiquement humaine sur Terre ».

Mais il ne s'agit pas seulement pour Jonas de protéger l'homme et ses intérêts, mais de respecter la nature pour elle-même (la biosphère) comme une **fin en soi** et non pas seulement comme un **moyen**.

Révision express

Les points importants à retenir

- Les **stoïciens** perçoivent la nature comme un système bien organisé au sein duquel l'**homme doit jouer le rôle qui lui est assigné.**
- **La nature ne fait rien en vain** », affirme **Aristote**. Pour trouver le bonheur, l'homme doit comprendre que sa nature d'animal raisonnable le destine à la vie contemplative.
- Le **mythe de Prométhée** suggère que **l'homme, n'étant pas adapté à la nature, ne peut survivre qu'en la transformant.**
- **Descartes** estime que **le progrès des sciences et des techniques rendra l'homme maître et possesseur de la nature.**
- **Bataille** définit l'homme comme **l'animal qui refuse la nature** (par le travail) **et sa propre nature** (par l'éducation).
- **Sartre** soutient que l'existence n'étant déterminée par aucune essence, **l'homme est entièrement libre et responsable** de ce qu'il choisit d'être.
- **Épicure** réfute l'existence d'une finalité naturelle et du destin. **Nous n'avons donc pas à nous conformer au cours naturel des choses**, mais seulement à trouver la sérénité en comprenant la nature.
- **Bacon** remarque que **nous ne commandons à la nature qu'en lui obéissant** : nous pouvons la transformer, mais pas changer ses lois.
- L'**écologie modérée** perçoit la nature comme l'**environnement de l'homme**, qu'il est libre de modifier tout en préservant les conditions qui rendent la vie possible.
- **Hans Jonas** explique que la **Terre appartient aux générations qui en hériteront**. Il fait de la nature une **fin en soi.**

Quiz

Cochez la bonne réponse :

1. Les stoïciens voient l'Univers comme un système bien organisé où chaque chose a une place et une fonction.
☐ **Vrai** ☐ **Faux**

2. Descartes estime que l'homme ne devrait paschercher à dominer la nature.
☐ **Vrai** ☐ **Faux**

3. Sartre soutient que l'homme n'a pas de nature.
☐ **Vrai** ☐ **Faux**

4. Michel Serres estime que la nature devrait avoir des droits comme une personne.
☐ **Vrai** ☐ **Faux**

→ Réponses p. 474

EXERCICE GUIDÉ

Éviter les « pièges »

Énoncé

Sujet : Vouloir retourner à une vie naturelle a-t-il un sens pour l'homme ?

Méthode

1 Le hors-sujet

- De toutes les erreurs qu'on peut faire en rédigeant une dissertation ou une explication de texte, le hors sujet est certainement la plus pénalisante. Une copie doit avant tout traiter la question posée sur le sujet.

2 Pour éviter le hors sujet, plusieurs « pièges » sont à éviter

- Il arrive qu'on interprète mal la question parce qu'on ne connaît pas le sens de certains mots, parce qu'on les connaît mal ou qu'on ne les a pas bien analysés.
- On est parfois conduit au hors sujet parce qu'on cherche à étaler son savoir (même si on se rend compte que ce qu'on dit ne répond pas vraiment à la question posée).
- Il arrive qu'on se focalise sur le thème du sujet, la liberté par exemple. On est alors tenté développer ce « thème » de manière trop générale ou de restituer un cours en oubliant la spécificité de la question posée.

3 La peur de penser par soi-même

- Elle peut conduire à réciter un cours sans réfléchir ou à se réfugier derrière des auteurs. Elle conduit souvent aussi à conclure… qu'on ne peut rien conclure, que toutes les opinions se valent etc. C'est une erreur réellement pénalisante.
- « Sapere aude », littéralement « ose savoir », « ose penser » selon l'interprétation que Kant fait de cette formule. C'est ce courage intellectuel qui permet de conduire un véritable raisonnement.

Corrigé

Le hors-sujet à éviter : Prendre l'expression « vie naturelle » dans le sens vague qu'elle peut avoir dans le langage ordinaire : une vie saine, vivre à la campagne, manger des produits bio, se soigner avec des tisanes...

Analyse : Le sujet invite au contraire à s'interroger sur le sens de l'adjectif « naturel ». Il sous-entend que l'homme n'est pas un être naturel, qu'il est au contraire essentiellement un être de culture, qu'il n'a jamais vécu de manière naturelle et qu'ainsi l'idée de retourner à une vie naturelle serait absurde et vide de sens.

Chapitre 5 La science

1 Qu'est-ce que la science ? (1)

De quoi s'agit-il ? Pour la pensée commune, science est synonyme de connaissance exacte, vérifiée et indiscutable. Pourtant, les connaissances scientifiques évoluent et les vérités qui semblaient les mieux établies hier s'avèrent parfois inexactes. Qu'est-ce donc que la science ? Quel est le critère de la scientificité ? Quelle vérité la science peut-elle atteindre et par quelles méthodes ?

Mots-clés
- sciences formelles
- sciences expérimentales
- logique
- mathématiques

Mots-repères
absolu/relatif
formel/matériel

1 Sciences formelles et sciences expérimentales

• La **logique** et les **mathématiques** constituent ce qu'on appelle les **sciences formelles** parce qu'elles ne s'occupent d'aucun contenu concret. **La logique établit la forme des raisonnements valides** (rigoureux) indépendamment de tout contenu. On peut en effet faire abstraction du contenu d'un raisonnement pour n'en retenir que la forme, comme dans l'exemple suivant :

Tout homme est mortel		Tout **A** est **B**
Or Socrate est un homme	→	Or **C** est **A**
Donc Socrate est mortel		Donc **C** est **B**

• **Tout raisonnement de cette forme est valide, quel que soit son contenu.** C'est le cas même si ce contenu n'est pas en accord avec le réel, comme dans l'exemple suivant :

Tout ce qui est rare est cher		Tout **A** est **B**
Or un âne boiteux est rare	→	Or **C** est **A**
Donc un âne boiteux est cher		Donc **C** est **B**

• **Les mathématiques sont vraies par la forme de leurs raisonnements**, c'est-à-dire par leur rigueur logique et non par leur accord avec la réalité concrète. Les mathématiques peuvent certes s'appliquer au réel, mais **leurs raisonnements concernent des idées abstraites** qui n'existent que dans l'esprit qui les conçoit. Par exemple, on chercherait vainement dans le réel un cercle parfait ou un point mathématique (sans extension).

• De plus, **les démonstrations mathématiques reposent sur des principes** (postulats ou axiomes) **dont le statut est problématique**. Par définition, ceux-ci ne peuvent être démontrés puisqu'ils constituent les points de départ de toute démonstration. On les considérait autrefois comme des évidences. **Pascal** affirme ainsi que les principes sont connus de manière immédiate et intuitive : ce sont, dit-il, des « connaissances du cœur et de l'instinct » (voir chap. 10 : La raison). Il existerait ainsi deux sortes de certitudes : celle des propositions que l'on démontre, que l'on établit par une déduction rigoureuse, et celle des principes qui se fonde sur ce que l'on « sent ». « Les principes se sentent, les propositions se concluent ; et le tout avec certitude, quoique par différentes voies », écrit Pascal.

• Mais les travaux de **Lobatchevski** puis de **Riemann** ont conduit à reconsidérer le statut de ces principes. En effet, ces mathématiciens du XIXe siècle ont montré qu'il était possible de concevoir des géométries différentes de celle d'Euclide (les géométries non euclidiennes) reposant sur des définitions et des postulats différents et démontrant des théorèmes eux aussi différents. Par exemple, dans la géométrie d'Euclide (la géométrie « classique »), la somme des angles d'un triangle est égale à deux angles droits (180°), alors qu'elle peut être supérieure ou inférieure à deux angles droits dans les géométries non euclidiennes, selon les postulats choisis.

• Les principes sont donc des hypothèses qu'on peut parfois changer sans qu'il en résulte aucune contradiction. On parle de système hypothético-déductif. Cela signifie que les démonstrations mathématiques n'établissent pas des **vérités absolues**, mais des **vérités relatives** à un système de postulats ou d'axiomes et de définitions. « La somme des angles d'un triangle est égale à 180° » n'est pas une vérité absolue.

• Contrairement aux sciences formelles, les **sciences expérimentales**, comme la **physique**, la **chimie** ou la **biologie**, se réfèrent au monde réel. Elles se fondent sur l'**observation** et l'**expérimentation**. Elles ne sont pas seulement vraies **formellement** mais aussi **matériellement**, c'est-à-dire parce que **leur contenu est en accord avec le réel** (ou supposé tel). Par exemple, la loi de l'attraction universelle est vraie parce qu'on peut observer que tous les corps s'attirent : elle est conforme à la réalité observable.

Décoder la démarche scientifique

2 Qu'est-ce que la science ? (2)

Mots-clés
- science
- méthode expérimentale
- falsifiabilité
- révolution scientifique

Mots-repères
absolu/relatif
vrai/probable/certain

2 Bernard : la méthode expérimentale

• **Claude Bernard**, un physiologiste du xixe siècle, a dégagé les étapes de la **méthode expérimentale**. La première consiste à **observer les phénomènes** sans idées préconçues. La deuxième consiste à **formuler des hypothèses** ou idées expérimentales capables d'expliquer les faits observés. Ces idées sont suggérées par les faits et demandent à être vérifiées. Elles s'opposent en cela aux spéculations des métaphysiciens (au sujet de Dieu ou de l'âme, par exemple). La troisième étape consiste à **vérifier** les hypothèses par l'**expérimentation**. Mais cette démarche est sans fin car l'expérimentation fait naître de nouveaux phénomènes qu'il faut observer…

3 Popper : le critère de la scientificité

• Mais **Karl Popper**, un épistémologue du xxe siècle, montre que l'expérimentation ne vérifie pas à proprement parler les hypothèses scientifiques. Une théorie scientifique n'est pas à proprement parler **vérifiable,** mais **testable** ou **falsifiable**. La falsifiabilité est donc le critère de la scientificité. Les théories non scientifiques (comme le marxisme ou la psychanalyse) ne sont pas testables, elles sont à la fois **invérifiables** et **irréfutables.**

• Une théorie vraie n'est donc pas vérifiée par l'expérience, mais on la tient pour vraie jusqu'à preuve du contraire parce qu'aucune expérience n'a permis de la réfuter. La vérité des théories scientifiques n'est pas **absolue et éternelle**, mais seulement **relative et provisoire**.

4 Bachelard : « Rien n'est donné. Tout est construit. »

• Pour les Anciens, connaître, c'est **contempler l'Univers**. Pour la science moderne, il s'agit plutôt d'en **construire une représentation possible**. **Bachelard** souligne ainsi le rôle que jouent les constructions théoriques à chaque étape de la démarche expérimentale : **même**

les faits sont construits, c'est-à-dire que **le phénomène scientifique est une production de l'esprit**. En effet, **l'observation n'est pas un phénomène passif** : « **L'observation scientifique est toujours une observation polémique, elle confirme ou infirme** une thèse antérieure », écrit Bachelard. De plus, les phénomènes scientifiques sont générés par des machines ou mesurés par des instruments qui sont comme des **théories matérialisées** : « il en sort des phénomènes qui portent de toutes parts la marque théorique ». Enfin, le rôle de la construction théorique est évident dans l'expérimentation, puisque celle-ci sert à vérifier une hypothèse. **« La connaissance du réel n'est jamais immédiate [...]. Rien ne va de soi. Rien n'est donné. Tout est construit », écrit Bachelard.**

- Bachelard souligne également que les concepts et les théories scientifiques se forment par rectifications successives, en surmontant des **obstacles épistémologiques : « On connaît contre une connaissance antérieure, en détruisant des connaissances mal faites ». Par exemple, la masse a d'abord été confondue avec le poids** (un objet a la même masse sur Terre que sur la Lune, mais pas le même poids).

5 Kuhn : les révolutions scientifiques

Découvrir les révolutions scientifiques

- **Thomas Samuel Kuhn**, un épistémologue américain du xxe siècle, souligne que **l'histoire des sciences est marquée par des révolutions** au cours desquelles un paradigme scientifique (un modèle théorique fondamental) est supplanté par un modèle radicalement différent (incommensurable). Ce dernier impose un vocabulaire et des concepts nouveaux, ainsi qu'une véritable **conversion intellectuelle qui engendre des conflits et des débats** (comme le montre l'exemple de la révolution copernicienne).
- Constater que la science construit successivement des cadres théoriques radicalement différents conduit à **remettre en cause la conception commune de la vérité comme accord avec le réel**. La science n'est pas vraie parce que ses théories sont conformes au réel. Une théorie scientifique est donc une **construction de l'esprit** qui rend les phénomènes intelligibles, permet de les anticiper et de les maîtriser.
- Dans une perspective voisine, **Einstein** compare le physicien à un horloger qui aurait à expliquer le mécanisme d'une montre sans pouvoir l'ouvrir. La vérité dite objective n'est que la théorie qui explique le plus simplement possible l'ensemble des phénomènes qu'on a pu observer jusqu'à présent.

3 Toute vérité est-elle scientifique ? (1)

De quoi s'agit-il ? **Le scientisme prétend étendre la méthode scientifique à tous les domaines possibles et renonce à poser les questions auxquelles elle ne peut répondre. Mais ne peut-on accéder à la vérité par d'autres voies que celle des sciences ?**

Mots-clés
- positivisme
- scientisme
- progrès scientifique
- métaphysique

Mots-repères
abstrait/concret
croire/savoir

1 Positivisme et scientisme : toute vérité est scientifique

- **Auguste Comte** est considéré comme le père du **positivisme**. Sa philosophie s'appuie sur la **loi des trois états** qui affirme que notre compréhension du monde passe par trois étapes ou états : l'**état théologique** (ou fictif), l'**état métaphysique** (ou abstrait) et l'**état scientifique** (ou positif). Dans le premier état, les hommes expliquent les phénomènes naturels par l'intervention d'êtres surnaturels, de divinités ou d'un Dieu unique. Dans le deuxième état, des entités abstraites (comme la « vertu dormitive » de l'opium) remplacent les êtres surnaturels. Dans le dernier état, l'esprit humain, parvenu à maturité, s'en tient à observer les faits et à établir entre eux des relations invariables : des lois (comme celle de la gravité) qui permettent d'anticiper et d'agir.

- Pour Comte, **l'esprit doit se limiter à ce qu'il peut connaître de manière certaine et renoncer aux spéculations métaphysiques**. Il doit notamment renoncer à s'interroger sur la raison d'être des choses (pourquoi ?) et s'en tenir à la recherche des lois scientifiques. Comte prétend même confier la politique, c'est-à-dire l'organisation de la société, à la science (la **sociologie**).

- Le **scientisme** prolonge et radicalise le positivisme. Il se caractérise par une **confiance immense dans le progrès scientifique**, supposé capable de résoudre tous les problèmes de l'humanité (notamment les problèmes sociaux), et prétend **étendre l'esprit et les méthodes scientifiques à tous les domaines. Ernest Renan**, figure emblématique du scientisme, espère ainsi « organiser scientifiquement l'humanité ». Il est convaincu que la science remplacera un jour la philosophie, la religion et même la poésie en dévoilant ce qu'il y a de merveilleux dans l'Univers.

En savoir plus sur le scientisme

- Le terme de scientisme a été utilisé pour la première fois par le biologiste **Félix Le Dantec**. Celui-ci estime que **la science est la seule connaissance légitime**. « Je crois que la Science et la Science seule résoudra toutes les questions qui ont un sens », écrit-il. Il croit ainsi possible de faire de la psychologie une véritable science capable de pénétrer « jusqu'aux arcanes de notre vie sentimentale ». Toutefois, la science ne peut répondre à toutes les questions parce que « les hommes se posent bien des questions qui ne signifient rien ». À ses yeux, **les questions auxquelles la méthode scientifique ne peut apporter de réponses sont donc absurdes** et doivent être négligées.

Découvrir la théorie de Stephen Hawking

4 Toute vérité est-elle scientifique ? (2)

Mots-clés
- morale
- politique
- philosophie
- doute
- dialogue
- art

Mots-repères
objectif/subjectif/intersubjectif
vrai/probable/certain
intuitif/discurtif

2 Critiques du scientisme

- Bien des questions se posent auxquelles la science ne peut répondre : est-il légitime de cloner un être humain ? Doit-on cultiver des organismes génétiquement modifiés ? Peut-on utiliser les découvertes scientifiques et techniques pour améliorer la condition humaine en augmentant nos capacités physiques et mentales comme le veut le transhumanisme ? « Science sans conscience n'est que ruine de l'âme », écrit **Rabelais**. La science et la technique nous offrent les moyens d'atteindre nos objectifs, mais elles ne disent rien de la valeur morale de ces objectifs ou de leur légitimité. Ces questions relèvent de la morale ou de l'éthique.

- **La science ne nous dit pas non plus comment organiser la société humaine** parce que cette organisation doit être guidée par des **valeurs** et des **idéaux**, comme la liberté ou la justice, qui ne peuvent être validés scientifiquement. De plus, le scientisme conduit à la **technocratie**, qui retire le pouvoir au peuple pour le confier aux experts. En effet, si on estime qu'il est possible de déterminer scientifiquement la meilleure manière d'organiser la société, il devient absurde de permettre au peuple d'en décider.

• **La science ne peut donc pas tenir lieu de morale ni de politique.** Elle conduit même à poser des questions qui ne relèvent pas de sa compétence, mais de celle de la philosophie : des **questions éthiques, politiques, mais aussi métaphysiques**, comme celle de l'existence de Dieu. Un astrophysicien peut par exemple se demander si l'histoire de l'Univers réalise un projet divin. On ne peut pas apporter de réponse vérifiable à ce genre de questions, mais doit-on pour autant renoncer à se les poser ?

• **Kant** observe que **la raison est naturellement conduite à dépasser les limites de l'expérience possible et donc de la science.** Elle se pose alors des questions métaphysiques insolubles : le monde a-t-il un commencement ? L'Univers est-il infini ? La liberté est-elle possible ou tout se produit-il nécessairement selon les lois de la nature ? On ne peut pas répondre à ces questions scientifiquement en s'appuyant sur l'expérience. La métaphysique ne peut donc pas être une science. Mais **ce qu'on ne peut pas savoir ou connaître, on peut quand même le penser** et même l'admettre pour des raisons morales. Par exemple, la liberté est concevable et Kant estime que nous devons nous considérer comme des êtres libres et responsables (voir chap. 2 : Le devoir).

• On peut aussi estimer, comme **Russell**, que **la philosophie vaut par son incertitude** parce qu'elle libère l'esprit de ses préjugés en y introduisant le **questionnement** et le **doute**. Par exemple, nous sommes spontanément convaincus de l'existence d'un monde d'objets matériels extérieurs à notre esprit, mais Descartes montre qu'il s'agit d'une hypothèse en droit discutable. La vie pourrait ainsi n'être qu'un rêve (voir chap. 13 : La conscience).

• On peut espérer atteindre la vérité ou certaines vérités par d'autres voies que la science. Le **dialogue**, par exemple, peut être considéré comme une méthode permettant d'établir une vérité au moins probable par l'échange et la confrontation rationnelle des points de vue. **Platon** estime ainsi que **la vérité est scellée par l'accord des interlocuteurs au terme d'une discussion bien conduite**.

• On peut également chercher et trouver une forme de **vérité intuitive dans l'art**, comme le pense **Bergson** : L'artiste voit mieux que le commun des mortels parce qu'il voit la réalité nue et sans voiles, écrit-il. L'art nous permettrait ainsi de saisir ce qu'il y a d'unique et d'inexprimable dans les choses et d'accéder par là même à une vérité qui échapperait à la science (voir chap. 1 : L'art).

• Il existe enfin une **vérité subjective**, que les relativistes comme **Protagoras** considèrent même comme la seule possible. Chacun aurait ainsi sa propre vérité, fondée sur des impressions subjectives dont il serait le seul juge : « J'ai froid », « J'ai mal », « J'ai peur ». La psychologie affirme ainsi qu'on ne peut mesurer la gravité d'un traumatisme en fonction de ses seules causes objectives. Comme le dit Protagoras : « L'homme est la mesure de toutes choses ».

Révision express

Les points importants à retenir

- Les **sciences formelles** (la logique et les mathématiques) doivent être distinguées des **sciences expérimentales** (la physique, la chimie, la biologie…).
- La **méthode expérimentale**, définie par **Claude Bernard**, consiste à **vérifier des hypothèses suggérées par l'expérience.**
- **Les théories scientifiques ne sont pas des vérités absolues, mais seulement des constructions provisoires** qui permettent d'expliquer, d'anticiper et de maîtriser les phénomènes.
- Le **scientisme**, prolongement du **positivisme** fondé par **Auguste Comte**, affirme que **la science est la seule connaissance réelle et utile.**
- **La science ne peut pourtant pas répondre à toutes les questions**, notamment aux questions **morales** ou **politiques** dont on ne saurait faire l'économie.
- On peut estimer que **la vérité peut être recherchée en dehors des sciences et par d'autres voies :** dans la **philosophie** ou dans l'**art**, par exemple.

Quiz

Cochez la bonne réponse :

1. Les mathématiques sont des sciences expérimentales.
☐ **Vrai** ☐ **Faux**

2. Claude Bernard a dégagé les étapes de la méthode expérimentale.
☐ **Vrai** ☐ **Faux**

3. Thomas Kuhn soutient que les vérités scientifiques sont des vérités absolues.
☐ **Vrai** ☐ **Faux**

4. Le scientisme affirme que la science est la seule connaissance réelle et utile.
☐ **Vrai** ☐ **Faux**

5. La science peut répondre à toutes les questions.
☐ **Vrai** ☐ **Faux**

6. Protagoras soutient que toute vérité est subjective.
☐ **Vrai** ☐ **Faux**

→ **Réponses p. 474**

EXERCICE GUIDÉ

DLes fonctions de l'introduction

Énoncé

Sujet : Comment les théories scientifiques peuvent-elles à la fois être vraies et provisoires ?

Méthode

- **Une introduction doit annoncer le sujet** qui va être traité. Vous ne devez donc pas supposer que le lecteur-correcteur sait déjà de quoi vous allez parler. Votre introduction ne doit donc pas commencer par une formule comme : « Cette question… », « La question posée… », etc.
- **Bannissez également les formules banales** comme « Depuis la nuit des temps », ou « De nos jours… », etc.
- **La fonction principale de l'introduction est de formuler une problématique précise.** Celle-ci constitue la base de votre copie.
- **On peut comparer l'introduction à un contrat. Vous devez convaincre le correcteur de le signer, c'est-à-dire le convaincre que votre approche du sujet est pertinente.**
- **Il n'est pas nécessaire d'annoncer le plan** de manière lourdement explicite (« premièrement... deuxièmement », etc.). La formulation du problème peut suffire à suggérer le plan.

Corrigé

Votre introduction doit **mettre en évidence le paradoxe évoqué par le sujet** et s'en étonner : à première vue la vérité est éternelle (deux et deux feront toujours quatre), pourtant les théories scientifiques ne le sont pas, elles changent, elles évoluent. C'est ainsi que les sciences progressent. L'essentiel est de parvenir à **formuler une problématique précise** qui suggère le plan du développement.

Proposition d'introduction

Les opinions, les croyances et les erreurs changent mais, ce qui est vrai semble devoir l'être éternellement. Ainsi, il sera toujours vrai que la bataille de Marignan a eu lieu en 1515. Pourtant les sciences progressent et les théories périmées sont remplacées. C'est notamment le cas lors des révolutions scientifiques, comme l'a montré Thomas Khun. Comment ces théories provisoires peuvent-elles donc être vraies ? En quel sens ? Une théorie scientifique n'est-elle qu'une manière de se représenter les choses qui permet d'expliquer et de maîtriser les phénomènes ? Il s'agit donc de déterminer si la vérité des théories scientifiques est absolue ou seulement relative.

Chapitre 6 Le travail

1 Le travail envisagé comme un obstacle à l'accomplissement de l'homme

De quoi s'agit-il ? Les Anciens méprisaient le travail et s'en déchargeaient volontiers sur leurs esclaves. À leurs yeux, un homme ne pouvait s'accomplir qu'à condition d'être libéré du fardeau du travail et de se consacrer à des activités plus nobles. Bien qu'ils soient plus nuancés, les modernes perçoivent parfois eux aussi le travail de manière très négative : « Rien ne sert de vivre s'il faut qu'on travaille », écrit André Breton.

Mots-clés
- vie contemplative
- esclavage
- travail
- œuvre
- action-individu

Mots-repères
en acte/en puissance
identité/égalité/différence

1 Aristote : l'idéal de la vie contemplative

- Les Grecs et les Romains voyaient dans le travail un **fardeau** dont il était légitime de se décharger sur des esclaves pour se consacrer à des activités plus épanouissantes et plus dignes de l'homme. Pour **Aristote**, par exemple, la **vie heureuse**, celle d'un homme pleinement accompli, est consacrée à la « **contemplation** », c'est-à-dire à la connaissance ou à la philosophie.
- L'homme peut en effet se définir comme un animal doué de raison, c'est-à-dire de la faculté de connaître, de distinguer le vrai du faux et le bien du mal (voir chap. 10 : La raison). Il est donc fait pour le savoir, comme le cheval est fait pour la course, par exemple. En d'autres termes, **l'homme est voué par nature à la recherche du savoir, à l'étude ou à la philosophie**, au sens large et étymologique du terme (« amour de la sagesse ou du savoir »).

2 Arendt : le travail est un asservissement à la nécessité

- **Hannah Arendt** souligne que les Grecs considéraient le travail comme une **activité servile par nature** et que c'est la raison pour laquelle ils s'en déchargeaient sur des esclaves. La nécessité de se libérer du travail pour s'accomplir justifiait même l'esclavage à leurs yeux. Travailler, c'est en effet être esclave de ses besoins animaux, de ses besoins vitaux. On travaille pour gagner sa vie, pour gagner son pain. Ainsi, loin de permettre à l'homme de s'accomplir, **le travail rabaisse l'homme au rang de l'animal**.
- Or, notre société tend à réduire l'homme à son statut de **travailleur** et de **consommateur**. Nous ne savons (presque) plus rien des activités plus **nobles** et plus **enrichissantes** que le travail, cultivées autrefois par l'aristocratie. Nous ne savons plus guère que **produire** et **consommer** des biens. Or, les progrès de l'automatisation vidant les usines, nous avons devant nous la perspective d'une « société de travailleurs sans travail ».
- Mais contrairement aux Anciens, Hannah Arendt n'affirme pas la supériorité de la **vie contemplative** sur la **vie active**. Elle entend au contraire réhabiliter cette dernière en distinguant le travail de l'œuvre et de l'action.
  - Le travail préserve la vie et doit être cantonné dans ce rôle, alors qu'il tend à envahir toute l'existence humaine.

- L'œuvre peuple le monde d'objets humains (les œuvres d'art, par exemple). Elle procède de la quête d'immortalité, c'est-à-dire de cet effort de l'homme, qui fait sa grandeur, d'échapper à sa condition de mortel en produisant des œuvres, des exploits ou des paroles qui mériteraient de n'être jamais oubliés. L'œuvre s'oppose ainsi au travail qui produit des objets éphémères, détruits par la consommation.
- **L'action** (surtout politique) crée un monde commun, un espace public qui permet à l'homme d'échapper au confinement biologique de la famille et à l'isolement du soi.

3 Nietzsche : le travail entrave le développement de l'individu

• **Notre société glorifie le travail**, elle le survalorise même de manière suspecte, estime Nietzsche : encourager l'individu à travailler, c'est l'encourager à **se sacrifier dans l'intérêt du groupe**. La société cherche à **normaliser** l'individu. En effet, l'indépendance et l'originalité menaçant l'ordre social, tout individu est dangereux par définition. Or le travail entrave le développement de l'individu en l'épuisant et en le détournant de la réflexion, de la méditation, de la rêverie et des passions… Bref, de tout ce qui peut contribuer à faire de lui un être unique, **original** et **indépendant**. Le travail est donc est un **puissant facteur d'ordre et de sécurité** : « le travail constitue la meilleure des polices ».

2 Le travail envisagé comme la condition de l'accomplissement de l'homme (1)

De quoi s'agit-il ? Alors que les Anciens méprisent le travail, les modernes en font souvent l'éloge. C'est qu'ils voient en l'homme un animal fabricateur qui accomplit sa nature dans et par le travail.

Mots-clés
- oisiveté
- conscience de soi
- dialectique
- maître
- esclave

Mots-repères
absolu/relatif
médiat/immédiat

PHILOSOPHIE

1 Kant : l'homme est voué au travail

• « L'homme est le seul animal qui soit voué au travail », écrit **Kant**. En effet, **l'homme a besoin de travailler**, non seulement pour gagner sa vie, mais aussi pour s'occuper. Chacun peut en faire l'expérience : l'oisiveté nous tourmente, nous avons besoin de nous absorber dans une activité pour nous oublier nous-mêmes. Ainsi, même Adam et Ève auraient souffert de l'oisiveté s'ils n'avaient pas été chassés du paradis. Nous ne serions pas plus heureux si nous n'avions pas à travailler, bien au contraire. Quel meilleur repos d'ailleurs que celui qui suit le travail ?

• Ce sont ses **réflexions sur l'éducation** qui amènent Kant à aborder le thème du travail. Il faut apprendre aux enfants à travailler, affirme-t-il. Kant était lui-même un travailleur acharné et particulièrement discipliné.

2 Hegel : le travail forme

• En travaillant, **l'homme transforme la nature à son image**, se reconnaît dans son œuvre et atteint ainsi la conscience de soi. C'est la thèse d'**Hegel**, qu'il illustre en analysant le plaisir que les enfants prennent à jeter des cailloux dans l'eau : « Le petit garçon qui jette des pierres dans le torrent et admire les ronds qui se forment dans l'eau admire en fait une œuvre où il bénéficie du spectacle de sa propre activité ».

● Dans la **dialectique du maître et de l'esclave**, Hegel montre comment l'« esclave » (au sens large) apprend, se forme et devient plus fort grâce au travail alors que le « maître » s'affaiblit dans l'oisiveté, jusqu'à ce que, le rapport de force s'inversant, l'esclave devienne finalement le maître du maître. On peut interpréter la Révolution française comme une illustration de ce renversement dialectique : ceux qui travaillent (la bourgeoisie et le peuple) deviennent assez forts pour renverser la noblesse affaiblie par l'oisiveté et le confort de ses privilèges.

3 Le travail envisagé comme la condition de l'accomplissement de l'homme (2)

Mots-clés
- travail aliéné
- exploitation
- Prométhée
- *homo faber*

Mots-repères
en acte/en puissance
essentiel/accidentel

Réviser la pensée de Marx

3 Marx : le travail est le propre de l'homme

● **Marx** souligne que Hegel tient le travail pour « l'être même de l'homme », c'est-à-dire son essence. En droit, travailler permet donc à l'homme de s'accomplir ou de réaliser son essence. Mais **dans les faits, le travail est souvent synonyme d'aliénation**, c'est-à-dire de dépossession et d'asservissement.

● Marx a donc dénoncé le **travail aliéné** : celui, surtout, du prolétaire, un esclave moderne, condamné à vendre sa force de travail pour survivre. Étranger à ce qu'il fait, et comme étranger à lui-même, il exécute une tâche qui, en raison de la rationalisation des méthodes de travail, va devenir de plus en plus souvent **mécanique** et **répétitive**. On pense à Charlot, dans Les Temps modernes. Bien que l'invention du travail à la chaîne soit postérieure à la mort de Marx, elle illustre parfaitement la notion de travail aliéné.

● Mais si l'ouvrier est déshumanisé, ce n'est pas, selon Marx, parce qu'il travaille : c'est parce qu'il est **dépossédé** de son travail. D'abord, le produit du travail du salarié ne lui appartient pas : il appartient à son employeur, qui le revend en réalisant de gros bénéfices. Mais le travailleur est aussi dépossédé de la tâche elle-même, qu'il ne peut pas regarder comme son œuvre parce qu'elle ne lui appartient pas. Il ne s'investit donc pas dans ce qu'il fait, il n'y met rien de lui-même, ne peut s'y reconnaître, l'aimer et en être fier. La séparation de la conception du travail et de son exécution accentue bien entendu ce **processus d'aliénation** (ou de dépossession).

● C'est donc parce que le travail devrait permettre à l'homme d'**accomplir son humanité** au lieu de l'avilir que Marx dénonce son aliénation. Le prolétaire n'est pas condamné à travailler, il est condamné à **travailler pour un autre**. Il est ainsi privé des bénéfices (matériels et immatériels) qu'on est en droit d'attendre du travail.

● Pour Marx, le travail est le **propre de l'homme**. En travaillant, l'homme fait donc ce pour quoi il est fait, il accomplit sa nature, sa fonction propre. En effet, si on peut dire que des animaux comme l'araignée ou l'abeille travaillent, c'est en un sens très différent qu'on le dit de l'homme. Alors que l'animal travaille de manière **instinctive** et donc **mécanique**, l'homme qui travaille agit de manière consciente et **volontaire**, il réalise un projet dont il a conscience.

● Marx veut donc mettre fin au **capitalisme** et à l'**exploitation de l'homme par l'homme** en rendant le travail au travailleur, c'est-à-dire en lui permettant de se réapproprier les **outils de production** (terres, usines, entreprises, etc.) et, du même coup, les **fruits de son travail** (abolition de la propriété privée des moyens de production ou collectivisme d'État).

4 Le mythe de Prométhée

• Ce point de vue moderne, diamétralement opposé à la vision du monde aristocratique des Anciens, semble pourtant préfiguré dans le **mythe de Prométhée**.

• Deux Titans, **Prométhée** et Épiméthée, ont été chargés de répartir parmi les animaux les atouts grâce auxquels chacun pourrait survivre. Mais Épiméthée (son nom signifie « l'imprévoyant »), qui a voulu faire le travail seul, a oublié l'homme, et il ne lui reste plus aucun avantage à distribuer. C'est pourquoi **l'homme, qui naît nu et sans défense, est le plus démuni de tous les animaux**. Prométhée se décide alors à « voler la maîtrise des techniques d'Héphaïstos et d'Athéna, en même temps que le feu […] et à en faire cadeau à l'homme », raconte Platon. L'homme n'est donc pas un animal comme les autres : **il ne peut survivre qu'en travaillant**, c'est-à-dire en transformant la nature par son travail grâce aux techniques que son intelligence lui permet d'inventer.

• **Bergson** propose d'ailleurs de rebaptiser l'espèce humaine : ***homo sapiens*** (« homme sage ») pourrait se nommer plus modestement ***homo faber*** (« homme fabricateur », voir chap. 11 : La technique).

Réviser la notion de travail

• Dans une perspective voisine, **Georges Bataille** définit l'homme comme **l'animal qui refuse le donné naturel**, qui le transforme par le travail et par l'éducation (que l'on peut envisager comme un travail sur soi). Il crée ainsi un monde nouveau, artificiel, le monde humain : celui de la culture par opposition à la nature.

➜ Révision express

Les points importants à retenir

- Les **Anciens** voyaient dans le travail une **activité indigne d'un homme libre**.
- Aristote, par exemple, estime que l'homme n'accomplit pleinement sa nature d'**animal raisonnable** que dans la **vie contemplative**.
- Dans une perspective voisine, **Hannah Arend**t fait du travail une **activité servile par nature**. Elle le distingue de l'œuvre et de l'action.
- **Nietzsche** estime que le travail, **entravant le développement de l'individualité**, « constitue la meilleure des polices ». Sa glorification serait une ruse de la société.
- **Kant** affirme que **nous avons besoin de travailler pour nous oublier nous-mêmes**.
- **Hegel** affirme que le **travail forme l'homme**, le rend plus fort et plus libre, qu'il lui permet d'accéder à la **conscience de soi**.
- **Marx** dénonce l'**aliénation du travail**. Le travail devrait permettre à l'homme d'**accomplir son humanité** au lieu de l'**avilir**. Il est le propre de l'homme. L'abolition de l'économie capitaliste, fondée sur la propriété privée des moyens de production, doit **rendre le travail au travailleur**.
- Le **mythe de Prométhée** suggère que l'**homme est voué par nature à transformer la nature**.

Quiz

Cochez la bonne réponse :

1. Aristote estime que l'homme est fait pour travailler
☐ **Vrai** ☐ **Faux**

2. Hannah Arendt voit le travail comme une activité servile par nature.
☐ **Vrai** ☐ **Faux**

3. Complétez cette affirmation de Nietzsche : « Le travail est la meilleure... »
☐ **des thérapies.**
☐ **des écoles.**
☐ **des polices.**

4. Marx soutient que le travail est…
☐ **le propre de l'homme.**
☐ **un esclavage.**
☐ **un obstacle au bonheur.**

5. Complétez cette affirmation de Kant : « L'homme est le seul animal qui soit voué... »
a. ☐ **au malheur.**
b. ☐ **à l'amour.**
c. ☐ **au travail.**

→ Réponses p. 475

EXERCICE GUIDÉ

Savoir argumenter

Énoncé

Sujet : L'amour du travail a-t-il un sens ?

Méthode

1 Il faut avant tout bien comprendre ce qu'est un argument. **Distinguez bien argument, preuve, exemple et référence.**

2 **Une preuve**, c'est un argument qui, en droit, mettrait fin à toute discussion. On peut douter qu'il en existe en philosophie.

3 **Les exemples** ne sont pas des arguments. En effet, ils ont une valeur illustrative et non démonstrative, puisqu'on ne peut pas tirer de généralités à partir d'un cas particulier. Les exemples doivent être analysés (expliqués). Il ne faut pas les multiplier inutilement, ils ne peuvent pas remplacer les arguments.

4 **Les références** aux auteurs ne doivent pas être présentées comme des arguments d'autorité. Une thèse n'est pas vraie parce qu'elle est défendue par un philosophe illustre. En revanche les idées empruntées aux auteurs doivent nourrir la réflexion. La connaissance des auteurs permet de penser mieux et plus qu'on ne le ferait tout seul. Penser par soi-même, ce n'est pas penser tout seul. Il est conseillé d'exposer un argument **avant** d'évoquer l'auteur auquel on l'emprunte puisque l'argument vaut d'abord par lui-même.

5 **Les citations** sont un plus, mais elles ne sont pas indispensables. On peut se référer à un auteur sans le citer textuellement.

6 Enfin, il est préférable de **relier les arguments** entre eux, au lieu de simplement les juxtaposer.

Corrigé

Il est vain de chercher une quelconque preuve. Vous ne prouverez pas que l'amour du travail a un sens ou qu'il n'en a pas. Il s'agit d'exposer et de confronter des arguments qui restent discutables.

Argument : Nous avons besoin de nous occuper et de nous absorber dans une tâche qui nous permet de nous oublier.

Exemple : Un chômeur ou un retraité peuvent se sentir désœuvrés et souffrir de ne pas pouvoir s'oublier dans le travail.

Référence : Kant estime que nous avons besoin de travailler pour être heureux.

Citation : « Le Ciel n'aurait pas pris soin de nous avec plus de bienveillance en nous offrant toutes choses déjà préparées », écrit Kant.

PHILOSOPHIE

Chapitre 7 Le bonheur

1 Une brève histoire du bonheur

De quoi s'agit-il ? La Révolution française rompt avec les morales du devoir et de la soumission : le bonheur terrestre existe et il est pour tous. Il a donc eu, à travers l'histoire, des acceptions différentes.

Mots-clés
- souverain bien
- utilitarisme
- pratique
- salut

Mots-repères
en théorie/en pratique
idéal/réel
transcendant/immanent

1 Le bonheur : une vertu, une pratique ?

- Chez les Grecs, une sagesse est **un savoir utile à la vie**. Elle s'intéresse à la satisfaction de l'individu. Dans l'Antiquité, le bonheur est le « souverain bien », le but ultime de la vie. Aristote affirme que c'est en fait dans l'accomplissement de sa fonction propre que l'homme peut atteindre le bonheur. Le propre de l'homme est la pensée : c'est donc dans l'usage de la raison qu'il trouve à s'accomplir vraiment. Les sagesses antiques proposent à l'homme de trouver la voie du bonheur dans **la pratique** de la tempérance, du juste contrôle de ses désirs. Pour Épicure, le bonheur ne survient que si l'on apprend à ne désirer que ce qui est à notre portée. Les stoïciens suggèrent d'accepter ce qui nous arrive. La quête de biens inaccessibles ne peut qu'engendrer le malheur. Cette doctrine n'est pas loin du message bouddhiste qui pose qu'il est possible d'atteindre la sérénité par l'annulation des désirs.

- Dans le christianisme, et dans les religions monothéistes, la perspective du bonheur est renvoyée **après la mort :** il prend le visage du paradis. Pour l'atteindre, il faut donc pratiquer ici-bas la vertu et endurer la souffrance. Aux côtés de ce discours de consolation, le monothéisme va surajouter des perspectives de bonheur terrestre. Il y a d'abord la **voie mystique**, qui affirme qu'on peut connaître l'extase et la béatitude dans une sorte d'union spirituelle avec Dieu, obtenue par la prière. Par ailleurs, la pratique des vertus chrétiennes, charité, amour d'autrui, est censée procurer autant de joie à celui qui donne qu'à celui qui reçoit.

2 Le bonheur pour tous

- « Le bonheur est une idée neuve en Europe », affirme le révolutionnaire Saint-Just. Contre la morale chrétienne souffle un vent de liberté démocratique. Paraissent à cette époque de nombreux ouvrages et traités sur l'art d'être heureux. Le libertinage des Lumières vante les plaisirs des sens et l'exaltation des passions. Pour **l'utilitarisme** anglais, l'individu recherche une satisfaction maximale par le « calcul scientifique de ses plaisirs et de ses peines », écrit J. Bentham. Le bonheur de tous repose sur la meilleure répartition des biens.

- Mais Voltaire nous met en garde : « Il n'y a ni extrêmes délices, ni extrêmes tourments qui puissent durer toute la vie : le souverain Bien et le souverain Mal sont des chimères », écrit-il dans son *Dictionnaire philosophique*. Kant partage cette idée : **le bonheur absolu n'est qu'un « produit de l'imagination »**, un rêve.

- Le progrès n'apporte pas forcément le bonheur. **Pour le pessimiste Schopenhauer**, « la vie oscille, comme un pendule, de droite à gauche, de la souffrance à l'ennui ». Il émet cependant quelques règles pour essayer de moins souffrir. « Nous entrons dans la vie pleins d'exigences de bonheur et de jouissance, et nous avons l'espoir fou de les réaliser jusqu'à ce que le destin nous tombe dessus sans ménagement […]. Vient alors l'expérience et elle nous enseigne que bonheur et jouissance sont pures chimères. » La vie est souffrance, déception et frustrations. Il faut apprendre à surmonter le malheur. « Éviter la jalousie », par exemple, et ne pas la susciter chez les autres, fait partie des règles pour être heureux. Bref, il faut repousser les désirs inutiles, se satisfaire des joies simples de la vie. Schopenhauer est très influencé par le bouddhisme dont les Trois Nobles Vérités sont la maladie, la vieillesse, la mort. La souffrance est liée au désir insatisfait. Il faut donc **supprimer le désir**.

3 Une obligation d'être heureux ?

- Le bonheur matériel, le culte du sujet sont devenus des règles de bonheur conforme et donc conformiste. D'où ce paradoxal « **devoir de bonheur** » qui emprisonne les individus. Le culte du bonheur entraîne l'obligation d'être heureux hors du bonheur, point de salut !

- Mai 68 a été la dernière utopie libératrice du XXe siècle contre la société de consommation, pour un monde de paix et de jouissances sans entraves, de partage et d'égalité pour tous les êtres humains. Il n'y a plus aujourd'hui de grandes aspirations au bonheur. L'individu contemporain a une vision du bonheur simple (d'où le succès de certains films, *Le bonheur est dans le pré* de Chatilliez ou *Le fabuleux destin d'Amélie Poulain* de Jeunet), une vision « politiquement correcte », qui ne dérange pas.

2 Les grandes doctrines antiques

De quoi s'agit-il ? **Le bonheur est de l'ordre du sentiment, de la plénitude, un état de conscience qui exclut le doute. C'est pourquoi son contraire, le malheur, ne peut être désiré, mais provient de l'ignorance dans laquelle baignent les hommes. L'exercice de la raison et l'effort de connaissance doivent aider l'homme à vivre heureux. À l'origine, savoir et philosophie sont intimement liés : la philosophie est l'amour de la sagesse, synonyme de savoir. Quelles sont les conditions de possibilités du bonheur ?**

Mots-clés
- repos
- mouvement
- ataraxie
- sceptique
- hédoniste
- eudémonisme

Mots-repères
théorie/pratique
universel/général/particulier/singulier

1 Le modèle sceptique

- Le scepticisme fut fondé par Pyrrhon au IVe siècle avant notre ère. Il constate l'impossibilité où nous nous trouvons d'arriver à une connaissance définitive du monde et recommande de mettre fin à notre inquiétude en acceptant les contradictions présentes et en **suspendant notre jugement** *(épochè)*. Toutes choses étant équivalentes, le sage accède à la paix de l'âme, au prix d'un conformisme social certain.

- Hegel distingue le **scepticisme antique**, celui de Pyrrhon et des sophistes, qui doute de la validité de nos connaissances relatives au monde extérieur, et le **scepticisme moderne** depuis Hume, qui nie la possibilité d'atteindre l'absolu de la connaissance métaphysique, mais admet au contraire la possibilité d'une connaissance scientifique du monde extérieur.

2 Le modèle stoïcien

- C'est sans aucun doute la tradition qui a eu le plus d'influence. Fondé lui aussi au IVe siècle avant notre ère par Zénon de Citium et son disciple Chrysippe, il s'est diffusé dans tout le bassin méditerranéen. Cicéron, Sénèque, Épictète et l'empereur romain Marc-Aurèle en sont les principaux auteurs. Le bonheur est une **création collective**. Pour Épictète, « on devient philosophe comme on devient athlète », c'est-à-dire en s'entraînant.

- **L'homme sage est alors celui qui s'abandonne à son destin sans en être affecté**. Pour cela, il doit être capable de maîtriser ses passions, comme le plaisir et le déplaisir, la crainte et l'envie, afin d'atteindre un état d'apathie qui le laisse libre et maître de lui-même, et le met en harmonie avec la nature. Le stoïcisme fait appel à la connaissance comme moyen d'accéder à la vertu : c'est une morale de l'effort et un bonheur fondé sur l'ascétisme.

3 Le modèle épicurien

- Là encore, c'est au IVe siècle avant notre ère qu'Épicure fonde l'École du Jardin dont l'enseignement touchait à la vie pratique de chacun. Le bonheur est une **création individuelle**. La principale source existante sur l'épicurisme est le poème latin de Lucrèce, *De natura rerum*. Il faut rétablir cette doctrine que l'acception courante définit comme le goût pour les plaisirs sensuels : c'est plutôt une doctrine de la **réduction de la souffrance**. Le mal n'existe pas, existent souffrances, douleurs, peines.

- Le plaisir est « le commencement et la fin de la vie heureuse » et constitue le Bien suprême. Le but de nos actions est le bonheur mais certains désirs sont la cause de nos souffrances et de nos malheurs. La sagesse épicurienne consiste à réduire nos désirs en matière de plaisirs « non nécessaires », comme la bonne nourriture et le sexe, voire « superflus », comme la richesse et la gloire, afin d'atteindre un état de non-désir et de non-souffrance. Cet état de **plaisir au repos** est **l'ataraxie**, identifié au bonheur, un bonheur atteignable. L'hédonisme des épicuriens aboutit à l'ascétisme le plus strict.

En savoir plus sur l'épicurisme d'Épicure

4 Le modèle hédoniste

- Pour **les cyrénaïques**, le bonheur se trouve dans la jouissance charnelle sous toutes ses formes, de l'érotisme à la cuisine. Le souverain Bien est le plaisir. Les cyrénaïques privilégient le **plaisir en mouvement**. Comme le plaisir est discontinu, il faut le prendre quand il est là, sous contrôle de la raison. L'homme de valeur est un homme de savoir, un philosophe, sans préjugé, qui sait faire face à chaque situation.

- Pour le philosophe contemporain Michel Onfray, Épicure est plus proche qu'on ne le dit d'Aristippe. Il y a bien une différence de tempéraments et d'intensité, mais non de nature de leur hédonisme. En conclusion : en identifiant le Bien au Bon et à l'Utile, en soumettant la théorie et la pratique à la considération du résultat, Épicure préfigure **l'utilitarisme et le pragmatisme** de Stuart Mill et de William James. Il propose moins une théorie (une contemplation) qu'une pratique. Son souci ? La vie philosophique, mais il n'attend pas demain, c'est ici et maintenant.

3 Le bonheur comme horizon

De quoi s'agit-il ? Il faut distinguer entre l'éthique religieuse et le « salut » promis dans une autre vie – et le bonheur, la sérénité, ou la libération qui sont le propre des sagesses. Les sagesses peuvent avoir des aspects sociaux et moraux, mais ce n'est pas leur vocation principale, qui est de s'intéresser à la satisfaction de l'individu. Mais le bonheur est peut-être aussi, paradoxalement, ce contre quoi lutte toute civilisation. C'est pourquoi il reste une idéologie ou un horizon inatteignable.

Mots-clés
- mérite
- idéologie
- valeur morale
- civilisation

Mots-repères
théorie/pratique – idéal/réel
universel/général/particulier/singulier

1 Le bonheur doit se mériter

- Il n'est plus question avec la pensée religieuse monothéiste d'accéder à un bonheur terrestre sans souci. Désormais lié à la vertu morale, le bonheur doit se mériter. Le christianisme introduit une **vision pessimiste** du monde. Le bonheur n'existe que dans l'au-delà. La vie terrestre est une épreuve.

- Le bonheur n'a en soi aucune valeur morale. C'est l'accomplissement de la vertu. Il est un « idéal de l'imagination », non de la raison souligne Kant. La raison est incapable de nous conduire au bonheur. À choisir entre faire son devoir ou être heureux, Kant affirme qu'il faut choisir de faire son devoir par respect envers l'humanité tout entière. Nous avons vu dans le chapitre consacré au devoir que l'homme accède à l'autonomie lorsqu'il s'oblige à agir selon la volonté universelle législatrice (les maximes de l'action). Mais cette autonomie a un prix : la morale kantienne ne saurait être une doctrine du bonheur qui reste de l'ordre de **l'espérance**. « Le problème qui consiste à déterminer d'une façon sûre et générale quelle action peut favoriser le bonheur d'un être raisonnable est un problème tout à fait insoluble ; il n'y a donc pas à cet égard d'impératif qui puisse commander, au sens strict du mot, de faire ce qui rend heureux, parce que le bonheur est un idéal, non de la raison, mais de l'imagination, fondé uniquement sur des principes empiriques, dont on attendrait vainement qu'ils puissent déterminer une action par laquelle serait atteinte la totalité d'une série de conséquences en réalité infinie », écrit Kant, dans ses *Fondements de la Métaphysique des mœurs*.

- Cette lutte – devoir/bonheur – au cœur de la conscience chrétienne a été analysée par Hegel : « Je suis ce combat, je ne suis pas un des termes engagés dans ce conflit mais je suis les deux combattants et le combat lui-même, je suis le feu et l'eau qui entrent en contact et le contact est l'unité de ce qui absolument se fuit », écrit-il dans *l'Introduction à la philosophie de l'histoire*. La conscience ne peut qu'être malheureuse, déchirée entre l'absolu et sa conscience de la finitude de la vie.

2 Le bonheur, une idéologie sociale

- La société de consommation a fait du bonheur un mythe et masque ainsi les contradictions sociales. Mais cela ne signifie-t-il pas que **la civilisation est par définition hostile au bonheur ?** C'est ce qu'a souligné Freud. C'est pourquoi il ne peut donner qu'une définition psychologique du bonheur. « Les hommes veulent être heureux et le rester », mais cela est irréalisable : « Tout l'ordre de l'univers s'y oppose ; on serait tenté de dire qu'il n'est point entré dans le plan de la "Création" que l'homme soit heureux ». L'homme affronte sans cesse les difficultés du monde extérieur et les conflits internes que ces tensions provoquent. **Principe de plaisir et principe de réalité** s'opposent en permanence. Si le bonheur est la satisfaction de nos instincts, le monde extérieur nous oblige à éviter d'abord la souffrance. Freud voit dans la **sublimation** le moyen le plus puissant de transformer nos pulsions interdites en sentiments supérieurs acceptés par la société (art, religion, etc.). La satisfaction spirituelle, principe même de la civilisation, remplace la jouissance sexuelle.

• Marcuse, dans *Éros et Civilisation*, approfondit cette idée. Il va jusqu'à remettre en cause la cure analytique elle-même, qu'il appelle « **cours de résignation** », car le psychanalyste, « en tant que médecin, doit accepter le cadre des faits dans lequel le patient vit et qu'il ne peut modifier ».

3 Le bonheur est toujours compromis

• Il n'y a de bonheur que pour une conscience et donc seul l'homme peut être heureux et se poser la question de la nature du bonheur. Mais l'homme est un être temporel. La **mort** signale ainsi l'impossibilité d'un bonheur durable total.

• Il reste alors à se tourner vers la **philosophie**, qui ne promet rien, qui est ce luxe inutile mais si nécessaire de la pensée critique en acte, le dernier refuge de l'individu. « Maintenant, proclame Nietzsche, il va falloir apprendre à marcher droit ! Homme, deviens ce que tu es », deviens toi-même ton propre maître.

Révision express

Les points importants à retenir

La nature du bonheur

- « Tous les hommes recherchent d'être heureux. Cela est sans exception, quelques différents moyens qu'ils emploient » (Pascal).
- **Le bonheur est un état affectif de complète satisfaction**, un état constant donc statique – ce qui pose la question de la possibilité du bonheur puisque la vie est mouvement – alors que le plaisir et la joie sont des émotions éphémères.
- **Le bonheur n'est pas synonyme de plaisir :** le plaisir, discontinu, est fragmentaire.
- **Le bonheur n'est pas synonyme de joie :** la joie est un état de satisfaction intense mais non permanent (cf. Spinoza, pour qui la joie est le passage à une perfection supérieure).

Selon les sagesses antiques, le bonheur est un **accord harmonieux** avec la Nature et sa propre nature.

Comment atteindre le bonheur ?

- **Aristote :** la vie contemplative est le souverain Bien (idéal philosophique grec).
- **Épicuriens :** l'absence de trouble, l'ataraxie, est le vrai bonheur (cf. Épicure).
- **Stoïciens :** le bonheur est de rester libre de ses pensées et d'obéir à l'ordre divin qui est la Nature.
- **Kant :** le bonheur étant un idéal de l'imagination et non de la raison, il est objet d'espérance car le devoir prime sur le bonheur.

Le bonheur : une quête compromise ?

- **Schopenhauer :** la vie est souffrance.
- **Freud :** la civilisation est par nature incompatible avec le bonheur. Elle inhibe les pulsions qui, si elles ne sont pas sublimées, apportent le chaos. Le bonheur ne peut avoir de définition que psychologique.
- **La société contemporaine :** le bonheur a une fonction idéologique. La consommation lance l'individu dans une quête éperdue. Ce qui est le contraire du bonheur.
- **Le bonheur est sans doute irréalisable :** n'existent que des moments de bonheur. N'est-ce pas alors plutôt de la joie et/ou du plaisir ?, ce qu'avaient bien cerné les hédonistes.

Quiz

Cochez la bonne réponse :

1. Le bonheur signifie étymologiquement :
a. ☐ ce qui est de bon augure — b. ☐ ce qui a de la chance — c. ☐ le destin

2. Chez les Grecs, le bonheur est :
a. ☐ une connaissance théorique — b. ☐ une pratique — c. ☐ une quête

3. Dans les religions monothéistes, le bonheur est :
a. ☐ terrestre — b. ☐ céleste — c. ☐ il n'existe pas

→ Réponses p. 475

PHILOSOPHIE

EXERCICE GUIDÉ

Savoir construire une dissertation (1)

Énoncé

Sujet : Peut-on apprendre à vivre heureux ?

Méthode

- Une dissertation est toujours construite sur ce modèle :
  1. L'introduction pose un problème
  2. Le **développement** élabore **progressivement** une solution.
  3. La **conclusion** résume cette solution de manière claire et précise.
- Le développement peut être structuré de mille façons. L'essentiel est que votre plan obéisse à une **logique claire et rigoureuse**. Il existe cependant des plans types. Ceux-ci ne doivent pas être appliqués de manière mécanique.

1 Le plan dialectique

- C'est le plan « classique » : **thèse, antithèse et synthèse** (solution ou dépassement de la contradiction). Pour ne pas donner pas l'impression de vous contredire, présentez les thèses opposées comme des hypothèses que vous confrontez pour en éprouver la validité.
- Ne passez pas d'une partie à l'autre sans **transition**. Vous pouvez par exemple formuler une objection à la fin de la thèse pour justifier l'examen de l'antithèse.
- La synthèse ne doit pas résumer les deux premières parties, mais proposer **une vraie solution**. On peut considérer soit que les deux hypothèses envisagées sont fausses, soit qu'elles sont toutes les deux vraies. Dans ce dernier cas (qui est le plus fréquent), montrez que la réponse dépend du sens qu'on donne aux termes de la question posée. On peut s'en tenir à deux parties **si la seconde nuance la première** sans la contredire.

Corrigé

Problème : Suffit-il pour être heureux d'assimiler les principes d'une science ou d'un art d'être heureux ?

Thèse : Le vrai bonheur ne dépend pas des aléas de l'existence, mais d'une manière de voir les choses et de mener sa vie qui peut s'enseigner et s'apprendre : la sagesse.

Antithèse : Il n'existe aucun art ni aucune science du bonheur que l'on pourrait apprendre. Le bonheur reste insaisissable et aléatoire.

Synthèse/conclusion : Bien qu'aucune science ne puisse nous garantir un bonheur parfait, il est possible, par l'exercice, de modifier la manière dont on pense et dont on agit afin de favoriser l'apparition du bonheur.

Chapitre 8

L'État

1 État et société

De quoi s'agit-il ? **Le monde humain est un monde intersubjectif. C'est seulement en société que l'homme développe ses potentialités. La *Polis*, comme le dit Aristote, est une exigence naturelle. Est-ce pour lutter contre la violence naturelle illimitée que les hommes finissent par adhérer à un pacte d'association ? L'État, pouvoir supérieur, devient alors le garant de la sécurité et de la paix. Est-ce pour échanger et développer leurs potentialités que les hommes s'unissent ? L'État devient l'origine de la liberté et du droit rationnellement partagés.**

Mots-clés
- société et État
- pacte d'association
- sociabilité

Mots-repères
en fait/en droit – obligation/contrainte
espèce/individu/genre

1 La société et l'État

- Quelle différence y a-t-il entre la société et l'État ? **Il n'y a pas d'État sans société, mais il peut exister des sociétés sans État.** L'État est la société dans laquelle le pouvoir est différencié des autres formes de pouvoirs. La fonction politique existe indépendamment des autres pouvoirs, elle se spécialise. Dans une société sans État, le pouvoir reste plus diffus. Mais attention : toute société comporte du pouvoir.

- Le pouvoir est une **force organisatrice**, une capacité d'action relative à un certain domaine. On peut détenir un pouvoir intellectuel comme un pouvoir financier ou politique. Mais dès qu'il y a pouvoir, il y a affrontement des pouvoirs. Pour régler les différends, voire la violence, l'instauration d'un pouvoir supérieur semble seule capable de régler les affrontements. C'est pourquoi le pouvoir est communément compris comme pouvoir politique.

- La société est naturelle, **l'État est une invention humaine** qui possède le pouvoir politique. Pour Aristote, le pouvoir est d'ordre naturel. L'esclavage, par exemple, est un droit naturel, conforme à la nature des choses, qui fait que certains hommes sont maîtres et d'autres esclaves.

- Pour Rousseau aussi le pouvoir est d'ordre naturel, mais avec cette différence essentielle que tous les hommes naissent libres et égaux en droit. **La notion d'ordre naturel est ambiguë.**

- Le pouvoir fut également longtemps conçu comme une **institution de droit divin**, justifiant par là même le pouvoir absolu du monarque. Le monarque ne pouvait donc, par essence, ressembler aux autres hommes. Ainsi, le sang royal était qualifié de « sang bleu ». C'est à partir du XVIe siècle qu'on pense que si Dieu a bien créé le monde, il a laissé à l'homme la tâche d'inventer la société : **l'État est une institution humaine**.

- **Au sens large**, l'État est une société organisée soumise à une législation et à une autorité étatique communes sur un territoire donné. **Au sens restreint**, l'État est une machine hiérarchique du pouvoir central (législatif, exécutif, judiciaire et idéologique) chargée de faire respecter le droit, de garantir l'ordre public et les droits légaux des individus-citoyens, ainsi que la survie, le développement et les conditions du bon fonctionnement et de la reproduction de la société tout entière.

PHILOSOPHIE

2 Naissance de l'État, le pacte d'association

• Avec Hobbes et Rousseau, l'idée d'une sociabilité naturelle est remise en cause. L'État ne serait pas un fait naturel, comme le clan, la tribu, mais le résultat d'un **pacte d'association** élaboré par l'intelligence humaine pour expliquer et justifier ce fait social qu'est le pouvoir politique. D'autres philosophes, comme Kant et Spinoza, partagent cette idée.

• **Pour Hobbes**, c'est la peur qui pousse les hommes à se rassembler. Ils abdiquent leurs droits naturels, illimités mais vains, entre les mains du plus fort qui saura instaurer la paix par contrainte : **le contrat est ici unilatéral**. Ainsi naquit l'État, comparé au Léviathan biblique : tout-puissant, l'État décide seul du juste et de l'injuste, du permis et du défendu. **L'homme s'associe pour vivre en sécurité.**

• La fin de l'État est la **sécurité,** pense **Locke**. Dans sa *Lettre sur la tolérance* (1689), il distingue trois ordres : celui de la force, celui de la raison, celui de la foi. Il affirme que l'homme appartient à la fois à la société civile et à la société religieuse. L'intolérance vient du mélange des deux domaines. L'État doit les empêcher d'interférer. L'État ne se préoccupe que des intérêts temporels de la société. Locke est considéré comme le fondateur de la philosophie libérale.

• **Pour Rousseau**, le contrat doit permettre de restaurer la liberté. Pour devenir **citoyen,** c'est-à-dire associé – du latin *socius*, qui a donné société –, l'homme doit renoncer à l'état de nature : « Il faut opter entre faire un homme et un citoyen, car on ne peut faire à la fois l'un et l'autre ». Le souverain ne peut être autre chose que **le peuple assemblé ;** c'est la volonté générale qui seule peut faire les lois. Seul l'idéalisme moral rend compte de la valeur du contrat social en montrant où se situe l'origine du droit : **la liberté**.

2 Nécessité de l'État

De quoi s'agit-il ? Mettre de l'ordre dans une maison de fous », c'est ainsi que Pascal définit la politique. La vie sociale concerne trois domaines : le domaine économique (rapports de production et d'échange de biens et de services) ; le domaine symbolique (langage, savoir et valeurs) ; et le domaine politique (droit et État).

Mots-clés
- gouvernement
- réalisme politique
- perfectibilité

Mots-repères
en fait/en droit
obligation/contrainte
espèce/individu/genre

1 Les Anciens et le gouvernement juste

• Pour Platon, Aristote et les philosophes grecs, la politique touche la sphère de l'existence libre. Platon accorde une grande importance à l'éducation de l'âme. Son objectif est d'inculquer à chacun le **respect** réfléchi de soi et d'établir une relation harmonieuse avec soi-même et le monde. Un État juste n'est possible qu'à partir d'une réforme radicale de l'homme.

• Le savoir et la philosophie sont donc au principe d'un gouvernement juste. C'est pourquoi il faut confier le pouvoir aux philosophes-rois. La finalité de l'État est d'éduquer l'homme à **chercher la Vérité, le Bien**, pour vivre en harmonie.

2 Machiavel et le réalisme politique

• Machiavel n'est pas un utopiste, c'est un homme de terrain. Il constate que les bonnes lois naissent des tensions sociales. Il y a une **fertilité des conflits**. Les hommes ne font le bien que par nécessité, ils sont naturellement « méchants ». Sans la loi et l'État, les hommes vivraient dans un état de guerre permanent.

- Il n'existe pas de loi « naturelle » qui instaure la pitié, la compassion, l'entraide, la conservation de soi. Seul l'État constitué est capable de le faire. C'est pourquoi Machiavel fait l'apologie de l'État qui permet de **garantir la sécurité et la stabilité**, c'est-à-dire un état de non-guerre, un équilibre. Pour cela, il faut donc éduquer les citoyens. Mais, pour éduquer les citoyens, il faut aux éducateurs de bonnes lois, c'est-à-dire des lois qui soient pour tous. Ce qui exclut une société où les lois ne sont pas pour tous. Question : qui éduquera les citoyens ? Il faut des exemples auxquels se référer, dit Machiavel.
- Spinoza – pour qui la finalité de l'État est la **liberté** – voit en Machiavel le critique de la monarchie absolue, celui qui montre au peuple le danger qu'il y a à se confier à un seul maître. Au XXe siècle, Ernst Bloch y verra plutôt l'origine cynique des plus féroces totalitarismes.

3 L'homme est perfectible grâce à l'éducation

- Kant, pour qui l'homme n'est ni bon ni mauvais naturellement, « est la seule créature qui doive être éduquée ». C'est pourquoi il a « **besoin d'un maître** ». Le projet politique de Kant est d'instituer une science universelle de l'homme qui vise à établir un rapport éthique, juridique et politique entre les êtres humains, par nature égoïstes. Il s'agit de réaliser une **société civile qui administrerait le droit de façon universelle**. Pour réaliser une telle société, il faut « sortir de l'état anarchique de sauvagerie pour entrer dans une Société des Nations ». Pour Kant, le peuple est souverain absolu et doit, par conséquent, se soumettre à la volonté collective à laquelle il a consenti. De ce fait, toute résistance ou désobéissance au pouvoir est punissable.
- Rousseau et Kant voient dans l'État la seule possibilité pour l'homme de **développer sa perfectibilité**. L'État républicain s'appuie sur la raison pour affirmer la liberté et le droit universellement partagés mais qu'il faut conquérir. Car rien n'est jamais définitivement acquis. Tous deux sont lucides quant aux désirs et aux passions qui habitent les hommes et qui les font retomber dans la violence, l'irrationnel, et de ce fait dans l'inégalité et la soumission.

4 La force de l'individu responsable

- Il y a **conflit perpétuel entre l'État et la société**. La gestion du pouvoir par l'État reste donc très délicate : comment assurer la sécurité, l'égalité de droit et de la liberté avec des individus qui ne pensent qu'à eux ? La solution est, nous venons de le voir, d'éduquer des citoyens, conscients, libres et responsables.
- Un État trop libéral fait triompher l'individu au détriment du collectif. Il laisse dans la marge des millions d'hommes et de femmes brisés par une société qui oublie la solidarité. De même, un État omniprésent s'enferme sur lui-même et annihile la liberté individuelle. Il ne s'agit pas de construire une société parfaite mais meilleure.

3 Les formes de l'État

De quoi s'agit-il ? **L'État est le produit de l'histoire qui associe, dissocie et réconcilie la personne privée, en tant que membre d'une société, et la personne publique, citoyen qui participe à l'État. C'est à partir de la Révolution française que la distinction État et société est définitivement établie.**

Mots-clés
- privé
- public
- pouvoir
- État moderne

Mots-repères
en fait/en droit – légal/légitime
obligation/contrainte

1 Homme privé et homme public

● Hegel distingue trois grandes étapes dans l'histoire de l'État liées à la distinction homme privé, homme public :
- *la Cité grecque* où l'État prime sur l'individu ;
- *l'Empire romain* où l'homme privé prime sur l'État ; c'est d'ailleurs à cette époque que naît le Droit ;
- *l'État moderne*, né de la Révolution française, qui voit s'instaurer un équilibre entre la personne privée et la personne publique. Pour Hegel, la finalité de l'État rationnel est de fondre intérêt général et intérêt particulier, liberté et nécessité.

● La philosophie du droit appartient à la sphère de l'esprit objectif. Elle se déploie en trois parties :
- *le droit abstrait*, comme forme d'existence extérieure et objective que se donne la volonté libre ;
- *la morale*, comme état d'esprit subjectif et intérieur ;
- *l'éthique*, comme l'unité de la sphère objective et subjective qui prend figure dans les trois institutions : famille, société civile et État.

2 État et Cité idéale dans l'Antiquité

● La *polis* (cité) grecque est le concept politique de référence. Le pouvoir, en grec *arché*, a un sens plus moral, éthique, que politique. La politique se définit comme l'art de bien vivre. Pour Platon, l'État impose ordre et justice. La République de Platon, Cité idéale, est dans son essence parfaite et divine. Dans cette **Cité platonicienne**, chacun occupe **la place qui est naturellement la sienne dans son essence**. Ainsi, le pouvoir politique est imposé d'en haut par la nature, l'essence des Idées. On peut penser, comme Karl Popper, que l'État platonicien est totalitaire.

● Pour Aristote, l'État seul permet la vie heureuse. Mais **la cité d'Aristote**, à la différence de celle de Platon, est un **espace libre** de discussion qui doit permettre d'atteindre un souverain bien. Ce dernier n'est ni transcendant, ni imposé d'en haut par un philosophe-roi. Il naît du seul contact avec les autres hommes. L'homme est naturellement sociable. Dans la Cité, la justice est alors la **vertu** la plus importante pour vivre en communauté. Aristote distingue :
- la justice distributive, qui répartit justement les biens et les honneurs ;
- la justice corrective, qui compense les dommages subis.

3 Les différentes formes d'État

● **Montesquieu**, dans *L'Esprit des lois*, étudie les différentes formes d'État. Pour lui, un État ne peut survivre que s'il repose sur des principes fondamentaux. Il retient trois formes d'État viables : *le despotisme* qui repose sur la crainte ; *la monarchie* qui repose sur l'honneur ; *la république* qui repose sur la vertu et qui peut être une démocratie ou une aristocratie.

● On distingue aujourd'hui **concrètement** trois formes d'État :
- *Le totalitarisme* : l'individu n'a pas de valeur. L'État est tout-puissant et contrôle tout :

pas de séparation des pouvoirs, et parti unique. La police d'État est l'organe principal du pouvoir. Platon, Hegel conçoivent ainsi l'État.
- *L'étatisme* : l'État joue un rôle décisif sur l'économie. Les moyens de production lui appartiennent afin d'instaurer une plus grande justice sociale. Rousseau, Marx, Engels et Lénine partagent cette idée.
- *Le libéralisme* : l'intervention de l'État se limite à ses pouvoirs politiques. L'État assure trois fonctions : la police, la justice et la défense militaire. La liberté individuelle prime. Moyens de production et entreprises sont privatisés. Locke, Smith, Spencer pensent ainsi.

• L'État moderne a deux caractéristiques principales : il est **multidimensionnel** (il s'incarne dans la réalité économique, politique, sociale) et **polyvalent** (il existe sous la forme de divers gouvernements).

On y distingue trois aspects : le **gestionnaire** (du social, de l'administratif, de la croissance) ; le **sécuritaire** (sécurités sociale, routière, vie publique) et le **répressif** (police, armée, armement, guerre).

4 Faut-il supprimer l'État ?

De quoi s'agit-il ? À la fois concept philosophique, historique et forme concrète de la communauté humaine, l'État a pris différentes formes (*cf.* § précédent). Il doit établir des rapports stables entre les hommes et entre leurs biens et être le garant de l'ordre social. Mais il est aussi l'organe de répression de la société. D'où la double question de la finalité de l'État et de sa suppression.

Mots-clés
- nécessité
- anarchie
- violence

Mots-repères
en fait/en droit – légal/légitime
espèce/individu/genre

PHILOSOPHIE

1 L'État est nécessaire

• **Montesquieu**, comme Hobbes, Rousseau et Spinoza, conçoit l'État idéal comme garant de l'ordre, de la justice et de la liberté. L'État incarne l'intérêt général et exclut les rapports de domination. Pour cela, la séparation des pouvoirs est nécessaire :
- *le pouvoir législatif* vote les lois et contrôle l'exécutif ;
- *le pouvoir exécutif* a le droit de veto contre le législatif et fait appliquer les lois ;
- *le pouvoir judiciaire*, strictement séparé de l'exécutif, contrôle le respect des lois.

• **Le libéralisme de Montesquieu consiste en un équilibre entre toutes les forces sociales.** Aujourd'hui, c'est le troisième pouvoir qui nous interroge le plus. Faut-il avoir peur de la police ? Police vient du terme grec, *polis*, la cité. « C'est l'organisation de la cité dans le respect de tous et chacun, l'ordre reconnu pour les citoyens, la protection des personnes exposées et la contrainte exercée sur ces individus décidés à n'écouter que leur intérêt, donc nuisibles », comme la définit le philosophe Michel Onfray. Il ne faut donc pas avoir peur de la police qui se montre, mais sans doute craindre la « techno-police », police scientifique invisible qui maîtrise tous les nouveaux systèmes de surveillance et qui dispose d'un fichier sur chacun de nous. Comme *Big Brother*, « moins vous la voyez, plus elle vous voit » (Michel Onfray).

2 L'État est inutile

• **Marx démystifie la fonction idéologique de l'État** qui n'est en fait, sous couvert de l'intérêt général, que le pouvoir de la classe économiquement dominante, qui exerce le pouvoir à son profit. Il dénonce l'hypocrisie de toutes les théories de l'État : une société sans conflits d'intérêts n'a pas besoin d'un État. L'État n'est donc que le produit et la manifestation des antagonismes de classes. Il disparaîtra dans la société sans classe.

• **Pour les anarchistes, l'individu représente la valeur suprême**. La pensée anarchiste a pour devise : « Ni dieu, ni maître ». Les anarchistes rejettent donc toute intervention de l'État dans la vie des individus : il faut établir une société de libres associations humaines, et supprimer juges, policiers, armées. L'État est condamné car il représente l'aliénation de la liberté.

3 Dans une société non étatique, comment se préserver de la violence ?

• Une société non étatique est une société sans pouvoir centralisé, sans pouvoir judiciaire. C'est le cas des sociétés archaïques ou des utopies sociales de certains philosophes. Dans les sociétés archaïques, les fêtes et sacrifices sont une manière de prévenir la violence. Il faut un moyen de se libérer de la violence : c'est par exemple le rôle du *pharmakôn*, dont parle René Girard. Cette victime est choisie en raison du fait qu'elle ne peut susciter aucune vengeance, sinon la société rentre dans le cycle infernal de la vengeance, et d'une violence non jugulée.

• R. Girard va alors distinguer deux domaines : le « préventif » et le « curatif ». **Le passage du préventif au curatif correspond au passage de la société archaïque à la société étatique.** Lorsque la violence éclate hors des périodes festives et sacrificielles, il est déjà trop tard : rien ne peut mettre un terme à la spirale de la violence. Cette violence peut conduire à l'autodestruction du groupe. Par la répression, les sociétés étatiques ont les moyens d'arrêter cette violence : mais cet arrêt reste éphémère.

Connaître les théories sur la nature de l'homme

• La question est de savoir si la violence fait partie **intrinsèquement de la nature humaine,** et dans ce cas, c'est un mal incurable que l'on ne peut qu'atténuer ; ou si la violence n'est pas le propre de l'homme, et dans ce cas, comment extirper ce mal ? Selon notre conception de la nature humaine, nous proposerons des solutions répressives ou nous ferons confiance à la raison et au cœur, en proposant des transformations sociales, civiques et éducatives. Les deux propositions, réprimer ou faire confiance, n'étant pas incompatibles.

Révision express

Les points importants à retenir

Qu'est-ce que l'État ?

- **Dans l'antiquité :** en Grèce, l'État prime sur l'individu. La justice est la première vertu du citoyen (Aristote). Dans l'Empire romain, l'individu commence à primer sur l'État. La justice est le respect du droit, comme le dit son étymologie. Pour tous, l'État doit permettre la vie heureuse.
- **Jusqu'au XVIe siècle**, le pouvoir est de droit divin, fondé sur les coutumes, les traditions, l'honneur.
- **Au XVIIe siècle**, l'État est un monstre tout-puissant, un Léviathan (Hobbes). C'est une invention humaine.
- **À partie du XVIIIe siècle**, l'État est un contrat librement consenti par tous (liberté) et pour tous (égalité). La séparation des pouvoirs (exécutif, législatif, judiciaire) exclut les rapports de domination (Montesquieu). L'État a pour origine une loi fondamentale qui garantit les droits des citoyens et réglemente l'exercice du pouvoir. Il n'y a plus de maître : dans un État de droit, tout le monde obéit à la loi. Le caractère d'une loi lui est donné par la raison, universellement partagée.
- **La loi :** endigue et interdit la violence de l'individu ; contient et borne le politique ; s'oppose à la nature, lieu de l'inégal, de la nécessité. La loi stabilise le pouvoir.
- **Privé/public : dans la pensée antique**, l'homme est un animal politique, social. Le domaine privé = domaine du privatif. On est privé des facultés les plus hautes et les plus humaines lorsqu'on ne peut pas participer à la vie publique (c'est le cas des femmes, des esclaves). **Aujourd'hui**, le domaine privé = importance de l'individualisme dans le domaine privé. Il prime sur le domaine public.

État, droit, pouvoir et violence

- **Pouvoir de l'État et exercice de la force :** seul l'État possède le monopole de la violence légitime.
  - Réalisme politique : Machiavel.
  - Le paradoxe de la démocratie : le pouvoir des dirigés sur les dirigeants et le problème de la compétence politique.
  - L'autorité légitime empêche de tout oser : elle lie le politique dans le temps puisque la fondation du pouvoir est née du rassemblement d'hommes égaux, d'une **liberté partagée.**
- **La violence** est illégitime : la réflexion ne peut la justifier car la pensée est par nature dialogue, reconnaissance de l'autre ; la violence est imprévisible ; irrationnelle.
  - Elle ne débouche jamais sur la liberté car elle est le moyen d'une fin extérieure au tout, elle a pour origine le désir particulier d'un individu ou d'un groupe.
  - Destructrice : elle peut détruire le pouvoir légitime mais ne peut l'engendrer.

Quiz

Cochez la bonne réponse :

1. Pour Locke, la finalité de l'État est la sécurité. ☐ Vrai ☐ Faux
2. Pour Rousseau, la finalité de l'État est la paix. ☐ Vrai ☐ Faux
3. Pour les philosophes de l'Antiquité, un État juste n'est possible qu'à condition de réformer radicalement l'être humain. ☐ Vrai ☐ Faux

→ Réponses p. 475

EXERCICE GUIDÉ

Savoir construire une dissertation (2)

Énoncé

Sujet : À quoi sert l'État ?

Méthode

2 Le plan analytique

- **Le plan dialectique** s'applique à de nombreux sujets, mais il **n'est pas toujours pertinent.** Les questions auxquelles on peut répondre par oui ou non appellent assez « naturellement » une démarche dialectique. Exemple : L'État est-il l'ennemi de la liberté ? Les autres questions appellent souvent un type de plan différent, comme le « plan analytique » (pour lui donner un nom).
- Il consiste à analyser, c'est-à-dire à **décomposer le sujet en deux ou trois questions** principales qui constituent les grands axes (ou parties) du développement.
- **Chaque question conduit logiquement à la suivante** et ce lien logique est explicité dans une transition.

Corrigé

Problématique/plan :

I. L'État se présente comme l'indispensable garant de l'ordre, de la sécurité, de la liberté, de la justice, voire du bonheur des citoyens. Mais est-il autre chose en réalité qu'un appareil répressif au service des intérêts de la classe dominante ? Bref, quelle est la fonction réelle de l'État ?

II. Si on admet que l'État sert réellement à garantir l'ordre et la sécurité dans l'intérêt de tous et non à défendre un ordre établi au profit de la classe dominante, la question se pose encore de savoir jusqu'où son pouvoir doit s'étendre ? Faut-il limiter le rôle de l'État comme le veulent les libéraux ou faut-il étendre son pouvoir et sa responsabilité ? Doit-il, et dans quelle mesure, réguler l'économie ? Doit-il faire le bonheur des citoyens ? Tout doit-il être régi par l'État ?

Conclusion

L'État reste jusqu'à preuve du contraire l'indispensable garant de l'ordre, de la sécurité, de la liberté et de la justice. Si la question de savoir dans quelle mesure il doit intervenir dans la sphère économique partage les esprits, le spectre du totalitarisme ne peut que nous convaincre de veiller à ce que l'État ne dépasse pas les limites de sa fonction au détriment des libertés individuelles.

Chapitre 9 Le langage

1 Les origines du langage

De quoi s'agit-il ? Comment expliquer cette faculté de langage chez l'homme ? Par la science ? la philosophie ? Ni le commencement ni l'origine ne nous sont accessibles. Cette faculté reste énigmatique.

Mots-clés
- « homo sapiens »
- signes conventionnels
- aporétique
- communication

Mots-repères
origine/fondement – essentiel/accidentel genre/espèce

1 Une naissance scientifique ?

- **Quand, comment et pourquoi le langage est-il apparu ?** Une étude américaine de 1999, parue dans la revue de la National Academy of Sciences, affirme que **la capacité de l'homme à parler ne serait pas apparue il y a 40000 ans mais 300000 ans.** « Si la taille du canal hypoglossal (canal osseux transportant la connexion nerveuse entre le cerveau et la langue) reflète la taille du nerf, et que la taille du nerf reflète l'aptitude à la coordination et au contrôle de la langue, alors le Neandertal avait un degré de contrôle de la langue équivalent à celui des hommes modernes », signale Matt Cartmill, coauteur de l'étude.

- **Scientifiquement, la question de la naissance** du langage ne peut pas se résoudre : nous n'avons aucun indice de ce qu'a pu être une société humaine sans langage. Il est impossible d'observer une société dans sa phase d'acquisition du langage. Mais les chercheurs insistent sur les facteurs suivants :
  - **la descente du larynx** est une donnée cruciale : pour produire de manière stable les phonèmes cardinaux i/u/a de n'importe quelle langue, il faut que le larynx se soit abaissé de façon à présenter deux tubes résonateurs (dont le canal hypoglossal) ;
  - la taille du cerveau : mais ce facteur est à utiliser avec prudence (les baleines ont un gros cerveau). Il s'agit plus de la **structure du cerveau,** que de sa grosseur ;
  - **les outils :** un outil complexe demande une pensée capable de planifier abstraitement et de se transmettre de génération en génération par le langage ;
  - **les rapports sociaux :** la taille des groupements humains est un indicateur du niveau de développement cognitif. Pour fonctionner, des groupements importants ont besoin de se structurer (codes juridique, religieux) et donc d'avoir un langage. On peut donc supposer que plus les groupements humains étaient nombreux et structurés, plus le langage devait être développé.

- Comme le rappelle Yves Coppens, l'homme « moderne », ***l'Homo sapiens***, avec des caractéristiques physiques semblables aux nôtres, remonte à 50 000 ans. Il est très jeune si on le compare à l'Australopithèque qui a environ 5 millions d'années ! Ce n'est qu'il y a 3 millions d'années que l'aventure humaine commence avec ***Homo :*** *Homo habilis* et les premiers outils ; *Homo erectus* et la naissance du feu, début probable du langage tel qu'on le connaît aujourd'hui ; *Homo sapiens :* le langage verbal est bien en place.

- Mais reste la question : **comment et pourquoi le langage est-il né ?**

2 Une naissance à jamais énigmatique

- **Philosophiquement, le problème de l'origine** du langage recouvre une autre question : **à quel besoin humain répond l'invention du langage ?**

• **L'hypothèse de Platon** dans *Le Cratyle :* Platon met en scène deux interlocuteurs qui s'opposent. Cratyle soutient que **les mots expriment la véritable nature des choses**, c'est-à-dire leur essence, tandis qu'Hermogène ne voit dans les mots que **des signes conventionnels institués pour rendre possible la communication.** Socrate critique tour à tour les deux thèses, mais ne prend pas position, dans le pur style du **dialogue aporétique**, sans réponse car sans issue.

• Le langage serait donc : soit ce qui nous permet, si nous nous en donnons la peine, de connaître ce qu'est véritablement la nature des choses. Les mots sont les choses. On retrouve la dichotomie platonicienne du sensible, l'apparaître, et de l'intelligible, l'être. Soit, selon la tradition représentée par Hermogène, un outil d'origine culturelle, conventionnelle, pour communiquer, mais les mots ne sont pas les choses.

• **L'hypothèse de Rousseau :** l'origine des langues n'est pas due aux premiers besoins de l'homme, puisqu'on peut subvenir à ceux-ci sans parler. En revanche, pour émouvoir, pour repousser un agresseur, la nature a fait jaillir les premières voix. Le langage naît d'abord des passions. **Le premier langage de l'homme est donc le cri**, le plus universel et le plus énergique des langages : cri d'appel au secours, cri de bonheur… **Un langage plus élaboré** et des signes plus nombreux naquirent ensuite, quand les idées se multiplièrent parmi les hommes et qu'entre eux s'établit une communication plus étroite.

• Mais pour Platon comme pour Rousseau, les hommes ont besoin d'échanger.

2 Le langage est-il le propre de l'homme ?

De quoi s'agit-il ? **Au sens large, le langage est tout système de signes permettant une communication entre les hommes, qu'il soit formel, gestuel, symbolique, etc. Plus précisément, le langage désigne le système linguistique propre à l'homme, c'est-à-dire la langue et sa manifestation qu'est la parole ; c'est une forme d'expression et de communication liée à la pensée. Le langage ne se confond pas avec la parole. Mais peut-on affirmer que seul l'homme a un langage ?**

Mots-clés

- hérédité
- héritage
- inné
- acquis
- langue
- parole
- linguistique

Mots-repères

origine/fondement
essentiel/accidentel

1 Expression et communication

• Pourquoi et comment s'est constitué le langage demeure une question insoluble. Mais le langage remplit indiscutablement deux fonctions primordiales : l'expression et la communication. **Communiquer, c'est mettre en commun, donc échanger. Exprimer, c'est faire sortir :** ainsi, le langage (paroles et gestes) est l'expression de la pensée. C'est grâce au langage que la pensée peut en quelque sorte s'extérioriser, sortir, se manifester. Mais le langage est-il capable d'exprimer toute la pensée ?

• **Est-ce parce que je parle que je pense ? Est-ce parce que je pense que je parle ?** Le langage est-il l'élément fondamental qui nous distingue des animaux ? Il permet en tout cas d'accéder à la faculté de comprendre le réel, de symboliser, d'établir des relations de signification entre des réalités différentes. La parole et la pensée créent du sens et permettent de se construire.

2 N'y a-t-il de langage qu'humain ?

• Pour Descartes, le langage est une spécificité humaine. **Seul l'homme parle et utilise des signes pour communiquer ses pensées.** Il doit apprendre ces signes. Ces signes sont d'une autre nature que le cri inné et codifié des animaux. Parler est donc le propre de l'homme. D'ailleurs, les sourds-muets en sont un excellent exemple puisqu'ils parviennent à communiquer en inventant un autre langage. L'homme peut penser sans parler mais il ne peut pas parler sans pensée. C'est le *cogito*. Le langage humain fait appel à l'imagination, à l'intention, à la création.

- Le linguiste français Benveniste récuse l'expression de « langage animal » : les animaux usent en réalité d'un **code de signaux**. Interprétant les recherches du zoologiste autrichien Karl von Frisch, il observe que la communication animale est **stéréotypée** (le signal a toujours la même signification), **héréditaire** (le signal est inné, transmis génétiquement) et ne permet pas l'échange linguistique (les abeilles ne « dialoguent » pas mais répondent à un signal par une action ; *exemple* : aller chercher la nourriture). On ne peut donc pas parler d'un langage animal.
- Des études scientifiques montrent actuellement que les choses ne sont pas si tranchées : certains animaux « inventent » et « échangent » entre eux, « communiquent » avec l'homme, prennent des initiatives et que s'ils ne parlent pas « humain », on ne peut plus affirmer qu'ils ne pensent pas (dauphins, grands singes, et quelques autres mammifères).

3 Le langage est le premier élément de culture

- Selon Lévi-Strauss, le langage est un « fait culturel par excellence ». En effet, **il est une partie intégrante de notre culture** puisqu'il est un élément que l'homme a ajouté à son état de nature. Pour preuve, le langage ne se transmet pas biologiquement, mais grâce à un apprentissage. Il n'est pas le produit d'une hérédité naturelle, mais d'un **héritage culturel.** C'est pourquoi le langage est **un moyen privilégié d'assimilation de la culture :** c'est parce qu'on lui parle qu'un enfant peut comprendre sa culture. Les règles du groupe sont d'abord des mots. Par exemple, les interdits sont transmis par le biais d'interdictions verbales.
- Le langage est donc une manifestation essentielle de la culture : il existe des systèmes culturels comme l'art, la religion, le droit, qui fonctionnent de la même manière que le langage, c'est-à-dire comme des codes. **Mais le langage est le système culturel qui permet d'apprendre tous les autres.** D'où la vulnérabilité de l'être humain qui ne sait pas utiliser ce code. Il peut alors s'enfermer dans le silence ou devenir violent.
- Le langage humain a donc une **histoire. Dès qu'il apprend à parler, l'enfant reçoit cette histoire en héritage, c'est-à-dire qu'il reçoit des valeurs.** « Nous pensons un univers que notre langue a d'abord modelé », écrit Benveniste. D'où l'importance de comprendre de quel univers linguistique nous venons pour mieux nous comprendre et comprendre les autres.

3 Langage et pensée

De quoi s'agit-il ? **Si le langage permet à l'homme d'énoncer ses pensées, l'homme peut aussi comprendre sans la parole et parler sans comprendre. Les philosophes se sont interrogés sur les liens qui unissent le langage et la pensée.**

Mots-clés
- mécanisme
- puissance évocatoire
- fonction
- flux

Mots-repères
idéal/réel – intuitif/discursif
médiat/immédiat

1 Le langage peut exprimer la pensée

- Pour Platon, la pensée est un **langage intérieur**. Penser, c'est entrer en discussion aphone avec soi-même, c'est dialoguer avec soi dans le silence intérieur. La pensée est alors un discours que l'âme se tient silencieusement à elle-même.
- Hors les mots, il est impossible à l'homme de penser. Telle est la position de Hegel : « Vouloir penser sans les mots est une tentative insensée ». **Seul le langage donne forme à**

la pensée. Ainsi, ce qui est informe, obscur, inachevé, bref informulé, devient clair dès lors qu'on trouve les mots pour le dire. Le langage donne à la pensée son existence la plus vraie.

- Pour Merleau-Ponty, la pensée est un cheminement qui se fait **dans** les mots. La parole ne renvoie jamais à une pensée pure, isolée des mots : au bout du langage, il y a encore des mots. Plus qu'un moyen, le langage est une **puissance évocatoire** qui rend présent ce que l'on dit, et de ce fait lui confère une réalité. **Nommer, c'est donner une identité**, rendre la présence concrète. N'est-ce pas le premier acte des parents lorsqu'un enfant naît : l'identifier par un prénom ? Par contre, le premier acte des nazis dans les camps de concentration était d'effacer le nom, l'identité, et de tatouer un numéro sur le bras du prisonnier qui finissait lui-même par se demander « si c'est un homme », comme l'écrit Primo Levi.

- Descartes et aujourd'hui Chomsky définissent le langage comme une production potentiellement infinie de signes et non comme une reproduction. Il y a plus en l'homme qu'un simple mécanisme. Le langage nous apprend à penser. Noam Chomsky considère le langage comme **le miroir de l'esprit**. Cela signifie que le système linguistique possède une capacité de création. De même, le cerveau est un organe fini, susceptible de produire des activités potentiellement infinies. Mais on ne peut savoir comment un homme a une idée neuve, ni mettre en évidence le lien entre la production d'une idée neuve par le cerveau et son expression linguistique. On peut seulement constater que le mécanisme linguistique « reflète » la réalité psychologique.

2 Le langage est incapable de rendre compte de la pensée

- « Comment comprendre que la langue de tout le monde soit le meilleur instrument de penser ? », dit Alain. Il n'est pas le seul à considérer le langage comme bien plus pauvre que la vie intérieure. Pour Nietzsche, le langage **atomise la pensée**. Tandis que notre activité psychique est un « flux continu », les mots nous présentent constamment les choses comme plus simples qu'elles ne sont, séparées les unes des autres, et nous poussent à croire aux faits isolés, déformant du même coup notre vie psychique.

- Bergson est lui aussi radical dans la critique du langage. Pour lui, « la pensée est incommensurable (n'a pas de commune mesure) avec le langage ». Il distingue trois raisons essentielles :

Comprendre la critique du langage selon Bergson

– le langage **fige** « ce que notre âme ressent » : les flux de conscience sont dénaturés par les mots qui les découpent et les juxtaposent ;
– de plus, le langage **« impersonnalise »** : le langage est général, commun à tous, mais chaque vécu psychique est singulier, et de ce fait incomparable. Il est donc réducteur, pauvre à exprimer les nuances de la vie intérieure ;
– enfin, le langage **fait écran** à l'intérieur de nous-même : les mots nous dérobent notre moi jaillissant et instable pour le chosifier, l'objectiver.

Ainsi nos états se détachent-ils de nous, formant comme un « second moi », social et superficiel, un moi qui n'est plus moi. Le langage a une **fonction sociale et utilitaire** mais échoue à saisir l'originalité de l'individu.

3 Parler ou se taire ?

- Hegel démystifie l'ineffable alors que Bergson privilégie la pensée intuitive. **Mais suffit-il de parler pour penser et dire quelque chose ? Et peut-on vraiment penser sans les mots ?** Ce n'est pas parce que l'on parle beaucoup que l'on pense. Et ce n'est pas non plus parce que l'on se tait que l'on a une riche vie intérieure ineffable. Parler beaucoup peut refléter une pensée confuse, et se taire une pensée pauvre.

4 Le pouvoir des mots

De quoi s'agit-il ? **La pensée n'est pas réductible au langage, ni le langage à la pensée. Même si leurs liens sont intimes et indéfectibles, il ne faut pas les confondre. En revanche, tous les mots ont un pouvoir indéniable.**

Mots-clés
- signifiant
- signifié
- « logos »
- mythe
- rhétorique
- sophiste

Mots-repères
absolu/relatif
expliquer/comprendre

1 La naissance de la linguistique

• À partir du XIXe siècle, plutôt que de s'interroger sur l'origine du langage, on se demande comment fonctionnent les langues : ainsi naît la linguistique. Pour elle, la première fonction du langage est sociale et concerne la communication entre les individus. En linguistique, le langage associe un **signifiant**, c'est-à-dire un signe conventionnel (non naturel), à un **signifié**, qui est le concept (idée) auquel se rattache en quelque sorte sa traduction. Par exemple, le mot « table » associe le son « table » (signifiant) au concept de « table » (signifié), ayant pour référence l'ensemble de toutes les tables possibles, imaginaires ou réelles. Le langage est un **système de signes** exprimant des idées dont on analyse les relations. Le signe linguistique est donc **arbitraire,** dit Saussure, c'est-à-dire qu'il n'y a aucun lien essentiel entre le mot et la chose, entre la forme et le sens du message communiqué.

• C'est pourquoi le mot donne lieu à une **pluralité de jugements :** il ne faut pas oublier que notre univers linguistique et notre vision du monde sont indissolublement imbriqués. La psychanalyse en a bien montré le poids : « guérir », c'est trouver les mots pour dire son mal, pour l'identifier et l'extérioriser par la parole. La parole a une **fonction magique**. Dans toutes les religions, les prêtres, les chamans agissent par la parole.

2 Parler pour être compris

• La parole reste la manifestation première fondamentale du langage humain. On s'exprime pour être compris et pas seulement pour se comprendre soi-même. Sinon, toute communication devient impossible. Le cas extrême étant représenté par les autistes, enfermés dans leur univers. Pour être compris de quelqu'un d'autre, je dois faire un véritable effort de clarification de ma pensée. Ce que je dis à autrui, ce ne sont pas des mots, mais du **sens.**

• En philosophie, c'est la **rationalité** du langage qui compte, c'est-à-dire la qualité universelle du message. Le ***logos*** signifie à la fois parole et raison. C'est la parole rationnelle, celle de la dialectique qui conduit au Vrai. Mais lorsque Platon veut se faire comprendre du plus grand nombre, lorsqu'il veut avoir plus d'impact sur les esprits, il utilise le **mythe**. Le mythe va au-delà de la parole rationnelle, dialectique. Il donne à voir, à imaginer, à poétiser. Il a un pouvoir. Tout comme les contes qui permettent aux enfants de laisser libre cours à leur imagination.

3 Les sophistes

• Si Platon critique les sophistes, c'est parce qu'il les considère comme de dangereux manipulateurs du langage, cherchant à obscurcir et à tromper la raison des hommes. Historiquement, les sophistes vivaient au Ve siècle avant notre ère. Ils étaient « maîtres de savoir » et enseignaient, fort cher, la **rhétorique**, l'art de bien parler, de bien argumenter, de faire d'habiles discours politiques.

- Platon consacra un dialogue à l'un des plus célèbres : *Protagoras*. Beaucoup d'entre eux étaient pourtant de réels philosophes, intègres, mais aucun ne croyait en une seule et unique vérité. Ils avaient une **vision relative** du monde dont « l'homme est la mesure de toutes choses ». Cela était insupportable pour Platon : tout se juge à l'aune du monde absolu des Idées.

4 Affronter les dangers du langage et dialoguer

- Mais toute parole ne recèle-t-elle pas intrinsèquement la possibilité de la trahison ? **Parler n'est-ce pas déjà manipuler**, consciemment ou pas ? George Orwell, dans son célèbre livre *1984*, explique bien comment le peuple est d'abord manipulé par la *Nov langue*. Dans *Langage et Silence*, George Steiner analyse la façon dont le langage a pu dire et soutenir l'inhumain alors qu'il est en même temps l'essence de l'homme.

- « Ce dont on ne peut parler, il faut le taire », écrit Wittgenstein. On ne peut pas tout dire. Le silence vaut mieux qu'une parole blessante, et il faut savoir garder un secret. Mais le silence doit pouvoir être rompu : parler pour éviter la violence physique, pour dénoncer une injustice. Parler et se taire ne sont pas incompatibles lorsqu'il s'agit d'être à l'écoute.

- Parler, c'est donc **s'engager** : « je te donne ma parole », je m'engage. L'être humain est un être en relation : avec lui-même d'abord, avec le monde extérieur et avec les autres ensuite. Le langage est « l'être-pour-autrui », dit Sartre. La parole signale une présence et une pensée.

Révision express

Les points importants à retenir

Le langage est le propre de l'homme

- **Langage** = tout système de signes permettant une communication entre les hommes.
- **Claude Lévi-Strauss :** le langage est le « fait culturel par excellence » qui permet d'apprendre tous les autres systèmes. Il a une histoire et évolue.
- **Benveniste, Karl von Frisch :** les animaux utilisent des codes de signaux. Leur communication est stéréotypée et héréditaire.

Les origines du langage restent énigmatiques

- **La conception naturaliste** est représentée par Cratyle : chaque chose a un nom qui lui est naturellement approprié = le nom **est** la chose = **le langage est signe du monde.**
- **La conception conventionnaliste** est représentée par Hermogène, Aristote, Rousseau, Saussure : le langage est une pure convention = le nom est arbitraire = **le langage est signe de la pensée.**

Langage et pensée

- **Le langage est ou exprime la pensée.**
  –**Platon :** pensée = langage intérieur aphone.
  –**Hegel :** langage = expression claire de la pensée confuse. Pas de pensée sans langage.
  –**Merleau-Ponty :** la pensée pure n'existe pas. Langage = puissance évocatoire.
  –**Descartes** et **Chomsky :** langage infini = reflet de l'esprit et de l'infini de la pensée.
- Le langage limite la pensée.
  –**Nietzsche :** langage = atomisation de la pensée ; il ne restitue pas la continuité de la pensée.
  –**Bergson :** langage = réducteur de la pensée qu'il fige, impersonnalise (mots communs à tous), fait écran à notre moi profond.
- **Le langage est pouvoir.** Il faut apprendre à l'utiliser à bon escient : dans le dialogue et l'engagement vis-à-vis d'autrui.

*L'homme a gardé la nostalgie d'une langue universelle qui permettrait de communiquer partout avec tous. C'est dans cet espoir que le linguiste et médecin polonais **Zamenhof** inventa en 1887 l'**espéranto**, langue internationale faite de toutes les langues, afin qu'aucune ne prédomine.*

Quiz

Cochez la bonne réponse :

1. Le langage est culture. ☐ Vrai ☐ Faux
2. Pour Platon, le langage exprime la pensée. ☐ Vrai ☐ Faux
3. Pour Bergson, le langage limite la pensée. ☐ Vrai ☐ Faux
4. Le « logos » signifie parole et raison. ☐ Vrai ☐ Faux

→ Réponses p. 476

PHILOSOPHIE

EXERCICE GUIDÉ

Rédiger la conclusion

Énoncé

Sujet : Sommes-nous prisonniers de la langue que nous parlons ?

Méthode

- **La conclusion clôt la « démonstration »** et montre au correcteur que le sujet a été rigoureusement traité. Il ne s'agit pas de résoudre définitivement une question philosophique, mais d'**exprimer le résultat de votre analyse**.
- Il est utile de rédiger une phrase de conclusion partielle à la fin de chaque grande partie. Cela permet de faire le point et de montrer que l'on ne perd pas de vue la question posée par le sujet.
- **Évitez autant que possible le relativisme paresseux** : toutes les opinions se valent, chacun a sa propre vérité, etc. Il faut s'efforcer de trouver des solutions aux problèmes que l'on pose, mêmes si celles-ci restent évidemment discutables.
- Dans le cas d'une démarche dialectique, la conclusion rappelle et résume de manière claire et précise la solution développée dans la synthèse.
- Il est utile de **relire l'introduction avant de rédiger la conclusion**, pour s'assurer que celle-ci apporte bien une solution au problème formulé dans l'introduction.
- Il n'est pas nécessaire d'ouvrir le sujet sur une nouvelle question. C'est souvent artificiel et peu pertinent.

Corrigé

Problématique :

On peut se demander si nous sommes prisonniers de la langue que nous parlons, c'est-à-dire si nous sommes condamnés à penser en français, en anglais ou en chinois par exemple, ou si notre pensée reste libre et indépendante des mots dans lesquels elle s'exprime.

Conclusion :

La langue que nous parlons peut agir comme un prisme à travers lequel nous percevons le monde. Cela ne signifie pas cependant que nous soyons piégés dans cette vision des choses. Il reste possible de se libérer des pièges que nous tend la langue que nous parlons. C'est même aux yeux de Ludwig Wittgenstein le rôle de la philosophie : « la philosophie est un effort pour échapper à la manière dont le langage ensorcelle la pensée », écrit-il.

Chapitre 10 La Raison

1 Le rationalisme : la raison a toujours raison (1)

Mots-clés
- Raison
- rationalisme
- préjugé
- doute
- évidence

Mots-repères
Universel/général/particulier/singulier

De quoi s'agit-il ? Au sens large, le rationalisme (du latin ratio, « raison ») désigne la confiance en la raison. Les rationalistes estiment en effet que la raison peut, en droit, tout expliquer et qu'elle devrait toujours guider notre conduite. Ils rejettent donc tout ce qu'ils estiment contraire à la raison, comme l'instinct, les émotions, le mysticisme et la révélation religieuse. Au sens strict, le rationalisme désigne la doctrine philosophique selon laquelle toutes nos connaissances sont fondées sur des principes universels qui ne peuvent être tirés de l'expérience.

1 La raison s'oppose à l'instinct et aux réactions affectives

- **Le rationalisme défend la raison contre l'instinct et les réactions affectives.** Au sens strict et biologique du terme, un instinct est un **comportement mécanique et stéréotypé, propre à une espèce et nécessaire à sa survie**. L'animal est à la fois guidé et limité par l'instinct, alors que la raison permet à l'homme de s'affranchir de ses limites.

- **Descartes oppose ainsi le comportement mécanique et instinctif de l'animal au comportement conscient et intelligent de l'homme doué de raison.** À ses yeux, les animaux ne sont que des machines qui n'agissent pas de manière consciente et intelligente. Ils font ainsi certaines choses mieux qu'un homme, mais ne savent pas ce qu'ils font et ne peuvent faire que ce pour quoi ils sont faits. La raison est au contraire un « instrument universel » grâce auquel l'homme peut adopter un comportement pertinent dans des circonstances variées, inédites et non prévues par l'instinct.

- Mais le mot « instinct » peut aussi désigner, comme chez **Freud**, les **pulsions naturelles que l'homme doit maîtriser pour vivre en société**. Par exemple, la vie en société serait impossible s'il n'était pas interdit de tuer le voisin que l'on hait ou dont on convoite les biens. De ce point de vue, **la raison s'oppose aux instincts égoïstes et destructeurs qui menacent la civilisation** puisqu'elle nous dicte les règles qui nous permettent de vivre ensemble.

- **La raison s'oppose plus généralement à ce que les philosophes appellent les passions**, c'est-à-dire les désirs, les sentiments, les émotions ou les réactions affectives. Malebranche souligne ainsi que nous pouvons être aveuglés par nos sentiments au point de penser et d'agir contre toute raison. « Je vois par exemple que deux fois deux font quatre et qu'il faut préférer son ami à son chien », écrit **Malebranche**. Il y a donc des évidences rationnelles, universelles et indiscutables, tant dans les mathématiques que dans la morale. Mais nos passions peuvent les occulter. Ainsi, un homme peut préférer la vie de son cheval à celle de son cocher : c'est une réaction affective, celle d'un homme dominé par ses sentiments et, par conséquent, incapable de penser et d'agir raisonnablement.

2 La raison s'oppose aux préjugés, à la tradition et aux croyances

- **Les préjugés, la tradition, les croyances irrationnelles font souvent obstacle à la connaissance de la vérité.** Les rationalistes n'acceptent donc de se soumettre qu'à l'autorité de la raison. Cette volonté de n'accorder foi qu'à ce que la raison peut clairement établir est particulièrement marquée dans la philosophie de **Descartes.**

- Dans *Les Principes de la philosophie*, par exemple, il feint de soumettre ses opinions « au jugement des plus sages et à l'autorité de l'Église », mais prie en même temps ses lecteurs de n'admettre que « ce que la force et l'évidence de la raison les pourra contraindre de croire ».

- **Descartes fait du doute une méthode** qui permet d'écarter tout ce qui est incertain et de **ne retenir que les évidences rationnelles** dont on ne peut pas douter. Ainsi, la fausse évidence des idées héritées du passé et des philosophes qui font autorité (comme Aristote) est dissipée au bénéfice de la vérité.

- Cependant, aux yeux de Descartes, **la raison ne s'oppose pas à la foi,** c'est-à-dire à la croyance religieuse, puisqu'il prétend démontrer l'existence de Dieu et l'immortalité de l'âme (voir chap. 16 : La religion).

2 Le rationalisme : la raison a toujours raison (2)

Mots-clés
- raison
- passions
- rationalisme
- Mots-repères

Mots-repères
croire/savoir
principe/cause/fin

B La raison s'oppose à l'expérience

- Le rationalisme entendu au sens strict affirme que **nos connaissances ne peuvent pas être tirées de l'expérience seule**, mais de la raison ou des principes qui la constituent (éventuellement secondés par l'expérience). Il suppose plus fondamentalement que **le réel est rationnel**, c'est-à-dire toujours conforme à la raison et à ses principes. La confiance que les rationalistes placent dans la raison n'a d'égale que leur méfiance à l'égard de l'expérience, c'est-à-dire à l'égard du **témoignage de nos sens**.

- **Platon** estime ainsi que **ce que nous percevons grâce à nos sens ne peut pas être vraiment réel**, ces perceptions étant changeantes et contradictoires : « La démarche qui consiste à examiner une chose au moyen de la vue est toute remplie d'illusions, et remplie d'illusions aussi celle qui se sert des oreilles ou de n'importe quel autre sens. » Prenons un exemple : l'eau peut se présenter sous des apparences changeantes et contradictoires, tantôt comme une glace dure et froide, tantôt comme un liquide tiède et agréable, tantôt comme une vapeur brûlante. Platon pense que la raison saisit, comme cachée derrière ces apparences fluctuantes, la vraie réalité de l'eau, son essence, une et immuable : l'Idée de l'eau (H_2O pour la science moderne).

- **La vraie réalité d'une chose, c'est donc l'Idée abstraite, suprasensible** (située au-delà du monde perceptible) ou métaphysique (située au-delà de la réalité physique ou matérielle) qui se trouve derrière cette chose. On ne peut ainsi voir cette vraie réalité qu'avec la raison, qui est comme l'œil de l'âme.

- On retrouve chez **Descartes** cette même méfiance à l'égard du témoignage des sens : « Nos sens nous trompent », écrit-il. Par exemple, un bâton à demi immergé dans l'eau paraît brisé. La raison, même quand elle s'appuie sur les sens, doit en rectifier le témoignage. « Quand l'eau courbe un bâton, ma raison le redresse, la raison décide en maîtresse », écrit **La Fontaine**.

- **Descartes juge le témoignage de ses sens tellement trompeur qu'il s'efforce d'en faire entièrement abstraction** quand il entreprend d'établir les fondements de la connaissance dans les *Méditations métaphysiques* : « Je fermerai maintenant les yeux, je boucherai mes oreilles, je détournerai tous mes sens, j'effacerai même de ma pensée toutes les images des choses corporelles, ou du moins, parce qu'à peine cela se peut-il faire, je les réputerai comme vaines et comme fausses. »

4 Le réel est rationnel

- Les rationalistes affirment que **toutes nos connaissances reposent sur des principes qui ne peuvent être tirés de l'expérience**. Ces principes sont tirés de la raison, ou plutôt se confondent avec elle. Le principe de causalité en est un exemple : **rien ne se produit sans cause** ou, comme le dit **Leibniz**, sans une « raison suffisante ». Le principe d'inertie peut se comprendre comme une conséquence directe du principe de causalité : la trajectoire d'un mobile mécaniquement isolé est nécessairement rectiligne et uniforme puisqu'il est inconcevable qu'un corps change de vitesse ou de direction sans cause ou sans raison.

- La conviction la plus fondamentale du rationalisme est que **le réel est rationnel**. C'est pourquoi la raison a toujours raison. « Ce qui est rationnel est réel, et ce qui est réel est rationnel », écrit **Hegel**. Dans sa philosophie, la Raison n'est pas seulement une faculté humaine, c'est un principe qui gouverne le monde et donc l'histoire. Aux yeux de Hegel, l'histoire manifeste un progrès de la Raison, c'est-à-dire qu'elle réalise progressivement des idéaux comme la liberté, le bonheur ou la paix : « La raison gouverne le monde et (…) par conséquent, l'histoire universelle s'est elle aussi déroulée rationnellement. »

- L'exemple des jardins à la française peut illustrer cette conviction que le réel est rationnel : structurés, géométriques, ils sont censés révéler l'essence rationnelle du réel. Au-delà des apparences sensibles que reproduit le jardin paysagé à l'anglaise, au-delà du témoignage trompeur de nos sens, la nature est mathématique, géométrique, rationnelle. Les arbres sont des cônes, les étangs sont des cercles, les chemins et les rivières sont rectilignes. « La nature est un livre écrit en langage mathématique », affirme **Galilée.**

PHILOSOPHIE

3 Critiques du rationalisme (1)

De quoi s'agit-il ? Le rationalisme ne veut admettre que ce que la raison peut clairement démontrer. Mais comment démontrer la valeur de la raison et celle de ses principes ? Et comment le faire sans s'appuyer sur la raison elle-même ?

Mots-clés
- logique
- réel
- scepticisme
- vérité du cœur
- intuitif

Mots-repères
Intuitif/discursif
médiat/immédiat

1 Montaigne : on ne peut pas garantir la valeur de la raison

- Comme l'a bien vu **Montaigne**, toute démonstration s'appuie sur des principes qui ne peuvent être démontrés : « Aucune raison ne s'établira sans une autre raison : nous voilà à reculons jusques à l'infini. » **Soit on admet des principes indémontrables, soit l'esprit régresse à l'infini d**ans la recherche des présupposés de la thèse qu'il veut démontrer.

- Mais **les lois logiques auxquelles toute démonstration doit obéir ne sont pas moins problématiques** : qu'est-ce qui en garantit la valeur ? Le sentiment d'évidence qui nous les fait tenir pour vraies et indiscutables constitue-t-il une garantie suffisante ? **Pourquoi le réel devrait-il obéir aux lois logiques ?** Et comment examiner cette question autrement qu'en admettant la valeur des lois logiques qui président à cet examen ?

- **C'est la raison elle-même qui est en cause ici.** Comment garantir **l'adéquation de la raison au réel**, sinon en s'appuyant sur la raison elle-même ? « Nous voilà au rouet », comme l'écrit Montaigne. Nous tournons en rond : la raison est l'instrument qui doit permettre de démontrer ce qui est réel, mais il faudrait pouvoir démontrer la valeur de cet instrument lui-même.

• Qu'est-ce que la raison, d'ailleurs ? Un ensemble de principes prétendument indiscutables ? Mais ces **vérités premières**, supposées évidentes, ne sont-elles pas seulement des habitudes de pensées, de **simples croyances liées à une époque et à une culture** ? « Nous n'avons autre mire de la vérité et de la raison que l'exemple et idée des opinions et usages du pays où nous sommes », écrit Montaigne. Ainsi jugeons-nous barbares les mœurs des cannibales parce qu'elles diffèrent des nôtres : « Chacun appelle barbarie ce qui n'est pas de son usage. »

• **Puisqu'on ne peut garantir la valeur de la raison et de ses principes, on ne peut atteindre aucune vérité certaine.** C'est ce qu'on appelle le **scepticisme**.

Comprendre la pensée de Pascal

2 Pascal : le cœur et la raison

• Mais devons-nous vraiment douter de nos connaissances parce qu'il est impossible de tout démontrer ? Cela montre seulement « la faiblesse de notre raison », comme l'écrit **Pascal**. En effet, **la raison doit reconnaître ses limites** : il y a une infinité de choses qui la surpassent, et **tout ne peut pas être démontré ou établi par le raisonnement**.

• Par exemple, **Descartes**, supposant que la vie pourrait théoriquement n'être qu'un rêve, cherche vainement à démontrer l'existence du monde, alors que nous savons qu'il existe de manière certaine, immédiate et intuitive : « Nous savons que nous ne rêvons point ; quelque impuissance où nous soyons de le prouver par raison », écrit Pascal. Il n'est pas plus utile de chercher à démontrer l'existence de Dieu : « C'est le cœur qui sent Dieu, et non la raison », écrit-il encore. **Les démonstrations mathématiques elles-mêmes s'appuient sur les vérités du cœur et de l'instinct**, c'est-à-dire sur des postulats qu'aucune démonstration ne peut établir. Pascal affirme ainsi : « C'est sur ces connaissances du cœur et de l'instinct qu'il faut que la raison s'appuie ».

4 Critiques du rationalisme (2)

Mots-clés
- expérience
- empirisme
- sentiment
- morale

Mots-repères
absolu/relatif
vrai/probable/certain

3 L'empirisme

• Au sens strict et technique du terme, le rationalisme soutient que nos connaissances ne peuvent pas être tirées de l'expérience seule et que la raison est nécessaire à l'élaboration de ces connaissances. Mais que signifie exactement ici le mot « raison » ? Il désigne l'**ensemble des idées innées ou des principes grâce auxquels nous pouvons comprendre notre expérience**, c'est-à-dire ce que nous observons, ou plus généralement ce que nos sens perçoivent. **Kant** en donne un exemple : je vois une pierre exposée au soleil et je constate qu'elle est chaude. Mais je ne peux en conclure que le soleil réchauffe la pierre que parce que je sais *a priori* que tout a une cause (principe de causalité) et que j'établis ainsi un **lien de causalité** entre les deux phénomènes que j'ai observés.

• Mais ces principes qui fondent nos connaissances ne sont-ils pas tirés eux-mêmes de l'expérience ? C'est la thèse de **Hume : l'idée de causalité naît de la succession régulière des phénomènes dans notre expérience**. Par exemple, j'associe par habitude la flamme à la chaleur. C'est pourquoi je fais de la première la cause de la seconde. Mais à proprement parler, la causalité n'est pas perçue : elle est seulement supposée, puisque nous ne percevons rien d'autre que les phénomènes qui se succèdent. **Le lien de causalité n'est qu'une croyance née de l'habitude** : il ne peut être prouvé et rien ne permet d'affirmer qu'il ne sera pas un jour démenti par l'expérience. Par exemple, jusqu'à présent, chaque fois que j'ai fait chauffer de l'eau, elle s'est mise à bouillir à cent degrés. Mais seule une croyance indémontrable dans la constance de la nature et de ses lois me fait affirmer qu'il en sera toujours ainsi.

- De ce point de vue, ce **que l'on appelle raison pourrait n'être en réalité qu'un ensemble de croyances dérivées de l'expérience**. « La raison est une sorte d'expérience », écrit Hume. Cette conception permet d'expliquer comment la raison s'accorde au réel sans faire de Dieu l'auteur de cet accord à la manière de Descartes : **la raison s'accorde au réel parce qu'elle dérive de l'expérience des choses**. Mais peut-on également tirer de l'expérience des principes moraux capables de guider notre conduite ?

4 L'empirisme moral

- Les rationalistes comme **Malebranche** estiment que la raison nous montre une **vérité morale évidente et irrécusable**. Mais les principes qui guident notre conduite ne sont-ils pas plutôt tirés de l'expérience ? C'est la thèse de **Hume**. Par exemple, c'est l'observation qui m'apprend que j'ai intérêt à respecter la propriété d'autrui pour qu'il respecte la mienne en retour. De même que le lien de causalité naît du constat que deux phénomènes se succèdent régulièrement, la règle morale naît et se renforce progressivement par « la répétition de l'expérience des inconvénients qu'il y a à la transgresser », comme l'écrit Hume.

- Nous cherchons ainsi ce qui est bon pour nous comme pour les autres et fuyons le contraire. Les sentiments de sympathie et de bienveillance nous permettent de comprendre autrui et ce qui est bon pour lui. **La morale repose donc sur l'expérience et les sentiments, elle ne doit rien à la raison.** Aux yeux de Hume, la raison ne peut pas fonder la morale puisqu'elle ne nous conduit pas forcément à faire des choix altruistes : « Il n'est pas contraire à la raison de préférer la destruction du monde entier à une égratignure de mon petit doigt ». C'est la sympathie par laquelle nous partageons le bonheur ou la souffrance d'autrui qui nous empêche d'agir égoïstement, et non la raison. C'est en ce sens que Hume affirme que « la raison est et ne devrait être que l'esclave des passions », c'est-à-dire des sentiments.

Révision express

Les points importants à retenir

- Le **rationalisme**, entendu au sens le plus large, se caractérise par une **confiance dans le pouvoir de la raison** et combat tout ce qui lui est contraire.
- **La raison est opposée à l'instinct, aux réactions affectives et aux passions. Platon** imagine ainsi l'âme comme un attelage ailé dont la raison doit tenir les rennes.
- **La raison est opposée aux préjugés, à la tradition et aux croyances. Descartes** nous invite ainsi à n'admettre que ce que démontrent « la force et l'évidence de la raison ».
- **La raison est opposée à l'expérience :** « Nos sens nous trompent », écrit Descartes.
- Le rationalisme suppose que **le réel est rationnel.**
- D'après **Montaigne, on ne peut pas garantir la valeur de la raison** et prouver qu'elle s'accorde au réel.
- Pour **Pascal**, la raison doit s'appuyer sur les « **connaissances du cœur et de l'instinct** ».
- **Hume** affirme que **la raison et ses principes sont tirés de l'expérience :** « La raison est une sorte d'expérience ».
- La **morale** peut ainsi être fondée sur l'**expérience** et sur les **sentiments**.

Quiz

Cochez la bonne réponse :

1. Les rationalistes pensent que la raison peut tout expliquer.
☐ Vrai ☐ Faux

2. Descartes affirme que les animaux sont doués de raison.
☐ Vrai ☐ Faux

3. Malebranche soutient que la morale est fondée sur l'expérience.
☐ Vrai ☐ Faux

→ Réponses p. 476

EXERCICE GUIDÉ

Appréhender un texte

Énoncé

Expliquez le texte suivant.

Je vois par exemple que deux fois deux font quatre, et qu'il faut préférer son ami à son chien ; et je suis certain qu'il n'y a point d'homme au monde qui ne le puisse voir aussi bien que moi. Or je ne vois point ces vérités dans l'esprit des autres, comme les autres ne les voient point dans le mien. Il est donc nécessaire qu'il y ait une Raison universelle qui m'éclaire, et tout ce qu'il y a d'intelligences. Car si la raison que je consulte, n'était pas la même qui répond aux Chinois, il est évident que je ne pourrais pas être aussi assuré que je le suis, que les Chinois voient les mêmes vérités que je vois. Ainsi la raison que nous consultons quand nous rentrons dans nous-mêmes, est une raison universelle. Je dis : quand nous rentrons dans nous-mêmes, car je ne parle pas ici de la raison que suit un homme passionné. Lorsqu'un homme préfère la vie de son cheval à celle de son cocher, il a ses raisons, mais ce sont des raisons particulières dont tout homme raisonnable a horreur. Ce sont des raisons qui dans le fond ne sont pas raisonnables, parce qu'elles ne sont pas conformes à la souveraine raison, ou à la raison universelle que tous les hommes consultent.

Nicolas Malebranche, *De la Recherche de la vérité* (1674).

Méthode

- Il s'agit de **se mettre à l'écoute d'une pensée, de la comprendre et de lui rendre justice.**
- Commencez par lire le texte plusieurs fois afin de dégager l'ordre et l'enchaînement logique des idées de manière claire et précise.
- Repérez la thèse de l'auteur (l'idée principale qu'il défend).
- Dégagez le problème dont il est question : un texte peut se comprendre comme une réponse à une question.

Corrigé

Problème : Chacun a-t-il sa propre vérité ou la raison nous permet-elle de saisir des vérités évidentes et universelles ?

Thèse : La raison est une faculté commune à tous les hommes qui permet de distinguer le vrai du faux et le bien du mal.

Idées principales : Il y a des évidences indiscutables. Il existe donc une raison universelle. Mais les hommes ne sont pas raisonnables quand leurs sentiments les dominent.

Chapitre 11 La technique

1 L'homme est inséparable de la technique

De quoi s'agit-il ? **Le progrès technique suscite beaucoup de craintes et de critiques. Mais comme le montre le mythe de Prométhée, la technique est indissociable de l'homme, qui lui doit sa survie même. L'homme est un animal capable de fabriquer des objets grâce à son intelligence.**

Mots-clés

- Prométhée
- homo faber
- progrès techniques
- Donné naturel
- instinct

Mots-repères

Essentiel/accidentel
Genre/espèce/individu

1 Le mythe de Prométhée

• Platon raconte l'histoire de deux Titans, les frères **Prométhée** et **Épiméthée**, chargés par les dieux de répartir parmi les animaux les qualités grâce auxquelles chacun pourra survivre. Épiméthée demande à son frère de le laisser faire seul le partage. Il le fait de manière équilibrée pour éviter la disparition des espèces : certains animaux reçoivent ainsi la force mais pas la vitesse, ou au contraire la vitesse sans la force. Mais quand vient le tour de l'homme, Épiméthée (dont le nom signifie « l'imprévoyant ») s'aperçoit qu'il ne lui reste plus aucun avantage à offrir. C'est pourquoi **l'homme est le plus démuni de tous les animaux** : il naît « nu, sans chaussures, ni couverture, ni armes ». Prométhée (dont le nom signifie « le prévoyant ») se décide alors à « voler la maîtrise des techniques d'Héphaïstos et d'Athéna, en même temps que le feu […] et à en faire cadeau à l'homme ». **C'est le don du feu et des techniques qui permet à l'homme de survivre.**

• **La technique apparaît ainsi comme consubstantielle à l'homme :** elle ne peut pas être séparée de lui, **elle fait partie de sa nature** et **elle est essentielle à sa vie**. L'homme est voué par nature à transformer la nature grâce à la technique.

2 Bergson : l'homo faber

• **Bergson** propose d'ailleurs de rebaptiser l'espèce humaine : ***homo sapiens*** (« homme sage ») pourrait se nommer plus modestement ***homo faber*** (« homme fabricateur »). En effet, l'intelligence qui caractérise l'homme pourrait se définir comme la faculté de fabriquer des outils : « **L'intelligence, envisagée dans ce qui en paraît être la démarche originelle, est la faculté de fabriquer des objets artificiels, en particulier des outils** à faire des outils, et d'en varier indéfiniment la fabrication. »

• En effet, la **capacité d'inventer et d'utiliser de nombreux objets artificiels comme les outils** est un critère qui permet de distinguer l'homme de ses ancêtres hominidés et plus généralement des autres animaux (même si certains animaux comme les singes en sont aussi capables dans une moindre mesure).

• **Le progrès des techniques marque également les grandes étapes de l'histoire humaine**, comme en témoignent des expressions comme « âge de pierre » ou « âge de bronze ».

• De plus, **la vie sociale des hommes gravite**, aujourd'hui encore, **autour de la fabrication et de l'utilisation d'objets artificiels**. Les *artefacts*, toujours plus nombreux et sophistiqués, sont au cœur de la vie des hommes.

• **Georges Bataille** affirme, dans une perspective plus large, que **l'homme peut se définir comme l'animal qui refuse le donné naturel**, qui le transforme par le travail et l'éducation. **Le monde humain est donc un monde artificiel**, entièrement modelé par le travail et la technique.

3 Les techniques humaines et les productions animales

• Les différences entre les **techniques humaines et les productions animales** ont été soulignées par des philosophes comme Marx ou Spengler.

• **Marx** compare ainsi le travail des hommes à celui des animaux afin de dégager **la spécificité du travail humain**. Par exemple, l'araignée qui fabrique sa toile peut être comparée à un tisserand, l'abeille qui construit une ruche à un architecte. Mais l'architecte, s'il devait construire une ruche, la construirait d'abord dans sa tête, c'est-à-dire qu'il en concevrait d'abord le plan. Au contraire, **l'abeille n'est pas guidée par l'intelligence, mais par l'instinct**.

• **Oswald Spengler** souligne que **l'homme invente librement des techniques qui évoluent sans cesse**, alors que les **productions des animaux sont guidées par un instinct spécifique immuable** : « Dans l'existence de l'homme, la technique est consciente, arbitraire, modifiable, personnelle, *imaginative et inventive*. Elle peut s'apprendre et être perfectionnée. »

2 La technique permet à l'homme de maîtriser la nature au lieu de la subir

De quoi s'agit-il ? **L'homme semble bien faible en comparaison de la puissance de la nature. Mais le progrès des sciences et des techniques le rend maître et possesseur de la nature.**

Mots-clés
- Maîtres et possesseurs de la nature
- Naturel
- artificiel
- Révolution

Mots-repères
Théorie/pratique
Abstrait/concret

1 Descartes : l'homme maître et possesseur de la nature

Comprendre la pensée de Descartes

• Savant autant que philosophe, **Descartes** comprend dès le XVIIe siècle ce que les applications pratiques de la science peuvent apporter à l'humanité. La science s'éloigne des spéculations philosophiques abstraites et sans applications pratiques qu'on enseigne encore dans les universités à l'époque (la **philosophie scolastique** inspirée d'Aristote). Les propres découvertes de Descartes, celles du principe d'inertie et des lois de la réflexion et de la réfraction de la lumière, lui montrent « qu'il est possible de parvenir à des connaissances qui soient fort utiles à la vie » et qui nous rendrons « comme **maîtres et possesseurs de la nature** ».

En savoir plus sur le transhumanisme

• Préfigurant les thèses du **transhumanisme**, Descartes imagine que le progrès scientifique et technique nous épargnera les souffrances de la maladie et de la vieillesse et même qu'il rendra les hommes « plus sages et plus habiles », c'est-à-dire qu'il augmentera leurs capacités intellectuelles et physiques. Repoussant les limites de la condition humaine, l'homme, maître et possesseur de sa propre nature, accoucherait ainsi d'une **humanité nouvelle, transformée ou transcendée par la science et la technique**.

2 La révolution industrielle et technique du XIXe siècle

● Mais c'est surtout au XIXe siècle, avec la **révolution industrielle et technique**, que le rêve de Descartes commence à se réaliser. En moins de cent ans, de 1825 à 1914, sont inventés, dans l'ordre : la locomotive, la photographie, le moteur à explosion, la pasteurisation, la dynamo, le téléphone, l'ampoule électrique, l'automobile, le cinéma, la radio, l'avion et le travail à la chaîne.

● L'apparition de **machines actionnées par la force de la vapeur**, comme le métier à tisser mécanique, a révolutionné l'univers de la production.

3 Mill : l'éloge de la technique

● **John Stuart Mill**, philosophe anglais du xixe siècle, a été témoin des progrès accomplis durant la révolution industrielle. Il s'oppose à l'idée d'une nature parfaite qu'il serait interdit de transformer. Pour lui, **les prouesses techniques de l'homme sont de grandes victoires sur la nature** : construire des ponts, assécher des marais, creuser des puits, extraire du charbon et des minerais… En approuvant et en admirant ces réalisations, nous admettons implicitement « qu'il faut soumettre les puissances de la nature et non pas leur obéir ».

● Ces puissances de la nature (par exemple la foudre, la mer ou le vent) sont souvent hostiles à l'homme, qui doit utiliser sa force et son ingéniosité pour les dominer. Il y parvient grâce à la **technique**, alors que sa force physique n'est rien en comparaison des forces gigantesques de la nature. **La grandeur de l'homme réside ainsi dans sa capacité à agir sur la nature pour la corriger et en tirer ce dont il a besoin.** « Si l'artificiel ne vaut pas mieux que le naturel, à quoi servent les arts de la vie ? » demande Mill.

3 Le procès de la technique

De quoi s'agit-il ? **Le progrès scientifique et technique confère à l'homme un pouvoir redoutable dont il doit user avec prudence et sagesse, notamment pour préserver la possibilité même de la vie humaine.**

Mots-clés
- Frankenstein
- éthique-machinisme
- Prudence
- sagesse

Mots-repères
Obligation/contrainte

1 Mary Shelley : Frankenstein ou le Prométhée moderne

● **Mary Shelley** écrit au début du XIXe siècle un roman qui témoigne de la peur que suscite déjà le progrès des sciences et des techniques : ***Frankenstein ou le Prométhée moderne***. Victor Frankenstein, un savant passionné, donne vie à une créature monstrueuse qui sème la mort et la désolation. Prométhée, qui était le symbole de la grandeur de l'homme, devient alors celui de sa témérité. Démesurément enhardi par la conscience du pouvoir que la science lui donne sur la nature, l'homme se prend pour Dieu en créant la vie. La littérature et le cinéma de science-fiction exploitent, aujourd'hui encore, dans des scénarios variés, le **thème de l'homme dépassé et menacé par ses propres créations.** Il n'est pas légitime de faire tout ce que l'on sait faire, c'est-à-dire de réaliser tout ce que la technique permet de faire. Le progrès scientifique et technique doit donc s'accompagner d'une **réflexion morale ou éthique** qui vise à distinguer dans le champ toujours plus vaste des possibles ce qui est utile, souhaitable et légitime. La **bioéthique** montre clairement l'utilité de cette réflexion morale en posant des questions, comme celle du clonage humain par exemple.

2 Bergson : le procès du machinisme

- Le **machinisme** est communément accusé de **transformer l'ouvrier en machine** et d'uniformiser la production. Ces griefs ne sont pas sans fondements : l'ouvrier qui utilise une machine travaille souvent de manière **mécanique** et **répétitive**, et une machine produit des objets plus standardisés que la main d'un artisan. Cependant, la machine, augmentant le rendement du travail, procure à l'ouvrier un plus grand nombre d'heures de loisir qui pourraient être consacrées au **libre développement de son intelligence, de sa culture et de son originalité** plutôt qu'aux divertissements que le progrès de l'industrie a mis à la portée de tous.

- On devrait surtout reprocher au machinisme d'avoir **tiré l'homme vers le bas en développant le goût du confort matériel et du luxe**, estime Bergson. Le progrès technique aurait pu élever l'homme vers le ciel, développer son esprit et son âme en le libérant du souci des choses matérielles. Mais **les machines ont décuplé les forces de l'homme sans développer son âme** et ont renforcé son asservissement à la matière.

- Les outils sont comme un prolongement quasi naturel du corps humain, puisque la nature a doté l'homme d'une intelligence fabricatrice. Mais les machines, qui fonctionnent au pétrole ou au charbon, ont agrandi de manière démesurée le corps et la force de l'homme sans développer son âme. Ce corps agrandi nécessite « un supplément d'âme », c'est-à-dire une élévation et un développement spirituels. « La mécanique [...] ne rendra des services proportionnés à sa puissance que si l'humanité qu'elle a courbée encore davantage vers la terre arrive par elle à se redresser et à regarder le ciel », écrit Bergson.

3 Jonas : les dangers de la technique

- Malgré ses bienfaits, **le progrès technique constitue désormais une menace** pour la nature et la vie humaine qu'elle abrite. C'est dans ce contexte que **Hans Jonas** affirme que **l'homme est responsable de la nature** comme d'un bien fragile qui lui a été confié.

- La technique a permis à l'homme de se protéger de la nature, c'est-à-dire du monde sauvage qui le menaçait. Mais aujourd'hui, **l'homme menace la nature plus que la nature ne menace l'homme**. Par exemple, nous devons protéger l'océan de nos actions plus que nous devons nous protéger de l'océan. En menaçant la nature, l'homme est devenu un grand danger pour lui-même. Paradoxalement, l**a technique qui nous a protégés est devenue notre plus grande menace**.

- Le pouvoir que la technique donne à l'homme devrait donc être **limité** par une « **éthique pour la nature** » dont Jonas exprime l'exigence fondamentale dans une formule d'inspiration kantienne : « Agis de façon que les effets de ton action soient compatibles avec la permanence d'une vie authentiquement humaine sur Terre. »

- Nous avons le droit de risquer notre vie, mais pas celle de l'humanité. Aussi devons-nous nous méfier de notre témérité et **user de la puissance que nous confère la technique avec mesure, prudence et sagesse**.

4 Modérer nos espoirs et nos craintes

De quoi s'agit-il ? Le progrès technique suscite autant d'espoirs que de craintes. Mais que peut-on raisonnablement en attendre ? « Chacun croit fort aisément ce qu'il craint comme ce qu'il désire », écrit La Fontaine. Ne devons-nous pas modérer nos espoirs et nos craintes en faisant usage de notre raison ?

Mots-clés
- Espoirs
- craintes
- rationnel

Irrationnel
- progrès
- bonheur

Mots-repères

Croire/savoir
Vrai/probable/certain

1 La Fontaine : « Le Loup et le Renard »

• Dans sa fable « Le Loup et le Renard », **La Fontaine raconte l'histoire suivante. Un renard a cru voir un fromage au fond d'un puits. Il y descend donc au moyen d'une poulie. Mais le fromage n'est que le reflet de la pleine lune et l'animal est coincé. Deux jours plus tard, un loup affamé passe par** là. Le renard l'attire et le convainc de descendre dans le puits pour manger ce qu'il reste du fromage. En descendant, le loup fait remonter le rusé renard. « Ne nous en moquons point : nous nous laissons séduire sur aussi peu de fondement ; et **chacun croit fort aisément ce qu'il craint et ce qu'il désire** », conclut La Fontaine.

• La morale de la fable peut s'appliquer aux espoirs et aux craintes que suscitent la technique et ses progrès : nous espérons que le progrès réalisera le vieux rêve de l'immortalité en même temps que nous craignons l'apocalypse climatique. **Les espoirs et les craintes que suscite le progrès ne sont certes pas sans fondements, mais ils ne sont pas toujours entièrement rationnels.**

2 Freud : le progrès ne fait pas le bonheur

• Au début du xxe siècle, Freud remarque que malgré les progrès prodigieux de la physique, de la biologie et de leurs applications techniques (comme la médecine), les hommes ne sont pas plus heureux qu'ils ne l'étaient autrefois. La croyance selon laquelle le progrès technique ferait le bonheur de l'humanité est donc une illusion, c'est-à-dire une croyance enracinée dans un désir. Cela ne signifie pas, précise Freud, que le progrès technique soit dénué de toute valeur pour l'économie de notre bonheur. On peut seulement affirmer que la domination de la nature par la science et la technique n'est pas la condition suffisante du bonheur, ni par conséquent l'unique objectif du progrès de la civilisation.

3 Vivre au présent

« ***Carpe diem*** », cueille le jour. La célèbre formule d'Horace est souvent mal comprise. En effet, elle n'invite nullement à profiter de la vie et de ses plaisirs sans limites et sans modération, mais à vivre au présent, à habiter le présent. Les stoïciens conseillent à leurs disciples de ne vivre ni dans le passé (la nostalgie, les regrets, les remords), ni dans l'avenir (qu'il suscite l'espoir ou la peur). Nous vivons à la fois dans l'espoir et dans la crainte qui sont inséparables comme le remarque Spinoza : nous craignons que ce que nous espérons ne se produise pas et nous espérons que ce que nous craignons ne se produise pas. Si la peur de la fin du monde et l'espoir de sauver la planète peuvent nous sauver la vie, ils peuvent aussi nous la gâcher en nous interdisant d'habiter le présent.

Découvrir l'heuristique de la peur

Révision express

Les points importants à retenir

- **Le mythe de Prométhée** montre que la technique est **consubstantielle à l'homme.**
- **Bergson** avance que l'espèce humaine pourrait être désignée par l'expression ***homo faber*** (« homme fabricateur »).
- Comme le montrent **Marx** et **Spengler**, il faut distinguer les **techniques inventées par l'homme des productions instinctives de l'animal.**
- **Descartes** affirme que le progrès scientifique et technique rendra l'homme **maître et possesseur de la nature.**
- **John Stuart Mill** souligne qu'en admirant les grandes réalisations techniques, nous admettons qu'il faut soumettre les puissances de la nature et non leur obéir
- Le roman ***Frankenstein ou le Prométhée moderne*** de Mary Shelley montre que **le pouvoir de la technique peut être dangereux.**
- **Bergson** regrette que les machines aient décuplé les forces de l'homme **sans développer son âme.**
- Selon **Hans Jonas**, le pouvoir que la technique donne à l'homme devrait être limité par une « **éthique pour la nature** ».
- Les **espoirs** et les **craintes** que suscite le progrès ne sont pas toujours **rationnels.**
- **Freud** affirme que l'idée selon laquelle **le progrès technique rendrait l'homme heureux est illusoire.**
- Les Anciens nous conseillent de vivre au présent : « ***Carpe diem*** ».

Quiz

Cochez la bonne réponse :

1. Dans la mythologue grecque, qui a volé aux dieux la connaissance du feu et des techniques ?

a. ☐ Prométhée
b. ☐ Épiméthée
c. ☐ Ulysse

2. Complétez cette affirmation de John Stuart Mill : « Tout éloge de la civilisation, de l'art ou de l'invention revient à critiquer... »

a. ☐ L'homme
b. ☐ La nature
c. ☐ La technique

3. Bergson regrette que les machines aient décuplé les forces de l'homme sans développer son âme.

☐ Vrai ☐ Faux

4. Freud estime que le progrès technique a rendu l'homme plus heureux.

☐ Vrai ☐ Faux

→ Réponses p. 476

PHILOSOPHIE

EXERCICE GUIDÉ

L'introduction d'une explication de texte

Énoncé

Expliquez le texte suivant.

Mais sitôt que j'ai eu acquis quelques notions générales touchant la physique, et que, commençant à les éprouver en diverses difficultés particulières, j'ai remarqué jusques où elles peuvent conduire, et combien elles diffèrent des principes dont on s'est servi jusques à présent, j'ai cru que je ne pouvais les tenir cachées sans pécher grandement contre la loi qui nous oblige à procurer autant qu'il est en nous le bien général de tous les hommes : car elles m'ont fait voir qu'il est possible de parvenir à des connaissances qui soient fort utiles à la vie ; et au lieu de cette philosophie spéculative[1] qu'on enseigne dans les écoles on en peut trouver une pratique[2], par laquelle, connaissant la force et les actions du feu, de l'eau, de l'air, des astres, des cieux et de tous les autres corps qui nous environnent, aussi distinctement que nous connaissons les divers métiers de nos artisans, nous les pourrions employer en même façon à tous les usages auxquels ils sont propres, et ainsi nous rendre comme maîtres et possesseurs de la nature[3]. Ce qui n'est pas seulement à désirer pour l'invention d'une infinité d'artifices[4] qui feraient qu'on jouirait sans aucune peine des fruits de la terre et de toutes les commodités qui s'y trouve, mais principalement aussi pour la conservation de la santé, laquelle est sans doute le premier bien et le fondement de tous les autres biens de cette vie ; car même l'esprit dépend si fort du tempérament et de la disposition des organes du corps[5], que, s'il est possible de trouver quelque moyen qui rende communément les hommes plus sages et plus habiles qu'ils n'ont été jusques ici, je crois que c'est dans la médecine qu'on doit le chercher[6].

René Descartes, Discours de la méthode (1637), Gallimard, 1953.

1. Spéculative : théorique.
2. Pratique : utile pour vivre et agir.
3. Dieu reste dans l'esprit de Descartes le véritable maître de la nature car il est l'auteur de ses lois. L'homme est seulement comme maître et possesseur de la nature.
4. Artifices : techniques, outils, machines, artefacts.
5. Aux yeux de Descartes l'esprit (ou l'âme) et le corps sont deux réalités très différentes : l'esprit est immatériel, il n'est rien d'autre que de la pensée. Pourtant l'esprit et le corps sont si étroitement liés qu'ils forment comme une seule et même chose.
6. L'idée peut évoquer (aujourd'hui) le transhumanisme selon lequel le progrès scientifique et technique permettra d'augmenter les capacités physiques et intellectuelles de l'homme.

Méthode

- Une méthodologie intelligente devrait éviter d'énoncer des **règles trop rigides**. Celles-ci doivent guider votre réflexion et non l'enfermer dans un carcan. Sentez-vous donc libre d'organiser votre introduction comme bon vous semble, l'essentiel étant qu'elle **dégage le problème dont il est question, la solution de l'auteur** et les éventuelles difficultés (objections) que soulève cette solution.
- Commencer par exposer **le problème** dont il est question a l'avantage de mettre immédiatement en évidence l'intérêt du texte et du même coup de son explication.
- **La thèse** de l'auteur, c'est-à-dire la solution qu'il donne au problème peut ainsi être exposée ensuite de manière très « naturelle ».
- L'introduction peut alors se terminer par **une objection** qui ne vise pas à réfuter le point de vue de l'auteur, mais seulement à montrer qu'il reste discutable.
- On peut envisager d'autres manières de faire. Par exemple, il est possible commencer par exposer la thèse de l'auteur.

Corrigé

PROPOSITION D'INTRODUCTION

1. De quel problème est-il question ?

Le progrès des sciences et des techniques suscite autant d'espoir que de craintes. Mais que peut-on vraiment en attendre ?

2. Quelle est la thèse de l'auteur ?

Dans un passage du *Discours de la méthode*, Descartes déclare en une formule devenue célèbre que la science rendra l'homme « maître et possesseur de la nature ». L'auteur se plaît ainsi à imaginer tous les bienfaits que la science appliquée, notamment la médecine, apportera à l'humanité. La thèse a une valeur prophétique qu'on ne peut pas nier.

3. En quoi cette thèse est-elle discutable ?

Cependant, il nous arrive de regretter que le progrès des sciences et des techniques ait rendu l'homme si puissant et si téméraire qu'il s'imagine être le maître de la nature. L'homme ne risque-t-il pas plutôt de la détruire et de se détruire du même coup ? La nature appartient-elle à l'homme ? N'est-ce pas plutôt l'homme qui appartient à la nature comme le pensaient les Anciens ?

Attention : l'introduction comporte des étapes, mais elle doit être présentée sous la forme d'**un seul paragraphe**.

L'objectif principal d'une explication est bien d'**expliquer** la pensée de l'auteur et non de la **discuter**. Cependant, il est bon de souligner dès l'introduction que la thèse de l'auteur **fait problème**. Comme l'indique la consigne qui figure sur les sujets du bac : « il faut et il suffit que l'explication rende compte, par la compréhension précise du texte, du **problème** dont il est question ».

PROPOSITION ALTERNATIVE

1. Quelle est la thèse de l'auteur ?

Dans cet extrait du *Discours de la méthode*, Descartes, philosophe et savant du XVIIe siècle, imagine les bienfaits que les sciences et les techniques pourraient apporter à l'humanité. Nous deviendrons un jour « comme maîtres et possesseurs de la nature », affirme-t-il.

2. Objection et problème

Mais le progrès scientifique et technique peut susciter autant de craintes que d'espoir. Faut-il se réjouir de voir l'homme dominer la nature ? Lui appartient-elle ? A-t-il le droit d'en faire ce qu'il veut ? Pour les Anciens la nature n'appartient pas à l'homme, c'est bien plutôt l'homme qui appartient à la nature.
Retenez qu'une méthode ne doit pas être considérée comme un ensemble de règles rigides. Il ne s'agit pas de se conformer strictement à des consignes, mais d'en comprendre le sens et de les appliquer de manière souple et pertinente.

PHILOSOPHIE

Chapitre 12 La vérité

1 Les critères de vérité

De quoi s'agit-il ? Si philosopher, c'est chercher la vérité avec toute son âme, à quel critère précis répond-elle ? Critère signifie « règle pour discerner le vrai du faux ». Chaque philosophe ou savant lui a donné ses propres caractéristiques et l'a replacé au sein de sa pensée philosophique. Existe-t-il un critère universel de vérité, un signe qui permette de reconnaître infailliblement le vrai ?

Mots-clés
- critère
- phénomène et noumène
- adéquation
- évidence
- intuition

Mots-repères
croire/savoir
universel/général/particulier/singulier

1 La vérité comme transcendance

- Dans toute religion, la vérité est détenue par la divinité. Les religions monothéistes sont des religions révélées. Les Écritures tiennent une place centrale.

- Pour Platon, la vérité se trouve dans le monde des Idées, monde immuable car **la vérité a besoin de permanence :** ce qui est vrai doit l'être toujours. La vérité est transcendantale, absolue, ou n'est pas. Il est intéressant de remarquer qu'il n'y a pas dans la langue grecque de mot pour dire vérité. On utilise le mot *alétheia* qui signifie dévoilement.

- La vérité absolue est du domaine de la foi, du dogme ou de l'idéal. Ce qui ne peut pas représenter un critère universellement reconnu.

2 La vérité comme adéquation avec le réel

- Depuis Aristote, la source de connaissance vient du monde sensible. Mais pour Descartes, la vérité se trouve dans l'évidence instantanée du *cogito :* la seule certitude démontrable est la pensée. Je peux douter de tout, mais pour douter il faut bien penser le doute. La première vérité est celle de mon esprit. La vérité est **adéquation** de la pensée avec la réalité. Cette recherche de la vérité est pour Descartes une **domination** de la nature.

- Spinoza pense que la vérité se manifeste par son évidence propre : *verum index sui*, **la vérité est à elle-même son propre critère**. La vérité est donc étroitement liée à la réalité. La certitude accompagne l'idée vraie, et l'erreur n'est qu'une privation de connaissance. Pour lui, la philosophie est la recherche de la vérité par la connaissance.

- Définir la vérité comme adéquation de la pensée avec le réel est stérile : nous ne pouvons pas sortir de nous-mêmes, de notre système de représentation, pour confronter le réel et notre pensée. **Tout ce que nous connaissons est notre représentation du monde.**

3 La vérité en sciences expérimentales

- La vérité absolue ne fait plus partie du vocabulaire des scientifiques. On distingue deux sortes de vérités scientifiques :
- **la vérité formelle** qui concerne le domaine de la logique. Ne se préoccupant que de la cohérence interne d'un raisonnement (le contenu n'importe pas), elle possède un critère de vérité irréfutable ;

– **la vérité matérielle** qui concerne le contenu. Issue de l'expérimentation, elle peut être tenue pour vraie en ce sens que le vrai est ce qui est vérifiable. Le critère de vérité est ici la validité d'un raisonnement par l'expérience.

• La vérité scientifique n'est pas un reflet dans un miroir. Le jugement vrai transpose et reconstruit la réalité à travers tout un réseau de manipulations techniques et d'opérations intellectuelles.

4 Kant et le critère universel de vérité

• **Il ne faut plus chercher un critère absolu mais s'interroger sur les structures de notre esprit**. Kant pense que nous ne pouvons connaître que dans le cadre spatio-temporel : le temps et l'espace sont les formes nécessaires de toute connaissance. **On ne connaît des choses que leurs phénomènes** et notre connaissance est fondée sur l'intuition.

• La fonction de la raison est alors de **synthétiser**, de ramener le divers à l'identique. Mais ne pouvant connaître que les phénomènes, la raison ne peut donc pas connaître absolument. Le seul critère universel de vérité serait donc celui de se limiter au domaine de l'expérience sensible.

• Kant remplace donc la question du critère universel de vérité par celle des **trois conditions** selon lesquelles une connaissance est vraie : la validité logique ou formelle ; l'accord entre les objets de l'expérience et les conditions *a priori* nécessaires pour connaître un objet en général, c'est-à-dire connaissance des phénomènes ; la vérification par l'expérience.

• **Le critère universel de vérité est introuvable :** soit il s'agit d'une quête individuelle et non universelle ; soit il s'agit de la vérité scientifique, et l'on sait maintenant qu'elle est « une erreur rectifiée » (Bachelard).

2 Valeurs de la vérité

De quoi s'agit-il ? L'interprétation, dit Paul Ricœur, est « le travail de la pensée qui consiste à déchiffrer le sens caché dans le sens apparent ». Il en va ainsi de la vérité : nous lui accordons une valeur selon le sens que nous donnons au monde et à notre existence.

Vocabulaire
- nécessité vitale
- pragmatisme
- dogmatisme

Mots-repères
croire/savoir – idéal/réel
universel/général/particulier/singulier

Définir la notion de vérité

1 La vérité est une consolation

• Pour Nietzsche, **la vérité est une création du métaphysicien et du religieux**, las de vivre et de souffrir, incapables d'agir et de créer, et qui **imaginent un monde rassurant**, le « vrai » monde. Si les hommes se réfugient dans la croyance en un monde immuable permanent (le monde intelligible de Platon, « l'autre monde » des religieux) et inventent des valeurs morales, c'est pour se protéger des forts, de ceux qui n'ont pas besoin de ces vérités rassurantes.

• Ainsi, ce que nous appelons « vrai » dérive de nos besoins et la vérité est une « **nécessité vitale** ». Nietzsche critique cette vérité qui rassure. Pour lui, vouloir la vérité, c'est vivre au rabais. Nietzsche veut assumer l'absence totale de vérité. Il n'y a ni vérité ni mensonge : il y a la vie et le danger de la vie que l'on accepte ou que l'on refuse. Mais ce n'est pas parce que la vérité « sauve » qu'elle est vraie.

2 La vérité est un idéal

- Les hommes ont un besoin de certitudes pour vivre ensemble. En cherchant la vérité, on cherche à abolir la séparation entre ceux qui trompent et ceux qui sont trompés. La vérité semble **égalitaire**.

- La recherche de la vérité est le signe du libre désir de l'homme. Elle correspond moins à un besoin qu'à l'affirmation d'un choix libre : la vérité n'est pas essentiellement utile, mais elle est une **aspiration.** Pour Jankélévitch, la vérité semble être une **vertu,** mais « toute vérité n'est pas bonne à dire ». On ne répond pas à toutes les questions, du moins on ne dit pas n'importe quoi à n'importe qui. Il faut toujours réfléchir aux conséquences de ce que l'on va dire. Il ne faut ni blesser, ni faire souffrir.

3 La vérité est pragmatique

- William James donne une définition originale de la vérité : **la vérité est ce qui réussit, ce qui est utile**. Au sens large du pragmatisme (du grec *pragma*, action et efficacité), l'unique critère de vérité est la réussite. La pensée sert l'action : l'idée vraie est celle qui se révèle la plus payante. « Ce qui est vrai est ce qui est avantageux de n'importe quelle manière », dit W. James : par exemple, l'idée de Dieu n'est vraie que si j'en tire profit. En ce sens, la vérité est ce qui améliore l'homme. Mais l'utile et l'agréable ne sont pas des preuves du vrai. Ce que W. James appelle « la preuve par l'efficacité » ne garantit nullement la certitude et le bien-fondé intellectuels. « La preuve par le plaisir est la preuve du plaisir et rien de plus. »

- Plus strictement, si « vrai » signifie « utile » au sens de **« vérifiable »**, on détient un critère assez adapté au monde, car on suppose que toute proposition, tout savoir, doit se vérifier dans les faits. Ainsi Bachelard disait que « le monde n'est ni notre représentation, ni notre convention, il est notre vérification ». Par contre, dans certains domaines (politique, publicité), si vrai signifie efficace, alors le **mensonge** serait vrai... Cette définition **pragmatique** de la vérité est dangereuse car elle tend à fonder des « vérités consolatrices » ou au contraire à faire disparaître des « vérités inutiles ».

- Dire que le vrai est ce qui est utile risque d'asservir la vérité. Si la vérité se mesurait à son efficacité, le danger serait qu'elle soit récupérée par les démagogues, ceux qu'Aristote appelait **les flatteurs du peuple**, c'est-à-dire tous ceux qui, voulant conquérir ou garder le pouvoir, veulent plaire par des mesures populaires mais contraires à l'intérêt général.

4 Vérité scientifique : humilité ou dogmatisme ?

- Pour Freud, **la vérité scientifique**, fondée sur l'expérimentation, **permet de retrouver une certaine humilité.** Mais pour le philosophe espagnol Ortega y Gasset, l'homme de science de plus en plus spécialisé perd le contact avec tous les autres domaines de la science. **L'expert s'approprie « la » vérité en la réduisant à sa spécialité** sans la replacer dans la globalité du monde.

- **Le néo-positivisme contemporain** représente aussi un danger car il conduit au **culte de la science** : la science « est-elle supérieure à l'homme lui-même ? », demande J. Monod.

3 Les frontières de la vérité

De quoi s'agit-il ? **Chercher la vérité, c'est chercher du sens. Quel peut être le sens de ce qui s'oppose à la vérité, comme le mensonge, l'erreur, le faux, l'apparence, etc. ? Quels rapports la vérité entretient-elle avec ce qui s'oppose à elle ou lui est étranger ? Quelles sont les limites de la vérité ?**

Mots-clés
- erreur
- illusion
- mensonge
- imagination
- transgression

Mots-repères
idéal/réel – absolu/relatif
universel/général/particulier/singulier

1 L'erreur est une vérité fausse

• Étymologiquement, erreur vient du latin *error*, course à l'aventure, et de *errare*, aller çà et là, errer, se fourvoyer. L'erreur est le résultat d'un processus actif, d'un jugement. C'est une assertion non conforme aux normes de la vérité. Pour Spinoza, l'erreur est une **privation de connaissance :** on peut donc rectifier une erreur en approfondissant ses connaissances.

• L'erreur pour Descartes n'est pas une « pure négation », mais elle vient d'un **mauvais usage de ma liberté infinie**. Elle naît de la disproportion entre mon entendement fini et ma volonté infinie. Je peux éviter d'errer si je suspends mon jugement jusqu'à ce que je découvre une idée claire et distincte. **L'erreur peut être redressée** par l'expérience ou par le raisonnement. Les sens me trompent souvent, par exemple le bâton à demi trempé dans l'eau m'apparaît brisé alors qu'il est droit, il suffit de le retirer de l'eau pour le voir.

2 L'illusion est un leurre souvent vital

• Étymologiquement, illusion vient du latin *illusio* qui signifie tromperie, et de *illudere*, se jouer de, se moquer de. L'illusion représente la limite de notre nature humaine sensible et la capacité que nous avons de nous mentir pour satisfaire nos désirs, échapper à la réalité-vérité.

• **L'illusion est étrangère à la réalité** et s'installe au niveau de la perception ou de la croyance. Prenons l'exemple du mirage, ou de l'illusion des amputés qui souffrent d'un membre qu'ils n'ont plus. À côté de ces illusions naturelles, il existe aussi des illusions artificielles, des jeux d'illusion, comme les tours de magie, les leurres pour attirer les animaux, la technique du trompe-l'œil en peinture, le maquillage, etc.

• Il n'est pas toujours possible de la dissiper, contrairement à l'erreur. Certaines illusions sont sans doute des nécessités vitales : croire en l'avenir, espérer être heureux. Qui peut vivre sans illusion ? C'est ainsi que Freud et Nietzsche expliquaient ce besoin de vérité et d'un au-delà, tout en soulignant qu'il faudrait pouvoir s'en débarrasser, afin de vivre pleinement la vie d'en bas, celle qui nous appartient.

3 L'imagination, instrument de vérité ?

• Étymologiquement, imagination vient du latin *imaginatio, imago*, image. L'imagination recrée la réalité plus qu'elle ne la crée. Elle tient une place importante dans la recherche de la vérité. Ainsi, le physicien imagine des hypothèses ; le philosophe, tel Platon, imagine un mythe, une fable, pour faire comprendre ce qu'un concept rationnel ne peut exprimer.

• Mais l'imagination peut aussi avoir des **effets pervers :** par exemple, le paranoïaque imagine des faits qu'il croit conformes avec la réalité et qu'il tient pour vrais. On parle d'imagination diabolique pour expliquer la manipulation et la tromperie. Pascal appelait l'imagination « cette maîtresse d'erreur et de fausseté », d'autant plus dangereuse qu'elle ne l'est pas toujours.

- L'imagination, c'est aussi la référence à **l'imaginaire,** présent dans toutes nos relations aux autres et au monde, et à l'image que nous nous en faisons ou que nous donnons. On parle beaucoup aujourd'hui du pouvoir de l'image pour le déplorer. On dénonce la société du spectacle, société du simulacre. « L'imagination au pouvoir ! », disait un slogan de Mai 68. Trop d'images tuent l'imaginaire. Sans imaginaire, pas de rêve, ni d'utopie.

4 Le mensonge, la transgression des transgressions ?

- Mensonge vent du latin *mentiri*, mentir, et de *mens*, intelligence. Le mensonge est une affirmation énoncée **sciemment** dans l'intention de tromper. Kant pense que le mensonge « est la plus grande transgression du devoir de l'homme envers lui-même comme être moral, et envers l'humanité en sa personne » (*Fondements de la métaphysique des mœurs*).

- En effet, comment fonder des relations de confiance avec autrui si l'on accepte le mensonge ? Si je m'autorise à mentir, je dois penser que d'autres aussi mentent. Il n'est alors plus possible de faire confiance à quiconque. Comment vivre ensemble ? Que devient la vie sociale ? Kant voit dans le mensonge la **négation du respect de soi** et, de ce fait, en ma personne, **le non-respect de toute l'humanité**, puisque chaque être humain est en lui-même tous les hommes.

Révision express

Les points importants à retenir

Distinguer :

- **la croyance :** assentiment, opinion. La croyance ne demande pas de preuve ;
- **la certitude :** adhésion, qui ne laisse place à aucun doute ;
- **la vérité** : accord de la pensée avec elle-même qui obéit aux règles de la logique ; ou adéquation de la connaissance et du réel.

Les critères de vérité

Une quête transcendantale : la vérité est absolue

- Platon : vérité = monde de Idées ;
- Descartes : vérité = principes innés qui viennent de Dieu ;
- monothéismes : vérité = révélation.

Adéquation de la pensée avec le réel

- Descartes : vérité = adéquation du cogito avec le réel ;
- Spinoza : vérité = sa propre évidence ;
- Kant : vérité = validité logique + adéquation entre connaissances et phénomènes + vérification par l'expérience.

Les valeurs de la vérité

- Une aspiration, une vertu : religions ; une inclination du cœur : Pascal.
- Une consolation vitale pour ceux qui ne prennent pas le risque d'affirmer la vie dans toutes les circonstances : Nietzsche.
- Une utilité, l'action qui réussit le mieux : pragmatisme.
- Une illusion qui force la raison à l'humilité : Freud.
- Un dogmatisme : notre intelligence est capable de connaître la vérité absolue.
- Un relativisme : Kant pense que c'est notre entendement qui construit le réel et que nous ne pouvons connaître que les phénomènes.

Les frontières de la vérité

- L'illusion : opinion ou perception fausses = source d'erreur.
- L'imagination : liée au monde sensible = source d'erreur ; mais liée à la science, moyen d'expliquer le monde = source de vérité.
- Le mensonge : négation du respect de soi et impossibilité de vivre ensemble.
- L'homme cherche à comprendre le monde et à se situer par rapport à autrui et à lui-même.

Quiz

Cochez la bonne réponse :

1. Les philosophes grecs fondent la vérité sur :
a. ☐ **le « logos »** b. ☐ **la révélation** c. ☐ **la validité**

2. Les vérités formelles et matérielles sont celles des :
a. ☐ **scientifiques** b. ☐ **artistes** c. ☐ **philosophes**

3. L'illusion est :
a. ☐ **un mensonge** b. ☐ **un leurre** c. ☐ **une privation**

4. Le pragmatisme se définit par :
a. ☐ **l'utilité** b. ☐ **le dogmatisme** c. ☐ **le relativisme**

→ Réponses p. 476

EXERCICE GUIDÉ

Comment développer une explication de texte ?

Énoncé

Sujet : Expliquez le texte suivant.

> Il y a un principe du doute consistant dans la maxime de traiter les connaissances de façon à les rendre incertaines et à montrer l'impossibilité d'atteindre à la certitude. Cette méthode de philosophie est la façon de penser sceptique ou le scepticisme. [...]
>
> Mais autant ce scepticisme est nuisible, autant est utile et opportune la méthode sceptique, si l'on entend seulement par-là la façon de traiter quelque chose comme incertain et de le conduire au plus haut degré de l'incertitude dans l'espoir de trouver sur ce chemin la trace de la vérité. Cette méthode est donc à proprement parler une simple suspension du jugement. Elle est fort utile au procédé critique par quoi il faut entendre cette méthode de philosophie qui consiste à remonter aux sources des affirmations et objections, et aux fondements sur lesquels elles reposent, méthode qui permet d'espérer atteindre à la certitude.
>
> Kant, *Logique* (1800).

Méthode

Le développement d'une explication peut être structuré de la manière suivante :

- D'abord, il est utile de mettre en évidence la **composition du passage**. En d'autres termes, il s'agit de dégager dans un court paragraphe les principales étapes du raisonnement de l'auteur. C'est une vue d'ensemble du passage qui permet d'en saisir clairement les articulations logiques.
- Vient ensuite l'**explication détaillée**. Cette partie est la plus longue et la plus importante. Elle suit pas à pas la démarche de l'auteur et l'explicite sans prendre position.
- Il s'agit donc d'une **explication linéaire** et non d'un **commentaire composé** comme on en fait en classe de littérature. Il n'est généralement pas utile de mettre en évidence les moyens ou les procédés que l'auteur utilise pour exprimer sa pensée. Par exemple, ne relevez pas d'éventuelles figures de styles. Intéressez-vous au fond (au contenu) plutôt qu'à la forme.
- Comprendre une thèse, c'est aussi comprendre en quoi elle est discutable. On peut donc **discuter rapidement le point de vue de l'auteur** à la fin du développement. Cependant, cette partie « critique » est facultative et ne doit surtout pas prendre le pas sur l'explication.

Corrigé

Composition du passage

Kant distingue deux formes de doute. Le doute sceptique, d'abord, qui est défini dans le premier alinéa. Celui-ci vise à montrer qu'il est impossible d'atteindre une vérité certaine. Il est donc définitif. Le second alinéa montre ensuite que le doute peut au contraire être envisagé comme un moyen de parvenir à une vérité certaine. C'est ce que Kant appelle : la « méthode sceptique ». Le doute sous cette seconde forme n'est que provisoire, il suspend seulement le jugement. Si le doute sceptique peut paraître stérile, la méthode sceptique est très utile, comme Kant le souligne à la fin du passage.

Explication détaillée

- L'explication détaillée est linéaire, c'est-à-dire que le texte est expliqué ligne par ligne. Chaque phrase doit être analysée, certaines peuvent donner lieu à de longs développements. Celle-ci par exemple :

« Mais autant ce scepticisme est nuisible, autant est utile et opportune la méthode sceptique, si l'on entend seulement par-là la façon de traiter quelque chose comme incertain et de le conduire au plus haut degré de l'incertitude dans l'espoir de trouver sur ce chemin la trace de la vérité ».

- Kant oppose le doute sceptique qu'il juge nuisible à la méthode sceptique dont il souligne au contraire la pertinence et l'utilité. Le scepticisme est une doctrine fondée par Pyrrhon, un philosophe grec de l'Antiquité. À ses yeux, l'homme ne peut atteindre aucune vérité certaine. Ce que Kant appelle la « méthode sceptique » évoque la démarche de Descartes qui fait du doute un moyen d'atteindre à la certitude. Dans la philosophie de Descartes, douter permet d'écarter tout ce qui est incertain pour mettre en évidence des certitudes. Le célèbre cogito cartésien est la première de ces certitudes : je peux trouver des raisons de douter de l'existence du monde (d'un point de vue purement théorique la vie pourrait n'être qu'un rêve), mais je ne peux pas douter de ma propre existence en tant que chose pensante : « Je pense donc je suis ». Comme on le voit, la méthode sceptique consiste bien, comme l'écrit Kant, à conduire une chose « au plus haut degré de l'incertitude dans l'espoir de trouver sur ce chemin la trace de la vérité ». Le doute quand il est poussé à son paroxysme se transforme en son contraire, il se transforme en certitude.

Toutes les phrases méritent une explication. Il faut expliquer « le texte, tout le texte et rien que le texte ». Par exemple, on peut être tenté de négliger cette petite phrase : « Cette méthode est donc à proprement parler une simple suspension du jugement ». Or l'expression « suspension du jugement » mérite à elle seule un développement. En effet, elle est utilisée de manière récurrente par les sceptiques de l'Antiquité comme Sextus Empiricus. Suspendre son jugement, c'est s'abstenir de juger. Dans ce contexte, « juger » ne signifie pas seulement porter un jugement sur quelqu'un, mais affirmer quelque chose. Par exemple juger (affirmer) que la Terre est ronde ou que 2 et 2 font 4. Chez les sceptiques cette suspension du jugement est définitive : on ne doit jamais cesser de douter. Mais Kant donne à cette expression un sens différent. La méthode qu'il prône est comme il le souligne « à **proprement parler** une **suspension** du jugement » : il ne faut s'abstenir de juger qu'en attendant de parvenir à la certitude. Suspendre son jugement signifie donc ici différer son jugement.

Discussion

Kant juge le scepticisme « nuisible ». Pourquoi ? On peut considérer le scepticisme comme une impasse, spécialement au plan pratique : comment peut-on vivre et agir si on doute de tout en permanence ? La doctrine sceptique reste pourtant défendable. En effet, aux yeux de Pyrrhon, le doute conduit à une forme d'indifférence ou de détachement qui est la condition du bonheur.

PHILOSOPHIE

Chapitre 13 La conscience

1 L'homme est conscience

De quoi s'agit-il ? L'homme se découvre sujet à partir du moment où il se distancie de lui-même et du monde. Cette découverte lui permet d'accéder à la réflexion, au savoir, mais elle lui fait aussi comprendre que le monde n'est pas fait pour lui, ni les autres pour satisfaire ses désirs. De la pensée surgit le monde et la prise de conscience des autres. Sans cette prise de conscience, l'homme a le sentiment de soi mais non la conscience de soi.

Mots-clés
- conscience
- conscience de soi
- je
- pensée
- sens

Mots-repères
médiat/immédiat
objectif/subjectif/intersubjectif

1 Pourquoi peut-on définir l'homme par la conscience ?

- La conscience est **une donnée immédiate de la vie**. En effet, il est impossible de se représenter la conscience : elle n'est pas un objet jeté devant soi comme une quelconque chose, elle ne se montre pas. « Mais qu'est-ce que la conscience ? », demande Bergson, qui ajoute : « Vous pensez bien que je ne vais pas définir une chose aussi concrète, aussi constamment présente à l'expérience de chacun de nous ! » Imaginer, percevoir, distinguer, réfléchir, juger, agir, etc., sont autant d'actes qui ne prennent de sens que dans la mesure où ces actes sont présents à la conscience, où ils sont éclairés par cette « chose ».

- **Le sentiment de soi n'est pas la conscience de soi**. Je vis, et cette conscience d'être vivant est le premier savoir irréfutable qui caractérise mon humanité et me rend présent à moi-même et au monde. La conscience me distingue de l'animal qui peut posséder un certain sentiment de soi, de son environnement, mais n'a conscience ni de son passé ni de son avenir. La conscience est la source de toute interrogation sur la condition humaine et sur l'univers. C'est à partir d'elle que l'homme se construit.

2 Le surgissement de la conscience

Réviser la notion de conscience

- Cette apparition est **une intuition fulgurante**. La conscience surgit lorsque l'enfant dit « je » pour la première fois, lorsqu'il se sépare du monde fusionnel dans lequel il est plongé depuis sa naissance. Il passe du « Paul a faim » à « j'ai faim ». Ce surgissement de la conscience le **sépare** à jamais du monde. Mais cette rupture radicale et irrémédiable va permettre l'émergence de la réflexion.

- Ainsi, **dire « je »**, c'est se détacher de ce monde perçu comme fait pour moi, fait pour répondre à tous mes désirs. Ce monde, désormais peuplé d'autres « je », d'autres désirs que les miens, ne m'est plus aussi familier. Je ne suis plus dans le monde, mais **je suis au monde, devant le monde**. Je viens de prendre conscience à la fois de mon **identité** et de ma **différence** avec ceux (les personnes) et ce (le monde) qui m'entourent. Cet événement, l'un des moments essentiels de mon humanité, est irréversible. « Auparavant, l'enfant ne faisait que se sentir, maintenant il se pense », écrit Kant.

- La conscience est **le savoir, immédiat ou réfléchi**, que l'homme a de lui-même et qui se reconnaît comme situé dans le monde. La conscience dite psycho-logique passe de : « j'ai conscience » à « j'ai conscience d'avoir conscience ». Nous retrouvons ici l'étymologie du mot conscience : *cum scientia*, avec le savoir, un savoir accompagné, un savoir rassemblé autour d'un centre qui est l'homme.

3 La conscience, lumière et lien

- La conscience est donc **le moi fondateur du monde et du sens**, l'abso-lue certitude de moi pour moi, condition sans laquelle il n'y aurait rien. Je sais que je sais. La conscience « élève l'homme **infiniment** au-dessus de tous les êtres vivants sur la terre. Par là il est une personne », écrit Kant.

- À partir de cette lumière, **l'homme va s'étonner, se questionner**. Il a quitté le « paradis » de la fusion, pour un monde incertain et dangereux, mais « quand l'univers l'écraserait, l'homme serait encore plus noble que ce qui le tue, parce qu'il sait qu'il meurt », dit Pascal. L'homme, ce « roseau pensant », peut être détruit par la nature, mais il reste pourtant supérieur à la nature du fait qu'il sait qu'il va mourir, qu'il est conscient de sa force comme de sa faiblesse. Telle est sa grandeur tragique : la pensée.

- Cette expérience de la conscience de soi est en même temps l'expérience de la **relation**. Paradoxalement, la séparation d'avec le monde nous ouvre le chemin de la relation à autrui, c'est-à-dire du rapport au monde et aux autres. D'une conscience définie comme une intuition intime, nous sommes passés à une conscience réfléchie : le sujet conscient se prend lui-même comme objet de connaissance. Les autres lui sont à jamais étrangers, car séparés, et pourtant nécessaires pour savoir qu'il est. En effet, « qui me dit que je suis sinon l'autre », interroge Sartre ?

2 Le « *cogito* » cartésien

De quoi s'agit-il ? Avec Descartes naît la philosophie moderne du sujet : avant de savoir ce qu'est le monde, nous avons conscience en toute certitude que nous sommes conscience et esprit. Cette certitude fondatrice, cette conscience de soi, nous distingue radicalement de l'animal. C'est aussi pourquoi l'esprit est plus aisé à connaître que le corps, nos pensées étant entièrement en notre pouvoir. De là une supériorité de la conscience sur le corps. La pensée est alors signe de mon humanité.

Mots-clés
- *« cogito »*
- doute méthodique
- solipsisme
- différence de nature

Mots-repères

médiat/immédiat
objectif/subjectif/intersubjectif

PHILOSOPHIE

1 Le cogito, une évidence

- Cette évidence du « **je pense donc je suis** » *(cogito ergo sum)* surgit après que Descartes a mis en doute tout ce qui existe : moi, le monde, ce que me livrent mes sens, ce que je conçois... Tout peut être truqué par un malin génie qui me trompe. Mais c'est ce doute même qui certifie que je suis : **douter, c'est encore penser,** et penser, c'est être quelque chose, car « pour penser, il faut être ». Puisque je doute, je suis, j'existe. Je suis le sujet du doute, j'existe non comme une chose ou comme un objet, mais comme sujet : l'homme se découvre en disant « **je** pense donc **je** suis ».

- Le doute cartésien est provisoire, **méthodique**, il n'est pas sceptique. Une fois dans sa vie, et **une** seule, il est nécessaire de faire table rase de toutes les connaissances acquises afin de reconstruire sur des bases solides, sûres. Descartes cherche la vérité et une méthode pour y parvenir. Si « le bon sens est la chose du monde la mieux partagée », cette raison n'est pas toujours utilisée à bon escient. Il s'emploie à élaborer des règles qui nous guideront de manière certaine vers le vrai.

2 L'essence de l'homme, c'est sa conscience

- Cette certitude que je suis est la certitude de la pensée elle-même sans laquelle aucune autre certitude ne serait possible. **Cette vérité première** fonde toutes les autres. L'homme se définit ainsi par sa conscience et n'existe que dans la mesure où il est conscient de son existence, en tant qu'être pensant. Ainsi, l'essence de l'homme, c'est sa conscience, synonyme de pensée chez Descartes, qui est donc le **savoir immédiat de soi-même**.

- Mais l'homme est à la fois **esprit** et **matière**, substances radicalement différentes. Pourtant, contrairement au dualisme platonicien qui voit dans le corps un obstacle à la connaissance, Descartes affirme **l'union** de ces deux substances. La conscience n'est pas seulement logée dans le corps « comme un pilote en son navire », elle forme un **tout** avec lui.

- L'esprit est plus aisé à connaître que le corps parce que l'homme se découvre d'abord essentiellement comme conscience. Le moi qui pense est seul, il se découvre seul, il ignore si un monde extérieur à lui existe. Cette **solitude du *cogito*,** c'est ce qu'on appelle le **solipsisme**, du latin *solo*, seul, et *ipse*, soi-même. Sartre critiquera cette position de Descartes en partant de l'idée que ce qui est premier est l'existence et non l'essence, et sortira le *cogito* de sa solitude ontologique.

- L'homme est alors le seul être à **vivre l'union** de l'âme et du corps. Les autres vivants, notamment les animaux, sont des automates, sans pensée, sans sentiment, sans langage. Tout chez eux est mécanisme, comme une horloge bien agencée. Ces **animaux machines** ont une **différence de nature** et non de degré avec l'homme. Ainsi, l'homme est bien ce vivant si particulier à l'image de Dieu qui lui a donné une volonté infinie et un entendement fini mais autonome. La conscience définit l'homme.

B Le « je pense » espère un « je suis libre »

- L'homme conscient se pose comme sujet qui connaît et qui peut s'opposer à ce qu'il connaît. « Penser, c'est dire non », affirme Alain. Être conscient, c'est donc **décider**, agir. Et même si je ne décide rien, Descartes considère que cette non-décision signifie néanmoins ma liberté, certes le plus bas degré de la liberté, mais la liberté quand même.

- C'est pourquoi la conscience manifeste l'exercice de la **liberté** dans l'action : lorsque je fais, je signifie que je suis libre : « Le "je" prouve que j'agis par moi-même, que je suis un principe et non un résultat », écrit Kant.

- On reprochera à Descartes d'avoir ignoré la dimension sociale et historique des hommes. Moderne par son approche nouvelle du sujet et du monde, il reste l'héritier de la pensée grecque en quête d'éternel, d'immuable. La confiance absolue en une raison inébranlable commencera à vaciller véritablement avec Nietzsche et Freud.

3 La conscience de soi et la connaissance de soi

De quoi s'agit-il ? Se connaît-on ? Nous savons que nous vivons, nous en avons conscience. Mais comment comprendre notre évolution physique, intellectuelle, spirituelle, tous ces états psychiques qui font de chaque individu un être en constante transformation ? Suis-je le même moi du début de ma vie à ma mort ? Kant répond que l'on sait qu'on est mais pas qui l'on est. De même Pascal, qui voit en la conscience, en la pensée, à la fois la grandeur de l'homme et son destin de mortel. La conscience permet d'élaborer, dans l'activité de synthèse, une certaine connaissance du monde mais ne peut s'appréhender elle-même comme connaissance absolue.

Mots-clés
- pensée
- unité
- condition de possibilité
- opération

Mots-repères
analyse/synthèse
identité/égalité/différence
essentiel/accidentel

1 La conscience unifie mais ne sait pas ce qu'elle est

• Sommes-nous aujourd'hui le même qu'hier ? Nos états psychologiques et physiques sont changeants, multiples. **Qu'est-ce que le moi** ? demande Pascal. La réponse ne coule pas de source. Votre grand-mère qui regarde une photo d'elle adolescente, malgré le temps écoulé, qui a transformé son corps, son esprit, est toujours **essentiellement** la même personne. Et vous-même, si vous feuilletez l'album photos de votre naissance à aujourd'hui, vous avez tant changé ! Pourtant, vous savez intuitivement que c'est bien vous ce bébé qui dort, cet adolescent qui rit, qui s'étonne, qui souffre. Nos états de conscience changent mais la conscience demeure **identique**, dans la colère ou la joie nous sommes toujours fondamentalement la même personne, affirme Kant. Si nous avons la conviction d'être toujours la même personne malgré la diversité de nos états de conscience, c'est parce que la conscience semble réaliser une **unité.**

• Mais si avoir conscience, c'est toujours avoir conscience de soi, cette conscience de soi n'est pas, contrairement à ce que pense Descartes, connaissance de soi : « J'ai conscience que je suis et non pas de ce que je suis », écrit Kant. C'est seulement dans l'opération de synthèse que le moi se saisit identique à lui-même. **Le *cogito* œuvre à l'activité de synthèse.** Il unifie la diversité de mes représentations. Le principe suprême de la connaissance humaine tout entière, c'est la liaison. **Penser, c'est lier, relier**.

2 La conscience rassemble mais ne se connaît pas

• Synthétiser, c'est donc **rassembler l'essentiel**, combiner, réunir le divers en un tout cohérent. Il est intéressant de s'arrêter quelques instants sur l'origine de certains mots. *Intellegere,* qui a donné intelligence, faculté de comprendre, de mettre ensemble, vient d'une racine indo-européenne qui signifie cueillir, rassembler, choisir ; lire vient de *legere.* Lier, relier, c'est attacher ensemble, mettre en rapport.

• Ainsi, **penser, lier et lire** ont la même origine étymologique. Lorsque je pense, lie ou lis, je fais acte à la fois de synthèse et de liberté, puisque, en quelque sorte, si je suis l'étymologie, je choisis ce que je vais rassembler.

• Nous connaissons à travers une série de jugements. Tout jugement est une synthèse entre différents concepts. C'est donc le « je pense » qui donne sens à la diversité de mes représentations (concepts). L'activité du *cogito* est la **condition de possibilité** de toute expérience. L'expérience n'est possible que si les objets dans le cadre spatio-temporel sont pensés, c'est-à-dire liés dans leur diversité. Kant le réaffirme : la conscience de soi n'est pas la connaissance de soi. C'est dans **l'opération** de synthèse que le moi se saisit identique à lui-même. Le *cogito,* qui sait qu'il est, permet la connaissance mais il n'est pas connaissance de ce qu'il est.

3 La conscience, même inconnaissable, demeure l'essence de l'homme

• « Je puis bien concevoir un homme sans mains, pieds, tête (car ce n'est que l'expérience qui nous apprend que la tête est plus nécessaire que les pieds). Mais je ne puis concevoir l'homme sans pensée : ce serait une pierre ou une brute », écrit Pascal. La conscience est à la fois la définition et l'activité essentielle de l'homme qui devient une personne.

• « Ce merveilleux pouvoir qui est en nous », comme le dit Kant, et que nous appelons conscience, source sans doute d'illusions mais aussi fondatrice de sens, reste le lieu et l'horizon indépassable de toutes les interrogations, les problématiques, qui permettent à l'homme de construire le monde et de se développer. Ce « je suis » est donc antérieur à tout. Sans lui, rien n'a de sens.

4 Conscience, projet et mémoire

De quoi s'agit-il ? **La conscience n'est jamais vide, elle est toujours projection vers le monde, vers les autres. Elle vise autre chose qu'elle-même pour trouver du sens. Elle se construit en faisant, c'est pourquoi « l'existence précède l'essence » selon la célèbre formule de Sartre. Soumise au temps, elle n'échappe pas à sa condition de mortel, mais grâce à la mémoire, l'homme peut évoluer et créer.**

Mots-clés
- Intentionnalité
- existence
- essence
- mémoire
- durée
- divertissement

Mots-repères
contingent/nécessaire
essentiel/accidentel

1 La conscience existe comme projet et responsabilité

- La conscience est ce qui permet d'avoir accès au monde. Elle n'a ni dedans, ni dehors. Elle est relation à autre chose qu'elle-même. Le doute méthodique cartésien a révélé le *cogito* : que le monde existe ou pas, **je suis**. Mais la conscience est un vécu qui ne se construit pas sur mon savoir ou sur ma perception mais sur ce qu'il **vise**. « Toute conscience est conscience de quelque chose », a démontré Husserl. La conscience est avant tout un projet, c'est-à-dire une **intentionnalité** qui donne sens au monde. **Le sujet est sujet d'un monde qu'il projette lui-même**. Il n'y a pas de conscience vide.

- Sartre refuse aussi de réduire la conscience à la connaissance. La cons-cience est **expérience**, ouverture, visée, et non une « chose pensante » comme la définit Descartes, close et repliée sur elle-même (le solipsisme). Sartre sort la conscience de sa solitude en posant **l'existence avant l'essence :** j'existe avant tout et je construis mon être à chaque instant, par mes choix. Dans son célèbre roman *La Nausée*, le héros Antoine Roquentin découvre l'existence du monde et sa contingence en ressentant la nausée. Ce sentiment ontologique, existentiel, révèle l'absurdité du monde et de l'existence que rien ne justifie. **Ce sens est à construire par mes projets**.

- À la différence des objets, conformes à ce qu'ils sont, aux fonctions que les hommes leur ont données, l'homme existe (du latin *ek-sistere* : sortir de), c'est-à-dire échappe à la nature grâce à sa liberté totale. **Je suis ce que je me fais** par mes décisions, mes projets. Je suis seul responsable de ma vie et de ce que j'en fais. Mais mon **choix** implique aussi l'humanité : en me choisissant, je choisis pour les autres. Si je choisis la violence, je choisis la violence pour l'humanité ; si je choisis des projets de paix, je choisis la paix pour tous les hommes (*cf.* chapitre 20).

2 La conscience est mémoire

- La conscience se déploie dans la **durée**, « étoffe même » de la vie psychologique, dit Bergson : ce n'est pas une réalité abstraite, intemporelle, inaltérable, mais la perception du temps telle que nous le ressentons réellement, telle que nous le vivons. Cette durée, « donnée immédiate », c'est ma **conscience elle-même**. C'est pourquoi elle est le lieu de ma liberté, de mon invention, de ce qui fait que rien n'est jamais joué à l'avance. Elle conserve le passé mais elle est aussi élan vers le futur. Sans conscience, l'homme serait rivé à une stérile intemporalité et ne connaîtrait pas la liberté créatrice.

- Bergson développe une pensée très originale : l'homme est la dernière espèce animale apparue sur terre, il fait donc partie de l'évolution, mais il est la seule espèce dont **l'élan vital** a surmonté la matière grâce au cerveau. L'évolution continuera sous la forme de **créations spirituelles**. C'est pour cette raison que l'homme occupe une place privilégiée dans la nature.

3 La conscience tragique du temps

• La conscience ne peut pas maîtriser l'écoulement temporel qui lui rappelle sa condition mortelle. L'homme alors se détourne du passé, du présent : « Ainsi nous ne vivons jamais, mais nous espérons de vivre », écrit Pascal. Seul le **divertissement** (du latin *divertere*, se détourner de), c'est-à-dire l'agitation, les contacts sociaux, l'activité professionnelle, les responsabilités, lui permettent de supporter la vie, car l'homme ne supporte pas de rester seul avec lui-même.

• Camus a posé différemment la question : puisque la mort est inéluctable, puisque rien ne justifie notre existence, il n'y a qu'un seul problème vraiment sérieux, c'est celui du suicide. Pourquoi ne pas mettre un terme à notre condition de mortel, à notre souffrance existentielle puisque aucun dieu ne nous console ? Mais sa démonstration aboutit à voir en l'homme un « Sisyphe heureux », c'est-à-dire un homme, certes condamné à mourir, mais **libre** de construire sa vie et d'y trouver des bonheurs, des engagements.

5 La conscience morale

De quoi s'agit-il ? Que l'on accepte l'hypothèse de l'inconscient, qu'on la réfute comme Alain et Sartre, ou qu'on y découvre un fonctionnement neuronal, la conscience est la faculté de juger du mal et du bien, de s'interroger sur ce qui devrait être. Le jugement moral est la conséquence d'un choix rationnel pour Kant. L'autre signifie que j'existe, tout comme je lui donne sens. Pour prendre conscience, il faut au moins être deux, déclarent Hegel et Sartre. Cette expérience du face à face est immédiatement éthique affirme E. Levinas. La conscience est donc d'abord, et avant tout, morale.

Mots-clés
- éthique
- « *alter ego* »
- impératif catégorique
- fait social

Mots-repères
idéal/réel
obligation/contrainte

1 Comment définir la conscience morale ?

• La conscience morale **juge.** L'activité essentielle de la conscience est de saisir l'unité du monde afin de lui donner sens. Mais la conscience reste insatisfaite devant le monde tel qu'il est. D'ailleurs, tous les actes humains n'ont pas la même valeur. Le mal est ce qui est contraire au bien, jugé, apprécié comme tel par un individu ou un groupe d'individus. Cela peut être la faute, et la conscience morale s'appelle alors le remords.

• C'est parce que la conscience est relation à autrui que se pose la question morale et qu'elle est essentiellement d'ordre moral : elle pense le monde tel qu'il **devrait être**, juge du bien et du mal.

2 Respecter les règles sociales

• « Faire de la morale » dans le langage courant consiste à énoncer des règles de conduite, telles que « tu ne dois pas tuer », « tu ne dois pas mentir », « tu dois être honnête et respecter ton prochain », etc. En ce sens, la morale est **normative.**

• Elle n'est pas une préoccupation philosophique mais un **fait social.** Pour obéir à une règle établie, il n'est pas nécessaire de la juger et d'user de la conscience. On peut obéir par peur de la punition et non par choix libre.

3 La conscience morale de l'impératif catégorique

• « **Que dois-je faire ?** » est **la** question cruciale de l'éthique. Elle prend sa source dans la raison. L'acte moral véritable est un impératif, un commandement, une détermination. C'est, dit Kant, un « impératif catégorique », c'est-à-dire « une volonté conforme à la raison ». La conscience morale s'impose sous la forme d'un **impératif du devoir qui prend la forme d'une loi morale** : « Agis uniquement d'après la maxime qui fait que tu peux vouloir en même temps qu'elle devienne une loi universelle. »

• Le jugement moral véritable est la conséquence d'un **choix rationnel.** Je connais la finalité de mon action dont je suis responsable. Ce n'est plus la soumission à une règle extérieure à moi, mais le respect d'une règle intériorisée, acceptée en toute conscience et liberté (*cf.* chapitre 21).

4 L'Autre est-il le fondement de la conscience morale ?

• Devenir conscient est le moment décisif de la subjectivité. Et ce « moment décisif dure toujours », écrit Kierkegaard. Qu'est-ce que cela signifie ? Cela signifie que ma rencontre avec **l'Autre** est la prise de conscience que je fais partie de l'humanité, que je la porte en moi, comme l'Autre, mon *alter ego.* **Le visage de l'autre est une relation éthique immédiate.**

• L'expérience fondamentale de chaque être humain est cette expérience du face à face, du **visage**. L'accès au visage est d'emblée **éthique**, affirme E. Levinas. Il est d'emblée signification. Il est ce qu'il y a de plus exposé, de plus fragile, de plus menacé ; il est ce qui peut inciter à la violence. Mais en même temps, il est ce qui nous interdit de tuer, il est commandement. **L'autre est celui contre lequel je peux tout et à qui je dois tout**. « Tout homme porte la forme entière de l'humaine condition », disait déjà Montaigne.

• Comment alors peut-on être xénophobe ou raciste ? Cette **peur de l'Autre**, venue de la nuit des temps où l'homme ne survivait que s'il était le plus rusé, le plus fort, est la peur de l'inconnu. Le raciste refuse l'Autre pour s'affirmer soi-même. Mais il ne fait que se refuser lui-même puisque l'Autre est un *alter ego,* un autre moi.

• L'homme est un **hôte** : il reçoit et il est reçu. « L'hospitalité signifie donc le droit qu'a l'étranger, à son arrivée dans le territoire d'autrui, de ne pas y être traité en ennemi », écrit Kant. La conscience est ainsi la possibilité de fonder l'humanité. « Ton acte, c'est toi [...]. Tu t'échanges [...]. L'homme n'est qu'un nœud de relations ; les relations seules comptent pour l'homme », a si bien écrit A. de Saint-Exupéry.

Révision express

Les points importants à retenir

- Producteur de valeurs, le sujet humain est la condition de possibilité de la morale, du droit, du politique et de l'histoire qui est l'histoire de sa propre conscience, du moi.
- Il est défini par la pensée (Descartes). Il est inconnaissable (Pascal, Kant). Il est décentré (Freud et la psychanalyse). Mais il reste toujours énigmatique.

L'homme est conscience

- L'homme est le seul être vivant à avoir conscience d'être ce qu'il est : un homme qui est né et va mourir. L'être humain se réalise comme sujet quand il devient conscience de soi.

La conscience comme rapport de la pensée avec elle-même, naît avec Descartes. La conscience est chez les Grecs la norme du bien et du mal, d'emblée elle est morale.

Le *cogito*

- Descartes révoque en doute toutes les certitudes sensibles comme rationnelles. Que reste-t-il alors de sûr ? Après avoir fait « table rase » de tout, Descartes découvre qu'il peut douter de tout sauf de lui-même en train de douter. Avec Descartes, l'homme est d'abord pensée, pure conscience. La conscience psychologique affirme « J'ai conscience de moi », « Je suis, j'existe ». Être conscient de soi, c'est réfléchir sur sa propre pensée et sur les valeurs du monde.

La conscience de soi est-elle la connaissance de soi ?

- Savoir que je suis ne me dit pas qui je suis (Kant).
- L'activité de la conscience est essentiellement une activité de synthèse : penser, c'est lier.

Toute conscience est mémoire et projet

- La conscience n'est jamais statique, elle se projette, elle se rappelle. C'est notre seul accès au monde et aux autres. Elle est relation (Husserl).
- Elle se déploie dans la durée (Bergson) et cet écoulement temporel nous rappelle notre condition de mortel, d'être-pour-la-mort. L'homme a en lui une conscience tragique du temps.

La conscience morale

- L'Autre est le fondement de la conscience morale (Kant, Levinas) et pose la question du « Que dois-je faire ? ». Cette conscience morale interroge cependant sur le poids des préjugés, de l'habitude, de l'éducation, de la culture, dans sa constitution.

Quiz

Cochez la bonne réponse :

1. La conscience psychologique affirme : « J'ai conscience de moi ». ☐ Vrai ☐ Faux
2. Pour Descartes, « toute conscience est conscience de quelque chose ». ☐ Vrai ☐ Faux
3. La conscience donne sens au monde. ☐ Vrai ☐ Faux
4. Pour Kant, la conscience de soi est connaissance de soi. ☐ Vrai ☐ Faux

→ Réponses p. 476

PHILOSOPHIE

EXERCICE GUIDÉ 1

Rédiger la conclusion d'un commentaire

Énoncé

Sujet : Expliquez le texte suivant.

Ainsi, à cause que nos sens nous trompent quelquefois, je voulus supposer qu'il n'y avait aucune chose qui fût telle qu'ils nous la font imaginer. Et pour ce qu'il y a des hommes qui se méprennent en raisonnant, même touchant les plus simples matières de géométrie, et y font des paralogismes[1], jugeant que j'étais sujet à faillir[2], autant qu'aucun autre, je rejetai comme fausses toutes les raisons[3] que j'avais prises auparavant pour démonstrations. Et enfin, considérant que toutes les mêmes pensées, que nous avons étant éveillés, nous peuvent aussi venir, quand nous dormons, sans qu'il n'y en ait aucune, pour lors, qui soit vraie, je me résolus de feindre[4] que toutes les choses qui m'étaient jamais entrées en l'esprit n'étaient non plus vraies que les illusions de mes songes. Mais, aussitôt après, je pris garde que, pendant que je voulais ainsi penser que tout était faux, il fallait nécessairement que moi, qui le pensais, fusse quelque chose. Et remarquant que cette vérité : je pense, donc je suis, était si ferme et si assurée, que toutes les plus extravagantes suppositions des sceptiques[5] n'étaient pas capables de l'ébranler, je jugeai que je pouvais la recevoir, sans scrupule, pour le premier principe de la philosophie[6] que je cherchais.

Descartes, *Discours de la méthode* (1637).

1. Paralogisme : faux raisonnement.
2. Faillir : se tromper.
3. Raisons : raisonnement.
4. Feindre : simuler, faire semblant.
5. Sceptiques : ces philosophes estiment qu'on ne peut douter de tout.
6. Descartes fait de la certitude de sa propre existence le fondement de l'édifice de la connaissance.

Méthode

- La conclusion doit rendre justice à l'auteur et à sa pensée. Elle souligne ainsi **la valeur et les limites de la thèse** qu'il défend. Il s'agit donc, d'une part, de résumer le principal intérêt du texte et, d'autre part, de relever les éventuelles difficultés que peut laisser subsister l'analyse de l'auteur.
- **Attention :** Il s'agit moins d'exprimer un désaccord subjectif que tenter d'évaluer objectivement le point de vue défendu par l'auteur. Il est donc préférable de garder un ton neutre.

Corrigé

CONCLUSION :

1. Valeur de la thèse

Descartes renverse entièrement l'ordre de nos certitudes, c'est ce qui fait tout l'intérêt de son analyse : nous sommes spontanément convaincus que ce que nous pouvons voir de nos yeux propres yeux est indiscutable, tout comme le sont les vérités qu'établissent les démonstrations des mathématiques. Pourtant nous pouvons douter du témoignage de nos sens, comme de tous nos raisonnements. Ma propre existence, en revanche, est indubitable : « je pense donc je suis ». Le doute se heurte à la certitude du cogito.

2. Limite de la thèse (objection)

Mais ne peut-on pas pousser le doute encore un peu plus loin ? C'est la limite de la thèse de Descartes : qu'est-ce qui permet d'affirmer qu'il a bien un « je » qui pense ? Comme le souligne Nietzsche, la pensée pourrait être un processus sans sujet.
Attention : Pour bien mettre en évidence les deux étapes de la méthode, la valeur et la limite de la thèse sont exposées ici dans des paragraphes distincts. Mais il est préférable de formuler votre conclusion en un seul paragraphe.

Chapitre 14

L'inconscient

1 Tout est-il conscient ?

De quoi s'agit-il ? **Au xviie siècle, Leibniz s'interroge sur ces « petites perceptions inconscientes » qui agissent à notre insu. Au xixe siècle, Marx définit la conscience non plus comme source du monde mais au contraire comme produit social historique. Nietzsche aura l'intuition d'une force intérieure totalement séparée de la conscience. Mais c'est Freud qui démontre qu'une puissance obscure commande nos actes : il existe une activité psychique indépendante de la conscience et bien plus puissante qu'elle. Ce déterminisme psychique détrône la conscience.**

Mots-clés
- déterminisme psychique
- désir
- produit historique et social
- refoulement

Mots-repères
en acte/en puissance
expliquer/comprendre

1 La fragilité du « connais-toi toi-même » socratique

• Pendant longtemps la psychologie fut une branche de la philosophie : elle identifiait la conscience avec la totalité du psychisme. Cela signifiait que tout était toujours accessible à la conscience si je le voulais. On pouvait se connaître soi-même, comme nous le conseillait Socrate. Et se connaître, c'était savoir **se maîtriser**. En quelque sorte, si je voulais, je pouvais.

• Certes, Socrate reconnaît que tous les hommes, mêmes les plus sages, ont en eux « une espèce de désirs terrible, sauvage et déréglée » que la raison peut dominer mais sans les détruire complètement. Ces faits terribles que l'homme est capable d'accomplir, comme le meurtre, le viol, l'inceste et tous les actes de barbarie, constituent alors des avertissements tonitruants, des limites à ne jamais franchir pour se conduire en humain vraiment humain qui contrôle ces désirs sauvages. Socrate nous demande d'être en **perpétuel éveil**, vigilant en permanence. La conscience demeure fragile. Que cache cette fragilité ? Qu'est-ce qui nous fait agir ?

2 Désir et histoire produisent la conscience

• Spinoza remarquait que les hommes se trompent en se croyant libres. C'est d'ailleurs le premier des préjugés dont tous les autres découlent. Pourquoi les hommes se croient-ils libres ? Parce qu'ils ont conscience de leurs actions, de leurs désirs. Pourquoi ne sont-ils pas libres ? Parce qu'ils ignorent les causes par lesquelles ils sont déterminés à vouloir une chose plutôt que telle autre.

• C'est parfois le corps qui nous renseigne le mieux. Le désir n'est pas autre chose que l'appétit accompagné de conscience. **Le désir**, qui est proprement de persévérer dans son être, **est l'essence même de l'homme**. Il définit l'homme avant la conscience.

• Si, pour Spinoza, le désir est l'essence de l'homme, la conscience n'est cependant pas altérée par l'histoire. Marx plonge l'homme dans le temps. Il pense que la conscience est un **produit social, historique**. La liberté est elle-même historique. L'histoire de la conscience devient l'histoire de l'émancipation de l'homme dans le monde. La conscience reflète l'idéologie dominante, les modes, les mœurs et les préjugés de l'époque.

3 L'intuition de quelque chose qui échappe à la conscience

- Leibniz eut le pressentiment génial de l'**inconscience** au sens moderne du terme. Il parle de « petites perceptions inconscientes ». Il prend l'exemple du bruit de la mer : pour que nous entendions ce bruit, il a bien fallu que nous percevions la multitude des vagues qui le compose. Pourtant, nous sommes incapables de distinguer chaque vague de cet ensemble. Nous les avons perçues sans en prendre conscience. Ainsi est notre conscience : **en partie obscure à elle-même.**

- Nietzsche aura aussi l'intuition que « ce dont nous avons conscience, c'est peu de chose ! ». **L'inconscient**, plus profond, plus inaccessible que la conscience, est bien plus riche et élaboré. Il **enrichit** la vie alors que la conscience la mutile en limitant nos forces instinctives. Mais la conscience est parfois débordée à son insu par cet inconscient. L'homme pense agir en toute conscience et semble conduit par des mobiles qu'il ignore. « Le moi n'est pas maître dans sa propre maison », dira Freud.

- C'est Freud qui va élaborer ce que certains philosophes avaient subodoré : tel un iceberg, la conscience n'est que la partie visible de l'appareil psychique. L'inconscient n'est plus un degré inférieur de la conscience, une conscience en quelque sorte moins intense, il est **autre** chose que la conscience. **L'hypothèse de l'inconscient** pose que des pensées inconscientes sont efficaces, dynamiques, et qu'une force les maintient à l'écart de la conscience. Cette force est celle du **refoulement**.

2 La théorie freudienne

De quoi s'agit-il ? **Freud, neurologue autrichien, assiste à Paris, en 1885, aux cours de Charcot qui traite les hystériques par l'hypnose. Revenu à Vienne, il va ouvrir un cabinet et appliquer l'hypnose pour atteindre les couches non conscientes du psychisme de ses malades qui souffrent de maladies psychosomatiques. Il remplace ensuite l'hypnose par d'autres méthodes d'investigation, notamment l'association d'idées. Il va peu à peu élaborer sa théorie de l'inconscient, instance psychique totalement séparée de la conscience.**

Mots-clés
- inconscient
- pulsion
- surmoi
- censure
- ça
- structure

Mots-repères
expliquer/comprendre
ressemblance/analogie

1 Les représentations de l'inconscient ou topiques

- **La première topique** (du grec topos, lieu), c'est-à-dire la première représentation du lieu où se situe la vie mentale. Dès 1900, Freud distingue trois niveaux de la vie mentale :
  - **le conscient**, caractérisé par la vigilance. C'est la partie visible de l'iceberg qu'est l'appareil psychique ;
  - **le préconscient**, formé par l'ensemble des processus disponibles, provisoirement inconscients, mais accessibles à la conscience ;
  - **l'inconscient**, siège des activités psychiques inaccessibles à la conscience, parce que des forces de refoulement s'y opposent. Le sujet repousse les idées ou les images qui représentent les pulsions inconscientes.

- **La deuxième topique.** À partir de 1920, Freud introduit de nouveaux concepts et élabore une nouvelle conception du psychisme humain :
  - **Le Ça** correspond plus ou moins à l'inconscient de la première topique et contient les **pulsions,** tout ce qui est involontaire, spontané, naturel dans les forces qui gouvernent la vie humaine. Le Ça ne connaît ni morale, ni temps.

- **Le Moi** se développe au contact de la réalité extérieure dont il doit tenir compte. Il est volontaire, mais une grande partie de ce moi est inconsciente. Cette découverte est capitale : **il n'y a plus ici d'instance consciente à proprement parler**. On a affaire à une structure, c'est-à-dire à quelque chose dont chaque élément n'a de sens que par rapport aux autres. **L'inconscient joue toujours un rôle.**
- **Le Surmoi ou l'idéal du Moi** est issu des rapports de l'enfant avec ses parents et la société. Il représente les **interdits** sociaux intériorisés. S'il est nécessaire à la constitution de l'individu puisqu'il l'intègre dans la société, il est de ce fait la source du refoulement, l'autorité suprême de **censure**.

• Ainsi le **Moi**, coincé entre le Ça, régi par le **principe de plaisir**, et le Surmoi, régi par **le principe de réalité**, est dans une situation inconfortable. Il lui faut sans cesse trouver des compromis. Lorsque les conflits deviennent insolubles, les névroses et les troubles psychosomatiques surgissent.

2 Les pulsions et les masques de l'inconscient

• Une pulsion est une **manifestation de l'inconscient** qui pousse l'individu à agir pour supprimer un état de tension organique. Freud considère que deux pulsions essentielles nous déterminent :
- les pulsions d'**auto-conservation,** comme la faim, et les pulsions **de vie** comme les pulsions sexuelles ou **libido.** Ce sont ces dernières auxquelles la conscience s'oppose parce qu'elles sont anarchiques, excessives et refusent de prendre en compte la réalité. Seul compte **le plaisir**, la satisfaction immédiate ;
- les pulsions **de mort** tendent à l'autodestruction, à l'agressivité et représentent une menace pour la civilisation.

Toutes les pulsions insatisfaites, les désirs refoulés, censurés par la conscience, arrivent pourtant à s'exprimer indirectement sous formes symboliques, sous des déguisements.

• **Le rêve** est la « voie royale » de l'inconscient qui s'avance **masqué**. Les lapsus et les actes manqués sont des subterfuges par lesquels se manifeste également l'inconscient.

3 Les apports de la psychanalyse freudienne

• Freud a bouleversé l'idée que l'homme se faisait de lui-même et de sa situation dans le monde. Après la révolution de Copernic – qui démontre que la terre n'est pas le centre de l'univers –, après celle de Darwin – qui « réduit à rien les prétentions de l'homme à une place privilégiée dans l'ordre de la création » –, la psychanalyse fait subir à l'homme une troisième humiliation : **l'homme n'est pas un sujet régi par la seule conscience, son autonomie est une illusion.**

Découvrir la psychanalyse

• La frontière entre le normal et le pathologique devient floue. L'homme n'est pas maître de son monde intérieur qui échappe à la conscience. Mais tout est sens, tout signifie. **Tout acte humain a un sens.**

PHILOSOPHIE

3 Le refus de l'inconscient

De quoi s'agit-il ? La conscience est tout le psychisme, affirment Alain et Sartre. Il n'existe pas de force inconsciente qui agirait en dehors de la conscience et irait jusqu'à la maîtriser. En dignes héritiers de Descartes, ces deux philosophes mettent la raison, la pensée, le cogito, au centre de l'action humaine. L'homme est rationnel et responsable. Ils s'opposent ainsi à la psychanalyse qui fait de l'homme le jouet de ses pulsions. Pourtant, l'hypothèse de l'inconscient ne rend pas l'homme irresponsable. Les nouvelles sciences cognitives s'interrogent sur la formalisation de nos décisions et comportements.

Mots-clés
- mauvaise foi
- inauthenticité
- « ça parle »

Mots-repères
absolu/relatif
médiat/immédiat

1 L'inconscient est un renoncement à soi

- Alain s'oppose radicalement à Freud. L'existence d'un inconscient échappant totalement à la conscience est une absurdité. En effet, comment rendre conscient quelque chose qui ne l'est pas déjà un peu ? Il n'y a pas, comme le pense Freud, un autre moi appelé inconscient, une autre instance psychique séparée de la conscience.

- « Penser, dit Alain, c'est peser ce qui vient à l'esprit, suspendre son jugement, se contrôler soi-même et ne pas se complaire. » Pour ce philosophe de la liberté, la raison est capable de maîtriser les désordres du corps comme les passions.

- D'ailleurs, **l'inconscient c'est le corps,** c'est-à-dire quelque chose de physiologique, de nerveux. On idolâtre le corps en juxtaposant un second moi au moi conscient. « L'homme est obscur à lui-même » mais, comme pour Descartes, la conscience est l'essence de l'homme. Renoncer à la conscience, c'est renoncer à soi, renoncer à la liberté.

2 L'inconscient est un alibi de la conscience

- La conscience est un « éclatement », un pur jaillissement. Elle est toujours, nous l'avons vu, conscience de quelque chose, intentionnalité. La conscience qui refoule doit connaître ce qu'elle refoule pour le censurer. Le refoulé est donc connu par la conscience, il n'y a pas d'inconscient au sens freudien.

- L'inconscient est alors, dit Sartre, de la **mauvaise foi**, un mensonge à soi où l'on se trompe soi-même : « La mauvaise foi a […] en apparence la structure du mensonge. Seulement, ce qui change tout, c'est que, dans la mauvaise foi, c'est à moi-même que je masque la vérité. » L'homme écarte ce qui le dérange. L'être humain ne peut jamais coïncider avec lui-même, il existe une distance, un décalage, une **inauthenticité** entre ce que je vis et la représentation que j'ai de ce vécu. C'est aussi pourquoi chaque expérience humaine est unique.

- Exister et être libre sont indissociables : « L'homme naît libre, responsable et sans excuse. » Il n'y a aucune place pour un inconscient autonome qui existerait en dehors de la conscience. Et comme Alain, il affirme : « l'homme qui refuse la conscience, refuse sa liberté ».

3 L'hypothèse de l'inconscient n'annihile ni la liberté ni la responsabilité

- La découverte de l'inconscient a pu donner à croire qu'il nous fallait renoncer à l'idéal de la sagesse et de la maîtrise de soi : les Anciens pouvaient se donner comme objectif d'apprendre à connaître et à **maîtriser les désirs et les passions** qui gouvernent communément les hommes (désirs insatiables de gloire ou de richesses, par exemple). Mais comment pourrait-il contrôler les **pulsions** obscures qui peuplent les profondeurs de l'inconscient ?
- En réalité, ni Freud ni aucun psychanalyste n'affirment une quelconque fatalité dans la vie de l'être humain. Leur démarche reste **éthique** et se manifeste dans l'objectif essentiel de leur pratique : rendre au sujet la possession de lui-même, lui faire comprendre ce qui se joue en lui à son insu pour le libérer. Comme l'écrit P. Ricœur, « l'analyste est l'accoucheur de la liberté ».
- La psychanalyse est une tentative de connaissance pour rendre sa **responsabilité** au sujet. Le moi n'est pas maître dans sa propre maison. Mais cela ne signifie pas qu'il doive renoncer à le devenir : « Là où le Ça est, le Moi doit advenir », écrit Freud. La psychanalyse (comme thérapie) doit, en effet, permettre au sujet de prendre conscience de ce qu'il refoule, de s'en libérer et de parvenir ainsi à la maîtrise de lui-même. Ainsi, loin d'invalider l'idéal antique de la sagesse et de la maîtrise de soi, la psychanalyse en indiquerait au contraire le chemin.
- Si l'inconscient est un Autre qui parle en moi, me surprend, m'angoisse, ce que Lacan résume dans sa fameuse formule « **ça parle** », cela signifie qu'il est « structuré comme un langage » dont il me faut tenter de comprendre le sens.

4 Les sciences cognitives

- À partir des années 1970/1980, parallèlement aux nouvelles techniques d'imagerie cérébrale, se développent les sciences cognitives qui étudient les **capacités** de l'esprit humain. Deux domaines de recherches se détachent : l'intelligence artificielle et les neurosciences (*cf.* chapitre 15).
- Toutes les fonctions de l'esprit sont-elles traduisibles sous la forme d'un **programme informatique** ? Tous les comportements humains peuvent-ils s'expliquer et se décrire à partir des **circuits neuronaux** ?, comme l'affirme J.-P. Changeux dans *L'Homme neuronal*. Le débat est lancé et reste ouvert.
- Mais que faire du poids de la culture, du milieu social, des rapports à autrui que les sciences cognitives n'expliquent pas vraiment ? Aucun calcul, aucun circuit, n'est capable de restituer la dimension subjective de la conscience.

Révision express

Les points importants à retenir

Avant Freud

- **Leibniz :** Insuffisance du cogito cartésien pour expliquer la conscience. Il y a en nous une infinité de « petites perceptions inconscientes ».
- **Schopenhauer :** en l'homme, un instinct sexuel et un instinct de conservation, une volonté aveugle non maîtrisée.
- **Nietzsche :** de multiples instincts habitent le corps.

Freud et après

- **L'inconscient = une entité psychique à part entière**, indépendante de la conscience, ayant sa propre structure et son propre fonctionnement.

L'inconscient caché se dévoile dans les rêves, les lapsus, les actes manqués.

Structure de l'appareil psychique, les 2 topiques :

Topique 1 : le conscient, le préconscient, l'inconscient + censure → **Inconscient = partie immergée de l'iceberg.**

Topique 2 : **inconscient = ça, moi, surmoi.** (ça = pôle des pulsions. Le mot « ça » montre le caractère impersonnel de cette instance.)

- **Les mécanismes de l'inconscient**

Le refoulement = mécanisme de défense qui interdit aux représentations inconscientes de pénétrer dans la conscience pour la préserver. Le retour du refoulé est à l'origine des névroses.

Le compromis = permet à un désir de s'exprimer tout en le condamnant.

Le déplacement = le désir se détourne d'une représentation pour se fixer sur une autre moins dangereuse.

L'inconscient ne connaît ni doute, ni morale, ni logique, ni ordre, ni temps.

Jung et les notions d'archétype, d'inconscient collectif et de synchronicité.

Lacan : l'inconscient ne respecte aucune loi logique et temporelle mais il est pourtant structuré comme un langage. L'inconscient c'est « l'autre scène » où « ça parle. »

- **Critiques**

Sartre ou **Alain :** l'inconscient n'est pas un autre « moi » étranger à la conscience.

Karl Popper : nie le caractère scientifique de la psychanalyse.

Foucault : la psychanalyse se rattache à un système de pensée du XVIIIe siècle.

- Pour conclure, l'**inconscient = une hypothèse**

Hypothèse d'un moi éclaté (Freud), d'un moi superflu (Nietzsche) ou de mauvaise foi (Sartre) ? → Il y aurait alors une part obscure en l'homme, une zone d'ombre impossible à maîtriser ou un mensonge à un soi.

Quiz

Cochez la bonne réponse :

1. L'inconscient nous est directement connaissable. ☐ Vrai ☐ Faux
2. Pour Freud, le moi est inconnaissable. ☐ Vrai ☐ Faux
3. Pour Sartre, l'inconscient est un degré de la conscience. ☐ Vrai ☐ Faux
4. L'inconscient freudien est une certitude. ☐ Vrai ☐ Faux

→ Réponses p. 477

Chapitre 15

La liberté

1 Seul l'homme est libre

De quoi s'agit-il ? La liberté est-elle absence de contraintes, acte de désobéissance, choix raisonné et raisonnable ? Qu'il s'agisse de la libre expression du moi ou d'une conquête sociale, seul l'homme a conscience de sa liberté.

Mots-clés
- libre arbitre
- projet
- liberté d'indifférence

Mots-repères
absolu/relatif
idéal/réel

1 La liberté comme spontanéité de l'agir

• En latin, *liber* signifie libre, sans entraves, sans chaînes, par opposition à *servus*, esclave. *Libertas* désignait l'état juridique de l'homme libre par opposition à la condition d'esclave. L'homme libre agit à sa guise, il n'a pas de maître. Les Anciens concevaient la liberté dans un contexte historique où l'esclavage allait de soi.

• **La première définition de la liberté est donc l'absence de contraintes**, la liberté de faire ce que l'on veut, à condition d'être un homme libre. Cette définition correspond à celle du sens commun : la liberté est l'absence d'obstacles, tout comme la chute « libre » d'un corps est celle qui ne rencontre pas d'opposition. Dans ce cas, l'animal aussi est libre : il agit spontanément, sans contraintes sociales. Mais c'est confondre instinct et intention, besoin et volonté. L'homme, conscient de sa destinée de mortel, va construire sa vie en faisant des choix et des projets.

• **Être libre, est-ce donc faire tout ce que l'on veut ?** C'est la position du sophiste Calliclès, personnage du *Gorgias* de Platon. Individu fougueux, passionné, intempérant, Calliclès représente la nature contre la loi. La seule définition possible de la liberté, c'est l'excès, c'est faire absolument ce que l'on veut, sans aucune contrainte, sans se soucier des autres, ni des conséquences de ses actes. Mais agir ainsi, est-ce vraiment être libre ? **Le passionné est dépendant de sa passion**. Il n'est donc pas libre puisqu'il agit par rapport à elle. La liberté n'est pas l'assouvissement de tous les désirs ni le rejet de toute autorité. Ce que Calliclès oublie, c'est que vivre sans contraintes, c'est vivre **seul**. En effet, toute société est régie par des lois, donc par des restrictions, des compromis, parfois même des sacrifices.

• Mais si, comme le dit Aristote, l'homme est par essence un « animal politique », ou si, comme le dit Hegel, pour se savoir humain il faut au moins être deux, il est impossible de vivre seul. Bien sûr, il est possible de se retirer du monde, mais sauf à vivre entièrement seul en ermite, on ne peut pas faire tout ce que l'on veut : la loi nous rattrape toujours. Et n'oublions pas que nous sommes aussi soumis à notre corps qui ne nous obéit pas toujours.

• On peut alors se demander si la liberté n'est pas la **désobéissance,** la transgression de la loi. Certains, comme les anarchistes, affirment l'indivisibilité de la liberté : une seule contrainte suffit à l'anéantir tout entière. On n'est pas plus ou moins libre : on est totalement libre ou on ne l'est pas. L'acte libre par excellence est donc la transgression. Bakounine considère la désobéissance d'Adam et Ève comme « le premier acte de l'humaine liberté ».

PHILOSOPHIE

D2 La liberté comme libre arbitre

• Définir la liberté comme absence de contrainte, c'est en donner une définition factuelle, c'est-à-dire une liberté qui se réfère à l'action, à l'expérience. Cette liberté ne peut donc pas être totale dès lors que nous vivons en société. Cela signifie-t-il que la liberté n'existe pas ? **Le libre arbitre**, « puissance que nous avons de faire ou de ne pas faire quelque chose », comme le définit Bossuet, consiste en ce pouvoir d'agir ou de ne pas agir. La volonté infinie de l'homme, souligne Descartes, est la faculté de se déterminer uniquement par soi-même : le libre arbitre est véritablement la liberté. **Se déterminer uniquement par soi-même**, c'est accorder sa volonté et son action. Nous faisons chaque jour l'expérience de ce « sentiment vif interne », de cette liberté infinie. Nous pouvons à tout moment accepter ou refuser de faire quelque chose. Nous pouvons même refuser de choisir. Pour Descartes, ce refus est là encore le signe de notre liberté infinie. Cette **liberté d'indifférence** est le plus bas degré de la liberté, mais elle est liberté.

• La liberté est donc **la condition initiale de l'homme**, pense Sartre. L'homme n'est pas défini par une essence préétablie, il est libre de se faire, il est **projet**. L'obstacle stimule notre liberté parce qu'il nous met en situation de devoir choisir. C'est pourquoi Sartre peut écrire que « nous n'avons jamais été aussi libres que sous l'occupation allemande ». Volonté et liberté deviennent synonymes. On choisit sans la contrainte d'aucune force extérieure et en connaissant les conséquences de son choix. La liberté sartrienne s'oppose à la contrainte, mais aussi au déterminisme.

2 Liberté et raison

De quoi s'agit-il ? **La liberté est une problématique récente. Mais si elle n'était qu'un leurre ?**

Mots-clés
- nécessité
- autonomie
- libre arbitre
- libération

Mots-repères
absolu/relatif – idéal/réel
en fait/en droit

D1 Les limites du libre arbitre

• Définir la liberté comme un état de non-contrainte, de non-obstacle, c'est en donner une définition négative. C'est dire ce qu'elle n'est pas, mais jamais ce qu'elle est. Du coup, on ne connaît pas le contenu d'une telle liberté. Une coïncidence entre le désir intérieur et une extériorité sans résistance se réalise rarement dans les faits. **L'homme est contraint** par la nature (il est soumis au déterminisme de la nature) ; par la société et l'État (qui détient le monopole légitime de la contrainte) ; par autrui (la limite de ma liberté est la liberté de l'autre) ; par lui-même (l'inconscient).

• Il faut distinguer **liberté de fait** qui consiste à faire ce qui plaît, et **liberté de droit**. Cette dernière détermine nos limites et privilégie la place de la raison, la maîtrise de soi. Je suis libre quand je suis délivré de l'erreur, de tout ce qui entrave la connaissance de soi, comme les préjugés, les passions. Être libre, c'est d'abord **être libéré**, et cette libération est le résultat de cette **conquête de soi par soi**.

2 Liberté et raison, une exigence morale intérieure

- Épictète souligne que l'homme est libre parce que nul ne peut le contraindre **moralement.** Si j'obéis par crainte, c'est parce que, intérieurement, j'y suis assujetti, c'est-à-dire qu'auparavant j'ai consenti à la crainte, en jugeant qu'il valait mieux obéir. Comme **le jugement dépend de nous**, nous ne sommes jamais contraints que par nous-mêmes. Il n'y a pas de liberté sans connaissance. Descartes reprendra cette idée : **plus on connaît, plus on est libre**.

- Selon Kant, l'homme est soumis aux lois naturelles (comme la loi de la gravitation des corps), et en ce sens il n'est pas libre. En revanche, en tant que sujet doué de raison, il est libre de décréter les lois auxquelles il obéira. Ainsi, la loi morale n'est pas une loi extérieure à laquelle on se soumet, mais une loi que l'homme, en tant qu'être raisonnable, s'impose à lui-même. C'est en ce sens que **la liberté kantienne est autonomie**. La loi morale, loin de nier la liberté, la postule. Dès lors, être libre, c'est accomplir son devoir par devoir, c'est-à-dire agir toujours de telle sorte que mon action puisse servir d'exemple à autrui. La raison rend l'homme libre et responsable.

Réviser la morale de Kant

3 Liberté et raison, la nécessité bien comprise

- Spinoza s'oppose à l'opinion commune. Il considère que **l'homme n'est pas « un empire dans un empire »**, mais qu'il fait partie intégrante de la nature, et à ce titre lui obéit. Comme une pierre qui, ayant conscience de son mouvement, se croirait libre, l'homme s'illusionne sur sa liberté quand il ignore les causes qui le déterminent.

Comprendre la thèse déterministe

- Faire acte d'allégeance envers la nature, c'est **acquiescer à la nécessité** qui règne, et c'est là la liberté authentique. Dès lors, plus l'homme se soumettra à cette nécessité, plus il fera acte de raison et connaîtra l'ordre profond de toutes choses. Spinoza identifie **liberté et nécessité.** La liberté n'est donc pas le pouvoir de faire ou de ne pas faire quelque chose : la sagesse ne réside pas dans la volonté de transformer le monde. L'homme sera libre s'il laisse parler en lui sa nature rationnelle et comprend que tout ce qui arrive est le résultat de la nécessité. Ainsi la science, en dévoilant progressivement les lois de la nature, nous rend aptes à les utiliser et à accroître du même coup notre liberté.

4 La liberté est un leurre

- La conception de Nietzsche est un prélude à celle de Freud. La volonté ne se situe pas au début du choix, mais à la fin : elle est un **aboutissement.** En fait, la volonté est la victoire d'une pulsion sur les autres pulsions. Vouloir, c'est sentir le triomphe d'une force qui s'impose à nous à notre insu. Nous appelons volonté, choix, ce qui nous détermine sans que nous en ayons conscience. L'illusion suprême consiste à identifier ce sentiment à la causalité libre.

- Nietzsche se demande alors pourquoi la métaphysique a postulé l'existence d'une volonté libre. La plupart des philosophes raisonnent comme les métaphysiciens : ils postulent à la fois la bonté infinie de Dieu et l'existence du mal. Comment comprendre l'existence d'un Dieu bon et l'existence du mal ? En « inventant » un sujet libre, c'est-à-dire entièrement responsable de la méchanceté et du mal. La liberté est, pour Nietzsche, une **duperie**.

3 Liberté et responsabilité

De quoi s'agit-il ? **L'homme est entièrement libre et responsable de ses actes. En tant que « projet » de lui-même, il choisit entièrement sa vie. La liberté est une conquête permanente.**

Mots-clés
- responsabilité
- inaliénable
- angoisse

Mots-repères
absolu/relatif – idéal/réel
en fait/en droit

1 Le postulat de la liberté

• Pour le stoïcien Épictète, c'est folie de vouloir que les choses arrivent comme nous les avons pensées. Les désirs téméraires ne sont que caprice et fantaisie. La liberté « consiste à vouloir que les choses arrivent non comme il te plaît, mais comme elles arrivent ». Si le libre arbitre est une illusion, comment faire pour combattre certaines situations d'injustice, d'inégalité ? Si être libre, c'est dire oui à la nécessité, n'est-ce pas se résigner ? Or, la résignation n'est-elle pas la voie qui mène à l'indifférence ? Dès lors, nous voyons que si les stoïciens sont philosophiquement pertinents dans leurs critiques du libre arbitre, leur définition de la liberté ne peut longtemps nous satisfaire. C'est qu'au fond, il est difficile de dissocier **liberté intérieure du sujet et liberté extérieure du citoyen**. Il est peut-être un devoir de liberté qu'il faut exercer pour nos semblables, malgré le déterminisme auquel nous sommes soumis. Bref, il faut postuler que nous sommes libres.

• La liberté est un postulat nécessaire pour fonder la morale. Pour Kant, **la loi morale est inscrite en chaque homme**, quelles que soient les formes qu'elle peut revêtir à travers les civilisations. Devoir et responsabilité sont des exigences qui s'imposent à tous, du seul fait que tout homme est un être doué de raison. Mais la morale n'a de sens qu'à partir du moment où l'homme est libre de choisir. La liberté kantienne est une **vérité de raison**, non une vérité de fait. On ne peut pas prouver la liberté puisqu'elle n'est pas un fait empirique comme la gravitation. On ne peut que **postuler** la liberté.

Comprendre l'hypothèse de Kant

2 L'homme est entièrement libre et responsable

• Pour Sartre, l'être de l'homme se confond avec son « être libre ». Rien ne nous détermine, nous sommes tout choix, malgré notre passé (que nous pouvons toujours refuser ou accepter) ou notre « situation » (que nous pouvons assumer ou doter d'un sens qui nous convient). Notre liberté est **totale**, nous rendant ainsi totalement **responsables**.

• En tant que conscience, l'homme est donc fondamentalement **projet**, tension vers l'avenir. Il se fait lui-même par ses choix et ses actes, il s'invente ; l'homme est **désir de liberté**.

3 La liberté est inaliénable

• La liberté est l'essence même de l'homme. Y renoncer, dit Rousseau, « **c'est renoncer à sa qualité d'homme** ». L'homme ne renonce pas à sa liberté en passant de l'état naturel à l'état civil, il l'échange contre une liberté qui repose sur l'obligation de soumettre la volonté particulière à la volonté générale qui doit en tenir compte. C'est pourquoi on n'échange pas sa liberté pour plus de sécurité (comme chez Hobbes). Les théories qui proposent d'assurer la sécurité contre moins de liberté avilissent l'homme, le dégradent, et le transforment en instrument privé de toute moralité : « Les esclaves perdent tout dans leurs fers, jusqu'au désir d'en sortir ; ils aiment leur servitude comme les compagnons d'Ulysse aimaient leur abrutissement ». Rousseau nous met en garde contre toutes les formes de servitude volontaire, comme l'avait déjà fait La Boétie.

4 La liberté n'est jamais définitivement acquise

• On sait que derrière la formule de « l'intérêt général » se mêlent souci de l'ordre public, considérations économiques, etc. Pourquoi pénaliser la drogue et pas l'alcool, par exemple ? Chaque société essaie de préserver **les fondements immatériels** du lien social et d'interdire la transgression de certaines valeurs. Il est évident que les limites sont ici délicates à tracer.

• Dès sa naissance, la liberté de l'homme est donc menacée : le fait de vivre en société est la première menace. Viennent ensuite les conditionnements de toutes sortes : famille, école, travail, etc. Toute société exerce donc sur l'individu un « terrorisme naturel », selon l'expression de R. Cara-tini. Comme dans *Le Meilleur des mondes* de Huxley, la société idéale élimine presque toujours les individualités qui se font trop remarquer. La liberté n'est jamais un acquis mais une **libération incessante**.

• La liberté est une notion complexe, qui suppose l'activité de la raison en alerte. Qu'on pense qu'elle est le propre de l'homme ou pure illusion, voire tromperie, il faut vivre, affronter des choix. C'est l'un des paradoxes de nos sociétés démocratiques : l'extension des libertés est source **d'angoisse.** Sartre l'avait déjà souligné : « Nous sommes condamnés à être libres ». Il nous faut assumer cette tragique grandeur.

PHILOSOPHIE

Révision express

Les points importants à retenir

La liberté : une absence de contraintes ?

- **L'homme est-il libre quand il peut réaliser tous ses désirs ?** C'est la définition du sens commun. Calliclès en fait l'éloge. Platon montre combien le passionné est le jouet et non le maître de sa passion.
- L'homme est **déterminé** par : les lois de la nature, la société et ses institutions, autrui, son inconscient. « On ne peut être vraiment soi qu'aussi longtemps qu'on est seul ; qui n'aime donc pas la solitude n'aime pas la liberté, car on est libre qu'en étant seul » (Schopenhauer).

La liberté : une expression du moi ?

- **Comme acte libre** = une émanation de la vie, des pulsions (Freud, Nietzsche). **Mais :** est-ce être libre que de laisser une pulsion guider ses actes ?
- **Comme acte responsable :** conscience = liberté (la liberté existentielle de Sartre). La liberté s'expérimente dans toutes les situations. L'homme est un choix perpétuel puisqu'il est ce qu'il se fait. **Liberté totale = responsabilité totale.** L'homme est responsable de tout devant tous : la liberté est un fardeau.

La liberté : un pouvoir de la raison ?

- **Le libre arbitre :** pouvoir de faire ou de ne pas faire (Descartes).
- **Mais :** le libre arbitre est une illusion car l'homme ne sait pas par quoi il est déterminé (Spinoza). La seule véritable liberté est de comprendre rationnellement la nécessité de ce qui arrive. « C'est la leçon de Spinoza : on se découvre d'abord esclave, on comprend son esclavage, on se retrouve libre de la nécessité comprise » (P. Ricœur).
- **Un acquiescement :** aux lois naturelles, au déterminisme (Spinoza, Kant) ; à ce qui dépend de nous (stoïciens).
- **Une restriction :** aux désirs naturels et nécessaires (épicuriens) ; à ce qui est en notre pouvoir (stoïciens). Mais la résignation n'est-elle pas le plus bas degré de la liberté ?

La liberté ou les libertés

- Le concept de liberté relève de plusieurs domaines :
  - **métaphysique :** la liberté distingue l'homme de l'animal, soumis à ses instincts ;
  - **politique :** la liberté s'épanouit dans l'état civil ;
  - **moral :** la liberté parachève l'état civil et rend l'homme libre (Rousseau, Kant).

Quiz

Cochez la bonne réponse :

1. Dans l'Antiquité, on concevait l'homme libre en opposition à l'esclave. ☐ Vrai ☐ Faux

2. La liberté est l'absence de contraintes. ☐ Vrai ☐ Faux

3. Pour Kant, la liberté est autonomie. ☐ Vrai ☐ Faux

4. Pour Sartre, la liberté est la condition de l'homme. ☐ Vrai ☐ Faux

→ Réponses p. 477

Chapitre 16 La religion

1 Qu'est-ce que la religion ?

De quoi s'agit-il ? Il n'y a pas de groupe humain sans religion. Le sentiment religieux est lié aux institutions sociales mais aussi au sentiment individuel qui lie le croyant à Dieu. Toute religion a la nostalgie de l'origine, du parfait, et tente de mettre de l'ordre dans le désordre du monde.

Mots-clés
- religion
- philosophie
- métaphysique
- mythe
- sacré
- profane
- positivisme

Mots-repères
expliquer/comprendre
universel/général/particulier/singulier

1 La triple étymologie

• Le philosophe Roger Caillois rappelle que le terme latin *religio* désignait des nœuds de paille qui servaient à fixer, à relier les poutres des ponts entre elles. Le maître suprême de la religion s'appelait le *pontifex,* ce qui veut dire « le bâtisseur de ponts », le pontonnier. Ce *pontifex* avait pour fonction d'apaiser la colère des dieux lorsque les hommes transgressaient « l'ordre naturel des choses », notamment en construisant des ponts là où il n'y en avait pas naturellement. La religion est alors une question de techniques, de savoir-faire, de rites réservés à des spécialistes chargés **d'assurer à la communauté la bienveillance divine**.

• Une autre étymologie est proposée par Cicéron : elle associe *religio* et *relegere*, c'est-à-dire « recueillir, récolter scrupuleusement, sans erreur pour l'exercice du culte ». Il s'agit de respecter méticuleusement l'ordre originel et sacré des choses qui nous parle de la présence des dieux, de **redoubler d'attention**.

• Ces deux premières étymologies montrent bien que la religion n'est pas séparée des autres domaines d'activité de la société. C'est une institution parmi d'autres, une **affaire collective**. D'où le danger que représentent les incroyants, associés tout de suite à des personnes qui veulent bouleverser l'ordre social. C'est bien ce pour quoi Socrate fut injustement condamné : sa soi-disant impiété.

• Le christianisme associe définitivement *religio* et *religare,* relier : la religion est un **lien qui relie l'homme à Dieu**. C'est en ce sens qu'aujourd'hui le pape s'appelle encore souverain pontife, l'intermédiaire entre les hommes et Dieu. Cette troisième étymologie aura des conséquences considérables en séparant le sacré des autres institutions humaines et en faisant de ce lien un domaine propre, individuel, personnel. **Ainsi la nature est désacralisée** – elle est instrumentalisée –, la société se sécularise et devient autonome.

2 Distinctions et spécificités

• **Le phénomène religieux est la source principale de la culture humaine.** Pour Émile Durkheim, la religion est un ensemble de rites et de croyances par lesquels les hommes se rattachent à un ordre universel et supra-humain. Elle a donc **une fonction sociale** indéniable. Elle répond aussi à la question ultime des choses : pourquoi existons-nous ? Quel est le sens de la vie ? Qu'y a-t-il après la mort ? Toute religion distingue le sacré et le profane. Le **sacré** est ce qui a trait au culte et au divin, alors que le **profane** auquel on l'oppose est ce qui est devant le temple (et non à l'intérieur), ce qui est étranger au culte et au divin.

PHILOSOPHIE

- La **philosophie** interroge la raison dans l'homme. Philosopher, c'est décider de poser un regard autre sur le monde, sans préjugés, sans *a priori*, débarrassé en quelque sorte de toutes croyances. Pas de foi aveugle pour qui philosophe, mais une liberté de penser et d'agir. Toute philosophie est une tentative de **compréhension rationnelle du monde**. La philosophie naît au moment où l'homme abandonne les mythes pour interroger et comprendre le monde par la raison, le *logos* grec.

- Quant à la **métaphysique**, elle est une partie de la philosophie : *meta ta phusika*, en grec, signifie ce qui est au-delà ou au-dessus du monde physique. Ce nom de *meta ta phusika* est le titre donné aux livres d'Aristote qui venaient après ses livres de *Physique*.

- **Le fait religieux est un principe universel d'explication**. Auguste Comte voyait dans « l'âge théologique ou fictif », dominé par l'imagination, l'enfance de l'humanité sur le plan intellectuel : le premier état (il en distingue trois) de toutes nos connaissances. Le recours aux dieux est le moyen le plus simple et le plus naturel d'expliquer les phénomènes. Mais à toutes les étapes du développement de l'humanité, l'homme a eu recours à des références transcendantes. C'est pourquoi Comte instaure une **religion de l'Humanité**, un « positivisme religieux », considérée comme le grand-être social suprême qui nous dépasse infiniment car « l'humanité se compose de plus de morts que de vivants ». La science n'a pas évincé Dieu.

2 Raison et foi

De quoi s'agit-il ? Toute religion offre à l'homme la possibilité de se transformer, de modifier sa conscience. Croire, c'est faire confiance. La foi, dit Kierkegaard, est un saut dans l'irrationnel. La croyance religieuse est un assentiment de l'esprit à une vérité sans justification rationnelle, d'un autre ordre, que l'on appelle transcendant et qui désigne généralement Dieu. Ne peut-on pas aimer Dieu intellectuellement ?

Mots-clés
- foi
- raison
- cœur
- joie
- connaissance
- ignorance
- nécessité

Mots-repères
transcendant/immanent
intuitif/discursif – croire/savoir

1 La foi échappe à la raison

- La raison est le moyen d'appréhender le réel, la totalité du monde, de coïncider avec le réel. Tout ce qui fait partie du monde est représentable. Or Dieu n'est pas représentable, il échappe de ce fait à la raison, donc au monde : se pose le problème de la **transcendance divine**.

- Comment dire avec raison ce qui échappe à la raison ? « N'y a-t-il pas au-delà de la rationalité une rationalité de la transcendance ? », demande Levinas. Même s'il est possible de penser Dieu, ce n'est pas en le ramenant dans le réel. La foi échappe à la raison et la foi est accessible à tous. Sans passer par la raison, la foi est efficace, non élitiste.

2 Le cœur, une réponse à la transcendance divine

- Toute la dignité de l'homme consiste bien en la pensée, mais Pascal montre les limites de la raison humaine, inapte à comprendre par intuition. À cause du péché originel, la nature humaine est déchue. L'homme doit alors **se tourner vers** Dieu (*convertere*, en latin : se tourner vers, se convertir). La foi ne peut être donnée que par Dieu, être transcendant : inutile de prouver l'existence de Dieu par des preuves rationnelles comme le fait Descartes, sans y parvenir pour Pascal, il n'a besoin que de son cœur car « il y a loin de la connaissance de Dieu à l'aimer ». Dieu est une vérité inaccessible à la raison humaine, **seul le cœur peut la connaître ou la sentir**. « C'est le cœur qui sent Dieu et non la raison. Voilà ce que c'est que la foi. Dieu sensible au cœur, non à la raison. » Pascal rejette le Dieu des philosophes et des savants (celui de Descartes), et croit depuis sa « nuit de feu » au « Dieu d'Isaac, d'Abraham et de Jacob ». La foi n'est pas de l'ordre de la raison.

• C'est pourquoi le **célèbre pari** ne veut pas donner de preuve de l'existence de Dieu. Il part au contraire de l'hypothèse qu'**on ne peut démontrer ni que Dieu est ni qu'il n'est pas**. Pascal démontre alors qu'il serait suicidaire et irraisonnable de ne pas parier que Dieu est. Qui refuserait de parier une vie infinie lorsqu'on a tout à y gagner ? Le pari n'est pas un acte de foi mais un examen des probabilités de gain, et il nous faut tous parier puisque nous sommes tous « embarqués », c'est-à-dire que nés il nous faudra mourir. La question de l'éternité se pose à tous. « Oui, mais il faut parier. Cela n'est pas volontaire, vous êtes embarqués. » Si je gagne, je gagne tout : la vie éternelle ; si je perds, je ne perds rien puisque ce sera de toute façon le néant.

3 La question de l'immanence

• Spinoza constate que la croyance religieuse ordinaire n'aide pas l'homme à se libérer des superstitions et de la crainte. « La foi du charbonnier » n'élève pas l'esprit parce que l'homme conçoit Dieu comme une projection de son propre comportement, soumis au bien et au mal. Spinoza ne condamne ni les passions, ni le désir (essence de l'homme, *cf.* chapitre 4) mais appelle l'homme à la **connaissance véritable**. Grand lecteur de Descartes, Spinoza utilise la méthode géométrique, mais au lieu de penser, comme Descartes, que l'on parviendra à la vérité à la fin de la démonstration philosophique, il postule qu'il faut partir de la vérité pour philosopher. Et cette vérité première est **Dieu ou la Nature**.

• **Dieu seul existe et agit par la seule nécessité de sa nature, et il n'y a rien en dehors de Dieu**. On parle ici **d'immanence** – qui s'oppose à la transcendance. Cela signifie que Dieu n'est pas extérieur à l'univers mais réside en lui. Telle est la philosophie de Spinoza : **il n'y a pas d'au-delà du monde**. Pour lui, *Deus sive Natura,* Dieu ou la nature. Le monde spinoziste est un système logique, structuré, de telle sorte que Dieu ou la Nature puisse effectivement rendre compte du réel. C'est aussi pourquoi « l'homme n'est pas un empire dans un empire ». Il n'oppose pas le temporel et l'éternité, mais **l'ignorance et la connaissance**. Il fait de la philosophie une méditation de la vie, non de la mort. C'est pourquoi il prône **la joie**, car elle est signe d'un succès de mon être. L'illusion religieuse et la métaphysique séparaient l'homme du monde. Spinoza les réconcilie. **L'amour intellectuel** de Dieu produit la joie. Hegel et Bergson seront fortement influencés par ce philosophe inclassable.

3 Critiques de la religion

De quoi s'agit-il ? À côté des penseurs et philosophes qui voient dans la religion soit une nécessité sociale, soit une valeur supérieure à la raison, une transcendance, d'autres critiquent la religion, instrument de pouvoir qui interdit la véritable liberté.

Mots-clés
- raison pratique
- ressentiment
- matérialisme historique

Mots-repères
transcendant/immanent – abstrait/concret
ressemblance/analogie

1 Le criticisme kantien

• Pour Kant, l'homme, comme phénomène, est soumis à la causalité, aux lois de la nature et de l'expérience ; comme sujet moral, il exerce la liberté de se déterminer lui-même par sa raison. Connaissance et croyance sont deux dimensions humaines irréductibles. La métaphysique, puisqu'elle s'intéresse au domaine nouménal et non aux phénomènes, reste inaccessible. Il n'y a pas de solution aux problèmes métaphysiques. La **raison pratique** guide notre conduite et nous impose certains postulats d'ordre métaphysique : la liberté, l'immortalité de l'âme, l'existence de Dieu.

• La religion est pour Kant « la connaissance de tous nos devoirs comme commandements divins ». Elle est donc subordonnée à la **morale**. Contrairement à Pascal, rien ni personne ne peut exiger de la raison qu'elle s'incline. Lucidité et foi coexistent. Les philosophes des Lumières mènent une analyse critique envers la religion qu'ils examinent par la raison. Leur scepticisme envers la tradition et l'autorité en général a pour conséquence une **grande tolérance** vis-à-vis de toutes les religions.

2 C'est l'homme qui fait Dieu

• La croyance est-elle indéracinable ?, se demandaient Épicure et Lucrèce. L'épicurisme s'attaquait déjà à la superstition religieuse née de la crainte de l'homme devant la mort. **Il n'y pas de projet divin pour l'homme**. Il faut donc libérer les hommes de la croyance aux dieux de la foule qui, comme les désirs, sont des tyrans. Si les dieux existent, ils se désintéressent des hommes.

• Pour Feuerbach, **l'homme accorde à Dieu les attributs humains**. Dans la religion, l'homme est donc **aliéné**, c'est-à-dire dépossédé de sa propre essence, dépouillé de son être pour l'attribuer à Dieu. Il y a du divin, le savoir et l'amour sont choses divines, mais il n'y a pas de Dieu. L'homme doit ainsi réaliser son essence humaine, ce qui est affaire de politique et non de religion.

3 Opium du peuple ou mort de Dieu ?

• Cette critique de Feuerbach va influencer Marx. Mais il lui reproche de négliger les réalités économiques dans lesquelles vivent concrètement les hommes. La religion est le produit de ces maux. Les hommes se réfugient dans l'imaginaire pour échapper à cette douloureuse réalité, c'est pourquoi lutter contre la religion, c'est « lutter contre ce monde-là dont la religion est l'arôme spirituel ». Seule la **transformation révolutionnaire** du monde peut aider l'homme.

Comprendre la pensée de Marx

• Nietzsche sonne **la mort de Dieu** qui est un effondrement de toutes les valeurs et de la culture. Cet « événement énorme » oblige les hommes désormais à **se dépasser**, à devenir des esprits libres. Nietzsche pourfend « la foi dans la science », tout comme il pourfend la pensée gréco-judéo-chrétienne : en fait, toute philosophie, pensée, religion qui rêve de parvenir à des vérités définitives dans un autre monde et qui oublie la vie bien vivante dans laquelle chacun est plongé, ici et maintenant. Il n'est pas question de nier « ce monde, le nôtre ». Il reproche au christianisme d'amollir l'homme, de le consoler de la vie au lieu de la lui faire vivre pleinement, et de l'intoxiquer en quelque sorte par une **morale du ressentiment**.

4 Freud et l'illusion religieuse

• Marx a mis l'accent sur la misère économique et sociale de l'homme qui se réfugie dans la religion. Freud voit dans la religion une **compensation à la misère psychologique**. Elle dérive des désirs humains frustrés et de l'enfance. La religion est une illusion qui apaise l'angoisse humaine en proposant une Providence bienveillante. À cette fonction consolatrice de la religion, Freud ajoute le besoin protecteur d'un père aimant.

• L'homme doit apprendre à **affronter la réalité** afin de se libérer et d'être **heureux ici-bas**. Telle est en quelque sorte la « leçon » que l'on peut tirer de ces diverses analyses. Et l'on ne peut qu'encourager chacun à exercer sa raison et à s'interroger sur ses propres croyances et leur origine. Mais tant qu'il y aura des hommes, il y aura des questions métaphysiques.

4 Société et religion

De quoi s'agit-il ? Les sociétés actuelles sont caractérisées par l'individualisme : c'est l'individu qui s'approprie la religion, vécue comme une « recherche spirituelle ». La religion est un moyen d'épanouissement personnel. Plus Dieu est absolument transcendant, plus l'homme est grand. Mais peut-on encore parler de transcendance quand les croyances religieuses s'intéressent davantage au monde terrestre qu'au monde céleste ?

Mots-clés
- fonction civique
- religion civile
- théisme
- sécularisation
- bouc émissaire

Mots-repères
abstrait/concret
analyse/synthèse

1 Nécessité civique de la religion

• Rousseau affirme dans le *Contrat social* que tout citoyen a besoin d'une religion. Il distingue trois sortes de religion :
- **le « vrai théisme »**, pure et simple religion de l'Évangile : « sans temples, sans autels, sans rites, bornée au culte intérieur du Dieu suprême et aux devoirs éternels de la morale » ;
- **la religion des peuples primitifs et de l'Antiquité :** « inscrite dans un seul pays, lui donne ses dieux, ses patrons propres et tutélaires ; elle a ses dogmes, ses rites, son culte extérieur prescrit par des lois » ;
- **et le christianisme romain**, « religion des prêtres » qui donne aux hommes « deux législations, deux chefs, deux patries, les soumet à des devoirs contradictoires et les empêche de pouvoir être à la fois dévots et citoyens ».

• Mais **toutes trois détruisent le lien social :** la première, même si elle représente « le vrai christianisme », encourage l'homme à se détacher de la société et à consacrer sa vie à la contemplation ; la deuxième parce qu'elle développe les superstitions et peut rendre un peuple « sanguinaire et intolérant » qui croit agir justement en tuant ceux qui croient en d'autres dieux ; et la dernière parce qu'elle rompt l'unité sociale en opposant dans l'homme le citoyen au croyant.

• Pourtant, le contrat social, fondé sur la raison, a besoin d'un fondement religieux, d'un principe supérieur. C'est la condition nécessaire pour cimenter véritablement le pacte d'association. Rousseau bannit l'incroyant « non comme impie mais comme insociable ». L'État contractuel doit être fondé sur le sacré et créer une **religion civile commune** (c'est ce que fit d'ailleurs Robespierre qui instaura le culte républicain de l'Être suprême).

2 Les conséquences de la sécularisation

• Marx et les sociologues du début du xxe siècle, comme Durkheim ou Weber, pensaient que le déclin des religions serait irréversible. Le monde se sécularisait. Weber annonce le « **désenchantement du monde** » : tout devient rationnel, la magie et les techniques d'enchantement ont été éliminées. La science est la référence. En France, la loi de séparation des Églises et de l'État de 1905 fait sortir la société de la religion. Les sphères laïques et religieuses sont désormais séparées.

• Mais la sécularisation n'a pas signifié la fin de la religiosité qui resurgit sous diverses formes. En fait, les croyances prolifèrent. Les sociologues dissocient aujourd'hui la question du déclin des grandes religions de la place qu'occupent les nouvelles croyances (astrologie, néo-bouddhisme, New Age, etc.). Toute croyance ne relève-t-elle pas d'ailleurs du religieux ? On assiste également à la radicalisation, voire à l'intégrisme, de certains mouvements religieux dans les trois monothéismes.

3 Les hommes peuvent-ils se passer de religion ?

• C'est la question que pose Durkheim : le rôle de la religion est décisif car ce n'est pas l'économie qui tisse le lien social. **Le ciment premier est bien la croyance religieuse**. Feuerbach affirmait que la finalité politique, la seule capable de réaliser l'homme, est en son fond religieux : « Il faut redevenir religieux, il faut que la politique devienne notre religion. »

• Le phénomène religieux est mêlé au sacrifice, au don de soi, à l'espérance, à l'amour, mais aussi à la terreur. René Girard assigne au sacré le rôle de *pharmakôn*, c'est-à-dire de remède aux maux de la société. Toute société a besoin d'un bouc émissaire contre lequel elle se cimente. Cette victime émissaire immolée, réellement ou symboliquement, permet au groupe de perdurer.

• Beaucoup d'idéologies contemporaines jouent le rôle de la religion en assurant une certaine cohésion sociale, un bonheur possible, à venir. Le fait religieux fait un retour en force : se traduit-il par un excès de violences, notamment au Moyen-Orient, berceau des monothéismes, ou au contraire, fait-il entendre un message de paix ? Force sociale, la religion relève du -sentiment, c'est-à-dire de l'émotion. **L'homme ne semble pas pouvoir vivre sans sacré. Mais le sacré ne déracine pas la violence.**

Révision express

Les points importants à retenir

Dieu transcendant

- Pascal distingue le Dieu des philosophes et des savants du Dieu sensible au cœur qui se révèle aux hommes dans la foi et non dans des preuves rationnelles. Le pari pascalien oblige l'homme à parier sur l'existence de Dieu.

Dieu immanent

- Spinoza refuse l'ignorance engendrée par la foi aveugle : seule la connaissance véritable permet le salut. Cette vérité est celle de Dieu ou de la Nature, c'est-à-dire d'un Dieu qui se confond avec le tout, sans au-delà possible. L'amour intellectuel de Dieu ouvre sur la joie et la béatitude et nous libère de nos illusions. Peut-on encore parler d'un Dieu au sens biblique ? On parle d'une « spiritualité matérialiste » ou d'une « mystique sans mystère » au sujet de la pensée spinoziste.

Les critiques envers la religion

À partir du XIXe siècle, les philosophes cherchent à comprendre ce qui se joue vraiment dans la religion, quels sont les enjeux sous-jacents à ce besoin humain.

- **Feuerbach** affirme qu'il n'y a pas de dieu puisque c'est l'homme qui fait dieu. Mais il n'est pas athée : du sacré existe.
- Pour **Marx**, il s'agit de s'intéresser à l'homme concret qui oublie sa condition misérable dans cette drogue qu'est la religion, encouragée par le pouvoir en place. Marx veut réveiller la conscience révolutionnaire en désintoxiquant les hommes.
- Si Dieu est mort, c'est pour donner naissance à un homme totalement libre et libéré, dit **Nietzsche**. Mais qui sera assez grand pour relever le défi de reconstruire et d'exalter les valeurs positives de la joie, de l'enthousiasme, et tourner le dos aux valeurs du ressentiment ? La religion amollit les hommes et les fait vivre en troupeau résigné.
- **Freud** pense que l'illusion religieuse permet à l'homme de se consoler de sa misère psychologique et de trouver un père fictif, mais aimant et protecteur.
- *Depuis Weber et son « désenchantement du monde », les sociologues pensaient que les religions mourraient peu à peu. Quelle place occupe Dieu aujourd'hui ? Le phénomène religieux reprend de la vigueur jusqu'à devenir, redevenir, un enjeu politique et social dans de nombreux pays.*

Quiz

Cochez la bonne réponse :

1. La religion tente de mettre de l'ordre dans l'apparent désordre de la nature. ☐ Vrai ☐ Faux
2. Le phénomène religieux a une fonction sociale. ☐ Vrai ☐ Faux
3. Dieu est immanent pour Spinoza. ☐ Vrai ☐ Faux
4. La religion est un instrument de pouvoir. ☐ Vrai ☐ Faux
5. Selon Freud, la religion est une consolation. ☐ Vrai ☐ Faux
6. Le profane est étranger au divin. ☐ Vrai ☐ Faux

→ Réponses p. 477

Chapitre 17 Le temps

1 Le temps existe-t-il en dehors de l'esprit ? (1)

De quoi s'agit-il ? Le temps existe-t-il en dehors de notre esprit (à la manière d'une réalité physique), comme nous le pensons spontanément, ou n'existe-t-il au contraire que pour un sujet, un esprit, une conscience (à la manière d'une réalité psychique) ? Alors que Newton affirmait l'existence d'un « temps absolu, vrai et mathématique », donc objectif, les philosophes ont souvent estimé que le temps était subjectif. La question fait encore débat aujourd'hui pour la science.

Mots-clés
- temps
- sujet
- esprit
- liberté

Mots-repères
objectif/subjectif/intersubjectif
contingent/nécessaire

1 Saint Augustin : le temps est dans l'âme

- « Qu'est-ce que le temps ? », demande saint Augustin dans ses *Confessions*. **L'idée de temps**, si évidente quand on ne l'analyse pas, **devient paradoxale et énigmatique dès qu'on cherche à l'expliquer**. En effet, le passé n'est plus et le futur n'est pas encore. Seul le présent existe. Mais l'existence du présent est paradoxale. Si le présent était toujours présent, il ne relèverait pas du temps mais de son contraire : l'éternité. Le présent n'est donc un temps que parce qu'il s'en va dans le passé, parce qu'il tend à ne pas être.

- Saint Augustin souligne que **l'idée de la longueur du temps ne résiste pas non plus à l'analyse** : le passé n'est pas long puisqu'il n'est plus. Le même raisonnement s'applique au futur qui, par définition, n'existe pas encore. Quant au présent, il ne peut pas davantage être qualifié de long. En effet, combien de temps le présent dure-t-il ? Ni cent ans, ni un an, ni une heure, puisque toute durée, aussi courte soit-elle, peut être divisée en deux parties dont l'une est passée et l'autre à venir. **Le présent n'est donc que la limite sans extension entre un passé qui n'est déjà plus et un avenir qui n'est pas encore.**

- Saint Augustin ne peut résoudre l'énigme du temps qu'en admettant que le temps n'existe que dans l'âme ou dans l'esprit, dans ce qu'on appellera plus tard la conscience. **C'est dans l'âme que le passé, le présent et le futur sont présents**, c'est en elle que le temps passe, s'étire et se mesure, qu'il existe. De ce point de vue, **la réalité du temps n'est donc pas physique et objective, mais au contraire psychique et subjective.**

Comprendre la théorie de saint Augustin

2 Kant : le temps n'existe pas en dehors du sujet

- Kant parvient à une conclusion similaire par une voie différente. Il soutient d'abord que « le temps n'est pas un concept empirique ou qui dérive d'une expérience quelconque ». En d'autres termes, **le temps n'est pas une idée construite à partir des phénomènes que nous pouvons observer**. C'est au contraire parce que nous avons d'abord une représentation du temps que nous pouvons nous représenter la succession des choses ou leur simultanéité. Cela signifie que l'esprit humain ne perçoit des événements successifs ou simultanés que parce qu'il possède déjà, avant toute expérience (a priori), une idée ou plus exactement une intuition du temps.

● Le temps forme ainsi (avec l'espace) une sorte de **cadre qui conditionne notre perception des choses**. Notre esprit ne peut percevoir les choses que dans ce cadre spatio-temporel. Pour l'esprit humain, toute réalité est nécessairement temporelle (ou spatio-temporelle). C'est ce qui explique que nous pouvons faire disparaître mentalement tout ce qui existe dans l'Univers, mais pas le temps ou l'espace. Si nous vidons l'Univers, deux choses demeurent : le vide (ou l'espace) et le temps, qui continue nécessairement de s'écouler. Arrêter le temps est en effet inconcevable puisque celui-ci s'arrêterait nécessairement… pendant un certain temps !

● « Le temps n'est pas quelque chose qui existe en soi […] ; il n'est rien en dehors du sujet », conclut Kant. Cette théorie lui permet par ailleurs de comprendre la possibilité de la **liberté**. Celle-ci semble en effet impossible puisque tous les événements, se succédant de manière nécessaire en vertu du principe de causalité, forment quelque chose comme un destin. Mais **si le temps n'existe que pour l'esprit humain, la liberté devient pensable** et son existence peut et doit être postulée au nom de la morale (voir chap. 15 : La liberté).

2 Le temps existe-t-il en dehors de l'esprit ? (2)

Mots-clés
- temps
- espace
- conscience
- mouvement
- durée

Mots-repères
absolu/relatif
Universel/général/particulier/singulier

3 Bergson : la durée n'existe que pour un être conscient

● Ce sont également les objections élevées par les **déterministes** contre l'idée de liberté qui conduisent Bergson à corriger l'idée que nous nous faisons communément du temps. En effet, du point de vue déterministe, la liberté est impossible parce que le passé (l'éducation, l'histoire personnelle et collective etc.) pèse sur notre présent et détermine nos choix. Mais Bergson remarque que le passé ne peut pas peser **de l'extérieur** sur notre état présent puisque la notion d'**extériorité** appartient à l'espace et non au temps. Nos états de conscience se succèdent, mais ils ne sont pas posés les uns à la suite des autres sur une ligne (comme sur une frise chronologique par exemple) : « La durée toute pure [sans mélange ni confusion avec l'idée d'espace] est la forme que prend la succession de nos états de conscience quand notre moi se laisse vivre, quand il s'abstient d'établir une séparation entre l'état présent et les états antérieurs. »

● De ce point de vue, **le temps ne peut exister en dehors de la conscience**. En dehors, il n'y a que l'espace dans lequel les choses existent simultanément. La succession, le temps, n'existent qu'en nous.

● C'est ce que montre l'analyse du **mouvement** : on pense communément qu'un mouvement a lieu dans l'espace. Or, si les positions successives d'un objet en mouvement occupent bien de l'espace, le mouvement lui-même, c'est-à-dire le passage d'une position à une autre, s'opère dans le temps, non dans l'espace, et n'existe que dans la conscience : « Le mouvement, en tant que passage d'un point à un autre, est une synthèse mentale, un processus psychique et par suite inétendu [il n'occupe pas d'espace]. »

4 Les théories scientifiques

● **Aristote définit le temps comme la mesure du changement :** « Voilà ce qu'est le temps : le nombre du mouvement. » Pour le philosophe, il n'y a donc pas de temps sans changement. En effet, si rien ne changeait, le temps ne passerait pas. Le temps n'est pas le mouvement, puisque ce dernier peut être plus ou moins rapide, mais bien la mesure du mouvement. De ce point de vue, **le temps n'existe que dans l'âme puisque c'est elle qui mesure le changement.**

• **Newton** admet que le temps d'Aristote, le temps qui mesure le changement, existe : ce sont les heures, les jours, les années. Mais ce temps relatif au changement n'est pas à ses yeux le vrai temps. **Le vrai temps est absolu, indépendant des choses et de leur mouvement.** Il continuerait de passer même si rien ne changeait : « Le temps absolu, vrai et mathématique, sans relation à rien d'extérieur, coule uniformément, et s'appelle la durée. » Ce temps absolu, indépendant des choses, de leurs mouvements et de notre esprit, est devenu une évidence pour la pensée commune, mais son existence est réfutée par la physique relativiste (celle d'Einstein).

• Pour **Einstein**, le temps est réel, c'est-à-dire qu'il existe indépendamment de nous, mais il n'est pas **absolu** : il n'est pas une entité indépendante des autres choses qui constituent le monde. Le temps, ou plutôt l'espace-temps, est un des champs qui constituent la réalité physique. **L'espace-temps est le champ gravitationnel** en interaction avec les autres champs qui composent la réalité physique. Or, ce champ n'est pas uniforme : il peut s'étirer, se déformer, se courber ou se contracter, de sorte que le temps est ralenti par la gravité (il s'écoule plus lentement en plaine qu'en montagne) et par la vitesse. Pour la physique relativiste, **il n'y a plus un temps universel, mais des temps locaux** : les choses n'existent pas dans le temps, mais dans leur temps. La question de savoir ce qui se passe en même temps dans deux endroits distincts n'a donc plus de sens. Ainsi, la question de savoir ce qui se passe en ce moment dans une autre galaxie est absurde.

• Mais la physique va encore plus loin : elle remet en question le fait que le temps s'écoule du passé vers le futur. À l'échelle microscopique, la différence entre le passé et le futur, entre la cause et l'effet, s'évanouit. **Le temps ne semble plus avoir de direction. Le temps tel que nous le concevons n'existerait ainsi que pour nous, dans notre esprit et non dans les choses.**

3 Cela a-t-il du sens de vouloir échapper au temps ? (1)

De quoi s'agit-il ? **Une certitude demeure cependant : ce temps qui s'écoule inexorablement du passé vers le futur, de la naissance à la mort, qu'on ne peut ni ralentir ni accélérer, existe pour nous. C'est le temps vécu, celui qui nous menace, qui nous angoisse et auquel nous rêvons d'échapper. Mais cela a-t-il un sens de vouloir échapper au temps ? Devons-nous vraiment envisager le temps comme notre ennemi ? Ne serait-il pas plus sage de l'accepter et de nous réconcilier avec le devenir ?**

Mots-clés
- irréversibilité
- divertissement
- éternité
- salut
- espérance

Mots-repères
croire/savoir
impossible/possible

1 Pascal : du divertissement à l'espoir d'une vie éternelle

• « C'est une chose horrible de sentir s'écouler tout ce qu'on possède », écrit Pascal. Tout change, tout se corrompt et se défait, tout passe de manière irréversible. C'est ce qu'on appelle **l'irréversibilité du temps**. Dans la mythologie grecque, Kronos, le roi des Titans, dévore ses enfants. On peut dire du temps (chronos), qu'il agit de la même manière : le temps dévore tout ce qu'il engendre. Comment ne pas redouter ce père tout puissant qui engloutit sa progéniture ?

Comprendre le divertissement selon Pascal

• On peut échapper à la peur en s'efforçant d'ignorer ce qui l'engendre. « Les hommes n'ayant pu guérir la mort, la misère, l'ignorance, ils se sont avisés, pour se rendre heureux, de n'y point penser », écrit Pascal. Pour ne pas y penser, il faut s'occuper. C'est la raison pour laquelle nous fuyons l'ennui et recherchons ce que l'auteur des Pensées nomme le divertissement. Pascal regroupe sous ce terme la plupart des activités humaines en tant qu'elles nous **divertissent** ou nous détournent du malheur de notre condition de mortels. Cela inclut des activités comme le jeu, la danse ou la chasse, mais aussi des activités sérieuses comme le travail ou la guerre. Bref, tout ce qui fait **diversion**.

- Le philosophe condamne cette attitude qui consiste à détourner le regard pour chercher refuge dans l'inconscience et l'illusion : « La seule chose qui nous console de nos misères est le divertissement, et cependant c'est la plus grande de nos misères. » Notre salut dépend au contraire d'une **conversion** qui tourne notre regard vers Dieu et l'espoir de la vie éternelle. C'est tout le sens du célèbre **pari de Pascal**.

- L'auteur des *Pensées* s'adresse au **libertin rationaliste et athée** qui, comme le Dom Juan de Molière, « croit que deux et deux sont quatre et que quatre et quatre sont huit ». Il s'agit de lui montrer que s'il calcule bien, son intérêt est de croire, qu'il a tout à y gagner et rien à y perdre. Il faut donc parier que Dieu existe. Que mise-t-on ? Sa vie et la manière de la conduire, un mode de vie qu'il faudra réformer si on fait le pari de l'existence de Dieu. Quoiqu'il en soit, « ce que vous jouez est **fini** », c'est-à-dire limité dans le temps. Or, le gain espéré est **infini** : « une éternité de vie et de bonheur ». Si Dieu existe, on a tout gagné : le bonheur éternel ou le bonheur d'être éternel, d'échapper enfin au temps. S'il n'existe pas, ce qu'on a perdu n'est rien ou ne vaut rien : « Il n'y a de bien en cette vie que l'espérance d'une autre vie » (voir chap. 16 : La religion).

Réviser le pari de Pascal

2 Ferdinand Alquié : les sources affectives du désir d'éternité

- C'est le sentiment de la **fuite du temps** qui fait naître le **désir d'éternité.** Mais comme l'a montré Ferdinand Alquié, le désir d'éternité ou le **refus du temps** a de multiples causes.

- Il s'enracine d'abord dans ce que le psychanalyste Otto Rank appelle le **traumatisme de la naissance** : le premier changement dont chacun de nous fait l'expérience nous arrache brutalement au confort de la vie intra-utérine. Ne faut-il pas voir dans cette première expérience du temps la matrice de tous les paradis perdus.

- Le temps est donc ce qui nous éloigne toujours plus du paradis perdu. Mais il est aussi ce qui nous conduit inexorablement vers un avenir à la fois imprévisible et hanté par la **certitude du vieillissement et de la mort**.

- Enfin, le temps, périmant les solutions acquises par l'expérience nous contraint à nous adapter sans cesse, parfois dans la douleur, sous peine d'être nous-mêmes dépassés et périmés.

- Bref, tout semble contribuer à engendrer la **peur du changement**, le refus du temps ou le désir d'éternité. Mais la sagesse ne voudrait-elle pas au contraire que nous acceptions l'idée de l'impermanence de toutes choses ?

PHILOSOPHIE

4 Cela a-t-il du sens de vouloir échapper au temps ? (2)

Mots-clés
- sens
- peur
- acceptation
- nature
- être
- devenir

Mots-repères
contingent/nécessaire

3 Accepter le temps et le devenir

- Tout peut sembler vain et dérisoire au regard de l'idée que rien n'est éternel. Mais le caractère temporel de l'existence humaine lui enlève-t-il toute valeur et tout sens ? La valeur des choses ne réside-t-elle pas au contraire dans leur caractère éphémère et leur absolue singularité ? La vie est-elle absurde parce qu'elle n'est pas éternelle ? Quelle que soit la manière dont on l'envisage, **l'idée d'un sens de la vie implique que celle-ci soit orientée vers un but ou une fin qui se réalise dans le temps.** Ainsi, loin d'être absurde parce qu'elle est temporelle, l'existence humaine n'a de sens au contraire qu'à cette condition.

4 Le thème de la brièveté de la vie

• Mais nous déplorons moins le caractère temporel de l'existence que sa **brièveté**. « La vie est trop courte », disons-nous. Ce lieu commun mérite d'être discuté. D'abord, **rien dans l'absolu ne peut être dit « long » ou « court »**. La vie d'un homme est plus courte que celle d'une tortue mais plus longue que celle d'un papillon. Et si elle semble parfois bien courte, elle peut au contraire paraître longue quand notre passé nous semble lointain, confus et comme étranger à ce que nous sommes devenus.

• Si **la vie est trop courte n'est-ce pas que nous en faisons mauvais usage** ? C'est la thèse du stoïcien Sénèque dans *De la brièveté de la vie*. Que de temps ne perdons-nous pas dans des occupations inessentielles ? Comme la vie pourrait être longue si nous faisions bon usage du temps qu'il nous est donné de vivre ! On pourrait ajouter avec **Épicure** que la longueur de la vie importe moins que sa qualité.

5 La peur de la mort

• Longue ou courte, l'existence n'est-elle pas gâchée par l'idée de la mort ? Épicure affirme paradoxalement que « la mort n'est pas à craindre » parce qu'elle « n'est rien pour nous ». En effet, « lorsque nous existons, la mort n'est pas là, et lorsque la mort est là, nous n'existons pas ». **La mort n'est donc rien, ni pour les vivants** (puisqu'elle n'existe pas encore pour eux), **ni pour les morts** (puisqu'ils n'existent plus). Épicure exclut l'hypothèse d'une vie après la mort parce qu'il est matérialiste, c'est-à-dire qu'il estime que toute réalité est matérielle. De ce point de vue, l'âme qui donne vie au corps est donc elle aussi matérielle et se décompose à la mort. Pour Épicure, croire que nous avons une âme immortelle relève de la superstition et nous gâche la vie. Une juste conception de la mort, qui réfute l'imagination, la superstition et les mythes, permet de **vaincre la peur de la mort**, de « jouir de sa vie mortelle » et de supprimer « le regret de n'être pas éternel ».

• Les stoïciens estiment qu'il faut accepter la mort parce qu'elle est dans l'ordre des choses. Toute leur philosophie est fondée sur la distinction des choses qui dépendent de nous de celles qui n'en dépendent pas. Nos opinions, nos désirs ou nos craintes, nos actions dépendent de nous, mais non pas l'ordre immuable de la nature. On ne peut le changer, mais seulement le comprendre et l'accepter : (voir chap. 4 : La nature). Naître, grandir, mûrir, vieillir et finalement mourir, tout cela est dans **l'ordre des choses**. Chaque chose dans l'Univers est à sa place et joue son rôle, tout conspire et fait sens. « C'est une malédiction pour les épis de ne pas être moissonnés, et ce serait une malédiction pour les hommes de ne pas mourir », affirme Épictète.

6 Être, c'est devenir

• **L'être peut sembler incompatible avec le devenir** puisque le changement anéantit ce qui est. C'est la thèse de **Parménide** : le changement, étant incompatible avec l'être, n'est qu'illusion.

• Mais si rien n'est stable, si « tout s'écoule » comme le soutient **Héraclite, l'être semble au contraire se confondre avec le devenir.** Les choses n'existeraient donc que parce qu'elles changent et le temps, au lieu d'être redouté parce qu'il voue toutes choses à l'anéantissement, devrait être regardé au contraire comme ce qui les fait exister.

• L'amour en est un exemple, parce qu'**il ne peut se conserver qu'en se transformant**. Avec le temps, tout change, mais tout ne se perd pas et la sagesse voudrait que nous renoncions au désir d'éternité en comprenant l'identité paradoxale de l'être et du devenir.

Révision express

Les points importants à retenir

- **Saint Augustin** estime que **le temps ne peut exister que dans l'âme.**
- « Le temps n'est pas une chose qui existe en soi, en dehors du sujet », soutient **Kant** : c'est un **cadre** dans lequel l'esprit humain est « condamné » à percevoir le monde.
- Pour **Bergson**, le temps, se définissant comme la **succession de nos états de conscience**, ne peut exister en dehors de nous.
- La **physique** actuelle remet en question l'idée que le temps avance dans une direction spécifique et donc l'**existence du temps** au sens où nous l'entendons.
- Pascal estime que notre vie de mortels ne vaut que par l'espoir de la **vie éternelle** (hors du temps).
- Mais on peut penser que le **caractère temporel de l'existence** ne lui enlève rien de sa valeur ni de son sens. D'ailleurs, l'idée même d'un **sens de la vie** suppose le temps.
- Les Anciens nous invitent à **accepter sagement l'idée de la mort**.
- **Héraclite** nous fait comprendre que nous ne pouvons pas être sans **devenir**.

Quiz

Cochez la bonne réponse :

1. Saint Augustin estime que le temps ne peut exister que dans l'âme.
☐ **Vrai** ☐ **Faux**

2. Complétez cette affirmation de Kant : « Le temps n'est pas une chose qui existe en soi, en dehors de ... »
a. ☐ **la mémoire.**
b. ☐ **de l'espace.**
c. ☐ **du sujet.**

3. Complétez cette phrase de Bergson : « La durée toute pure est la forme que prend la succession de nos états de conscience quand notre moi se laisse vivre, quand il s'abstient d'établir une séparation entre l'état présent et… »
a. ☐ **l'espace-temps.**
b. ☐ **les états antérieurs.**
c. ☐ **l'état de nature.**

4. Qui a dit : « La mort n'est rien pour nous » ?
a. ☐ **Pascal.**
b. ☐ **Kant.**
c. ☐ **Confucius.**
d. ☐ **Epicure.**

→ Réponses p. 478

Anglais

Chapitre 1 Compréhension écrite

1 Compréhension de l'écrit

De quoi s'agit-il ? La compréhension écrite est évaluée lors de l'épreuve écrite du troisième trimestre de Terminale. Vous devrez répondre à un certain nombre de questions concernant un ou plusieurs textes.

1 Les différents types de textes

• Avant de lire le texte, vous identifierez tout d'abord le type de texte : reconnaître sa nature vous permettra d'orienter votre lecture.

Type de texte	Ce qu'il faut repérer
extrait de roman *extract from a novel*	- fictionnel *fictionnal* ou autobiographique *autobiographical* - auteur *author* - date de publication *date of publication*
article de presse *press article*	- type de journal *type of paper* - auteur *author* - date de publication *date of publication*
extrait de blog *extract from a blog*	- personne qui a écrit l'article de blog *who wrote the blog article* - date de publication *date of publication*
lettre, document épistolaire *letter, epistolary document*	- expéditeur / destinataire *mailer / addressee* - date de rédaction de la lettre *date of the letter*
extrait de pièce de théâtre *extract from a play*	- titre de la pièce intégrale *title of the whole play* - auteur *author* - date de publication *date of publication*

• Pour chaque type de texte, repérez les éléments appartenant au **paratexte : le titre, l'auteur, la date de publication** et l'**illustration** s'il y en a une.

Astuce
L'illustration peut vous donner des indices sur le thème, l'époque, le lieu ou encore les personnages du texte.

2 Première et seconde lectures

• La première lecture du texte vous permet de vous imprégner du **contexte**, d'avoir une vue **d'ensemble**, de découvrir le ou les **thèmes** et d'identifier le narrateur, s'il fait partie ou non de l'histoire. **Faites abstraction des obstacles éventuels**, les mots ou expressions inconnus n'affecteront pas la compréhension globale du texte.

• La seconde lecture vous permet d'approfondir votre compréhension du texte. Appuyez-vous sur les **termes et expressions connus** ainsi que sur les **mots transparents**. Chaque paragraphe a une cohérence : il indique qu'il y a une unité de sens et de temps, et comment l'action et le message progressent.

• Résumez le texte en une ou deux expressions :
Jealousy / anger / happiness / relaxed - tense atmosphere / violence / death…

3 Repérer les éléments importants

• Répondez aux *WH-* questions suivantes :

	Ce qu'il faut repérer	Les éléments linguistiques du texte
WHO	les personnages les liens entre eux le narrateur	*name, age, description, background, personality, occupation (job)* *family, friends* *1st or 3rd person*
WHERE	les indications de lieu	*country, region, city, village, street name, house*
WHEN	les indications de temps	*century, decade, period, specific date, time*
WHAT	le contexte, ce qui se passe le ou les thèmes	*a description, an argumentation, a debate, a quarrel* une dispute, *an inquiry* une enquête *family relationship, friendship, environment, abortion, school, future life, hobbies*

• 1re personne si le narrateur est un personnage de l'histoire,
• 3e personne s'il n'en est pas un.

• Repérez les informations essentielles dans le texte : ce qui a trait aux personnages, lieux, temps et événements.

The scene takes place in Charleston, South Carolina.

The gallery door to the street opened.
'Dear,' Sarah Cutworth said.
'Grandmama!'
'Your mother said you were working here—' Sarah paused and looked round. She wore a powder-blue linen two-piece and pearls. [...]
'I just waxed the floor.'
Sarah looked down.
'You did?'
Gillon nodded. 'Cleaned every picture.' She backed herself up against the table, shielding the sculptures.
'I call this,' Sarah said, 'a lovely place to work. You get to meet people here.'
'Mostly people who don't quite buy a picture. And tourists.' [...]
'Tourists. They are ruining this city.'
Gillon pointed.
'Do you like that landscape, Grandmama?'
'No, dear.'

Joanna Trollope, *Girl from the South*, Bloomsbury Publishing PLC, 2002. D.R.

→ Dans le texte ci-dessus, identifiez :
– les personnages : two women are talking, Gillon and Sarah Cutworth.
– leurs liens : Sarah is Gillon's grandmother.
– leur condition sociale : Sarah seems to be wealthy.
– les lieux : the characters meet in Gillon's art gallery in the USA.
– le thème de l'extrait : their conversation is about art and Gillon's business.
– la prise de position : Gillon seems to be passionate. Sarah is sarcastic.

ANGLAIS

2 Comprendre le sens des mots inconnus

De quoi s'agit-il ? **Lors de vos première et seconde lectures, vous rencontrerez sûrement certains mots dont le sens vous est inconnu. Quelques stratégies vous permettront d'en déduire le sens.**

1 Utiliser le contexte

● Cernez l'atmosphère, la date, les lieux, les profils des personnages… Référez-vous aux termes qui entourent le mot inconnu.

Nick told me Mary got married two weeks before. I was so stunned that I had to sit down for a while. "Mary?" I asked. "But she is only 18!"

→ Deux éléments de contexte permettent de comprendre que *stunned* signifie stupéfait / étonné : le fait que le narrateur ait dû s'asseoir (*had to sit down*) et sa réflexion sur l'âge de la jeune femme qui vient de se marier (*only 18*).

Remarque

Il n'est pas nécessaire de connaître le sens de tous les mots pour comprendre le sens global du texte !

2 Utiliser le mot lui-même

● Cherchez la **racine** du mot qui vous est inconnu. Certains mots peuvent avoir une racine latine et sont **transparents** avec le français : *treasure* trésor, *giant* géant.

● Attention cependant aux **faux-amis** ! Dans ce cas c'est le contexte qui vous aidera.

mot anglais	traduction	faux-ami en français	traduction
eventually	finalement	éventuellement	*possibly*
evidence	preuve	évidence	*obviousness*
actually	en fait	actuellement	*at the moment*

● Observez la **nature** du mot. Deux procédés permettent d'en identifier la formation :

– la **composition** : quand plusieurs mots assemblés ne forment qu'un seul mot.

moonlight clair de lune = *moon* lune + *light* lumière
hard-working travailleur = *hard* difficile / dur + *work(ing)* travail

À savoir

Il n'y a pas de règle précise quant au trait d'union pour les mots composés. On écrit indifféremment : *hard working, hardworking, hard-working.*

– la **dérivation** : ajout d'un préfixe ou d'un suffixe à une base. Les préfixes modifient le **sens du mot racine.**

préfixes	exemple	traduction	signification
in-	*direct – **in**direct*	indirect	sens contraire
mis-	*lead – **mis**lead*	tromper	erreur
pre-	*view – **pre**view*	avant-première	temps
re-	*arrange – **re**arrange*	réaménager	répétition

De même, les suffixes changent **le sens** et **la catégorie grammaticale** du mot racine.

suffixe	exemple	traduction	catégorie
-ize	*modern – modern**ize***	moderniser	nom → verbe
-ly	*calm – calm**ly***	calmement	nom → adverbe
-able	*read – read**able***	lisible	verbe → adjectif
-ed	*interest – interest**ed***	intéressé	nom → participe passé
-ing	*interest – interest**ing***	intéressant	nom → participe présent
-ful	*joy – joy**ful***	plein de joie	nom → adjectif
-less	*pity – piti**less***	impitoyable	nom → adjectif

Prenez garde aux modifications orthographiques : *pity – pitiless.*

Révision express

Les points importants à retenir

Étapes	Ce qu'il faut repérer
Avant de lire	– Le **type de texte** (*letter, novel extract, press article*). – Les éléments du **paratexte** (titre, auteur, date, illustration).
Première lecture	– Le(s) **thème**(s) du document. – L'identité du **narrateur** : prend-il part aux événements ?
Deuxième lecture	– Les **mots connus** : aidez-vous de ce que vous connaissez. À défaut de mots transparents, utilisez le contexte ainsi que la racine du mot lui-même. – Les **mots et expressions-clés** de chaque paragraphe. – Résumez en quelques mots la situation (conflict, friendship…). – Répondez aux **questions *Wh-*** ***Who*** : ciblez les personnages du texte, leurs liens, leurs profils. ***Where*** : repérez le ou les lieux où se déroulent les événements. ***When*** : identifiez le ou les moments des événements. ***What*** : résumez en quelques mots la situation.

Avant de lire : Cette étape donne un rapide aperçu du texte et oriente la lecture.

Première lecture : Cette étape permet de prendre connaissance avec les personnages, les lieux, le moment des actions…

Deuxième lecture : Cette étape permet d'affiner la compréhension du texte. C'est à ce moment-là que vous entrez dans les détails.

Quiz

Cochez la bonne réponse :

1. Prendre connaissance du paratexte permet d'orienter la lecture.
☐ Vrai ☐ Faux

2. Lors de la première lecture, il faut comprendre le texte en détail.
☐ Vrai ☐ Faux

3. Les mots en anglais n'ont pas de racine latine.
☐ Vrai ☐ Faux

4. Dans le mot *useless*, *use* est le mot racine.
☐ Vrai ☐ Faux

5. Dans *annoying*, *-ing* change la catégorie grammaticale du mot racine.
☐ Vrai ☐ Faux

→ Réponses p. 478

SUJET DE TYPE BAC

Comprendre un texte

Énoncé

In the empty classroom Miss Alvarez's high heels echoed sharply as she descended the platform and shook hands. "I'm sorry to make you come all the way, Mr. Chenoy, but it's quite a serious matter."

Jehangir lingered in the corridor outside, and she called him in. "I still find it hard to believe that my best student was involved with those other boys," she started reluctantly.

Yezad smiled, wondering what sort of mischief the youngsters had been up to, part of him pleased that Jehangir was in it with his peers. No sense being goody-goody all the time. Childhood, boyhood wasn't complete if the rascals didn't get into trouble. He'd been the same, during his own years in this school…

And the classrooms had hardly changed. Rows of empty desks stretched behind Miss Alvarez, […] that schoolboy smell of sweat and youthfulness was in the air, ammoniac, mingled with traces of ink, […] lunchtime sandwiches, puribhaji, ragdaa patties. […] Suddenly, Yezad's own youth was upon him. Memory began to populate the empty benches with faces from the past. […]

"So you see, Mr. Chenoy, it's my most important project," said Miss Alvarez.

His name pulled him back into the present – she was talking about Homework Monitoring. He remembered Jehangir explaining it at Nariman's birthday party. Barely four months ago… seemed so much longer…

He faked a concerned nod : "It sounds very interesting." "And I had such high hopes for the class. But now I have to suspend the project. You see, three boys who didn't do their homework gave money to the Monitor to get good marks."

Jehangir scrutinized his father's shoes, his own, and Miss Alvarez's […]. Then the tears made his eyes blurry, and the rubies became one long crimson smear.

Meanwhile, Yezad tut-tutted and shook his head to show disapproval. He wondered what was Jehangir's role. Not the bribing, he had no money; besides, his homework was always done, and he was a Homework Monitor–

The incipient thought froze in his mind. "Did you catch the three?" "Yes. Also the Monitor who took the money." And as she spoke, her arm went up and embraced her pupil's shoulders; she was able to make it a gesture of identification and protection. Yezad's eyebrows rose as he looked at his son, then at Miss Alvarez.

She nodded sadly. "I don't know what to say." […] He looked again at Jehangir for explanation. But Jehangir's eyes were still studiously examining footwear.

"I was just as shocked when I found out," said Miss Alvarez. "Not by those three, they're such duffers[1]." She blushed at her word. "I mean, they're hopeless in their studies because they don't care, they come from rich families, parents who think money will get them everything in life. But Jehangir was my golden boy."

She swallowed. "When I discovered that every week he was taking sixty rupees, twenty from each of the three, I was so upset, I–"

Sixty. She had said sixty. Yezad stopped listening. He mumbled how sorry he was, and promised to make sure Jehangir learned his lesson from the incident.

Adapted from Rohinton Mistry, *Family Matters*, 2002.

1. duffer: an informal word for a pupil who is unable to learn anything.

Questions

1. *Find three elements showing that the scene takes place in India (the characters' names will not be accepted).*

2. *Say how Jehangir is connected to the other characters present in the scene.*

Focus on Jehangir and Miss Alvarez.

3. *What school project was Jehangir involved in?*

4. a. *Explain the role Jehangir was expected to play in this project.*
b. *What did he do wrong?*
c. *What did Miss Alvarez decide to do as a consequence?*

5. a. *Pick out the two adjectives showing Miss Alvarez's feelings when she found what Jehangir had done.*
b. *In your own words, explain what her reaction was.*

6. *How does Jehangir feel during the whole scene? Justify by quoting from the text.*

Now focus on Yezad.

7. *In the beginning of the scene (lines 6 to 9), what in his attitude and thoughts shows that Yezad has not yet realized how serious the situation is? (20/30 words)*

8. *From line 10 to 13, Yezad doesn't concentrate on Miss Alvarez's words. Explain why. (20/30 words)*

9. *In your own words, describe Yezad's reactions at the end of the passage. (20/30words)*

Méthode

1 Faites correspondre le temps de la réponse au temps de la question.

- Les questions 2, 6, 7 et 8 sont rédigées au **présent**, on attend de vous que vous utilisiez également le présent dans vos réponses.
- Les questions 3, 4 et 5 sont formulées au **passé**, vos réponses doivent donc être au passé.

2 Faites attention à la formulation de la réponse !

- Dans la question 5b, *"In your own words"* : on vous demande d'expliquer **avec vos propres mots.**
- Si l'on vous demande de **citer le texte** comme dans la question 6 :

– ouvrez les guillemets et n'oubliez pas de **préciser les lignes** ;

– choisissez les **éléments les plus pertinents**, cela peut être simplement un mot ou une expression.

3 Attention au nombre d'informations à donner.

- Dans la question 6, on vous demande d'**expliquer** et de **justifier** votre réponse.
- Surlignez les verbes de la consigne. Le nombre de verbes vous indique le nombre d'éléments de réponse à donner.

Corrigé

1. *"puribhaji, ragdaa patties" (line 12), "rupees" (line 36).*

2. *Jehangir is Miss Alvarez's pupil and Yeza Chenoy's son.*

Focus on Jehangir and Miss Alvarez.

3. *He took part in Miss Alvarez's Homework Monitoring project.*

4. a. *He was supposed to check that pupils did their homework properly.*

b. *He accepted money from rich and lazy pupils so that they had good marks.*

c. *As a consequence, Miss Alvarez decided to interrupt the project and she summoned Jehangir's father.*

> **Gagnez des points !**
> N'hésitez pas à reformuler vos idées en utilisant des synonymes ou du vocabulaire plus élaboré.

5. a. *"shocked" (line 32)*

"upset" (line 37)

b. *Miss Alvarez felt disappointed because Jehangir behaved badly. She trusted him and he somehow betrayed her.*

6. *Jehangir feels ill-at-ease, and ashamed: his "eyes were still studiously examining footwear" (line 31).*

Now focus on Yezad.

7. *In the beginning, Yezad seems to be relaxed. He is almost proud that his son made something wrong. He is pleased with his son's bad behaviour.*

8. *He doesn't pay attention to Miss Alvarez's speech since he is thinking about his childhood. Being in this room revives memories from the past and he is daydreaming about the time when he went to school. Besides, he went to that school as well.*

> **Rappel**
> Pensez à employer des mots de liaison pour articuler vos idées.

9. *He realizes his son's mistake and he seems really surprised: "I don't know what to say" (line 30). He apologizes and he promises that his son would never behave like that again.*

> **Remarque**
> Vous pouvez citer le texte même si on ne vous le demande pas. Vous pourrez ainsi étayer vos arguments.

Chapitre 2 Expression écrite

1 Le sujet d'invention

De quoi s'agit-il ? La seconde partie de l'épreuve écrite au baccalauréat vise à évaluer vos compétences en expression écrite. Il s'agit d'une épreuve commune aux LV1 et aux LV2, correspondant au niveau B1 du CECRL. Vous serez amenés à rédiger un voire deux sujets qui peuvent être de nature différente.

1 Écrire une lettre

- Interrogez-vous sur les relations entre l'expéditeur et le destinataire de la lettre. Vous ne vous exprimerez pas de la même manière si vous vous adressez à un ami ou à un supérieur hiérarchique par exemple.
- Statuez également sur le contexte de rédaction de la lettre : la période, les lieux et les événements. Vous pourrez alors **adapter votre niveau de langue** et employer les formules adéquates.
- Dans le cadre d'une lettre **formelle** :

– formule de salutation :

cher Monsieur	*dear Sir*
chère Madame	*dear Madam*

– introduction :

je souhaite attirer votre attention sur	*I wish to draw your attention to*
en réponse à	*in reply to*

– conclusion :

je vous remercie d'avance	*I thank you in advance*
dans l'attente d'avoir de vos nouvelles	*I look forward to hearing from you soon*

– formule de fin :

cordialement	*yours faithfully / yours sincerely / yours truly*

Conseil du prof
Si vous connaissez le nom du destinataire, vous pouvez le préciser : *Dear Mrs Jones.*

- Dans le cadre d'une lettre **informelle** :

– formule de salutation :

ma chère Laura	*my dear Laura*
chère maman	*dear Mom*

– introduction :

désolé(e), je n'ai pas écrit depuis longtemps	*sorry, I haven't written for so long*
merci pour ta lettre	*thank you for your letter*
j'espère que tu vas bien	*I hope you are ok*

– conclusion :

c'est tout pour le moment	*that's all for now*
je suis impatient(e) de te lire	*I can't wait to hear from you*

– formule de fin :

avec tout mon amour	*with all my love*
à bientôt	*see you soon*
prends soin de toi	*take care*

ANGLAIS

37, Church Street ← vos coordonnées
CF48 Sheffield

3rd June 2011 ← date : notez que est l'abréviation de *third.*

Mrs L. Jones
23, Wellington Road ← adresse du correspondant
AT59 London

Dear Laura, ← formule de salutation

Sorry, I haven't written for so long, I've been really busy with my project. I'm about to live in the USA and find a new job...
My life in Tokyo has become very difficult. I'm running out of money : the firm I'm working in is about to go bankrupt.

I need to apply for a new job but I really don't want to stay in Japan.
I don't really like the way of life here, and I don't have many friends anyway.
So I decided to try my luck in New York. Tobby knows the director of an international firm.
He told me I could have an appointment...

What about you Laura ? What's new in London ? How is your little boy ?
He must have grown up !

← corps du texte : n'hésitez pas à faire plusieurs paragraphes.

I can't wait to hear from you ! ← conclusion

Take care, ← formule de fin

Sophie ← votre signature

2 Écrire un dialogue

• Lors de l'exercice d'expression écrite, vous pourrez être amenés à rédiger un dialogue. Cet exercice suscite votre imagination, mais gardez bien à l'esprit qu'il est **en lien direct avec le texte étudié lors de la compréhension**.

• Avant de rédiger, veillez à **identifier les personnages** : leurs profils psychologiques, leurs registres de langue et les liens qu'ils entretiennent.

• Respectez les **caractéristiques du dialogue anglais** :
- il n'y a aucun tiret ;
- seuls les propos du locuteur sont entre guillemets : "..." ;
- les guillemets utilisés sont des guillemets anglais ("..."), différents des guillemets français (« ... ») ;
- il faut aller à la ligne lorsqu'il y a changement de locuteur.

• Il est essentiel d'**introduire votre dialogue**. En une ou deux phrases, informez le lecteur sur les personnages et les circonstances de leur conversation. Il peut s'agir :
- d'une rencontre en face à face : *"Hi Clara, it's good to see you again!"*
- d'une conversation téléphonique : *"Hi, it's Clara speaking, how are you Suzie?"*

• Soignez la fin de votre dialogue par une formule finale comme *"I have to go now, see you soon!" She hung up.*

- Le lecteur doit avoir l'impression de « lire une langue orale ». Fournissez-lui un **maximum d'informations sur les locuteurs** en pensant à utiliser les procédés ci-dessous :

Procédés	Exemples	Traduction
Question TAGs	*"She didn't tell him the truth, **did she**?"*	« Elle ne lui a pas dit la vérité, n'est-ce pas ? »
Réponses courtes	*"No, she didn't."*	« Non. »
Formes contractées	*"I **don't** think **it's** a good idea."*	« Je ne pense pas que ce soit une bonne idée. »
Gap fillers	*"**Hum**… **well**, I thought it would be nice to see them."*	« Euh…bien, je pensais qu'il aurait été agréable de les voir. »

- Pensez à varier les verbes de parole et les adverbes indiquant le ton du discours.

– Verbes de parole :

admit	admettre
declare / say / announce	dire
add	ajouter
ask / enquire	demander
reply / answer	répondre
deny	nier
interrupt	interrompre

– Verbes de parole indiquant le ton :

yell	crier
moan / whine	se plaindre
sigh	soupirer
frown	froncer les sourcils
nod	acquiescer
stare at / gaze at	fixer du regard

– Adverbes :

firmly	fermement
angrily / furiously	en colère
scornfully	avec mépris
proudly	fièrement

Rappel

En anglais, il n'y a pas d'inversion du sujet et du verbe :
"I have won the game!" ***he declared proudly.***
« J'ai gagné le jeu ! » **déclara-t-il** fièrement.

3 Écrire une suite de texte

- Vous pouvez être amenés à rédiger la **suite du texte** qui aura été étudié pour la compréhension écrite. Pour en rédiger la suite, vous devez avoir compris le sens du texte.
- Par exemple, pour traiter le sujet *"The three characters meet the day after, imagine the scene"*, repérez les éléments suivants :

Sur le plan pragmatique	Sur le plan linguistique
– le contexte historique – le narrateur – le lien entre les personnages – s'il y a des dialogues	– le niveau de langue / le ton du texte – le temps adopté par l'auteur – s'agit-il de discours direct ou indirect ?

- Il est important de repérer le **type de narrateur** dans le texte initial. Vous veillerez à respecter les règles ci-dessous dans votre suite :

– Lorsque le narrateur est un personnage de l'histoire, il vit les événements en temps réel ou il les présente avec du recul. L'histoire est à la 1re personne du singulier. Le narrateur peut exprimer ses sentiments, il peut dire ce que les autres personnages font et disent.

– Lorsque le narrateur n'est pas un personnage de l'histoire, il ne prend pas part aux événements. Le récit est à la 3e personne du singulier. Le narrateur peut tout de même donner son avis en employant la 1re personne, il sait ce que les personnages pensent.

- Dans votre suite, soyez cohérent avec le temps employé dans le texte initial.

– L'histoire est **au présent** : les événements se passent **en temps réel**.
"I can hear a noise in the kitchen. It may be Julie"... "No, it's impossible, she is working at the moment..."
« J'entends un bruit dans la cuisine. C'est peut-être Julie... » « Non, impossible elle travaille en ce moment. »

– L'histoire est **au passé** : les événements n'ont **plus de lien avec le présent**.
She looked at her mum in the eyes: "Don't tell me what to do, I'm not 15 anymore!" She shouted.
Elle regarda sa mère dans les yeux : « Ne me dis pas ce que je dois faire, je n'ai plus 15 ans ! » cria-t-elle.

4 Écrire un récit

- Vous êtes également susceptible d'avoir à écrire un **récit similaire au texte étudié**. Très souvent, les sujets (toujours en lien avec le texte) font appel à votre expérience personnelle.

- Par exemple, pour le sujet suivant : *Have you experienced a sudden revelation? In what circumstances? What did you feel? What were the consequences?*

- Introduisez la **situation de départ,** les lieux, l'époque ainsi que les personnages.
- Utilisez des **mots de liaison** pour respecter la chronologie des événements : *first, then, a few minutes later, finally...*

Attention
Attention aux faux amis !
eventually finalement

- Pour organiser votre récit, utilisez des **marqueurs chronologiques**.
***After the party**, they went to Tom's house. But **as soon as** they arrived, they heard a noise.*
Après la fête, ils allèrent chez Tom. Mais dès qu'ils arrivèrent, ils entendirent un bruit.

- Les marqueurs de temps doivent être **adaptés au temps du récit**.

Situation d'énonciation initiale	Transposition dans le passé
*I tell her I will be here **tomorrow**.* Je lui dis que je serai là **demain**.	*I told her I would be there **the day after / the following day**.* Je lui ai dit que je serai là-bas **le lendemain / le jour suivant**.
*She was absent **yesterday**.* Elle était absente **hier**.	*She had been absent **the day before**.* Elle avait été absente **la veille**.

5 Écrire un article de journal

- Un article de journal vise tout d'abord à **transmettre l'information**. Le sujet que vous traiterez sera toujours bien défini et délimité. Il faudra donc donner des informations précises.

- **Analysez bien le sujet** avant de vous lancer dans la rédaction : ciblez les mots-clés, réécrivez-les au brouillon et notez toutes les idées qu'il vous évoque.

- **Organisez vos idées**. Il existe plusieurs façons d'organiser le développement d'un article de presse, la plus fréquente est certainement la **pyramide inversée** : l'objectif premier est d'informer le lecteur dans « l'urgence ».

- Vous commencez donc votre article par donner l'information importante ; puis les faits, les détails et éventuellement les témoignages, viendront préciser cette information.

Astuce du prof
Si vous connaissez des dates sur le sujet, elles renforceront votre crédibilité !

- Rédigez **l'introduction au brouillon** après avoir organisé vos idées. Gardez à l'esprit qu'elle doit « accrocher » le lecteur. Il en est de même pour le titre de l'article.
- La **conclusion** peut **élargir le thème** ou elle peut **relancer le débat**. Vous pouvez par exemple poser une question qui viendra réorienter le débat.
- Voici un exemple d'article de journal rédigé sous la forme de pyramide inversée :

The love test that could help couples avoid pain of divorce

Dating couples should share any secret addictions, and even make decisions about housework if they want their relationship to survive, according to a leading law firm.

All are questions in a test that lists the essentials every couple should investigate before getting married or living together. Others in the Bross Bennett test include how much money each partner has, how intrusive their inlaws are, how many children they want and whether they prefer state or private education.

Couples were urged to try the compatibility quiz after separate research revealed January is Britain's busiest divorce month.

Ruth Bross, a partner at the firm, said: "No employer would offer someone a job without considering their suitability for a position and neither should a couple embark on lifelong commitment without doing their research. There is little point in building a future with someone if they are not prepared to be truthful."

By Miranda Bryant, www.thisislondon.co.uk, D.R.

Paragraphe 1 : l'essentiel de l'information est dite ici en introduction.

Paragraphes 2 et 3 : les faits sont présentés à l'aide d'exemples précis.

Paragraphe 4 : une citation permet d'« authentifier » ce que vous avancez.

2 Le sujet d'argumentation

De quoi s'agit-il ? Le deuxième type de sujet proposé pour l'expression écrite est un sujet d'argumentation.

1 Analyser le sujet et organiser ses idées

- Identifiez le type d'écrit demandé :
- une **expérience personnelle** :
  Is there a film that particularly impressed you? Relate and say why.
  Un film vous a-t-il marqué ? Racontez et dites pourquoi.
- une **réflexion générale** :
  Should parents interfere in their children's choices? Discuss.
  Les parents devraient-ils intervenir dans les choix de leurs enfants ? Discutez la question.
- un **débat** :
  "The past belongs to the past". Do you agree with this statement or not?
  « Le passé appartient au passé ». Êtes-vous d'accord avec ce proverbe ?
- Définissez la **portée du sujet** : s'adresse-t-il directement à vous ? A-t-il une portée plus générale ?
- Regroupez vos idées par **thèmes** : pour et contre *pros and con*, avantages et inconvénients *advantages and drawbacks*.
- Si le sujet proposé n'implique pas d'avis tranché, établissez un plan thématique qui regroupera les **thèmes principaux**.
- Terminez votre argumentation par la partie que vous souhaitez défendre.

Astuce du prof

Notez toutes les idées que le sujet vous évoque au brouillon sans chercher immédiatement à faire un plan.

ANGLAIS

2 Rédiger son texte

Conseil du prof

Employez le pronom personnel *I*. *We* est peu utilisé en anglais dans ce type d'exercice.

- Rédigez l'introduction et la conclusion en entier au brouillon après avoir détaillé le plan.
- L'introduction doit faire apparaître une démarche de réflexion claire : définissez le sujet et annoncez le plan.
- La conclusion doit faire apparaître vos opinions sur le sujet et votre positionnement. À la fin de votre conclusion, vous pouvez proposer une ouverture, vous montrerez ainsi que le débat n'est pas clos.
- Respectez le nombre de mots qui vous est imparti et relisez-vous attentivement !

Doc. **Les 3 étapes-clés de votre argumentation**

Introduction **J'attire l'attention du lecteur et j'annonce le plan.**

1. Commencez par une anecdote, une citation. Entrez dans le vif du sujet.
2. Problématisez en formulant une question.
3. Utilisez des connecteurs :
   I will answer this question along two lines. First... then...

↓

Développement **Je développe les arguments annoncés.**

1. Construisez des parties égales et montrez vos connaissances personnelles.
2. Rédigez des phrases de transition pour articuler vos idées.
3. Soyez cohérents et logiques.

↓

Conclusion **Je rédige chaque partie du développement.**

1. Utilisez des connecteurs et des expressions du type :
   although, indeed, as a matter of fact, I think that.
2. Pensez à prendre position.
3. Proposez une ouverture.

3 Enrichir un texte argumenté

- Lorsque vous rédigez un texte argumenté, il est important de varier le lexique et les expressions. Par exemple, dans le texte suivant :

People usually learn a foreign language at school. Are there other ways to do it ?

Learning foreign languages can be a dilemma for some of us. Greeting the pronunciation right, acquiring grammatical rules, making oneself understood and handling enough vocabulary to hold a conversation require effort and perseverance.

However, since practice makes perfect, you need to be exposed to a foreign language on a daily basis, which is hardly possible if you only rely on school courses. For instance, what about watching movies several times, with and then without subtitles? How about reading and learning the lyrics of songs you like, provided they make sense? Some books are adapted to learners' levels, aren't they? It can be an excellent way to learn a new language.

Besides, it is possible to organise a trip in a foreign country with some friends. And what about spending a gap year abroad, as I don't think you can learn a language unless you grasp the culture underlying it.

→ Employez des termes plus variés que certains termes « passe-partout ». Par exemple, *dilemma* à la place de *problem*, *excellent* à la place de *good*.

→ Utilisez des synonymes (*effort* = *perseverance*), ou des termes appartenant au champ lexical des mots-clés : *new* / *abroad* = *foreign*.

→ Variez les mots de liaison pour exprimer : la concession *however*, la cause *since* / *as*, la condition *provided* / *unless*.

→ Poser des questions permettra d'interpeller le lecteur. *How about learning…? / aren't they?*

4 Expressions utiles pour rédiger un texte argumenté

- Voici quelques amorces qui vous permettront de varier votre expression :

– présenter l'idée générale :

this is an important issue	c'est un problème important
in most cases	dans la plupart des cas
it deals with	cela traite de

– donner son opinion :

as far as I'm concerned	en ce qui me concerne
according to me / to me / to my mind	selon moi
I think that	je pense que
I guess that / I reckon that	j'imagine que
I disagree with	je ne suis pas d'accord avec
I totally agree with	je suis entièrement d'accord avec

– donner un exemple :

for instance / for example	par exemple
such as	tel que / comme

– conclure :

to conclude	pour conclure
as a conclusion, I would say that	en conclusion, je dirais que
in a nutshell	en un mot

ANGLAIS

Révision express

Enrichir son expression

- Mobilisez du vocabulaire. Selon les termes du sujet, **utilisez des synonymes** pour éviter les redites et faites appel aux **champs lexicaux.**
- Variez les mots de liaison :

Mots de liaison	Exemples	Traductions
Addition	*I can't run.* ***Besides / furthermore / moreover / on top*** *of that, I am tired.*	de plus / en outre
But	*He works hard* ***in order to / so as*** *to be the best.*	pour / pour que / de façon à
Cause	*I stayed there* ***since / as / because*** *she was ill.*	comme / puisque
Concession	*He went to work* ***in spite of / despite*** *his wound. He went there,* ***although / even though / however****, he was wounded.*	malgré / en dépit de / bien que
Condition	*Hurry up,* ***otherwise*** *we will be late. He can come* ***provided / if*** *he is ready. He won't sleep* ***unless*** *you tell him a story.*	sinon / à moins que
Conséquence	*He didn't work,* ***consequently / therefore / as a result****, he failed.*	en conséquence / par conséquent
Opposition	*He is shy* ***whereas / while / yet****, his brother is chatty.*	alors que / tandis que
Temps	***As / as soon as*** *she entered, she saw her.* ***Meanwhile****, he was eating.*	comme / dès que / pendant ce temps

- Évitez les termes « passe-partout ». Enrichissez votre vocabulaire grâce à leurs synonymes :

Good → *excellent, great, brilliant, thrilling, splendid, fine, moving*
Problem → *issue, topic, question, dilemma*
Important → *major, crucial, outstanding, meaningful*
Beautiful → *attractive, gorgeous*

Quiz

Cochez la bonne réponse :

1. *That's all for now* conclut une lettre informelle.

☐ **Vrai** ☐ **Faux**

2. En anglais, on met seulement entre guillemets les paroles du locuteur.

☐ **Vrai** ☐ **Faux**

3. Mieux vaut terminer l'argumentation par ce que l'on veut défendre.

☐ **Vrai** ☐ **Faux**

4. Le temps de l'histoire et le temps des dialogues sont toujours les mêmes.

☐ **Vrai** ☐ **Faux**

→ Réponses p. 478

SUJET DE TYPE BAC

Écrire un dialogue – Écrire un texte argumenté

Énoncé

Pete Johnson, joining Harry and Claude at a pair of snowmobiles that had been specially rebuilt for the rigors of the pole, told them 'The shaft's twenty-eight yards deep. One more extension for the bit and the job's done.'

'Thank God!' Claude Jobert shivered as if his thermal suit provided no protection whatsoever. In spite of the transparent film of petroleum jelly that protected the exposed portions of his face from frostbite, he was pale and drawn. 'We'll make it back to base camp tonight. Think of that! I haven't been warm one minute since we left'.

Ordinarily, Claude didn't complain. He was a jovial, energetic little man. At a glance, he seemed fragile, but that was not the case. At five-seven and a hundred thirty pounds, he was lean, wiry, hard. He had a mane of white hair now tucked under his hood, a face weathered and made leathery by a lifetime in extreme climates, and bright blue eyes as clear as those of a child. Harry had never seen hatred or anger in those eyes. Until yesterday, he had never seen self-pity in them, either, not even three years ago, when Claude had lost his wife, Colette, in a sudden, senseless act of violence; he had been consumed by grief but had never wallowed in self-pity.

Since they had left the comfort of Edgeway Station, however, Claude had been neither jovial nor energetic, and he had complained frequently about the cold. At fifty nine, he was the oldest member of the expedition, eighteen years older then Harry Carpenter, which was the outer limit for anyone working in those brutal latitudes. […]

Harry wondered if Jobert was bothered less by the bitter cold than by the knowledge that the work he loved had grown too demanding for him. One day Harry would have to face the same truth, and he wasn't sure that he would be able to exit with grace. The great chaste spaces of the Arctic and Antarctic enthralled him : the power of the extreme weather, the mystery that cloaked the white geometric landscapes and pooled in the purple shadows of every seemingly unplumbable crevasse, the spectacle on clear nights when the aurora borealis splashed the sky with shimmering streamers of light in jewellike colors, and the vast fields of stars when the curtains of the aurora drew back to reveal them. […]

Dean Koontz, *Icebound*, 1995 (abridged and adapted).

Sujet 1

You are Harry's daughter. Imagine a conversation you have with Claude and your father after they have returned home from the expedition. (200-250 words)

Sujet 2

In what way can age be an advantage or a disadvantage at work? (200-250 words)

Méthode

1 Sujet 1 : dialogue

- Identifiez le narrateur, ici il s'agit de la fille de Claude.
- Respectez le format du **dialogue** puisque l'on vous demande de rédiger une conversation entre plusieurs personnages.

2 Sujet 2 : texte argumenté

- Rédigez l'introduction et la conclusion au brouillon en entier.
- Construisez des **paragraphes bien distincts** : introduction, parties, conclusions.
- N'oubliez pas d'étayer vos propos par des exemples.

ANGLAIS

Corrigé

Sujet 1

It was 7.00 pm when I heard the engine noise. I ran outside to check if it was Claude and my father. I was right. I felt so excited I hardly noticed the tiderness on their faces.

"How was you stay?" I asked, full of joy. My father mumbled and entered the house. Claude followed him.

"Is everything all right?" I enquired.

"Yes, everything's fine" Claude answered. "Your father doesn't understand why I need to stop that job right away." He added.

"Why do you have to stop Claude? What happened?" I asked.

"I feel that I'm old now, too old to carry on and..."

"You could stay with us, you're not done with this job, we still have so much to learn from you Claude" my father interrupted.

"I don't think so, Harry" Claude replied. "I think you know everything to continue on your own with the team..."

"Claude is right" I said. "Dad, don't you think it's time for him to retire? Look at him, he looks so tired. You must admit that you're living in very tough conditions. You must stop!"

"I don't know, I didn't see you growing old Claude, you are such a strong man..."

"One day you'll understand me Harry, believe me!" Claude said.

(210 words)

Gagnez des points !
N'hésitez pas à varier les verbes de parole.

Sujet 2

Being successful at work mostly comes from the fact that you have experience. Obviously, it is important to consider age in that case. How can we be certain that age is a disadvantage or an advantage? I will study this question along two lines: first, I will see that in some cases, being young can be more helpful and then I will see that being old can be an advantage.

On the one hand, nowadays, more and more jobs require new knowledge. They require skills that the young generations manage to control better than the oldest. I think about informatics skills for instance. In this case, it is the young generation which forms the older one, and being old represents a disadvantage more than an advantage since you can feel depreciated.

On the other hand, at work, older people know more and as a consequence, they know better. They have adopted and improved the right habits, the right observations and the right attitude and reactions. I think it is the case for jobs such as: politicians, teachers and experts for instance. Young people who just start to work can consider the "veterans" as examples. They can count on their experience to improve their own and evolve in their career.

Rappel
Terminez toujours par l'argument que vous soutenez.

Age is not a choice. As far as I am concerned, I hope to have a job for which I could have enthusiasm from the beginning to the end of my career.

(241 words)

Chapitre 3

Compréhension orale

1 La première écoute, le contexte

De quoi s'agit-il ? **L'épreuve de compréhension orale a lieu au cours de l'épreuve écrite. Après avoir écouté un document sonore ou vidéo, vous devrez restituer par écrit et en français ce que vous avez entendu.**

1 Identifier le type de document

- Vous pourrez être confronté à différents types de documents. Dans le cas d'un **document audio**, il pourra s'agir de :

un extrait d'un discours	*a part of speech*
un flash information	*a radio newsflash*
un dialogue / monologue	*a dialogue / monologue*
un débat	*a debate*

Remarque

Le titre du document vous est donné avant la première écoute, servez-vous en pour anticiper le contenu !

- Dans le cas d'un **document vidéo**, il pourra s'agir de :

une publicité télévisée	*a TV commercial*
un reportage	*a report*
un extrait de film	*an extract from a film*
une émission télévisée	*a TV show*

2 Repérer le sens global du document

- Posez-vous les quatre questions *Wh-* essentielles à la bonne compréhension globale du document.

Astuce

N'essayez pas de traduire, vous risquez de perdre le fil de ce qui est dit.

- *WHO*

→ le nombre de personnes :

Deux femmes participent à l'interview.	*Two women are taking part in this interview.*

→ l'identité des locuteurs et leurs liens :

le porte parole de	*the spokesman of*
le présentateur télé / radio	*the TV / radio presenter*
l'interviewer / l'interviewé	*the interviewer / the interviewee*

- *WHERE* → le ou les lieux d'enregistrement :

La scène se déroule sur un plateau de télévision.	*The scene occurs on a TV set.*
La scène se passe dans un studio de radio.	*The scene happens in a radio studio.*

- *WHEN* → le moment de l'enregistrement :

Le document a été enregistré le matin.	*The document was recorded in the morning.*

- *WHAT* → de quoi il est question :

le document traite de	*the document deals with*
il nous informe sur	*it informs us about*
il fait état de	*it reports on*

2 Deuxième et troisième écoutes

De quoi s'agit-il ? La première écoute vous aura permis de faire des hypothèses sur le sujet du document. La deuxième et la troisième écoute vous permettent de construire du sens et d'affiner votre compréhension du document.

1 Déduire le sens d'un mot par sa nature grammaticale et son contexte

- Pour comprendre le message oral, comme à l'écrit, il faut **s'appuyer sur les éléments connus** pour compenser ce qui est inconnu.
- Comptez sur les **mots transparents** ! Par exemple si vous avez entendu les mots suivants : *parents – conflicts – studies – teenagers*, vous aurez compris qu'il s'agit d'un problème de société qui touche les jeunes et leurs parents.
- Utilisez le contexte, l'atmosphère, les dates, les lieux et les profils des personnages.

Idée à retenir

Pour vous entraîner, écoutez régulièrement des radios anglophones ou américaines : www.bbc.co.uk ou www.npr.org et regardez des films et séries en version originale.

- Observez les mots et expressions **autour du mot inconnu.** Par exemple :

Josh was snoring so loudly, I had to sleep on the sofa! → *had to sleep* et *sofa* indiquent que le personnage a eu une gêne pour dormir, *snore* signifie donc : ronfler.

2 Utiliser tous les indices d'un document sonore

- **Les mots mis en relief :** certains mots peuvent être prononcés **avec emphase,** soit parce qu'ils sont **porteurs de sens** aux yeux du locuteur, soit parce qu'ils révèlent son **état d'esprit** (surprise, colère, dégoût…).
- **Les indices sonores :** certains bruits de fond vous donnent des indices sur l'endroit où est enregistré le document (les cris, les applaudissements, la musique…). Identifiez le ou les accents des locuteurs. Ils peuvent être originaires des États-Unis, du Royaume-Uni, d'Australie, etc.
- **L'intonation :** la plupart du temps, une **intonation descendante** indique une certitude, alors qu'une **intonation montante** sous-entend un doute.
- **La gestuelle :** si le document est une vidéo, vous avez un **support visuel** qui vous aide à comprendre le message. Le **langage du corps** accompagne les paroles du locuteur : observez le positionnement des mains, de la tête, du buste, les expressions du visage…

3 Le compte-rendu en français

- Après la troisième écoute, vous aurez **dix minutes pour restituer** ce que vous aurez compris, par écrit et en français.
- Votre texte doit **résumer l'ensemble du document**. Il doit clairement faire apparaître les locuteurs, leur état d'esprit et leurs propos.
- Vous vous exprimerez à la **3e personne du singulier** : vous dites ce que vous avez entendu.
- **Construisez des paragraphes et aérez votre texte**. Exprimez-vous dans un français clair et correct.

Astuce

Lorsque vous vous entraînez à cet exercice de compréhension orale, restituez à voix haute pour être plus rapide.

Attention

Prenez garde aux anglicismes : par exemple, *register* = s'inscrire et non s'enregistrer.

➜ Révision express

Les points importants à retenir

- Identifiez le **type de document** (audio ou vidéo) : *a dialogue – monologue / an extract from a novel - film / a debate / a TV commercial – show / a report / an interview.*
- La **1re écoute** vous permet de cibler le contexte et de prendre connaissance du ou des thèmes.
- Lors de la **2e écoute**, vous approfondirez la compréhension. Répondez aux questions :

Questions *Wh-*	Ce qu'il faut repérer	Exemples
WHO	Les personnes qui parlent (nombre et lien entre elles).	*– the TV / radio presenter is talking…* *– the newsreader / journalist is talking…*
WHERE	L'endroit où se déroule la scène.	*The scene occurs on a TV set / in a radio studio.*
WHEN	Le moment d'enregistrement.	*The document was recorded in the morning.*
WHAT	Le sujet de la conversation.	*The document deals with…* *It informs us about…* *It reports on…*

- Vous devrez **restituer en français** ce que vous avez compris du document. Veillez à n'oublier aucun élément-clé et veillez également à vous exprimer dans une langue correcte.

Quiz

Cochez la bonne réponse :

1. Il est possible de devoir restituer ce qui est dit dans un document vidéo.

☐ **Vrai** ☐ **Faux**

2. Dès la première écoute, il faut comprendre qui dit quoi.

☐ **Vrai** ☐ **Faux**

3. Souvent, une intonation montante indique qu'il y a une incertitude.

☐ **Vrai** ☐ **Faux**

4. Il est conseillé de traduire ce qui est dit pour mieux comprendre le message.

☐ **Vrai** ☐ **Faux**

➜ Réponses p. 478

SUJET DE TYPE BAC 1

Comprendre un document sonore

Énoncé

Titre du document : **Reality TV**.

Écoutez le document sonore en flashant ce QR code.

Reality TV

Vous disposez de trois écoutes séparées chacune d'une minute. Dix minutes vous sont ensuite imparties pour la restitution du document à l'écrit et en français.

Méthode

1 Préparez votre fiche de prise de notes avant l'écoute :

- Prévoyez un bandeau en tête de page pour les éléments du contexte.
- **Laissez des espaces** lorsqu'il vous manque des informations.

2 Lors de la première écoute :

- Concentrez-vous sur le nombre de personnes qui parlent.
- Cernez leur identité et les liens qu'ils entretiennent s'ils sont plusieurs.

3 Lors de la seconde et la troisième écoute :

- Repérez tous les mots transparents, ceux que vous reconnaissez et notez-les.
- Lorsque vous **réorganisez vos notes** pour les restituer, séparez les idées dans votre tableau.

Remarque

N'essayez pas de tout comprendre lors de la 1re écoute : vous aurez le temps lors des deux écoutes suivantes d'écrire ce que vous aurez entendu.

Rappel

N'essayez pas de traduire, vous perdrez du temps et vous perdrez également le fil de ce qui se dit.

Titre du document : Reality TV (audio) | 1 woman

Part 1 : Introduction of the main topic
reality TV shows
competition component
Survivor winner gets 1 million $
American Idol : contract to produce album

Part 2 : The Bachelor
one of my favourite shows : the Bachelor
successful man looking for a wife
starts with 30 ♀
kicks ♀ off and 1 left in the end : wife
proposes marriage to the last

Part 3 : Following the lives of people
some shows
follow the lives of people for a certain period of time
video create story lines
popular reality shows : non competition component shows
Keeping up with the Kardashians – the Osbournes – the real world

Part 4 : Fake shows
line bw tv and reality
ex popular show on MTV
not real at all : The Hills
characters are told what to say and how to act

Notes prises lors de l'écoute n°1
Notes prises lors de l'écoute n°2
Notes prises lors de l'écoute n°3

Astuce du prof

Utilisez des abréviations comme :
♂ → man
♀ → woman
bw → between

Corrigé

Une jeune femme déclare que la concurrence fait partie intégrante de certaines émissions de télé réalité. Par exemple, le gagnant de l'émission *Survivor* reçoit un million de dollars ; de même, le gagnant de *American Idol* remporte un contrat pour produire un album.

La jeune femme nous apprend ensuite que l'une de ses émissions préférées est *The Bachelor* dans laquelle un homme influent recherche l'amour. Trente femmes célibataires se présentent en début d'émission et l'homme les élimine une par une jusqu'à ce qu'il n'en reste qu'une : celle qu'il demandera en mariage à la fin du programme.

Elle explique ensuite que toutes les émissions ne suivent pas le même principe. Certains programmes se contentent de suivre la vie de personnes sur une période donnée. Elle donne trois exemples : *Keeping up with the Kardashians*, *The Osbournes* et *The real world*.

Enfin, elle affirme que la limite entre la réalité et la fiction est parfois floue. Dans l'émission *The Hills* proposée par MTV, les acteurs reçoivent des instructions quant à la manière dont ils doivent jouer et quant aux répliques qu'ils doivent donner.

SUJET DE TYPE BAC 2

Comprendre un document sonore

Énoncé

Titre du document : **My first job**.

Écoutez le document sonore en flashant ce QR code.

My first job

Corrigé

Il s'agit d'une interview entre un journaliste et une jeune femme appelée Lois. Le sujet de la conversation concerne le premier travail de Lois. Elle explique qu'elle a travaillé dans un magasin de chaussures à l'âge de 15 ans. Elle travaillait 8 heures par jours, toute la semaine, même le samedi et gagnait 1,77 livres sterling de l'heure. Le journaliste fait remarquer que c'est très peu. Elle confirme et dit qu'aujourd'hui, en Angleterre, le salaire minimum est de 5 livres sterling par heure. Lois explique qu'avec ce maigre salaire, elle devait prendre le bus jusqu'à Bornemouth, acheter son petit-déjeuner chez McDonald's et reprendre le bus pour rentrer chez elle. Finalement, il ne lui restait pas beaucoup d'argent après toutes ces dépenses. Elle rit malgré tout aujourd'hui de cette situation. Étant payée à la fin du mois, elle pensait qu'elle avait beaucoup d'argent mais elle dépensait très rapidement son salaire avec ces contraintes. Le journaliste lui demande combien de temps elle a fait ce travail. Lois répond qu'elle a travaillé dans trois boutiques de chaussures différentes. Elle est restée un an dans la première, puis elle a fermé, on l'a alors recrutée dans un autre magasin de la même enseigne et elle a travaillé dans un troisième magasin. Elle conclut en disant qu'elle a dû cesser cette activité pour pouvoir se consacrer à ses études et à ses examens.

Chapitre 4 Expression orale

1 Expression orale en continu

De quoi s'agit-il ? L'épreuve d'expression orale a lieu au troisième trimestre de Terminale, à la suite de l'épreuve écrite. Sans temps de préparation, vous présenterez pendant dix minutes l'un des trois axes culturels sélectionnés par l'examinateur.

1 Avant l'épreuve

- Préparez des **fiches synthétiques** des axes vues en cours tout au long de l'année. L'important est de cibler les idées principales, de relever les citations les plus marquantes ainsi que de noter les **figures emblématiques** liées à telle ou telle notion. Vous pouvez également préciser les principales œuvres littéraires, cinématographiques, musicales évoquées pour chaque notion.

- Faites des **recherches personnelles**, elles viendront en complément des cours. Lors de votre présentation et de l'entretien, vous pourrez montrer que vous ne vous cantonnez pas à ce que l'on vous a appris.

- Il est important de vous entraîner à l'oral avant l'épreuve. Chronométrez-vous, dix minutes c'est très court. Entraînez-vous également à **construire rapidement un plan** qui montre une **démarche de réflexion claire et pertinente**.

Astuce
Entraînez-vous avec des camarades qui vous donneront des indications sur vos points forts et vos points faibles.

2 Présenter l'axe à l'oral

- **Exprimez-vous en anglais uniquement**. Dès votre arrivée, saluez l'examinateur en anglais : *"good morning / good afternoon"*. De même lorsque vous prenez congé : *"goodbye / have a good day"*. Si vous devez revenir sur une idée que vous n'avez pas donnée par exemple, vous pouvez dire : *"I'm sorry, I forgot to say that..."*

- S'il vous manque un mot en anglais, contournez la difficulté et essayez de **paraphraser** ou de trouver un **synonyme**. L'examinateur vous viendra certainement en aide si vous ne parvenez pas à exprimer votre idée.

Remarque
Il est assez mal venu de demander à l'examinateur la traduction d'un terme français en anglais.

- L'épreuve orale peut engendrer un certain stress, qui en général fait accélérer le débit de parole. Pensez à bien **articuler**, prenez le temps d'exposer vos idées. N'hésitez pas à utiliser la **gestuelle et les expressions du visage** qui sont aussi porteurs de sens. Variez les **intonations**, mettez l'**accent** sur les termes-clés de votre exposé.

- N'oubliez pas également de vous **détacher de vos notes**. Cela permet de montrer que vous savez « improviser », et vous gardez aussi un **contact visuel** avec l'examinateur.

Astuce
Rendez votre présentation vivante, donnez envie à l'examinateur d'en savoir plus.

2 Interaction orale

De quoi s'agit-il ? La seconde partie l'épreuve d'expression orale consiste en une interaction de cinq minutes avec l'examinateur. Ce dernier vous posera des questions sur le contenu de votre exposé et sur des informations que vous n'auriez pas mentionnées. Il peut aussi vous poser des questions sur l'axe en général.

1 Écouter, observer l'examinateur

- Lorsque l'examinateur vous pose une question, ne l'interrompez pas. S'il vous fait répéter un mot ou une phrase, c'est certainement qu'il y a une erreur de grammaire ou de prononciation. **Sachez vous auto-corriger**, ne négligez pas ses remarques.
- De même, **observez votre interlocuteur**. Les expressions de son visage sont aussi des indices quant à l'exactitude ou non de vos propos.

Remarque
- Évitez les contractions du type : *I wanna / I'm gonna*, qui appartiennent au registre familier.
- Utilisez les formes pleines : *I want to / I'm going to...*

- Si vous souhaitez intervenir lors de la discussion, ne soyez pas agressif. Choisissez les expressions appropriées :

sorry to interrupt you but	désolé de vous interrompre mais
you may be right but I think that	vous avez probablement raison mais je pense que
May I say something?	Puis-je dire quelque chose ?

2 Répondre aux questions de l'examinateur

- Essayez d'**anticiper** les questions de l'examinateur. Si vous n'avez pas été très clair sur certains points, attendez-vous à ce que l'on vous demande des précisions. Vous éviterez ainsi de répondre par des formules comme *"I don't know..."*. Les questions peuvent aussi faire appel à vos **connaissances** ou **expériences personnelles**.

Rappel
L'interaction dure cinq minutes, sachez gérer votre temps lors de la présentation.

- **Si vous ne comprenez pas la question** de l'examinateur, employez des expressions comme :

excuse me but I don't understand	excusez-moi mais je ne comprends pas
Could you repeat your question please?	Pourriez-vous répéter votre question s'il vous plait ?
if I understand right	si je comprends bien

- Employez les termes appropriés pour exprimer votre **accord ou désaccord**.

– Exprimer votre **accord** :

I agree with you	je suis d'accord avec vous
I share the same point of view	je partage le même point de vue
so do I / neither do I	moi aussi / moi non plus

– Exprimer votre **désaccord** :

I don't agree / I disagree	je ne suis pas d'accord
that's not my point of view	ce n'est pas mon point de vue
I don't see things that way	je ne vois pas les choses de cette façon

→ Révision express

Les étapes-clés de l'épreuve

- **Préparez l'épreuve**

– Rédigez des **fiches synthétiques** des notions comprenant les idées-clés et des citations.
– Faites des **recherches personnelles** pour enrichir vos connaissances et votre présentation.
– **Entraînez-vous à plusieurs**, pour cibler vos points forts et vos points faibles.
– **Chronométrez-vous** ! Vous n'avez que cinq minutes de présentation, c'est très court.

- **Parler en continu** engendre un certain stress qu'il faut tenter au mieux de maîtriser.

– **Ne vous exprimez qu'en anglais** ; lorsque vous arrivez, lors de votre présentation et lorsque vous prenez congé.
– **Articulez**, mettez l'accent sur les termes-clés, utilisez la gestuelle.
– **Détachez-vous de vos notes** et établissez un contact visuel avec votre interlocuteur.
– Si un mot ou une expression vous manque, contournez la difficulté en **employant un synonyme ou en paraphrasant**.
– De même, si vous souhaitez revenir à une information pour la préciser, utilisez les expressions adéquates : *"Sorry, I forgot to say that..."*

- Pendant l'**interaction**, votre interlocuteur peut vous demander de préciser certaines informations de votre exposé. Il peut aussi vous demander votre avis personnel.

– Essayez **d'anticiper les questions** qui vous seront posées, vous éviterez ainsi les expressions banales du type *"I don't know..."*
– Utilisez les expressions appropriées pour exprimer votre **accord** ou **désaccord**.

Quiz

Cochez la bonne réponse :

1. On ne vous demandera pas de donner votre opinion sur le sujet.

☐ **Vrai** ☐ **Faux**

2. Il est déconseillé d'employer des abréviations sur son brouillon.

☐ **Vrai** ☐ **Faux**

3. Les formes verbales comme « *I wanna add...* » sont bien perçues et appropriées.

☐ **Vrai** ☐ **Faux**

4. Il est important de se détacher de ses notes et d'établir un contact visuel avec l'interlocuteur.

☐ **Vrai** ☐ **Faux**

→ **Réponses p. 478**

SUJET

Présenter une notion à l'oral

Énoncé

Sujet : Présenter l'idée de progrès.

Méthode

1 Mobilisez vos connaissances

- Notez les idées qui vous viennent à l'esprit sur le sujet.
- Notez aussi les citations et les exemples.

2 Organisez vos idées en trois parties

- Donnez un titre pour chaque paragraphe.
- Fléchez les idées et précisez les citations et exemples à chaque fois.
- Ne négligez pas les transitions, ce sont elles qui relient vos idées.

3 Rédigez l'introduction et la conclusion

- Pensez à toutes les étapes de l'introduction : présenter le sujet, problématiser et annoncer le plan.
- Dans la conclusion, pensez à synthétiser ce dont vous avez parlé. Élargissez le sujet avec votre opinion personnelle ou encore des informations supplémentaires qui permettraient de relancer le débat.

Corrigé

Présentation de la notion « l'idée de progrès »

Today my presentation is going to deal with the idea of progress. First, one needs to say that it has evolved during the past centuries, and is still a matter of debate today. Progress is globally seen positively but the unwanted effects it sometimes triggered also revealed its possible excesses. Progress has therefore generated absolute faith, however, it has also met complete distrust and been seen as potentially dangerous and destructive. There is yet a third view, a more ambivalent reception of progress, a sort of two-folded vision where the value of progress has to be carefully weighed in terms of gains and costs.

Gagnez des points !
Rendez votre présentation « vivante », ne vous contentez pas de « réciter ».

First, I am going to deal with faith in progress. In the United Kingdom, climax of faith in progress occurred in the 19th century with the industrial revolution. At the time, inventions such as the railways or the steam machine convinced the populations of the infinite potential of science and innovation.

Rappel
On emploie le pronom personnel « *I* ».

One of the first theoreticians of progress was the English politician and philosopher Sir Francis Bacon. In 1626, in his book New Atlantis, he wrote about the creation of a scientific society whose aim was "the knowledge of Causes; and secret motions of things; and the enlarging of the bounds of Human Empire, to the effecting of all things possible." According to Bacon, technological progress would go as far as providing mankind with an almost eternal youth, healing incurable diseases, improving brain capacity and even overcoming

Astuce du prof
Introduisez les citations en les intégrant au reste de la phrase.

ANGLAIS

death. His blind faith in progress was still quite vivid not so long ago, it has indeed been fed with events such as Neil Armstrong's setting foot on the Moon in 1969.

Today, this phenomenon is still quite vivid too. One of its clearest example is the cult of the new. Doped by the cult of appearance and consumer society, the cult of the new associates "new" and "better". What is new is perceived as better simply because it is new and one must own it not to be declared "out" or "has been". This need for the new sometimes goes very far. Indeed, a new pathology has recently appeared: neopathy, that is to say the obsessive behaviour consisting in being constantly attracted to what is new.

The relation we have to progress is indeed passionate and the rejection of progress can be as total as the adhesion to it. Indeed, as Albert Einstein himself put it; "technological progress is like an axe in the hands of a pathological criminal". Therefore, I am now going to deal with the issue of distrust in progress.

Remarque
Une transition bien construite permet de passer d'une idée à l'autre de manière claire.

In literature, Bacon's optimism could be opposed by Mary Shelly's Frankenstein, written in 1818. Obsessed by death, doctor Victor Frankenstein gives birth to a creature made of body parts taken from corpses. Horrified by his creature, he casts his monster off. The creature takes revenge upon his creator by killing his brother and wife. In this work, Mary Shelly shows progress as dangerous because it places man outside his natural function. Just like the monster, nature then takes revenge and turns the benefit of the invention against its inventor. One concrete example of this is the reaction of agricultural land. Where it was forced to be productive by fertilizers beyond the limits set by nature, it tends to become sterile.

The climax of distrust towards progress occurred during the 20th century after the two World Wars, particularly with the atomic bomb and the attacks on Hiroshima and Nagasaki.

Moreover, progress has been associated to the notion of civilisation several times. Pushed too far, this association creates the idea that mankind has to eliminate anything that could slow its progression to a more civilised state. Enemies of progress become enemies of mankind. For example, the Nazi and Soviet totalitarianisms have generalised this idea that some people had to be eliminated because their existence endangered the creation of a better world.

Not as pessimistic as Einstein's idea of the dangers of progress, the 19th century British psychoanalyst Henry Ellis also rejected Bacon's optimistic views. According to him, "what we call progress is the exchange of one nuisance for another nuisance", a vision according to which, progress must be assessed in terms of gains and costs.

For a few years, progress has increasingly been assessed according to its advantages and costs or side effects. For instance, new technologies have clearly been a progress for the freedom of speech. During the Arab Spring, social networks and mobile phones helped the people organise against the authoritarian regimes in Tunisia or Egypt. On the other hand, these very same networks have also given birth to internet bashing, cyberbullying or cyberstalking. For example, in 2006, 13 year-old American girl Megan Meier committed suicide after having been repeatedly bullied and insulted on MySpace. New technologies and social networking also raise questions in terms of respect of privacy. Indeed, what seems to be a progress for some, can also become a source of harm for others.

Rappel
Votre idée annoncée, illustrez-la d'un ou plusieurs exemples.

The clearest examples of this ambivalent conception of progress are to be found in the field of sustainable development. Indeed, all the things that have made our lives easier, more comfortable or more productive have gradually created pollution and endangered the planet and its resources. The paradox of this is that progress put us in this situation, and progress will have to get us out of it. In this capacity, scientific development could be compared to a chemical substance under experiment and progress could be compared to medicine. Before it will be marketed as actual medicine, a substance has to prove that its benefits exceed its side effects. The same is true about innovation, before it is labelled progress, it should be made sure that it is sustainable, in other words that it doesn't jeopardize the lives of the generations to come.

C.S.Lewis, author of The World of Narnia said "We all want progress, but if you're on the wrong road, progress means doing an about-turn and walking back to the right road". This vision is totally relevant today. We seem to be at the crossroads and the realisation of what we have inflicted, and are still inflicting, upon our planet is starting to make us consider turning back and taking a different road. It seems to have made us realise that progress is no longer simply a question of having more but a question of having the same or maybe a bit less, but without jeopardizing the future of all.

Gagnez des points !
Vous pouvez utiliser une citation qui résumera votre exposé.

Questions susceptibles d'être posées lors de l'entretien

1- To you, do concepts such as human rights or parity belong to the idea of Progress?

Since the definition of progress is the evolution towards a better state, towards more knowledge and happiness, the question is whether Human rights and sex equality are considered as good things or not. The answer to this question obviously being yes, it seems clear that every step towards more human rights and more equality is an improvement, therefore progress.

Gagnez des points !
Utilisez des termes et expressions qui permettent de nuancer vos propos et montrent vos opinions.

2- Do you think that Progress engendered poverty?

Well, yes and no. Progress seems to be engendering a displacement of poverty. Progress in the means of transportation and communication have made the world a smaller place and opened the way to globalisation and relocations. The closing of factories in Europe inevitably engender unemployment, therefore poverty among Europeans factory workers. On the other hand, these same relocations also mean that factories are opened in developing countries, which create jobs and therefore reduces poverty in these countries.

Rappel
Employez des connecteurs logiques pour enchaîner vos idées.

3- In your opinion, do groups like Amish reject the idea of Progress?

Communities such as the Amish believe in a simpler, more natural and self-sufficient way of life. Does this mean they consciously, wilfully reject progress or does this mean they just don't need it? They may reject the side effects of what we call progress, for instance the loss of values linked to the consumer society, the importance granted to "having" rather than to "being", the cult of the new and so on. Doing so, they don't contribute to other side effects of technical progress such as pollution or increasing greenhouse gas for instance. This way of life, sustainable and danger-free for the environment, is being considered as one of the possible solutions to the problems of the planet by a growing number of people. Therefore, paradoxically, their so-called rejection of progress may seem to be a sort of progress in itself to some people's minds.

Gagnez des points !
Donnez des exemples pour étayer vos propos.

Espagnol

Chapitre 1 Compréhension écrite

1 Les stratégies de lecture

De quoi s'agit-il ? Optimiser votre mode de lecture vous permettra de répondre avec plus d'aisance aux questions lors de l'épreuve de Compréhension écrite au baccalauréat.

1 Aborder différents types de documents

- Identifiez le ou les différents documents : extrait de roman, d'autobiographie, de nouvelle, article de presse, poésie, document iconographique…
- S'il s'agit d'un **extrait de roman**, repérez le nom de l'auteur, le titre de l'œuvre, sa date de publication et sa provenance. S'agit-il d'une narration, d'un texte descriptif ou narratif, d'une autobiographie ?
- S'il s'agit d'un **article de presse**, notez bien le nom de l'auteur, la date et le nom du journal d'où est extrait l'article. S'agit-il d'un document informatif ou d'un texte argumentatif ? Sachez lire en deux temps, on retrouve très souvent le rythme suivant : 1er paragraphe → énonciation ; 2e paragraphe → illustration.

Remarque

Quelques journaux espagnols :
El País
El Mundo
ABC
La Vanguardia
El Periódico
La Voz de Galicia

- Le titre vous apportera des clés pour une compréhension plus rapide. Par exemple, dans le texte suivant :

> **Compay Segundo, el legendario músico cubano**
> El popular cantautor cubano alcanzó la fama en la última parte de su vida. Máximo Francisco Repilado Muñoz (Siboney, Santiago de Cuba, 1917-2003) adoptó el seudónimo artístico de Compay Segundo a principios de los años 40, cuando formó el duo "Los compadres" con el propósito de divulgar la música cubana.
> Lavanguardia.es

- Le titre et le nom de la source vont vous éclairer : il s'agit d'un célèbre artiste (*músico*) cubain et la source est un journal en ligne espagnol (*Lavanguardia.es*).
- Si l'article est associé à un document iconographique, observez-le bien, il peut vous aider à avoir une lecture plus rapide. S'agit-il d'un dessin humoristique, d'un dessin visant à dénoncer ou critiquer, ou d'une photo illustrant un thème ?

Astuce

Situez toujours le document dans son espace géographique : péninsule Ibérique ou Amérique latine.

2 Utiliser le contexte

- Anticipez la compréhension, soyez réactif dès le début de votre lecture, allez à l'essentiel et ne vous laissez pas impressionner par les mots inconnus.
- Identifiez les éléments périphériques (explications situant le contexte en italique, explications lexicales…). Toutes les notes annexes sont une aide à la compréhension.

Astuce

Voici les questions à vous poser :
- **Qui** sont les personnages ? (Ne mélangez pas auteur et narrateur !)
- **Où** : à quel endroit ?
- **Quand** : à quelle époque ?
- **Pourquoi** : pour quelle raison ?

- Repérez les informations essentielles et n'hésitez pas à utiliser le surligneur :

> Mi primera patria, la patria de mi infancia y de mi juventud, fue un lugar llamado Obaba. [...] Recuerdo que por aquella época, o tal vez algo más tarde, cuando tenía ya trece años, contrataron un psicólogo en nuestro colegio de La Salle, y que yo fui enviado a su despacho ; no porque fuera un alumno poco estudioso o rebelde, sino por el escaso interés que mostraba por relacionarme con mis compañeros [...]. Después de entrevistarme durante cuarenta minutos, el psicólogo atribuyó mi poca sociabilidad al apego que sentía por el mundo rural.
>
> Bernardo Atxaga, *El hijo del acordeonista*, 2004. D.R.

→ *Mi*, *mi infancia*, sont les termes qui vous annoncent d'emblée qu'il s'agit d'une autobiographie.

→ Repérez les temps des verbes pour éviter les contresens. Le temps employé est le passé simple, introduit par le verbe *recuerdo que* : c'est un souvenir d'enfance raconté par un narrateur.

→ Entourez les marqueurs de liaison (temps, cause, lieu, conséquence...) qui structurent le texte. Pourquoi les parents du narrateur firent-ils appel à un psychologue ? En raison de son manque de sociabilité ; c'est la préposition *por* – cause – (*por el escaso interés*) qui introduit l'explication.

→ Si le mot *escaso* vous a posé un problème, il vous sera aisé d'en déduire le sens en lisant le texte jusqu'à la fin où vous trouverez en effet : *mi poca sociabilidad*. C'est la lecture complète qui vous a permis de ne pas vous bloquer sur le terme *escaso* : *el escaso interés* le manque d'intérêt.

3 Déduire le sens des mots inconnus

- Évitez de vous bloquer sur un terme qui vous gêne, la vision d'ensemble va vous aider à comprendre : c'est votre lecture attentive qui vous guidera. Placez-vous dans le contexte pour franchir la barrière de la langue :

> A los pocos días de llegar a Madrid, Andrés se encontró con la sorpresa desagradable de que se iba a declarar la guerra a los Estados Unidos. Había alborotos, manifestaciones en las calles, música patriótica a toda pasta.
>
> Pío Baroja, *El árbol de la ciencia, 1911.*

→ Le terme *alborotos* peut vous gêner. En reliant celui-ci au contexte (*guerra, manifestaciones...*), vous pouvez aisément en déduire qu'il s'agit d'une certaine « agitation ».

- Recherchez l'origine des mots : décomposez le mot inconnu pour repérer son préfixe ou son suffixe, et la racine du mot. Par exemple, pour traduire *disculpar* :

dis-	*culpar*	→ ne pas être de la faute de, excuser
↑	↑	
Le préfixe *dis*– exprime le contraire	racine (être la faute)	

- Recherchez **la racine** du mot, son axe central.
  alejarse vient de *lejos* (loin) → s'éloigner
  acercarse vient de *cerca* (près) → s'approcher

- Repérez le diminutif ou l'augmentatif, très courants dans la langue espagnole.

– **Les diminutifs** (qui traduisent la tendresse et/ou la petitesse) :
  -ito,a,os,as → *una casita* : une petite maison
  -cito,a,os,as → *un jovencito* : un petit jeune homme
  -illo,a,os,as → *un chiquillo* : un petit garçon

– **Les augmentatifs :**
  -ote → *un animalote* : un gros animal
  -ón,ona → *un hombrón* : un gaillard

2 Répondre aux questions de compréhension

De quoi s'agit-il ? La lecture attentive du document vous permettra de répondre aux questions de compréhension. Vous chercherez dans le ou les documents la réponse aux questions posées.

1 Les questions-type

- Une lecture organisée vous aidera : après la première lecture-découverte, lisez les questions proposées et procédez à la deuxième lecture-compréhension, crayon en main pour annoter et souligner les différents éléments correspondant à la question posée.
- On peut vous interroger sur l'identité des personnages (*¿Quién…?*). Vous aurez peut être à les situer dans l'espace ou dans le temps (*¿Dónde, cuándo…?*). S'il s'agit de donner une réponse explicative, appuyez-vous sur le document : la réponse s'y trouve toujours.
- Enfin, on peut juste vous demander de relever (*apuntar*), de citer (*citar*), de justifier (*justificar*), de comparer deux documents (*cotejar*), de souligner (*recalcar, poner de relieve*).
- S'il s'agit de choisir (*elegir*) une ou plusieurs réponses, faites attention à la consigne : *Elige* ***la*** *respuesta correcta /* ***las*** *respuestas correctas*.

Attention
¿por qué? mais
Mais pour votre réponse, pensez à l'orthographe :
porque parce que

2 Donner des réponses claires

- Soyez précis dans l'emploi du lexique sur les différents types de documents proposés : *Este documento puede ser :*

un fragmento de novela	un extrait de roman	*un artículo de prensa*	un article de presse
un cuento	un conte	*una carta*	une lettre
un guion	un scénario	*un diaro digital*	un journal en ligne
un poema	une poésie		

- Si c'est un document iconographique, il peut s'agir de :

un anuncio	une publicité	*una foto*	une photo
un cartel	une affiche	*un cómic*	une BD
un dibujo	un dessin	*un cuadro*	un tableau

- Recopiez **sans fautes** et **avec des guillemets** les passages qui vous permettront de justifier vos réponses ; n'oubliez pas d'indiquer le numéro de la ligne : *en la línea…*
- Soyez clair et précis et veillez au **temps** que vous allez employer en reprenant celui de la question.
- Évitez tout détail inutile, **ciblez bien la question**. Relisez-la pour éviter tout hors-sujet.
- Utilisez des verbes variés afin de montrer que votre vocabulaire est riche :

aludir a	faire allusion à	*relatar*	raconter
contar(ue)	raconter	*remitir a*	faire référence à
describir	décrire	*retratar*	faire le portrait de
plantear un problema	poser le problème de		

Expressions utiles

Les expressions suivantes sont indispensables pour exprimer clairement :

– **la cause**	*porque, ya que, pues*	car
	gracias a, debido a	en raison de
	por culpa de	à cause de
– **la conséquence**	*por eso*	c'est pourquoi
	por consiguiente, por lo tanto	par conséquent
– **le paradoxe**	*aunque* + indicatif	bien que + subjonctif
	aunque + subjonctif	même si + indicatif
	a pesar de	malgré
– **la condition**	*si, a no ser que* + subjonctif	si, à moins que
– **le but**	*para que* + subjonctif	pour que
– **la comparaison**	*como si* + subjonctif imparfait	comme si + imparfait

3 Savoir définir le texte et l'intention de l'auteur

• L'examinateur doit percevoir dans vos réponses aux questions que vous êtes capable, après une compréhension littérale du document, de réfléchir, déduire et analyser.

Recuperar el territorio mapuche

"Estamos sufriendo la tercera conquista. Primero fueron los españoles, luego vinieron sus descendientes: los argentinos y los chilenos y ahora son las multinacionales y sus terratenientes", asegura Mauro Millán, uno de los líderes del movimiento 11 de Octubre, la fecha anterior a la llegada de Colón a América. La organización representa a los indios mapuches argentinos, los cuales en los últimos años han multiplicado la ocupación de tierras en manos de grandes empresas argumentando que pertenecían a sus antepasados.

J. Marirrodriga Girón, *El País*, 2007. D.R.

• Vous devrez être en mesure de dégager l'intérêt du document proposé :

→ *Precisa quién habla al principio y lo que denuncia.*
La persona que habla al principio es Mauro Millán, un líder del movimiento mapuche que representa a los indios mapuches argentinos (el movimiento 11 de Octubre), y denuncia las multinacionales y a sus terratenientes que ocupan las tierras que quieren recuperar los mapuches, argumentando que pertenecían a sus antepasados.

• Les questions posées vous permettront d'avoir une lecture plus précise de l'**implicite**. Elles doivent vous aider à une compréhension détaillée : vous pouvez ainsi déduire quel est le but recherché par l'auteur.

• C'est en évaluant bien le **ton du document** (*cómico, irónico, didáctico, crítico, polémico…*) que vous pourrez déduire les intentions de l'auteur : veut-il justifier (*justificar*), critiquer (*criticar*), convaincre (*convencer, persuadir*), argumenter (*argumentar*), se moquer (*reírse de*), mettre en doute (*poner en tela de juicio*) ?

Attention
N'oubliez pas d'employer la préposition *a* devant un complément de personne : *El articulista quiere convencer* ***al*** *lector…*

• S'il s'agit d'un document iconographique, n'oubliez pas de tenir compte de la **phrase associée** : elle est la clé de la compréhension du document.

Révision express

Les points importants à retenir

- Pour bien se repérer dans le texte, **identifiez le ou les documents** proposés :
  – extrait de roman : autobiographie, nouvelle… (auteur / titre de l'œuvre / date de publication) ;
  – article de presse : date et nom du journal d'où est extrait l'article, provenance géographique (Espagne ou Amérique latine) ;
  – document iconographique : source, auteur, date.
- Tenez compte des **éléments périphériques**, toutes les notes annexes sont une aide à la compréhension.
- Posez-vous les **questions-clés** : qui, où, quand, pourquoi ?
- Sachez discerner le **ton du document** : informatif, descriptif, narratif, critique…
- Procédez à une seconde lecture pour définir quelle est l'**intention de l'auteur** et le **thème soulevé**.

Quiz

Cochez la bonne réponse :

1. La préposition *por* exprime :

☐ **le but** ☐ **la cause** ☐ **la manière**

2. *Recalcar*, c'est :

☐ **retrouver** ☐ **mettre en évidence** ☐ **expliquer**

3. *Una novela*, c'est :

☐ **un roman** ☐ **une nouvelle** ☐ **un conte**

4. Pour exprimer « faire le portrait de quelqu'un », on dit :

☐ **retratar alguien** ☐ **retratar a alguien** ☐ **hacer el retrata de alguien**

5. « La scène se passe à » se dit :

☐ **la escena se pasa en** ☐ **el escenario pasa en** ☐ **la escena pasa en**

→ Réponses p. 479

Chapitre 2

Expression écrite

1 Le sujet d'invention

De quoi s'agit-il ? Le sujet d'invention peut être de différents types : écrit d'invention, suite de récit, rédaction d'une lettre ou d'un courriel, rédaction d'un dialogue… Tout travail d'écriture se construit.

1 Écrire une histoire ou la suite d'un récit

● À la lecture du sujet, notez les exigences requises (nombre de mots, indicateur du temps) et cernez bien le sujet pour éviter tout hors-sujet.

● Dans le cas du sujet d'invention, notez les noms des personnages qui interviendront. Dans le cas de la suite de récit, reprenez les personnages du texte, en tenant compte de leur personnalité et inventez-en d'autres si nécessaire. Pensez à votre phrase d'introduction qui permettra au lecteur de vous suivre.

● Au moment de rédiger, s'il vous est demandé d'inventer une histoire :
– pensez à introduire la situation initiale (où, quand, qui, pourquoi) ;
– employez les mots de liaison qui permettront au lecteur de suivre une chronologie cohérente ;
– utilisez les temps du récit.

Attention

■ Pas d'accents sur les passés simples irréguliers.

■ L'imparfait est le temps de la description.

● S'il vous est demandé de rédiger la suite d'un récit :
– pensez bien à respecter les personnages et leur personnalité, le temps du récit initial ;
– n'oubliez pas de modifier l'instance narratrice ;
– adaptez le niveau de langue au récit initial de manière à ce que la suite soit une continuation harmonieuse. Essayez de rendre l'ambiance du texte en vous inspirant de son style d'origine.

● Dans votre récit, pensez à soigner la langue : évitez les répétitions et utilisez des liens de connexion logiques. Ne négligez pas la ponctuation, et veillez aux accords sujet-verbe ou adjectif-nom.

Expressions utiles

Ces expressions vous permettront de dynamiser votre expression :

estar + gérondif être en train de
seguir + gérondif continuer à
quedarse + gérondif rester à
ir a, estar a punto de, estar para être sur le point de
empezar a commencer à
soler + infinitif avoir l'habitude de
volver a + infinitif, *hacer otra vez o de nuevo* recommencer à
acabar de venir de
dejar de cesser de

2 Écrire une lettre ou un courriel

● Lisez bien l'énoncé : s'il vous est demandé de rédiger une lettre ou un courriel dans l'esprit de l'un des documents sur lequel vous venez de travailler, pensez à vous y reporter. Veillez à respecter le nombre de lignes ou de mots exigés et à organiser votre plan.

● Pensez à la personne que vous allez employer pour vous adresser à votre interlocuteur : *tú* ou bien *usted* (plus respectueux).

● Si vous devez rédiger une lettre, vous la présenterez comme en français :

→ en haut à gauche, le nom de l'expéditeur (*el remitente)* et son adresse (*la dirección*) si c'est un courrier formel.

→ à droite, le lieu et la date : *Segovia, 2 de enero de 2011*. Précisez le nom et l'adresse du destinataire (*el destinatario*) si c'est un courrier formel.

→ la formule initiale est toujours suivie des deux-points.

Si vous tutoyez votre interlocuteur :	**Si vous vouvoyez votre interlocuteur :**
Querida Elena:	*Muy Señor mío:*
Queridos todos:	*Estimada Señora:*
Queridos padres:	*Apreciada Señora:*
Hola:	

→ la formule finale est la suivante.

Si vous tutoyez votre interlocuteur :	**Si vous vouvoyez votre interlocuteur :**
Con un fuerte abrazo de	*Atentamente*
Con mucho cariño	*Le saluda muy atentamente*
Un beso muy fuerte	*Atentos saludos*
Con un cordial saludo	*Reciba un cordial saludo*
Hasta pronto	
Saludos de	

→ Vous n'oublierez pas la signature finale.

→ Le post-scriptum se dit en espagnol : *P.D. (Post Data)*

Remarque

Pensez à toutes les tournures « affectives » dont la construction est particulière : on les accorde avec le complément.
me gusta j'aime
me apetece j'ai envie de
me interesa je m'intéresse à

● Si vous devez rédiger un courriel, procédez de la même manière pour les formules initiale et finale.

Redacta un correo electrónico a un amigo español que conociste durante tu periodo de Erasmus en Santiago de Compostela.

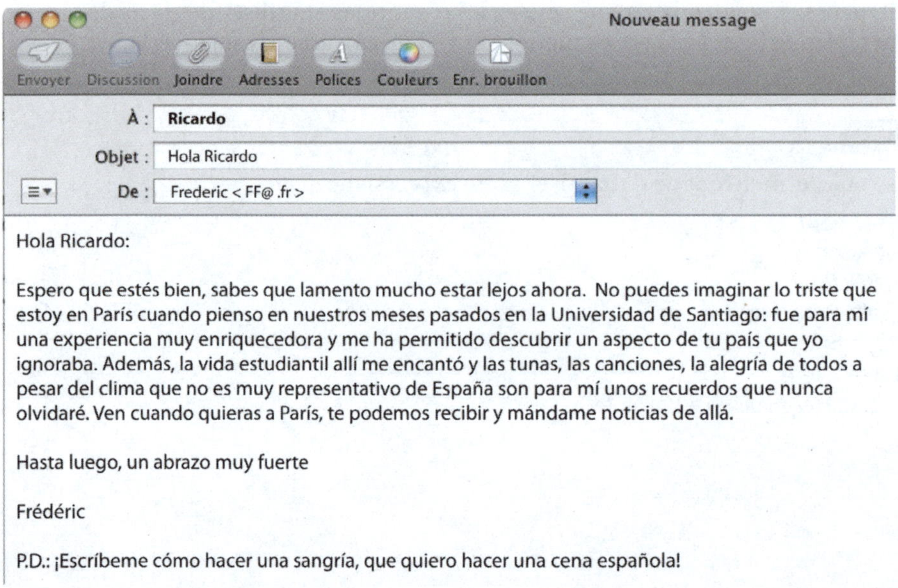

Hola Ricardo:

Espero que estés bien, sabes que lamento mucho estar lejos ahora. No puedes imaginar lo triste que estoy en París cuando pienso en nuestros meses pasados en la Universidad de Santiago: fue para mí una experiencia muy enriquecedora y me ha permitido descubrir un aspecto de tu país que yo ignoraba. Además, la vida estudiantil allí me encantó y las tunas, las canciones, la alegría de todos a pesar del clima que no es muy representativo de España son para mí unos recuerdos que nunca olvidaré. Ven cuando quieras a París, te podemos recibir y mándame noticias de allá.

Hasta luego, un abrazo muy fuerte

Frédéric

P.D.: ¡Escríbeme cómo hacer una sangría, que quiero hacer una cena española!

3 Écrire un dialogue

• On peut vous demander de poursuivre un dialogue, d'en rédiger un à partir d'un sujet proposé, de modifier un récit et d'en faire un dialogue…

• Pensez à organiser sur votre brouillon les caractéristiques des personnages de manière à vous y reporter.

• Chaque réplique commence par un tiret, et vous en mettrez un autre lorsque vous voudrez préciser qui s'exprime, alors qu'en français on a l'habitude de mettre une virgule. Pensez aux points d'interrogation et d'exclamation qui doivent être placés à l'envers au début de la phrase interrogative ou exclamative.

–¿Por qué no quieres venir con nosotros?

–¡Qué alegría volver a verte! –exclamó Esperanza.

À savoir

Pour traduire l'expression « sur un ton », souvenez-vous qu'en espagnol on omet l'article :
*le dijo **con tono** desagradable*
dit-il **sur un ton** désagréable

• Pour apporter du dynamisme au dialogue, vous pouvez :

– varier les verbes introducteurs :

dire	*decir*	répéter	*repetir*
demander	*preguntar*	ajouter	*agregar, añadir*
s'exclamer	*exclamar*	répondre	*responder, contestar*

– utiliser des interjections familières :

bien sûr !	*¡claro, por supuesto!*
d'accord	*vale, de acuerdo*
eh bien	*pues*

– insérer des ordres et des interdictions (révisez vos impératifs et pensez à l'enclise) :

écoute !, écoutez ! *¡oye!, ¡oiga!*
regarde !, regardez ! *¡mira!, ¡mire!*
écris-moi *escríbeme* → le pronom personnel complément ou réfléchi se soude au verbe à l'impératif, à l'infinitif et au gérondif.

ne tardez pas trop *no tardéis demasiado* → l'interdiction se forme avec *no* + subjonctif et on ne fait pas l'enclise.

– enrichir les verbes avec des adverbes :

ajouta-t-il mélancoliquement *añadió melancólicamente* → formation : adjectif au féminin + *-mente*.

Expressions utiles

Pour savoir exprimer :

• la joie	*ser feliz de*	être heureux de
	estar encantado de	être enchanté de
	estar contento de	être content de
• l'émotion	*conmoverse(ue)*	être ému
	ser conmovedor	être émouvant
• la fierté	*estar orgulloso de*	être fier de
	estar orgulloso de que + subj.	être fier que
	sentir orgullo	être fier
	ser un honor	être un honneur
• la reconnaissance	*agradecer a uno*	remercier
	ser agradecido	être reconnaissant
	el agradecimiento	la reconnaissance
	inolvidable	inoubliable
	inmortal	immortel

- Pour traiter le sujet suivant :
  Don Quijote y Sancho descubren el siglo XXI : imagina un diálogo entre los dos al descubrir la civilización actual; destaca los elementos que los impresionan (coches, radio, tele, ordenadores…). Escribirás un diálogo bien construido.

→ Vous commencerez par présenter ces deux personnages, puis vous les situerez dans le XXIe siècle. Il vous faudra ensuite articuler votre dialogue autour d'exclamations liées aux découvertes successives des protagonistes, vous prendrez soin de varier les exclamations et de les adapter à la situation des personnages ; enfin, vous veillerez à ne pas terminer ce dialogue de manière abrupte.

Don Quijote es un caballero andante y Sancho su escudero. Después de un largo sueño de algunos siglos, don Quijote y Sancho despiertan en una estación de ferrocarril en Barcelona.
–¡Mira, Sancho, este carro largo que lleva a tanta gente! ¿Qué será?
–¡No sé, y no entiendo para qué sirve una máquina tan ruidosa!
–La gente parece muy apresurada y todos llevan bultos, o unos carritos también, y me parece que se están moviendo como locos..
–Vamos a ver si no podemos pararnos en una venta u otro tipo de morada para bebernos un trago y descansar.
–Oye, Sancho, estos gritos que resuenan por todos lados y que hablan en voz muy, pero que muy alta… ¿Qué quiere decir todo este jaleo?
–Entremos aquí, el señor que está detrás de la ventanilla parece amable. Pregúntemosle por dónde se puede beber una copa de vino, uno de esos buenos vinos que nos gustan tanto.
–Pero, ¡gran magia que este cajón en el que está poniendo sus ojos! ¿Estará tocando música? ¡Mira sus dedos que corren en la mesa!
–¡Ay de nosotros! Le estoy hablando pero no entiende nada… ¿Qué vamos a hacer?
–Mucho ruido, mucha agitación, tanta gente…, y nosotros perdidos en este castillo de hierro…
–¡Oye, Sancho!, me parece que esta época es tan misteriosa y mágica que nunca la podremos entender…

2 Opinion argumentée

De quoi s'agit-il ? Le ou les documents proposés vous permettront d'approfondir votre réflexion : vous serez amené à étudier un document, ou alors à procéder à une étude comparée de plusieurs documents. Pensez toujours à faire le lien avec les axes étudiées au cours de l'année.

1 Analyser la consigne

- Vous pouvez vous trouver confronté à plusieurs types de sujets :

– un sujet de réflexion à partir d'un thème en relation avec les documents proposés :
En tu opinión, ¿pueden un artista o un escritor luchar por una causa ? Contesta apoyándote en ejemplos concretos.

– un sujet d'analyse : *Comenta los sentimientos del protagonista a lo largo del texto en unas doce líneas.*

– un sujet d'argumentation, toujours en relation avec les documents proposés, où vous devrez donner votre avis personnel :
¿Estarías dispuesto a apuntarte a una asociación humanitaria en el extranjero? Justifica tu respuesta.

→ On vous demande si vous seriez prêt à rejoindre une association humanitaire à l'étranger. Vous développerez votre réponse en vous appuyant sur des arguments crédibles.

- Les verbes suivants pourront vous être utiles pour bien comprendre le sujet :

analizar	analyser
comentar	commenter
compartir la opinión	partager l'opinion
desarrollar	développer
justificar	justifier
aducir / presentar argumentos	apporter / présenter des arguments
valorar	évaluer

2 Organiser ses idées

- Commencez par présenter la thématique. Pour cela, trois caractéristiques sont nécessaires : **clarté**, **ordre** et **objectivité**.
- Pour argumenter, analysez logiquement le thème proposé. Classez les arguments qui serviront à appuyer votre thèse, du plus faible au plus fort. Usez de différents arguments rationnels, ou bien fondés sur votre expérience personnelle.
- Présentez avec clarté les avantages et les inconvénients, les points faibles et les points forts, nuancez votre avis.

Pièges à éviter
- **Ne passez pas du particulier au général.**
- **Évitez les faux liens de cause à effet.**

- Ne perdez pas de vue le but initial de cet exercice : convaincre (vous vous adressez au raisonnement) ou persuader (vous utilisez davantage la séduction du discours).
- Utilisez des connecteurs afin d'ordonner vos idées :

primero	d'abord
después, luego, a continuación	ensuite
por fin	enfin
en primer lugar	premièrement
en segundo lugar	deuxièmement
por eso	c'est pourquoi
por una parte… por otra parte	d'une part… d'autre part
además	de plus
en conclusión, para terminar	pour conclure
finalmente	finalement

3 Utiliser les documents pour illustrer votre propos

- Les documents présents doivent vous permettre d'appuyer votre argumentation : vous vous y référerez en extrayant des citations correctement recopiées et introduites par des guillemets, en reprenant des termes ou des tournures à votre actif :
  como lo leemos en este documento comme nous le lisons dans ce document
- Efforcez-vous d'intégrer des références culturelles que vous aurez étudiées au cours de vos années d'étude de l'espagnol : ces références pourront être artistiques, historiques, d'actualité… Elles vous permettront d'illustrer et d'appuyer votre propos.
- Lorsque vous donnerez votre point de vue, pensez à varier les tournures et à soigner le mode du verbe :

– Si vous affirmez :
yo creo que, pienso que, me parece que, opino que, considero que + indicatif
moi je crois que, je pense que, il me semble que, je crois que, je considère que
estoy conforme con, comparto la opinión je suis d'accord avec

– Si vous n'êtes pas d'accord et que vous employez ces verbes à la forme négative, n'oubliez pas de faire suivre le verbe du mode subjonctif :

no pienso que, no me parece que + subjonctif je ne pense pas que, je n'ai pas l'impression que

- Variez les expressions pour donner votre avis :

para mí	pour moi
en mi opinión, a mi juicio, a mi parecer	à mon avis
me parece que	il me semble que
estoy a favor	je suis pour
estoy conforme	je suis d'accord
estoy en contra de	je suis contre

- N'oubliez pas de conclure avec soin.
- Par exemple, pour répondre à la question se rapportant au texte suivant :

¿En qué medida somos esclavos del reloj y del móvil?

Cuando Lucía llegó a Roma, los celulares eran grandes, pesados, privilegio de unos pocos, sin embargo con el tiempo, la ciudad se había ido llenando de timbrazos y ahora los aparatos sonaban a cualquier hora y en cualquier sitio [...]. La gente viajaba con la oreja pegada al aparato y en los restaurantes, en lugar de dirigirse a los comensales de la mesa, muchos se dedicaban a hablar por teléfono, era como estar con todos y no estar con ninguno. Según Circe, este comportamiento era una enfermedad de los países desarrollados y afirmaba que si Cortázar hubiese vivido al fin del siglo, en lugar de escribir sobre el hombre al que regalaban un reloj y, con él, la obligación de darle cuerda, hubiera escrito sobre la esclavitud de tener un celular. [...] De todos modos, pensó, era un invento maravilloso y útil porque, por ejemplo, gracias al celular ella podía saber que no encontraría a nadie en casa.

Karla Suárez, *La viajera*, 2005. D.R.

→ Vous commencerez par présenter la thématique : *Hoy en día, en nuestra civilización, parece que el móvil y el reloj son instrumentos de los cuales todos se convierten en esclavos y, sin embargo, forman parte de la vida de muchos hasta tal punto que casi nadie podría imaginarla sin ellos.*

→ Puis vous organiserez vos arguments de manière logique : n'oubliez pas que l'on vous demande « *¿En qué medida somos esclavos?* ». Pour cela vous pourrez :
– vous appuyer sur le document : *era como estar con todos y estar con ninguno*.
– vous baser sur votre expérience personnelle : *en mi caso, es verdad que no puedo prescindir del móvil.*

→ On vous demande d'argumenter votre réponse. Si vous ne partagez pas cet avis, avancez des arguments : *No pienso que seamos realmente esclavos ya que si sabemos apagarlos regularmente, nos damos cuenta de que podemos vivir sin ellos.* Développez aussi les avantages du portable.

→ Classez vos arguments sur votre brouillon et organisez-les ensuite du moins convaincant au plus convaincant.

→ Intégrez des références culturelles à votre réflexion. Vous pouvez, par exemple, l'illustrer avec une allusion au tableau de Dalí *La persistencia de la memoria*, qui évoque aussi la mesure du temps.

→ Pour conclure, reprenez la question en donnant votre point de vue.

→ Profitez du texte pour réutiliser du vocabulaire, des expressions ou des tournures :
– le mot *móvil* a un synonyme, *el celular*.
– la tournure *ir* + gérondif : *la ciudad se había ido llenando de timbrazos*.

Révision express

Expressions utiles à l'écrit

• Exprimer la cause :

porque, por + infinitif, *ya que, puesto que*	parce que, puisque
gracias a	grâce à
como	comme
por culpa de + nom	à cause de
por eso	c'est pourquoi

• Exprimer la conséquence :

así, pues, luego	donc
por lo tanto, por consiguiente	par conséquent
de tal modo que + verbe conjugué	de telle sorte que
hasta tal punto que	à tel point que

• Établir un paradoxe :

a pesar de + nom	malgré
con todo	malgré tout
aunque + indicatif	bien que + subjonctif
aunque + subjonctif	même si + indicatif
sin embargo	cependant

• Comparer :

como	comme
como si + subjonctif imparfait	comme si
se puede decir lo mismo de	on peut en dire de même
tanto / tan… como	aussi que

Quiz

Choisissez la bonne formulation.

1. ☐ Pienso que sea una buena idea.
☐ Pienso que está una buena idea.
☐ Pienso que es una buena idea.

2. ☐ Aunque es útil, puede ser nocivo.
☐ Aunque está útil, puede ser nocivo.
☐ Aunque eres útil puede ser nocivo.

3. ☐ No me parece que le gusta a la gente.
☐ No me parece que le guste a la gente.
☐ No me parecen que le guste a la gente.

4. ☐ Es como si todos fueron locos.
☐ Es como si todos fueran locos.
☐ Es como si todos son locos.

5. ☐ Al joven le encanta poder descubrir otras sociedades.
☐ Al joven le encantan poder descubrir otras sociedades.
☐ El joven le encanta poder descubrir otras sociedades.

→ Réponses p. 479

Chapitre 3 Compréhension orale

1 La première écoute, le contexte

De quoi s'agit-il ? L'enregistrement qui va vous être proposé durera 1 minute 30. On vous fera part du titre au début de l'extrait. Vous aurez trois écoutes avec une pause d'une minute entre chacune d'elles. Vous disposerez ensuite de 10 minutes pour rendre en français ce que vous avez entendu.

1 Repérer l'idée principale

- La concentration lors de la première écoute est indispensable pour une bonne compréhension : il est nécessaire d'écouter le document jusqu'au bout. Ne vous lancez pas dans une prise de notes, vous allez perdre le fil de l'enregistrement.
- Ne cherchez pas à traduire mot à mot ce que vous entendez, cela ne vous sera d'aucune utilité. Repérez plutôt les mots récurrents et cherchez à déduire l'idée principale, le thème ou le sujet de la conversation.

Conseil

Dans le cas du document audio, cherchez à repérer les mots-clés. Sachez tirer parti de l'environnement sonore.

2 Utiliser tous les indices

- Lors de cette première écoute, pensez à utiliser tous les indices qui favoriseront une compréhension rapide. Pour cela, vous devrez identifier :
– le document : une émission de radio, une émission télévisée, un extrait de film, une annonce publicitaire… Le titre est un élément-clé de la compréhension.
→ *¿De qué tipo de documento se trata?: ¿radio?, ¿televisión?, ¿diálogo?, ¿teatro?…*
– les locuteurs : homme ou femme, enfants… Repérez les accents et la tonalité de la voix.
– l'environnement sonore : la musique, les bruits de fond vous aideront à définir le contexte.
- S'il s'agit d'un document audiovisuel, observez attentivement les expressions et les gestes, qui apportent beaucoup à la compréhension.

Piège à éviter

Tous ces indices sont essentiels pour pouvoir ensuite rendre compte en français de ce que vous avez compris. Il ne s'agit en aucun cas de faire une traduction de cette écoute.

2 Deuxième et troisième écoutes

De quoi s'agit-il ? Vous avez une idée générale sur le document que vous venez d'entendre : il s'agit maintenant d'accéder à une compréhension plus ciblée et plus précise. Vous pourrez ainsi par la suite présenter clairement ce que vous avez entendu et compris.

1 Repérer et mémoriser

- Vous allez maintenant prendre note des mots-clés qui vous semblent essentiels, mais n'écrivez pas de phrases entières. À partir de ce que vous avez compris, vous allez faire attention aux mots récurrents : *el paro, la juventud, la miseria, el mundo laboral…*

- S'il s'agit d'une conversation entre des personnes, veillez à l'intonation : *serio, formal, cómico, severo, angustiado…*
- Veillez également aux interjections, qui peuvent vous aider à avoir une compréhension plus précise.

¡Hombre!	étonnement, colère
¡Tome!	proposition
¡Mire! ¡Fíjate!	on prend son interlocuteur à parti
¡Qué va!	incrédulité ou négation
¡Oye!	« Écoute », « Dis donc »
¡Ay, qué lástima!	« Quel dommage ! »
¡Ajá!	« Et voilà ! »
¡Basta!	« Ça suffit ! »
¡Hola!	« Coucou ! »

Astuce

Prêtez attention aux onomatopées :
¡Chito!, ¡Chitón! Chut !
¡Pam! Toc !
¡Zas! Paf !
¡Ejem! Hum !

- Lors de ces écoutes, portez votre attention sur les sujets, les verbes et leurs compléments, et les adverbes qui modifient le sens des verbes.

Attention

En espagnol, le sujet est souvent placé à la fin de la phrase.

- Repérez bien les noms propres. À l'oral, les majuscules ne peuvent pas vous aider comme à l'écrit… Faites attention aux différents noms géographiques qui vous permettront de préciser votre compréhension : *Cataluña, Chile, Argentina, Honduras, Cuba, Andalucía... ¿España o América Latina?*
- L'accentuation des verbes peut vous aider à déduire le temps : le passé simple est accentué sur la dernière syllabe, ne le confondez pas avec le présent :

esp<u>e</u>ro	j'espère	*esper<u>ó</u>*	il espéra
est<u>u</u>dio	j'étudie	*estudi<u>ó</u>*	il étudia
desc<u>u</u>bro	je découvre	*descubri<u>ó</u>*	il découvrit

Piège à éviter

Révisez bien vos conjugaisons pour aborder avec sérénité la compréhension d'un document inconnu. Le verbe est le noyau de la phrase : une erreur de temps = une phrase incomprise.

2 Classer, relier, hiérarchiser les informations

- Comme pour la compréhension de l'écrit, posez-vous toujours les questions suivantes :

– *¿De qué se trata?* → S'agit-il d'un document contemporain, d'une pièce de théâtre, d'une publicité, d'une émission… ?

– *¿Quién, quiénes?* → De qui s'agit-il et quels sont les liens entre les personnages ? Qui parle ? Combien y a-t-il d'intervenants ?

– *¿Dónde?* → Question primordiale : Espagne ou Amérique latine ? Dans la première écoute, vous aurez déjà peut-être repéré un indice précisant le pays dont il s'agit.

– *¿Cuál es el tema?* → Est-ce un thème de société, une publicité, un dialogue entre des personnes, un débat… ?

- **Classez les éléments compris selon la nature du document :**

– S'il s'agit d'un récit, appuyez-vous sur la chronologie et les temps, repérez les indicateurs de temps. Ordonnez les personnages.

– S'il s'agit d'un débat : répertoriez les opposants et cherchez qui dit quoi. Classez en colonnes les avantages (*ventajas*) et les inconvénients (*inconvenientes*) défendus par chacun.

– Pour une publicité, cherchez les arguments proposés, et classez dans tous les cas les différents points de vue des locuteurs, en faisant des colonnes que vous visualiserez facilement.

Conseil

Une connaissance approfondie des quatre notions étudiées au cours de l'année vous permettra de mieux comprendre les documents proposés.

3 Revenir sur ce qui n'a pas été bien perçu

- Si vous êtes bloqué sur un passage, ne butez pas sur un mot en particulier, essayez d'avoir une vue d'ensemble pour pouvoir en déduire le sens. Pensez aux notions étudiées au cours de l'année.
- Recherchez toujours les mots de liaison qui permettent de donner un sens à ce que vous entendez.
- Pensez à noter à part les noms propres, les dates et éventuellement les chiffres.
- Il peut s'agir de noms géographiques, comme de noms de personnages politiques, d'écrivains, de metteurs en scène…

Rappel

- Revoyez la numération, élément-clé dans la compréhension, pour repérer les dates, les âges…
- Revoyez avec soin les noms propres que vous aurez rencontrés au cours de votre année de Terminale : vous devez les connaître et savoir les repérer à l'oral.

3 Rendre compte en français

De quoi s'agit-il ? Après ces écoutes successives, il s'agit de rendre compte en français de ce que vous avez entendu et compris.

1 Synthétiser en français ce que vous avez compris

- Vous allez tout d'abord définir le type de document que vous venez d'entendre. C'est la précision du terme employé qui permettra de juger de votre capacité de compréhension.
- Vous n'oublierez pas de situer dans l'espace (Espagne, plus précisément Catalogne, Andalousie…, ou Amérique latine, plus précisément Mexique, Chili…) et dans le temps.
- Reprenez avec précision les noms des intervenants et les liens qui les unissent ou bien leur fonction.
- Précisez en une phrase claire la thématique du document proposé.
- N'oubliez pas de tenir compte de l'environnement sonore qui, loin de vous gêner, vous aura épaulé dans votre compréhension.

2 Faire un compte rendu

- Soyez concis et allez à l'essentiel. Reprenez toujours les questions que vous vous êtes posées lors de vos écoutes : *qui, où, quand, pourquoi ?*
- Reprenez les noms propres que vous avez entendus.
- S'il s'agit d'un document d'information, exprimez clairement quelle est l'information transmise sans vous attarder sur les détails.
- S'il s'agit d'un dialogue, présentez clairement les interlocuteurs, énoncez l'objet de leur discussion et leurs points de vue.
- S'il s'agit d'un récit, conservez l'ordre chronologique que vous aurez pris soin de noter en vous appuyant sur les indicateurs de temps.
- Reprenez le ou les mots récurrents qui sont porteurs d'information essentielle.
- N'oubliez pas de déterminer le ton du document : comique, ironique, provocateur, dubitatif…
- Cherchez à cibler l'intention et l'intérêt du document : ne vous limitez pas à l'explicite, montrez que vous avez compris l'intérêt du document.

➔ Révision express

Les points importants à retenir

● **Première écoute :**
– écouter, repérer, se concentrer, chercher l'idée principale, éviter la prise de notes ;
– identifier le document et mémoriser ;
– tirer profit de l'environnement sonore pour déduire le contexte ;
– identifier les locuteurs ;
– observer les locuteurs (sur un document audiovisuel).

● **Deuxième écoute :**
– préciser, détailler, repérer les temps employés ;
– noter les noms propres et les dates ;
– s'appuyer sur ce qui est compris pour dépasser toute difficulté de compréhension.

● **Troisième écoute :**
– qui ? → préciser qui est/sont le(s) locuteur(s) ;
– où ? → situer dans l'espace (Espagne, Amérique latine et préciser le pays). Aller du général au plus précis : quelle région, quelle ville ?
– quand ? → situer dans le temps (attention aux dates !) ;
– pourquoi ? → résumer la thématique, le thème abordé ;
– savoir enfin relier locuteur et point de vue : qui dit quoi ?

● Lors du passage à la restitution en français, s'appuyer sur la prise de notes en respectant l'ordre suivant : type de document ; thème ; locuteurs ; qui, où, quand et quoi.

Quiz

Cochez la bonne réponse :

1. Il faut prendre des notes dès la première écoute.
☐ Vrai ☐ Faux

2. Il est utile de chercher à traduire dès la première écoute.
☐ Vrai ☐ Faux

3. Je passe du général au particulier et ainsi je comprends mieux les détails.
☐ Vrai ☐ Faux

4. C'est le ton qui me permettra de repérer un impératif.
☐ Vrai ☐ Faux

5. L'interjection *¡Ay!* exprime la joie.
☐ Vrai ☐ Faux

→ Réponses p. 479

Chapitre 4 Expression orale

1 Expression orale en continu

De quoi s'agit-il ? **Vous devrez vous exprimer sur l'un des trois axes culturels sélectionnés par l'examinateur. Lors de cette évaluation, vous serez jugé sur votre oral, vos connaissances culturelles liées au programme, vos capacités d'argumentation. Cette épreuve se déroule en deux temps : dix minutes de présentation et cinq minutes d'interaction.**

1 Se présenter

- Il s'agit d'un examen oral, commencez par **saluer votre examinateur** :
  ¡Buenos días! si vous passez votre oral dans la matinée ;
  ¡Buenas tardes! si vous passez votre oral dans l'après-midi.

Évitez *¡Hola!* qui est plus familier.

- Lorsque vous voudrez lui poser une question ou lui demander quelque chose que vous ne comprenez pas, n'oubliez pas de le vouvoyer :
  ¿Puede usted repetir? No entiendo bien esta pregunta.
- La **prononciation correcte** de la langue que vous étudiez fait partie du jeu de l'oral. Ainsi, une révision de l'accent tonique en langue espagnole s'impose.

Attention !

Le poids de la voix se porte sur les syllabes accentuées :
– lorsqu'un mot se termine par une voyelle, un *s* ou un *n*, le poids de l'accent est sur l'avant-dernière syllabe : *un texto.*
– lorsqu'un mot se termine par une consonne sauf *s* ou *n*, le poids de l'accent est sur la dernière syllabe : *un texto de un autor español.*
– l'accent écrit est la marque de l'irrégularité : faites porter le poids de votre voix sur la voyelle accentuée : *la literatura fantástica.*

2 Mobiliser ses connaissances et structurer son exposé

- Le travail en amont effectué tout au long de l'année vous permettra de réussir cet examen oral. Pensez à réaliser **une fiche par axe**, associée à :
– des citations illustrant la notion ;
– des références d'auteurs ;
– des titres d'œuvres littéraires, cinématographiques, musicales ;
– des cartes géographiques du monde hispanique (Espagne et Amérique latine), de manière à être à l'aise en cas de question d'ordre géographique.

Astuce

Organisez vos révisions selon des thématiques. Votre capacité à montrer votre investissement personnel est un atout non négligeable.

- Articulez et nuancez votre discours en vous reportant à vos **connaissances culturelles** en lien avec la notion étudiée : montrez que vous êtes capable de faire le lien entre le sujet que vous présentez et certaines connaissances culturelles qui illustrent le thème étudié.

3 Construire son discours

- Vous serez jugé sur votre capacité à exprimer « en continu » un discours articulé et nuancé. Ne négligez pas les **transitions** avant d'aborder une nouvelle idée, et utilisez des **connecteurs logiques** pour vous situer dans le temps :

primero	premièrement, tout d'abord
luego	ensuite
por fin	enfin
pero de repente	mais soudain
entonces es cuando	c'est alors que
mientras	pendant que
mientras que	tandis que (opposition)
hasta tal punto que	à tel point que

- Les expressions suivantes peuvent vous être utiles pour être capable d'**argumenter** :

– exprimer une relation de cause à effet :

de este hecho deriva en efecto este tipo de situación de ce fait dérive en effet ce genre de situation

– expliquer :

y es que esta situación no es nueva en España il est vrai que la situation n'est pas nouvelle en Espagne

porque	parce que
ya que	puisque
dado que	étant donné que

– illustrer des propos :

según lo que observamos	d'après ce que nous voyons
como se ve en	comme on voit dans
pensando en	si l'on pense à
evocando	si l'on évoque

– apporter une preuve :

en efecto en effet

esta es la prueba que ilustra bien lo que quisiera justificar voici la preuve qui illustre bien ce que je voudrais justifier

– ajouter un nouvel élément à une démonstration :

de la misma manera, se puede hablar de	de même, on peut parler de
se puede también aludir a	on peut aussi faire allusion à

– marquer la contradiction :

en cambio	en revanche
mientras que	tandis que
aunque (+ indic.)	bien que (+ subjonctif)
aunque (+ subj.)	même si (+ indicatif)
sin embargo	cependant
pero sí	mais en revanche
pero al contrario	mais au contraire

Conseil

Ne vous exprimez qu'en langue espagnole. N'insérez pas de termes de votre invention, l'examinateur s'en aperçoit tout de suite !

– exprimer son point de vue : les expressions suivantes vous permettront de donner votre avis de manière variée :

pienso que, opino que, me parece que + indicatif
no pienso que + subjonctif
yo considero que
para mí
en mi opinión
desde mi punto de vista
a mi juicio
a mi parecer
no estoy de acuerdo con el punto de vista del autor
no comparto su opinión
estoy a favor de, en contra de

– conclure, rappeler ce que vous venez d'exposer :

para concluir, quisiera decir que este tema es interesante ya que
pour conclure, je voudrais dire que ce thème est intéressant puisque

2 Interaction orale

De quoi s'agit-il ? Il s'agit de comprendre ce que vous demande votre interlocuteur, de réagir à ses propos et de répondre en faisant preuve d'assurance. C'est un véritable dialogue qui s'établit, d'où la nécessité d'observer votre interlocuteur. L'épreuve dure 5 minutes.

1 Observer son interlocuteur

● L'observation de votre interlocuteur, **ses expressions** et **ses gestes** vous aideront à mieux le comprendre.

● Repérez dans son discours les **mots récurrents** : un mot répété plusieurs fois est la clé de la question. Cherchez à comprendre ses attentes.

● Montrez que vous écoutez en acquiesçant discrètement, en participant réellement à la conversation. N'attendez pas que le temps passe : soyez réactif !

● Pensez à parler suffisamment fort et clairement en n'hésitant pas à **vous corriger** en cas de faute, de manière naturelle. Il vaut mieux rajouter un *-a* devant un complément de personne plutôt que de ne pas revenir dessus. Par exemple, si vous dites :
Al escuchar su abuelo, la narradora empezaba a descubrir su país de origen.

→ Corrigez-vous : *Al escuchar **a** su abuelo, la narrradora empezaba a descubrir su país de origen.*

Astuce du prof
Si l'on vous fait répéter, pas de panique, c'est que vous devez reprendre votre phrase qui comporte une importante faute de langue, corrigez-vous.

● Pensez également aux verbes et à leur construction. Par exemple, si vous dites :
Cuando pensamos a la vida de los inmigrantes, nos percatamos de que son situaciones muy difíciles.

→ Votre interlocuteur vous fait répéter ; pensez à l'utilisation correcte des prépositions (*pensar **en***) et reprenez votre phrase calmement : *Cuando pensamos **en** la vida de los inmigrantes…*

2 Convaincre son interlocuteur

- C'est **en maîtrisant bien les notions culturelles** que vous pourrez convaincre votre interlocuteur, en donnant des exemples pour illustrer votre propos.
- N'hésitez pas à employer les marques d'oralité en espagnol :

bueno	bon
pues	eh bien
mire	regardez
claro	bien sûr
sí	oui / bien sûr

- Utilisez des expressions exprimant votre conviction :

estoy seguro de que	je suis sûr que
me parece evidente que	cela me semble évident que

Conseil

La clé de la réussite d'un oral en langues : une préparation structurée, une révision intensive de la langue et de sa grammaire, une concentration optimale le jour de l'examen.

3 Exprimer son accord ou son désaccord

- Variez les tournures pour exprimer votre accord ou votre désaccord :

sí, claro	oui, bien sûr
comparto su opinión	je suis de votre avis
estoy de acuerdo, estoy conforme	je suis d'accord
me parece que eso es evidente / obvio	il me semble que c'est évident
ah, mire , discrepo de usted	ah, écoutez là, je ne suis pas de votre avis
no comparto su punto de vista	je ne partage pas votre point de vue
no estoy de acuerdo con usted	je ne suis pas d'accord avec vous

- Si vous voulez insister et dire « moi, je pense », attention à l'emploi du bon pronom personnel : *yo pienso / opino.*
- N'oubliez pas de justifier et d'expliquer pourquoi vous n'êtes pas d'accord avec votre interlocuteur, ne dites pas sèchement : *no estoy de acuerdo.*

Astuce du prof

À la fin de votre entretien, n'oubliez pas de dire *adiós, muchas gracias, señor / señora.*

➔ Révision express

Les points importants à retenir

- Regardez votre interlocuteur et ne lisez pas vos notes.
- Construisez votre intervention en vous appuyant sur des mots de liaison.
- Écoutez votre interlocuteur et comprenez ce qu'il attend de vous.
- Révisez le vocabulaire concernant les notions étudiées au cours de l'année.
- Sachez revenir sur vos points faibles pour progresser : revoyez vos copies de devoir et les remarques annotées.

Les pièges à éviter

- Les expressions *me gusta, me encanta, me avergüenza, me cuesta* s'accordent avec le complément : *No **me gustan estas historias** que no se relacionan con la vida cotidiana.*
- Pensez au *a* devant le complément de personne. *Cuando la narradora descubrió **a** su abuela, se sintió decepcionada.*
- Ne mettez pas d'article devant les noms de pays (*España, Chile...*) sauf s'il s'agit d'un adjectif épithète (*la España mediterránea).*
- Ne mélangez pas *haber* et *tener* : *haber* n'est qu'un auxiliaire que l'on emploie avec un participe passé : ***Hemos descubierto** un nuevo tipo de escritura.*
- Si vous voulez insister et dire « moi, je pense », attention à l'emploi du bon pronom personnel : *yo pienso / opino.*
- Pensez aux apocopes : *el **primer** escritor en decir la verdad, era **buen** chico.*
- N'oubliez pas l'enclise : *voy a enseñár**selo**, estamos explicán**dolo**.*
- Ne mélangez pas *querer* (vouloir) et *volver* (revenir ou refaire), *haber* (auxiliaire avoir) et *hacer* (faire).
- Révisez les emplois du subjonctif : après *querer que, pedir que, ordenar que,* ou pour exprimer l'hypothèse : *quizás* + subjonctif.
- N'oubliez pas le subjonctif à la place du futur dans la temporelle : *Lo veremos cuando **podamos**.*
- N'oubliez pas que *como si* est toujours suivi du subjonctif imparfait.

Quiz

Cochez la bonne réponse :

1. Il vaut mieux bien rédiger sur son brouillon pour éviter de faire des fautes. ☐ Vrai ☐ faux
2. On ne donne jamais son avis sur le sujet exposé. ☐ Vrai ☐ faux
3. *Haber* et *tener* sont interchangeables. ☐ Vrai ☐ faux

→ Réponses p. 479

CAHIER SPÉCIAL BAC

Les sujets

Corrigés

HISTOIRE-GÉOGRAPHIE

SUJET 1 Sujet inédit de contrôle continu

HISTOIRE

Partie 1 : Question problématisée

Les crises de la guerre froide illustrent-elles la logique de l'affrontement américano-soviétique ?

À travers les exemples de quelques crises vues en cours, vous montrerez qu'on y voit à l'œuvre autant l'affrontement de puissances que de modèles idéologiques.

GÉOGRAPHIE

Partie 2 : Étude de document

En confrontant ces documents, vous expliquerez en quoi l'Association des nations d'Asie du Sud-Est (ASEAN) est un exemple représentatif des coopérations, tensions et régulations qui accompagnent la mondialisation à l'échelle régionale.

Document 1 La construction progressive de l'ASEAN

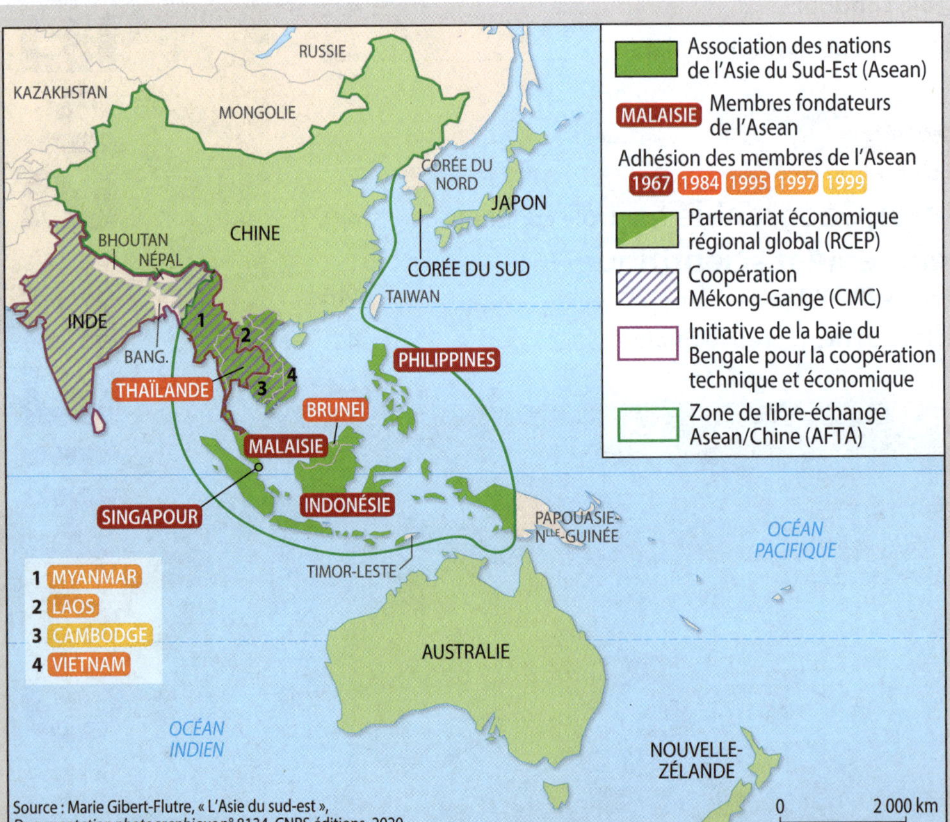

Source : Marie Gibert-Flutre, « L'Asie du sud-est », *Documentation photographique* n° 8134, CNRS éditions, 2020.

Paul Claudel, *La Crise : correspondance diplomatique, Amérique, 1927-1932*, Métailié, 1993.

Document 2 Une organisation entre coopération et conflictualité

Qui connaît le nom du secrétaire général de l'ASEAN ? Il s'agit pourtant d'une organisation qui a fêté son cinquantenaire en 2017, composée de dix États, forte de 642 millions d'habitants et riche d'un PIB estimé à 2 766 milliards de dollars (contre 2 583 en France). C'est là un reflet du manque de poids généralement imputé à l'Association. Chaque crise rappelle davantage l'inefficacité de l'ASEAN, qu'il s'agisse des combats contre la piraterie, contre le terrorisme et face au *Haze* (le nuage dû aux feux de forêts incontrôlés en Indonésie). Plus grave, de sempiternelles querelles qui paraissent anecdotiques pour l'étranger parasitent les efforts de constructions régionales.

L'ASEAN continue tout de même de traverser les années et viendrait même à manquer en cas d'absence. Comment expliquer ce paradoxe ? Loin de n'être qu'une simple « nébuleuse », l'ASEAN répondrait aux exigences internationales du fait de sa plasticité en phase avec les nouvelles formes de conflictualité et de coopération...

Éric Frécon, « L'ASEAN face à la redéfinition de sa centralité », *Hérodote*, vol. 176, n° 1, 2020.

SUJET 2 Sujet inédit de contrôle continu

GÉOGRAPHIE

Partie 1 : Question problématisée

Comment les politiques d'aménagement du territoire français tentent-elles de réduire les inégalités en intégrant les territoires français en marge de la mondialisation ?

HISTOIRE

Partie 2 : Étude de document

Vous expliquerez à l'aide du document le passage de la IVe à la Ve République en précisant le contexte de crise politique de l'année 1958.

Document De Gaulle, une solution à la crise de la IVe République ?

La IVe République périt de ses propres fautes. Ce régime disparaît parce qu'il n'a pas su résoudre les problèmes auxquels il était confronté. […] Le « système » que le général de Gaulle a si souvent critiqué et qui méritait, en effet, bien des critiques, a échoué. Mais ce n'est pas la République, ce n'est même pas le système parlementaire qui méritent d'être condamnés. Seul, le mauvais usage qui en a été fait nous a réduits à l'impuissance et nous a conduits à tant de déconvenues. […] Quoiqu'il en coûte aux sentiments que j'éprouve pour la personne et pour le passé du général de Gaulle, je ne voterai pas en faveur de son investiture ; et il n'en sera ni surpris, ni offensé. Tout d'abord, je ne puis admettre de donner un vote contraint par l'insurrection et la menace d'un coup de force militaire. […] Car enfin, ce gouvernement, qui nous l'impose ? Hélas ! ce sont les mêmes hommes qui, dans le passé, ont fait échouer toutes les tentatives de règlement raisonnable et humain en Afrique du Nord, qui ont rendu la guerre inévitable, l'ont orientée vers la répression sans issue politique, ont joué sur les nerfs d'une population européenne affolée, et exultent en ce moment parce qu'ils se flattent d'avoir porté le général de Gaulle au pouvoir. [...] Puisse l'Histoire dire un jour que de Gaulle a éliminé le péril fasciste, qu'il a maintenu et restauré les libertés, qu'il a rétabli la discipline dans l'administration et dans l'armée, en un mot qu'il a consolidé et assaini la République. Alors, mais alors seulement, le général de Gaulle incarnera la légitimité ».

Extraits du discours de Pierre Mendès-France
prononcé lors du débat d'investiture du général de Gaulle, le 1er juin 1958.

ENSEIGNEMENT SCIENTIFIQUE

SUJET 1 Sujet inédit de contrôle continu

SVT et Physique-Chimie

L'usage d'une calculatrice est autorisé.

Exercice 1 : L'homme de Florès

En 2003, la découverte des restes fossiles de plusieurs individus sur l'île de Florès, en Indonésie, donne jour à une nouvelle espèce, *Homo floresiensis,* l'« Homme de Florès ». La particularité de ces fossiles réside dans leur très petite taille, aussi leur place dans l'arbre phylogénétique des Hominidés fait-elle débat.

Partie 1 : Un représentant du genre Homo

Document 1 **Caractéristiques du fossile nommé LB1 (une femelle adulte) trouvé sur l'île de Florès**

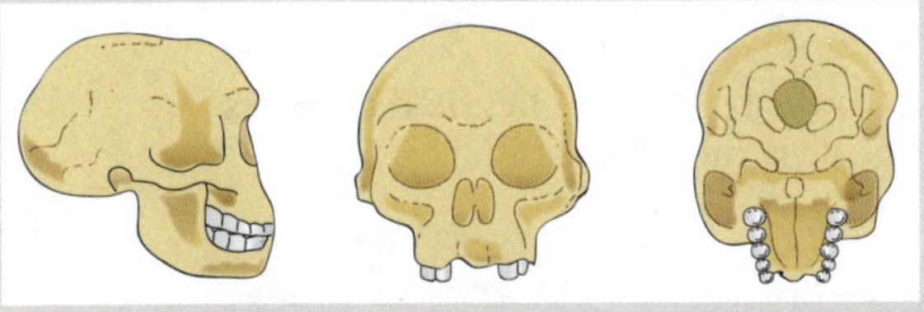

Volume crânien : 380 à 530 cm^3.
Boîte crânienne épaisse.
Taille : entre 1,06 et 1,20 m.

La comparaison de trois os du poignet de l'Homme de Florès (le scaphoïde, le trapézoïde et le capitatum) avec ceux de l'Homme moderne, de l'Homme de Néandertal, de l'Australopithèque et du Chimpanzé montre une ressemblance avec les os de singes.

D'après Matthew Tocheri du Muséum d'histoire naturelle de Washington, 2007.

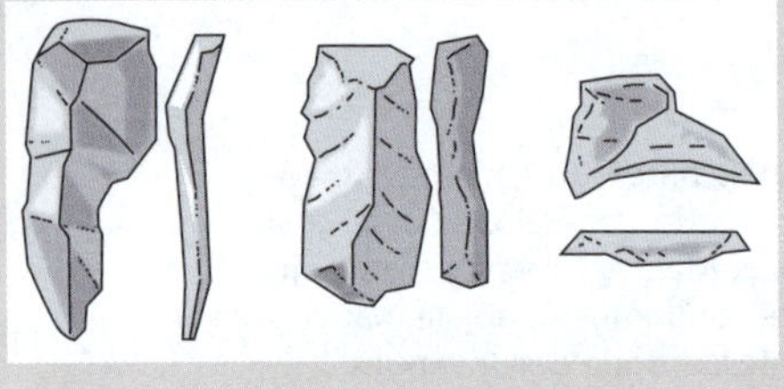

Outils associés : lames, grattoirs et poinçons (face et profil)

Document 2 **Données relatives à Australopithecus, Homo erectus et Homo sapiens**

	Australopithecus	*Homo erectus*	*Homo sapiens*
Forme et volume du crâne	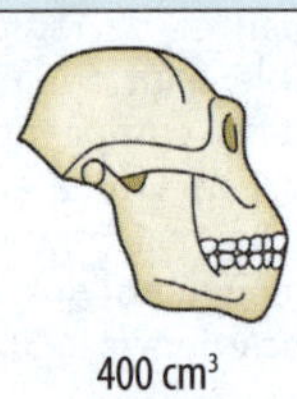 400 cm^3	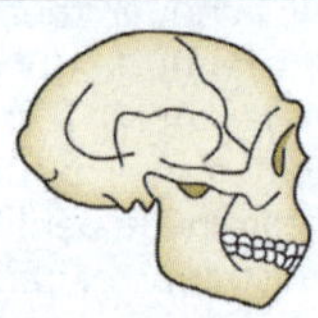 800 à 1 200 cm^3	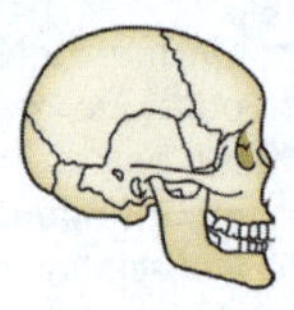 1 300 à 1 500 cm^3
Position du trou occipital	Intermédiaire	Avancé	Avancé
Taille adulte	1,05 à 1,30 m	1,55 à 1,65 m	1,60 à 1,80 m
Outils produits	Aucune fabrication d'outils de pierre avérée	Bifaces	Outils variés

À partir de vos connaissances et des informations apportées par les **documents 1** et **2**, répondre aux questions suivantes.

1 Dégager les caractéristiques du genre *Homo*.

2 Justifier que l'Homme de Florès appartient au genre *Homo*.

3 Donner des arguments pour justifier que l'Homme de Florès peut être considéré comme une espèce à part entière.

Partie 2 : Place de l'Homme de Florès dans l'arbre phylogénétique de la lignée humaine

Document 3 La datation de l'Homme de Florès

Les premières datations du fossile LB1 de l'Homme de Florès lui avaient attribué un âge de – 18 000 ans. Elles furent par la suite réévaluées à – 50 000 ans.

En 2014, un morceau de mandibule s'apparentant à celle de l'Homme de Florès a été trouvé dans une autre grotte de la même île. La datation de cette mandibule lui attribue un âge de – 700 000 ans. Enfin, une étude phylogénétique fondée sur l'analyse de 133 caractères sur des restes de crânes et de dents conclut qu'il s'agirait d'une espèce très ancienne, apparue il y a plus de 1,75 million d'années, apparentée à Homo habilis.

Document 4 Arbre phylogénétique de la lignée humaine

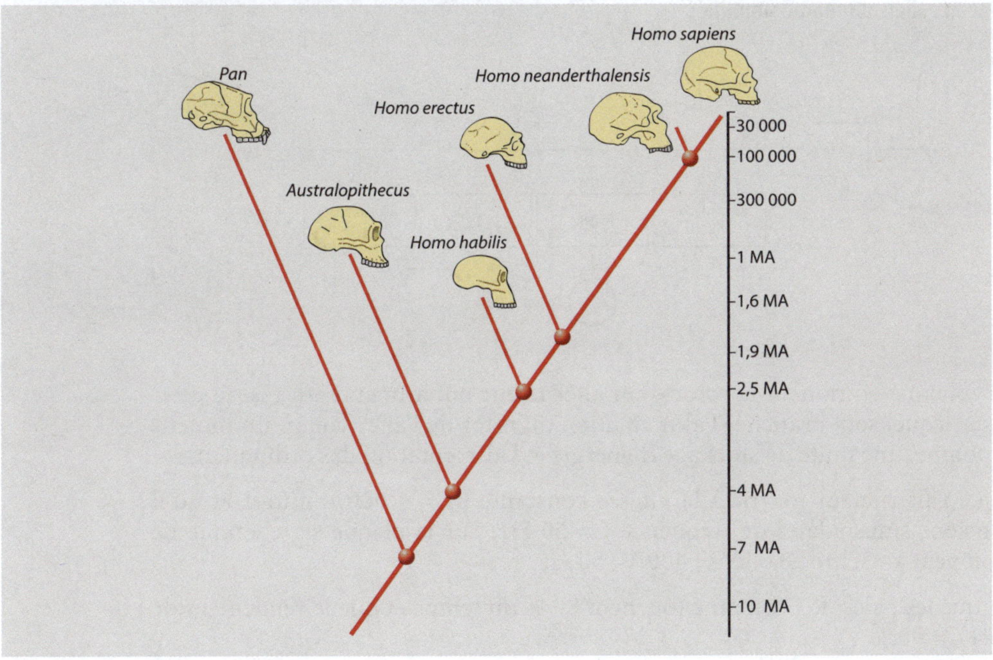

À partir de vos connaissances et des informations apportées par les **documents 3** et **4**, répondre aux questions suivantes.

4 Expliquer pourquoi les premières datations de l'Homme de Florès ont pu conduire à penser qu'il s'agissait d'une forme naine de l'Homme moderne.

5 À partir du **document 4**, expliquer pourquoi l'Homme moderne est plus proche parent de l'Homo erectus que de l'Homme de Florès.

6 L'Homme de Florès présente à la fois des caractères évolués et des caractères primitifs. Expliquer ce fait.

Exercice 2 : Énergie électrique

Partie 1 : Électricité produite par une éolienne

Document 1 Fonctionnement d'une éolienne

L'énergie produite par une éolienne dépend de sa vitesse, de la régularité de rotation et de la surface de ses pales.

La vitesse de rotation de l'hélice est de 12 à 15 tours/min, ce qui n'est pas suffisant à un alternateur pour fonctionner correctement. Un multiplicateur de vitesse est donc placé juste avant l'alternateur pour augmenter la vitesse de rotation à environ 1 500 tours/min.

Le vent est par définition variable. Aussi, pour maintenir une vitesse de rotation constante, il faut que les pales captent le mieux possible le vent.

Pour cela, un calculateur est intégré dans la nacelle pour orienter l'hélice perpendiculairement à la direction du vent [et] modifier l'angle d'orientation des pales par rapport au vent.

Plus les pales ont de surface, plus l'énergie produite est importante. Les éoliennes sont donc de plus en plus grandes. En contrepartie, cela alourdit le poids de l'hélice qui du coup, tourne moins vite.

Les technologies actuelles, issues de l'aérospatiale, ont permis des gains de poids importants pour résoudre ce problème.

D'après www.edf.fr

On se propose d'étudier certains éléments constitutifs d'un réseau éolien autonome simplifié.

Document 2 Réseau éolien autonome simplifié

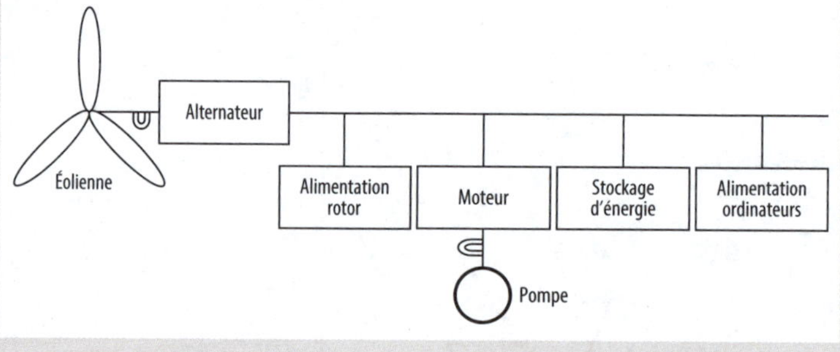

Les pales de l'éolienne entraînent le rotor d'un alternateur qui alimente un réseau électrique 400 V sur lequel sont branchés l'alimentation du rotor de l'alternateur, un moteur associé à une pompe, une unité de stockage d'énergie et l'alimentation des ordinateurs.

On suppose que l'alternateur tourne à la vitesse constante ns = 1 000 tr·min–1 et qu'il délivre des tensions sinusoïdales de fréquence f = 50 Hz. Sur la plaque signalétique de l'alternateur, on peut ainsi lire : 8,0 kVA ; 400 V ; 50 Hz.

On supposera que les pales de l'éolienne tournent 80 % du temps et que le rendement de l'alternateur est ç = 90 %.

1 Quelle conversion d'énergie un alternateur réalise-t-il ?

2 Combien de paires de pôles le rotor de l'alternateur doit-il constituer ? Justifier.

3 À quelle grandeur correspond l'indication 8,0 kVA ? Quelle est l'unité usuellement utilisée pour cette grandeur ?

4 Calculer l'énergie mécanique, exprimée en kWh, produite par les pales de l'éolienne en une journée de fonctionnement. Justifier.

La fiche signalétique du moteur alimenté par l'alternateur et entraînant la pompe est la suivante.

Document 3 Fiche signalétique simplifiée du moteur

Puissance nominale : 1,4 kW. Tension d'alimentation : 400 V. Intensité nominale : 2,6 A.

5 Définir le rendement du moteur au point de fonctionnement nominal et le calculer.

6 Sachant que ce type de moteur a un rendement compris entre 55 % et 85 %, commenter.

Partie 2 : Le solaire thermique

D'après sujet de Baccalauréat STI2D, Antilles, septembre 2017

Document 4 Fonctionnement d'un panneau solaire

[...] des tuyauteries de couleur sombre (absorbeur), intégrées dans des panneaux emprisonnant l'énergie grâce à un vitrage et une isolation adaptés, transmettent à l'eau (circuit direct) ou au liquide caloporteur (circuit à échangeur) qu'elles contiennent la chaleur absorbée.

Le vitrage laisse pénétrer la lumière solaire et minimise les pertes par rayonnement infrarouge de l'absorbeur en utilisant l'effet de serre tout en limitant les pertes de chaleur avec l'air ambiant. Le capteur solaire est d'autant plus performant que le revêtement de l'absorbeur aura un coefficient d'absorption élevé et un coefficient d'émission faible. [...] Un ballon d'eau chaude accumule et préserve cette eau chaude, puis la restitue à la demande.

D'après http://seme.cer.free.fr

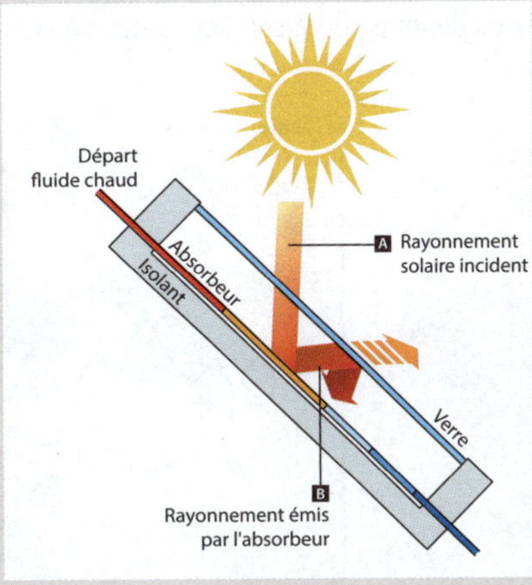

Doc. 5 Production d'eau chaude par un panneau solaire thermique

Un panneau solaire thermique est décrit de manière simplifiée comme une boîte noire mate isolée, coiffée d'une vitre. À l'intérieur se trouve un serpentin de même couleur à travers lequel circule un fluide caloporteur avec un débit modulable. Le rayonnement solaire absorbé par le panneau chauffe le liquide caloporteur.

7 Expliquer pourquoi le corps du panneau est noir mat.

8 En s'appuyant sur le **document 4**, justifier la nécessité de la vitre transparente. Préciser la nature du rayonnement piégé dans l'absorbeur.

9 Quel est l'intérêt d'un circuit en serpentin **(Doc. 5)** pour le fluide caloporteur ?

10 Compléter le schéma du diagramme énergétique du panneau solaire thermique avec les mots « rayonnante » ou « thermique ». Préciser si les énergies citées après le panneau sont utiles ou perdues.

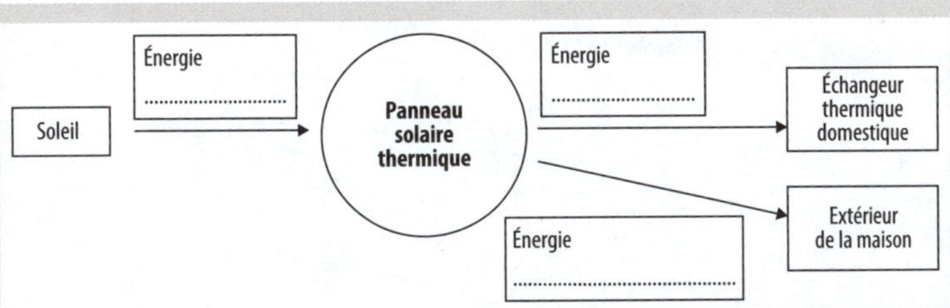

SUJET 2 Sujet inédit de contrôle continu

SVT et Mathématiques

L'usage d'une calculatrice est autorisé.

Exercice 1 : Le réchauffement climatique

Des refroidissements peuvent être observés ponctuellement et localement, néanmoins la tendance générale est au réchauffement climatique. Selon les prévisions des climatologues, la hausse des températures moyennes globales pourrait se situer entre + 2 °C et + 6 °C d'ici 2100.

Partie 1 : Des répercussions sur la faune et la flore du globe

Document 1 Étude du début de floraison des cerisiers à Liestal (Suisse) pendant la période 1900-2000

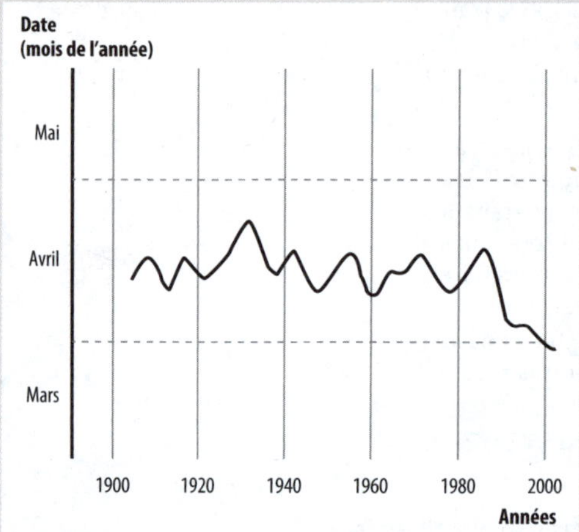

Document 2 Résultats d'expériences menées sur la floraison de différentes plantes photosynthétiques

Conditions expérimentales	Nombre de jours, après le début de l'expérience, nécessaire à la floraison
Témoin	210
+ 1,5 °C par rapport au témoin	157
+ 3 °C par rapport au témoin	150

Document 3 Distribution selon les latitudes et les années, de 1960 à 1995, de deux espèces de poissons à affinités tropicales

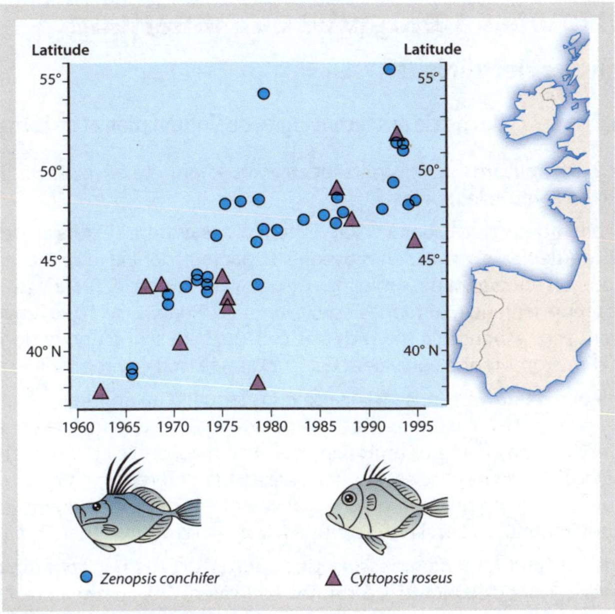

À partir de vos connaissances et des informations apportées par les **documents 1** à **3**, répondre aux questions suivantes.

1 Utiliser les **documents 1** et **2** pour fournir un argument en faveur de la réalité du changement climatique.

2 Décrire et expliquer les variations de distribution des poissons tropicaux observées sur le **document 3**.

3 D'après vos connaissances, indiquer les effets d'une élévation de la température sur les conditions de vie à la surface du globe.

Partie 2 : Impacts de l'Homme dans le réchauffement actuel

Document 4
Température et teneur en CO_2

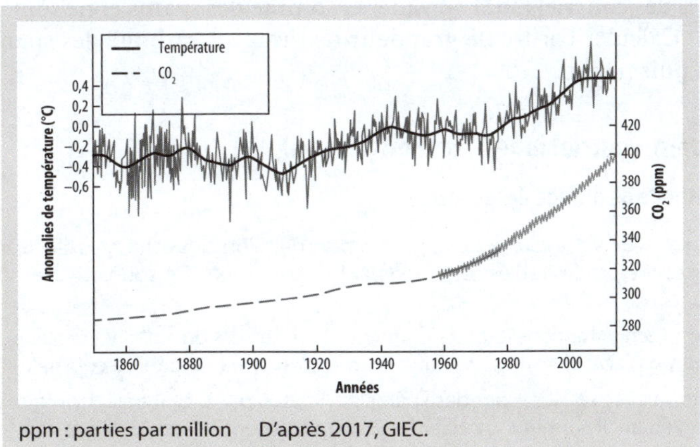

ppm : parties par million D'après 2017, GIEC.

4 Décrire les variations de température enregistrées sur le document 4 et les relier aux variations de la teneur en CO_2 atmosphérique.

5 Expliquer comment les variations du taux de CO_2 peuvent être à l'origine de variations de température.

6 Argumenter en faveur d'une origine anthropique de l'élévation du taux de CO_2.

7 L'élévation du taux de CO_2 est à l'origine d'une rétroaction positive sur la température. Expliquer pourquoi.

Exercice 2 : Impact écologique du numérique

Partie 1 : Le courrier électronique

Document 1 **Analyse des cycles de vie des technologies de l'information et de la communication : le courriel**

En moyenne, 247 milliards de courriers électroniques ont été envoyés par jour dans le monde en 2009 en prenant en compte les spams. [...]

Les scénarii ont montré que chaque collaborateur d'une entreprise française de 100 personnes reçoit en moyenne 58 courriels et en envoie en moyenne 33 par jour, dont la taille moyenne est d'environ 1 Mo. Ces envois de courriels entraînent des émissions de gaz à effet de serre. Sur la base de 220 jours ouvrés par an, ces dernières représentent 13,6 tonnes équivalent CO_2. Réduire de 10 % l'envoi de courriels incluant systématiquement son responsable et un de ses collègues au sein d'une entreprise de 100 personnes permet un gain d'environ 1 tonne équivalent CO_2 sur l'année (soit environ 1 aller-retour Paris/New-York).

Le cas spécifique d'une entreprise française dans laquelle un employé envoie un courriel de 1 Mo à plusieurs destinataires (10 personnes puis 100 personnes) a été étudié. Les résultats ont montré que décupler le nombre de destinataires multipliait par 4 l'impact sur le changement climatique. Pour obtenir des données plus précises, les scenarii ont mesuré la différence d'impact de l'envoi d'un courriel de 1 Mo à 1, 2 ou 3 destinataires. Environ 6 g équivalent CO_2 supplémentaires sont émis pour chaque destinataire supplémentaire, ce qui représente environ 44 kg équivalent CO_2 par an et par employé.

Diminuer de 10 % le taux d'impression des courriels reçus par les employés d'une entreprise de 100 personnes permet d'économiser 5 tonnes équivalent CO_2 sur un an (soit l'équivalent d'environ 5 allers-retours New-York/Paris). Les scenarii ont comparé l'impact de l'impression d'une pièce jointe de 4 pages sous différents formats et constaté que l'impression a une forte influence sur le potentiel de changement climatique, tout comme le format d'impression sélectionné. Les scenarii ont aussi montré que les impacts de la lecture à l'écran d'un document reçu par courriel sont liés au temps de lecture, qui détermine le temps d'utilisation de l'ordinateur.

Communiqué de presse de l'Ademe, 7 juillet 2011.

1 En s'appuyant sur le texte de l'Ademe, déterminer le nombre de courriels reçus et envoyés par année de travail dans une entreprise comprenant 100 personnes.

2 En déduire la taille des données échangées par les 100 collaborateurs par année travaillée.

3 Retrouver l'ordre de grandeur de 6 g équivalent CO_2 par courriel envoyé par un individu de l'entreprise ou reçu par lui.

4 Plus de 90 % des courriels sont considérés comme des spams et ne sont pas délivrés par les opérateurs. Calculer l'ordre de grandeur de l'impact carbone des spams pour l'entreprise par jour, puis par an.

Partie 2 : Le spam, courriel indésirable ou pourriel

Document 2 **Méthode de filtrage des spams**

On estime à près de 90 % le taux de spams ou pourriels, lors des échanges électroniques. La quasi-totalité de ces courriels indésirables est filtrée par les opérateurs. On souhaite créer une méthode de filtrage des spams.

Pour cela, on recherche dans le texte d'un courriel l'expression « gagner beaucoup d'argent ». Un test est alors mis en place. Le test est positif si l'expression apparaît dans le courriel.

Sur 100 courriels reçus, 12 % sont des spams non filtrés par la boîte électronique et l'opérateur ; si le courriel est un spam, il contient « gagner beaucoup d'argent » dans 83 % des cas ; si le courriel n'est pas un spam, il ne contient pas « gagner beaucoup d'argent » dans 95 % des cas.

5 Quel est l'événement correspondant à la méthode de filtrage proposée ?

6 Quelle est la probabilité que le courriel soit un spam s'il contient l'expression « gagner beaucoup d'argent » ?

PHILOSOPHIE

SUJET 1 Sujet inédit d'épreuve finale

Vous traiterez au choix l'un des trois sujets suivants.

Sujet 1 : Dissertation

De quoi sommes-nous responsables ?

Sujet 2 : Dissertation

L'amour du travail a-t-il un sens ?

Sujet 3 : Explication de texte

Document Pascal, *Pensées*

Quand je me suis mis quelquefois à considérer les diverses agitations des hommes et les périls et les peines où ils s'exposent, dans la cour, dans la guerre, d'où naissent tant de querelles, de passions, d'entreprises hardies et souvent mauvaises, etc., j'ai découvert que tout le malheur des hommes vient d'une seule chose, qui est de ne savoir pas demeurer en repos, dans une chambre. Un homme qui a assez de bien pour vivre, s'il savait demeurer chez soi avec plaisir, n'en sortirait pas pour aller sur la mer ou au siège d'une place[1]. On n'achètera une charge à l'armée si cher que parce qu'on trouverait insupportable de ne bouger de la ville ; et on ne recherche les conversations et les divertissements des jeux que parce qu'on ne peut demeurer chez soi avec plaisir.

Mais quand j'ai pensé de plus près, et qu'après avoir trouvé la cause de tous nos malheurs j'ai voulu en découvrir la raison, j'ai trouvé qu'il y en a une bien effective, qui consiste dans le malheur naturel de notre condition faible et mortelle, et si misérable que rien ne peut nous consoler lorsque nous y pensons de près.

Quelque condition qu'on se figure, si l'on assemble tous les biens qui peuvent nous appartenir, la royauté est le plus beau poste du monde ; et cependant, qu'on s'en imagine un accompagné de toutes les satisfactions qui peuvent le toucher. S'il est sans divertissement, et qu'on le laisse considérer et faire réflexion[2] sur ce qu'il est, cette félicité languissante[3] ne le soutiendra point, il tombera par nécessité dans les vues qui le menacent, des révoltes qui peuvent arriver, et enfin de la mort et des maladies qui sont inévitables ; de sorte que, s'il est sans ce qu'on appelle divertissement, le voilà malheureux, et plus malheureux que le moindre de ses sujets qui joue et qui se divertit.

Blaise Pascal, *Pensées*, 1670.

1. Aller au siège d'une place : assiéger une ville ou une place forte.
2. Faire réflexion : réfléchir, prendre conscience.
3. Félicité languissante : « félicité » est un synonyme de « bonheur » ; la langueur est un état d'abattement.

La connaissance de la doctrine de l'auteur n'est pas requise. Il faut et il suffit que l'explication rende compte, par la compréhension précise du texte, du problème dont il est question.

SUJET 2 Sujet inédit d'épreuve finale

Sujet 1 : Dissertation

Puis-je, au nom de ma conscience, refuser de me soumettre aux lois ?

Sujet 2 : Dissertation

Le doute est-il une force ou une faiblesse ?

Sujet 3 : Explication de texte

Document Pascal, *Pensées*

Qu'est-ce que le moi ? Un homme qui se met à la fenêtre pour voir les passants, si je passe par là, puis-je dire qu'il s'est mis là pour me voir ? Non ; car il ne pense pas à moi en particulier. Mais celui qui aime quelqu'un à cause de sa beauté, l'aime-t-il ? Non ; car la petite vérole, qui tuera la beauté sans tuer la personne, fera qu'il ne l'aimera plus. Et si on m'aime pour mon jugement, pour ma mémoire, m'aime-t-on, moi ? Non ; car je puis perdre ces qualités sans me perdre moi-même. Où est donc ce moi, s'il n'est ni dans le corps, ni dans l'âme ? Et comment aimer le corps ou l'âme, sinon pour ces qualités qui ne sont point ce qui fait le moi, puisqu'elles sont périssables ? Car aimerait-on la substance de l'âme d'une personne abstraitement, et quelques qualités qui y fussent ? Cela ne se peut, et serait injuste. On n'aime donc jamais personne, mais seulement des qualités. Qu'on ne se moque donc plus de ceux qui se font honorer pour des charges et des offices, car on n'aime personne que pour des qualités empruntées.

Blaise Pascal, *Pensées*, 1670.

La connaissance de la doctrine de l'auteur n'est pas requise. Il faut et il suffit que l'explication rende compte, par la compréhension précise du texte, du problème dont il est question.

HISTOIRE-GÉOGRAPHIE

SUJET 1 → voir p. 430

HISTOIRE

Partie 1 : Question problématisée

À partir de 1947, l'alliance entre les deux grands vainqueurs de la guerre, États-Unis et URSS fait place à un affrontement ouvert, chacun cherchant classiquement à imposer sa puissance mais aussi son modèle idéologique, communisme ou démocratie libérale. Mais la possession de l'arme nucléaire par les deux Grands pousse à un affrontement indirect qui se manifeste par des crises. En quoi ces crises reflètent-elles tout de même l'affrontement à la fois de puissances et de modèles ? Les crises de la guerre froide sous Staline comme celles sous ses successeurs peuvent être violentes et diviser des pays.

> **Méthode**
> L'introduction permet de définir la guerre froide avant de préciser qu'on en examinera les aspects principaux par l'exemple des crises.

> **Méthode**
> La consigne peut vous inciter à traiter la question des puissances d'un côté, des modèles de l'autre. Or chaque crise recèle les deux aspects de l'affrontement : il vaut mieux donc choisir un plan chronologique qui suit celui des phases de la guerre froide et y examine des exemples de crises.

Le premier terrain d'affrontement se situe en Europe, où Staline parvient à imposer le communisme dans les pays de l'Est. L'Allemagne, occupée par les quatre vainqueurs, devient un enjeu géopolitique majeur. Cherchant à chasser les troupes occidentales de Berlin, Staline en ordonne le blocus en juin 1948, espérant prendre ensuite le contrôle de tout le pays. Refusant de céder, les États-Unis organisent un pont aérien qui dure jusqu'en mai 1949. L'Allemagne reste partagée entre les deux blocs, avec la création de deux États, RFA et RDA. La RFA adopte le modèle de la démocratie libérale, la RDA représente l'Allemagne communiste souhaitée par Staline.

En Asie, la Corée est divisée en deux zones d'occupation entre les deux Grands en 1945. Deux États y sont fondés : la Corée du Sud au régime autoritaire, mais pro-américain et la Corée du Nord, stalinisée. Celle-ci attaque le sud en juin 1950 pour réunifier le pays. Les États-Unis obtiennent de l'ONU d'intervenir militairement avec leurs alliés occidentaux, déclenchant une riposte indirecte des Soviétiques qui s'appuient sur leur bloc, envoyant des « volontaires » chinois. L'affrontement entre les deux blocs a fait craindre une troisième guerre mondiale, mais s'achève en juillet 1953 après la mort de Staline, maintenant deux États coréens aux modèles différents.

> **Piège à éviter**
> Veillez bien à ne pas tomber dans une récitation des faits chronologiques qui consisteraient à « raconter » les différentes crises, il faut tirer des idées générales qui doivent être explicites dans votre propos (pourquoi le blocus de Berlin montre bien l'affrontement de puissances et de modèles ?, etc.).

Dans les deux cas on voit bien que l'enjeu du contrôle des territoires se double de la volonté d'imposer ou d'empêcher d'imposer un modèle idéologique, communisme de Staline contre « endiguement » américain du communisme.

> **Gagnez des points**
> Soignez vos transitions d'une partie à l'autre, en concluant une partie et/ou en introduisant la suivante, pour mieux les lier.

Le successeur de Staline, Khrouchtchev, prône la coexistence pacifique. Cela n'empêche pas de nouvelles crises. Ainsi, en août 1961, les autorités de la RDA obtiennent l'autorisation de l'URSS de construire un mur à Berlin pour séparer l'est et l'ouest de la ville – qui se prolonge par une fortification de toute la frontière avec la RFA. La RDA veut arrêter l'émigration massive de ses citoyens (près de 3 millions en 12 ans). Les États-Unis ne peuvent empêcher ce cloisonnement territorial, mais l'utilisent pour démontrer la supériorité de leur modèle. La crise de Cuba met en jeu plutôt le contrôle des territoires, cette île au large des États-Unis acceptant d'accueillir en 1962 des missiles soviétiques. Mais cela a été rendu possible parce que Cuba, avec la révolution de Fidel Castro en 1959, a basculé de l'alliance américaine vers le bloc soviétique, adoptant le modèle communiste et modifiant le tracé des blocs jusque-là favorable aux Américains.

Enfin, l'Asie est le théâtre d'une nouvelle guerre qui met en jeu les frontières et les modèles. Après l'indépendance de l'Indochine en 1954, le Vietnam a été partagé entre un Nord communiste et un Sud pro-américain. Quand le Nord soutient une rébellion communiste au sud, les États-Unis interviennent dans une logique d'endiguement. Ils s'enlisent dans une guerre dont ils se retirent en 1973, ouvrant la voie à une réunification du Vietnam par les communistes.

Toutes ces crises ont bien montré que l'enjeu pour les deux Grands était à la fois d'exercer leur influence partout dans le monde pour y diffuser le modèle communiste ou l'endiguer. Durant cette période toutes les crises ne sont pas nécessairement des crises de guerre froide même si les deux Grands peuvent s'y impliquer pour des raisons de puissance surtout (ex. : les guerres israélo-arabes).

Méthode

La conclusion peut être un résumé qui confirme la problématique proposée, vous pouvez ouvrir sur le fait qu'en parallèle quelques crises et conflits échappaient aussi, partiellement, à la logique bipolaire.

GÉOGRAPHIE

Partie 2 : Étude de documents

L'Association des nations d'Asie du Sud-Est (« Association of Southeast Asian Nations », ASEAN) représente aujourd'hui la cinquième entité économique mondiale, derrière les États-Unis, la Chine, le Japon et l'Allemagne. Si la mondialisation contemporaine a favorisé l'émergence de cette organisation sur la scène internationale, celle-ci se heurte à des difficultés qui pèsent sur son fonctionnement et limitent son rayonnement. En prenant appui sur la carte représentant sa structure et son évolution (**Doc. 1**) et sur un article extrait d'une publication scientifique récente (**Doc. 2**), envisageons la manière dont l'ASEAN est une illustration des formes de coopération régionale qui accompagnent la mondialisation selon des modalités et avec des effets variables.

Remarque

Tout acronyme doit être développé au moins une fois dans son intégralité avant d'être utilisé comme tel dans le cadre de votre démonstration.

Créée en 1967 par cinq États (Indonésie, Singapour, Thaïlande, Philippines et Malaisie) pour faire barrage à la montée du communisme en Asie, l'ASEAN compte désormais cinq membres supplémentaires (**Doc. 1**) : le sultanat de Brunei (1984), le Vietnam (1995), le Laos et la Birmanie (1997) et le Cambodge (1999). En 2008, la « Charte de l'ASEAN » a renforcé le principe de l'association des nations par la création d'une véritable communauté fondée sur trois piliers complémentaires : la sécurité, l'économie, l'identité socioculturelle. Dès lors, son rôle n'a cessé de s'affirmer en tant qu'acteur supranational de premier rang dans une région du monde soumise à l'influence de ses puissants voisins (notamment la Chine, l'Union indienne et l'Australie). La communauté économique de l'ASEAN a favorisé l'intégration de ses membres en facilitant la circulation des flux de capitaux, de services, d'investissements et de main-d'œuvre qualifiée dans le sud-est asiatique. La coopération économique a également bénéficié des effets induits par la suppression des droits de douane sur les échanges de marchandises entre

L'astuce du prof

D'emblée, montrez au correcteur que vous êtes en mesure de croiser les informations issues de différents documents ; ici, les documents 1 et 2 sont mobilisés dans la même phrase.

les États membres et de la signature de multiples accords bilatéraux de libre-échange avec le Japon, la Corée du Sud, la Nouvelle-Zélande, etc.

Si l'ASEAN représente actuellement la quatrième région exportatrice du monde, la part des exportations entre les États membres est inégale et parfois très modeste. Le revenu moyen par habitant varie de 1 100 dollars au Cambodge à plus de 50 000 dollars à Singapour. Faute de pouvoir prendre appui sur une véritable politique de cohésion territoriale, les pays les plus pauvres de la région sont confrontés à des difficultés économiques et sociales récurrentes. Certains responsables politiques et une partie de l'opinion publique considèrent d'ailleurs que c'est l'absence de toute stratégie de régulation qui est à l'origine du maintien (voire de l'aggravation) de telles inégalités de développement entre États membres de l'ASEAN. Dans cette véritable mosaïque ethnolinguistique qui se caractérise par l'éparpillement insulaire, les arbitrages sont souvent laborieux. La lenteur du processus de décision entretient le sentiment d'« inefficacité » de l'organisation (**Doc. 2**).

> **Remarque**
> Attention à ne pas vous méprendre sur le sens du terme « région » : quand on l'utilise en lien avec la mondialisation, il désigne nécessairement une aire continentale ou subcontinentale.

Aujourd'hui, l'influence de l'ASEAN à l'échelle planétaire n'est certes pas à la hauteur du poids économique et démographique de cette organisation. Elle se développe pourtant à un rythme soutenu depuis quelques années, en lien avec l'émergence de nouveaux enjeux géostratégiques majeurs (rivalités géopolitiques en mer de Chine du Sud, tensions liées à la maîtrise des gisements d'hydrocarbures offshore...) et en tirant profit de la concurrence accrue entre les autres acteurs de la mondialisation (notamment au titre de la guerre commerciale que se livrent la Chine et les États-Unis).

> **Remarque**
> Une référence à un fait d'actualité est souvent appréciée dans le cadre de la conclusion. Elle permet d'ouvrir le sujet sur de nouvelles perspectives tout en soulignant votre aptitude à utiliser vos connaissances pour éclairer ce qu'il se passe dans le monde.

SUJET 2 → voir p. 431

GÉOGRAPHIE

Partie 1 : Question problématisée

Inauguré en 2012, le musée Louvre-Lens est une illustration de la reconversion d'un ancien site industriel en un espace culturel. Il s'agit de redynamiser un territoire délaissé par la mondialisation. Celle-ci sélectionne les territoires : elle en favorise certains et en délaisse d'autres qui sont qualifiés de marge, terme qui désigne les territoires périphériques les plus fragiles ne bénéficiant pas du rayonnement d'un centre. Comment les politiques d'aménagement mises en œuvre par les pouvoirs publics tentent de corriger les inégalités territoriales ? Dans une première partie, nous présenterons les différents territoires français métropolitains et ultra-marins laissés à l'écart de la mondialisation, puis nous analyserons les différents moyens mis en œuvre par les pouvoirs publics pour favoriser leur développement.

> **Remarque**
> N'oubliez pas de définir les termes du sujet dans l'introduction.

Plusieurs espaces du territoire français sont laissés à l'écart de la mondialisation. D'une part, en France métropolitaine, les territoires situés dans la « diagonale des faibles densités » souffrent d'enclavement. Cela concerne certains espaces qualifiés d'ultra-ruraux localisés par exemple dans les Ardennes ou en Normandie. Ces territoires sont mal irrigués par les réseaux de transport et subissent l'« effet tunnel ». Ils sont également souvent situés dans des « zones blanches », mal desservis par le réseau de téléphonie mobile et internet. De ce fait, ils subissent la désertification, c'est-à-dire le départ des activités et de leur population. Dans les régions montagneuses telles que le Massif central, les Pyrénées et les Alpes, la pente et la massivité du relief représentent un obstacle aux mobilités et participent à leur isolement. Quant aux territoires de tradition industrielle dans le Grand Est, les Hauts-de-France ou en Bourgogne Franche-Comté, leurs systèmes productifs sont en crise et ils sont touchés par la désindustrialisation. Ils doivent faire face à la fermeture d'usines et aux friches industrielles. Par ailleurs, la mondialisation est à l'origine d'un phénomène de métropolisation : les métropoles françaises accueillent toujours plus de population et d'activités, pénalisant certaines villes moyennes (Nevers, Fécamp) qui se dévitalisent progressivement (chômage élevé, centre-ville déserté). D'autre part, les régions ultra-marines, de par leur éloignement de la métropole et leur insularité, sont peu intégrées à la mondialisation. Difficiles d'accès, elles ne disposent pas d'infrastructures de transport performantes et leur économie se caractérise le plus souvent par une industrie déficiente et une agriculture spécialisée peu intégrée à l'industrie agro-alimentaire. L'intégration régionale est très faible, car les territoires ultra-marins échangent très peu au sein de leur zone géographique. Toutefois, les politiques d'aménagement menées par différents acteurs publics ont pour objectif de résorber les inégalités territoriales en leur apportant des réponses spécifiques.

L'astuce du prof
Pour illustrer votre argumentation, identifiez et nommez des espaces géographiques précis.

Ainsi, les campagnes françaises font l'objet de multiples initiatives afin de les dynamiser et d'accroître leur attractivité. L'État a mis en place depuis 1995 des zones de revitalisation rurale (ZRR) dans le but de favoriser le développement local en attirant des entreprises, notamment grâce à des exonérations fiscales. Depuis 2005, les pôles d'excellence rurale (PER) complètent ce dispositif et permettent de financer des projets économiques situés sur un territoire rural. Par exemple, un PER intitulé « télémédecine, gérontologie, ruralité » a été créé dans le Limousin. De plus, le gouvernement a établi en septembre 2019 un Agenda rural dont l'objectif est de soutenir les petits commerces et de maintenir la présence des services publics par le recrutement de personnel. L'État et les collectivités territoriales telles que les régions protègent les espaces les plus fragiles tout en accompagnant le développement d'activités touristiques ou agricoles, en créant des parcs nationaux et des parcs naturels régionaux. En Corse, la création d 'un parc naturel régional a pour objectif de développer les montagnes de l'intérieur tout en renforçant la ville de Corte par des aménagements (construction d'une université en 1981). Par ailleurs, les aménagements concernent également les anciennes régions industrielles grâce à des projets de reconversion initiés par l'État et les collectivités territoriales. D'anciens sites industriels sont transformés en logements ou musées. À Strasbourg, les bâtiments de l'ancienne manufacture des tabacs sont ainsi réhabilités afin d'accueillir un pôle universitaire. L'État est également à l'origine du plan « Action cœur de ville » (2017) dont l'objectif est de redynamiser les centres-villes de 222 villes moyennes par la rénovation de l'habitat et le développement des transports. De plus, l'État favorise le développement des territoires ultra-marins en participant au financement d'infrastructures de transport. Par exemple, il s'est associé à la région pour la construction d'une nouvelle voie rapide surnommée « La nouvelle route du Littoral » à La Réunion et a participé au financement de la construction du pont de l'Oyapock entre la Guyane et le Brésil. L'UE intervient également pour aider les régions en difficulté, notamment la Guadeloupe, la Guyane, la Martinique, Mayotte et Saint-Martin, considérés comme des territoires ultrapériphériques et recevant à ce titre des aides spécifiques via les FESI (fonds européens structurels et d'investissements). L'UE a ainsi participé à l'agrandissement de l'aéroport Pôle Caraïbes, à Pointe-à-Pitre en Guadeloupe).

L'astuce du prof
Utilisez des mots de liaison pour structurer votre devoir.

En conclusion, les espaces ultra-ruraux, les massifs montagneux les plus enclavés, les anciens sites industriels, certaines villes moyennes et les territoires ultra-marins sont à l'écart de la mondialisation et souffrent de cette marginalisation. L'État, les collectivités territoriales et l'Union européenne sont à l'origine de multiples aménagements et d'aides financières pour compenser ces déséquilibres territoriaux et éviter que l'écart ne se creuse trop avec les espaces les plus attractifs et dynamiques tels que les métropoles.

HISTOIRE

Partie 2 : Étude de document

La guerre d'Algérie a commencé en 1954 et la succession des gouvernements qui caractérise le fonctionnement de la IVe République en complique la résolution, créant un blocage pour ne pas dire une crise politique qui conduit à un changement de régime en 1958. Dans son discours au moment de l'investiture du général de Gaulle en tant que président du Conseil le 1er juin 1958, Pierre Mendès-France, lui-même ancien chef du gouvernement, revient sur ce double-contexte de crise.

Méthode
L'introduction doit expliquer le lien entre guerre d'Algérie et changement de République, montrant que le régime est en crise, incapable de résoudre la question algérienne.

Il réfute les critiques du général de Gaulle qui parlait du « système » de la IVe République pour dénoncer l'emprise des partis politiques sur la formation des majorités à l'Assemblée nationale, changeant régulièrement. Or, l'Assemblée a une place centrale dans les institutions, le pouvoir législatif contrôlant le pouvoir exécutif (par l'investiture par exemple). Les positions du général de Gaulle sont connues depuis longtemps (discours de Bayeux, 1946) qui souhaite un rééquilibrage des pouvoirs en renforçant le pouvoir exécutif. C'est ce qu'il envisage en acceptant de devenir chef du gouvernement à condition de pouvoir changer la Constitution et d'obtenir pour six mois les pleins-pouvoirs. Hostile à ces conceptions, Mendès défend le « système parlementaire », estimant que ce sont les hommes politiques qui en ont fait « mauvais usage ». À la fin de son discours, il rappelle ses craintes quant aux libertés politiques, montrant sa défiance envers de Gaulle malgré le « passé » de celui-ci (rôle dans la Résistance et retour à la République en 1944). Il ne reconnaîtra sa « légitimité » que contre des garanties quant aux principes républicains (« qu'il a consolidé et assaini la République »).

Remarque
La consigne demande d'insister sur deux aspects de l'histoire de France en cette fin des années 1950 : le passage d'une République à l'autre et les débats que cela suscite ; le contexte de à la guerre d'Algérie.

Gagnez des points
Montrez que vous êtes capable de lier points de passage et cours général.

Il faut dire que le retour du général de Gaulle au pouvoir se fait dans un contexte troublé. Mendès mentionne une « insurrection » et la menace d'un « coup de force militaire » parlant même plus loin de « péril fasciste ». Il fait ici référence à la journée du 13 mai 1958 où les pieds-noirs (« population européenne affolée ») se sont soulevés en Algérie, recevant le soutien de l'armée. Les émeutiers craignaient qu'un nouveau changement de gouvernement n'ouvre la voie à des négociations avec le FLN algérien indépendantiste. Celui-ci mène une lutte armée depuis octobre 1954 qui a conduit la France sur la voie de la « répression », Mendès n'hésitant pas à qualifier les opérations de maintien de l'ordre de « guerre ». Devant la crainte d'une guerre civile, la classe politique se résout à rappeler de Gaulle.

Méthode
Réinvestissez du vocabulaire, des notions pour expliquer des passages (les pieds-noirs ne sont pas explicitement cités).

Méthode
Le premier paragraphe peut être expliqué par le point de passage : on retrouve les idées de Mendès, rappelez celles de de Gaulle qui par ailleurs a annoncé qu'il veut changer la Constitution et demande les pleins-pouvoirs. La guerre d'Algérie est bien rappelée dans ses dimensions militaires.

Malgré ces oppositions, de Gaulle obtint l'investiture et les pleins-pouvoirs. La Constitution de la Ve République fut approuvée par referendum en septembre 1958, de Gaulle en devenant le premier Président, avec des pouvoirs renforcés qui lui permirent notamment de résoudre la question algérienne, par l'indépendance.

Méthode
La conclusion pourra ouvrir sur la période qui suit, de Gaulle obtenant l'investiture et de changer la Constitution.

SUJET 1 → voir p. 432

Exercice 1 : L'homme de Florès

Partie 1 : Un représentant du genre *Homo*

1 Les représentants du genre *Homo* se caractérisent par une face plate (avec une absence de prognathisme) et une bipédie permanente autorisée notamment par un trou occipital avancé. Ils présentent une capacité crânienne élevée (entre 800 et 1 500 cm^3) et une taille adulte supérieure à 1,55 m. Enfin, ils produisent et utilisent des outils.

> **À savoir**
> Tous les représentants de la lignée humaine se caractérisent par une bipédie permanente, mais elle est imparfaite chez les Australopithèques.

2 L'Homme de Florès présente un faible prognathisme et un redressement de la face, et la forme globale de son crâne est proche de celle des représentants du genre *Homo*. Son trou occipital central témoigne d'une bipédie véritable. Enfin, la présence d'outils sophistiqués associés à ses restes permet de considérer que l'Homme de Florès appartient au genre *Homo*.

3 Du fait de son faible volume crânien, de sa petite taille et de ses outils sophistiqués, l'Homme de Florès pourrait s'interpréter comme une forme naine d'*Homo sapiens*. Toutefois, la forme des os du poignet semble exclure cette hypothèse.

> **Réflexe à avoir**
> Il faut interpréter la présence de caractères archaïques comme invalidant cette hypothèse.

Partie 2 : Place de l'Homme de Florès dans l'arbre phylogénétique de la lignée humaine

4 L'âge des fossiles estimé à – 18 000 ans a fait supposer qu'il s'agissait d'une forme d'*Homo sapiens*. En effet, à cette époque, seule cette espèce subsistait, l'Homme de Néandertal ayant disparu environ 10 000 ans plus tôt.

5 L'Homme de Florès serait finalement une espèce apparentée à *Homo habilis*. Or *Homo sapiens* et *Homo erectus* partagent un ancêtre commun exclusif qu'ils ne partagent pas avec *Homo habilis*. Ils ont donc une parenté plus étroite entre eux qu'avec *Homo habilis*.

6 La lignée humaine se caractérise par une évolution buissonnante. Chaque espèce présente une mosaïque de caractères qui évoluent indépendamment à des vitesses différentes.

Exercice 2 : Énergie électrique

Partie 1 : Électricité produite par une éolienne

1 L'alternateur transforme l'énergie mécanique fournie par l'arbre de l'éolienne en énergie électrique.

2 Le rotor de l'alternateur tourne à une vitesse constante ns = 1 000 tr·min–1. En faisant la conversion en tr·s–1, on obtient alors une fréquence mécanique de :

$$ns = \frac{1\,000}{60} = 16{,}67 \text{ tr·s}^{-1} = 16{,}67 \text{ Hz.}$$

> **À retenir**
> Les tours par seconde ($tr·s^{-1}$) sont homogènes à des hertz (Hz).

En comparant à la fréquence électrique, on en déduit le nombre N de pôles du rotor nécessaires à l'alternateur pour fournir une tension électrique de f = 50 Hz : $N = \frac{f}{n_s}$

$N = \frac{50}{16{,}67} = \frac{50 \times 60}{1\,000} = 3.$

Le rotor de l'alternateur doit donc posséder 3 pôles.

3 L'unité VA (volt-ampère) correspond à l'unité d'une tension U multipliée par celle d'une intensité I. La grandeur correspondante est donc le produit d'une tension par une intensité, soit une puissance : $P = U \times I$

La puissance s'exprime usuellement en watts de symbole W. L'indication correspond donc à la puissance délivrée par l'alternateur de l'éolienne, soit P = 8,0 kW.

Gagnez des points !
À partir de l'unité VA, retrouver l'opération sur les grandeurs *IU* et identifier la grandeur résultante *P* = *IU*.

4 L'alternateur fournit une puissance $P = 8{,}0$ kW correspondant à 90 % de la puissance délivrée par les pales de l'éolienne : $P_{alternateur} = \eta \times P_{éolienne}$

On en déduit la puissance fournie par l'éolienne : $P_{éolienne} = \frac{P_{alternateur}}{\eta}$

$P_{éolienne} = \frac{8{,}0}{0{,}90} = 8{,}9$ kW.

Or l'éolienne fonctionne uniquement 80 % du temps. On en déduit que la durée de fonctionnement de l'éolienne en une journée est de : $\Delta t = 0{,}80 \times 24$ h $= 19{,}2$ h.

Réflexe à avoir
Prendre en compte les différents rendements horaire et en puissance.

L'énergie mécanique produite par l'éolienne est : $E_{m\ éolienne} = P_{éolienne} \times \Delta t$

$E_{m\ éolienne} = \frac{8{,}0}{0{,}90} \times 0{,}80 \times 24 = 8{,}9 \times 19{,}2 = 171$ kWh.

Le rendement d'un récepteur est le rapport entre la puissance utile et la puissance absorbée :

$\eta_{moteur} = \frac{P_{utile}}{P_{absorbée}}$ avec η sans unité et les puissances exprimées toutes les deux en watts.

Dans le cas présent, la puissance absorbée est celle délivrée par l'alternateur, encore appelée « Puissance nominale » de fonctionnement sur la fiche signalétique. La puissance utile est :

$P_{utile} = U \times I$

avec U la tension d'alimentation du moteur, soit $U = 400$ V délivrée par l'alternateur, et I l'intensité du courant nécessaire au fonctionnement du moteur, soit $I = 2{,}6$ A. Finalement, le rendement est :

$\eta_{moteur} = \frac{400 \times 2{,}6}{1{,}4 \times 10^3} = 0{,}74$ ou 74 %.

On trouve bien un résultat compris dans l'intervalle de rendement proposé :

$55\ \% < \eta_{moteur} < 85\ \%$

La moyenne étant autour de 70 %, on peut penser que le moteur est un appareil d'efficacité raisonnable.

Partie 2 : Le solaire thermique

7 La couleur noire d'un objet est due à « un coefficient d'absorption élevé et un coefficient d'émission faible », d'après le **document 4**. Le panneau solaire absorbe donc une très grande partie du rayonnement solaire qu'il reçoit.

Réflexe à avoir
Le noir correspond à une absorption maximale, contrairement au blanc.

8 Le vitrage transparent laisse passer la lumière reçue ou « rayonnement solaire incident » et il « minimise les pertes par rayonnement infrarouge de l'absorbeur en utilisant l'effet de serre » : le rayonnement piégé est donc un rayonnement infrarouge.

9 Une structure en serpentin augmente la surface de contact entre le fluide caloporteur et le rayonnement infrarouge.

10 Les énergies rayonnantes (IR) vers l'extérieur sont perdues, alors que l'énergie thermique est utile.

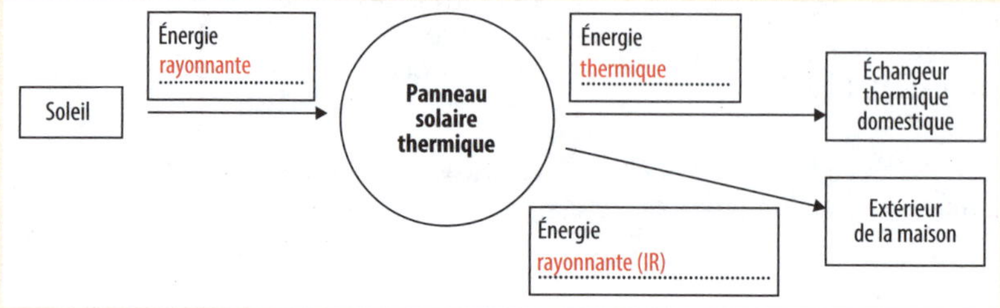

SUJET 2 → voir p. 436

Exercice 1 : Le réchauffement climatique

Partie 1 : Des répercussions sur la faune et la flore du globe

1 À partir des années 1980, on observe un avancement de la date de floraison des cerisiers en Suisse qui dépasse toutes les variations enregistrées depuis le début du xxe siècle.

Or, d'après le **document 2**, une augmentation de la température accélère la floraison.

On peut donc penser qu'un réchauffement climatique est responsable de la floraison plus précoce des cerisiers.

2 On constate, depuis les années 1960, une remontée régulière des espèces de poissons tropicaux vers le Nord.
Or les espèces sont adaptées à un environnement donné, et en particulier à des conditions de température.
On peut donc supposer qu'un réchauffement climatique global a augmenté la température des eaux, obligeant certaines espèces à remonter vers le nord pour retrouver des conditions correspondant à leur milieu de vie.

3 Le réchauffement des océans est responsable d'une dilatation de l'eau et donc d'une élévation du niveau marin, avec en conséquence une diminution des terres émergées.
Par ailleurs, une élévation de la température entraîne une fonte des glaciers, accentuant ce phénomène.
De nombreuses espèces voient ainsi leur aire de répartition modifiée.

Partie 2 : Impacts de l'Homme dans le réchauffement actuel

4 Depuis le début du xxe siècle, on observe de façon continue une élévation de la température (avec un écart de + 0,5 °C en 2017).

Parallèlement, le taux de CO_2 augmente régulièrement depuis la fin du xixe siècle jusqu'en 1960 (de 280 à 320 ppm), puis de façon plus accrue (de 320 à 400 ppm) entre 1960 et 2017.

Le CO_2 est un gaz à effet de serre. Il piège les rayons thermiques réémis par la Terre, ce qui entraîne une élévation de la température de l'atmosphère.

L'élévation du taux de CO_2 débute avec l'industrialisation et s'accroît avec l'exploitation toujours plus importante des énergies fossiles. À cela s'ajoutent des activités humaines comme la déforestation ou la production de ciment, qui libèrent du CO_2 dans l'atmosphère.

Lorsque la température augmente, le CO_2 atmosphérique se dissout moins bien dans l'eau des océans. Ces derniers se comportent alors comme des sources de CO_2 et en libèrent. Il en résulte une élévation du taux de CO_2 atmosphérique et par conséquent de la température.

Exercice 2 : Impact écologique du numérique

Partie 1 : Le courriel électronique

1 Chaque employé reçoit ou envoie : 58 + 33 = 91 courriels par jour.

Si une année travaillée correspond à 220 jours ouvrés, cela correspond à un nombre de courriels annuels envoyés ou reçus pour chaque personne de l'entreprise de :

Gagnez des points !
Penser à développer ses explications dans ses réponses.

91 × 220 = 20 020 courriels/personne/an.

Or le nombre d'employés est de 100 personnes : le nombre de courriels total est alors multiplié par 100, soit :

20 020 × 100 = 2 002 000 courriels/an ou $2{,}002 \times 10^6$ courriels/an.

2 Chaque courriel envoyé ou reçu a un poids numérique de 1 Mo. On en déduit une taille totale des données échangées de $2{,}002 \times 10^6$ Mo/an.

3 Le document de l'Ademe précise que l'ensemble des données annuelles échangées correspond à 13,6 tonnes équivalent CO_2, soit 13,6 × 106 g équivalent CO_2. Chaque courriel représente alors un équivalent de : $\dfrac{13{,}6 \times 10^6}{2{,}002 \times 10^6} = \dfrac{13{,}6}{2{,}002} = 6{,}8$ g par courriel.

On retrouve l'ordre de grandeur du chiffre donné dans le texte : « Environ 6 g équivalent CO_2 supplémentaires sont émis pour chaque destinataire supplémentaire ».

Si 90 % des échanges sont des spams, alors les courriels échangés dans l'entreprise correspondent à 10 % des échanges totaux (distribués et non distribués). Le nombre de courriels est donc 10 fois plus important que celui calculé ci-avant. On en déduit que l'impact carbone de l'entreprise concernant les échanges de communication électronique est de 13,6 × 10 = 136 tonnes équivalent CO_2 par an et $\dfrac{136}{220} = 0{,}62$ tonne par jour travaillé.

Partie 2 : Le spam, courriel indésirable ou pourriel

5 L'événement correspondant à la méthode de filtrage proposée est E : « être un spam ». Soit l'événement est réalisé, soit il ne l'est pas.

Gagnez des points !
Le test T est : contenir les mots « gagner beaucoup d'argent » dans le corps du texte d'un courriel.
Le test est positif si les mots sont écrits tous dans cet ordre et à la suite. Le test est négatif sinon.

6 Établissons un tableau des contingences.

Sur 100 courriels, 12 % sont des spams non filtrés, soit un total de 12 spams.
Le nombre de courriels n'étant pas un spam est de 100 − 12 = 88 courriels.
Si le courriel est un spam, le test est positif dans 83 % des cas : soit pour 12 × 0,83 = 10 spams.
Cela signifie que 12 − 10 = 2 spams ne contiennent pas les mots « gagner beaucoup d'argent ».

Si le courriel n'est pas un spam, le test est négatif dans 95 % des cas. Cela correspond alors à $88 \times 0{,}95 = 84$ courriels et $88 - 84 = 4$ courriels ne sont pas des spams, mais contiennent les mots « gagner beaucoup d'argent ».

Le tableau des contingences récapitule les résultats obtenus :

	Test positif	Test négatif	Total
Spams	10	2	12
Non spams	4	84	88
Total	14	82	100

La lecture du tableau permet de répondre à la question posée.

Le nombre total de tests positifs, soit de corps de texte contenant les mots « gagner beaucoup d'argent », est égal à 14.

Le nombre de spams à test positif, appelés aussi de vrais positifs, est de 10.

La probabilité qu'un courriel reçu soit un spam s'il contient l'expression « gagner beaucoup d'argent » est de $\frac{10}{14} = 71$ %.

Dans 71 % des cas, lorsqu'un corps de texte de courriel électronique contient les mots « gagner beaucoup d'argent », il s'agit d'un spam.

Gagnez des points !
La probabilité d'un événement est égale à sa fréquence si la taille de l'échantillon est suffisamment importante.

On peut toutefois nuancer le résultat, car l'échantillon de 100 courriels est peu important. Les conditions de l'hypothèse faite – la probabilité est égale à la fréquence – ne sont pas réunies pour valider le résultat obtenu avec autant de précision (2 chiffres significatifs).

PHILOSOPHIE

SUJET 1 → voir p. 439

Dans un souci de clarté, le plan des corrigés est explicité par des titres. Cependant, la copie que vous rédigerez le jour de l'épreuve ne doit en comporter aucun.

Dissertation

De quoi sommes-nous responsables ?

Coup de pouce

Le sujet renvoie à la notion de liberté. À première vue, nous ne pouvons en effet être responsables que de ce que nous choisissons librement. Or, c'est justement ce qui fait problème : notre volonté peut-elle se déterminer sans être elle-même déterminée par rien ? Par suite, sommes-nous responsables de quoi que ce soit ?

Introduction

Dans son acception la plus familière, la notion de responsabilité tend à se confondre avec celle de culpabilité. Le responsable n'est autre que le coupable qu'il faut châtier. Pourquoi est-il coupable ? Parce qu'il a commis une faute, parce qu'il a choisi le mal au lieu du bien, et parce qu'il aurait pu (et dû) agir autrement.

C'est ce dernier point qui fait problème : quand je fais un choix, peut-on vraiment dire que j'aurais pu en faire un autre ? Je choisis en effet en fonction de mes goûts, de mes désirs, de mes convictions, de mes « principes »… Or, ai-je choisi tout cela ? Et plus radicalement, ai-je choisi d'être celui que je suis ?

Pour être responsable, il faudrait que je sois libre, et non déterminé par l'histoire qui a fait de moi ce que je suis. Le libre arbitre, dit Nietzsche, est une invention des théologiens, c'est « le tour de passe-passe théologique le plus suspect pour rendre l'humanité “*responsable*” ».

Dès lors, on est en droit de s'interroger sur cette notion de responsabilité, si familière, si « évidente » et pourtant éminemment problématique pour la philosophie. De quoi sommes-nous responsables au juste ? Qu'est-ce qui dépend vraiment de nous, de nos choix et de notre liberté ? Si tout ce qui arrive arrive nécessairement, si tout s'enchaîne inéluctablement en vertu du principe du déterminisme, la notion de responsabilité conserve-t-elle un sens ?

Conseil

Analysez les termes de la question pour dégager la problématique. À l'évidence, l'analyse doit porter ici sur la notion de responsabilité, mais aussi sur celle de liberté, même si le terme ne figure pas explicitement dans l'énoncé du sujet.

I. Thèse : nous ne sommes responsables de rien

A. Nous ne sommes pas responsables de ce que nous sommes

Être ou ne pas être, telle *n'est pas* la question, puisque nous n'avons pas choisi de naître. Nous n'avons pas choisi d'être et nous n'avons pas non plus choisi d'être *ce que nous sommes* : la condition humaine, notre nature d'homme (hérédité spécifique), la combinaison singulière de gènes qui fait de chacun de nous un individu unique, notre sexe, la couleur de nos yeux ou de nos cheveux… Même notre caractère est en partie déterminé par nos gènes. Nous n'avons pas davantage choisi la date et le lieu de notre naissance, ni notre héritage et notre identité culturelle.

Remarque

Ce sujet appelle un plan dialectique (thèse, antithèse, synthèse). Ce type de plan permet de traiter de nombreux sujets et donne de bons résultats, à condition de ne pas être appliqué de manière mécanique et caricaturale.

« On choisit pas ses parents, on choisit pas sa famille, on choisit pas non plus les trottoirs de Manille, de Paris ou d'Alger pour apprendre à marcher », dit la chanson. On ne choisit pas son passé, son histoire, les expériences de vie qui font de nous ce que nous sommes. Bref, on ne choisit donc pas d'être celui qu'on est. Mais choisit-on au moins ce qu'on fait ? Et par conséquent, en est-on responsable ?

B. Si nous ne sommes pas responsables de ce que nous sommes, nous ne le sommes pas non plus de ce que nous faisons

La liberté d'action n'est jamais totale ni jamais nulle. On choisit ce qu'on fait, mais nos choix résultent de ce que nous sommes et que nous n'avons pas choisi d'être. Suis-je responsable de mes goûts, de mes désirs, de mes croyances, de mes convictions ? Ma personnalité est le résultat de déterminismes biologiques, psychologiques et sociaux. J'ai intériorisé au cours de mon éducation des interdits et des injonctions, des normes sociales qui constituent ma conscience morale.

Pourtant, ce processus de « normalisation » ne suffit pas toujours à empêcher toute déviance, tout écart par rapport à la norme. À qui la faute ? La faute n'est à personne. « Ce que l'homme va faire est toujours une suite de ce qu'il a été », écrit le baron d'Holbach. Par conséquent, « il n'est pas maître d'agir autrement qu'il ne fait au moment où sa volonté est déterminée par son choix ».

> **Conseil**
> Les citations sont un plus, mais elles ne sont nullement indispensables. En revanche, votre réflexion doit être soutenue par des références philosophiques.

C. Le libre arbitre est une illusion

Nous ne sommes responsables de rien parce que le libre arbitre est une illusion. « Telle est cette liberté humaine que tous les hommes se vantent d'avoir et qui consiste en cela seul que les hommes sont conscients de leurs désirs et ignorants des causes qui les déterminent », écrit Spinoza.

Le criminel a-t-il choisi le crime ? Certes, mais il était déterminé par son passé à faire ce choix. Penser qu'il aurait pu en faire un autre est absurde : il faudrait admettre que la même cause (lui-même) puisse produire des effets différents ! « Notre vie est une suite d'instants nécessaires et notre conduite bonne ou mauvaise, vicieuse ou vertueuse [...] est un enchaînement d'actions aussi nécessaires que les instants de notre durée », écrit le baron d'Holbach. « Choisit-on d'être bien fait ou d'être bossu ? » demande Sade.

Transition

Mais peut-on en conclure avec ce dernier qu'il n'y a rien au monde de plus ridicule que de vouloir contrarier, punir ou corriger l'homme dont le comportement n'est pas conforme aux lois ou à la morale ?

II. Antithèse : nous sommes responsables de ce que nous choisissons librement

A. Le déterminisme ruine la morale

La conséquence d'un tel raisonnement est inacceptable. Peut-on exonérer l'individu de toute responsabilité au prétexte qu'il n'a pas choisi d'être l'homme qu'il est ? Saint Thomas d'Aquin souligne que nier le libre arbitre ruinerait la morale. La thèse selon laquelle chacun agit toujours de manière nécessaire élimine les notions de mérite et de démérite, « car si rien ne vient de nous, mais si nous sommes poussés à vouloir par nécessité, la délibération, le conseil et le précepte, la punition, la louange et le blâme, sur lesquels porte la philosophie morale, sont supprimés », écrit-il.

C'est le même raisonnement qui conduit Kant à faire de la morale un postulat de la raison pratique. Quelque intérêt que je puisse avoir à faire une chose, je dois reconnaître qu'il m'est possible d'agir autrement si tel est mon devoir. Si on veut me contraindre, en me menaçant de mort, de porter un faux témoignage contre un honnête homme, je dois reconnaître qu'il m'est possible de vaincre ma peur et de faire mon devoir. Je sais ainsi que je suis libre, c'est-à-dire que je peux faire une chose parce que je le dois.

B. Nous choisissons de nous laisser déterminer ou non

Hegel va dans le même sens : « Les circonstance ou mobiles n'ont jamais sur l'homme que le pouvoir qu'il leur accorde lui-même », écrit-il. Pour s'exonérer de toute responsabilité, un homme dira que sa volonté a été déterminée par tel ou tel mobile ; mais en réalité, il a choisi de se laisser déterminer par ces mobiles.

Le même argument se trouve chez Malebranche : il est vrai que nous sommes toujours déterminés par certains motifs, parfois cachés (inconscients), mais c'est que nous avons aussi donné notre consentement. Et nous le sentons bien : au moment même où nous prenons notre décision, « nous avons le sentiment intérieur de notre liberté ». Supposons par exemple que je sois tenté de voler un objet que je désire mais que je ne peux pas acheter. Je passerai à l'acte si, et seulement si, j'accepte de me laisser déterminer par mon désir. Et je sens intérieurement que je donne mon consentement au moment où je le donne.

Transition

Mais mon consentement est-il vraiment donné librement ? Ce que je choisis, est-ce que je le choisis librement ou nécessairement ? Et par conséquent, est-ce que j'en suis vraiment responsable ? Nous voilà revenus au point de départ !

III. Synthèse : nous sommes responsables de ce que nous choisissons nécessairement

A. Redéfinition de la notion de responsabilité

Comme on l'a vu, on ne peut ni admettre la notion de libre arbitre (parce qu'elle est impensable), ni renoncer à la notion de responsabilité. Il faut donc redéfinir les notions de liberté et de responsabilité.

> **Conseil**
> La solution d'un problème dépend souvent de la manière dont on en définit les termes. La synthèse, pour apporter une véritable solution à la contradiction, doit donc souvent redéfinir les termes de la question.

Je suis responsable de ce qui advient par moi, non parce que cela aurait pu ne pas advenir, mais parce que cela devait advenir par moi nécessairement. Le criminel est responsable de son crime, non parce qu'il aurait pu ne pas le commettre, mais parce que c'est son choix, c'est-à-dire un choix qui émane de sa personnalité. C'est aussi la raison pour laquelle il doit être puni, c'est-à-dire corrigé : non parce qu'il aurait pu et dû faire autrement, mais plutôt parce qu'il n'aurait pas pu faire autrement, parce qu'il est ce qu'il est. Il s'agit donc de le punir pour le changer, afin qu'il ne puisse plus commettre d'autres crimes.

C'est ce que suggère Diderot dans Jacques le fataliste. Jacques « croyait qu'un homme s'acheminait aussi nécessairement à la gloire ou à l'ignominie qu'une boule qui aurait la conscience d'elle-même suit la pente d'une montagne », et pourtant « il se mettait en colère contre l'homme injuste » parce que celui-ci « est modifié par le bâton ». Qu'elle prenne la figure de la culpabilité ou celle du mérite, la responsabilité est donc bien là, dans ce qui procède de moi et porte la marque de ma personnalité.

Être responsable, c'est avoir fait un choix qu'on doit pouvoir expliquer et justifier, c'est « avoir des comptes à rendre », c'est répondre de ses actes (le terme « responsabilité » vient du latin respondere, qui signifie « répondre »).

De quoi sommes-nous donc responsables au juste ? On ne saurait énumérer l'ensemble de nos responsabilités, la tâche serait infinie ! Nous sommes responsables de ce que nous avons voulu, même si notre volonté n'est pas libre, même si le libre arbitre est une illusion, même si nous ne nous sommes pas choisis nous-mêmes. Nous sommes responsables de ce qui arrive par nous, par notre volonté, par notre choix. Mais qu'est-ce qui dépend réellement de nous ?

B. Qu'est-ce qui dépend de nous ?

Il faudrait sans doute toujours le savoir, pour trouver le courage de changer ce qui peut l'être et la force d'accepter ce qui ne le peut pas. C'est ce que voulaient les stoïciens dont Descartes s'inspire dans le Discours de la méthode, au moment de se donner une morale provisoire : « Il n'y a rien qui soit réellement en notre pouvoir que nos pensées, en sorte qu'après que nous avons fait notre mieux touchant les choses qui nous sont extérieures, tout ce qui manque de nous réussir est, au regard de nous, absolument impossible. »

Épicure va dans le même sens : l'avenir n'est jamais tout à fait en notre pouvoir, ni jamais tout à fait hors de notre pouvoir. Si nos pensées dépendent de nous, le cours des choses dépend d'un grand nombre de causes. Notre responsabilité n'est donc peut-être jamais totale ni jamais nulle, mais toujours partielle. Or, c'est cette part de responsabilité qu'il faudrait pouvoir définir, comme on cherche à le faire lors d'un accident de la route, par exemple.

C. Responsabilité individuelle et responsabilité collective

C'est en raison d'une simplification pratiquement nécessaire qu'on déclare parfois que quelqu'un est responsable d'un accident à cent pour cent. En réalité, chacun l'est toujours au moins un peu, du seul fait qu'il a choisi de prendre la route. Il n'y aurait donc jamais que des degrés de responsabilité, et beaucoup de responsabilités collectives, diffuses et partagées.
Ainsi la responsabilité politique n'est-elle pas réservée à ceux qui gouvernent. Ainsi sommes-nous tous conjointement responsables de notre environnement, de la société ou de l'éducation de la jeunesse, par exemple. Un proverbe africain dit qu'il faut tout un village pour élever un enfant : un enfant n'est pas éduqué seulement par ses parents ; c'est aussi, d'une certaine façon, la société tout entière qui le forme. Nous sommes donc parfois collectivement responsables de ce qui apparaît pourtant à première vue comme relevant de la seule responsabilité individuelle.

Conclusion

La conception commune de la notion de responsabilité nous est apparue comme mal fondée, car fondée sur une notion impensable : celle du libre arbitre. Mais on ne pouvait cependant y renoncer : l'idée que nul n'est responsable de rien est en effet inacceptable. Il nous a alors fallu redéfinir la notion de responsabilité. Le responsable n'est pas celui qui aurait pu agir autrement, puisqu'il a agi en raison des nécessités de sa nature. Il est celui qui a voulu ce qui est arrivé et qui ne pouvait pas vouloir autre chose parce qu'il est ce qu'il est. Il est celui qu'on doit louer si ce qui est advenu par sa volonté est bon et blâmer si cela est mauvais. Nous sommes donc responsables de ce qui dépend de nous, de notre volonté et de nos choix. Mais qu'est-ce qui dépend réellement de nous, et de nous seuls ? Qu'est-ce qui n'en dépend absolument pas ? Rien, peut-être… C'est probablement toujours « nous » qui sommes responsables, et jamais seulement l'individu pris isolément et en lui-même. Parce que l'individu isolé est un mythe, parce que je ne suis ce que je suis que par les autres… Il faudrait donc s'interroger sur la part de responsabilité de la société dans la genèse du crime, par exemple. Comment une société injuste pourrait-elle engendrer des individus vertueux ?

Dissertation

L'amour du travail a-t-il un sens ?

Coup de pouce

La question est délibérément provocante. C'est qu'elle est posée pour provoquer la réflexion. Celle-ci doit cependant rester méthodique et s'efforcer de décrire et d'analyser l'amour du travail afin d'en montrer la valeur et les limites. Il semble donc assez naturel d'envisager un plan en deux parties, la seconde complétant et nuançant la première sans à proprement parler la contredire.

Introduction

« Le travail éloigne de nous trois grands maux : l'ennui, le vice et le besoin », écrit Voltaire. Cela explique qu'on puisse aimer le travail et même parfois l'aimer passionnément, jusqu'à y consacrer l'essentiel de son temps, de sa vie ou de son énergie.
Pourtant, les Grecs méprisaient le travail. Ils y voyaient une activité servile, indigne d'un homme libre. De ce point de vue, l'amour du travail apparaît comme un non-sens : aimer le travail, ce serait aimer ses chaînes, aimer la contrainte, la souffrance et la servitude.
On peut donc se demander si l'amour du travail a un sens, s'il est sensé et justifié ou s'il procède au contraire d'une forme d'aveuglement, d'illusion, voire de perversion qui, paradoxalement, nous ferait aimer ce que nous devrions mépriser.

I. L'amour du travail peut avoir un sens

A. Description et analyse psychologique

Certains aiment le travail, ou du moins leur travail. Ils ont, à tort ou à raison, le sentiment que travailler leur fait du bien, contribue à leur équilibre, à leur bien-être et à leur épanouissement personnel. En effet, il est indéniable que travailler permet de se sentir utile et compétent, et donc d'être fier de soi. On peut aimer le travail parce qu'il permet de s'aimer soi-même. Rien n'est plus sensé. Mihaly Csikszentmihalyi, un psychologue ayant consacré sa vie à découvrir ce qui rend les gens heureux, estime que nos plus grands bonheurs correspondent à un état de concentration ou d'absorption complète dans une activité, qu'il nomme flow (« flux »).

Gagnez des points
Liez autant que possible les arguments entre eux au lieu de simplement les juxtaposer.

Cette théorie éclaire le célèbre jugement de Kant qui affirme que « le Ciel n'aurait pas pris soin de nous avec plus de bienveillance en nous offrant toutes choses déjà préparées ». L'homme, en effet, a besoin d'occupation et de s'oublier lui-même dans une tâche qui l'absorbe.

B. Aimer ce qu'on fait

« Chaque chose a deux anses : l'une par où on peut la porter, l'autre par où on ne le peut pas », écrit Épictète. Mieux vaut aimer le travail, puisque nous devons travailler. Ce qu'on ne peut changer, ce qui est inscrit dans l'ordre naturel des choses ou dans la condition humaine, il faut l'accepter et même l'aimer si on le peut. Il faut donc envisager le travail sous son jour le plus favorable et lui rendre justice si on veut pouvoir l'aimer et être heureux.
Le sage est libre et heureux parce qu'il donne son assentiment à l'ordre des choses, affirment les stoïciens. Il est en accord, en harmonie avec ce qui est ou doit être. Mieux vaut en effet aimer ce qu'on a, ce qu'on est et ce qu'on fait que de se condamner à être éternellement insatisfait. Aimer le travail, c'est aimer la vie, non telle qu'on la rêve, mais telle qu'elle peut être. Rien ne semble plus sage et plus sensé.

C. Travailler permet de changer ce qui peut l'être

« Que la force me soit donnée de supporter ce qui ne peut être changé et le courage de changer ce qui peut l'être, mais aussi la sagesse de distinguer l'un de l'autre », écrit Marc Aurèle. Dans son esprit, il s'agit surtout d'agir à la lumière de l'idée que nous avons davantage de pouvoir sur nos pensées, nos désirs ou nos émotions que sur le cours des choses.
Mais nous pouvons interpréter la formule autrement : il y a, dans le monde, des choses qu'il est en notre pouvoir de changer et d'autres que nous ne pouvons qu'accepter. Or, on peut aisément les confondre : accepter ce qu'on pourrait changer ou, à l'inverse, s'évertuer à changer ce qui ne peut l'être.
Dans cette perspective, aimer le travail, c'est accepter sagement ce qui ne peut être changé (l'homme est condamné à travailler pour adapter la nature à ses besoins) et en même temps changer tout ce qui peut l'être par l'effort, la volonté et la peine.
Dès lors, c'est la détestation du travail qui apparaît comme un non-sens, puisqu'elle consiste à refuser ce qu'on ne peut qu'accepter (la nécessité de travailler) tout en s'interdisant de changer ce qui pourrait l'être précisément grâce au travail.

Transition

Mais l'amour du travail a-t-il toujours un sens ? Dans quelle mesure est-il raisonnable de s'investir dans le travail ? Peut-on toujours l'aimer ?

II. L'amour du travail peut ne pas avoir de sens

A. Le travail est ce qui permet à l'homme de s'accomplir mais aussi ce qui l'aliène

Le travail est un aspect de ce qu'on peut appeler la négativité humaine : « L'homme est l'animal qui n'accepte pas simplement le donné naturel, qui le nie », écrit Georges Bataille. Cela signifie que l'homme ne peut se satisfaire des choses telles qu'elles sont et que, par conséquent, il les transforme par le travail et par l'éducation (qui est un travail sur soi). Il crée ainsi un monde nouveau, artificiel : le monde humain, celui de la culture par opposition à la nature. Le travail est donc le propre de l'homme et lui permet de s'accomplir, comme Marx le souligne également. De ce point de vue, l'amour du travail est pleinement sensé et justifié.

Cependant, Marx dénonce le travail aliéné du prolétaire qui, condamné à vendre sa force de travail pour vivre, n'est rien de plus qu'un esclave moderne. Étranger à ce qu'il fait et comme étranger à lui-même, il exécute une tâche qui devient de plus en plus mécanique et répétitive. « Le travail aliéné est mortification », écrit Marx. Comment un individu doué de bon sens pourrait-il aimer ce travail-là ?

B. L'amour du travail peut être un amour fou

Pourtant, les ouvriers aiment le travail, constate Paul Lafargue. La classe ouvrière est possédée par une étrange folie : « l'amour du travail, la passion moribonde du travail, poussée jusqu'à l'épuisement de l'individu », écrit-il en 1880 dans son livre Le droit à la paresse. Pour cet écrivain et homme politique français, il faut contraindre les ouvriers à travailler moins et à consommer les biens qu'ils produisent.

D'un point de vue psychologique, le surinvestissement dans le travail peut se comprendre comme une forme d'addiction. Les anglophones parlent aujourd'hui de work addiction (« addiction au travail ») et de workaholics (« bourreaux de travail »). Certains sont fiers de « se défoncer au travail », sans relever que l'expression provient du vocabulaire de la toxicomanie (addiction à une substance toxique).

D'un point de vue existentiel, le travail peut, comme le jeu, les spectacles ou la chasse, relever de ce que Pascal appelle le divertissement : tout ce qui « fait diversion », occupe notre esprit et nous détourne de la misère de notre condition de mortel.

D'un point de vue sociologique et politique, l'amour excessif du travail peut se comprendre comme relevant de l'idéologie au sens marxiste du terme : une vision des choses illusoire que la classe dominante (la bourgeoisie) impose dans son propre intérêt à la classe dominée (le prolétariat).

Sans être marxiste, c'est cette idéologie bourgeoise glorifiant le travail que Nietzsche dénonce : « Le travail constitue la meilleure des polices », écrit-il. Pour le philosophe, le travail est un puissant facteur d'ordre et de sécurité parce qu'il épuise les hommes et entrave le développement de leur individualité. De ce point de vue, l'amour du travail, magnifié et idéalisé, contribuerait à maintenir l'ordre établi à l'avantage des privilégiés. Il faudrait donc dénoncer cette illusion idéologique et faire prendre conscience aux hommes qui en sont victimes qu'ils sont tombés amoureux de leurs chaînes.

C. Aimer le travail ou n'aimer que le travail ?

Le travail préserve la vie, c'est une raison suffisante de l'aimer. Ce qui n'aurait guère de sens, ce serait de n'aimer que lui. Si on travaille pour gagner sa vie, c'est-à-dire pour produire les moyens de sa subsistance (nourritureogement…), c'est que le travail est le moyen de la vie, et non sa fin. Il faut donc travailler pour vivre, et non pas vivre pour travailler. Que le travail, qui n'a qu'une valeur de moyen, devienne une fin en soi, c'est cela qui n'aurait pas de sens. Le travail n'est pas tout.

Aimer le travail n'empêche pas d'aimer la paresse, les loisirs et plus encore le loisir, le temps libre que l'on peut consacrer à des activités gratuites ou désintéressées qui n'ont pas d'autre but qu'elles-mêmes et la perfection de celui qui s'y adonne. La philosophie en est un exemple. Elle est, aux yeux d'Aristote, une fin en soi et ainsi, d'une certaine façon, le contraire d'un travail : elle relève de la praxis (« pratique ») et non de la poiésis (« production »).

Par exemple, l'artisan qui fabrique une chaise vise le rés, vêtements, lultat (la chaise), il ne travaille pas pour travailler. Le philosophe, au contraire, philosophe pour philosopher. Ce n'est pas le résultat qui compte ici, mais l'activité elle-même en tant qu'accomplissement de la nature même de l'homme.

Sans mépriser le travail à la manière des Anciens, Hannah Arendt entend le cantonner à sa dimension vitale (gagner son pain, gagner sa vie) pour conserver une place à l'œuvre et à l'action. Nous ne savons plus rien des activités plus nobles et plus enrichissantes que le travail, cultivées autrefois par l'aristocratie. Nous ne savons plus guère que produire et consommer des biens. Cela est d'autant plus absurde que, les progrès de l'automatisation vidant progressivement les usines, nous avons devant nous la perspective d'une « société de travailleurs sans travail ».

Conclusion

Loin d'être absurde et vide de sens, l'amour du travail semble parfaitement fondé : le travail éloigne de nous la misère, il crée des biens et des richesses qui nous assurent une vie confortable (avoir chaud quand il fait froid, avoir de la lumière quand il fait nuit, avoir à manger quand on a faim…).

Cet amour ne doit cependant pas être inconditionnel ni exclusif. On ne peut aimer le travail quelles qu'en soient les conditions (le travail aliéné) et n'aimer que lui. Ce n'est donc pas l'amour du travail qui n'a pas de sens, mais seulement la passion du travail, puisqu'elle fait perdre toute mesure, toute sagesse et tout discernement.

Explication de texte

Coup de pouce

La notion de divertissement est la clé de ce texte. Par ce terme, Pascal désigne tout ce qui peut occuper notre esprit et nous éviter de penser à la misère de la condition humaine. Il condamne pourtant le divertissement : « La seule chose qui nous console de nos misères est le divertissement ; et cependant c'est la plus grande de nos misères », écrit-il. Aux yeux du philosophe, seule la foi peut nous sauver : « Misère de l'homme sans Dieu, grandeur de l'homme avec Dieu. »

Introduction

Les moralistes, comme La Rochefoucauld ou Pascal, sont des observateurs désenchantés des mœurs humaines, dont ils s'efforcent de découvrir les ressorts cachés.

Pourquoi les hommes s'agitent-ils vainement ? Pourquoi risquent-ils leur vie dans des entreprises aussi absurdes que dangereuses ? C'est cette énigme que Pascal élucide d'un trait dans un passage célèbre des Pensées : « Tout le malheur des hommes vient d'une seule chose, qui est de ne savoir pas demeurer en repos dans une chambre. »

Comment comprendre ce besoin que nous avons de nous occuper, de nous agiter, de nous divertir à tout prix ? Pourquoi réclamons-nous le tumulte quand nous pourrions jouir du repos ? Pascal voit dans ce qu'il appelle le divertissement le moyen qui permet communément aux hommes d'échapper à la misère de leur condition de mortels. Mais les hommes ne se font-ils réellement l'amour, la guerre ou la conversation que pour échapper à l'angoisse de la mort ? La thèse peut paraître réductrice.

Développement

A. Composition du passage

Le passage s'ouvre sur une idée tirée de l'observation distanciée du comportement des hommes : nous nous épargnerions bien des misères si nous pouvions demeurer en repos. Mais pourquoi en sommes-nous tellement incapables ? C'est que, nous dit Pascal, nous avons besoin d'agir pour ne pas penser à la misère de la condition humaine. Le passage s'achève sur un exemple permettant de vérifier cette thèse : celui du roi sans divertissement.

B. Explication détaillée

Pascal se fonde sur des observations que son lecteur peut vérifier, y compris en lui-même : les hommes s'agitent, s'affairent, s'occupent de mille manières. Ils fuient comme la peste l'ennui et le désœuvrement, qu'ils semblent redouter plus que le danger, la violence ou la guerre. Pourquoi sommes-nous incapables de jouir paisiblement du confort que peut nous offrir un foyer ? Pourquoi prendre la mer au péril de sa vie ? Pourquoi assiéger une ville ou conquérir l'Asie quand on pourrait rester chez soi près du feu ?

Les exemples sont datés, mais cela n'enlève rien à la pertinence du questionnement de Pascal. Pourquoi faire le tour du monde à la voile, sauter d'un pont attaché à un élastique, jouer au casino ou aller au cinéma, sinon parce que nous ne pouvons demeurer chez nous avec plaisir ? On objectera peut-être qu'il est possible de « demeurer chez soi avec plaisir ». Mais chez soi ou ailleurs, pouvons-nous nous passer de divertissement ? Pouvons-nous vivre sans radio, sans téléphone, sans Internet, sans livres… bref, sans rien pour nous occuper l'esprit ? Ce n'est peut-être pas fondamentalement chez soi, mais plutôt en soi qu'il faut chercher le péril que nous fuyons dans l'action.

Pourquoi fuyons-nous cet ennui qui nous met face à nous-mêmes ? Parce qu'il nous fait prendre conscience de la misère de la condition humaine, du « malheur naturel de notre condition faible et mortelle », écrit Pascal. Le malheur serait donc en un sens naturel pour l'homme, c'est-à-dire qu'il est lié à la nature ou à la condition humaine, à notre condition de mortels. Pascal en propose une terrible image : la condition humaine est comparable à celle de prisonniers qui attendent que vienne leur tour d'être exécutés. Qui sera le prochain ? Qui la mort viendra-t-elle chercher aujourd'hui ?

Mais notre condition n'est pas seulement définie par la mort. Nous sommes aussi des êtres temporels : nous existons dans le temps, ce monstre qui dévore ses enfants. « Avec le temps, va, tout s'en va », chante le poète Léo Ferré. « C'est une chose horrible de sentir s'écouler tout ce que l'on possède », écrit l'auteur des Pensées. La vie, ou du moins cette vie ici-bas, Pascal la juge horrible et misérable : « Il n'y a rien de bon en cette vie », écrit-il. Rien de bon sinon « l'espoir d'une autre vie », éternelle et heureuse, ou heureuse parce qu'éternelle, c'est-à-dire hors du temps.

Puisque nous ne pouvons échapper à la misère de notre condition mortelle que par l'espoir du salut, nous devrions entrer dans la foi et réformer notre vie pour être sauvés. Mais les hommes choisissent d'ordinaire de fuir la réalité dans le divertissement. « Les hommes n'ayant pu guérir la mort, la misère, l'ignorance, ils se sont avisés, pour se rendre heureux, de n'y point penser », écrit Pascal. Pour ne pas y penser, il faut s'occuper. C'est la raison pour laquelle nous fuyons l'ennui et recherchons ce que l'auteur des Pensées nomme le divertissement.

Le philosophe condamne cette attitude qui consiste à détourner le regard pour chercher refuge dans l'inconscience et l'illusion : « La seule chose qui nous console de nos misères est le divertissement ; et cependant c'est la plus grande de nos misères », écrit-il. À ses yeux, notre salut dépend au contraire d'une conversion qui tourne notre regard vers Dieu et l'espoir de la vie éternelle.

Pascal achève sa démonstration avec l'exemple du roi sans divertissement, qui inspirera un roman à Giono. L'idée est simple et clairement formulée : « Un roi sans divertissement est un homme plein de misères. » Malgré tous les privilèges liés à sa condition, un roi n'est qu'un simple mortel et ne peut l'oublier qu'en se divertissant.

C. Brève discussion de la thèse

La vie ici-bas est-elle aussi misérable que l'affirme Pascal ? Ne vaut-elle que par l'espoir du salut ? Le divertissement au sens pascalien du terme est-il vraiment le ressort caché, la raison fondamentale de la plupart des activités humaines ? Ne fait-on l'amour ou la guerre que pour échapper à l'angoisse de la mort ?

La thèse de Pascal est séduisante par sa noirceur, son pessimisme et son désenchantement, mais on peut la juger réductrice. Nietzsche dénoncera ce qu'il appelle le nihilisme, c'est-à-dire la tentation de dénigrer la réalité, la vie ou le monde en les comparant à une autre réalité, une autre vie, un autre monde idéal. Par ailleurs, le rôle de la philosophie n'est-il pas au contraire de nous apprendre à vivre et à aimer la vie malgré la mort ?

Conclusion

Pascal souligne que les activités humaines ne sont souvent qu'une vaine agitation qui ne vise qu'à échapper à l'ennui. L'idée a tellement marqué les esprits qu'on parle aujourd'hui du « divertissement » au sens pascalien.

Conseil
Dans la conclusion, pensez à rappeler à la fois la valeur et les limites de la thèse exprimée par l'auteur dans le texte.

Cette thèse peut cependant paraître exagérément pessimiste et réductrice. On peut douter qu'il soit possible de ramener la quasi-totalité des activités humaines au divertissement pascalien. Et n'y a-t-il vraiment rien de bon en cette vie sinon l'espoir d'une autre vie, comme le prétend Pascal ?

SUJET 2

→ voir p. 440

Dissertation

Puis-je, au nom de ma conscience, refuser de me soumettre aux lois ?

Coup de pouce

Ce sujet classique, qui invite à mettre en évidence la valeur et les limites de la loi, appelle assez « naturellement » un plan dialectique (thèse, antithèse, synthèse). Ce type de plan permet de traiter bien des sujets et donne de bons résultats, à condition de ne pas être appliqué de manière mécanique et caricaturale.

Introduction

Quand l'*Antigone* d'Anouilh fut représentée pour la première fois en 1944 sous l'occupation allemande, Antigone fut perçue comme représentant la Résistance, et Créon le gouvernement de Vichy. Antigone est, en effet, le symbole de la révolte et de la liberté, de la rébellion contre les décrets d'un pouvoir injuste et arbitraire. Évidemment, nous nous rangeons spontanément du côté d'Antigone qui refuse, au nom de sa conscience, de se soumettre à la loi qui lui interdit d'offrir les rites funéraires à son frère. Pourtant, ce droit, voire ce devoir, de désobéissance fait problème. Ainsi Kant estime-t-il que « toute révolte (…), tout soulèvement qui éclate en rébellion est, dans une république le crime le plus grave et le plus condamnable ». On est dès lors en droit de se demander s'il est légitime de refuser de se soumettre aux lois au nom de sa conscience, ou s'il faut au contraire regarder le respect des lois et de l'ordre social comme un devoir sacré.

Gagnez des points
Éviter d'annoncer votre plan de manière lourdement explicite. La formulation du problème suggère parfois suffisamment le plan, comme c'est le cas ici.

I. Thèse : Il est parfaitement légitime de refuser de se soumettre à une loi injuste. Plus qu'un droit, c'est un devoir et un acte courageux.

A. La désobéissance civile.

Chacun connaît l'histoire de Rosa Parks, cette femme noire qui devint une figure emblématique de la lutte contre la ségrégation raciale aux États-Unis en refusant de céder sa place dans un bus à un passager blanc. Son geste conduisit la Cour suprême à déclarer les lois ségrégationnistes dans les bus anticonstitutionnelles.

Le geste de Rosa Parks (quoique spontané et probablement sans dimension politique consciente au moment où il est accompli) s'apparente à la désobéissance civile : le refus assumé et public de se soumettre à une loi ou à un pouvoir inique, utilisé comme une arme de combat pacifique. L'idée est associée notamment aux noms de Gandhi et de Martin Luther King qui en ont montré l'efficacité, mais l'expression a été formée par le philosophe américain Henry David Thoreau dans son essai La Désobéissance civile (1849). Le philosophe refuse de payer ses impôts pour signifier son refus de cautionner un État qui tolère l'esclavagisme et mène une guerre injuste contre le Mexique. « Le respect de la loi vient après celui du droit », écrit-il. En d'autres termes, il existe des principes de justice supérieurs aux lois. C'est au nom de ces principes qui relèvent du droit naturel que nous sommes fondés à refuser de nous soumettre à la loi.

Conseil
Analysez (expliquez) les exemples.

Le respect aveugle et inconditionnel de l'autorité et de la loi nous fait agir contre notre volonté, contre notre conscience et contre tout bon sens. C'est ainsi que des régiments d'hommes paisibles marchent à la guerre, pour servir au péril de leur vie et la peur au ventre, la volonté de quelque puissant sans scrupule.

La loi ne rend pas les hommes plus justes, et nous ne sommes tenus d'obéir qu'à la voix de notre conscience, estime Thoreau : « agir à tout moment selon ce qui me paraît juste ».

B. La Boétie : « soyez résolus de ne plus servir, et vous voilà libres. »

L'efficacité de la désobéissance civile peut se comprendre à la lumière de la thèse de La Boétie selon laquelle le pouvoir ne peut se maintenir qu'avec le consentement de ceux sur lesquels il s'exerce. Comment un homme qui n'a que deux yeux et que deux mains pourrait-il maîtriser tout un peuple sans sa coopération ? Il suffirait donc, pour abattre le pouvoir, de cesser de le soutenir : « soyez résolus de ne plus servir, et vous voilà libres ».

C. Pascal : « Plaisante justice qu'une rivière borne. »

Quel respect devons-nous du reste à une législation capricieuse, changeante et contradictoire ? « Plaisante justice qu'une rivière borne », écrit Pascal. Les lois n'ont pas de fondement moral, elles ne sont ni justes, ni fondées en raison, ce ne sont que des coutumes qui ne tirent leur force que d'être établies. Pascal en conclut qu'il faut préserver l'illusion que les lois sont justes afin de maintenir la paix sociale. Mais nous pouvons en tirer une conséquence différente : une règle injuste qui ne se maintient que par la force de son ancienneté ne mérite en rien notre respect.

> **Bien comprendre**
> Votre dissertation ne doit comporter aucun titre. Le plan du corrigé n'apparaît ici que pour vous aider à le comprendre.

D. Saint Thomas d'Aquin : « transgresser la lettre de la loi pour rester fidèle à l'esprit de justice. »

Outre que la loi peut être injuste dans son principe même (les lois ségrégationnistes par exemple), l'application d'une bonne loi peut aussi devenir contraire au bien commun qu'elle vise. Il est impossible d'instituer une loi qui ne serait jamais prise en défaut, parce que comme le souligne st Thomas, le législateur ne peut tenir compte de toutes les situations possibles. Le bien consiste alors à « transgresser la lettre de la loi pour rester fidèle à l'esprit de la justice ».

Transition

Pour toutes ces raisons, l'idée d'agir selon ce qui nous paraît juste plutôt que de respecter les lois sans discernement, semble parfaitement sensée et légitime. Pour autant, peut-on soutenir l'idée selon laquelle nous ne serions tenus de respecter la loi que si elle nous semble juste ? Qu'est-ce qu'une loi à laquelle on peut désobéir ? Est-ce encore une loi ? Et ne voit-on pas, même intuitivement, que le respect de la loi est ce qui distingue la vie en société de l'état de nature ?

> **Gagnez des points**
> Donnez plus d'unité et de clarté à votre raisonnement en rédigeant des transitions.

II. Antithèse : Le respect des lois est la condition de la vie en société.

A. Hobbes : « le pouvoir de l'État est absolu. »

« Tant que les hommes ne sont pas tenus en respect par un pouvoir commun, ils vivent dans cet état qu'on nomme la guerre », écrit Hobbes. En effet, « l'homme est un loup pour l'homme » et s'il ne renonçait pas à sa liberté naturelle pour se soumettre à l'État et aux lois, la vie en société serait tout simplement impossible, ce serait « la guerre de tous contre tous ». On ne peut espérer échapper à la violence de l'état de nature et vivre dans un état de droit, que par une soumission inconditionnelle au pouvoir absolu de l'État.

B. Kant : « la paix est synonyme d'état de droit. La révolte y met fin. »

On peut considérer, en effet, que toute révolte ruine le fondement même de la société, à savoir le contrat qui institue ce que Kant appelle, à la suite des Anciens : la République (du latin *res publica* : la chose publique). C'est pourquoi, aux yeux de Kant, l'interdiction de s'opposer au pouvoir et aux lois est inconditionnelle. Cela signifie que, même quand le pouvoir viole le contrat social, en agissant de manière tyrannique et sans respect pour la volonté du peuple, la révolte n'en demeure pas moins condamnable. En effet, contester la décision du chef de l'État constitue *ipso facto*, un retour à l'état de nature : on ne sait plus de quel côté est le droit, c'est la loi du plus fort ou la guerre.

C. Socrate : « les lois sont l'âme de la Cité. »

Socrate n'est pas aussi radical que Kant. Son attitude témoigne pourtant d'un profond respect pour la loi. Socrate aurait pu en effet échapper à la mort en s'enfuyant de sa prison. Son disciple Criton essaye d'ailleurs de l'en convaincre dans le dialogue du même nom. Mais Socrate imagine les reproches que pourrait lui faire la Loi s'il ne la respectait pas. La Loi est comme l'âme de la Cité, ce qui la fait vivre. Socrate la compare à un parent à qui on doit respect et soumission parce qu'on lui doit la vie. Être fidèle aux lois, c'est respecter la Cité sans laquelle nous n'existerions pas. C'est donc d'une certaine façon rester fidèle à soi-même. Socrate préfère mourir en restant cohérent, que de sauver sa vie au prix de ce qu'il regarde comme une incohérence et une trahison.

D. Le sentiment d'injustice peut être très subjectif.

Si chacun pouvait faire ce que bon lui semble, son comportement serait dicté par un calcul d'intérêt égoïste et à courte vue. L'État impose au contraire le respect de lois rationnelles, utiles et légitimes. Il nous contraint à être raisonnables, il incarne la Raison comme le soutient Hegel. De ce point de vue, on peut remarquer que ce qui nous révolte, ne fait souvent que contrarier nos désirs et nos intérêts. Thoreau revendique d'agir selon ce qui lui semble juste. Mais, à l'évidence, ce qui me semble juste, ne l'est pas forcément. La loi n'est-elle pas plus souvent juste que mon sentiment ? Il y a une grande subjectivité dans nos jugements, spécialement dans nos jugements moraux. Ce qui apparaît à ma conscience, comme juste ou injuste, parfois dans un grand sentiment d'évidence, peut être cependant très subjectif. Par exemple certains se sont battus en faveur du mariage pour tous, parce qu'ils jugeaient la loi discriminatoire. Mais c'est aussi au nom de leur conscience que certains maires refuseront d'unir des personnes du même sexe. L'objection de conscience n'est pas toujours là où on l'attend.

Transition

Le respect des lois apparaît donc comme la condition de la vie sociale et on peut difficilement accorder à chacun le droit d'agir en toute circonstance en fonction de ce qui lui paraît juste. Faut-il pour autant respecter toute loi comme une chose sacrée et inviolable ? Ce serait oublier ce que la loi même doit à ceux qui l'on fait changer en la transgressant.

> **Conseil**
> La synthèse ne résume pas les deux premières parties, elle propose une solution au problème souvent fondée sur un éclaircissement des termes de la question.

III. Synthèse : À quelles conditions puis-je refuser de me soumettre aux lois ?

A. Qu'appelle-t-on « loi » au juste ?

Le décret arbitraire d'un tyran ne mérite pas le nom de *loi*. On ne doit le respect qu'aux lois dignes de ce nom. Par exemple, le décret de Créon dans *Antigone*, est-il à proprement parler une loi ? Aux yeux de Rousseau, une loi, pour mériter son nom, doit être adoptée par le peuple et s'appliquer à tout le peuple. La loi est donc une règle votée par tous et applicable à tous. C'est le principe de la double universalité de la loi. Or le décret de Créon ne réalise aucune de ces deux conditions. D'abord, il concerne Polynice, le frère d'Antigone et non le peuple dans son ensemble. Ensuite, il n'exprime que la volonté particulière de Créon. À strictement parler, ce n'est même pas à une loi, mais seulement à un décret arbitraire qu'Antigone refuse de se soumettre. « Ce qu'un homme, quel qu'il puisse être, ordonne de son chef n'est point une loi », écrit Rousseau.

Si donc, la question est : peut-on refuser de se soumettre à un décret arbitraire au nom de sa conscience ? La réponse est dans la question. Quant à la loi proprement dite, elle est, en droit, toujours juste : le peuple ne peut pas, en principe, se traiter lui-même injustement. Le peuple veut son propre bien. En revanche, il ne le voit pas toujours et a donc besoin d'être éclairé par le Législateur. C'est pourquoi il peut être légitime de refuser de se soumettre à une loi, mais d'une certaine façon, au nom de la loi même, c'est-à-dire pour qu'elle atteigne le bien commun qui est son but.

B. On peut le plus souvent s'opposer aux lois sans leur désobéir.

Dans une démocratie, on peut toutefois s'opposer aux lois, sans avoir à les enfreindre : la loi donne le droit de s'opposer à la loi, le droit d'exprimer ses opinions, de manifester, le droit de grève et avant tout le droit de vote ! De ce point de vue, la désobéissance civile devrait être considérée comme un ultime recours. Dans une situation d'urgence, parce qu'on estime que des êtres humains sont maltraités en toute légalité ou parce que les autres formes d'action n'ont pu aboutir, on peut estimer que le refus de se soumettre est un droit et même un devoir. Tirant la leçon de l'Occupation, le projet de Constitution de la ive République faisait de la résistance à un gouvernement qui viole les libertés et les droits garantis par la Constitution « le plus sacré des droits et le plus impérieux des devoirs ».

Conclusion

On ne peut refuser de se soumettre qu'à condition d'en avoir le courage. Plus qu'un droit, la désobéissance peut donc être un devoir. Encore faut-il avoir le courage de désobéir. Car nous sommes plus soumis et obéissants que nous ne le croyons communément. C'est ce qu'a montré l'expérience de Milgram sur la soumission à l'autorité : la plupart d'entre nous se révèle incapable de désobéir à une autorité supposée légitime, même quand la désobéissance n'aurait aucune conséquence fâcheuse. Nous sommes souvent dociles et bien moins enclins à nous révolter que nous ne nous plaisons à l'imaginer. Peut-être faut-il alors cultiver notre faculté de nous indigner et nous rebeller, comme nous y invitait Stéphane Hessel dans un Essai intitulé : *Indignez-vous !*

Dissertation

Le doute est-il une force ou une faiblesse ?

> **Coup de pouce**
>
> Ce sujet renvoie notamment aux notions de raison, de vérité et de science. La notion de doute évoque le scepticisme, mais aussi la philosophie de Descartes qui a fait du doute une méthode pour chercher la vérité. Il s'agit de déterminer en quoi le doute peut être regardé comme une force ou comme une faiblesse. L'analyse de ses deux dernières notions ne doit pas être négligée.

Introduction

Le doute peut apparaître comme une faiblesse, spécialement au plan pratique : agir, oser, entreprendre requiert qu'on croit en soi, en la valeur de ce qu'on fait et en en ses chances de succès. Dans cette perspective, le doute apparaît comme une faiblesse, c'est-à-dire comme un amoindrissement de notre capacité à agir et à réaliser nos désirs. Il peut cependant être envisagé aussi comme une force capable de nous libérer de nos fausses certitudes, comme un remède puissant contre la naïveté, la crédulité et l'aveuglement, comme un outil critique indispensable à la pensée comme à l'action. On peut donc se demander s'il faut voir le doute comme la faiblesse d'un esprit incapable de d'arrêter un jugement, de décider et d'agir ou, au contraire, comme la force d'un esprit critique et lucide, armé contre la fausse évidence des apparences et des a priori.

> **Gagnez des points**
>
> L'introduction doit montrer qu'on peut légitimement se poser la question et non faire apparaître celle-ci comme un sujet qui « tombe » arbitrairement dans le cadre d'un examen. Bannissez par conséquent les formules comme : « la question posée », « le sujet proposé » etc.

I. La force du doute

A. Le doute sceptique

Rien ne peut être tenu pour vrai ou faux, beau ou laid juste ou injuste. On ne peut atteindre aucune vérité certaine. Il faut donc douter de toutes choses et suspendre son jugement. Questionner, examiner, chercher toujours mais ne s'arrêter jamais à aucune conclusion. Car à tout argument, comme l'écrit Sextus Empiricus, s'oppose un égal argument.

Mais peut-on vivre dans l'incertitude, le doute et l'incrédulité ? Le scepticisme nous invite à expérimenter le bonheur de n'avoir aucune certitude. Le bonheur et la paix, la tranquillité et la force que confèrent l'indifférence et le détachement. Pyrrhon, que l'on tient pour le père du scepticisme était à en croire Diogène Laërce indifférent à tout ce qui pouvait lui arriver. Rien ne le touchait, ne l'affectait, il supportait tout sans se plaindre : être renversé par un char ou mordu par un chien, tomber dans un trou… Le doute apparaît bien ici comme une force, non celle qui permet surmonter l'adversité et les obstacles pour faire coûte que coûte sa volonté, mais tout au contraire, celle qui permet de tout supporter sans trouble. La force dont il est question ici, c'est donc l'impassibilité, presque l'invulnérabilité du « sage » que rien ne peut perturber : l'ataraxie, littéralement l'absence de troubles, la sérénité.

B. Le doute cartésien

Mais, paradoxalement, le doute sceptique peut sembler dogmatique : est-il certain que rien n'est certain ? Le doute ne devient-il pas dans le scepticisme une sorte d'a priori ? Toutes choses ne sont-elles pas d'avance réputées douteuses ? Or, Descartes en a fait l'expérience, le doute quand on cherche à l'étendre à toutes choses, se heurte au moins à une certitude : celle de l'existence de l'esprit qui doute, la certitude du cogito : « je pense donc je suis », je doute donc je suis. Le doute ne saurait donc aller jusqu'au bout de lui-même sans se changer en son contraire, sans se changer en certitude.

> **Conseil**
> Efforcez-vous d'amener les références. Elles doivent autant que possible être appelées naturellement par votre raisonnement. Évitez ainsi de commencer chaque paragraphe par des formules comme « pour Descartes », « selon Kant » etc.

Alors que le doute sceptique est définitif, le doute cartésien n'est que provisoire, il n'est pas une fin en soi mais un moyen, un outil, une méthode pour atteindre une vérité certaine. C'est la raison pour laquelle le doute cartésien est aussi délibérément exagéré, « hyperbolique » comme dit Descartes. Le doute permet en effet d'écarter l'incertitude, ce qui lui résiste, ce dont on ne peut en rien douter, peut être tenu pour vrai assurément. Le doute cartésien et une arme redoutable contre l'erreur, l'illusion, le préjugé, contre la fausse évidence des apparences et des idées toutes faites ou mal faites. Le doute apparaît donc comme la force d'un esprit armé contre l'erreur.

C. Doute et philosophie

Le doute semble donc inséparable de la démarche philosophique elle-même. Il fait sa force, son intérêt et sa valeur. Bertrand Russel souligne ainsi que la philosophie vaut par le doute qu'elle éveille dans l'esprit de celui qui la découvre. Celui qui n'a jamais fait de philosophie traverse la vie sans jamais douter des habitudes de pensée de l'époque et du pays dans lesquels il vit. La philosophie vaut avant tout par son incertitude, écrit Russel. La formule éclaire (rétrospectivement) le célèbre jugement de Kant : on ne peut pas apprendre la philosophie. Si on ne peut apprendre la philosophie, c'est qu'elle n'est pas une science, mais un non-savoir, un questionnement. C'est ce qui en fait, estime Kant, une activité réservée à l'adulte : l'enfant, l'écolier sont capables d'apprendre et de réciter, mais l'adulte seul peut s'interroger, douter et penser par lui-même.

Le doute apparaît dès lors comme le propre d'un esprit adulte, critique et autonome, assez fort pour oser la liberté de penser. Il est l'arme de ceux qu'on a appelés sceptiques et libres penseurs parce qu'ils osaient douter de l'existence de Dieu et des Écritures comme de toute autorité morale ou intellectuelle : la force de ceux qui refusent de recevoir la vérité d'en haut.

> **Gagnez des points**
> Ménagez des transitions. Ne donnez pas le sentiment de passer de manière brutale et sans justification d'un point de vue à son contraire.

Transition

Mais jusqu'où peut-on douter ? Peut vraiment penser, vivre et agir sans ne rien croire jamais ?

II. Limites du doute

A. Au plan pratique

Peut-on vivre et agir sans rien croire et surtout sans croire en rien ? Sans valeurs ? Pyrrhon prônait l'indifférence à autrui et aurait laissé un ami se noyer sous ses yeux. Et pourquoi agir autrement si l'on n'estime pas davantage la vie, l'amitié ou le courage que leur contraire ? Si Descartes doute de toutes choses, c'est seulement au plan théorique. Il se donne d'ailleurs une morale provisoire dans le *Discours de la méthode* : trois ou quatre maximes qui guideront sa conduite en attendant de pouvoir fonder une morale définitive sur des principes métaphysiques indubitables. Une de ces maximes prescrit d'être aussi ferme et résolu que possible dans l'action. Un voyageur perdu en forêt doit choisir une direction et marcher en ligne droite, s'il veut sortir de la forêt et non tourner en rond. L'urgence de l'action nous contraint à faire des choix que l'on ne peut entièrement fonder et à nous y tenir, parce qu'aucune action ne peut aboutir sans un minimum de constance, de cohérence et de persévérance. Si le doute est une force au plan théorique, il est en revanche préjudiciable à l'action.

B. Au plan théorique

Savoir implique de douter. C'est la leçon de Descartes. Mais tant qu'on doute, on ne sait rien. Ce que l'on sait, par définition, on le tient pour vrai et assuré. Ainsi en est-il dans les sciences : le chercheur doit douter, tester ses hypothèses, c'est-à-dire essayer de les réfuter ou de les falsifier comme dit Karl Popper. Mais il tiendra pour vraie (jusqu' à preuve éventuelle du contraire) la théorie qui aura résisté à toutes ses tentatives de réfutation. S'il n'y a pas de vérité absolue, certaine et éternelle, cela ne nous condamne pourtant pas à suspendre notre jugement et à ne jamais rien tenir pour vrai. Le doute serait une faiblesse s'il devait nous interdire tout jugement. Oser penser, c'est aussi prendre le risque de se tromper pour avancer. « On découvre la vérité en revenant sur un passé d'erreur, dans un véritable repentir intellectuel », estime Bachelard.

« Que sais-je ? » demande Montaigne, conscient qu'on ne peut rien démontrer puisqu'il faudrait notamment démontrer d'abord la valeur de la raison elle-même. Comment un quelconque raisonnement pourrait-il établir la valeur de la raison ? Mais le scepticisme de Montaigne se traduit plus par une prudence et une circonspection à l'égard des habitudes de pensée de son temps et de son pays que par la volonté systématique de suspendre son jugement. Les *Essais* sont des essais de son jugement, des tentatives pour penser qui font bien plus et bien mieux que d'établir l'impossibilité de la certitude. La force du doute dépend donc de sa mesure. Erigé en doctrine ou en système le scepticisme se contredit et s'annule, c'est sa limite et sa faiblesse. La force et l'habileté de Montaigne est d'en faire une question.

Conclusion

Le doute est un outil indispensable dans la recherche de la vérité, une arme dans la lutte contre la fausse évidence des apparences et des idées reçues. Connaître implique de douter. Pourtant nous sommes condamnés à tenir pour vrai ce que nous croyons savoir. Encore faut-il demeurer conscient que ce qu'on a les meilleures raisons de croire n'est cependant jamais parfaitement assuré. Savoir qu'on croit et non croire qu'on sait. Et croire cependant, parce que douter toujours serait une faiblesse et comme une lâcheté. Douter est donc une force et une faiblesse : une force quand il libère l'esprit des fausses évidences pour faire place à la vérité (fût-elle relative et provisoire), une faiblesse quand il nourrit une indécision définitive de la pensée et de l'action.

Gagnez des points

Bannissez le scepticisme paresseux qui conclut systématiquement que « toutes les opinions se valent » ou que « chacun a sa vérité » etc. C'est une erreur commune et réellement pénalisante.

Explication de texte

Introduction

Chacun est convaincu d'être une seule et même personne de la naissance à la mort. Pourtant, mon corps change comme mon âme. Qu'est-ce donc que j'appelle « moi » ? C'est le fameux problème de l'identité personnelle, souvent examiné par les philosophes mais envisagé sous un angle original par Pascal dans un passage des *Pensées* : qu'est-ce qu'on aime quand on aime quelqu'un ? Qu'est-ce que ce moi qu'on est censé aimer pour lui-même ? Pascal estime que ce moi, qui devrait être l'objet de l'amour véritable, se réduit au support abstrait des qualités périssables que nous pouvons seules aimer : beauté, jugement, mémoire… Cette thèse paradoxale contrarie l'idée que nous nous faisons communément de l'amour. Mais, plus fondamentalement, elle soulève une grave difficulté : si le moi n'est rien d'autre qu'un support abstrait, un sac vide, comment peut-il être encore ce qui fait mon identité ?

Conseil
L'introduction doit impérativement cerner le problème dont il est question. C'est un critère de notation.

I. Explication

A. Les principales étapes du raisonnement

Pascal semble d'abord vouloir justifier une idée commune : celui qui aime vraiment ne s'attache pas à l'apparence de la personne qu'il aime, à sa beauté, il l'aime pour elle-même comme on dit. Mais le philosophe remet aussitôt en question ce lieu commun : le moi qui devrait être l'objet de l'amour véritable, se réduit en dernière analyse, au support abstrait des qualités physiques (beauté) et psychologiques (jugement, mémoire) qui peuvent seules être aimées. Le passage s'achève par une remarque incidente qui ne laisse pas de susciter la perplexité du lecteur : puisque personne ne peut être aimé pour lui-même, il n'est pas légitime de se moquer de ceux qui cherchent une reconnaissance sociale (et peut-être l'amour) en occupant des fonctions importantes.

B. Explication détaillée

1. La question : « qu'est-ce que ? »

Il s'agit donc de comprendre ce qui se cache derrière le mot « moi ». Qu'est-ce que le moi ? La question « qu'est-ce que ? » est aussi nécessaire que difficile. On le sait depuis Socrate qui exigeait de son interlocuteur qu'il définisse l'objet du débat avant d'y entrer. Poser la question : « qu'est-ce que le moi ? », c'est chercher à en saisir l'essence dans une définition qui restera ici en partie implicite : Pascal n'est pas de ces philosophes qui, prétendant imiter la démarche des mathématiciens, donnent des définitions rigoureuses de ce dont ils parlent. Le problème examiné relève de ce qu'il appelle l'esprit de finesse par opposition à l'esprit de géométrie. Si l'esprit de finesse définit ce qu'il examine, comme le fait l'esprit de géométrie, « il le fait tacitement, naturellement et sans art », écrit Pascal.

2. Le moi pourrait se définir à première vue comme l'objet de l'amour véritable

L'auteur des *Pensées* se met donc en quête de l'être du moi à partir du langage ordinaire : par exemple je peux dire que quelqu'un *me* regarde par la fenêtre. Mais, est-ce qu'à proprement parler il a l'intention de me voir, moi ? Est-ce mon moi qui est visé dans cette action ? Non, pas véritablement, puisque l'observateur veut seulement regarder des passants quels qu'ils soient. La remarque laisse d'abord perplexe. Elle est pourtant éclairée par l'exemple de l'amour : si l'homme derrière la fenêtre ne s'intéresse pas véritablement à moi, ce moi devrait en revanche être l'objet de l'amour véritable. Le regard aimant, à la différence de celui qu'on jette sur les passants anonymes, devrait percevoir et désirer la personne pour elle-même, pour ce qu'elle est vraiment.

C'est pourquoi on imagine parfois ce regard capable de voir au-delà des apparences : « on ne voit bien qu'avec le cœur, l'essentiel est invisible aux yeux », écrit Saint-Exupéry. Rousseau avant lui estimait l'amour capable de déceler ce qui resterait invisible pour un regard sans amour : « on a fait l'amour aveugle, parce qu'il a de meilleurs yeux que nous ».

C'est aussi parce qu'il est censé viser le moi, que l'amour authentique ne peut être fondé sur l'attrait qu'exerce la beauté physique : aimer quelqu'un à cause de sa beauté, ce n'est pas vraiment l'aimer, parce que ce n'est pas aimer ce qu'il est vraiment. Car ce qu'il est vraiment, il l'est tout le temps alors que la beauté est périssable : comme la rose de Ronsard, « elle ne dure que du matin jusques au soir ». Pire, elle peut être anéantie plus vite encore par la maladie : « la petite vérole tuera la beauté sans tuer la personne », l'aimer vraiment pour elle-même serait donc l'aimer encore malgré cette disgrâce.

Bien comprendre
Attention au contresens, c'est l'erreur la plus pénalisante dans une explication de texte. Pascal n'adhère pas à l'idée selon laquelle il faudrait aimer les personnes pour elles-mêmes et non pour leur apparence physique.

Pascal semble donc d'abord adhérer à un lieu commun : aimer vraiment quelqu'un c'est l'aimer pour ce qu'il est et non en raison de son apparence. La suite dément cette première interprétation.

3. On n'aime jamais personne

Le raisonnement s'apparente à une démonstration par l'absurde : admettons en effet qu'aimer vraiment quelqu'un implique qu'on ne l'aime pas pour ses qualités périssables. Pourquoi l'aimera-t-on alors ? Pour son jugement, c'est-à-dire pour son intelligence ou sa capacité à se représenter justement les choses. C'est sans doute une qualité aimable, Pascal n'en doute pas, mais cette qualité n'est pas moins fragile que la beauté : la maladie ou la sénilité peuvent la ruiner aussi bien. Le même raisonnement vaut pour la mémoire comme pour n'importe quel trait psychique. Celui qui m'aime pour mon esprit (ou mon âme) ne m'aime donc pas davantage que celui qui m'aime pour mon corps. Le moi reste donc introuvable : « où est donc ce moi s'il n'est ni dans le corps, ni dans l'âme ? ». Et qu'est-ce que l'amour véritable, s'il ne peut se définir comme l'amour du moi véritable ? Cet amour authentique, qu'on voudrait éternel, semble pourtant ne pouvoir se fonder que sur des qualités périssables : beauté, jugement, mémoire… et pourrait-on ajouter humour, sensibilité, créativité etc. Rien de ce qui peut me rendre aimable n'est impérissable. Mieux : rien de ce qui peut « me » rendre aimable n'est véritablement moi ! Personne donc ne peut jamais m'aimer pour moi-même. Personne n'aime personne : « on n'aime jamais personne », écrit Rousseau. Qu'est-ce qu'on aime donc quand on aime ? Non la personne elle-même, puisque le moi n'est qu'une entité abstraite, un sac vide (vidé des qualités périssables avec lesquelles on l'avait d'abord confondu), non la personne donc, mais seulement des qualités que peut-être elle perdra sans toutefois se perdre elle-même, c'est-à-dire : sans devenir quelqu'un d'autre. Aimer la personne pour ce qu'elle est, ou pour ce qui fait qu'elle reste identique à elle-même en dépit du temps qui passe, ce serait « l'aimer abstraitement », aimer « la substance de son âme » : le substrat de ses qualités, attributs ou accidents (jugement, mémoire…). Or à l'évidence on ne saurait aimer ce support « quelques qualités qui y fussent ».

Gagnez des points
Citez régulièrement de brefs passages pour montrer que vous collez bien au raisonnement, mais évitez de citer tout le texte, phrase par phrase : c'est lourd et inutile.

Il faut préciser le sens philosophique du mot qualité : « qualité » ne se comprend pas ici par opposition à « défaut », comme dans la langue ordinaire. Dans le vocabulaire des philosophes, le mot « qualité » désigne tout ce qui peut être affirmé du sujet dans une proposition. C'est donc un synonyme d'attribut. Ainsi, quand Pascal affirme qu'on ne peut aimer la substance d'une âme « quelques qualités qui y fussent », cela ne signifie pas : en faisant abstraction de ses qualités au sens ordinaire du terme (intelligence, mémoire, courage, modestie, bienveillance…), mais abstraction faite de tout ce qu'on peut dire d'elle, de tout ce qui la qualifie. La « substance de l'âme » ou le moi pourrait être comparé à un vêtement qui n'aurait aucune forme déterminée, aucune couleur, qui ne serait pas plus fait de laine que de coton ou que d'aucune autre matière, qui ne serait ni chaud ou froid, à la mode, ni démodé etc. Ce vêtement-là, comment pourrait-on l'aimer,

Conseil
Ce point est discutable, mais réservez votre objection. Vous pourrez l a formuler à la fin, sans « interrompre » la démonstration de l'auteur.

le préférer, le choisir, puisque rien ne le distingue ? Il est comme le passant du début du texte : banal et anonyme, comme tout le monde. L'élu, au contraire, ne peut l'être, à l'évidence, que parce qu'il se distingue de ses semblables, parce qu'il est unique, différent de tous les autres. Or, ce qui distingue l'être aimé des autres et le rend aimable, ne se confond pas aux yeux de Pascal avec ce qui justifie qu'on le regarde comme un sujet un et identique à lui-même à travers le temps, c'est-à-dire avec « la substance de l'âme », qui serait au fondement de l'identité personnelle : je peux perdre ces qualités qu'on aime « en moi », sans devenir quelqu'un d'autre, « sans me perdre moi-même », estime-t-il.

Et Pascal va encore plus loin : puisqu'on n'aime jamais une personne pour elle-même, puisqu'on l'aime pour ce qu'elle ne sera pas toujours (belle, intelligente, savante...), pourquoi se moquer de ceux qui se font honorer, aimer pour « des charges et des offices », c'est-à-dire pour des fonctions, des responsabilités publiques (notaire, greffier...). Être aimé parce qu'on est beau, parce qu'on a de l'esprit ou parce qu'on est un ténor du barreau (ou les trois à la fois), ce n'est de toute façon jamais être aimé pour soi-même, mais seulement pour des « qualités empruntées » : des qualités qui ne nous appartiennent pas en propre, qui ne sont pas nous, mais seulement des attributs du sujet que nous sommes.

Qu'est-ce donc que le moi aux yeux de Pascal ? C'est « la substance de l'âme », le support abstrait des qualités de la personne. L'idée de substance est donc la clé de voute de sa démonstration. La substance, c'est-à-dire, comme l'étymologie le suggère, la réalité sous-jacente qui supporte les qualités (au sens philosophique). L'esprit peut distinguer la chose elle-même, de sa couleur, de sa forme, de la matière dont elle est faite etc. Mais est-elle encore quelque chose si on lui enlève l'intégralité de ses qualités ? Une chose n'est-elle pas plutôt la totalité de ses qualités ? La substance est-elle autre chose qu'une vue de l'esprit ? Appliquons maintenant ce raisonnement au moi : peut-on lui enlever l'intégralité de ses qualités sans l'anéantir ? On peut les lui enlever par l'esprit, mais le temps, le vieillissement peut les lui enlever réellement. Or, il y a quelque difficulté à admettre qu'une personne demeure ce qu'elle est si le temps lui enlève outre sa beauté, son jugement, sa mémoire etc. « Je puis perdre ces qualités sans me perdre moi-même », écrit Pascal. Cela reste à voir. Si la substance de l'âme existe bel et bien, la thèse est concevable, mais cette substance n'est peut-être qu'une chimère qui n'existe que dans l'esprit des philosophes.

Conclusion : valeur et limites de la thèse

La thèse de Pascal, on le voit, repose donc sur une idée discutable : celle de substance. Elle vaut cependant au moins par son caractère paradoxal. On n'aime jamais une personne pour elle-même ! L'idée, comme souvent dans la philosophie, vaut davantage par le questionnement qu'elle éveille que par la certitude de son fondement. « La valeur de la philosophie doit en réalité résider avant tout dans son caractère incertain même », écrit Bertrand Russel. Celle-ci nous fait voir sous un jour nouveau des choses familières : ici, l'amour, le moi, l'idée que l'on se fait communément de ce que devrait être l'amour véritable. Le paradoxe que défend l'auteur des *Pensées*, vaut donc parce qu'il nous fait douter de nos certitudes et nous incline du même coup à la tolérance : « qu'on ne se moque donc plus de ceux qui se font honorer pour des charges... ». Si, au plan théorique, on peut douter de la nature de l'amour véritable, il est prudent, au plan pratique, d'éviter de l'enfermer trop vite dans une norme.

Gagnez des points
Soulignez l'intérêt philosophique du passage.

Corrigés des Quiz

Corrigés des Quiz

HISTOIRE-GÉOGRAPHIE

p. 26

1. b. La crise de 1929 s'explique par la spéculation boursière et la surproduction.

2. c. Hitler et Mussolini accèdent au pouvoir de manière légale, avec le soutien de certains groupes.

3. a. Le génocide juif débute en 1941, avec l'invasion de l'URSS par l'Allemagne nazie.

4. b. Le régime de Vichy est un régime autoritaire, xénophobe et antisémite.

p. 43

1. c. La Seconde Guerre mondiale fait plus de 60 millions de victimes.

2. c. L'ONU est créée à la conférence de San Francisco.

3. a. L'OTAN est une alliance du bloc américain.

4. b. La crise de Cuba a lieu entre les Américains et les Soviétiques, en octobre 1962.

5. b. La Constitution de la Ve République est adoptée par le peuple français.

6. b. La guerre d'Algérie oppose l'armée française et le FLN.

7. a. Dans sa politique d'indépendance nationale, de Gaulle rompt avec l'OTAN.

p. 55

1. Faux. Les signes de la crise, comme la hausse du chômage, sont antérieurs au choc pétrolier de 1973.

2. Vrai. Elles alimentent le libéralisme économique et la dérégulation.

3. Faux. Il s'agit des pays d'Europe du Sud : Portugal, Grèce, Espagne.

4. Faux. Il apporte son soutien aux demandes d'ouverture politique et économique.

5. Faux. C'est au contraire le début d'une politique de reflux de l'immigration.

6. Faux. Elle légalise la pratique de l'interruption volontaire de grossesse.

7. b. Cette politique vise à favoriser l'égalité des chances entre tous les élèves.

p. 72

1. a. C'est l'ONU qui dirige la guerre du Golfe.

2. b. Une guerre asymétrique est une guerre entre un État et un groupe armé.

3. a. Le référendum sur le Brexit a été organisé en 2016.

4. b. La parité en politique est l'égale représentation politique des femmes et des hommes

p. 91

1. Vrai. Mers et océans couvrent plus de 71 % de la surface de la planète, d'où son surnom de « planète bleue ».

2. Faux. L'énergie hydrolienne est produite par les courants marins. Il ne faut pas confondre avec les éoliennes en mer, qui utilisent elles la force des vents marins.

3. c. 90 % des marchandises transportées le sont par voie maritime.

4. c. La ZEE est la zone économique exclusive.

5. Vrai. Lorsque les pollutions de toutes sortes et la surpêche entraînent peu à peu une disparition de la diversité de la faune et de la flore sous-marine, et parfois même leur disparition, on parle de zone morte.

6. c. Au-delà de la ZEE, dans les eaux internationales, c'est la liberté de circulation et d'exploitation qui prévaut.

p. 110

1. a. Les pays industriels connaissent une très forte croissance économique.

2. b. Le PIB de la Chine dépassera sans doute celui des États-Unis dans les années 2020.

3. c. Les pays émergents parviennent à réduire les écarts entre riches et pauvres.

4. b. Les pays producteurs d'hydrocarbures peuvent être fragilisés par l'instabilité des cours.

5. b. Les PMA voient leurs indicateurs de santé s'améliorer.

6. b. La francophonie désigne une institution rassemblant des pays francophones.

p. 130

1. d. Les 5 États candidats à l'adhésion à l'UE sont le Monténégro, l'Albanie, la Macédoine du Nord, la Serbie et la Turquie.

2. b. Le référendum sur le Brexit a eu lieu le 23 juin 2016 : 52 % des Britanniques ont choisi de faire sortir leur pays de l'UE.

3. d. La Norvège n'est pas membre de l'UE, à la différence de Chypre, de la Bulgarie et de la Lettonie.

4. c. La Suisse fait partie de l'espace Schengen depuis 2008 sans être membre de l'UE.

5. c. Plus de 190 000 actifs vivant en France travaillent en Suisse. Cela représente près de la moitié du nombre total de travailleurs transfrontaliers résidant en France.

6. b. La mise en œuvre de la politique agricole commune, prévue par le traité de Rome (1957), a débuté en 1962.

p. 143

1. Vrai.

2. 2014.

3. Les régions les plus attractives sont l'Île-de-France et les régions situées à l'ouest et au sud (Nouvelle-Aquitaine, Occitanie, Provence-Alpes-Côte d'Azur, Auvergne-Rhône-Alpes).

4. La loi NOTRe signifie Nouvelle organisation du territoire de la République.

5. Il s'agit des fonds européens structurels et d'investissement (FESI).

Enseignement scientifique

p. 157

1. Vrai.

2. Faux. Les premiers êtres vivants sont apparus dans une atmosphère dépourvue de dioxygène.

3. Faux. La couche d'ozone protège les êtres vivants des effets mutagènes du rayonnement solaire.

4. Faux. L'atmosphère, au début de l'histoire de la Terre, était riche en vapeur d'eau et en dioxyde de carbone.

5. Vrai. Les êtres vivants photosynthétiques sont responsables de l'enrichissement de l'atmosphère en dioxygène.

6. Faux. La photosynthèse est une source de dioxygène, à l'inverse de la respiration qui est un puits pour le dioxygène atmosphérique.

p. 167

1. Vrai.

2. Vrai.

3. Faux. Elle étudie les phénomènes atmosphériques qu'elle prévoit à court terme.

4. Faux. L'effet de serre s'exerçait sur la Terre avant même l'apparition de la vie. C'est son intensification (et le forçage radiatif) qui peut être attribuée aux activités humaines.

5. Vrai.

6. Faux. Elle n'a pas d'impact, car il s'agit d'une couche de glace flottant sur la surface océanique. Le volume occupé par la glace sur l'eau est égal au volume occupé par l'eau provenant de sa fonte.

p. 173

1. Vrai.

2. Faux. Les variations climatiques peuvent être estimées sur des siècles.

3. Faux. Tous les modèles prévoient une augmentation de température de 1,5 à 5 °C entre 2017 et la fin du XXIe siècle.

4. Vrai.

5. Faux. L'élévation du niveau marin pourrait atteindre 1 m d'ici la fin du XXIe siècle.

p. 182

1. Vrai. Le gaz naturel, le charbon, mais aussi le pétrole sont des énergies fossiles. Elles sont issues de la dégradation longue de matière organique.

2. Vrai. L'énergie solaire et l'énergie éolienne sont des énergies renouvelables, c'est-à-dire que leur durée de renouvellement est inférieure à celle de notre consommation. D'autres exemples sont les énergies issues de la géothermie, de la biomasse ou de l'hydraulique.

3. Vrai. L'énergie nucléaire est une énergie primaire issue de la fission de l'uranium, c'est une énergie stockable dans le sens où le matériau de base l'est.

4. Faux. Les particules fines sont de diamètre variable. On les classe en revanche en fonction de leur diamètre (inférieur à 10 µm ou 25 µm par exemple), car de lui dépendent les risques pour l'environnement et pour la santé.

5. Faux. L'empreinte carbone mesure la masse de gaz à effet de serre ou celle de dioxyde de carbone équivalente produite.

6. Vrai. Le « t » de « tCO_2e » est le symbole de la tonne, correspondant à 1 000 kg.

p. 188

1. Vrai. Un alternateur, comme son nom l'indique, produit une tension ou un courant alternatif, c'est-à-dire de valeur moyenne nulle mais dépendant du temps comme un signal sinusoïdal.

2. Faux. Le rendement d'un alternateur est proche de 1, c'est-à-dire de 100 % et non de 1 %.

3. Vrai. Un photon est une particule de lumière dont l'énergie est finie, constante, et qui correspond à la plus petite quantité que peut absorber un atome.

4. Vrai. Un spectre de raies est constitué, comme son nom l'indique, d'un ensemble de radiations distinctes. Ce n'est pas un spectre continu comme le spectre de la lumière blanche.

5. Faux. Un semi-conducteur a un diagramme énergétique constitué de deux bandes d'énergie accessibles et d'un gap ou bande d'énergie interdite. Celui du sodium est constitué de niveaux d'énergie bien séparés sans gap.

6. Faux. La bande de conduction contient les électrons de conduction, soit les électrons libres. La bande de valence, en revanche, contient des électrons liés qui ne participent pas au courant produit.

p. 194

1. Vrai. Les formes d'énergie mécanique sont l'énergie cinétique et l'énergie potentielle.

2. Faux. Un convertisseur permet de transformer une forme d'énergie en une autre, cette dernière pouvant être éventuellement stockable.

3. Faux. Un rendement est compris entre 0 et 1 (ou 100 %). Il est positif ou nul.

4. Vrai. Le rendement global tient compte de tous les rendements des convertisseurs d'une chaîne énergétique : c'est le produit des rendements.

5. Vrai. Une cellule photovoltaïque est un convertisseur d'énergie radiative en énergie électrique.

6. Vrai. Stocker l'énergie permet de la déstocker plus tard et ailleurs, ce qui rend plus efficace sa distribution.

p. 200

1. Faux. Les lignes Très Haute Tension (THT) appartiennent au réseau de transport et en particulier au réseau de grand transport ou d'interconnexion. Ces lignes permettent de transporter l'énergie électrique directement en sortie des sites de production sous une tension de l'ordre de 400 000 V et sur de longues distances.

2. Vrai. L'effet Joule est un effet thermique : lors du passage d'un courant dans un conducteur, ce dernier oppose une résistance au courant, échauffant le matériau. L'énergie produite est alors dissipée sous forme de chaleur dans l'environnement.

3. Vrai. Le réseau de transport est composé de lignes THT pour le grand réseau et de lignes HT pour le réseau régional. Ce type de lignes permet de réduire les pertes par effet Joule et de transporter l'énergie électrique sur de longues distances.

4. Vrai. À un nœud, la loi des nœuds explicite la conservation des intensités des courants entrants et sortants. Or l'intensité du courant électrique est l'image macroscopique du débit de charge dans un conducteur. La loi des nœuds exprime que le débit de charge est conservé : le débit entrant au niveau d'un nœud est égal au débit sortant.

5. Vrai. Une cible terminale du réseau électrique est une cible destinatrice. Il s'agit bien d'un site consommateur d'électricité.

6. Faux. La limitation des pertes, en particulier par effet Joule, est un problème complexe qui dépend d'une multitude de facteurs : la puissance produite par le site source, le type de ligne de transport ou de distribution et donc sa résistance, la puissance consommée…

p. 206

1. Faux. L'uranium, employé pour la fission, reste une ressource limitée.

2. Faux. En 2020, le coût de production de l'énergie éolienne reste plus élevé que celui de l'énergie nucléaire, mais il s'en rapproche.

3. Faux. En 2018, la part des énergies renouvelables dans le mix électrique français représentait près de 21 %.

4. Vrai.

5. Faux. Le nucléaire ne rejette pas de CO_2 et n'a donc pas de conséquence sur l'effet de serre.

p. 214

1. Vrai.

2. Faux, plus l'effectif d'une population est faible, plus elle est soumise à la dérive génétique qui fait varier aléatoirement la fréquence des allèles.

3. Faux, c'est la sélection naturelle qui modifie génétiquement une population sous la pression de l'environnement.

4. Vrai.

5. Vrai.

p. 221

1. Faux. Les antibiotiques n'agissent pas sur les virus, mais sur les bactéries.

2. Vrai.

3. Faux. La résistance s'acquiert au hasard par mutation ou du fait d'un transfert de plasmide. La présence de l'antibiotique sélectionne les formes résistantes.

4. Vrai.

5. Vrai.

p. 229

1. Vrai.

2. Faux, elle comprend d'autres genres, dont les Australopithèques.

3. Vrai.

4. Vrai.

5. Faux, car l'Australopithèque, même s'il présente un volume crânien analogue à celui des grands singes, appartient lui-même à la lignée humaine.

p. 235

1. Vrai. Le coefficient directeur d'une droite correspond à la valeur de la pente de la droite. Soit A et B deux points de la droite, dont les coordonnées respectives sont $A(x_A, y_A)$ et $B(x_B, y_B)$, alors la valeur de la pente est $p = \frac{y_B - y_A}{x_B - x_A}$.

2. Faux. Le terme $u(n+1) = r \times u(n)$ est le terme au rang $n + 1$ d'une suite géométrique de raison r et non d'une suite arithmétique. Dans le cas de la suite arithmétique, on a $u(n + 1) = r + u(n)$.

3. Vrai. La variation relative est par définition entre deux termes consécutifs d'une suite : $\frac{u(n+1) + u(n)}{u(n)}$.
Or $u(n + 1) - u(n)$ est la variation absolue. Finalement, la variation relative est le quotient de la variation absolue et du terme $u(n)$.

4. Vrai. Si la variation absolue est constante, alors la différence entre deux termes consécutifs est constante, soit $u(n + 1) - u(n) = r$. La suite est arithmétique, et l'ensemble des termes en fonction des paliers n appartient à une droite d'ordonnée à l'origine $u(0)$ et de pente r ou raison de la suite.

5. Faux. Dans le cas d'une variation absolue fortement variable, le modèle linéaire n'est plus pertinent.

6. Faux. Même si non exponentiel, le modèle de Verhulst n'est, par définition, pas un modèle linéaire.

p. 244

1. Vrai. Les cartes perforées codent et stockent l'information avec des bits de valeur de type présence de trou/absence de trou.

2. Vrai. Le premier ordinateur numérique date de 1946. L'ENIAC a été inventé par J. Presper Eckert et John Mauchly à l'Université de Pennsylvanie. Construit à partir de 1943, il n'a été achevé qu'en 1946.

3. Faux. La RAM est la mémoire vive d'un ordinateur. Son « cerveau » est le processeur.

4. Faux. Un faux positif est un patient qui a un test positif, mais qui n'est pas malade.

5. Faux. Un bit est une seule valeur parmi deux valeurs possibles, par exemple 0 ou 1, noir ou blanc, etc.

6. Vrai. Un bus informatique permet de transmettre des données d'un élément à un autre d'un système informatique.

PHILOSOPHIE

p. 260

1. Faux. Il n'existe pas de critère universel du Beau mais je suppose en autrui les mêmes facultés de juger que moi, ce qui permet de communiquer. Le jugement de goût ne se fonde pas sur des concepts logiques mais sur l'intuition, sur l'harmonie de l'imagination et de l'entendement, c'est-à-dire sur les facultés sensibles et intellectuelles que tout homme possède partout dans le monde, identiques en chacun. Le Beau concilie alors le jugement particulier et le goût universel. Il est susceptible de recueillir l'assentiment de tous. L'art est authentiquement universel.

2. Vrai. L'art permet d'extérioriser ce que l'on est. Il transfigure le réel. L'homme démontre ainsi sa liberté face à la nature.

3. Faux. L'art est une étape vers la réalité. Il n'est pas supérieur à la vérité, mais c'est une étape nécessaire dans la dialectique hégélienne.

4. Vrai. Faire de sa vie une œuvre d'art, c'est ce vers quoi, selon Nietzsche, devrait tendre tout homme. L'art, c'est la vie même.

5. Vrai. C'est justement le caractère non utilitaire qui montre la capacité créatrice, libre, subversive de l'homme.

6. Vrai. Pour Platon, l'art n'est qu'imitation, c'est-à-dire apparence. Il est illusion, ce n'est que la copie de la nature. Il n'existe qu'un art véritable : la dialectique.

p. 267

1. c. Il n'y a pour Marx qu'un seul monde, le nôtre, dans lequel s'exercent des forces contradictoires. Les puissances dominantes du moment décident des lois, politiques, sociales et morales. Le devoir est alors une obligation sociale. Marx s'oppose ici à la vision kantienne du devoir.

2. a. Pour Nietzsche, l'origine de la morale se trouve dans les pulsions et non dans un quelconque idéal. Au début de la Généalogie de la morale, Nietzsche s'interroge et exprime ses soupçons quant à l'origine de la morale. Il mène une réflexion sur la provenance de nos préjugés moraux, sur l'origine du mal, sur la préhistoire du Bien et du Mal. Les idéaux moraux ne sont pas descendus du ciel, ils n'existent pas comme le « Bien en soi » platonicien. Ils n'ont pas de fondement dans « l'être », dans la « vérité absolue ». Ils ne sont que le travestissement de certains jeux pulsionnels.

p. 273

1. Vrai. Constater que les lois, les coutumes et la morale varient en fonction des époques et des lieux incline à penser que rien n'est bien ou mal, juste ou un injuste en soi ou dans l'absolu. C'est ce qu'on appelle le relativisme moral. D'une manière plus générale, le relativisme rejette l'idée d'une vérité absolue.

2. Faux. Platon a écrit des dialogues dans lesquels sont défendues des thèses contradictoires. L'idée selon laquelle le juste et l'injuste ne seraient que des conventions est exposée par Glaucon, un personnage de la République. Platon croit au contraire en l'existence d'une vérité et d'une justice absolues.

3. Faux. Léo Strauss raisonne par l'absurde : admettons que les juges et les lois déterminent seuls ce qui est juste ou non. Il serait alors insensé de déclarer une loi ou un jugement injustes. Or ceci est parfaitement sensé et légitime. Il faut donc admettre l'existence d'une justice supérieure aux lois (le droit naturel).

4. Vrai. Aussi surprenant que cela puisse paraître, Aristote justifiait l'esclavage. A ses yeux, certains hommes de nature inférieure (les « barbares ») sont faits pour obéir. Comme on le voit, Aristote partage les préjugés des hommes de son temps.

5. Faux. Affirmer que toute justice est conventionnelle et relative peut apparaître comme une marque de tolérance, mais cette idée est entièrement contraire à la philosophie des droits de l'Homme puisque celle-ci suppose l'existence d'une justice universelle.

p. 281

1. Vrai. Pour les stoïciens, comme pour la plupart des Anciens, l'Univers est un Cosmos, un système ordonné et harmonieux où tout a une place et un rôle à jouer. De ce point de vue, un homme doit comprendre et accepter son rôle : vivre en accord avec la nature et avec sa nature.

2. Faux. Condamner la prétention humaine à dominer la nature est une idée récente (même si elle renoue avec la conception antique de la nature). Descartes, lui, espère au contraire que le progrès des sciences et des techniques nous rendent comme « maîtres et possesseurs de la nature ». Cela dit, le mot « comme » introduit une réserve importante : le vrai maître et possesseur de la nature pour Descartes, c'est Dieu. Dieu a créé le monde et lui a donné des lois que nous pouvons comprendre et utiliser, mais qu'il nous est impossible de changer.

3. Vrai. Pour Sartre l'homme n'a pas de nature, il est entièrement libre et responsable de ce qu'il choisit d'être : il est ce qu'il se fait. C'est la thèse centrale de l'existentialisme sartrien : pour l'homme, « l'existence précède l'essence ». Cela signifie qu'il n'existe aucune essence, aucune définition universelle de l'homme censée déterminer nos existences : « L'homme existe d'abord, [...] il se définit après ». L'homme n'est pas comparable à un objet fabriqué par un artisan ou créé par Dieu : l'objet existe d'abord dans l'esprit de son créateur, il est d'abord un concept, une idée ou une essence, il est conçu avant d'être réalisé.

4. Vrai. Serres estime que la nature a des droits, il voudrait qu'on la considère comme une personne juridique et non pas seulement comme un objet ou une chose.

p. 288

1. Faux. Les mathématiques ne s'appuient pas sur l'observation et l'expérimentation, elles n'appartiennent donc pas aux sciences expérimentales comme la physique, mais aux sciences formelles. En effet, les mathématiques sont vraies par la forme de leurs raisonnements, c'est-à-dire par leur rigueur logique et non par leur accord avec la réalité concrète.

2. Vrai. Claude Bernard a dégagé les étapes de la méthode expérimentale : observation des phénomènes, formulation d'une hypothèse explicative, vérification expérimentale.

3. Faux. Kuhn souligne que l'histoire des sciences est marquée par des révolutions au cours desquelles un paradigme scientifique est supplanté par un modèle radicalement différent. De ce point de vue les vérités scientifiques ne sont pas des vérités absolues, mais seulement des constructions provisoires qui permettent d'expliquer, d'anticiper et de maîtriser les phénomènes.

4. Vrai. Le terme de scientisme a été utilisé pour la première fois par le biologiste Félix Le Dantec. Celui-ci estime que la science est la seule connaissance légitime. « Je crois que la Science et la Science seule résoudra toutes les questions qui ont un sens », écrit-il. À ses yeux, les questions auxquelles la méthode scientifique ne peut apporter de réponses sont absurdes et doivent être négligées.

5. Faux. À moins de soutenir comme Félix Le Dantec que les questions auxquelles la science ne répond pas sont absurdes, il faut bien reconnaître que la science ne répond pas à toutes les questions, notamment aux questions morales. Par exemple, la science ne nous dit pas ce qu'il faut faire de la science.

6. Vrai. Aux yeux de Protagoras, chacun a sa propre vérité qui est fondée sur des impressions subjectives. Par exemple, l'un peu avoir froid et l'autre pas dans les mêmes conditions. Personne n'a raison ou tort. Il n'existe pas de vérité objective : « L'homme est la mesure de toutes choses ».

p. 294

1. Faux. Les Anciens, comme Aristote, méprisent le travail qu'ils considèrent comme une activité servile, indigne d'un homme libre. Aux yeux d'Aristote, l'homme n'est pas fait pour travailler, mais pour faire usage de la faculté par laquelle la nature l'a distingué des autres animaux : la raison. En d'autres termes, l'homme est voué par nature à la recherche du savoir, à l'étude ou à la philosophie, au sens large et étymologique du terme (« amour de la sagesse ou du savoir »).

2. Vrai. Arendt estime que travailler, c'est être esclave de son estomac ou plus généralement de ses besoins vitaux. Cela ne la conduit pas à mépriser le travail, mais à rappeler qu'ils existent d'autres activités qu'elle juge plus nobles et plus enrichissantes comme l'art ou la politique. Arendt regrette que les hommes ne sachent plus guère faire autre chose que travailler et consommer.

3. c. « Le travail est la meilleure des polices », écrit Nietzsche. En effet, le travail entrave le développement de l'individu, c'est-à-dire de tout ce qui tend à faire de lui un être indépendant, original, différent, et de ce fait une menace pour l'ordre social.

4. a. Marx soutient que le travail est le propre de l'homme et qu'il devrait donc lui permettre de s'accomplir au lieu de l'avilir. C'est donc à tort que Marx est parfois perçu comme un anti-travail. Le travail n'est pas par nature un esclavage., mais il le devient quand il tombe sous la domination d'autrui.

5. c. Kant soutient que l'homme est destiné par la nature à travailler comme si elle avait voulu qu'il mérite par son travail tous les biens dont il peut jouir. Nous ressentons le besoin de travailler, l'oisiveté nous tourmente, nous avons besoin de nous occuper et aucun repos ne vaut celui qui suit le travail.

p. 301

1. a. Le mot bonheur dérive du latin *bonum augurum*, « de bon augure », c'est-à-dire quelque chose qui annonce ou présage un événement favorable. Dans l'Antiquité romaine, l'augure est le prêtre chargé de prédire l'avenir, c'est un devin ; l'augure c'est aussi le signe qui semble présager l'avenir. Le mot « bonheur » est ainsi étymologiquement lié à la chance, au sort heureux. Par la suite, il prend le sens de bien-être, de satisfaction, de contentement.

2. b. En Grèce, le philosophe n'était pas seulement un penseur, il recherchait pratiquement comment avoir « une vie bonne », ce qui impliquait l'étude mais aussi une éthique : discipline, maîtrise de soi. Deux grands courants philosophiques font du bonheur la quête suprême de toute vie : l'épicurisme et le stoïcisme. Pour les épicuriens, être heureux c'est savoir choisir entre l'essentiel et l'accessoire. Pour les stoïciens, c'est comprendre ce qui dépend de nous et ce qui ne dépend pas de nous. Mais pour ces deux courants, vivre est un art, et comme tout art, il s'apprend. « On devient philosophe comme on devient athlète », écrit Épicure.

3. b. Pour le monothéisme, le bonheur dans l'au-delà (céleste) est l'horizon à viser. Mais ce bonheur se prépare sur terre, dans la vie quotidienne. Par exemple, pour le judaïsme, l'important, c'est le sens de l'histoire et sa quête au sein d'un parcours initiatique, c'est transmettre de génération en génération. Pour les chrétiens, selon saint Augustin, il existe deux cités : la céleste, idéale, et la terrestre, plus douloureuse mais nous obligeant à mettre l'Homme au centre pour changer le monde. Et pour l'islam, la mission de tout musulman pour parvenir au paradis, au bonheur suprême, c'est de mener sur terre une vie exemplaire.

p. 309

1. Vrai. Pour Hobbes, pour Locke (1632-1704), la sécurité est ce que recherchent les hommes. Mais contrairement à Hobbes, Locke pense que l'État ne doit pas tout gérer, ne doit pas être omnipotent. En tous cas, il ne doit pas intervenir dans le domaine privé, spirituel. La pensée de Locke est très novatrice.

2. Faux. Pour Rousseau, la finalité de l'État c'est la liberté. Sa doctrine politique a pour idéal la liberté. Avant Rousseau, les individus s'associaient par peur (« L'homme est un loup pour l'homme », écrivait Hobbes), et préféraient aliéner leur liberté naturelle pour être en sécurité. Pour Rousseau, il s'agit de trouver « une forme d'association par laquelle chacun s'unissant à tous n'obéissait pourtant qu'à lui-même et reste aussi libre qu'auparavant ».

3. Vrai. « Représente-toi notre nature selon qu'elle est ou qu'elle n'est pas éclairée par l'éducation », écrit Platon dans *La République*, VII. Ou encore : « Connais-toi toi-même ». C'est de l'intérieur que l'on change l'extérieur. N'oubliez pas que la théorie de la connaissance chez les Platoniciens reposent sur la réminiscence : savoir, c'est se re-souvenir de la vérité contemplée par l'âme avant de se réincarner.

p. 317

1. Vrai. C'est même « le fait culturel par excellence » comme l'écrit Claude Lévi-Strauss puisqu'il permet d'apprendre tout le reste. Moins il y a de langage, moins il y a apprentissage du monde, et plus la violence s'installe. Maîtriser le langage, c'est maîtriser davantage son environnement, ne pas se sentir écrasé par lui.

2. Vrai. La pensée est langage, un langage intérieur. C'est par le langage que la pensée se manifeste. Tout ce qui est pensé peut donc se dire, s'écrire.

3. Vrai. Bergson, contrairement à Platon, Hegel, pense que le langage est souvent incapable de rendre compte de la richesse de la pensée. Il a bien une fonction sociale essentielle mais ne permet pas de saisir l'originalité de la personnalité de chaque individu.

4. Vrai. Le *logos* grec est le discours rationnel, l'étude, la science par opposition au mythe. Le *logos*, c'est l'art de parler et de raisonner, langage et pensée étant irrémédiablement imbriqués.

p. 324

1. Vrai. Le rationalisme se caractérise par une grande confiance en la raison qui doit pouvoir tout expliquer puisque rien n'arrive sans cause ou sans raison (principe de causalité) et puisque comme l'affirme Hegel : « Tout ce qui est réel est rationnel ».

2. Faux. Aux yeux de Descartes, les animaux ne sont rien de plus que des machines complexes, des sortes d'automates incapables de penser (théorie de l'animal-machine).

3. Faux. Ce n'est pas Malebranche, mais Hume qui soutient que la morale naît de l'expérience. La règle morale naît et se renforce progressivement par « la répétition de l'expérience des inconvénients qu'il y a à la transgresser ».

p. 331

1. a. C'est Prométhée et non son frère Épiméthée qui sauve l'espèce humaine en lui offrant la maîtrise du feu et des techniques qu'il a volé aux dieux. Le mythe de Prométhée montre que la technique est indissociable de l'homme, qui lui doit sa survie même : la technique est consubstantielle à l'homme.

2. b. « Tout éloge de la civilisation, de l'art ou de l'invention revient à critiquer la nature », écrit Mill. Il veut dire par là qu'en transformant la nature, par exemple en construisant des ponts par-dessus les rivières, nous supposons qu'elle n'est pas une chose parfaite. L'homme a le droit de changer la nature, il est même contraint de se protéger des forces naturelles comme la foudre ou la mer en construisant des paratonnerres ou des digues.

3. Vrai. Le machinisme est communément accusé de transformer l'ouvrier en machine et d'uniformiser la production. Mais on devrait surtout lui reprocher d'avoir tiré l'homme vers le bas en développant le goût du confort matériel et du luxe, estime Bergson. Le progrès technique aurait pu élever l'homme vers le ciel, développer son esprit et son âme en le libérant du souci des choses matérielles. Mais les machines ont décuplé les forces de l'homme sans développer son âme et ont renforcé son asservissement à la matière.

4. Faux. Freud ne nie pas que le progrès puisse jouer un rôle dans l'économie de notre bonheur, mais il estime que, tout bien considéré, les hommes ne sont pas plus heureux aujourd'hui qu'hier. L'idée selon laquelle le progrès technique rendrait l'homme heureux lui semble illusoire.

p. 339

1. a. Le « *logos* » c'est le discours, la science, la raison. La philosophie se fonde sur le discours rationnel, alors que le mythe se fonde sur l'irrationnel. Mais attention : il n'existe pas de mot en grec pour dire « vérité ». Le terme *aléthéia* signifie « dévoilement », et personne ne sait combien de voiles il faut soulever pour trouver la vérité…

2. a. Il s'agit de la notion de vérité dans les sciences expérimentales. Plus aucun scientifique ne parle de vérité absolue. En sciences, on distingue la vérité formelle qui se préoccupe de la cohérence logique, et la vérité matérielle qui concerne ce qui a été vérifié.

3. b. L'illusion est un leurre, un mirage, qui a pour fonction : 1/ d'échapper au monde réel et de nous mentir pour supporter ce monde (*cf. L'Avenir d'une illusion* de Freud) ; 2/ une perception étrangère à la réalité, telle l'oasis dans le désert quand on meurt de soif. L'erreur peut se dissiper, pas toujours l'illusion.

4. a. Le pragmatisme est une doctrine selon laquelle la vérité d'une proposition se définit d'abord par son utilité et son efficacité dans la vie pratique. Est vrai ce qui « fonctionne ». William James (1842-1910) est le représentant principal de ce courant de pensée. « Le vrai consiste simplement dans ce qui est avantageux pour notre pensée ». Par exemple, une religion est vraie si elle m'aide à vivre, qu'elle me « réussit », m'est « utile ». Nous voyons les limites de ce genre de pensée…

p. 349

1. Vrai. La conscience s'affirme comme sujet face au monde, elle se distancie. C'est le moment où l'enfant passe du « Thomas veut… » en parlant de lui-même, à « je veux ». L'enfant soudain ne fait plus partie du tout du monde, il est un sujet particulier qui pense le monde.

2. Faux. Cette pensée est celle de Husserl et des phénoménologues, au début du XXe siècle. La conscience est intention, projet (le « je » devant soi dans le monde). Le monde est un, mais chaque conscience est un point de vue sur le monde.

3. Vrai. La conscience nous fait entrer dans le monde du savoir et de la réflexion que l'homme a de lui-même. D'ailleurs, l'étymologie le montre : « conscience » vient du latin cum scientia, « avec le savoir ». L'homme va s'interroger sur le monde, sur lui, chercher du sens, découvrir les autres et la relation à autrui.

4. Faux. Contrairement à Descartes, Kant affirme que la conscience de soi n'est pas la connaissance de soi. Savoir que je suis, que j'existe n'induit pas que je connais ce que je suis.

p. 356

1. Faux. Ce qui est inconscient est d'emblée inconnaissable : s'il est possible de le connaître, il faut passer par un intermédiaire : pour Freud, par exemple, par le rêve, « cette voie royale vers l'inconscient ».

2. Vrai. Il n'y a pas pour Freud de moi entièrement transparent, que l'on pourrait lire à livre ouvert. Il n'y a pas d'instance entièrement consciente. Le moi subit l'influence de l'inconscient. Le moi n'est que la partie visible de l'iceberg qu'est le psychisme humain.

3. Faux. Sartre rejette catégoriquement la notion d'inconscient freudien. Pour lui, c'est un alibi de la conscience, de la mauvaise foi, un mensonge à soi. « L'homme est sans excuse ».

4. Faux. Freud n'affirme jamais que l'inconscient est une certitude, il parle d'hypothèse, une hypothèse qu'il testera toute sa vie et à laquelle il ne renoncera pas. Elle permet de reprendre possession de soi lors de la cure psychanalytique, de mieux comprendre ce qui se passe en soi, à notre insu. Freud démontre que tout est sens et fait sens. Le langage est le support essentiel de la cure.

p. 362

1. Vrai. En latin, liber signifie « libre, sans chaînes, sans entraves », et s'oppose à servus, « esclave ». Libertas désignait ainsi la condition de l'homme libre qui peut agir à sa guise. Est donc libre celui qui ne subit pas la domination physique d'un maître, ou bien, comme pour le stoïcisme, celui qui s'en affranchit en privilégiant une liberté spirituelle.

2. Faux. Définir la liberté comme l'absence de contraintes, c'est se soumettre à ses passions, et alors ne plus être libre puisqu'on en devient dépendant. Certes, être libre, c'est être sans entraves, mais nous différons des animaux : pour Platon comme pour Kant, il n'y a liberté que lorsque la volonté se détache de toute détermination sensible, de tout motif empirique, pour ne suivre que la loi dictée par la raison.

3. Vrai. Pour Kant, la liberté est un postulat de la raison pratique, nous devons nous autodéterminer rationnellement. Tous les hommes disposent du pouvoir de penser, mais très peu parmi eux osent s'en servir pleinement et librement. Chaque être humain se trouve confronté à une alternative radicale : ou bien penser par soi-même (= autonomie) ou bien subir la pensée des autres (= hétéronomie). Là est l'exigence de la liberté de penser.

4. Vrai. Pour Sartre, il n'y a pas de nature humaine, d'essence humaine prédéfinie, il y a une condition humaine à construire jour après jour. Ce sont nos choix qui façonnent notre vie, choix dont nous sommes totalement libres et responsables. Notre vie est ce que nous en faisons.

p. 369

1. Vrai. Le phénomène religieux se retrouve dans toutes les civilisations : face à la nature incontrôlable, l'homme a en effet trouvé dans la religion une réponse à ses peurs. L'étymologie montre bien le besoin de se relier à quelque chose qui donne sens, qui apaise la colère des dieux, qui se manifestent par exemple dans les catastrophes naturelles.

2. Vrai. Toute la culture humaine a sa source dans le phénomène religieux. Pendant des millénaires, il fut le seul code social, moral, politique. Il est un principe d'explication du monde, ce qui ne signifie pas que l'explication du monde est la même dans toutes les civilisations ! Cela signifie que l'on retrouve partout le phénomène religieux pour expliquer l'univers, le sens de la vie, de la mort.

3. Vrai. *Deus sive Natura* = Dieu ou la Nature, deux termes identiques pour Spinoza. Dieu, immanent, se confond avec tout ce qui est. « *L'homme n'est pas un empire dans un empire* », il n'y a pas d'au-delà du monde. À l'opposé, l'idée de transcendance conçoit Dieu comme au-delà de la réalité dans laquelle nous vivons, extérieur au monde qu'il a créé, le dépassant infiniment.

4. Vrai. La religion a une réalité, voire une nécessité sociale. Elle peut aussi avoir une valeur supérieure à la raison. Mais quoi qu'il en soit, elle a toujours un lien avec le pouvoir. La critique marxiste a largement développé ce point : la religion aliène l'homme et l'empêche de se réaliser, elle entrave sa liberté. Nietzsche y voit un amollissement de la volonté de vivre : la religion développe une morale du ressentiment, qui nie la vie au lieu de développer la joie vitale en nous.

5. Vrai. Freud analyse la religion comme une compensation à la misère psychologique de l'homme, souvent frustré, angoissé. La religion apparaît alors comme une consolation. « Dieu » le père protège et rassure. Pour Freud, il faut apprendre à affronter le réel pour être heureux ici-bas, concrètement.

6. Vrai. *Profane* signifie « qui est devant le temple », donc n'est pas à l'intérieur. C'est-à-dire tout ce qui est étranger au domaine de la religion, du culte, tout ce qui n'a pas été consacré. Le *sacré* est au contraire tout ce qui a été consacré à une divinité. Toutes les religions s'appuient sur la séparation sacré/profane.

p. 375

1. Vrai. Saint Augustin ne peut résoudre l'énigme du temps qu'en admettant que le temps n'existe que dans l'âme ou dans l'esprit, dans ce qu'on appellera plus tard la conscience. C'est dans l'âme que le passé, le présent et le futur sont présents, c'est en elle que le temps passe, s'étire et se mesure, qu'il existe. De ce point de vue, la réalité du temps n'est donc pas physique et objective, mais au contraire psychique et subjective.

2. c. « Le temps n'est pas une chose qui existe en soi en dehors du sujet », affirme Kant. En effet, à ses yeux le temps et l'espaces constituent un cadre mental dans lequel les hommes se représentent nécessairement les choses, mais ils n'existent pas en soi, en dehors du sujet, de la conscience ou de l'esprit.

3. b. « La durée toute pure est la forme que prend la succession de nos états de conscience quand notre moi se laisse vivre, quand il s'abstient d'établir une séparation entre l'état présent et les états antérieurs », écrit Bergson. En effet, le passé n'est pas extérieur au présent, il lui est seulement antérieur. Nous confondons à tort le temps et l'espace quand nous nous imaginons par exemple que notre passé, notre histoire personnelle et notre éducation pèse de l'extérieur sur notre état présent et déterminent ainsi nos choix.

4. d. « La mort n'est rien pour nous », estime Épicure. En effet, ce philosophe matérialiste se représente la mort comme un anéantissement (de l'âme et du corps). De ce point de vue, la mort n'est « rien » : rien pour les vivants puisqu'elle n'existe pas encore pour eux et rien non plus pour les morts puisqu'ils n'existent plus.

ANGLAIS

p. 381

1. Vrai.

2. Faux : la première lecture permet d'avoir une vision globale du texte.

3. Faux : on trouve des racines latines dans certains mots anglais.

4. Vrai.

5. Vrai.

p. 392

1. Vrai.

2. Vrai.

3. Vrai.

4. Faux : le temps du récit est le passé mais le temps des dialogues est souvent le présent.

p. 397

1. Vrai.

2. Faux : la première écoute donne un aperçu global du document.

3. Faux : une intonation montante indique parfois un doute.

4. Faux : Essayer de traduire vous fera perdre du temps.

p. 403

1. Faux : l'examinateur peut faire appel à vos connaissances personnelles et vos opinions.

2. Faux : les abréviations vous feront gagner du temps.

3. Faux : on préfèrera les formes pleines.

4. Vrai.

ESPAGNOL

p. 412

1. La préposition POR exprime la cause.

2. *Recalcar*, c'est : mettre en évidence.

3. *Una novela*, c'est : un roman.

4. Pour exprimer « faire le portrait de quelqu'un », on dit : *retratar a alguien.*

5. « la scène se passe à… » se dit : *la escena pasa en.*

p. 419

1. *Pienso que es una buena idea.*

2. *Aunque es útil, puede ser nocivo.*

3. *No me parece que le guste a la gente.*

4. *Es como si todos fueran locos.*

5. *Al joven le encanta poder descubrir otras sociedades.*

p. 423

1. Faux : concentrez-vous et écoutez le document jusqu'au bout, ne vous lancez pas dans une prise de notes.

2. Faux : ne cherchez pas à traduire, cela ne vous sera d'aucune utilité ; repérez plutôt les mots récurrents.

3. Vrai.

4. Vrai.

5. Faux : l'interjection *¡Ay!* exprime la surprise, la plainte, le désagrément dans des expressions tels que *¡Ay, qué lástima!* (« Quel dommage ! »).

p. 428

1. Faux : vous n'aurez jamais le temps de tout rédiger, faites un plan et mobilisez toutes vos connaissances pour être à l'aise à l'oral.

2. Faux : à la fin de votre exposé, sachez vous impliquer, montrant que vous maîtrisez les expressions utiles pour donner votre avis.

3. Faux : *haber* ne s'emploie que comme auxiliaire, impossible de l'employer tout seul sauf en 3e personne impersonnelle (*hay*, il y a).

Crédits photographiques

13 © Collection GROB / Kharbine Tapabor ; **15** BIS / Ph. Jeanbor © Archives Larbor ; **17** © Roger-Viollet ; **20** © Everett Historical / SHUTTERSTOCK ; **23** BIS / Ph. Hubert Josse © Archives Larbor ; **25** © CHRD ; **31** © akg-images ; **48** © White House Photographic Office, 1981-1989. ; **52** Doits réservés © Serge Gautier / Photothèque IHS-CGT ; **60** © 2002 David Horsey. All rights reserved. Distributed by Tribune Content Agency ; **67** © Musée de La Poste, Paris / La Poste 2020 © Eric Fayolle ; **71** © Paris en Commun / Benoît Devarrieux conseil ; **90** © Marc Le Chelard / AFP ; **98** © John Wollwerth / SHUTTERSTOCK ; **99** plainpicture / NOI Pictures/Pierre Espardeille ; **140** © tichr / ISTOCK